Scarlet
스칼렛

www.bbulmedia.com

그대에게,

———

봄을

그대에게,

봄을

황한영 장편 소설

c o n t e n t s

프롤로그

겨울바람이 매섭게 부는 날이었다. 커다란 창문 밖의 마른 가지들이 사정없이 흔들려 댔다.

집으로 돌아갈 때 상당히 춥겠군. 남자는 덤덤한 시선으로 바깥 풍경을 바라보며 속으로 생각했다.

하지만 안쪽도 별반 다를 건 없었다. 지금 그의 앞에는 겨울 칼바람보다 더 매서운 냉기를 뿜어 대는 윤 회장이 있었으니까.

윤 회장의 별명은 호랑이였다. 숱 많은 흰 머리카락을 단정히 빗어 넘긴 풍채 좋은 외향 때문에도 그랬지만, 특히나 상대방의 속마음까지 꿰뚫을 것처럼 매섭게 바라보는 그 눈빛이 야생동물의 그것과 많이 닮아서 붙여진 별명이었다.

볼일이 있어서 남자를 부른 건 윤 회장 쪽이었다. 하지만 그가 방에 들어온 지 30분이 지나도록 윤 회장의 입은 열리지 않았다. 그저 가늘게 뜬 눈으로 못마땅하다는 듯 남자를 노려보고만 있을 뿐.

이 상황은 마치 학창 시절 선생님 앞에서 벌을 받는 것 같은 기분을 들게 하고 있었지만, 남자는 굳이 재촉할 생각은 없었다. 어차피 이 침묵이 답답한 사람은 이쪽이 아니라 저쪽일 테니까.

"대체 이유가 뭐냐?"

역시나. 먼저 침묵을 깬 건 윤 회장이었다. 그제야 남자는 창문에 고정되어 있던 시선을 옮겨 윤 회장을 마주 보았다. 사업하는 사람답게 얼굴에 많은 표정을 드러내 놓고 있지는 않았지만 남자는 알 수 있었다. 자신의 조부가 지금 얼마나 분노를 참고 있는가를.

"무슨 이유 말씀이십니까."

짧은 물음이 내포하는 뜻을 뻔히 읽어 놓고도 남자는 시침을 뚝 떼고 느긋하게 되물었다.

능글맞은 손자의 모습에 윤 회장의 얼굴이 표 나게 일그러진다.

"김 회장이 아주 열불이 나서 연락이 왔어. 제 손녀 어디가 마음에 안 들어서 그렇게 보자마자 자리에서 일어났느냐고 묻더라!"

결코 바로 일어난 건 아니었다. 간단히 인사도 나눴고 커피 한 잔도 말끔히 비웠다. 하지만 지금 자리에서 이런 걸 따지고 들어 봐야 득이 될 건 없겠다 싶어서 남자는 굳이 입을 열지 않았다.

"근데 내가 알아야 대답을 하지? 물어나 보자. 대체 김 회장 손녀 어디가 어떻게 마음에 안 들던?"

김 회장의 손녀는 업계에서도 예쁘고 참하다고 소문이 자자한 여식이었다. 혼기가 찬 사내놈을 데리고 있는 집에서 서로 데려가려고 눈독을 들여 대는 걸, 김 회장과의 오랜 친분을 빌미로 힘들게 자리를 만든 것이었다.

김 회장 손녀 정도면 제아무리 콧대 높기로 유명한 제 손자지만 못 이기는 척 숙이고 들어올 줄 알았다. 그런데 결과가 이 모양이라니. 입장이 난처해져 버린 윤 회장으로서는 울화통이 터지는 일이 아닐 수가 없었다.

"안 예쁘디?"

"흔치 않은 외모긴 했죠."

"그럼 성질이 더러웠어?"

"참해 보이더군요."

"그럼 대체 뭐가! 뭣 때문에! 엉? 대체 뭐가 문제냐고! 이 노무 새끼야!"

참으려고 했건만 욕지거리가 절로 튀어나왔다. 능글맞은 얼굴로 속을 긁어 대는 남자의 행동에 결국 윤 회장의 포커페이스는 완전히 무너져 버리고 말았다.

지금껏 흔들리지 않는 냉철함 하나로 사업을 크게 키워 온 윤 회장이었지만, 능구렁이 열 마리를 삶아 먹은 듯 구는 손자 앞에서는 유독 감정 조절이 어려웠다.

붉게 달아오른 얼굴로 길길이 날뛰는 윤 회장을 보는 남자의 반듯한 미간이 살짝 구겨졌다.

확실히 오늘 맞선 상대로 나온 여자는 지금까지 봤던 여자들과 다른 느낌이기는 했다.

같은 의사에게 도움을 받았는지 헷갈릴 정도로 닮은 얼굴이었던 그전의 여자들에 비하면 이번 여자는 자연 미인이었다. 뭐 간단한 시술 정도는 했겠지만 얼굴 전체를 갈아엎은 것에 비교가 되겠는가. 게다가 수술한 가슴이 보일 듯 말 듯 야한 옷을 입고 진한 향수를 뿌렸던 여자들과 달리 단정한 옷차림까지. 윤 회장이 얼마나 이번 맞선에 공을 들였는지 알 것 같았다.

하지만 딱 거기까지였다. 지금까지의 여자들과 다르다는 것뿐. 그 외에 이 여자에 대해 더 알아보고 싶다는 생각은 전혀 들지 않았다.

이번에도 꽝이었다.

"그냥…… 삘이 안 왔습니다."

"뭐, 삘? 삐이일?"

'삘' 같은 소리 하고 있다. 덤덤하게 뱉어진 남자의 말에 윤 회장은 기가 막혀서 이를 갈았다.

하지만 남자는 전혀 개의치 않고 담담한 얼굴로 제 할 말을 이어 갔다.

"첫눈에 봤을 때 느낌이 안 왔다는 건, 더 만나 봐도 마찬가지라는 얘긴데. 뻔한 일에 시간 낭비를 할 수는 없지 않겠습니까. 제가 한가한 사람도 아니고."

손자에게 사업가의 자질을 물려준 건 윤 회장, 본인이었다. 어느 상황에서도 감정을 드러내지 말고 포커페이스를 유지하라고. 그래야 상대의 감정을 얼굴에 드러나게 할 수 있다고. 그리 훈수를 뒀었다. 이렇게 제 발등을 찍을 줄도 모르고 말이다.

내가 호랑이 새끼를 키웠지. 자식 농사를 망쳤다고 해야 할지, 대박이라고 해야 할지, 이젠 헷갈릴 지경이다.

완벽한 사업가의 모습을 한 남자를 보며, 윤 회장은 길게 한숨을 내쉬었다. 저가 그렇다는데 무슨 말을 더 하겠는가. 이미 지나간 일이었다. 아깝지만 김 회장의 손녀는 이미 물 건너갔다. 지나간 것을 후회해 봐야 시간 낭비일 뿐.

"너 설마 여태 예전 일을 못 잊어서 그러는 게냐? 아직도 5년 전 그 일 때문에……."

"아닙니다. 그런 거."

말까지 끊어 가며 남자는 가차 없이 대꾸했다. 지나치게 단호한 대답.

하지만 그 대답이 영 못마땅했던지 윤 회장은 눈을 가늘게 뜨고 자신의 손자를 노려보다 이내 쯧, 혀를 찼다.

"그래. 그놈의 삘은 그럼 어떤 여자한테나 올 것 같으냐? 네놈의 이상형을 말해 봐라."

"설마 또 다음 맞선을 준비하시려는 겁니까?"

"그걸 말이라고."

단단한 입매에서 기어코 장가를 보내고야 말겠다는 의지가 보였다. 윤 회장의 집요한 성격이라면 정말로 그가 여자를 만날 때까지 끊임없이 맞선 자리를 만들 것이다. 주말마다 의미 없는 자리에서 멍청하게 시간 낭비나 하게 되겠지. 생각만 했는데 벌써부터 머리가 지끈거린다.

"회장님. 저 그렇게 한가한 놈 아닙니다."

"누가 너더러 찾으래? 내가 대한민국에 있는 모든 여자를 다 네 앞에 대령할 테니, 넌 가만히 앉아서 삘 오는 여자가 있으면 고르기만 해."

"……."

"왜. 그 정도 시간도 없어? 바빠서 여자를 못 만날 정도라면 네가 무능하단 얘기이니, 그냥 이참에 사장직 그만두든가. 세상천지 유능한 CEO는 널렸으니까."

윤 회장은 실없는 말을 하는 법이 없었으니, 아마 지금 내뱉은 말도 진심일 것이다.

그가 윤강건설의 사장 직함을 달고 있기는 했지만, 엄연히 따지자면 아직은 윤 회장의 회사에서 일하는 일개 사원일 뿐이었다. 물론 윤 회장에게 남은 핏줄이라고는 아주 오래전 아들이었던 남자의 부친을 잃고 또 작년에 딸이었던 남자의 고모마저 병으로 잃고 난 뒤, 이제 두 남매밖에 남지 않았지만 딱히 핏줄에 연연해할 타입은 아니었다.

지금이야 이렇게 밀당을 하고 있긴 하지만 상황에 따라서는 유일한 혈육조차 가차 없이 잘라 버릴 수도 있는 무서운 사람이었다. 그리고 남자는 누구보다 그런 윤 회장의 성미를 잘 알고 있다.

"그런 줄 알고 이만 나가 보거라. 꼴도 보기 싫으니까."

그래서 남자는 혀를 쯧 차는 윤 회장 앞에서 더는 아무 말도 못하고 방을 나올 수밖에 없었다.

탁—

방문을 닫고 나오는 남자를 반기는 건 윤 회장과 함께 사는 해원이었다. 방문 너머의 상황이 걱정돼서 계속 그 앞을 서성이고 있던 모양이었다.

"많이 혼났니?"

"몸에 상해를 입진 않았습니다. 예전 같지 않으시네요."

어렸을 땐 윤 회장이 던지는 재떨이에 맞아서 이마가 찢어지거나 했던 일이 다반사였다. 그러고 보니 조부의 성격도 참 많이 죽었다는 생각이 든다.

"연세가 있으시잖니. 요즘 들어 몸이 안 좋으신 모양이야. 닥터 김도 부쩍 다녀가는 횟수가 늘었고……."

"닥터 김이요?"

닥터 김이라면 윤 회장의 주치의였다. 지금까지 윤 회장은 건강에 이상 신호가 있어도 큰일이 아닌 이상 병원은커녕 주치의를 집으로 부르는 것조차 멀리했던 사람이었다. 행여 소문이라도 나서 회사의 주가가 떨어지기라도 할까 하는 걱정 때문이었다.

그런데 닥터 김을 집으로 불렀다니. 그것도 자주씩이나. 이것이 사실이라면 결코 가벼운 일은 아닌 듯했다. 물론 자신을 협박하기 위해 만들어진 이야기일 확률이 더 크지만 말이다.

남자의 잘생긴 눈썹이 실룩였다.

"아마 그래서 더 그러시는 걸 거야."

해원은 그런 남자의 눈치를 보며 조심스럽게 말을 이어 갔다.

"정한이 네가 하도 여자에는 관심이 없는 것같이 구니까, 얼마나 걱정이 되시겠어. 소희도 시집가고 이제 남은 건 너 하나뿐이잖니."

일찍이 부모를 잃고 고아가 된 남자와 여동생을 거둔 것이 윤 회장이었다. 부인도 없이 윤 회장은 혼자서 정말로 두 남매를 업어 키웠다.

남자가 스무 살이 되어 독립을 하게 됐을 때서야 윤 회장은 해원을 집으로 들였다. 해원을 따르던 여동생과 달리 낯을 가렸던 그를 배려해서 한 행동이었다.

윤 회장이 고생해서 자신을 키웠다는 걸 누구보다 남자는 잘 알고 있었다. 해원의 말도 아마 키워 준 은혜를 알면 몸도 안 좋은 회장님의 심기를 거스르지 마라는 뜻일 것이다.

"회장님과 오래 사시더니, 협박하는 실력이 꽤 느셨네요. 정 여사님."

삐딱하게 뱉어진 남자의 말에도 해원은 부드럽게 미소를 지었다.

"맞선이 그렇게 싫으면 주변에서라도 잘 찾아봐. 괜찮은 여자 없니?"

"없습니다."

남자는 단칼에 대답했다.

고민할 것도 없었다. 정말 그의 주변에는 관심 가는 여자라고는 없었으니까.

"그래? 그렇다면 맞선 열심히 봐야겠네."

"가 보겠습니다."

부드러운 해원의 목소리에 어쩐지 약이 오른 남자는 고개를 꾸벅 숙이고는 현관으로 걸음을 옮겼다.

널따란 정원을 가로질러 나오는데 목덜미에 닿는 바람이 역시나 매섭다. 남자는 살짝 어깨를 떨며 옷깃을 단단히 여몄다.

아무래도 윤 회장이 이번에는 작정을 한 모양이었다. 그에게는 절체절명의 위기가 아닐 수 없었다. 지금까지처럼 맞선 자리를 나가는 족족 제멋대로 파투 냈다가는 호적에서 파일지도 모를 일.

이제부터는 윤 회장이 먼저 백기를 드느냐, 그가 먼저 백기를 드느냐를 가르는 질긴 레이스가 될 게 분명했다. 물론 자신이 먼저 백기를 드는 일은 없겠지만 레이스가 길어질수록 손해가 크게 나는 건 이쪽이었다.

"후……."

남자의 붉은 입술을 비집고 짙은 한숨이 흘렀다.

아무리 머리를 굴려 봐도 빠져나갈 구멍은 없을 듯했다. 그저 아무나 붙들고 만나는 척 연기를 하는 것이 최선의 방법인 것 같다. 하지만 그렇다고 정말 '아무나'를 붙들고 만날 순 없는 노릇이 아닌가. 그러다 여자 쪽이 언제 마음이 바뀌어서 나는 진심이에요, 물고 늘어지기라도 하면 곤란했다.

그는 결혼 생각이 전혀 없었다. 연애를 할 생각은 더더욱. 아니, 여자라는 존재 자체에 관심이 없었다. 여자라면 이제 지긋지긋하다.

머릿속이 복잡해졌다.

자신의 상황을 충분히 이해할 수 있고, 조부의 마음에 들면서도, 연애를 하는 동안 자신을 구속하지 않으며, 차후에도 질척거리지 않고 깔끔하게 떨어져 나가 줄 여자……라니.

말이 쉽지. 대체 그런 여자를 대체 어디서 찾느냔 말이다.

"……연기자라도 섭외해야 하나."

말도 안 되는 생각까지 하며 답이 나올 것 같지 않은 문제에 한껏 고심하고 있던 남자의 새카만 눈동자에 별안간 섬광이 비쳤다. 그와 동시에 굳어 있던 남자의 얼굴이 거짓말처럼 활짝 펴졌다.

있다!

생각해 보니 그의 주변에도 여자가 있었다. 게다가 그 여자는 그가 원하는 까다로운 조건에도 제법 들어맞는 것 같았다. 이게 웬 횡재란 말인가.

누군가를 떠올린 남자의 한쪽 입꼬리가 슬쩍 위로 올라갔다.

한 비서, 한봄

월요일 점심시간. 봄은 많은 사람들로 붐비는 호텔 커피숍에 홀로 앉아 있었다. 반듯하게 허리를 곧추세우고 앉은 그녀는 한참 전에 식어 버린 커피 대신 손목시계에 시선을 고정하고 있었다.

12시 30분. 약속 시간은 이제 고작 30분밖에 남지 않았다. 초침이 움직일 때마다 초조함이 배가 되었다. 정확하게 60번의 움직임 끝에 분침이 한 칸 이동했을 때였다.

촤아악—

누군가 물세례를 맞는 듯 시원한 소리가 그녀의 귓가를 때렸다.

드디어!

봄은 반가운 마음에 소리가 나는 쪽으로 시선을 휙 던졌다.

그녀의 시선뿐만 아니라 커피숍 안에 있던 많은 사람들의 시선을 한 몸에 받은 곳에는 남자와 여자가 있었다. 여자는 들고 있던 물 잔을 일부러 탁, 큰 소리가 나게끔 내려놓으며 자리에서 일어섰다. 그러고는 남자를 향해 미친놈. 하며 서늘하게 중얼거리고는 미련 없이 돌아섰다.

또각또각. 높은 하이힐이 대리석 바닥을 도도하게 눌러 찍는 소리가 가까워지는가 싶더니, 곧이어 여자의 짙은 향수 냄새가 봄의 코끝을 자극했다. 살짝 얼굴을 찌푸리는 사이 여자는 그녀를 지나쳐 커피숍을 나가고 있었다.

여자의 뒷모습이 완전히 자취를 감추었을 때쯤 봄은 자리에서 벌떡 일어났다. 그리고 한 치의 망설임도 없이 방금 여자가 앉아 있었던 테이블로 향했다.

"사장님, 괜찮으세요?"

봄은 남자의 안색을 살피며 들고 있던 흰 수건을 건넸다.

그것을 받아 든 남자는 물이 뚝뚝 떨어지는 머리카락을 대충 닦으며 가볍게 웃었다.

"커피나 과일 주스가 아닌 게 얼마나 다행이야."

퍽이나 다행스럽기도 하겠다.

봄은 물에 빠진 생쥐 꼴을 한 주제에 싱그럽게 웃는 남자를 한심하다는 듯 바라보았다. 하지만 곧 대충 물기를 닦아 낸 그가 도로 건네는 수건을 받아 들며 언제 그랬냐는 듯 깍듯한 표정을 지어 보였다.

"룸은 잡아 뒀습니다만, 시간이 많이 지체가 되는 바람에 대경 김 상무와의 점심 약속까지 30분도 안 남았습니다. 아무래도 화장실에서 갈아입으셔야 할 것 같은데요."

"그래. 이번엔 꽤나 까다로운 상대였으니까."

남자는 기꺼이 수긍한다는 듯 가볍게 고개를 끄덕이고는 자리에서 일어났다.

봄은 들고 있던 쇼핑백을 얼른 남자에게 건넸다.

"어느 쪽이지?"

"왼편입니다."

빳빳하게 다려진 셔츠와 넥타이가 든 쇼핑백을 받아 든 남자가 화장실 쪽으로 걸음을 뗐다. 그와 동시에 봄도 함께 걸음을 뗐다. 하지만 별안간 남자가 걸음을 뚝 멈추는 바람에 그녀도 덩달아 걸음을 멈출 수밖에 없었다.

"한 비서. 혹시 남자 화장실까지 따라올 작정이야?"

"……다녀오세요."

항상 옷을 갈아입을 때는 위층 룸을 이용했기 때문에 별생각 없이 이번에도 따라나서려던 것이었다. 봄이 살짝 당황한 얼굴로 고개를 까딱 숙이자, 남자는 픽 웃으며 화장실로 향했다.

멀어지는 남자의 뒷모습을 바라보고 서 있던 봄은 남자의 모습이 사라지자 슬그머니 자리에 엉덩이를 붙이고 앉았다. 그가 앉았던 소파에는 물이 사방에 튀어 짙은 자국이 남았다.

물이라서, 그의 말대로 정말 다행이기는 했다. 저번처럼 오렌지주스였다면 변상을 하느라 안 그래도 바쁜데 더 정신이 없었을 테니까 말이다.

도대체 이게 몇 번째인지 모르겠다. 선 자리에서 꼬박꼬박 물벼락 등을 맞는 사장의 뒷수습을 하는 것이. 아무리 보스를 보좌하는 것이 비서의 역할이라지만 이렇게 사적인 뒤치다꺼리까지 매번 해야 하나 싶다.

게다가 지금까지는 그나마 주말에 잡혔던 맞선 자리가 최근에는 주말, 평일 가리지 않고 멋대로 잡히기 시작했다. 사장은 미리 정해진 업무상 스케줄을 절대 바꾸려는 법이 없었고, 맞선을 강요하는 회장 역시 그 스케줄을 바꾸려는 법이 없었으니. 두 고집 센 고래 사이에서 등이 터져 나가는 건 전적으로 사장의 스케줄을 맡고 있는 자신뿐이었다.

사장의 맞선 자리에 어쩔 수 없이 동행하면서 마주쳤던 여자들은 대부분 괜찮았다. 세련된 얼굴과 몸매는 물론이고 회장이 직접 마련한 자리였으니 집안 자체도 괜찮을 터였다. 하지만 사장은 눈이 하늘에 달린 것인지 그 괜찮은 여자들을 죄다 마다했다.

이제 적은 나이도 아니건만, 고집은 이제 그만 피우고 적당한 여자 만나서 장가가면 좀 좋아.

차마 겉으로 뱉어 내지는 못하고 속으로만 쌓아 뒀던 불평불만으로 볼이 빵빵해질 무렵이었다. 저 멀리서 멀끔한 슈트 차림의 남자가 성큼성큼 그녀에게로 다가오고 있는 것이 보였다. 봄은 자리에서 발딱 일어났다.

커피숍 안에 있던 여자들의 시선이 남자에게 쏠렸다. 그러다 남자가 걸음을 뚝 멈추자, 이번에는 남자의 앞에 있는 그녀에게로 시선이 모아졌다.

저 여자와 저 잘난 남자는 대체 무슨 사이일까.

호기심과 질투가 딱 반반 섞인 눈빛들은 제법 따가웠다. 하지만 이미 이런 시선에는 익숙한 그녀는 덤덤하게 제 앞에 서서 고개를 살짝 치켜든 남자의 넥타이를 고쳐 매 주었다.

"색이 조금 칙칙한 것 같지 않아?"

"죄송합니다. 오전에 너무 바빠서 세탁물을 찾아오지 못했습니다."

"할 수 없지."

그러면서도 남자는 못마땅하다는 듯 제 목에서 대롱거리는 짙은 고동색의 넥타이를 흘끗 바라보았다. 그녀는 다시 한 번 작은 목소리로 죄송합니다. 얘기하고 넥타이를 갈무리한 다음 옷매무새를 정리해 주었다.

다른 이들의 눈에는 지금 그녀가 남편이나 남자 친구의 옷차림을 신경 써 주는 것처럼 보일지도 모르겠다. 하지만 훤칠한 이 남자가 지금 그녀의 눈에는 남편도 남자 친구도 아니고, 그저 손이 많이 가는 어린아이처럼 보일 뿐이었다.

그것도 아주 까다로운 도련님이랄까.

✲❀✲

정한은 김 상무와의 점심 약속에는 늦지 않게 도착했다. 그가 늦지 않았던 것은 아니었지만 김 상무가 그보다 10분은 더 늦었으므로 다행히 사과를 하는 게 아니라 받는 입장이 되었던 것이다.

요행이었든 행운이었든, 어쨌든 무사히 점심 식사를 끝내고 회사로 돌아온 정한은 자리에 앉기 무섭게 업무에 열중했다. 얼마나 마음이 급했는지 취향에 맞지 않다던 넥타이를 푸는 것조차 잊은 채였다.

작년 여름에 토목, 건축을 넘어서 리조트 사업에까지 뛰어들었던 탓에 연말은 물론이거니와 연초인 지금도 회사는 무척이나 바빴다. 사업이 자리 잡히기까지 향후 몇 년간은 아마 계속 이렇게 바쁠 것이다.

그가 사업 확장을 고려하던 당시, 일각에서는 무리한 사업 확장이라는 말이 심심치 않게 나왔다. 이미 윤강건설은 국내에서 1위인 건설 회사였다. 그러니 이사진들의 대부분은 지금의 사업이라도 지키자는 의견이었다. 1등은 빼앗는 것보다 지키는 것이 더 힘들다는 말이 있으니까.

 하지만 그는 그들과 생각이 많이 달랐다. 윤강건설은 국내에서나 1위일 뿐. 세계에서 1위는 아니었다. 아직 더 배울 것이 많았고 더 많은 것을 이뤄야 한다고 생각했다. 특히 리조트 사업은 윤강건설이 해외로 뻗어 나가기에 아주 안성맞춤이었다. 해서 이사진들을 하나하나 설득해 결국 사업 확장을 밀어붙였다.

 이제 고작 반년이 지났을 뿐이지만 지금까지의 결과만으로 보자면 대성공이었다. 단기간에 보여 준 말도 안 되는 성장세에 국내는 물론이고 해외에서도 놀라는 분위기였지만, 이런 성공을 그는 일찌감치 예견하고 있었다.

 다들 윤정한 사장은 감이 좋은 편이라고 말한다. 그 사실은 그도 인정했다. 하지만 단순히 감만 좋은 건 아니었다. 그는 자신의 감을 믿고 밀어붙일 수 있는 배짱이 있는 사람이었다. 또한 그것을 성공으로 이끌어 내기 위해 밤낮 가리지 않고 일에만 매달릴 열정까지도 갖췄다. 한마디로 그는 완벽한 기질을 갖춘 사업가였다.

 그런 그가 마음먹은 대로 못 할 건 이 세상에 아무것도 없었다. 지금껏 모든 것은 그의 계획대로 착착 진행되어 왔으니까.

 하지만 고속도로처럼 막힘없이 달리던 윤정한에게 최근 급브레이크가 걸렸다. 바로 윤 회장의 결혼타령이었다. 그의 조부는 일에만 미쳐 있는 제 손자가 홀로 늙어 죽을까 싶어 적잖이 걱정하는 눈치였다.

평소 윤 회장은 전할 용건이 있을 때면 늘 해원을 통해서 그에게
연락을 하곤 했다. 하지만 오늘 아침엔 오랜만에 조부의 전화를 다
이렉트로 받았었다.

— 오늘 오후 12시까지 윤강호텔 1층 커피숍으로 오거라.

앞뒤 잘라먹은 명령 아닌 명령. 처음엔 우습게도 데이트 신청인
가 했다. 하지만 그는 곧 그것이 닭살스러운 데이트 신청이 아니라
결투 신청임을 깨달을 수 있었다.

"죄송하지만 오늘은 점심 약속이 있습니다."

— 여자냐?

"……대경 김 상무입니다."

김 상무는 그에게 중요한 비즈니스 파트너였다. 그걸 모르지 않
을 텐데 윤 회장은 심드렁하니 대꾸했다.

— 어차피 네가 이 할아비의 말을 듣지 않는다면 회사를 나가
야 할 텐데, 백수가 되어서도 김 상무와의 약속이 중요할 성싶으
냐?

수화기 너머에서 들려오는 능글맞은 노인네의 목소리는 그의 처
지를 다시 한 번 일깨워 주었다.

제아무리 날고 기는 윤강건설의 사장이라도 윤 회장의 앞에서는
그저 바람 앞의 등불일 뿐이라는 것을. 제아무리 단 하나뿐인 핏줄
이라 할지라도 세상에 공짜는 결코 없다는 것을.

저렇게까지 으름장을 놓는데, 평소처럼 상대를 바람맞힐 수는 없
어서 그는 어쩔 수 없이 오늘 맞선 장소에 나갔었다. 지금까지 맞
선 자리에서 뺑뺑 차인 수십 번의 노하우로 이번에도 빨리 해결하

려고 했지만 상대가 의외로 끈질겨서 제법 시간이 걸렸다.

그 때문에 하마터면 승승장구하던 비즈니스에 큰 차질이 생길 뻔했다. 그가 지금까지 얼마나 많은 시간과 노력을 투자했는데, 그깟 맞선 때문에 티끌만큼이라도 문제가 생긴다는 건 결코 용납할 수 없는 일이었다.

일을 하다 말고 문득 젖어 든 상념에서 그를 꺼내 준 것은 똑똑, 노크 소리였다.

"들어와요."

업무에 방해를 받은 것이라면 목소리가 분명히 뾰족하게 나갔을 것이다. 하지만 이번에는 오히려 길어지는 상념을 깨워 준 반가운 방해였기에 그의 목소리가 한층 부드러웠다.

정한은 쓰고 있던 은테 안경을 벗고 의자 등받이에 깊숙이 몸을 기대었다.

"차 가져왔습니다."

집무실로 들어온 건 한 비서였다. 그녀는 그의 책상 위에 예쁜 꽃잎 무늬의 찻잔을 반듯하게 내려놓았다.

"커피가 아니네. 이건 무슨 차지?"

그는 늘 진한 아메리카노만 고집했었다. 진한 카페인이 들어가야 잠이 깨고 집중이 더 잘되는 것 같았기 때문이다.

"헛개차입니다."

"헛개차?"

찻잔에서 찰랑이는 보리색의 음료를 바라보던 정한은 봄을 똑바로 바라보았다.

"혹시 나한테서 지금 술 냄새가 나나?"

"아뇨. 냄새도, 얼굴색도 변화 없으십니다. 그저 김 상무님과 식사를 하셨으니 반주를 두어 잔 정도는 하셨을 것 같아서요. 특히나 인삼주는 잘 안 받으시기도 하고."

마치 식사 자리에 함께 있었던 사람처럼 그녀의 말은 정확했다. 워낙 술을 좋아하는 사람인지라 김 상무와의 식사 자리에는 밤낮 가리지 않고 술이 빠지지 않았었다. 특히나 김 상무는 인삼주를 좋아했다. 하필이면 그는 인삼이 안 받는 체질인데 말이다.

하지만 그가 접대를 하는 자리였기에 이번에도 인삼주는 빠질 수 없었다. 그렇다고 술을 뺄 수도 없어 정확히 딱 두 잔 예의상 받아 마셨다. 세 번째 잔은 받아 놓기만 했다.

안 그래도 안 받는 술을 마셔서인지, 낮술을 해서인지, 서서히 몸 안에 술기운이 올라오는 것 같긴 했었다. 조금 더 시간이 지나고 술기운이 제대로 올라왔다면 그가 먼저 술 깨는 음료를 주문했을지도 모르겠다. 오늘은 평소보다 할 일이 더 많으니까.

"한 비서. 나랑 일한 지 얼마나 됐지?"

그는 찻잔을 들어 차를 한 모금 마셨다. 고소한 향이 기분 좋게 몸으로 퍼져 나가며 혈액과 함께 돌고 있던 알코올을 밀어내는 느낌이 들었다.

"3년 조금 지났습니다."

"3년이라……."

벌써 세월이 그렇게나 됐나 싶었다. 하긴 처음 봤을 때의 통통한 볼살이 모두 어디론가 사라지고 없는 것을 보니, 그만큼 시간이 흐른 것도 같다. 처음 봤을 땐 스물네 살, 새파란 1년 차 신입 사원이 었던 그녀가 이제 벌써 스물여덟 살, 어엿한 여인이 되었으니.

정한은 한 비서를 처음 만났던 날을 아직 기억하고 있었다. 그는 모든 부하 직원들과의 첫 만남을 기억할 정도로 타인에게 관심이 있는 스타일은 아니었다. 하지만 한봄, 그녀의 첫인상은 꽤나 강렬해서 잊을 수가 없었던 것이다.

정한이 사장 직함을 단 지 고작 일주일이 흘렀을 때였다. 그때까지 그의 비서는 계속해서 함께 일을 했던 박 실장뿐이었다. 비리가 있어서 퇴출당한 전 사장에게 속해 있던 비서실 직원들은 모두 해고했었다. 업무에 관해서는 상관의 일거수일투족을 모두 알고 있어야 하는 비서실 직원들이 전 사장의 비리를 알면서 숨겼다는 것도, 몰랐다는 것도, 모두 문제였으니까.

그는 텅 빈 자신의 공간에 새로운 살림을 꾸리느라 여념이 없었다. 사장이 되고 제일 먼저 공을 들였던 건 비서실 직원을 뽑는 것이었다. 자신을 보좌해 줄 비서가 가장 중요하다는 것을 조부에게 익히 들어 잘 알고 있었다.

딱히 외부에 모집 공고를 내어 뽑지 않고 기존 직원들의 추천을 받기로 했다. 회사에 믿을 만한 몇몇의 사람들에게 추천을 부탁했었다. 열 명에게 부탁했던가. 그중 아홉이 고민도 않고 곧바로 한 사람의 이름을 댔다.

관리팀의 한봄. 바로 지금의 한 비서였다.

도대체 어떤 여자이기에 이렇게 많은 사람들의 추천을 받았을까. 하지만 기대와는 달리 그녀는 외모가 눈에 띄게 예쁘다는 것만 제외하면, 평범한 여자였다. 학벌이 좋은 것도 아니고 그렇다고 나머지 스펙이 뛰어난 것도 아닌, 고작 입사한 지 1년밖에 안 된 햇병아리인 그녀의 이력서를 봤을 때, 그는 솔직히 꽤나 실망을 했었다.

하지만 직접 면접을 본 순간, 마음이 바뀌었다.

당당한 걸음. 단정한 자세. 곧은 허리. 기죽지 않고 꼿꼿이 저를 마주 보는 맑은 눈동자.

그리고…….

'안녕하세요. 한봄입니다.'

자신의 앞에서도 긴장감이라고는 전혀 느껴지지 않는, 담백한 목소리까지.

처음 마주한 그녀는 봄이라는 이름과는 반대되게 찬바람이 쌩 부는, 오히려 겨울 같은 이미지였다.

실제로 얼굴을 마주하자 사진에서는 볼 수 없었던 묘한 오라가 느껴졌다. 더 이상 종이 쪼가리에 적힌 몇 줄의 이력 따위는 중요치 않았다. 그냥 느낌이 그랬다. 이 여자는 뭔가 다를 거라고.

그는 늘 그랬던 것처럼 자신의 감을 믿기로 했다. 그리고 역시나 그의 감은 틀리지 않았다.

한 비서는 완벽했다. 연락받은 사항을 깜빡하고 전달하지 않는, 흔한 실수 같은 건 한 번도 하지 않았다. 그가 한 번 말한 것은 잊지 않고 꼭 기억했다. 그게 얼마나 사사로운 것이든 간에.

그뿐만 아니라 수많은 거래처 사람들의 프로필도 늘 들고 다니는 노란 수첩에 적어 두고 수시로 살폈다. 그렇게 얻은 정보로 그녀는 상대의 음식 취향을 고려해 약속 장소를 잡고, 가끔 중요한 상대일 때는 그들 부부의 결혼 기념일까지 잊지 않고 꽃다발을 대신 챙겨 주곤 했다.

물론 직속상관인 그에 대해서는 더더욱 모르는 것이 없었다. 말하지 않아도 어떻게 그의 속마음을 알아챘는지 눈치껏 행동했다. 그는 속마음을 표정으로 드러내는 편이 아니었음에도 말이다. 정말 말도 안 되지만, 그래서 어쩔 땐 자신보다도 그녀가 자신에 대해 더 잘 아는 것처럼 느껴지기도 했다.

그렇게 그는 서서히 그녀에게 곁을 내어 주었고, 어느덧 그녀는 누구보다 그의 가까이에 있게 되었다. 그녀보다 두 배는 더 오랜 시간을 함께했던 박 실장이 가끔은 대놓고 섭섭하다고 말할 정도로.

그는 단정한 눈빛으로 저를 바라보는 여자를, 새삼스럽게 바라보다가 이내 싱긋 웃었다.

"고마워, 한 비서. 잘 마실게."

✻✻✻

요 며칠 그의 눈길은 한곳을 집요하게 따라다니는 중이었다. 외근을 나갈 때도, 사무실을 오갈 때도, 밥을 먹을 때도. 그의 시선과 온 감각은 계속해서 한 비서를 향하고 있었다.

윤 회장에게 불호령을 들었던 그날 그의 머릿속에 떠올랐던 여자는 바로 한 비서였다. 어쩌면 그녀가 그의 발목을 붙들고 있는 브레이크를 치워 줄 수 있을지도 모르겠다고 생각했다. 그리고 날이 갈수록, 그녀를 지켜볼수록, 점점 더 정말로 그럴 수 있겠다는 일말의 기대감이 커지고 있었다.

하지만 그는 결백했다. 그저 시야에 들어왔을 때 평소보다 좀 더 신경 써서 살폈을 뿐이지, 굳이 스토커처럼 그녀의 뒤를 졸졸 쫓아다니는 짓까지는 하지 않았다고. 그러니 담배를 피우기 위해 찾은 한겨울 옥상에서 그녀와 마주친 것은, 말 그대로 정말 우연이었다고. 게다가 그녀보다 옥상에 먼저 와 있었던 것은 그였다.

"한봄! 너 정말 이럴래?"

불쑥 나타난 그녀의 모습에 살짝 몸을 숨겼던 정한은, 뒤따라 들어오는 한 남자의 모습에 아예 작정하고 벽 뒤에서 몸을 웅크렸다. 이제 막 태우기 시작한 담배까지 발로 비벼 끄면서도 그는 왜 자신이 지금 이러고 있어야 하는지 살짝 의문을 가졌다.

"어제 내가 그 레스토랑에서 얼마나 기다렸는지 알아?"

"못 간다고 했잖아요."

"못 가? 아니. 못 온 게 아니야, 너는. 오기 싫어서 안 온 거지!"

담담한 그녀의 대꾸에 남자는 흥분을 주체하지 못하고 소리쳤다. 잘하다가는 옥상에 있는 그뿐만 아니라 건물 안에 있는 사람들에게까지 다 들리겠다 싶을 정도로 큰 목소리였다.

그는 묘한 대화가 오가는 두 사람을 흘끗 살폈다. 그녀는 그에게서 등을 지고 있어서 표정이 보이지 않았다. 하지만 그녀의 맞은편에 서 있는 남자의 얼굴만큼은 확실히 보였다. 그도 아는 얼굴이었다. 사내에서 여직원들에게 꽤 인기가 좋은 기획팀의 곽 대리였다. 소문으로는 차분하고 다정한 사람이라고 들은 것 같은데, 어째 지금 분위기는 그가 들은 것과 많이 다른 것 같다.

"일이 바빴어요. 성오 씨도 알잖아요. 요즘 사장님 바쁘신 거."

"사장실 비서가 너 하나뿐이야?"

"억지 쓰지 말아요."

"억지? 너 지금 그걸 말이라고 해?"

아이를 달래듯 부드러운 여자의 목소리와 달리 남자의 목소리는 점점 더 격양되어져 갔다.

"우리 사귀는 거 맞아? 너랑 나, 연애하는 거 맞냐고!"

한 비서에게 만나는 남자가 있었던가? 전혀 몰랐다. 그도 그럴 것이 퇴근이 늦어져도, 잦은 출장에도, 가끔 주말 근무를 하게 될 때에도 그녀는 군말 없이 평소 같은 얼굴로 일을 했었다.

그러고 보니 얼마 전 크리스마스에도 급한 일 때문에 회사에 나왔던 것 같은데, 아쉬운 말 한마디 없었다. 크리스마스 날 회사에 나와 줄 수 있겠냐는 갑작스러운 제안에도 그저 늘 평소처럼 네. 하고 산뜻하게 대답했을 뿐.

그래서 전혀 상상도 할 수 없었다. 그녀에게 연인이 있다는 것을.

그리고 역시나 남자는 그 문제에 대해 얘기를 하기 시작했다.

"우리 반년을 만났어. 그런데 제대로 데이트를 한 건 열 손가락도 안 되는 거 알아? 대통령 얼굴 보는 것보다 애인 얼굴 보는 게 더 어렵다는 게 말이나 돼? 내 생일도, 네 생일도 바쁘다고 그냥 넘어갔어. 한 달 전부터 기대했던 크리스마스에도 갑자기 출근해야 한다고 해서 넘어갔고. 그래서 1월 1일만큼은 시간 내 달라고 부탁했어, 나. 그런데 결국 너는 어제마저 바쁘다고 날 바람맞혔지."

보통 저런 얘기는 여자들 쪽에서 나오는 말이 아니던가. 저 커플은 남녀가 완전히 뒤바뀐 모양이었다. 하지만 상대가 그녀라고 생각하니 어쩐지 수긍이 되기는 한다.

"미안해요. 하지만 말했잖아요. 나, 못 간다고. 그러니 기다리지 말라고."

"너, 날 사랑하긴 하니?"

고장 난 테이프처럼 같은 말만 연거푸 반복하는 여자의 말에 더이상 화를 내기도 지쳤는지, 잔뜩 부풀었던 흥분이 가신 얼굴로 남자가 물었다. 더없이 진지한 얼굴이었다.

"……미안해요."

순간, 정한은 달려 나가서 등을 지고 있는 여자의 몸을 자신 쪽으로 돌려놓고 싶은 충동을 느꼈다. 그녀의 얼굴이 너무도 보고 싶었다. 대체 어떤 얼굴로 사과를 하고 있을까. 높낮이 없이 담담한 목소리처럼 표정 또한 담담할까.

"하……."

그녀의 표정을 마주한 남자는 허탈한 숨을 내뱉었다. 늘 여유만만하던 곽 대리의 표정이 매우 공허해 보였다.

"그래. 맞아. 너는 처음부터 연애 같은 거 할 생각 없다고 말했었지. 좋은 여자 친구가 되어 줄 수 없을 거라고도 말했고. 그런데도 괜찮다고 만나 달라 졸라 댔던 건 나였어."

"……."

"그래……. 넌 처음부터 다 얘기했는데. 사랑 같은 거 할 생각 없다고. 나에게 전혀 관심이 없다고. 똑똑한 넌 정말 다 얘기 했었네……. 바보처럼 나만 잊고 있었던 거네……."

꼭 눈물을 흘릴 것 같은 얼굴로 쓸쓸하게 허공에 중얼거림을 내뱉은 남자는, 이내 모든 걸 체념한 듯 그녀의 어깨를 양팔로 붙들었다.

"사랑받지 못해도 네가 내 옆에 있어 주면 다 괜찮을 것 같았어. 근데 욕심이 생겼나 봐. 함께하다 보면 네가 나를 봐 줄 수 있을 거라고 생각했어. 언젠가는 나에게 마음을 열 수 있을 거라 자신했고. 이제 보니 너는 정말, 그저 내가 만나 달라고 귀찮게 해서 만나 준 것뿐인 거 같지만……."

남자는 쓸쓸하게 웃으며 여자의 어깨를 잡은 손을 떨어뜨렸다.

"이제 그만하자, 우리."

"……미안해요."

여자는 마지막까지 사과의 말만 뱉어 냈다. 다른 말을 한 번쯤 할 법도 한데. 사랑했었다는 말은 못 하더라도 하다못해 고마웠었단 말이라도. 하지만 그녀는 끝까지 지겨운 한마디만 반복했다. 미안하다는 말밖에는 정말로 할 말이 없었던 모양이다.

끝까지 사랑이라는 감정을 원했던 것 같은 남자는, 결국 황량한 얼굴이 되어 여자를 떠나갔다.

남자가 사라지고도 여자는 한참이나 같은 자리에 같은 자세로 서 있었다. 여전히 그녀의 표정은 보이지 않았고, 정한은 여전히 그녀의 표정이 궁금했다. 하지만 이미 한번 숨어 버린 몸이라 선뜻 나서지 못하고 쪼그려 앉은 채 그녀의 뒷모습만 바라볼 뿐이었다.

불어오는 바람에 단정하게 묶은 그녀의 머리카락이 살짝 흐트러졌다. 하지만 그녀는 정리할 생각도 않고 그저 서 있을 뿐이었다.

늘 깍듯한 모습으로 무엇을 얘기하든 네. 라고 담백하게 대답하던 한 비서는 씩씩한 이미지였다. 그럼에도 예의 바른 얼굴을 하고서 아닌 건 아니라고 확실하게 자신의 생각을 어필할 때는, 오히려 씩씩하다 못해 가끔은 너무 도도하고 차갑게 느껴지기도 했다. 하지만 지금 그의 눈에 보이는 그녀의 가녀린 어깨는 금방이라도 바스러질 듯 약해 보인다.

저토록 작은 여자였던가.

3년이 넘는 시간 동안 자신의 곁에 붙어 있었는데도 미처 몰랐다.

한 비서는 그 뒤로도 한참 동안이나 더 우뚝하니 서 있다가 옥상을 내려갔다. 그녀의 뒷모습을 멍하니 바라보고 있을 땐 몰랐는데, 자리에서 일어서자마자 저린 다리가 휘청하는 순간에서야 그는 시간이 꽤 많이 흘렀음을 인지했다.

정한은 뻐근한 다리를 쭉쭉 펴며 스트레칭을 한 다음 새 담배 한 개비를 꺼내 입에 물었다. 달칵, 맑은 소리가 나는 은색의 지포라이터로 담뱃불을 붙인 그는 연기를 머금었다가 허공으로 훅 뱉어냈다. 뽀얀 연기가 구름처럼 하늘 위로 흩어졌다.

"사랑 같은 거 할 생각 없다, 라······."

곽 대리의 슬픈 외침이 메아리가 되어 그의 귓가에 울렸다. 그와 동시에 자신의 앞에서는 업무에 관련된 것 외에 사사로운 감정 따위는 결코 티 내는 법이 없는 한 비서의 얼굴이 떠올랐다.

한봄.

그 여자에 대해 한층 더 호기심이 짙어졌다.

✽❀✽

"웬일이야? 공사다망한 한 비서께서 정시에 퇴근을 다 하시고."

7시가 조금 넘은 시간. 회사 로비에서 퇴근을 하던 봄과 마주친 영지가 놀랍다는 듯 눈을 크게 떴다. 영지는 기획팀 소속으로 입사 동기이자 절친한 대학 동창이었다.

"그러게. 오늘은 정시 퇴근하라 하시네."

"그 일중독 사장이? 와. 내일은 해가 서쪽에서 뜨려나."

장난과 진담이 딱 반반 섞인 친구의 말에 봄은 살짝 웃었다. 요즘 하루가 멀다 하고 야근이 계속되고 있었다. 젊은 혈기의 사장이 고집을 피워 사업 확장을 한 후부터는 정시에 퇴근했던 날이 손에 꼽을 정도였다.

일 욕심 많은 상관 밑에 있는 그녀에게 사람들은 저마다 불쌍하다, 참 안됐다, 등등 위로의 말을 건넸다. 하지만 정작 그녀는 아무렇지 않았다. 아니, 오히려 사장이 일 욕심이 많은 사람이라 좋았다. 야근을 하면 야근 수당이, 주말에 출근을 하면 특근 수당이 꼬박꼬박 나왔으니까 말이다.

"오랜만에 만났는데 저녁 같이하고 갈래?"

"미안. 저녁은 동생이랑 먹기로 했어."

사장에게서 정시 퇴근을 허락받은 그녀는 곧바로 동생에게 오늘 저녁 함께하자는 문자를 보냈었다. 한동안 바빠서 방학을 시작한 동생의 밥도 제대로 챙겨 주지 못했던 게 미안했는데, 그간의 미안함을 담아서 오늘은 맛있는 걸 먹일 생각이었다.

"그럼 어쩔 수 없지, 뭐. 오늘은 버스 같이 탈 친구가 생긴 걸로 만족해야겠네."

영지와 봄은 같은 방향이었다. 예전엔 출근은 함께 못 하더라도 퇴근만큼은 꼭 같이 하곤 했는데, 최근엔 봄이 워낙 바빴던 탓에 이렇게 함께 버스를 타는 게 꽤나 오랜만이었다.

두 사람은 운 좋게 버스에 올라타자마자 자리에 앉을 수 있었다. 럭키를 외치며 나란히 앉은 두 사람은 마치 여고생들처럼 조잘조잘 대화를 나누었다. 사실 영지의 조잘거림을 봄은 그저 웃으며 경청하고 있을 뿐이었지만 말이다.

"참! 모처럼 일찍 퇴근했는데 곽 대리 만나야 하는 거 아니야? 요즘 데이트 제대로 못 한다고 울상이던데."

근황토크가 끝나자 갑자기 대화의 방향이 엉뚱한 곳으로 튀었다. 영지의 갑작스러운 물음에 미소를 띠고 있던 봄의 얼굴이 저도 모르게 살짝 굳어 버렸다.

"뭐야? 너 표정이 왜 그래?"

"아, 그게……."

머뭇거리는 그녀의 표정을 금세 읽은 영지가 눈치 빠르게 물었다.

"두 사람, 혹시 싸웠어?"

영지는 봄의 연애에 관심이 많았다. 그럴 만도 한 게 곽 대리와 봄의 오작교 역할을 했던 사람이 바로 영지였기 때문이다. 괜찮은 남자가 있는데, 밥이라도 한 끼 할래? 같은 부서 곽 대리의 절절한 짝사랑을 가까이에서 지켜보던 영지가 안쓰러운 마음에 그녀와 만나는 자리를 마련하면서 인연이 시작된 것이었다.

"……헤어졌어."

봄은 잠깐 망설이다 이내 조심스럽게 입을 뗐다. 타인에게 사적인 얘기를 하는 것은 싫지만 이 일만큼은 영지도 알아야 할 것 같아서였다. 사실 지금 저가 얘기하지 않는다고 해도 언젠가는 알게 될 것이기도 하고 말이다.

"뭐? 그게 정말이야?"

"응."

"아. 그래서 오늘 하루 종일 곽 대리가 죽을상을 하고 있었던 거구나."

갑작스러운 소식이었음에도 불구하고 영지는 이렇게 될 줄 알았다는 듯 덤덤하게 고개를 끄덕였다.

"네가 헤어지자고 했어?"

"아니. 성오 씨가……."

"독한 것. 결국 곽 대리 입으로 헤어지자는 말을 하게 만들었구나. 그것도 새해부터."

영지가 혀를 쯧 차자, 봄은 마치 죄인이라도 된 것처럼 고개를 푹 숙였다.

자세히 듣지 않아도, 그 상황을 보지 않았어도, 이게 어떻게 된 상황인지 영지의 눈에는 훤했다. 그녀에게 첫눈에 반해 1년을 쫓아다니고, 결국 어렵게 연애를 시작하게 되면서 반년 동안 세상 누구보다 행복해하던 곽 대리였다. 그런 사람이 정말 헤어지고 싶어서 헤어지자는 말을 하지는 않았을 것이다. 분명 그녀의 철벽이 그의 입에서 그 말이 나오게 만들었겠지.

"왜. 막상 만나 보니 곽 대리, 그 인간 별로였어?"

"아냐. 좋은 사람이었어, 그 사람은."

정말 좋은 사람이었다. 늘 그녀의 입장에서 생각해 주었고, 언제 어디서든 그녀를 먼저 챙겼다. 그의 사랑은 늘 넘쳤다.

그래서 더 부담스럽고 미안했다. 자신은 그럴 수 없었으니까.

사실 오늘 그의 입에서 그만하자는 말이 나왔을 때는 반갑기까지 했다. 우리 그만 만나요. 그녀가 차마 뱉어 내지 못해서 지금까지 혀끝으로만 굴려 대던 말이었다.

"좋은 사람이라고 생각했으면 조금 더 만나 보지 그랬어. 또 알아. 계속 보다 보면 네 마음이 바뀔지."

"그건 그 사람한테 못할 짓이잖아."

이미 못할 짓은 잔뜩 해 버린 것 같지만……

고개를 작게 내저은 봄은 짧게 한숨을 내쉬었다.

"역시…… 그때 그냥 거절했어야 했어."

지난 반년 동안 계속해서 후회했다. 저를 향해 성큼성큼 다가오는 남자를 볼 때마다, 결국 저 때문에 상처받는 남자를 볼 때마다, 처음부터 확실히 거절하지 못했던 걸 후회했다. 그가 아무래도 괜찮다고, 그저 옆에만 있어 달라 부탁할 때 딱 잘라 냈어야 했다. 결국 이렇게 끝날 거라는 걸 그녀는 알고 있었으니까 말이다.

애초부터 연애 같은 걸 할 수 있는 여유 따위는 없었는데……

"야, 됐어. 괜히 자책하지 마. 네가 처음부터 경고했는데 다 괜찮다고 따라다닌 사람은 그 남자였어. 그때 칼같이 거절했어도 곽대리는 상처받았을 거야. 차라리 원 없이 너랑 만나 보고 아, 진짜 아니구나, 해서 스스로 그만두게 한 게 오히려 덜 상처일 수도 있어. 그건 모르는 일이야."

풀 죽은 저를 위로해 주려는 친구의 말을 들으며 그녀는 생각했다.

정말로 그런 거였으면 좋겠다고. 그는 정말 좋은 사람이었으니까.

동네에 도착한 봄은 버스에서 내리자마자 빠르게 걸음을 옮겼다. 이 시간에 버스를 탄 게 오랜만이라 퇴근길엔 차가 밀린다는 걸 까맣게 잊고 있었다. 생각보다 버스에서 허비한 시간이 길어져서 벌써 시간은 8시에 가까워지고 있었다. 저를 기다리느라 쫄쫄 굶고 있을 동생을 생각하니 마음이 급해졌다.

고기를 좋아하는 동생을 떠올리며 봄은 정육점으로 향했다. 평소엔 삼겹살이 비싸서 비교적 저렴한 앞다리살을 사서 양념불고기를 하곤 했는데, 오늘은 망설임 없이 삼겹살을 덥석 집었다. 계산할때 피 같은 돈을 내면서도 수험생인 동생에게 질 좋은 고기를 양껏 먹일 생각에 아까운 마음은 전혀 들지 않았다.

삼겹살이 두둑하게 든 검은 봉지를 달랑달랑 흔들며 기분 좋게 집으로 향하고 있을 무렵이었다. 언뜻 그녀의 시야에 군고구마 장수의 모습이 보였다. 요즘엔 보기 힘든 커다란 깡통과 함께.

군고구마를 좋아하는 봄의 얼굴이 밝아졌다. 식성이 저와 꼭 닮은 동생 것까지 해서 딱 두 개만 사 가야겠다고 생각하며, 그녀는 얼른 걸음을 옮겼다. 오랜만의 정시 퇴근에, 오랫동안 마음의 짐이었던 남자도 과정이 어쨌든 정리가 됐고, 군고구마까지. 웬일로 오늘따라 일이 술술 풀리는 것만 같은 느낌이 들었다.

하지만 들뜬 마음도 잠시. 군고구마 장수에게 가까워질수록 그녀의 얼굴은 점점 굳어 가기 시작했다. 군고구마를 팔고 있는 사람은 셋이었는데, 그 셋 다 어쩐지 낯이 익었던 것이다.

설마, 설마, 하면서 걷다가 깡통 앞에 멈춰 선 순간 봄의 입에서 꽥 큰 소리가 튀어나왔다.

"한영원!"

커다란 부름에 고구마를 은박지로 둘둘 싸고 있던 영원이 고개를 번쩍 들었다. 그녀와 시선이 마주친 순간 영원의 눈이 동그랗게 커졌다. 퇴근 시간이 아직 멀었는데 갑자기 이곳에 나타난 그녀의 모습에 놀랐는지 많이 당황한 모습이었다.

고구마를 얼마나 열성적으로 팔았으면 한 시간 전에 보낸 문자 하나도 아직까지 확인하지 못했을까. 군밤모자에 코끝에 묻은 검은 숯 자국까지. 영락없이 군고구마 장수처럼 보이는 영원의 행색에 봄은 기가 막히고 코가 막혔다.

"누나……?"

"너 대체 여기서 뭘 하고 있는 거야?"

씩씩거리며 영원에게 다가간 봄이 그의 귀를 확 잡아당겼다. 그녀보다 훨씬 키가 큰 영원은 귀가 붙들린 채 어정쩡한 자세로 낑낑거렸다.

"아야! 아파!"

"아프라고 잡았지, 설마 간지러우라고 잡았겠어?"

절대 놓아줄 생각이 없는 듯 영원의 귀를 단단하게 붙든 봄은 고개를 휙 틀어 남은 두 명을 사납게 쏘아보았다.

"김종운! 노재원!"

"넵, 누님!"

방금 전부터 그녀의 등장에 영원만큼이나 당황하고 있던 종운과 재원이 동시에 잔뜩 기합이 들어간 칼대답을 뱉어 냈다. 두 사람은 영원과는 불알친구였는데, 어렸을 때부터 영원이 아홉 살 위의 제 누나에게 잡혀 사는 걸 가까이에서 지켜봤던 탓에 덩달아 그녀를 무서워했다.

"너희들한테 내가 분명히 부탁했던 것 같은데? 앞으로 영원이 헛짓거리 못 하게 잘 말려 달라고."

"넵! 하셨습니다!"

"근데 말리지는 못할망정, 이렇게 셋이서 오순도순 헛짓거리를 하고 있어?"

"죄송…….."

봄이 커다란 눈을 번뜩 뜨자, 두 남자가 말끝을 흐리며 시선을 얼른 내린다.

"아, 누나. 제발. 애들이 안 된다고 했는데도 내가 끼워 달라고 조른 거란 말이야."

"시끄러워, 넌. 뭘 잘했다고 큰소리야?"

저 때문에 불똥이 튄 친구들에게 미안해 죽겠다는 얼굴로 영원이 입을 꾹 다물자, 봄은 다시금 두 사람을 향해 소리쳤다.

"너희들도 헛짓거리 그만하고 얼른 집에 들어가서 공부나 해. 너희들 이제 고3이야. 수험생이라고. 알겠니?"

"넵!"

두 사람의 씩씩한 대답을 들은 다음에야 봄은 영원을 질질 끌고 집으로 향하기 시작했다.

덩치가 큰 남자가 가녀린 여자에게 질질 끌려가는 이상한 광경을 안타까운 눈으로 바라보며, 종운과 재원은 서로 손을 꼭 붙든 채 중얼거렸다.

"……명복을 빈다, 친구야."

"아, 진짜 아프다고. 누나!"

영원이 내내 징징거렸지만 봄은 집에 도착해서야 집요하게 잡고 있던 그의 귀를 놓아주었다. 어찌나 세게 잡았던지 붙들려 있던 귀가 시뻘겋게 달아올랐다. 그 모습을 보니 살짝 미안한 마음이 들기도 했지만, 그래도 먼저 혼날 짓을 한 건 녀석이었으니 자업자득이었다.

"너 진짜 왜 이렇게 말을 안 들어? 내가 쓸데없는 짓 하지 말고 공부나 하라고 했어, 안 했어."

"공부는 학교에서 하면 돼."

"말 같지도 않은 소리 자꾸 할래? 너 2학년 성적 개판인 거, 내가 몰라?"

중학교 때부터 시작해서 고등학교 1학년 때까지는 전교에서 10등 밑으로 내려가 본 적이 없는 영원이었다. 형편이 어려워 남들처럼 학원 한번 보내 주지 못했지만 늘 좋은 성적을 유지해서 얼마나 뿌듯했는지 모른다. 하지만 어쩐 일인지 2학년 때 받아 온 성적표는 하나같이 형편없었다.

처음엔 그저 사춘기를 겪는다고 생각했다. 자기 일은 스스로 알아서 잘해 왔던 녀석이라 이번에도 혼자 잘 해결하겠거니 막연히 생각했다. 하지만 녀석은 1년 내내 못난 모습을 보였다. 아니, 시간이 지날수록 점점 더 엉망진창이었다.

결국 한 달 전 봄은 영원의 담임선생님에게서 면담 요청을 받았다.

영원의 담임선생님은 녀석이 수업 시간에도 매일 잠만 자고 야간자율학습도 수시로 땡땡이를 친다고 했다. 성적도 말도 안 되게 떨어져서 이대로는 1학년 때 생각했던 좋은 대학은커녕 서울에 있는 대학이나 갈 수 있을지 모르겠다고.

담임선생님에게서 모든 얘기를 듣고 난 뒤에서야 영원의 상태가 생각보다 심각하다는 것을 깨닫게 됐다. 바빠서 동생에게 신경을 제대로 못 썼던 것이 후회가 됐다. 아무리 어른스러운 녀석이라도 고작 열여덟 어린애일 뿐인데, 믿는다는 핑계로 너무 방관했던 건 아닐까. 새삼 미안한 마음이 들었다.

그래서 최근에는 동생에게 신경을 쓰려고 나름 노력하는 중이었다. 이제 곽 대리와의 연애도 끝났으니, 아무래도 이전보다 더욱 신경 쓸 수도 있을 거고.

"나 대학 안 가."

영원이 빨갛게 부은 귀를 벅벅 문지르며 바닥에 털썩 주저앉았다.

"뭐?"

"나 대학 안 갈 거라고."

기가 막힌다는 듯 저를 내려다보고 있는 봄을 향해 영원은 다시 한 번 또박또박 대꾸한다. 단단히 결심을 한 모양이었다.

"대학 안 가면?"

"고등학교 졸업하자마자 돈 벌 거야."

"무슨 일 하면서 돈 벌 건데? 한여름에도 군고구마 팔아 보게?"

"공장 일이 돈 많이 준대."

꼬박꼬박 되묻던 봄의 입이 딱 다물어졌다. 공장이라니. 기가 막혔다. 의사가 되어 엄마처럼 아픈 사람을 꼭 낫게 해 주겠다고, 어렸을 때부터 입버릇처럼 말했던 녀석이었다. 의사가 되려면 공부를 아주 잘해야 해. 한마디에 그날부터 정말 공부에 열을 올렸던 동생의 입에서 이런 말이 나오리라고는 상상조차 하지 못했다.

"한영원. 너 요즘 왜 자꾸 돈타령이야?"

"돈이 없으니까."

대답은 곧장 돌아왔다. 봄은 동생을 바라보며 한숨을 짤막하게 내쉬었다. 자신의 돈타령이 녀석에게까지 옮기라도 한 것일까. 그래도 동생 앞에서는 돈 얘기를 꺼내지 않으려고 노력했었는데 말이다.

"용돈 부족해? 얼마나 필요한데?"

봄이 모서리가 다 닳아 실이 비죽 나와 있는 낡은 천 가방을 뒤적거리며 지갑을 찾기 시작했을 때였다. 그런 누나의 모습을 물끄러미 바라보던 영원이 낮은 목소리를 뱉어 냈다.

"사치를 부리는 것도 아닌데. 비싼 걸 먹는 것도 아닌데. 곰팡이 소굴인 반지하에 살고 있는데. 벗고 다니지 않으려면, 굶어 죽지 않으려면, 길바닥에 나앉지 않으려면, 취미도 뭣도 없이 누나 혼자 돈 버는 기계처럼 일해야 할 정도로……."

가방을 뒤적거리던 손이 뚝 멈췄다.

"우리 가난하잖아."

쿵. 심장이 발밑으로 떨어지는 기분이다. 심장과 함께 가방을 바닥에 떨어뜨린 봄은 천천히 고개를 들어 영원을 마주 보았다.

도대체 언제부터였을까. 꿈이 많아 늘 반짝이던 녀석의 눈빛은 어느새 빛을 잃은 채 검게 식어 있었다.

태어났을 때부터 유복한 환경은 아니었다. 하지만 부모님은 사이가 좋았고 남매의 우애 또한 나쁘지 않았다. 부모님의 사랑도 누나의 사랑도 온전히 독차지한 막둥이는, 말썽 한번 피우지 않고 착하고 씩씩하게 자라났다. 가난했지만 화목한 가정이었다.

어느 날 갑자기 큰 병을 얻게 된 어머니가 병원 생활을 하는 동안, 바쁜 아버지와 누나 대신 그 곁을 지킨 건 어린 동생이었다. 친구들하고 한창 놀고 싶었을 텐데도 녀석은 꼬박꼬박 병원을 향했다. 엄마, 내가 꼭 의사가 되어서 엄마 병 낫게 해 줄게. 보호자 침상 위에서 책을 잔뜩 펴 놓고 숙제를 하며, 어머니의 아픈 얼굴에 미소를 걸쳐 주곤 했다.

5년 전, 2년간의 병원 생활 끝에 결국 어머니가 돌아가셨을 때도 동생은 씩씩했다. 너무도 사랑했던 아내를 잃은 충격에서 쉽게 헤어나지 못하는 아버지를 대신해 고작 열넷의 어린 아이가 조문객을 맞았다. 우리가 울면 엄마가 더 슬퍼하실 거야. 엄마가 그랬어. 하늘에서 꼭 지켜볼 거라고. 녀석은 빨개진 코끝과 두 눈을 한 채 제법 어른스럽게 누나를 위로하기까지 했다.

아홉 살이나 어리지만 든든한 동생이었다. 꼭 의사가 되어 돈도 많이 벌고 누나 호강시켜 주겠다고 큰소리치던, 자랑스러운 동생이었다. 그런데 어째서 1년 만에 이렇게 변해 버린 걸까. 낯선 동생의 모습에 손끝이 다 떨린다.

"가난해도 너 대학 보내 줄 정도는 돼. 그러니까 그런 쓸데없는 생각……."

지금까지 그랬던 것처럼 돈 걱정은 내 몫이라고. 그러니 넌 공부만 열심히 하면 된다고. 당당하게 말해야 하는데 그러지 못했다. 동생이 그녀의 말을 끊어 버린 것이다.

"누나. 언제까지 나한테 숨길 생각이야?"

"숨기다니?"

"아빠. 외국이 아니라 한국에 있다는 거."

영원이 이를 꽉 깨물며 말하자 봄의 눈이 둥그렇게 커졌다.

"너, 그걸 어떻게……."

"나 이제 다 알아. 엄마 병원비 때문에 진 사채 빚 때문에 아빠 도망 다니고 있다는 거. 누나 월급으로는 원금은커녕 매달 생활비에 이자 갚기도 벅차다는 거."

동생의 입에서 흘러나오는 생각지 못한 말에 그녀의 눈동자는 점점 흔들렸지만, 영원은 꽤나 덤덤한 얼굴로 얘기를 이어 갔다.

"아빠가 돌아가시지 않는 이상……."

"……."

"우리는 절대 이 거지 같은 상황에서 벗어날 수 없을 거라는 것까지도."

아마 작년 이맘때쯤이었을 것이다. 어느 날 갑자기 미안하다는 내용의 쪽지 한 통만 남기고 사라졌던 아버지가 그녀의 앞에 나타난 것은. 아주 오랜만에 만난 아버지는 많이 야위어 있었고, 얼굴과 손의 피부는 사포처럼 거칠었으며, 그녀가 기억하던 알싸한 스킨 냄새 대신 비릿한 바다 냄새를 잔뜩 풍겼다.

꾀죄죄한 모습의 아버지는 딸 앞에서 무릎을 꿇고 당신이 죽을 용기가 없어 미안하다며 우셨고, 그녀는 그런 아버지를 붙들고 그런 무서운 말 마시라 위로했다. 헛돈이 아니라 어머니를 살리기 위한 돈이었고, 자식들을 떠난 것 역시 살기 위해서는 어쩔 수 없는 선택이었다는 걸. 다 아니까 우리들은 괜찮다고. 살아 계셔서 다행이라고. 아버지나 몸 건강하시라고.

정말로 그녀는 지금껏 단 한순간도 아버지를 원망한 적은 없었다. 어머니를 살리기 위해서라면 자신 역시 같은 선택을 했을 것 같으니까. 아버지가 지금껏 살아오면서 누렸던 당신의 가장 큰 사치가 어머니의 병원비였다는 것을 누구보다 잘 아니까. 그래서 그녀는 아버지가 아닌 가난한 현실을 원망하고 또 원망했다.

오래 있을 수 없다던 아버지는, 한사코 사양하는 그녀의 품에 노란 봉투를 안기고는 사라졌다. 다음에 또 보자꾸나. 기약도 없는 한마디만 남긴 채. 그렇게 그리워하던 아들 얼굴도 보지 못하고 도망치듯 떠나가는 아버지의 뒷모습을 씩씩한 척 바라보던 그녀는, 결국 비린내가 절어 있는 돈뭉치 앞에서 무너지고 말았다.

300만 원. 눈덩이처럼 불어난 빚을 갚기엔 턱도 없이 적은 돈이었지만, 여기저기 도망 다니는 아버지에게는 얼마나 큰돈이었을까.

아버지와 만나고 나서야 깨달았다. 하늘이 무너지지 않는 이상 다른 돌파구는 없다는 것을. 도와줄 친척 하나 없는 그들에게 희망 따윈 없었다. 그저 지금까지처럼 이렇게 하루하루 견뎌 내야만 했다.

동생에게는 끝까지 숨기려고 했다. 참담한 현실을 받아들이기에 고작 중학생이었던 동생은 너무 어렸고, 또 빛나는 꿈이 있었으니까. 동생만큼은 아무 걱정 없이 평범하게 지냈으면 했다. 그래서 혼자 모든 것을 떠안았다. 등에 인 짐 덩어리 때문에 허리가 부러질 것 같아도 괜찮은 척했다. 부모님의 자식이었고 동생의 누나였으니까.

그런데 그런 노력이 무색해져 버릴 정도로, 동생은 이미 다 알아 버린 모양이었다. 1년 전 그날, 아버지와 그녀의 대화를 모두 들은 것일까. 벗어나고 싶어도 벗어날 수 없는 깊은 늪에 그녀의 두 다리가 이미 빠져 버렸다는 것을……, 알게 된 것일까.

"그래, 맞아. 다 사실이야."

한숨을 길게 내쉰 봄은, 흔들리는 눈에 억지로 힘을 주고는 덤덤한 척 영원을 내려다보았다.

"그래서?"

"……."

"그래서, 뭐? 네가 다 알았다고 뭐가 바뀌는데?"

생각했던 반응이 아니었던 모양인지, 봄을 바라보는 영원의 얼굴에 당황한 기색이 역력하게 비쳤다. 그녀는 밀랍인형처럼 감정 없는 얼굴을 한 채로 말을 이어 갔다.

"대학 안 가고 공장 다니면서 돈 몇 푼 보탠다고 상황이 달라지기라도 할 것 같아?"

"누나 혼자 빚 갚는 걸로도 벅찬 거 뻔히 아는데, 내가 어떻게 마음 편하게 대학을 다닐 수 있겠어. 대학 가서 돈 쓰는 것보다는 하루라도 빨리 한 푼이라도 더 버는 게……."

"웃기고 있네."

봄이 서늘한 눈빛으로 피식, 실소를 뱉으며 영원의 말을 잘라 냈다.

"나한테 미안해서 대학을 안 가겠다고? 막살겠다고? 나를 위해서 내 말은 안 듣고 네 맘대로 살겠다니. 그게 무슨 헛소리야? 뒤늦게 중2병에라도 걸렸니, 너?"

"……."

"어른스러운 척은 진짜 어른이 되고 나서나 해. 네 사춘기 투정 다 받아 줄 정도로, 나 여유 있지 않으니까."

할 말이 없는 듯 입을 다물고 있는 영원을 보며 낮게 으르렁거린 봄은 고기가 든 봉지를 들고 서둘러 부엌으로 나왔다.

쾅!

신경질적으로 낡은 나무문이 닫히자마자 그녀의 두 뺨을 타고 참았던 뜨거운 눈물이 주룩 흘러내렸다. 동생 앞에서 눈물을 흘리지 않을 수 있었던 게 다행이라고 생각하며, 후들거리는 다리에 힘을 쥐 간신히 지탱하고 선 봄은 두 눈을 질끈 감았다.

'봄이가 엄마 대신 영원이 좀 잘 챙겨 줘.'

마지막 가는 길에 어린 자식이 얼마나 눈에 밟혔을지. 말라 버린 손으로 그녀를 붙들고 동생을 부탁하는 엄마에게, 그녀는 걱정 마시라 말했다.

'너무 염치없지만 부탁할게. 미안하고 사랑한다…… 내 딸.'

두 번이나 반복된 말. 그제야 안도한 듯 두 눈을 천천히 감던 엄마.

봄은 아직도 그날의 기억이 생생했다.

엄마라면 이 상황에서 어떻게 했을까. 저처럼 다그치지 않고 좀 더 따뜻하게 동생을 안아 줬을까…….

씩씩하게 지내다가도 이런 날이면 미친 듯이 엄마가 그리워지곤 했다. 엄마라는 존재가 자신에게 얼마나 큰 그늘이었는지, 울타리였는지, 새삼 깨달을 때면 마치 이 험난한 세상에 혼자 발가벗고

서 있는 기분까지 들었다.

스물여덟. 어린 동생에 비하면 엄마의 품이 그리울 나이도 아니건만. 이제는 그 빈자리가 덤덤해질 법도 하건만. 어째서 '엄마'라는 단어는 아무리 시간이 흘러도 처음과 같은 크기의 아픔인 걸까.

가슴 깊은 곳에서 뜨거운 것이 왈칵 솟아오른다. 더 생각하면 눈물을 멈출 수 없을 것 같아서 머릿속에 떠오르는 엄마의 모습을 애써 지웠다.

감았던 눈을 번쩍 뜬 봄은 자꾸만 흐르는 눈물을 손바닥으로 대충 쓱쓱 닦아 낸 뒤 곧장 가스레인지 앞에 섰다. 시뻘건 핏줄이 서서 눈이 따가웠지만 그녀는 아랑곳 않고 고기를 주섬주섬 꺼내 프라이팬에 굽기 시작했다.

치지직—

고기가 익어 가는 맛있는 소리가 귓가를 울렸다. 먹음직스럽게 노릇노릇 잘 구워진 삼겹살을 나무젓가락으로 뒤집으며, 봄은 자꾸만 밑으로 향하는 입꼬리를 억지로 끌어 올렸다.

"……맛있겠다."

나약한 모습을 보일 여유 따위는 없었다. 동생에게는 이제 자신이 유일한 울타리였으니까.

2

고백도 부탁도 아닌, 거래

    정한은 최근 조부의 어마어마한 능력에 새삼 놀라는 중이었다.
맞선을 보는 족족 퇴짜를 놓고 있었으니 좁은 바닥에 소문이 퍼졌
을 법도 하건만, 윤 회장이 주선하는 선 자리는 이상하게도 끊이지
않았다.

    도대체 어디서 이 많은 여자들을 섭외했는지 궁금할 지경이었다.
이러다가는 정말로 결혼 적령기에 있는 모든 대한민국 여자들을 한
번씩 다 마주할지도 모르겠다고 생각하며, 그는 이제는 몇 번째인
지도 모를 맞선녀를 등지고 레스토랑을 나왔다.

    "오늘은 멀쩡해. 괜찮아."

    그의 모습이 보이자마자 차에서 빠르게 내려, 습관처럼 자신의
전신을 훑는 봄의 시선에 정한은 두 팔을 번쩍 들어 올리며 싱긋
웃었다.

    "네. 다행이네요."

혹시나 해서 챙겨 온 옷가지가 든 쇼핑백을 도로 차 안에 집어넣으며 그녀는 덤덤하게 대꾸했다.

"다음 스케줄은?"

"회사로 복귀하시면 됩니다."

맞선 자리는 이제 대놓고 평일에 이루어졌다. 이틀을 연달아 잡히기도 했고, 점심때 한 번, 저녁에 한 번, 하루에 두 탕을 뛰어야 하기도 했다. 업무차 나가는 외근보다 맞선 때문에 나가는 외근이 더 많아지고 있었으니 말 다 했다.

이미 예상했던 일이지만 조부가 이번만큼은 물러날 생각이 전혀 없는 듯했다. 점점 그의 발끝이 벼랑 끝으로 가까워지고 있는 느낌이었다. 슬슬 위기감이 짙어진다. 이대로 가다간 정말 떨어져 버리고 말 것 같았다.

달리는 차 안에서 느긋하게 휴식을 취하고 있던 정한이 문득 감은 눈을 떴다. 그의 시선이 조수석에 앉은 봄의 단정한 옆얼굴로 향했다.

"한 비서."

"네. 사장님."

빠릿한 대답과 함께 그녀의 고개가 정한 쪽으로 향했다.

"요즘 내 맞선 자리마다 따라다니느라 아주 귀찮아 죽겠지?"

"괜찮습니다."

갑작스러운 질문에도 전혀 당황하는 모습 없이 그녀는 지극히 의례적인 대답을 뱉어 냈다.

"솔직하게 말해도 돼."

"……솔직히, 스케줄이 꼬일 때는 좀 곤란하긴 합니다."

"안 꼬이더라도 귀찮잖아? 요즘 한 비서, 점심시간에 밥도 제대로 못 먹고 맞선 자리 따라다니고 있으니까."

이번에는 딱히 대꾸가 없다. 대신 이 인간 새삼스럽게 왜 이런 질문을 하는 거야, 하고 그 의도를 파악하려는 듯 그의 눈을 빤히 쳐다보고 있었다.

"나도 아주 귀찮아 죽겠어. 업무 외에 이딴 걸로 시간 낭비하는 게 못마땅하기도 하고 말이야."

"네."

이런 말을 주절주절 늘어놓는 이유는 모르겠지만, 그 심정만큼은 이해한다는 듯 그녀는 고개를 끄덕였다.

"그래서 말인데……."

장황했던 설명을 끝내고 결론을 도출하기 직전, 정한은 빤히 그녀의 얼굴을 바라보았다.

순간 본능적으로 불길한 예감을 느낀 건지 봄이 어깨를 움찔했다.

하지만 정한은 자신을 벼랑 끝에서 구해 줄 유일한 동아줄인 그녀를 향해 세상에서 가장 싱그러운 미소를 지어 보였다.

"한 비서. 나랑 연애 안 할래?"

✱※✱

토요일 아침 일찍 눈을 뜬 봄은 옆에서 곤히 자고 있는 영원의 얼굴을 물끄러미 바라보았다.

어젯밤 봄이 야근을 하고 느직이 집에 들어왔을 때, 영원은 모서

리가 다 닳아 반질반질해진 책상 앞에 양반다리를 하고 앉아 공부를 하고 있었다. 얼마나 집중을 했으면 그녀가 씻고 다시 방으로 들어왔을 때서야 인기척을 느끼고 누나 언제 왔어? 하며 눈을 둥그렇게 떴다.

요 며칠 녀석은 오랜 반항을 멈추고 다시 예전의 모습으로 돌아간 듯 보였다. 아마 그날 그녀가 진심을 다해 화를 냈던 게 꽤나 충격적이었던 모양이다. 안 그래도 동생을 토닥여 주지는 못할망정 너무 냉정하게 굴었던 것 같아 마음이 여간 불편한 게 아니었는데, 충격요법이 먹힌 것 같아서 그나마 다행이다 싶었다.

착한 내 동생……. 가여운 내 동생…….

가느다란 손가락으로 동생의 이마에 흘러내리는 머리카락들을 부드럽게 쓸어 넘기는 사이 어느덧 해가 떴다. 반은 땅 밑에 꺼져 있고 반은 땅 위로 솟아 있는 조그마한 창문으로 반쪽짜리 햇살이 쏟아져 들어오기 시작했다. 그 빛에 살짝 찡그리는 영원의 감은 눈 위로 손 그늘을 만들어 준 봄은, 그렇게 자는 동생의 모습을 그 뒤로도 한참이나 더 바라보다가 자리에서 일어났다.

지금 살고 있는 집엔 부엌과 욕실의 경계가 딱히 없었다. 부엌 구석에 자리한 수도꼭지 앞에 쪼그리고 앉아 머리를 감고 세수를 하고 양치까지 한 다음, 봄은 곧바로 가스레인지 앞에 서서 콩나물국을 끓이기 시작했다.

국을 끓이는 동안 머리를 말리기 위해서 방으로 들어갔다. 단칸방이라서 제일 구석에 박혀서 최대한 약한 바람을 틀어도 늘 이쯤 되면 드라이어 소리에 영원이 잠에서 깼다.

이번에도 역시나 잠에서 깬 녀석은 머리 위에 까치집을 지은 채 멍한 눈으로 그녀를 바라보고 있다.

"미안. 얼른 끝낼게."

"괜찮아. 천천히 해."

잔뜩 잠긴 목소리는 괜찮다고 했지만, 밤늦도록 공부한 동생의 단잠을 방해한 것 같아 미안했다. 모처럼 만에 방학이니 녀석도 느긋하게 아침잠을 즐기고 싶었을 것이다. 봄은 드라이어 바람을 제일 세게 해서 후다닥 머리를 말리기 시작했다.

"그게 다 말린 거야?"

잠시 후 드라이기를 끄고 후다닥 정리하는 봄의 머리를 빤히 바라보며, 영원이 눈을 느리게 껌뻑였다. 그 눈에는 아직 졸음이 그득하다.

"응."

"아직 물기가 그대로 있는 것 같은데. 내 눈에만 그래?"

"물이 떨어지지만 않으면 돼."

짧은 머리도 아니고 긴 머리라 말리는 데는 시간이 제법 걸린다. 그러면 그만큼 전기세가 많이 들고. 굳이 전기세를 낭비하지 않아도 버스를 타고 회사로 가는 동안 머리는 충분히 말랐다. 대충 말린 머리는 늘 부스스하기는 했지만 어차피 묶을 거니까 별 상관없었다.

하지만 동생의 눈엔 물미역 같은 머리가 거슬리는 모양이다. 영원은 자리에서 벌떡 일어나서 봄이 기껏 정리해 놓은 드라이어를 다시 꺼내 플러그에 꽂았다.

"겨울에 젖은 머리로 돌아다니면 감기 걸리는 거 몰라?"

"금방 버스 탈 거라 괜찮아."

사양하는 봄의 말은 들은 체도 않고 영원은 드라이어를 켜 바람을 그녀의 젖은 머리에 갖다 댔다.

"전기세보다 약값이 더 들어."

위이잉. 따뜻한 바람에 그녀의 기다란 머리카락이 흩날리기 시작했다. 기다란 손가락이 제법 꼼꼼하게 머리카락을 훑어 내려가는 느낌에 봄은 살며시 눈을 감았다.

……기분 좋다.

그녀가 어릴 때 종종 어머니가 이렇게 머리를 말려 주고는 했었다. 능숙한 엄마의 손길보다는 많이 서투른 솜씨였지만 이 손길도 나쁘지 않았다. 아니, 서툴러서 더 좋은 것 같다.

코를 찔찔 흘리며 누나 뒤꽁무니만 쫓아다니던 녀석이 언제 이렇게 자랐는지 모르겠다. 괜스레 코끝이 찡해진다.

"콩나물국 끓여 놨어. 좀 더 자고 일어나서 데워 먹어. 어제 낙지젓갈 사서 냉장고에 넣어 뒀으니까 그것도 꺼내 먹고. 단백질이 중요하니까 계란도……."

"알겠어. 잘 챙겨 먹을 테니까 내 걱정은 말고 출근해."

주절주절 길어지는 잔소리가 듣기 싫어서인지 아니면 정말로 머리를 다 말린 것인지. 영원은 드라이어의 전원을 껐다. 그러고는 드라이어 정리를 뚝딱뚝딱 한 다음 다시 이불 속으로 쏙 들어갔다.

"참. 뭐 먹고 싶은 거 있어?"

거울을 보며 머리를 대충 정리한 다음 낡은 천 가방을 집어 들고 방을 나서려던 봄이 별안간 걸음을 뚝 멈추고 영원을 돌아보며 물었다.

"먹고 싶은 거?"

양어깨 위에 보이지 않는 짐 덩어리를 가득 이고 있는 가녀린 뒷모습을 안쓰럽게 바라보고 있던 영원이 얼른 눈빛을 지우고는 되묻는다.

"오늘 토요일이니까 모처럼 외식이나 할까 해서."

"누나."

"응?"

"토요일인데 데이트도 없어?"

한심스럽다는 듯 바라보는 것 같기도 하고, 안쓰럽다는 듯 바라보는 것 같기도 한 동생의 눈빛을 똑바로 바라보며 봄은 단호하게 고개를 내저었다.

"응. 없어."

"대체 왜?"

영원이 눈썹을 찡그렸다. 제 누나가 인기 없다는 게 퍽 자존심이 상하는 모양이었다.

"세상은 넓고 남자는 많은데. 특히나 대한민국은 여자 인구보다 남자 인구가 더 넘쳐 나는데. 정말로 누나 좋다는 남자가 한 명도 없어? 응?"

봄은 이번에도 역시 응, 없어. 단호하게 고개를 내저으려 했다. 하지만 문득 떠오른 누군가 때문에 대답이 조금 늦어졌다.

"……없어. 그런 남자."

"뭐야. 대답이 왜 한 템포 느려? 누나, 혹시 남자 있어?"

"없다니까 그러네."

반짝이는 영원의 시선을 의도적으로 피하며 봄은 방문을 열었다.

"암튼 뭐 먹을지 생각해 놔. 저녁에 외식하게."

이미 수상한 낌새를 눈치챈 영원이 집요하게 캐고 들까 봐 봄은 서둘러 방을 나섰다. 신발을 대충 구겨 신을 정도로 급하게 움직이면서도 잊지 않고 가스레인지 불까지 확실하게 끈 다음 집 밖으로 나왔다.

밖으로 나오자마자 찬바람이 횡 불어와 그녀의 긴 머리카락을 쓸어 넘겼다. 오랜만에 머리를 바짝 말린 덕분에 평소보다는 덜 추운 느낌이었다. 아무렇게나 흩날리는 머리카락을 가지런히 한쪽으로 쓸어 넘긴 봄은 총총걸음으로 계단을 올라가기 시작했다.

모르겠다. 왜 그 순간 사장의 얼굴이 떠올랐는지. 차라리 곽 대리를 떠올리는 게 더 맞는 걸 텐데……

"한 비서. 나랑 연애 안 할래?"

어제 생뚱맞게 뱉어진 사장의 물음에 가장 먼저 반응을 보인 사람은, 질문을 받은 당사자인 그녀가 아니라 옆에 있던 운전기사 김승호였다. 평소 말이나 리액션이 없어서 그림자라는 별명을 가진 그가 네에? 하고 크게 되물었다.

"아니. 김 기사 말고 한 비서 말이야."

"죄송합니다. 너무 놀라서……."

승호는 민망한지 헛기침을 하고는 운전에 집중했다. 그러자 사장의 시선이 다시금 그녀에게 꽂혔다.

"왜 대답이 없어. 한 비서?"

"굳이 대답을 해야 하나요?"

여전히 놀라서 가슴이 벌렁거리는 승호와 달리 봄은 평온해 보였다.

"그게 무슨 뜻이지?"

"거절하겠다는 뜻입니다."

그녀가 담담하게 대꾸하자 사장이 대놓고 실망한 티를 냈다.

"대답이 너무 성의 없는 거 아니야? 사람이 고백을 했으면, 대답하기 전에 적어도 고민하는 시늉이라도 해 줘야 하는 거 아닌가."

고백? 순간 저도 모르게 헛웃음이 나올 것 같아 봄은 아랫입술을 살짝 깨물었다.

"실례였다면 죄송합니다. 고백이 성의 없어 보여서 대답도 성의 없게 해도 되는 줄 알았어요."

"너무하네, 한 비서. 내가 진심이면 어쩌려고?"

뻔뻔한 얼굴로 섭섭한 척 연기하는 사장의 얼굴을 마주하고 있던 봄은 고개를 제자리로 돌리며 대답했다.

"아닌 거 아니까요."

내가 당신보다 당신에 대해 더 잘 아니까. 봄은 뒷말을 삼켰다.

황당한 고백을 듣는 순간 그녀는 이미 그의 속셈을 완벽하게 간파해 버렸다. 맞선이 귀찮다는 둥. 처음부터 그답지 않게 서론이 길기에 도대체 무슨 말을 하려고 그러나 싶었는데, 결국 이런 말도 안 되는 헛소리를 하려고 그랬나 보다.

결혼은커녕 연애할 생각도 전혀 없는 사장에게 윤 회장이 억지로 잡아 주는 맞선 자리가 얼마나 귀찮을지는, 그를 쭉 보필해 왔던 그녀도 아주 잘 알고 있었다. 쓸데없는 시간 낭비를 제일 싫어하는 그에게 맞선에 쏟아붓는 시간은, 화장실을 가는 시간보다 훨씬 더 아깝게 느껴질 거라는 것까지도.

하지만 아무리 그래도 그래서 말인데, 연애하자. 라니…… 너무도 황당하고 엉뚱한 결론 도출이 아닐 수 없었다.

"흐음. 거절이라……."

뒤통수에 사장의 중얼거림이 꽂혔다. 하지만 봄은 더 이상 그를 향해 고개를 돌리지 않았다. 앞으로 그의 입에서 나올 말들이 고개까지 돌려 가며 집중해야 할 정도로 중요한 얘기가 아니라는 것을 알았기 때문이다.

그 뒤로 퇴근을 하는 순간까지, 사장은 그것에 대해서는 일언반구도 없었다. 아마 본인도 알고 있었을 것이다. 본인이 한 말이 얼마나 황당한 헛소리였는지. 그냥 자신이 처한 상황이 너무 답답해서 되지도 않는 헛소리를 한번 해 본 것이리라. 혹은 심심해서라든지.

봄은 그렇게 생각했다.

✳❊✳

아침부터 정한은 저기압이었다. 집에서 나서기 직전, 출근 전에 성북동을 들리라는 연락을 받고 다녀오는 길이었다. 평소 같았으면 어떤 핑계를 대서라도 미뤘겠지만, 최근 한껏 예민해져 있는 조부의 심기를 일부러 더 건드려 봐야 저한테 좋을 건 없을 것 같아서 귀찮지만 다녀오기로 결정한 것이었다.

하지만 이제 보니 완전히 판단 미스였던 것 같다. 결론적으론 조부의 심기를 건드리지 않으려다가 제 심기가 완전히 엉망이 되어 버렸으니 말이다.

성북동에서의 용건은 간단했기에 회사에 도착한 시간은 평소와 비슷했다. 사장실로 들어간 그는 저를 향해 일동 일어나 인사를 건네는 비서실 직원들을 무시한 채 곧바로 집무실로 들어갔다.

외투를 응접용 소파에 대충 던져 놓고 자리에 앉은 그는 아까부터 들고 있던 종이를 펼쳐 들었다. 얼마나 세게 움켜쥐고 있었던지 종이는 엉망으로 구겨져 있었다.

그의 시선이 펼쳐진 종이에 닿았다. 종이에는 시간과 장소, 그리고 여자의 이름과 그 여자의 집안에 대한 것들이 간단하게 적혀 있었다. 도대체 이게 다 몇 명일까. 대충 눈으로만 어림짐작해 봐도 족히 10명은 넘어 보였다.

"네 녀석의 한 달 스케줄이다."

그가 현관에 들어서자마자 기다렸다는 듯 윤 회장은 평범한 인사말 대신, 종이를 건네며 기세등등하게 웃어 보였다.

"요새 많이 한가하신 모양입니다. 제 스케줄까지 직접 신경 써 주시는 걸 보니 말입니다."

"일선에서 물러나니 딱히 할 일이 없구나. 네 말대로 아주 한가해, 요즘."

윤 회장은 삐딱한 그의 말을 여유롭게 받아쳤다.

"저 중에서도 딱히 마음에 드는 인물이 없다면, 다음 달엔 더 많은 자리를 마련해 보마. 그러니 부담 갖지 말고 나가도록 해라."

부담을 갖지 말라고? 정한은 허, 웃었다.

닥터 김이 자주 들락날락한다더니, 다른 게 아니라 노망이 나서 그런 건 아닐까. 빈틈없어 보이는 조부의 주름진 얼굴을 바라보며 그는 아주 잠깐 진지하게 걱정했다.

곧 종이에 빼곡히 적힌 맞선 목록을 보고, 그것만큼은 절대 아니겠다는 결론을 내리기는 했지만 말이다.

"한 비서. 잠깐 나 좀 보지."

뚫어져라 종이를 노려보던 정한은 이내 그것에서 시선을 떼고 호출기를 들었다. 몇 초 지나지 않아 금세 집무실 문이 열렸다.

"부르셨어요?"

집무실 안으로 들어오는 한 비서를 빤히 바라보며 정한은 고개를 까닥였다.

사장에게서 갑작스러운 호출을 받은 비서가 집무실로 오는 것은 하루에 수십 번도 더 있는 일이건만, 그의 앞에 선 그녀는 오늘따라 분위기가 달라 보였다. 아마도 급하게 불려 온 탓에 채 묶지 못해 가슴께에서 찰랑이는 머리카락 때문이 아니라, 평소와는 달리 경계심이 잔뜩 서린 눈빛 때문인 것 같았다.

비서실 아침 회의가 끝나고 그날의 스케줄을 정리한 다음 사장에게 보고하는 게 그녀의 일상이었으니, 회의도 전에 호출을 받은 게 의아하기는 했을 거다. 하지만 상사를 바라보는 눈에 대놓고 경계심을 드러낸 것은 한 비서답지 않았다.

그녀를 바라보는 정한의 눈꼬리가 가늘어졌다.

어제는 고백을 귓등으로도 안 듣는 듯 칼같이 무시하더니, 그래도 신경은 쓰고 있었던 모양이지.

"이것 좀 봐, 한 비서."

정한은 다짜고짜 책상 위에 아무렇게나 널브러져 있던 종이를 집어 들고 척 내밀었다.

"이게 뭐예요?"

"내 한 달 스케줄이래."

"그게 무슨 말씀이세요? 한 달 스케줄이라니……."

종이를 받아 든 그녀가 황당하다는 얼굴로 되물었다. 사장의 스케줄을 정하는 건 비서실의 역할이었으니, 그녀의 입장에서는 황당할 법도 했다. 하지만 정한은 가타부타 하는 말 대신 가볍게 어깨를 으쓱해 보일 뿐이었다.

"말 그대로야."

그의 입에서는 제대로 된 대답이 나오지 않으리라는 판단을 내린 듯 봄의 시선이 다시 종이 위로 향했다. 생뚱맞게 여자의 이름과 집안에 대해 쓰여 있는 종이를 의아하게 바라보던 그녀의 눈이 금세 상황을 파악한 것처럼 차분하게 가라앉았다.

"……회장님께서 정해 주신 스케줄인가요?"

책상에 올려 둔 손 위로 턱을 괸 채 그녀의 모습을 빤히 바라보던 정한은 고개를 끄덕였다.

"어때. 가능하겠어?"

봄의 미간이 살짝 찌푸려졌다.

"사장님, 이건……."

"역시 어렵겠지?"

"이번 달은 안 그래도 스케줄이 빡빡한 편이라서, 이 모든 맞선을 다 보는 건 아무래도 어려울 것 같습니다."

충분히 예상했던 대답이었기에 그는 고개를 끄덕였다. 한 달이라고 해 봐야 20일도 채 남지 않았다. 아무리 유능한 한 비서라고 해도 요술을 부리지 않는 이상 불가능할 것이다.

요술. 비현실적인 단어를 떠올리게 할 정도로 윤 회장은 지금 정말 말도 안 되는 심술을 부리고 있었다. 아니, 이건 심술이 아니라 엄연한 갑질이었다. 그것도 그의 인생을 휘두르는 갑질.

이런 불합리한 상황을 순순히 받아들일 수는 없었다. 절대로.

"한 비서는 이 사태에 대해 어떻게 생각해?"

"네?"

"이대로 가다가는 나뿐만 아니라 본인도 꽤나 고생하게 생겼다는 생각 안 들어? 한 비서도 회장님 고집 잘 알지?"

물론 그가 어느 정도 선에서 윤 회장과 타협을 해 맞선 보는 여자와 진지한 만남을 갖게 된다면 그녀가 귀찮아질 일은 전혀 없겠지만, 그럴 가능성은 제로였다. 그 사실은 당사자인 그뿐만 아니라 그녀 역시도 알 것이고.

"이래도 어제의 내 고백이 진심이 아니었다고 생각해?"

봄의 기다란 속눈썹이 살짝 떨렸다. 역시 어제의 일에 대해 그녀도 신경을 쓰고 있는 게 분명했다. 찰나의 것을 놓치지 않은 정한은 말을 이어 갔다.

"연애해 보자는 거 진심이었어."

"……사장님."

"물론 한 비서를 사랑한다거나, 한 비서에게서 사랑을 받고 싶다거나, 하는 어설픈 감정놀음를 하자는 건 아니야. 한 비서도 사랑 같은 건 관심 없잖아?"

"!"

"내가 원하는 건, 단지 보여지는 연애야."

놀란 토끼 눈이 그를 응시했다. 어째서 당신이 그런 것까지 아느냐고 묻는 것 같았다.

하지만 사장 체면에 옥상에 숨어서 부하 직원의 사생활에 관해 엿들었노라 말을 할 수는 없는 법. 정한은 그녀의 눈빛에 담긴 뜻을 전혀 읽지 못한 척 그녀의 두 눈을 빤히 바라보며 말했다.

"나랑 연애해, 한 비서."

알고 있다. 이게 얼마나 억지인지는. 하지만 그에게는 더 이상 물러날 곳이 없었다.

아무리 고민해 봐도 자신을 이 거지 같은 상황에서 구제해 줄 사람은, 역시……

"정정할게. 고백이 아니라 부탁이야, 이건."

한봄. 이 여자뿐이었다.

✲✾✲

모처럼 외근이 없어 오랜만에 비서실 직원들과 함께 점심 식사를 마치고 회사로 돌아오는 길이었다. 회사 로비에 막 들어설 무렵 휴대폰을 든 그녀의 손에서 진동이 느껴졌다. 진동이 짧은 걸 보니 문자인 모양이다.

친구가 몇 없는 그녀의 휴대폰을 울리는 사람은 보통 비서실 직원들이나 직속상관인 사장이었다. 비서실 직원들이 전원 그녀와 함께 있었으니 필시 사장일 것이다. 평소 같았으면 무슨 일이 생겼나 싶어 서둘러 문자를 확인했을 테지만, 봄은 평소와 달리 늦장을 피우며 휴대폰을 확인했다.

[오늘도 대답은 NO야?]

발신인은 역시나 사장이다.

이 남자가 진짜…….

문자를 확인한 봄은 한숨을 짧게 내쉬며 휴대폰을 외투 주머니에 쏙 집어넣었다. 문자를 받았으면 으레 답장을 해 주는 게 예의겠지만, 그녀는 지금 예의를 차릴 생각이 추호도 없었다. 굳이 대답을 하지 않아도 상대방은 이미 대답을 알고 있는 것 같기도 하고.

지금껏 그와 일하면서 업무 외에 사적인 연락을 받은 적은 단 한 번도 없었다. 아니, 연락은커녕 밥 잘 먹었냐는 겉치레 인사조차 들어 본 적이 없다. 그와 가장 오래 일했던 박 실장의 결혼식에도 참석은 않고 그저 축의금만 전달했을 정도였으니 말 다 했지.

그만큼 사장은 타인에게는 지독히도 무관심한 사람이었다. 그래서 차라리 더 편하게 느껴졌던 건지도 모른다.

그런데 요 며칠 사장은 캐릭터를 완전히 잃어버린 사람처럼 굴었다. 심심하면 전화를 걸어 연애할래? 질문했고, 일부러 전화를 피하면 굳이 연애하자, 문자를 남겼다. 그나마 전화는 때와 장소를 가렸지만 문자는 지금처럼 시간 개념 없이 수시로 날아들었다.

진심도 아니면서 끈질기기가 첫눈에 반했다며 1년을 쫓아다녔던 곽 대리보다 더한 것 같다. 집요한 남자 같으니라고.

"죄송하지만, 그런 부탁은 들어 드릴 수 없습니다."

분명 그날 그녀는 세상에서 가장 정중한 어투로 거절을 말했었다. 벌써 두 번의 거절이었다. 하지만 그는 마치 단 한 번도 거절당한 적 없는 사람처럼 뻔뻔하게 굴고 있었다.

처음엔 오죽하면 자신에게 이럴까, 생각도 했다. 윤 회장의 성미를 그녀 역시도 잘 알고 있었기에 그의 처지가 참 안됐다, 싶기도 했다. 하지만 그것이 며칠 계속해서 반복되자 더 이상 그의 처지를 안타깝게 여길 수가 없었다. 그에게 시달리는 자신의 처지가 더 안타까워져 버렸으니까 말이다.

드르륵.

엘리베이터에 타기 직전 주머니에 들어 있는 그녀의 휴대폰이 다시금 진동을 했다. 이번에는 진동이 제법 긴 것을 보니 전화인 모양이었다. 발신인은 굳이 안 봐도 알 것 같았다. 사장일 것이다.

이게 무슨 부탁이야. 협박이지.

봄은 짜증스럽게 얼굴을 구기곤 주머니 한쪽에서 오는 진동을 외면하며 엘리베이터에 몸을 실었다. 직원들이 함께 있는 상황에서 사장의 전화를 받을 수 없어서이기도 했지만, 만약 지금 혼자 있었어도 같은 선택을 했을 것 같다.

하지만 엘리베이터에 내리는 순간, 그녀는 비로소 지금까지 그녀의 휴대폰을 울려 대던 발신인의 정체가 사장이 아니었음을 깨달을 수 있었다.

무시하지 말고 발신인이라도 확인해 볼 걸 그랬다.

발이 땅에 붙어 버린 것처럼 우뚝 걸음을 멈춘 그녀의 앞으로 눈이 시릴 정도로 새파란 양복을 입은 남자가 성큼성큼 다가오고 있었다. 남자는 귀에서 휴대폰을 떼어 내며 그녀를 향해 비릿한 미소를 지어 보였다.

"……누구세요?"

예정에 없던, 심지어 외적으로도 조금 난해해 보이는 손님의 등장에 비서실 막내가 눈을 크게 굴리며 물었다.

"한봄이 사촌 오빠 되는 사람입니다."

"아, 그러시구나! 안녕하세요."

막내가 고개를 꾸벅 숙였다. 다른 두 사람도 고개를 까딱 숙였다. 하지만 봄은 여전히 뻣뻣하게 굳은 채, 자신의 사촌 오빠라는 남자를 바라보고 있을 뿐이었다.

"사촌 동생아. 우리 어디 조용한 데 가서 얘기 좀 할까?"

누런 치아를 고스란히 드러내는 남자의 미소에 그녀의 목덜미에는 소름이 쫙 돋았다.

쾅.

옥상의 철문이 거칠게 닫혔다. 그와 동시에 그녀의 입에서 서늘한 목소리가 흘러나왔다.

"이게 뭐 하는 짓이에요?"

"뭐 하는 짓이긴. 일하는 짓이지."

"회사로는 찾아오지 말라고 했잖아요."

봄이 사납게 노려보자 남자가 픽, 웃음을 흘렸다.

"나도 남들이 일하는 시간에 일 좀 하자고. 이 시간에 이 회사가 아니면 널 어디 가서 볼 수 있겠어. 안 그래?"

애초에 이런 남자와는 정상적인 대화가 될 리 없다. 봄은 한숨을 집어삼키며 능글거리는 남자의 얼굴을 빤히 올려다보았다.

"용건이 뭐예요."

"사채업자가 고객님한테 찾아온 용건이 뭐겠어? 당연히 돈이지."

"무슨 돈이요? 이자는 꼬박꼬박 갚고 있는데."

"꼬박꼬박? 찔끔찔끔이 아니고?"

남자가 잔뜩 비아냥거리며 투박한 검지로 봄의 어깨를 툭 건드렸다. 그 때문에 그녀의 몸이 휘청이며 한 걸음 뒤로 밀려났다.

"돈을 빌려 갔으면 제때 갚아야지. 응? 벌써 몇 년째야. 원금은 언제 갚을래?"

다시 한 번 툭, 남자의 손이 그녀의 어깨를 밀쳤다. 또 한 걸음 뒤로 물러나자 그녀의 등이 더 이상 밀려날 수도 없는 벽에 딱 부딪혔다.

"그쪽에서 말도 안 되게 이자를 높게 책정해서 그렇잖아요. 지금까지 갚은 돈 다 합치면 원금은 이미 갚고도 남았을 거예요."

대기업에 입사했고 또래보다 많은 돈을 벌고 있는 그녀였다. 영원이의 말대로 사치는커녕 먹는 것마저 아끼고 또 아꼈다. 하지만 아무리 허리띠를 졸라매고 갚아도 빚은 끝이 없었다. 눈덩이처럼 불어나 버린 이자는 원금을 넘어선 지 오래였다.

그들의 말도 안 되는 시스템은 절대 원금을 갚을 수 없게 만들어져 있었다. 나중에 알아보니 그 세계에서도 악덕 중에 악덕인 업체라고 했다. 그래서 지난 5년간 아무리 노력해도 그녀는 결국 쳇바퀴 위에 선 다람쥐처럼 계속해서 제자리걸음을 할 수밖에 없었다.

"하. 이 계집애 말하는 거 보소. 돈 필요하대서 기껏 빌려줬더니, 나만 나쁜 놈 만드네."

남자가 쫙 찢어진 눈을 사납게 치켜떴다.

"네 애비 어디 있어."

"몰라요."

단칼에 대답했지만 남자는 믿지 못하겠다는 듯 능글거리며 그녀의 뺨을 슬며시 쓸었다.

"모르긴 왜 몰라. 그 양반이 5년 동안이나 자식 내팽개칠 양반이 아니잖아. 다 죽어 가는 마누라 때문에 눈 뒤집혀서 그렇게 큰 돈도 덥석 빌렸는데. 돈만 펑펑 쓰고 금방 죽을 줄도 모르고 말이야. 안 그래?"

소름 끼치는 느낌에 봄이 자신의 뺨에 닿은 남자의 손을 거칠게 뿌리쳤다. 이 순간 소름 끼치는 건, 남자의 두꺼운 손보다 아무렇게나 놀리는 세 치 혀였다. 문득 봄은 그 혀를 뽑아 버리고 싶다는 끔찍하고도 잔인한 생각이 들었다. 어머니와 아버지를 동시에 모욕하는 남자에게 살인 충동이 이는 건 당연했다.

"……꺼져."

"뭐?"

"당장 꺼지라고! 안 그러면 경찰 부를 테니까!"

고분고분 대꾸하던 모습은 어디로 가고 꽥 소리를 지르자, 당황한 남자가 거친 손길로 그녀의 입을 턱 막았다.

"소란 피운다고 피차 좋을 거 없는데, 조용히 해결하자고. 응? 어차피 경찰이 온다고 해서 해결될 문제가 아니란 거 너도 잘 알잖아."

남자가 고개를 숙이며 그녀와 시선을 맞추었다. 봄의 기다란 속눈썹이 파르르 떨렸다.

"네가 결정해."

"……"

"애비를 찾아내서 계약서대로 장기 팔고 돈을 갚든지, 아니면……."

순간 남자의 손길이 그녀의 가슴팍에 닿는가 싶더니 이내 우드득, 하는 소리와 함께 상의 단추가 뜯겨 나갔다.

"네가 몸이라도 팔아 돈을 갚든지. 좋은 몸도 가지고 있는데 써 야지?"

온몸이 부들부들 떨렸다. 하지만 뜯어진 블라우스 사이로 비치는 낡은 속옷을 훑는 더러운 눈빛에도 그녀는 꼼짝할 수가 없었다. 자신을 밀어붙이고 있는 남자의 힘이 너무 강했기 때문이다.

"……미친 새끼."

서늘한 눈빛의 그녀는 남자의 얼굴에 침을 퉤 뱉었다. 그것이 그녀가 지금 할 수 있는 최선의 반항이었다. 그와 동시에 남자의 눈이 확 뒤집혔다.

"이년이……!"

쾅!

거친 욕설과 함께 남자의 손이 그녀의 뺨을 내리치기 위해 허공으로 올라갔을 때였다. 별안간 닫혀 있던 옥상 문이 활짝 열리더니 정장 차림의 보안요원 셋이 나타났다. 그러고는 누가 뭐랄 새도 없이 남자를 에워쌌다.

"니들 뭐야?"

"외부인은 출입금지입니다!"

"싯팔. 이거 안 놔!"

아무리 건달이라 해도 보안요원 셋을 이길 수는 없는 모양이었다. 거칠게 저항하던 남자는 결국 우스운 꼴로 보안요원들에게 끌려 나갔다. 조만간 또 보자. 봄을 향해 으르렁거리는 것도 잊지 않았다.

한바탕 소란이 가신 자리에는 매서운 바람이 불어왔다. 훤하게 드러나 있는 그녀의 속살에 찬바람이 그대로 닿았다. 온몸에 소름이 쫙 돋는다.

스르륵.

그녀는 천천히 바닥에 주저앉았다. 지금껏 버티고 서 있던 다리가 후들거려서 더는 서 있을 수가 없었다.

"하……."

붉은 입술을 비집고 뜨거운 숨이 흘러나왔다.

정말 지긋지긋하다. 잊을 만하면 나타나서 온갖 모욕을 안겨 주는 남자와 아무리 퍼부어도 마치 밑동이 깨져 버린 항아리처럼 끝이 보이지 않는 빚더미까지. 하지만 그중 가장 지긋지긋한 건 아무것도 할 수 없는 힘없는 자신이었다.

아무리 열심히 살아도 눈앞에 보이는 건, 끝이 보이지 않는 어둠뿐.

초점 없는 눈동자로 멍하니 허공을 응시하고 있던 그녀의 앞으로 무언가가 툭, 떨어졌다. 회색 정장 재킷이었다.

별안간 나타난 재킷에서 시선을 떼고 천천히 고개를 들자, 그녀의 시야에 사장의 모습이 보였다. 인기척은 느끼지 못했는데 언제부터 있었던 걸까. 얇은 셔츠 차림의 그가 자신을 빤히 내려다보고 있었다.

아무래도 못 볼 꼴을 보인 듯했다. 뭐라고 변명이라도 해야 하는데 도저히 입이 떨어지질 않았다. 마치 뇌가 활동을 뚝 멈춰 버린 느낌이다. 그래서 그녀는 그저 멍하니 그를 바라볼 뿐이었다.

한참 동안이나 그녀가 아무 반응이 없자, 그는 살짝 몸을 숙여 재킷을 집어 들더니 그것으로 그녀의 가슴께를 가려 주었다. 무심한 손길이었지만 재킷은 정확하게 그녀의 몸에 걸쳐졌다.

그는 여전히 멍한 그녀의 두 눈에 시선을 똑바로 맞추었다.

"나랑 연애하는 게 어때, 한 비서."

……지긋지긋한 게 또 하나 있었지, 참.

그녀의 입술을 비집고 허탈한 웃음이 흘렀다. 생뚱맞은 목소리에 정신이 번쩍 드는 기분이었다. 눈앞에 뿌연 안개가 낀 듯 흐리게 보이던 시야도 또렷해졌다. 고맙다는 말이라도 해야 하는 걸까.

정신을 차린 봄이 이 와중에도 그런 소리가 나오시냐고 물으려던 찰나, 그가 말을 덧붙였다.

"잘 알고 있겠지만, 내가 이렇게 말을 자주 바꾸는 사람은 아닌데 말이야……."

그녀가 무슨 말이냐는 듯 그를 바라보았다.

"또다시 정정하도록 하지."

그의 새카만 눈동자에 작게 몸을 웅크린 채 바들바들 떨고 있는 자신의 모습이 온전히 갇히는 순간, 그의 입술이 다시금 달싹였다.

"이번엔 고백도 부탁도 아닌, 거래 제안이야."

3
진짜보다 더 진짜 같은

낡은 옷장을 활짝 열고 구석구석 꼼꼼하게 살펴보았지만 마땅한 옷이 눈에 들어오지 않았다. 걸려 있는 옷의 대부분은 영원의 것이었고 구석에 몇 개 걸려 있는 그녀의 옷은 죄다 출근할 때 입는 정장뿐이다. 그나마도 입사할 때 구입했던 것이라 디자인은 물론이고 옷감마저 많이 상해 있었다.

"미치겠네, 진짜……."

몇 개 안 되는 옷을 뒤적거리던 봄은 한숨을 길게 내쉬며 바닥에 주저앉았다. 한동안 회사에 출근하는 것 외에는 딱히 외출을 하지 않았던 탓에 옷이 없어도 너무 없었다.

이게 진정 여자의 옷장이란 말인가. 칙칙한 옷장을 물끄러미 바라보며 그녀는 새삼 그동안 얼마나 스스로에게 투자를 하지 않았는지를 깨달았다.

하긴. 먹고살기 바빴는데 옷이 다 웬 말이야.

문득 이런 생각을 하고 있는 자신이 우습게 느껴져서 그녀는 하, 허탈한 웃음을 뱉어 냈다.

돈 걱정이 아니라 옷 걱정이라니. 팔자 한번 제대로 폈다, 한봄.

오늘 아침 그에게서 연락이 왔었다. 일요일에 연락이 오는 것은 보통 급한 업무 때문이라 다급하게 전화를 받았더니, 그는 업무와 전혀 상관없는 말을 내뱉었다.

─ 회장님께서 오늘 저녁 식사 같이 하자고 하시네.

"네? 회장님이요?"

업무와 상관없는 용건으로 사장과 통화를 한다는 것도 놀라울 따름인데, 회장님이라니. 마치 뒤통수라도 한 대 맞은 것처럼 당황스러웠다. 하지만 눈이 커진 그녀와 달리 수화기 너머의 상대는 덤덤한 목소리를 뱉어 냈다.

─ 우리가 뭣 때문에 계약연애를 시작했겠어.

계약연애…….

그제야 봄은 납득이 된다는 듯 고개를 끄덕이며 작게 네. 라고 대답했다.

그랬다. 겨울바람이 유독 차갑게 느껴지던 그날, 두 사람은 계약연애를 하기로 했다.

자신에게 여유가 없다는 사실을 뼈저리게 깨닫고 오랜만에 시작했던 연애를 끝냈던 게 불과 며칠 전이었다. 그런데 그녀는 지금 또다시 연애라는 것을 시작했다. 물론 평범한 연애가 아니라 계약연애였지만 말이다.

그녀는 돈이 필요했고 그는 껍데기뿐인 연인이 필요했다.

사장이 말했다. 이건 더없이 이상적인 거래라고.

그리고 그녀는……, 그 말에 동의했다.

— 5시까지 준비해. 데리러 갈게.

"저희 집으로요?"

— 집에 있을 거 아니야? 따로 볼일 있어?

"그런 건 아닌데……."

— 이력서에 적혀 있는 주소로 가면 되지?

"이사……, 했습니다."

이력서에는 아마 어머니가 살아 계셨을 때, 네 식구가 함께 살았던 집의 주소가 기입되어 있을 것이다. 입사 후에 이곳으로 이사를 했으니까.

— 그럼 지금 주소 문자로 보내.

그녀가 뭐라고 더 말을 하기도 전에 전화는 뚝 끊겼다. 완전히 제멋대로였지만 딱히 기분이 나빠지는 않았다. 원래부터 사장의 통화 스타일이 그랬다. 자기 할 말이 끝나면 뚝 끊어 버리는 것. 업무 외에 사적인 통화에서도 예외는 없는 모양이었다.

봄은 멍하니 휴대폰을 내려 보다 이내 주소를 꾹꾹 눌러 찍었다. 하지만 전송 버튼을 누르기 직전에 다시 조금 더 머뭇거리다가 한참 만에 문자를 보냈다.

왜일까. 어쩐지 지금 살고 있는 곳을 그에게 알려 주는 게 민망한 느낌이 들었다. 혹시나 그가 자신이 살고 있는 동네를 보며 비웃지는 않을까, 하는 쓸데없는 걱정까지. 이미 그날 못 볼 꼴은 다 보여 줬는데 말이다.

계약연애를 시작하기로 한 그날, 그녀의 통장에는 사장의 이름으로 어마어마한 돈이 입금되었다. 거래를 제안할 때 그가 내건 조건이 그녀의 빚을 갚아 주겠다는 거였지만, 이렇게 한 방에 받을 줄은 상상도 못 했던지라 봄은 놀란 눈으로 한동안 통장을 바라보고 있을 수밖에 없었다.

단지 1년 동안 필요할 때 가끔 가짜 연인 행세를 해 주기로 한 것뿐인데 그 대가로 1년 연봉이 훌쩍 넘는 돈을 받게 될 줄이야. 돈이 필요하다고 말한 것은 자신이었으면서도 그녀는 이렇게 큰돈을 덥석 안겨 주는 사장의 재력이 새삼 놀라웠다.

"한 비서. 내 시간은 일분일초가 금보다 값져. 1년 동안 허튼 곳에 낭비할 내 시간을 한 비서 덕분에 아낄 수 있게 된다면, 기회비용으로 따져 봤을 때 그 돈은 결코 큰돈이 아니라는 거야. 알겠어? 사실 나는 지금, 마음 같아선 돈을 얼마를 더 주더라도 계약 기간을 1년이 아니라 10년, 아니 한 백 년쯤으로 하고 싶을 정도야."

계약 대가로 받기에는 너무 큰돈인 것 같아서, 부담스러운 마음에 머뭇거리며 말하자 그가 가볍게 웃으며 했던 말이었다.

그가 매일 억 단위의 돈을 아무렇지도 않게 가지고 노는 사람이라는 것을 알고 있었지만, 지금까지는 눈에 보이지 않는 돈이라 그냥 그런가 보다 했었다. 분 단위로 세계 각지에서 흘러 들어와 그의 통장에 쌓여 가는 어마어마한 돈이 그저 숫자로만 보였다. 한데, 이렇게 제 통장에 찍혀 있는 숫자를 보고 있자니 그제야 제대로 실감이 났다.

그 순간 그녀는 새삼스러운 사실 하나를 더 깨달았다. 그와 자신은 정말 다른 세계의 사람이라는 것을.

"그런 사람이랑 내가 연애라니……."

아무리 변호사를 대동해 계약서까지 확실하게 작성한 가짜 연인이라고 해도 참 안 어울리는 조합이었다. 한숨을 짤막하게 내쉰 그녀가 시간을 확인했다. 그와 만나기로 한 약속 시간이 얼마 남지 않았다.

봄은 얼른 엉덩이를 떼고 일어나서 다시금 옷장을 살피기 시작했다. 아무리 살펴봐야 옷장 속의 빈곤한 사정이 달라질 리 없는데도 그녀는 옷을 하나하나 꼼꼼히 살폈다. 살고 있는 동네는 어쩔 수 없이 적나라하게 보여 주게 되더라도 옷만큼은 제대로 입고 나가고 싶었기 때문이다.

✱❋✱

그의 비싼 차에 달린 내비게이션은 늘 정확했다. 서울은 물론이고 시골길도 늘 척척 잘 알려 주었다. 하지만 오늘은 웬일인지 자꾸 엉뚱한 방향만 가리켜 댄다.

— 목적지를 이탈하였습니다.

몇 번이나 같은 장소를 맴돌았지만 기계는 지겹도록 같은 말만 반복하고 있었다.

젠장. 대체 뭐가 문제라는 건데. 갑자기 내비가 고장이라도 난 건가?

짜증이 치민 정한은 눈에 보이는 구멍가게 앞에 차를 대충 세우고 내렸다. 한눈에 봐도 질서 없이 여기저기 뻗어 있는 좁은 골목길은 복잡해 보였다. 아무래도 기계 탓을 하기 보다는 길 탓을 해야 할 성싶다.

고개를 절레절레 내저은 그는 그녀에게 전화를 걸어 자신의 위
치를 설명해 주었다. 다행히도 그녀는 그가 있는 위치를 정확하게
알고 있는 듯했다. 지금 서 있는 동화슈퍼 앞에서 만나기로 하고
전화를 끊은 그는 새삼스러운 눈으로 자신의 휴대폰을 내려다보았
다.

통화 목록 제일 위에 있는 '한봄'이라는 두 글자가 참 낯설다.

조금 전 집을 나서기 직전 그는 휴대폰에 저장되어 있던 '한 비
서'의 전화번호를 '한봄'으로 수정했다. 혹시라도 성북동 집에서
생길지도 모르는 불상사를 막기 위해서였다.

물론 윤 회장이 자신에게 네 휴대폰에 저장된 한 비서의 이름 좀
보자, 라고 말을 하지는 않을 테지만 그래도 만반의 준비를 해 두
는 것이 마음 편했다. 자신의 조부는 결코 만만한 상대가 아니었으
므로.

── 오늘 저녁상 봐 두라 일러둘 테니, 만난다는 여자와 함께
오거라.

요즘 조부의 연락이 워낙 잦았던 터라 오늘 아침에도 별생각 없
이 전화를 받았던 것이 화근이었다.

사실은 만나고 있는 여자가 있다고 말을 한 지 이제 고작 사흘째
였다. 물론 윤 회장이 그래, 그렇구나, 하고 간단히 넘어갈 거라 생
각하지는 않았다. 언젠가는 이런 날이 오겠거니 생각은 했다. 하지
만 미처 준비를 할 틈도 주지 않고 이렇게 급하게 밀어붙일 줄이
야.

그녀와 함께 머리를 맞대고 계약서를 작성하고, 또 수정하고, 믿
을 만한 변호사에게 그 계약서를 공증받는 데에만 벌써 수일을 썼

다. 언제 연애를 시작하게 됐는지. 어떻게 시작하게 됐는지. 어째서 비밀연애를 이어 왔던 건지. 등등 아직 윤 회장을 속이기 위한 플랜을 전혀 준비해 두지 않은 상황이었다.

그는 완벽주의자였다. 이렇게 준비 없이 전쟁터에 나갈 순 없었다. 그래서 약속 시간인 7시보다 두 시간 일찍 그녀와의 약속을 잡았다. 입을 맞추기 위해서였다. 물론 그녀와 입술을 부딪칠 생각은 전혀 없었지만.

담배 한 개비를 피우며, 머릿속으로 대충 정리를 해 보고 있을 때였다. 좁은 골목을 걸어 나오고 있는 봄의 모습이 보였다.

정한은 칙칙한 동네 배경과는 왠지 이질감이 느껴지는 그녀를 물끄러미 바라보았다. 마치 민들레 꽃씨가 아무렇게나 떠다니다가 메마른 시멘트 바닥의 갈라진 틈에 떨어져, 빼꼼 피어난 것 같았다.

그러다 문득 정한은 언짢은 듯 미간을 좁혔다.

나 방금 여자를 꽃에 비유한 거야?

물론 장미가 아니라 길바닥에 아무렇게나 핀 민들레를 떠올린 것이지만, 스스로가 생각해도 기가 막혔다. 드라마 속 남자 주인공들이 종종 그런 발언을 할 때 얼마나 비웃었던가.

……미쳤군.

정한은 속으로 저를 비웃으며 손에 들린 담배를 튕겨 냈다.

"많이 기다리셨어요?"

어느덧 그의 곁으로 다가온 봄이 어색하게 인사를 건넸다.

"아냐. 근데 도대체 한 비서 집은 어디에 붙어 있는 거야?"

"네?"

"내비가 못 찾아서 이 주위만 몇 번을 **빵빵** 돌았는지 모르겠어."

"아……. 집 앞 골목이 인도라서 차가 들어올 수 없는데 제가 깜빡했어요. 죄송합니다."

집 앞에 차도가 없을 수가 있나? 그럼 그 집에 사는 사람들은 차를 어디에 두고 다닌다는 건데?

문득 의문이 들었지만 쓸데없는 호기심인 것 같아 정한은 입을 다물고 조수석의 문을 열었다. 하지만 그녀는 물끄러미 그의 얼굴만 바라보고 있을 뿐이었다.

"안 타?"

조수석 문에 턱을 괸 정한이 고개를 갸웃했다. 그러자 봄은 아, 네. 하고 엉거주춤 차에 올라탔다. 그녀가 완전히 자리를 잡고 앉은 다음 조수석 문을 탁, 닫으며 정한은 그제야 왜 그녀가 바로 올라타지 않고 멀뚱하게 서 있었는지 감이 왔다.

그러고 보니 지금껏 단 한 번도 그녀를 위해 차 문을 열어 준 적이 없었다. 오히려 그녀가 자신을 위해 차 문을 열어 주었지.

사장과 비서일 때는 당연하게 생각했던 것들이, 남자와 여자로 마주하고 보니 영 어색하게 느껴진다. 아니, 그 반대인 건가. 어쨌든 1년이라는 계약 기간 동안 사장과 비서, 남자와 여자 사이를 번갈아 가면서 조금은 혼란스러울지도 모르겠다는 생각이 들었다.

"편하게 앉아도 돼."

"아뇨. 지금도 편합니다."

꼿꼿하게 허리를 곧추세우고 등받이에서 살짝 떨어져 앉은 그녀의 자세는 영 불편해 보였지만 본인이 편하다고 하니 딱히 할 말이 없다. 하긴. 지금껏 편하게 기대앉아 있는 모습을 본 적이 없었던 것 같긴 하다. 정말로 그녀에게는 이 자세가 편한 걸지도 모르겠다.

정한은 그녀에게서 시선을 떼고 다시금 운전에 집중했다.

"근데…… 회장님께서 믿으실까요?"

"한 비서는 어떻게 생각해?"

"네?"

"회장님이 믿으실 것 같아?"

"……아뇨."

"잘 아네."

조심스러운 물음이었지만 정한은 가차 없이 대답했다. 그러자 차 앞 유리에만 고정되어 있던 그녀의 시선이 힐끔 자신을 향하는 게 느껴진다. 그는 말을 덧붙였다.

"아마 오늘 끊임없이 의심하실 거야. 그러기 위해서 저녁 식사에 초대한 걸 테고."

"끝까지 안 믿으시면 어떡하죠?"

윤 회장과의 만남이 어지간히 걱정이 되는 모양이다. 평소의 그녀답지 않게 긴장한 것을 보니.

오래 살다 보니 천하의 한 비서가 긴장하는 모습도 다 보네.

무릎 위에 가지런히 올려 둔 두 손에 힘이 꽉 들어간 모습이 왠지 귀엽게 느껴져서 정한은 픽, 가볍게 웃으며 대꾸했다.

"뭐 그런 걸 물어? 믿게 만들어야지. 무조건."

그 말에 그녀는 마치 만고의 진리를 이제야 깨달았다는 듯 눈을 크게 뜨고 깜빡였다. 그 모습이 너무 웃겨서 정한은 하마터면 정말로 입 밖으로 웃음이 터져 버릴 뻔했다.

✽✽✽

그의 고급 세단이 멈춘 곳은 윤강그룹 계열사 백화점 앞이었다. 어째서 목적지가 백화점인지 의아하기는 했지만, 윤 회장 댁에 가져갈 선물을 사려나 보다 싶어서 봄은 군말 없이 그를 따라나섰다.

두 사람이 백화점 안으로 들어서자마자 그를 알아본 직원이 한달음에 달려 나와 인사를 했다. 그러자 그가 봄의 양어깨를 잡아 끌어당기며 직원에게 말했다.

"이 여성에게 어울리는 옷으로 추천해 줘요."

생각지 못했던 그의 말에 봄의 눈이 둥그렇게 커졌다. 하지만 그녀는 대체 이게 어떻게 된 일인지에 대해 물을 수가 없었다. 그의 말이 끝나기가 무섭게 직원의 예리한 눈이 그녀를 머리끝부터 발끝까지 훑어 내려갔기 때문이다.

그녀를 바라보는 직원의 눈빛엔 윤강건설의 윤정한 사장이 데리고 온 여자에 대한 호기심이 가득했다. 하지만 차마 대놓고 묻지는 못하겠는지 알겠습니다. 간단하게 대꾸한 다음 두 사람을 VIP실로 안내했다.

역시 VIP고객이라 그런지 모든 것이 신속하게 진행되었다. 두 사람이 VIP실에 도착하기가 무섭게 퍼스널 쇼퍼라는 여자가 나타나서 그녀의 신체 치수를 재기 시작했다. 줄자를 들고 이리저리 감았다가 풀었다가 하는 행동이 몇 번이고 이어졌다. 그 모든 것이 어찌나 빠르게 진행이 되는지 봄은 저도 모르게 멍한 상태로 그들에게 몸을 맡기고 있었다.

"선호하는 브랜드가 따로 있으신가요?"

"아뇨……."

여자의 물음에 봄은 어색하게 고개를 내저었다. 시장의 보세 가게에서 쇼핑을 하는 그녀는 선호하는 브랜드는커녕 어떤 브랜드들이 있는지조차 모르는 여자였다.

그 외에도 여자는 여러 가지를 물어보았다. 선호하는 디자인이라든지, 좋아하는 색상이라든지. 하지만 그때마다 봄은 지난 3년간 똑소리 나게 일을 했던 것 같지 않게, 제대로 된 대답을 하지 못하고 어버버, 거릴 뿐이었다.

딱히 제대로 된 대답을 하지도 못했지만 여자는 알겠습니다. 조금만 기다려 주세요. 고객님. 하고 깍듯하게 인사했다. 당사자는 아무것도 모르겠는데 그녀는 뭔가를 알겠는가 보다. 아, 네. 봄은 싱긋 웃는 여자를 향해 멍하니 고개를 끄덕였다.

"사장님. 제 옷은 왜……."

진작 물었어야 했는데 너무 정신이 없어서 타이밍을 놓쳐 버렸다. 직원들이 모두 빠져나간 다음에야 봄은 늦어도 한참 늦은 질문을 하며 그를 쳐다보았다.

"그럼 그대로 갈 생각이었어?"

"네?"

"지금 한 비서가 입고 있는 옷, 출근할 때 입는 옷 아니었나?"

푹신한 소파에 앉은 그가 그녀를 머리끝부터 발끝까지 한번 쓱 훑었다. 그제야 봄은 그가 무슨 말을 하는지 깨달을 수 있었다.

갖고 있는 옷들 중에 그나마 가장 깨끗하고 멀쩡한 옷을 골라 입고 나온 것이지만, 어쩌면 그의 눈에는 전혀 신경을 쓰지 않은 것

처럼 보였을지도 모르겠다. 출근할 때도 지겹도록 입었던 옷차림이
니까 말이다.

얼굴이 다 화끈거린다.

"죄송합니다. 마땅히 입을 옷이 없어서……."

"죄송할 거 없어. 한 비서가 죄송할 일이 아니니까."

그가 고개를 내저으며 단호하게 말했다.

"다만 지금 이 상황에 대해서 자존심 상해하지는 않았으면 좋겠
어. 당신의 모습이 부끄러워서 그런 게 아니라, 내 여자의 옷차림
에 대해 신경 쓰는 것뿐이니까."

"……."

"그럴 자격 있잖아, 나."

그럴 자격? 물론 있었다.

사장의 여자인 척 연기를 하기로 계약을 했고 그 대가도 이미 받
았다. 그러니 그녀에겐 완벽하게 계약을 이행할 의무가 있었다. 그
리고 그에게는 좀 더 완벽하게 행동해 달라 요구할 권리가 있었고.

봄은 소파 끝에 나란히 앉으며, 자존심 상해하지 말라던 그의 말
을 곱씹었다. 그의 말대로 자존심 상한다는 생각은 하지 않기로 했
다. 아니, 더 이상 상할 자존심이 없다는 게 더 맞는 걸지도 모르겠
다. 알량한 자존심 따위는 이미, 계약서에 도장을 찍는 그 순간 다
내려놓았으니까 말이다.

게다가 꽤 비싼 값에 팔리지 않았던가. 그래, 그거면 됐다.

잠시 후, 여자는 기다란 행거를 끌고 나타났다. 행거에는 대충
봐도 비싸 보이는 옷들이 가득 걸려 있었다. 사장의 쇼핑을 따라
나올 때 종종 봤던 장면이었지만, 이게 자신의 쇼핑이라고 생각하

니 굉장히 부담스럽게 느껴졌다.

"브랜드별로 잘 어울리실 것 같은 옷을 준비했습니다."

옷이 너무 많아서 하나하나 살펴보려면 시간이 좀 걸리겠다는 생각을 했을 때였다. 지금까지 느긋하게 소파에 기대앉아 있던 사장이 자리에서 일어나더니 행거를 향해 성큼성큼 다가왔다. 행거에 걸린 옷들을 눈으로 한번 쓱 훑은 그는 직접 손을 뻗어 옷걸이 하나를 꺼내 들었다.

"이걸로 하지."

그가 고른 옷은 몸매가 어느 정도 드러나는 검은색 원피스였다. 길지도 짧지도 않은 치마 길이에 딱 적당하게 단정한 원피스. 어른들을 처음 뵙는 자리에 입고 가기엔 안성맞춤인 것 같아 그녀 역시도 마음에 들었다.

어때? 정한이 눈짓으로 그녀의 의견을 물었다. 봄은 그의 눈썰미가 제법 괜찮다고 생각하며 고개를 끄덕였다.

"탈의실은 저쪽입니다."

직원의 안내를 받으며 봄은 탈의실로 향했다. 그런 그녀의 뒤통수에 사장의 목소리가 꽂혔다.

"옷에 어울리는 코트, 핸드백, 구두도 준비해 줘요."

흘끗, 저가 신은 구두에 눈이 갔다. 5년 전 첫 입사 때 어머니에게서 선물 받은 구두였다. 당시엔 없는 형편에 무리했다 싶을 정도로 꽤나 좋은 구두였지만 지금 보니 세월의 때가 잔뜩 묻어 보잘것없어 보였다.

저도 모르게 발끝에 힘이 들어간다.

자존심 상하지 말자.

이를 꽉 깨문 봄은, 정면을 똑바로 응시한 채 걸으며 속으로 뇌까렸다.

이건 일이야. 그러니까 자존심 상할 필요 없어, 한봄.

두 사람이 성북동 집에 도착한 것은 약속 시간이었던 7시 정각이었다. 남다른 위용의 대문 앞에서 한껏 긴장을 집어삼킨 봄은 벌렁거리는 가슴을 애써 진정시키며 정한의 뒤를 차분하게 따랐다.

"어서 와요. 잘 왔어요."

현관을 들어서자 제일 먼저 그들을 반긴 건 해원이었다. 해원은 부드럽게 웃으며 봄을 진심으로 반겼다. 생각했던 것보다 훨씬 부드러운 인상의 안주인 덕분에 긴장으로 부풀었던 그녀의 가슴이 살짝 가라앉았다.

하지만 그것도 잠시. 그들의 방문을 기다리고 있었던 듯, 거실 소파에 떡하니 앉아 있던 윤 회장과 눈이 마주친 순간 다시금 그녀의 가슴이 불안정하게 뛰기 시작했다.

"저희 왔습니다, 회장님."

두 사람은 마치 교무실에 불려 온 학생처럼 어색하게 윤 회장의 앞에 섰다. 정한의 인사에도 윤 회장의 시선은 봄에게만 고정되어 있었다.

매서운 시선에 봄은 침을 꼴깍 삼켰다. 그녀는 어색하게 고개를 꾸벅 숙였다.

"……안녕하셨어요, 회장님."

윤 회장과는 구면이었다. 하지만 이렇게 가까이에서 얼굴을 마주한 건 처음이었다. 윤 회장에게 직접 보고하는 것은 박 실장이 전담이었으므로 그녀는 이사회나 행사 때 먼발치에서 몇 번 본 게 전부였다.

멀리서 봤을 때도 카리스마가 장난이 아니라고 생각했었다. 맨손으로 윤강건설을 키워 낸 윤 회장에 대해서는 소문이 워낙 무성하기도 했고. 게다가 별명이 호랑이였던가? 이렇게 마주하고 보니 정말로 철창도 없는 곳에서 야생 호랑이와 마주하고 있기라도 한 것처럼 긴장이 된다.

"……."

"……."

한참을 아무 말 없이 봄을 빤히 바라보기만 하던 윤 회장이 천천히 몸을 일으켰다.

"……정한이 넌, 방으로 따라오거라."

윤 회장이 그들에게서 등을 돌리는 순간, 봄의 온몸에는 솜털이 쭈뼛 섰다.

역시 못 믿으신 걸까. 데려온 여자가 기껏 비서여서?

윤 회장의 냉담한 반응에 봄은 미친 듯이 불안해졌다.

대체 이 일을 어떻게 해야 한단 말인가. 시작하자마자 일이 망가진다면 받은 돈을 전부 뱉어 내야 하는 거 아닐까. 그건 정말 곤란한데…….

하지만 머릿속이 복잡한 그녀와 달리 정한은 꽤나 여유 있는 얼굴로 그녀의 귓가에 작게 속삭였다.

"잠깐 기다리고 있어."

그래. 기다려야지 뭘 어쩌겠는가.

"네."

기계적으로 고개를 끄덕이기는 했지만 사실 마음 같아서는 낯선 곳에 저 혼자 두고 가지 말라고 그의 옷자락을 붙들고 싶은 심정이었다. 하지만 그런 마음을 알 리 없는 정한은 야속하게 등을 돌린 채 멀어지고 있었다.

두 남자가 방 안으로 완전히 들어가자 해원이 다가왔다. 해원은 잔뜩 굳어 있는 봄의 어깨를 따뜻하게 감싸 주었다.

"아가씨. 우리는 차라도 한잔하고 있을까요?"

✳✳✳

방으로 들어온 윤 회장은 자신의 맞은편에 앉아 있는 손자의 얼굴을 말없이 물끄러미 바라보았다. 하지만 정한은 눈 하나 깜짝하지 않고 그 빤한 시선을 묵묵히 받아 내고 있을 뿐이었다. 능구렁이 열 마리를 삶아 먹은 듯 능글맞은 손자의 그 성격은 진작 알고 있었지만 지금은 박수라도 쳐 주고 싶은 심정이었다. 진심으로.

"그래. 요즘 만나다던 사람이 한 비서라고?"

자식 이기는 부모 없다더니, 이번에도 졌다. 오랜 침묵 끝에 윤 회장의 입이 먼저 열렸다.

"네."

정한은 짧게 대답했다.

한 비서를 데려온 주제에. 분명 할 말이 많을 텐데도.

그를 바라보는 윤 회장의 한쪽 눈썹이 삐딱하게 올라간다.

"너무 성의가 없다는 생각은 안 들고?"

"무슨 말씀이신지 모르겠습니다만."

"한 비서 말이다."

"……."

여자를 오랫동안 거들떠도 보지 않던 손자 녀석이 갑자기 만나는 여자가 있다고 고백한 것을 윤 회장은 처음부터 믿지 않았다. 분명 적당히 아무 여자나 데려오겠거니 생각했었다. 하지만 그렇다고 한 비서를 데려올 줄이야. 마땅한 여자를 찾는 것마저 귀찮았던 모양이다. 그래도 손톱만큼은 기대라는 것을 했었건만. 김이 푹 샌 윤 회장은 혀를 쯧 찼다.

"이 할아비가 속는 시늉이라도 할 수 있게, 조금 더 그럴듯한 여자를 데리고 올 것이지. 이건 뭐, 속아 주는 척하기에도 민망한 상황 아니더냐."

"못 믿으시겠다는 말씀이십니까?"

"그럼 네가 한 비서와 만나고 있다는 걸, 나더러 정말 믿으라는 게야?"

"믿든 안 믿든 그건 회장님 마음이겠지만, 어쨌든 한 비서와 만나고 있다는 건 사실입니다. 단지 맞선을 보는 게 싫어서 회장님을 속일 작정이었다면, 회장님 말씀대로 좀 더 그럴듯한 여자를 데려왔겠죠. 집안이며 뭐며, 회장님 마음에 쏙 드는."

당당한 손자의 대꾸에 윤 회장은 눈을 가늘게 떴다.

"그렇다면 왜 여태껏 가만있다가 이제 와서 고백을 하는 거냐?"

"그걸 정말 몰라서 물으세요?"

픽, 정한의 입술을 비집고 작은 실소가 흘러나왔다. 그와 동시에 윤 회장의 주름진 얼굴이 딱딱하게 굳어 갔다.

"아직도 이 할아비를 원망하는 것이야?"

"설마 그럴 리가요. 다 지난 일을 마음에 꽁꽁 담아 둘 정도로 속 좁은 놈 아닌 거 아시잖아요."

정한은 장난스럽게 어깨를 으쓱해 보였다.

"하지만……."

그러나 이내 진지한 눈빛이 된 남자의 시선이 윤 회장을 똑바로 바라보며 말한다.

"이번에도 그때처럼 행동하신다면, 그땐 정말 회장님을 원망할 수도 있을 것 같습니다."

"……."

"모처럼 만에 삘이 통하는 여자를 만났거든요, 저."

✻❋✻

"불편하게 생각하지 말고 편하게 식사 들어요."

중년의 부인이 해사하게 웃으며 말했다. 윤강그룹의 안주인인 해원은 자신의 집에 온 손님이 편하게 있을 수 있도록 많은 신경을 쓰고 있었다. 그 배려를 알겠는지라 봄은 애써 웃으며 숟가락을 집어 들었다. 하지만 그런 배려가 무색하게도 그녀는 도저히 편하게 식사를 할 수는 없을 것 같았다.

지금 그녀는 모든 게 불편했다.

우선 입고 있는 옷부터가 너무도 불편했다. 보기보다 꽤나 타이트한 옷이 몸매의 굴곡을 고스란히 보여 주고 있어서 배에 힘이 절로 들어갔다. 서 있을 때보다 앉아 있는 지금이 더 신경 쓰였다.

두 번째로는 널따란 식탁 위에 차려진 진수성찬이었다. 생전 들도 보도 못한 음식들이 가득 차려져 있는 접시들이 얼마나 많은지 그중 어디에 손을 먼저 가져가야 할지 고민스러울 지경이었다. 그렇다고 입맛이 있는 것도 아닌데 말이다.

세 번째는 그녀의 맞은편에 앉아 있는 윤 회장이었다. 무슨 생각을 하는지 도통 읽을 수 없는 눈빛과 수시로 마주칠 때마다 그녀는 긴장 때문에 뒷목이 다 뻣뻣해졌다. 이 집에서 나가면 바로 병원에 가서 목에 깁스를 해야 할지도 모르겠다는 생각이 들 정도로.

하지만 지금 무엇보다 그녀를 불편하게 하는 것은 타이트한 옷도, 위화감 느껴지는 진수성찬도, 야생 호랑이도 아니었다. 톱 오브 톱은 누가 뭐래도 바로 옆에 앉아 있는 이 남자였다.

커다란 대문을 들어섬과 동시에 그는 마치 인격이 변한 사람처럼 다정한 애인 코스프레를 하며 그녀를 불편하게 만들기 시작하더니, 급기야 식탁 앞에서 그 정점을 찍었다. 봄이 미처 반찬을 집기도 전에 그가 먼저 그녀의 밥그릇 위에 더덕구이를 아주 친절하게 올려 준 것이다.

그 순간 당사자인 그녀보다 더 놀란 듯한 윤 회장과 해원의 시선이 두 사람에게 바로 꽂혔다. 마치 내가 알던 윤정한이 맞나? 하는 눈빛이었다. 봄 역시도 입을 벌린 채 너무도 낯설기만 한 그를 바라보았다.

하지만 그는 경악으로 물들어 있는 세 사람의 표정이 전혀 보이지 않는다는 듯 그녀를 향해 싱긋 웃으며 말했다.

"우리 봄이, 더덕구이 좋아하잖아."

"……!"

웃고 있는 그의 얼굴을 보는 순간, 봄의 얼굴은 표정 관리를 해야 한다는 것도 잊은 채 뻣뻣하게 굳어 버렸다. 제대로 먹어 본 적도 없었던 더덕구이가 한순간 좋아하는 음식으로 둔갑해 버려서 당황한 것보다도, 그의 입에서 나온 애칭이 훨씬 더 그녀를 당황스럽게 했던 것이다. 전혀 어울리지 않는 목소리로 저런 닭살스러운 말을 하다니, 충격이 배가 됐다.

우리 봄이…….

세상에나. 우리 봄이란다. 한봄도 아니고, 그냥 봄이도 아니고, 남의 봄이도 아니고, 우리 봄이…….

그것도 다른 누구도 아닌, 무뚝뚝하기로 소문난 윤정한 사장의 입에서…….

지금까지 연애는 몇 번 해 봤지만 이렇게 노골적인 애칭을 듣는 건 처음이었다. 유치함의 정점을 찍었던 어린 시절에도 이런 애칭은 들어 본 기억이 없었다. 게다가 지금은 진짜연애도 아니고 계약연애이지 않은가. 그의 행동이 너무 과한 것 같다는 생각이 들 무렵, 그가 아까 차 안에서 했던 말이 떠올랐다.

"이거 하나만 기억해. 진짜 연인보다 더 진짜 같은 모습을 보일 것."

"진짜 연인보다 더 진짜 같은……, 모습이요?"

말이 쉽지. 그게 가능하기나 할까.

봄이 걱정스러운 듯 되물었지만 그는 단호하게 말했다.

"정신 똑바로 차려야 해, 한 비서. 회장님은 결코 호락호락한 상대가 아니니까."

진짜보다 더 진짜 같은. 그 한마디를 그는 윤 회장의 집으로 오는 동안 차 안에서 끊임없이 강조했다. 그리 말하는 그의 눈빛이 어찌나 비장하던지, 봄은 자신이 진짜 전쟁터에 나가는 군인이라도 된 것 같은 착각이 들 정도였다.

어쨌든 그녀는 결연한 의지가 담긴 그의 눈빛을 보며 사장이 이 말도 안 되는 계약연애를 꽤나 진지하게 생각하고 있다는 것을 인정했다. 맞선을 보기 싫다는 의지가, 더 나아가서는 결혼을 하지 않겠다는 의지가 정말로 장난이 아니었던 것이다. 물론, 통장에 입금된 금액을 보는 순간 장난이 아니겠구나 생각하기는 했지만 말이다.

"……고마워요. 잘 먹을게요."

그가 북을 치니 자신도 장구 정도는 쳐 줘야 하지 않을까 싶어, 봄은 어색하게 웃으며 더덕구이를 입에 집어넣었다. 하지만 여전히 의문이 든다. 어울리지도 않게 '우리 봄이' 같은 애칭을 남발한다고 하여 과연 우리가 진짜 연인보다 더 진짜처럼 보일 수 있을까, 하는.

"크흠."

그러나 이어지는 윤 회장의 헛기침 소리에 머릿속을 떠돌던 의문이 싹 날아가 버렸다. 그녀는 자신이 처한 상황을 깨닫고 최대한 맛있는 척 더덕구이를 씹기 시작했다.

✱❉✱

두 사람이 성북동 집을 나설 때는 이미 어둠이 짙게 내려앉은 밤이었다. 저녁 식사가 끝나자 해원이 과일을 한 아름 들고 나오는 바람에 예정에 없던 후식타임까지 갖게 됐다. 그저 한 끼 식사와 간단하게 후식을 먹었을 뿐인데, 집을 나설 때 정한은 마치 5박 6일의 긴 출장을 다녀온 것처럼 짙은 피곤함을 느꼈다.

자신이 이런데 억지로 따라온 그녀는 얼마나 더 피곤할까. 흘긋 옆을 살피니, 역시나 저와 마찬가지로 피곤한 티가 팍 나는 그녀의 얼굴이 보인다. 그 모습을 보자 우습게도 어쩐지 그녀가 제 군대 동기라도 되는 듯 동질감이 느껴졌다. 전우애가 피어오른다, 랄까.

"수고했어, 한 비서."

차에 오르자마자, 지금껏 다정한 남자 친구 코스프레를 하던 정한은 마치 가면이라도 벗은 듯 평소의 얼굴로 돌아와 그녀에게 인사를 건넸다. 윤 회장 앞에서 남발하던 '우리 봄이' 라던 애칭도 '한 비서' 로 원상 복구를 시켰다.

사실 '우리 봄이' 라는 애칭은 저도 모르게 나간 말이었다. 자신의 입에서 그 단어가 튀어나오자마자 핏기가 싹 가시던 가족들의 낯빛을 보고 정한 역시 티는 안 냈지만 적잖이 당황했었다. 스스로가 생각해 봐도 '우리 봄이' 는 좀 과했던 것 같다.

"어때. 첫날인데 할 만했어?"

"음……. 살짝 체한 것 같아요."

"남의 돈 벌기가 쉽지는 않지."

인정머리라고는 조금도 없는 대답이었지만, 그녀는 인정한다는 듯 그러게요. 라고 작게 중얼거리며 고개를 끄덕였다.

"사장님은 연기하셔도 되겠던데요."

그녀 역시도 어색하게 '정한 씨' 라고 부르던 호칭을 '사장님' 으로 금방 고쳐 불렀다. 그는 마치 늘어난 테이프처럼 어눌하게 정한 씨. 부르던 목소리를 듣는 게 나쁘지 않았는데 어쩐지 좀 아쉬운 느낌이 들었다. 뭐 앞으로 들을 기회는 얼마든지 더 있겠지만 말이다.

"칭찬으로 듣지."

"그러세요."

가벼운 대답이 툭 튀어나온다. 늘 딱딱한 느낌이 들었던 그녀의 대답과는 왠지 다른 느낌.

그러고 보니 아까부터 그녀와의 대화에서 묘하게 이질적인 느낌이 들었다. 정한의 시선이 절로 옆을 향했다. 그러자 그의 시야에 아까와는 달리 조수석 등받이에 편하게 기대어 있는 그녀의 모습이 들어왔다.

등을 꼿꼿하게 펴고 앉은 게 편하다더니, 순 거짓말이었나 보지. 순간 그의 입술을 비집고 픽, 옅은 웃음이 새어 나왔다.

"왜 웃으세요?"

"아냐. 아무것도."

고개를 가볍게 내저은 정한은 그녀에게서 시선을 떼고 다시금 운전에 집중했다.

시간이 지나도 여전히 자세를 고쳐 앉을 생각이 없는 걸 보니, 그녀는 지금 저가 '평소의 편하게'가 아니라 '정말로 편하게' 앉아 있다는 사실을 인지하지 못하는 듯했다. 성북동 집에서 내내 영혼이 반쯤 나간 얼굴이더니, 정말 그 집에 영혼을 두고 오기라도 한 모양이지.

평소와는 옷차림이 달라서인지, 아니면 편하게 풀어진 모습 때문인지, 자신이 알던 한 비서가 아닌 것처럼 느껴졌다. 하지만 인형처럼 딱딱한 한 비서의 모습보다는 이편이 더 사람 냄새도 나고 보기 좋은 것 같아서 정한은 딱히 별다른 말은 하지 않았다.

"근데…… 회장님이 믿어 주신 걸까요?"

창밖을 물끄러미 바라보던 그녀가 조심스럽게 운을 뗐다. 첫 임무를 제대로 이행했는지 신경이 쓰이는 모양이었다.

그도 그럴 것이 윤 회장은 두 사람이 집을 나서는 순간까지 딱히 별말이 없었다. 그저 무슨 생각을 하는지 모를 눈빛으로 그녀를 관찰하기만 할 뿐이었다. 마치 정말 손자며느리가 될 여자를 살피는 듯이.

한 비서와 연애를 한다는 당치 않은 말을 절대 곧이곧대로 믿었을 리가 없는데……. 그렇다고 당신을 원망할지도 모른다는, 그 같잖은 협박이 먹혔을 리도 없고…….

도대체 제 할아버지는 무슨 생각을 하고 있는 걸까.

다 알면서도 속아 주는 거라면 정말 감사할 일이겠지만, 조부가 아무 대가 없이 그럴 리 없었다. 속을 모를 윤 회장의 반응에 정한 역시 찝찝하기는 마찬가지였다.

"회장님이 이렇게 쉽게 믿어 줄 것 같았으면, 내가 굳이 이런 귀찮은 쇼까지 준비했겠어?"

"아……."

"아마 한동안은 긴장해야 할 거야. 회사에서도. 밖에서도."

하지만 조부의 속내가 어떻든 간에 일단 맞선 스케줄은 멈췄으니, 그의 입장에서는 성공과 다름없었다. 계약연애라는 것을 생각했을 때, 사실 애초부터 그는 누구보다 철저한 윤 회장이 완전히 속아 넘어가리란 기대는 하지 않았다. 다만 눈 가리고 아웅 하는 것이 자신이 할 수 있는 최선의 방법이라면, 그렇게라도 최선을 다

할 생각이었을 뿐.

자신이 끝까지 우긴다면, 의심은 되겠지만 거짓이라는 확실한 증거를 찾을 때까지는 믿을 수도, 믿지 않을 수도 없을 테니까 말이다. 물론 자신의 할아버지라면 무슨 수를 써서든 그 증거를 찾으려할 것이다. 그러니 이번에 이렇게 넘어갔다고 해서 안심은 금물이었다.

차는 어느덧 길이 복잡한 그녀의 동네로 접어들었다. 정한은 그녀를 데리러 왔을 때처럼 슈퍼 앞에 차를 세웠다.

"데려다주셔서 감사합니다."

그녀가 안전벨트를 풀며 꾸벅 고개를 숙였다.

"그런데 이 옷이랑 가방은……."

"가져. 한 비서 입고 들라고 산 거니까."

"그래도 너무 비싼 거라 선뜻 받기가……."

"받기 곤란하면, 뭐. 나 주려고?"

"……."

"내가 이걸 받아서 뭐 해? 설마, 나더러 이걸 입으라는 거야?"

정한이 어이없다는 듯 되물었다. 하지만 옷에 맞춰 산 핸드백을 내려다보는 그녀의 얼굴엔 곤란한 기색이 여전했다.

정말 돌려주기라도 할 작정인가.

그는 짤막하게 한숨을 내쉬었다.

"앞으로도 이런 자리 종종 생길 텐데, 마땅히 입을 옷이 없다며. 유니폼 제공했다고 생각해. 그럼 됐어?"

그녀는 여전히 대답이 없다. 가만뒀다가는 쓸데없이 자존심을 세운답시고 저를 귀찮게 할 것만 같아서 정한이 먼저 화제를 돌렸다.

"여기서 집이 멀어?"

"아뇨, 금방이에요."

"혼자 갈 수 있겠어?"

"네?"

생뚱맞은 질문이었는지. 그녀가 무슨 뜻인지 모르겠다는 듯 그를 빤히 바라보았다.

"골목이 제법 위험할 것 같은데."

그의 시선은 낮에 그녀가 나타났던 골목길을 향해 있었다. 가로 등이 고장 난 건지 불빛 하나 없이 어둡기만 한 골목은, 낮에 볼 때보다 열 배는 더 칙칙해 보였다.

"아……. 그럼요. 매일 다니던 길인데요, 뭘."

그제야 무슨 뜻인지 알겠다는 듯 봄은 살짝 웃으며 가볍게 대꾸 했다. 그러고는 차문을 열고 내려 그를 향해 다시금 꾸벅 고개를 숙였다.

"이것들은 유니폼이라고 생각하고 받아 둘게요. 조심해서 가세 요. 내일 회사에서 뵙겠습니다."

조심해서 가시라니. 지금 누가 누굴 걱정하는 건지.

정한은 어두운 골목길을 향해 걷는 그녀의 뒷모습을 물끄러미 바라보다 차에서 내렸다. 차를 세운 김에 담배를 피우고 갈 생각이 었다. 담뱃불을 붙이려던 그의 시선이 문득 옆에 있는 구멍가게로 향했다.

'음……. 살짝 체한 것 같아요.'

조금 전 그녀의 목소리가 문득 떠올랐다.

슈퍼에도 소화제 역할을 하는 드링킹 음료를 판다고 들었던 것 같은데…….

별생각 없이 슈퍼를 향해 걸음을 옮기려던 그는 순간 멈칫, 그 자리에서 우뚝 멈추었다. 사서 뭘 어쩌게? 한 비서 집 앞까지 가서 전해 주기라도 하려고? 스스로도 조금 전 자신의 생각이 황당무계하게 느껴져서 정한은 하하, 웃었다.

네가 대체 언제부터 남을 걱정했다고? 오버하지 말자, 윤정한.

고개를 절레절레 내저은 그는 주머니 속에 들어 있던 은색의 지포라이터를 탁, 켰다. 푸른 불빛이 타올랐다가 금세 사라진다. 그사이 어느덧 그녀의 모습은 어두운 골목 안으로 완전히 사라져 있었다.

4
우리 봄이

성북동에 인사를 다녀온 뒤로 평소와 다름없는 하루하루가 이어지고 있었다. 그는 여전히 바빴고, 그가 바쁜 만큼 그녀 역시도 바빴다. 그렇게 두 사람이 '우리 봄이'는커녕 계약연애 자체에 대해 서서히 잊어 가던 어느 날이었다.

사무실은 퇴근 준비를 하는 비서실 직원들로 분주했다. 봄도 다른 직원들과 마찬가지로 가방을 챙기고 있는 중이었다.

"한 대리. 사장님이 찾으시네."

마침 집무실에서 나오던 박 실장이 말을 전했다. 봄은 어깨에 메던 가방을 도로 내려놓으며 고개를 갸웃했다. 필요한 업무사항은 한 시간 전에 이미 모두 보고했었다. 그사이에 외부에서 연락 온 것도 없었으니 딱히 무슨 일이 생긴 건 아닐 텐데.

먼저 퇴근하는 직원들의 인사를 받으면서도 머릿속으로는 혹시나 제가 놓친 것이 있나 꼼꼼하게 되짚어 보았다. 하지만 아무리 생각해 봐도 마땅히 짚이는 건 없었다.

집무실을 열고 들어가자 책상에 고개를 숙인 채 서류를 훑고 있는 사장의 모습이 보였다. 부를 땐 언제고, 그 사실을 까맣게 잊고 일에 집중을 했는지 그녀가 들어온 것도 모르는 것 같았다. 하지만 으레 있는 일이라 전혀 개의치 않으며 봄은 사뿐한 걸음으로 그의 앞으로 다가가 책상을 조심스럽게 두드렸다.

똑똑, 평소처럼 딱 두 번 노크를 한 다음에야 사장은 고개를 들었다.

"부르셨어요?"

"응. 불렀어."

그는 쓰고 있던 은테 안경을 내려놓으며 의자 등받이에 몸을 편하게 기댔다.

"지시하실 사항 있으세요?"

"퇴근할 거지?"

대답 대신 도로 질문이 돌아왔다. 봄은 얼떨떨한 얼굴로 네, 대답했다.

"그럼 나랑 저녁 같이 해."

"네? 저녁이요?"

"왜. 다른 약속이라도 있어?"

"아뇨. 그건 아닌데……."

제가 왜 사장님이랑 저녁을 먹어야 하나요?

차마 그렇게 대놓고는 묻지 못하고 말끝을 흐리자, 정한이 자신의 휴대폰을 그녀의 앞으로 들이밀었다. 문자 창이 그대로 켜진 채로. 일부러 보여 주려는 것 같아 그녀는 그에게 온 문자를 눈으로 얼른 읽어 보았다.

[취미에도 없는 연기하느라 수고했다. 너나 한 비서나, 둘 다 노력이 가상한 것 같아 우선은 지켜보도록 하마.]

굳이 발신자를 확인하지 않아도 알 수 있을 것 같았다. 저도 모르게 입이 떡 벌어졌다. 문자 내용 자체는 온화하기 그지없었지만, 속뜻을 대충 알아들은 그녀에게는 그 내용이 공포로 다가왔던 것이다.

"지켜보겠다는 게 무슨 뜻인지 알지?"

"……저희를 감시하시겠다는 건가요?"

그는 어깨를 으쓱했다. 긍정의 뜻이었다.

"그래도 맞선 스케줄이 더 이상 안 잡히는 걸 보니, 반은 성공했다는 얘기야. 확실한 증거를 찾기 전에는 우리의 말을 안 믿을 수도 없는 상황이라는 거니까."

봄은 저도 모르게 침을 꼴깍 삼켰다. 윤 회장은 역시 만만한 인물이 아니었다. 이미 알고는 있었지만 그들의 세계가 새삼 무섭게 느껴진다.

사실 며칠 전 윤 회장을 만났을 때 그녀는 단단히 각오를 했었다. 계약서에 도장을 찍기 직전 그가 했던 경고 때문이었다.

"회장님이 호락호락하게 넘어가시지 않을 거야. 어쩌면 한 비서가 모욕적인 말을 듣게 될 수도 있어."

"모욕적인 말이요?"

"그래. 가령 한 비서의 집안에 관련된…….."

"아……."

"드라마 많이 봤지? 이 계약서에 도장을 찍는다면, 한 비서가

신파 드라마의 여주인공이 될 수도 있어."

드라마를 많이 보지는 않았지만 그가 하고자 하는 말뜻은 충분히 알 것 같았다. 계약연애라고 해도 감히 윤강건설의 사장 윤정한과 보잘것없는 자신은 어울리지 않는데, 이것이 진짜라고 받아들이게 되는 윤 회장은 당연히 반대하겠지.

좋은 집안의 여식들 다 놔두고 하필이면 비서라니. 자신이 윤 회장의 입장이라도 탐탁지 않아 할 것 같았다. 그녀의 상식으로도 충분히 납득이 되는 부분이었다.

"무슨 말을 듣게 되더라도, 한 귀로 듣고 한 귀로 흘려. 어차피 앞으로 일어날 모든 일들은 가짜야. 한 비서가 듣게 될 모욕적인 말, 모욕적인 상황들. 다 가짜란 거야. 무슨 말인지 알아듣지?"

그녀는 계산이 빠른 편이었다. 지금까지 사채업자에게 들어 왔던 모욕들, 그리고 앞으로도 들을 뻔했던 모욕에 비하면, 윤 회장에게 들을 모욕은 아무것도 아닐 것이다.

그의 말대로 가짜이니까. 이렇게 큰돈을 받게 되는데 그 정도쯤이야. 얼마든지 버틸 자신이 있었다.

"마지막으로 물을게. 이 계약 정말로 하겠어?"

"네. 할게요."

더 생각할 것도 없었다. 그에게 자신의 시간이 동아줄이라면, 그녀에게는 그의 돈이 동아줄이었으니까.

"나중에 가서 울고불고할 생각이라면 그만둬. 나, 여자의 눈물은 딱 질색이니까."

법적으로 효력을 미치는 계약서의 작성을 앞두고 그는, 연애하자고 끈질기게 따라다닐 때와는 달리 신중하게 굴었다. 하지만 그와 반대로 이미 마음의 결정을 내린 봄은 계약서 앞에서도 덤덤하기만 했다.

1년만 버티면 지긋지긋한 삶의 굴레에서 벗어날 수 있는데, 제가 왜 울겠어요. 딱 1년만 버티면…… 사람답게 살 수 있는데.

봄은 걱정이 많은 사장을 바라보며 가볍게 싱긋 웃어 보이고는, 보란 듯이 계약서 위에 도장을 꾹 눌러 찍었다. 하지만 그녀에게도 결코 쉬운 결정은 아니었다. 며칠을 아주 많이 고민한 끝에 내린 결정이었다.

그래서 며칠 전 윤 회장과의 만남을 마치고 집을 나서면서, 그녀는 조금 멍해졌었다. 걱정했던 것과는 달리 너무도 별일이 없었던 것이다. 욕은커녕 상다리 휘어질 정도로 대단한 식사 대접만 받고 오지 않았던가.

꽉 닫혀 있는 윤 회장의 입을 보며 뭔가 잘못된 것 같다는 생각은 했다. 그런데 감시라니.

역시…… 라고 해야 할까.

"미치도록 중요한 약속이 없다면, 오늘 저녁은 나랑 같이 해."

퇴근을 준비하려는 듯 책상 위에 널브러져 있는 서류들을 차곡차곡 챙겨 들던 그가, 멍하게 서 있는 봄을 바라보며 말했다.

"열렬히 사랑하는 연인 사인데, 데이트 한 번 안 하는 건 좀 이상하잖아?"

저도 모르는 사이에 계약연애 콘셉트가 '열렬히 사랑하는'으로 가닥이 잡힌 모양이었다. 하지만 그의 말에는 반박의 여지가 전혀 없었다. 굳이 열렬히 사랑하지 않더라도 보통의 연인 사이에 평범한 데이트 한 번 없는 건 누가 봐도 이상했으니까.

"네, 사장님."

깔끔하게 대답한 봄은 옷걸이에 걸려 있는 그의 외투를 챙겨 들었다.

✱❊✱

그가 그녀를 데려간 곳은 그녀도 익히 알고 있는 고급 레스토랑이었다. 이곳은 사장이 맞선을 볼 때 종종 이용했던 곳이기 때문이다. 그때마다 예약은 늘 그녀의 몫이었다.

입구에 들어서자마자 그를 알아본 매니저가 얼른 달려 나와 두 사람을 반겼다. 매니저의 안내를 받아 방으로 향하며 그녀는 묘한 기분에 휩싸였다.

그를 기다리기 위해 차 안에서 이곳을 몇 번이고 바라볼 때마다 저런 곳에선 어떤 음식이 나올까, 궁금하긴 했었다. 가격이 어마어마한 걸 보면 음식에 금테라도 두르나? 쓸데없는 생각도 해 봤다. 하지만 자신이 식사를 하기 위해 손님으로 이곳에 들어오게 될 거란 생각은 단 한 번도 한 적이 없었다. 그것도 사장과 함께라니. 불과 며칠 전까지만 해도 결코 상상도 할 수 없는 일이었다.

"직접 고르겠어?"

그가 메뉴판을 내밀었다.

"아뇨. 저는 잘 몰라서……."

요 며칠 그에게 모든 꼴을 다 보였다. 사채업자에게 모욕을 듣는 것도 보였고, 자존심도 버려 가며 그가 주는 돈을 덥석 받기까지

했다. 하지만 아직도 부끄러울 게 더 남았나 보다. 이런 레스토랑 처음 와 봐요. 솔직하게 말하면 될 걸, 저도 모르게 괜히 잘 모른다 며 돌려 말했다. 어차피 사장이 그 뜻을 모르지도 않을 텐데 말이 다.

"특별히 못 먹는 음식 있어? 알레르기라든가."

"그런 건 딱히 없습니다."

"그럼 나랑 같은 걸로 하지. 괜찮아?"

"네."

같은 음식이 도대체 무슨 음식이냐고 묻지 못하고 고개를 끄덕 였다. 어차피 들어도 모를 것 같아서였다. 어련히 알아서 주문하지 않을까. 못 먹는 음식이 나오진 않겠지. 탁, 닫히는 메뉴판을 보며 봄은 막연히 그렇게 생각했다.

사장은 능숙하게 음식을 주문했다. 듣도 보도 못한 메뉴들이 그 의 입에서 흘러나오는 걸 보며, 역시나 물어보지 않길 잘했다는 생 각이 들었다. 와인도 할래? 그가 물었지만 봄은 고개를 내저었다.

"한 비서는 술을 잘 못하나?"

주문을 끝낸 사장이 물었다. 아무래도 와인을 거절한 게 술을 못 해서라고 생각한 모양이었다. 그저 소주와 맥주가 아닌 술에는 딱 히 흥미가 없었던 것뿐인데 말이다. 하지만 굳이 이 상황에서 아 뇨, 술 잘합니다. 하고 말을 하는 것도 웃길 것 같아 봄은 그저 네. 하고 대답했다.

왠지 본의 아니게 내숭을 떨게 된 것 같아 조금은 찝찝했지만 말 이다.

잠시 후 스프와 샐러드가 먼저 나왔다. 사장은 스프를 한 스푼

떠먹고 말았지만 봄은 스프와 샐러드를 싹싹 긁어 먹었다. 비싼 곳이니 색다른 맛일까 싶었는데, 맛은 여느 음식점에서나 맛볼 수 있는 평범한 맛이었다.

하지만 실망하기는 일렀다. 웨이터가 차근차근 내놓는 음식들은 하나같이 다 예쁘고 맛있었다. 한 입 크기밖에 안 된다는 게 아쉬웠지만 말이다.

몇 번의 음식이 더 나온 뒤에야 아마도 메인 메뉴인 것 같은 스테이크가 나왔다. 사장의 행동을 유심히 보다가 그를 따라 나이프와 포크를 이용해 고기를 잘라 먹었다. 앞에 나왔던 음식들보다는 조금 실망스러웠다. 그저 고기 맛이었다.

봄은 자신의 앞에 놓인 접시를 물끄러미 내려다보았다.

이런 고깃덩어리 하나가 몇 만원이나 하겠지. 그 돈이면 삼겹살이 몇 근일까.

얼마 전까지만 해도 돈 몇 푼 아껴 보려고 삼겹살 대신 앞다리살을 고르던 자신의 모습이 떠올랐다. 그러자 거짓말처럼 입맛이 뚝 떨어졌다.

"왜. 입맛에 안 맞아?"

앞에 나오는 음식들은 싹싹 긁어 먹던 그녀가 포크를 내려놓자, 그가 의아한 듯 물었다.

"……제 스타일은 아닌 것 같아요."

여태 잘 먹어 놓고 이제 와서 이런 소리를 해도 되나 싶었지만, 봄은 솔직하게 말했다.

"그래? 그럼 다음번엔 한 비서의 입맛에 맞는 음식을 먹으러 가도록 하지."

"다음이요?"

"설마 오늘 한 번으로 회장님을 속일 수 있을 거라고 생각해?"

"아……."

정한이 콕 집어서 얘기해 줬을 때서야 봄은 입을 살짝 벌리며 고개를 끄덕였다. 윤 회장이 완벽하게 속을 때까지는 계속 반복될 일인 게 당연하건만, 너무도 멍청한 질문을 한 것 같다. 일을 할 땐 나쁜 머리가 아니고 분명 눈치도 빠른 편이었는데, 어째서 이번 일만 엮이면 뇌가 제대로 활동을 하지 않는 걸까.

사장과의 계약연애라는 게 너무 말도 안 되는 상황이라서?

이유가 어쨌건 봄은 스스로가 한심스럽게 느껴졌다. 이것도 엄연히 정당한 대가를 받고 하는 일의 일종이었으니까 말이다. 돈을 받은 이상 완벽하게 해내야 하는 거였다.

그럼 이제부터는 이런 식으로 사장과 단둘이서 종종 밥을 먹게 되는 걸까…….

봄은 흘긋 맞은편의 그를 바라보았다. 고기를 자르고 입으로 가져가는 것까지, 여유로움이 느껴졌다. 그리고 또 어찌나 고급스럽게 드시는지. 분명 저와 같은 고기일 텐데, 그가 먹고 있는 건 어쩐지 제 것과 달라 보이기까지 했다.

"사장님."

칼질을 멈춘 정한이 그녀를 바라보았다.

"왜…… 저였는지 여쭤 봐도 될까요?"

"그게 무슨 말이지?"

"이 계약연애요. 왜 다른 사람이 아니라 저한테 제안하셨는지 궁금해서요."

진작 물어보고 싶었다. 왜 그가 큰돈까지 덥석 줘 가며 굳이 자신을 선택했는지. 마음만 먹으면 저보다 훨씬 괜찮은 조건의 여자를 선택해서 윤 회장에게 의심을 덜 받을 수도 있었을 텐데 말이다.

"흐음……."

그녀의 질문이 의외라는 듯 잠깐 생각에 잠겼던 정한이 이내 들고 있던 나이프를 내려놓으며 운을 뗐다.

"당신은 다른 여자들과 다르니까."

"제가요?"

"그래. 지금까지 한 번도 나를 남자로 본 적이 없었잖아, 한 비서는."

"……."

"앞으로도 그럴 거고."

담백한 대답에 봄은 물끄러미 사장의 두 눈을 바라보았다. 그는 말을 이어 갔다.

"이 관계가 끝나고 나도 절대 질척거리지 않을 사람이 필요했어. 다 끝난 다음에 여자가 갑자기 '나는 진심이 돼 버렸어요.' 라고 해 버리기라도 하면 곤란하잖아? 귀찮은 게 싫어서 이런 쇼를 하는 건데 말이야."

아무래도 그는, 다른 여자들이라면 가짜연애를 하다 자신을 진심으로 사랑하게 되어서 결국은 자신을 귀찮게 만들 거라 확신하는 듯했다.

그리고 그는.

"그래서 한 비서였어. 당신이라면 절대 그런 귀찮은 일은 안 만들 테니까."

그녀라면 절대 그럴 리 없다는 확신도 하는 듯했다.

"뭐, 그것 말고도 당신은 여러모로 아주 적합한 상대지만 말이야."

그는 한쪽 입꼬리를 살짝 올리며 가볍게 웃었다.

"이제 궁금증이 해결됐어?"

왜 그렇게 생각하세요?

확신에 찬 남자의 두 눈을 보며, 봄은 순간 되묻고 싶었다. 하지만 그녀는 목구멍 끝까지 차오른 질문 대신, 정해져 있는 대답을 뱉었다.

"……네, 사장님."

✽❋✽

그의 차는 정확하게 전에도 온 적이 있던 슈퍼 앞에서 멈췄다. 고작 왕복으로 한 번 왔을 뿐이었는데 조그만 구멍가게가 제법 익숙하게 느껴진다.

"데려다주셔서 감사합니다."

슈퍼를 빤히 바라보고 있던 정한은 오늘도 어김없이 들려오는 인사말에 고개를 틀어 옆자리를 바라보았다. 그녀는 벌써 안전벨트를 풀고 내릴 채비를 하고 있었다. 행동 한번 재빠르기도 하지.

"내일 회사에서 뵙겠습니다. 조심해서 가세요."

어쩜 이렇게 토씨 하나 틀리지 않고 매번 인사말이 같을 수가 있을까. 고개를 꾸벅 숙이는 모습까지 정해져 있는 매뉴얼대로 행동하는 것 같은 그녀를 빤히 바라보던 정한은, 그녀가 차에서 내리는 것과 동시에 저도 차에서 내렸다.

"같이 가."

"네?"

"아무래도 저 골목 어두워서 신경 쓰여."

"저는 정말 괜찮습니다, 사장님."

"내가 안 괜찮아. 내가."

곤란한 얼굴로 사양하는 봄을 향해 정한은 단호하게 고개를 내저었다.

지난번에 저 어둠 속으로 그녀를 홀로 보내 놓고 얼마나 신경이 쓰였는지 모르겠다. 혹시라도 무슨 소리가 들릴까 한참 동안 골목을 바라보며 담배를 태우다 집으로 가면서 생각했다. 다음번에도 저 골목의 가로등이 꺼져 있다면, 집 앞까지 데려다주리라고.

그렇게 집으로 가는 길, 차 안에서 그는 자신이 왜 그런 생각을 했는지에 대해 곰곰이 생각해 보았다. 그리고 마침내 거실 한 벽면을 차지한 커다란 TV에서 범죄 사건을 전달하고 있는 아나운서의 목소리를 들으며 답을 찾았다.

뉴스만 봤다 하면 흉흉한 소식이 하루에도 몇 번씩 들려오는 세상에서 역시 위험한 골목에 여자 혼자 보내지 않는 것은, 오지랖이 아니라 기본적인 인간애라고. 자신은 기업인이었고 이 정도의 도덕성은 갖출 필요성이 있다고. 더없이 아주 깔끔한 결론이었다.

"앞장서."

"사장님. 저는 정말로……."

"지금 이 순간에도 회장님의 끄나풀이 지켜보고 있을지도 몰라."

봄의 고집은 결국 정한의 고집을 이기지 못했다. 그와 그녀를 제외하고는 고요한 골목. 자신의 몸을 감출 수 있는 사람이 아닌 이상 감시가 붙어 있다는 건 상식적으로 봤을 때 말이 안 되건만, 봄은 끄나풀이라는 말에 놀란 듯 입을 조금 벌렸다. 천하에 한 비서도 회장님이 무섭긴 한 모양이었다.

"누나!"

결국 정한의 고집대로 함께 걸음을 떼려는 찰나, 골목 어귀에서부터 누군가가 타다닥 달려오는 소리가 들렸다. 두 사람의 시선이 동시에 소리가 나는 쪽으로 향한다.

"……영원아."

어찌나 걸음이 빠른지 두 사람의 앞에 떡하니 선 남학생을 보는 봄의 얼굴에는 당황한 기색이 역력했다. 그녀는 옆에 선 정한을 향해 작게 속삭였다.

"동생이에요."

굳이 그렇게 설명해 주지 않아도 정한은 이미 남학생의 정체를 눈치챘었다. 저렇게 닮았는데 그 누가 둘 사이를 의심할 수 있으랴. 그녀의 동생은 마치 '한봄의 남자 버전' 같았다.

"학교 마치고 오는 길이야?"

"응. 야자 끝나고 바로 오는 길. 근데 누구야?"

영원의 시선이 정한에게 꽂혔다. 이렇게 그와 눈높이가 비슷한 사람은 몇 없었는데, 키가 제법 큰 고딩의 건방진 눈빛은 그를 똑바로 직시하고 있었다. 적의를 그대로 드러내 놓은 눈빛에 정한의 눈썹이 꿈틀거렸다.

"아, 그게. 우리 회사 사장……."

"애인."

조심스러운 봄의 말을 뚝 끊은 정한이 말했다.

"그쪽 누나의 회사 사장이자, 애인이지."

당황한 듯 저를 쳐다보는 똑 닮은 눈동자를 보며, 정한은 다시 한 번 강조했다. 그러자 이번에는 두 사람의 입이 같은 크기로 쩍 벌어진다. 닮은 두 얼굴이 같은 표정을 짓는 것은 꽤나 볼만한 광경이었다. 똑 닮은 남매를 바라보며 정한은 속으로 피식 웃었다.

"만나서 반가워, 동생."

정한이 손을 내밀었다. 누가 봐도 악수를 하자는 제스처였지만, 영원은 깨끗하게 무시한 채 경계 어린 눈빛으로 그의 손을 노려보다가 이내 고개를 휙 돌려 봄을 바라보았다.

"……누나, 진짜야?"

"일단 집에 가서 얘기해."

정한의 손이 허공에서 민망하게 멈춰 있는 모습에 잔뜩 난감해진 얼굴의 봄이 동생의 가방을 잡아끌기 시작했다.

"저 먼저 들어가 볼게요. 사장……, 아니, 정한 씨도 조심해서 가세요."

이 상황에서도 조심히 가시라는 인사는 잊지 않는다. 그러고는 저보다 훨씬 키가 큰 동생을 질질 끌며 총총히 멀어진다. 그 모습이 너무도 한 비서답다고 생각하며, 정한은 손을 거둬들이고는 담배를 꺼내 물었다.

아마도 조금 전 '사장님'이라는 호칭 대신 '정한 씨'라고 부른 걸 보니, 그녀는 그가 사전에 동의도 없이 커밍아웃을 해 버린 이유가 여전히 끄나풀 때문이라 생각하는 모양이었다. 하긴. 그것 외에는 마땅히 다른 이유를 떠올릴 수 없을 터였다.

하지만 방금 전 행동은 그저 다분히 충동적인 행동이었을 뿐이다. 애초에 끄나풀 따위는 존재하지 않았으니까.

분명 그는 굳이 그녀의 동생 앞에서까지 연기를 하라고 강요할 생각은 없었다. 그런데 그 순간 왠지 모르게 그저 '회사 사장'으로 소개되는 게 영 못마땅하다는 생각이 들었다. 대체 왜 그런 생각이 들었는지 이유는 자신도 잘 모르겠지만.

"……저렇게 큰 동생이 있는 줄은 몰랐네."

저를 똑바로 응시하던, 적개심 가득한 영원의 눈빛을 떠올린 정한은 두 사람이 사라진 골목길을 향해 길게 연기를 내뿜었다.

✻❀✻

"진짜야? 아까 그 남자랑 연애한다는 거."

씩씩거리며 성난 걸음을 옮기던 영원은, 집에 들어오자마자 더는 못 참겠다는 듯 봄을 몰아붙였다.

뭐라고 대답을 해야 할까.

거침없는 질문에 잠깐 망설이던 봄은 느리게 고개를 끄덕였다. 계약에 대한 이야기는 철저하게 둘만의 비밀로 갖고 있기로 약속을 했던 터였다. 하지만 굳이 그런 계약 조건이 붙지 않았어도 그녀는 아마 같은 선택을 했을 것이다. 돈 때문에 이런 황당한 일을 시작했다는 말을 동생에게 어찌할 수 있겠는가.

"그 남자가 누나 회사 사장이라는 것도 진짜야?"

"그래."

"윤강건설 사장이라고?"

이미 들어서 알고 있었지만 다시 들으니 더 기가 막혔다. 영원은 부인하지 않는 봄의 얼굴을 빤히 바라보다가 한숨을 허, 뱉어 냈다.

"미쳤구나……."

"……."

이미 예상했던 반응이었기에 봄은 덤덤한 얼굴로 영원을 바라보았다.

"당장 헤어져."

인상을 잔뜩 쓴 영원이 메고 있던 가방을 벗어 바닥에 아무렇게나 내던지며 말했다. 하지만 봄은 여전히 덤덤한 얼굴일 뿐이었다.

"언제는 토요일에 데이트도 없냐고 뭐라 하더니. 왜?"

"그걸 지금 몰라서 물어?"

영원이 답답하다는 듯 꽥 소리를 내질렀다.

"윤강건설이 어디 구멍가게야? 알아주는 대기업이잖아. 하다못해 중소기업도 아니고 대기업! 그런데 그런 남자가 진짜 누나한테 진심일 거라고 생각하는 거야? 그게 말이 돼?"

"그런 생각 안 해."

"그럼 장난으로 만난다는 거야?"

뭐라고 대답해도 명쾌한 대답이 될 리 없는 곤란한 질문에 봄은 나직이 한숨을 내쉬었다.

"장난이든 진심이든, 그런 건 내가 알아서 해."

"그래라, 그래!"

냉정하게 신경 끄라 말하는 봄의 말에 영원이 잔뜩 섭섭한 얼굴로 소리쳤다.

"나는 신경 끌 테니까, 잘난 누나가 알아서 잘 해! 빚도 누나 혼자 알아서 하고, 연애도 누나 혼자 알아서 하고. 다 알아서 해!"

사실 자신이 스물여덟 먹은 누나의 연애사에 감 놔라 배 놔라 하는 것이 우스운 일이라는 건 영원도 잘 알고 있었다. 빚 얘기도 분명 억지였다. 어련히 알아서 잘 할까. 언제 어느 상황에서도 늘 똑 부러지는 모습만 보이는 누나였으니.

하지만 그래서 한편으로는 더 걱정이 되는 것이다. 이건 아니라는 것을 잘 알 텐데. 그걸 모를 리 없는 제 누나가 이런 말도 안 되는 연애를 시작했다는 게 영 찜찜했다. 가볍게 연애를 즐기는 타입도 절대 아니면서.

"대신! 나중에 그 자식 때문에 울고불고하는 꼴 보이기만 해 봐. 그땐 진짜 가만 안 둘 거야!"

"너 이 시간에 어디 가?"

"바람 쐬러!"

붙잡을 새도 없이 영원은 방문을 쾅 닫고 나가 버렸다.

"휴……."

봄은 닫힌 방문을 바라보며 길게 한숨을 내쉬었다. 영원이 저런 반응을 보이는 게 당연했다. 결코 건방지게 구는 게 아니었다. 영원은 보기보다는 누나를 끔찍이 생각하는 동생이었으니까. 누가 봐도 말도 안 되는 연애를 한다고 하니, 걱정이 되기도 할 것이다.

그래. 윤강건설의 주인 윤정한에게 비서 나부랭이 한봄이 가당키나 하단 말인가…….

화장을 지우려 화장대에 앉은 봄의 시선이 화장대 한편에 걸려 있는 짙은 감색의 손수건에 닿았다. 클렌저로 향하려던 그녀의 손이 곧장 손수건으로 향했다. 손끝을 타고 보드라운 느낌이 고스란히 전해진다. 이 손수건은, 제가 가진 것 중 아마도 가장 고급스러운 원단일 것이다.

그녀의 시선이 손수건 가장자리에 닿았다. 그곳엔 은색의 실로 이니셜이 새겨져 있었다.

JH.

그를 처음 만났던 건, 5년 전 회사 옥상에서였다.

사라진 아버지 대신 그녀를 찾아 빚쟁이들이 회사에 들이닥쳤던 날. 그러니까 그녀가 그제야 아버지가 남기고 갔던 쪽지에 적힌 미안하다, 라는 말의 뜻을 정확히 알게 됐던 날. 학자금 대출만으로도 버거운데 엄청난 액수의 빚까지 떠안게 되었던 그날. 그녀는 처음으로 도저히 받아들이기 힘든 현실에서 도피하고 싶단 생각을 했다.

그냥 죽어 버릴까······.

막연히 그런 생각이 들었다. 그때는 왠지 아무래도 괜찮을 것 같았다. 그녀는 옥상 난간에 아슬아슬하게 기대고 서서 멍하니 하늘을 바라보았다.

엄마, 보고 싶어······.

뭔가에 홀린 느낌이었다. 그녀는 천천히 하늘을 향해 두 손을 뻗었다.

그날따라 하늘이, 하필이면 눈이 시릴 정도로 푸르러서. 그날따라 구름이, 하필이면 엄마의 품처럼 포근할 것만 같아서. 그날따라, 하필이면, 이런 뭣 같은 인생 따위 아무래도 좋을 것 같다는 생각이 들어서.

"위험하잖아."

몸이 아주 느리게 난간 밖으로 기울었을 때였다. 메마른 음성과 함께 뒤에서 누군가가 와락, 그녀를 감싸 안았다. 차가운 말투와는 달리 따뜻한 온기가 그녀의 작은 등으로 고스란히 전해졌다.

"정 죽고 싶거든 다른 곳 알아봐. 여긴 안 돼."

옥상 바닥에 아무렇게나 그녀를 내팽개친 남자는 입에 담배 한 개비를 문 채, 아주 귀찮다는 듯 그녀를 내려다보며 말했다. 그러고는 멍한 봄의 얼굴에 무심하게 손수건을 던져 주었다.

"울고 싶으면 울든가."

동정심이라고는 눈곱만큼도 담겨 있지 않은 그 말이 신호탄이 되었다. 울고 싶다는 생각은 못 했는데 수도꼭지를 돌린 것처럼 눈물이 왈칵 쏟아졌다. 손수건을 손에 꾹 쥔 채 봄은 낯선 남자의 앞에서 어린아이처럼 목 놓아 울었다. 부끄러운 줄도 모르고서. 남자는 울다 지친 그녀가 먼저 옥상을 내려갈 때까지 그 자리에서 꼼짝도 않고 있었다.

그녀가 남자의 정체를 알게 된 것은 그로부터 일주일이 지난 뒤였다. 신입 사원들이 모두 모인 강당에 그가 있었다. 같은 신입 사원이 아닌 임원의 자리에서.

윤정한 이사.

남자를 소개하는 한마디에, 그녀는 주머니 속에 들어 있던 곱게 접힌 손수건을 꽉 쥐었다. 혹시라도 그때 그 남자를 다시 마주치게 된다면 전해 주려고 늘 지니고 다녔다. 하지만 그 순간 그녀는 직감했다. 이제 영영 전해 주지 못할 거라는 걸.

'당신이라면 절대 그런 귀찮은 일은 안 만들 테니까.'
'그런 남자가 진짜 누나한테 진심일 거라고 생각하는 거야?'

두 남자의 목소리가 차례대로 그녀의 뒤통수를 세게 내리쳤다. 손수건에서 손을 뗀 봄은 느리게 눈을 질끈 감았다.

"알고 있어. 다 알고 있다고……."

그와 단둘이 저녁을 먹었다고 해서. 그의 차로 집 앞까지 왔다고 해서. 그에게 옷과 구두, 핸드백을 선물 받았다고 해서. 그와 정말 특별한 사이가 됐다는 착각은 하면 안 된다는 것을, 그녀는 누구보다도 잘 알고 있었다.

✻❀✻

월요일 아침. 해외로 두 달 일정의 장기 출장을 떠났던 해외전략팀 팀장 최도진은 국내로 복귀한 첫날 자신의 자리에 가방을 내려놓자마자 사장실을 찾았다.

"안녕하십니까. 최 팀장님."

그가 들어서자 사장실의 비서들이 자리에서 벌떡 일어섰다. 도진이 그들에게 일일이 눈인사를 하는 동안 봄은 벌써 인터폰을 들고 있었다.

"사장님, 최 팀장님 오셨습니다."

도진은 이른 아침에도 흐트러짐 없이 단정한 그녀를 빤히 바라보았다.

160센티가 조금 넘어 보이는 아담한 키. 하지만 워낙 얼굴이 조막만해서 비율은 완벽했다. 아직도 솜털이 보송할 것 같은 뽀얀 얼굴에 쌍꺼풀이 진 큰 눈, 볼록한 이마와 오뚝한 콧날, 야무지게 보이는 붉은 입술까지. 호불호가 갈리지 않을 전형적인 미인이었다.

굳이 따지자면, 언제 봐도 한 치의 빈틈도 용납하지 않는 완벽한 모습이 오히려 흠이라면 흠일까. 너무 완벽해서 어떨 때는 잘 만들어진 인형처럼 보이기도 했다.

그래서 한 비서였으려나…….

"……최 팀장님?"

"아, 죄송합니다. 잠깐 딴생각을 하느라."

도진은 황급하게 그녀에게 고정되어 있던 시선을 허공으로 옮겼다. 저도 모르게 너무 적나라하게 바라보고 있었던 모양이다.

"지금 들어가시면 됩니다."

"고마워요."

그답지 않게 허둥거리는 것을 의아하게 바라보는 봄의 시선을 피해 도진은 얼른 집무실로 향했다. 그러고는 급한 마음에 노크도 없이 집무실 문을 벌컥 열었다.

"약속도 없이 웬일이야?"

도진을 보자마자 정한이 쓰고 있던 안경을 벗으며 물었다. 예정에 없던 손님이었지만 불쾌해하는 기색은 전혀 없었다.

"우리 사이에 약속은 무슨."

"하긴."

두 사람은 부하 직원과 상사이기 이전에, 알고 지낸 지 어언 20년이 훌쩍 넘어가는 오랜 친구였다. 기꺼이 동조한다는 듯 가볍게 고개를 끄덕인 정한이 자리에서 쓱 일어났다.

"커피? 아님 녹차?"

"둘 다 됐어."

"그래, 그럼."

도진이 자연스럽게 응접용 소파에 착석하자 정한도 그의 맞은편에 엉덩이를 붙이고는 긴 다리를 여유롭게 꼬았다.

"얼굴 좋아 보이네. 신혼여행이 즐거웠나 봐."

"진짜로 그렇게 보이냐? 고작 두 달 새에 볼살이 쭉 빠진, 이 몰골이?"

도진이 정색하며 되묻자 정한이 피식 웃었다.

"볼살이 쭉 빠진 건, 새신랑이 밤마다 힘 좀 썼다는 얘기 아니야? 신혼부부가 뜨거운 밤을 보냈다는 건, 신혼여행이 즐거웠단 얘기일 거고."

"옛 선조들이 입은 삐뚤어졌어도 말은 바로 하랬다. 신혼여행? 어느 누가 출장을 신혼여행과 퉁 치냐? 이 악덕 사장아."

"악덕 사장이라니? 말이 너무 심한 것 같군. 두 달이나 해외에서 함께 지낼 방 잡아 줘, 밥값 내줘. 사비 털어 용돈까지 챙겨 줘. 이보다 더 부하 직원의 신혼여행을 챙기는 사장이 어디 있다고?"

"하이고. 뻔뻔하다, 뻔뻔해. 일감이라도 좀 적게 주던가. 어찌나 바빴던지 두 달 동안에 소희랑 제대로 데이트해 본 날이 손에 꼽는다, 꼽아!"

섭섭해하는 신부를 챙기랴, 정신없이 일하랴, 숨 가빴던 지난 두 달을 떠올리며 도진은 이를 바득 갈았다.

"너 몸조심하는 게 좋을 거다. 소희 완전 벼르고 있거든."

소희라는 이름에 내내 여유 있던 정한의 어깨가 흠칫했다. 나이 차이가 많이 나는 여동생은 그의 유일한 약점이었다. 매사에 칼 같은 윤 회장도 그녀의 앞에서는 한없이 부드러운 할아버지의 모습을 할 정도로, 소희는 윤씨 집안의 공주님이다.

정한과는 어릴 때부터 둘도 없는 친구였던 도진은 자연스럽게 소희와 연애를 시작했고 2년의 연애 끝에 두 달 전 결혼에 골인을 했다. 회사 오너와 한 가족이 된 그를 많은 이들이 부러워했다. 하지만 그런 부러움과는 달리 그는 오히려 패널티를 당하고 말았다.

회사 일이 워낙 바빠서 신혼여행 일정을 따로 뺄 수가 없다며, 해외 출장과 신혼여행을 동시에 진행하라는 정한의 압박을 받은 것이다. 가족 좋다는 게 뭐냐? 싱그럽게 웃는 친구의 얼굴을 보며, 도진은 그날 처음 웃는 얼굴에 침 못 뱉는다는 옛 속담이 틀렸다는 것을 깨달았다.

"복귀 첫날 아침부터 들이닥친 이유가 협박이냐?"

정한은 아주 자연스럽게 말을 돌렸다.

"일 얘기나 해 봐. 어떻게 됐어?"

"매일 저녁으로 즉각 보고했는데 또 무슨 얘기를 더 하라고? 정리해서 오늘 중으로 보고서 올릴 테니, 지금 그 얘긴 됐고. 네 얘기나 좀 하자."

"내 얘기?"

"어느 대단한 집안 자제분께서 내가 없는 동안 어마어마한 사고를 하나 치셨던데?"

도진이 어깨를 으쓱이자, 정한이 알 만하다는 듯 한쪽 눈썹을 찡그린다.

"소문 한번 빨리도 퍼졌다."

"어제 귀국하자마자 성북동에 들렀거든."

"소희 귀에도 들어갔겠네?"

"당연하지."

"귀찮게 됐군."

정한은 한숨을 길게 내쉬었다. 그는 벌써부터 앞으로의 고난 길이 뻔히 보이는 듯했다.

"갑자기 연애라니……."

도진은 생경한 눈빛으로 정한을 바라보았다.

"천하에 윤정한이가 어쩌다 그런 짓까지 했나?"

"너냐? 회장님이 보낸 스파이가."

"걱정 마라. 오늘은 회장님 스파이가 아니라 친구로서 온 거니까."

하지만 정한은 그의 말을 썩 믿지 않는 눈치다.

"회장님이 뭐라셔?"

"꼬리가 길면 언젠간 밟힐 거라 전하라 하시더라. 잘못 밟히면 꼬리가 잘릴 수 있다고도 하셨고."

걸리면 끝이라는 얘기였다. 지극히 윤 회장다운 말에 정한은 미간을 좁혔다.

"역시…… 영 못 믿는 눈치야?"

"당연히 못 믿지. 너라면 믿을 수 있겠냐. 네가 한 비서랑 연애를 한다는, 이 허무맹랑한 이야기를."

도진이 혀를 쯧 찼다. 어젯밤 인사차 성북동에 들렀다가 윤 회장에게 정한의 소식을 듣게 됐다. 아주 오랜만인 친구의 연애 소식에 제일 처음 드는 생각은 안타깝다는 마음뿐이었다. 귀찮은 일을 싫어하는 녀석이 이 정도 판을 벌였다는 건 정말 궁지에 몰렸다는 것이니까 말이다. 동시에 결코 윤 회장의 뜻대로는 행동하지 않겠다는 얘기도 됐다.

그렇다고 이런 얼토당토않은 거짓말이라니……. 자신도 어이가 없어서 헛웃음이 났는데, 윤 회장이 쉽게 믿을 리가 없었다.

"그나마 다행인 건, 회장님도 백 퍼센트로 확신하지는 못하시는 것 같다는 거야. 1퍼센트 정도는 헷갈려 하시는 것 같더라고. 물론 99퍼센트는 의심이지만."

"하여튼 그 노인네. 의심만 많아 가지고."

지켜보겠느니, 뭐니 하는 문자로도 모자라서 기어코 이렇게 사람을 붙이는 철두철미함에 정한은 혀를 내둘렀다. 그나마 사내연애이기 때문에 비밀로 하고 있다는 설정이라 다행이었다.

"근데 대체 어떻게 꼬셨길래 한 비서가 네 장단에 맞춰 주기로 한 거야? 둘이 같이 성북동 집에도 찾아뵀었다며? 설마 진짜 둘이 그렇고 그런 사이가 된 건 아닐 거고."

"왜 아니라고 생각하는데?"

"나까지 속이고 싶냐?"

"스파이라며. 조심해야지."

장난스러운 정한의 대답에 도진은 아무래도 좋다는 듯 싱긋 웃었다.

"그래. 기든 아니든, 부디 회장님께 들키지 말고 오래오래 해 먹어라. 옆에서 지켜보는 재미가 있을 것 같으니까."

진짜든 가짜든, 도진은 이 말도 안 되는 상황에 대해 대단히 환영하는 입장이었다. 여자라면 무조건 질색하고 보던 윤정한이 스스로 여자를 곁에 두기로 했다는 것은, 놀라울 정도로 대단한 발전이었으니까 말이다. 어쩌면 이번이 녀석의 오랜 트라우마를 극복할 수 있는 기회가 될지도 모르겠단 기대도 살짝 들었다.

혹시 윤 회장도 같은 생각으로 넘어가 주기로 한 건 아닐까…….

어쨌든, 오랜 친구로서 앞으로 나타날 녀석의 변화가 심히 기대되는 바이다. 상대가 다른 누구도 아닌 한 비서라서 더욱더.

✳❊✳

바쁜 점심시간. 회사 앞의 작은 커피숍에서 팔자에도 없는 티타임을 갖게 된 봄은 자신의 앞에 마주 앉은 여자의 얼굴을 빤히 바라보았다. 분명 처음 보는 얼굴이었지만 이목구비가 또렷한 게 그녀가 잘 아는 누군가와 너무 닮아, 마치 자주 만난 듯 익숙한 느낌이 들 지경이었다.

"커피 안 좋아하세요?"

쪼록—

스트로를 이용해 유리잔에 가득 찼던 아메리카노를 금세 비워 낸 여자가, 커피에는 입도 갖다 대지 않는 봄을 보며 고개를 갸웃했다.

"아. 커피가 안 받는 체질이라…….."

"어머. 정말요? 죄송해요. 몰랐어요!"

아메리카노 두 잔을 미리 주문해 놓고 봄을 기다리고 있었던 여자는 정말로 당황했는지 동그란 눈을 크게 떴다.

"그럼 평소에 어떤 음료 드세요? 주문하고 올게요."

"아니에요. 괜찮아요. 목 안 말라요."

새 음료를 주문하기라도 하려는 듯 의자에서 엉덩이를 떼는 여자를 얼른 잡아 말리며 봄은 고개를 내저었다.

"그래도 정말 죄송한데……."

"저는 정말 괜찮아요."

"그럼 제가 다음에 더 맛있는 거 사 드릴게요."

봄은 사양하는 대답을 하는 대신 고개를 가볍게 끄덕였다. 물론 정말로 여자에게 맛있는 걸 얻어먹을 생각이 있는 건 아니지만 말이다.

그제야 여자는 마음이 놓인다는 듯 배시시— 미소를 지어 보였다. 선이 짙은 이목구비는 완전히 사장을 쏙 빼닮았는데, 잘 웃어서인지 풍기는 이미지는 무뚝뚝한 사장과는 영 딴판이다.

정말 사장님 동생이 맞아요? 피가 섞인 친동생?

꼭 닮은 외모만 아니었다면 분명 의심이 가득 섞인 질문이 저도 모르게 튀어나왔을 것 같을 정도로.

"조만간 귀찮은 인물이 하나 찾아올지도 모르겠어."

봄은 자신을 윤정한의 동생이라고 소개한 이 여자가, 오늘 아침 최 팀장이 다녀간 뒤에 사장이 넌지시 귀띔해 주었던 '귀찮은 인물' 이라는 것을 확신했다. 그 '조만간' 이라는 게 이렇게 빠를 줄은 몰랐지만 말이다.

"갑자기 연락해서 무턱대고 나와 달라고 무리한 부탁을 드려서 죄송해요. 오빠가 만난다는 여자가 너무 궁금해서 참을 수가 있어야죠. 제가 외국에 있다가 어제 귀국해서 소식을 이제야 들었거든요."

"참, 늦었지만 결혼 축하드려요."

"알고 계셨구나. 감사해요."

결혼 축하가 멋쩍은지 여자는 제 앞에 놓인 커피 잔을 양손으로 감싸며 살짝 웃었다.

"하긴, 한 비서님이 오빠 스케줄 관리하시니까 그 정도는 알 수 있겠네요."

사장의 동생을 실제로 보는 것은 오늘이 처음이지만, 사실 완전히 모르는 사이라고 하기엔 애매했다. 두 달 전, 최 팀장과 사장 여동생의 결혼식 날. 사장의 지시로 원래 계획되어 있던 신혼여행 비행기를 취소하고 출장지로 티켓을 바꿔 끊은 것이 바로 자신이었으니까 말이다.

하지만 이 사실은 비밀로 해야겠다. 알게 된다면 괜히 기분 나쁠 수도 있으니까. 고의는 아니었지만 어쨌든 하나뿐인 신혼여행을 망친 장본인이 자신이었기에, 봄은 괜히 미안한 마음이 들어 어색하게 웃어 보였다.

"언니."

"네?"

문득 친근한 부름에 봄이 놀라서 되묻자, 여자가 샐쭉하게 웃으며 말했다.

"저보다 세 살 많다고 들었는데, 제가 언니라고 불러도 되죠? 한 비서님이라고 부르는 게 오빠 여자 친구한테 예의가 아닌 것 같아서요. 그 말이 입에 안 붙기도 하구요."

저렇게 예쁘게 웃는데 어찌 안 된다는 말을 할 수 있겠는가. 딱 봐도 온실 속의 화초처럼 큰 여자라는 걸 알 수 있었다. 생기 넘치는 얼굴로 하고 싶은 말은 다 하는 당당한 모습과 행동에서 여자는 부족함 없이 사랑 듬뿍 받고 자란 티가 났다.

"괜찮죠?"

"그래요. 편한 대로 불러요."

대답과 동시에 그녀의 휴대폰이 울렸다. 발신자는 박 실장이었다. 회사에 무슨 일이 생긴 모양이다.

"전화 받으셔도 돼요."

"실례 좀 할게요."

여자의 동의를 받고 전화를 받았다. 급한 일인 줄 알고 테이블에 앉은 채로 전화를 바로 받아 들었는데, 그저 회사로 복귀할 때 커피를 부탁한다는 연락이었다. 알겠다는 봄의 대답을 끝으로 짧은 통화는 끝이 났다.

"바쁘실 텐데 제가 붙잡고 있어서 죄송해요. 용건만 간단히 할게요."

통화 내용을 듣지 못한 여자는 회사 일이라고 생각하는 모양이었다. 굳이 그 오해를 바로잡을 생각 없는 봄은 그녀의 다음 말을 기다렸다.

"솔직하게 말할게요."

여자가 봄의 두 눈을 똑바로 쳐다보며 말했다.

"저, 할아버지가 스파이 짓 하래서 오늘 언니 찾아온 거예요."

"스파이요?"

이건 솔직해도 너무 솔직한 거 아닌가. 스파이라는 말에 봄의 입이 살짝 벌어졌다.

"고작 남자 여자가 연애한다는데 스파이까지 등장하다니, 좀 우습죠? 근데 오빠의 연애가 우리 집안에서는 꽤 중요한 사안이라서요. 이 부분은 이해 좀 해 주세요."

그 정도는 그녀도 익히 알고 있는 부분이었다. 그 이유까지는 정확하게 모르지만.

"할아버지가 두 사람이 연애한다는 사실을 의심하고 있다는 거, 혹시 알고 있어요?"

"네. 알고 있어요."

"혹시나 해서 하는 말인데, 할아버지가 의심한다고 해서 기분 나빠 하실 필요 없어요. 특별히 상대가 언니라서 그러는 게 아니니까."

여자는 혹시나 제 말에 봄의 기분이 상했을까 봐 조심하는 눈치였다.

"워낙 여자랑은 담쌓고 살던 사람이라 그 상대가 누가 됐든 의심부터 하고 봤을 거예요. 게다가 시기적으로 조금 의심스럽긴 한 상황이거든요. 할아버지가 맘먹고 맞선을 들이밀었던 때라, 맞선 끌려 나가기 싫어서 거짓말을 하는가 싶기도 하구요."

윤 회장뿐만 아니라 여동생까지도 사장의 속셈을 정확히 간파하고 있는 듯했다. 순간 뜨끔했지만, 봄은 전혀 티를 내지 않은 채 이야기를 듣고만 있었다.

"사실은, 저도 조금 의심스럽긴 해요. 오빠가 충분히 그럴 수 있는 사람이라⋯⋯."

여자가 봄의 얼굴을 빤히 쳐다보며 말끝을 흐렸다. 마치 속마음을 읽기라도 하려는 듯.

봄은 평소 입에 대지도 않던 커피를 먹는 시늉을 하며 여자의 시선을 자연스럽게 피했다.

윤 회장을 신경 쓰는 것만 해도 충분히 벅찬데, 동생까지 이렇게 나올 줄이야. 도대체 뭐라고 둘러대야 의심을 거둘 수 있을까.

이런 상황은 생각해 본 적이 없어서 당황한 봄이 머리를 굴리는 동안, 그녀를 빤히 바라보고 있던 여자가 가방에서 봉투 하나를 꺼내 테이블 위로 쓱 들이밀었다.

"그래서 말인데 주말에 시간 괜찮으시면 더블데이트 어때요? 제 두 눈으로 직접 봐야 믿어질 것 같아서요. 할아버지 명이라 스파이 짓을 해야 하기도 하구요."

"더블데이트……요?"

"네. 저희 부부랑 같이요. 마침 뮤지컬 표가 네 장 생겼거든요."

커피 잔을 내려놓으며, 봄은 복잡한 시선으로 제 앞에 놓인 금색의 봉투를 물끄러미 내려다보았다.

더블데이트라니. ……생각지도 못했던 난관이었다.

며칠 전, 윤 회장에게 문자를 받은 날. 두 사람은 일주일에 한 번은 꼭 함께 저녁 식사를 하기로 약속했었다. 그리고 모처럼 야근이 없는 오늘, 그가 먼저 저녁 식사를 제안했다. 안 그래도 오늘 낮에 사장의 동생을 만났던 얘기를 언제 꺼내야 할지 하루 종일 타이밍을 보고 있던 봄은 흔쾌히 고개를 끄덕였다.

퇴근 후 두 사람이 향한 곳은 매운 떡볶이 전문점이었다. 조그마한 가게 안에는 꽤 많은 손님들로 북적였다. 이미 구석 자리에는 교복을 입은 여학생들 무리가 점령을 하고 있었던 터라, 두 사람은 어쩔 수 없이 가게 정중앙에 놓인 테이블에 착석했다.

"……정말 괜찮으시겠어요?"

조그마한 테이블에 마주 앉은 사장을 물끄러미 바라보던 봄이 조심스럽게 운을 뗐다. 그도 그럴 것이 정장을 반듯하게 차려입은 그의 모습은 분식집과 전혀 어울리지 않았던 것이다. 가게 안의 사람들이 전부 한 번씩은 두 사람에게 시선을 둘 정도였다.

"의자가 작아서 불편하긴 하지만, 뭐 나름 괜찮아."

"지금이라도 다른 곳으로 옮길까요?"

"됐어. 떡볶이 먹고 싶다며. 주문이나 해. 나는 이런 곳 처음이니까."

그는 벽에 붙은 음식포스터를 살펴보며 가볍게 대꾸했다.

하긴. 이미 가게에 들어와 앉아 버렸는데 이제 와서 뭘 어쩌겠는가. 봄은 어쩔 수 없이 종업원을 불러 평소 먹던 대로 주문을 했다.

사실 떡볶이가 그렇게 먹고 싶었던 것은 아니었다. 그저 뭐가 먹고 싶어? 하는 물음에 마땅히 생각나는 음식이 없어서 떡볶이요. 라고 대답했을 뿐. 평소에 외식을 해 봤어야 뭘 알지. 그나마 영지와 밖에서 종종 사 먹는 음식이 떡볶이였다. 사장이 이렇게까지 분식집에 안 어울릴 줄 진작 알았더라면, 차라리 입에 안 맞더라도 저번처럼 스테이크를 먹으러 가는 건데 그랬다.

"근데, 여기 떡볶이 좀 많이 매운데. 정말 괜찮으세요?"

혹시 몰라 가장 순한 맛으로 주문하기는 했지만 이곳은 매운 떡볶이 전문점이었다. 지금까지 사장이 한 번도 매운 음식을 먹는 모습을 본 적이 없었던 터라, 이미 가게에 들어서기 전 본인에게서 괜찮다는 말을 들었음에도 봄은 다시 한 번 확인했다.

"떡볶이가 매워 봤자 얼마나 맵겠어."

그는 심드렁하니 대꾸했다.

"얕보시면 안 될 텐데……."

"한 비서, 설마 지금 나 무시하는 거야?"

남자들은 어째서 이런 쓸데없는 것에도 승부욕이 발동하고 자존심을 부리는 걸까. 진심으로 걱정되어 하는 말에도 작게 발끈하는 사장을 보며 봄은 속으로 혀를 쯧 찼다.

"참. 오늘 동생분이 찾아왔었어요."

"동생? 설마 내 동생 말하는 거야?"

"네."

"대체 언제?"

"점심때요."

"곤란하게 하거나 하지는 않았어? 녀석이 회장님 밑에서 오냐오냐 커서 워낙 제멋대로인 면이 있거든."

봄은 그에게 낮에 여자와 만나 나누었던 얘기를 모두 전해 주었다. 얼떨결에 그녀가 내미는 뮤지컬 표를 받아 버렸다는 말까지.

"더블데이트라고?"

이야기를 다 들은 그는 못 말린다는 듯 짧게 한숨을 내쉬었다.

"죄송해요. 딱히 거절할 명분이 생각나지 않아서 일단 받아 버렸어요."

"어차피 한 번은 겪을 일이었어. 회장님보다는 덜 까다롭겠지만, 어쨌든 소희도 피할 수 있는 인물은 아니니까."

봄은 고개를 끄덕였다. 이로써 주말에 더블데이트는 확정되어 버린 듯했다.

"근데요, 사장님."

"응. 왜."

"혹시…… 저한테 뭐 숨기는 건 없으세요?"

무슨 말이냐는 듯 바라보는 그를 향해 봄은 짐짓 진지한 얼굴로 말했다.

"가령 성적 취향이 조금 특이하다거나……."

그녀는 말끝을 흐렸다. 잠깐 동안 그 말의 뜻을 이해하지 못한 듯 고개를 갸웃하던 남자는 이내 말뜻을 완전히 파악했는지 인상을 확 찡그렸다.

"남자를 좋아하느냐고 묻는 거야?"

그가 기가 막힌다는 듯 되물었다.

"황당하군. 어떻게 그런 생각을 할 수가 있지?"

"아뇨. 제가 딱히 사장님을 의심하는 건 아닌데, 조금 이상해서요. 회장님도 그렇고 동생분까지. 사장님이 여자를 만난다는 걸 도통 믿지를 않으니까……."

"그런 말도 안 되는 상상을 했다니, 한 비서의 상상력에 박수를 쳐 주고 싶을 정도야."

그는 정색하며 말했다.

"나는 정상이야. 단지 연애나 결혼을 하고 싶은 마음이 없을 뿐이지. 그것도 누군가의 강요에 의해서라면 더더욱 말이야."

그런 이유가 아닐 거라고는 생각했다. 그가 여자에게 관심이 없는 것은 분명했지만 그렇다고 딱히 남자들에게 호의적인 것도 아니었으니까 말이다. 사장이 게이라니, 말도 안 되지. 단지 그녀는 진짜 이유가 궁금했던 것뿐이었다. 그가 이토록 여자를 멀리하는 이유가…….

하지만 봄은 집요하게 묻지 못했다. 지극히 사적인 부분까지 알아야 할 자격이 그녀에겐 없었으니까. 자신은 그저 계약서에 적힌 대로 가짜 연인 행세만 잘하면 되는 것이었다.

때마침 주문한 음식이 나왔다. 널따란 볼 안에 먹음직스러운 빨간 떡볶이가 가득 담겨 있었다. 봄은 떡볶이 위에 살포시 얹어진 모짜렐라 치즈를 포크로 마구 저은 다음, 앞 접시에 떡과 어묵을 따로 담아 그에게 내밀었다.

"드셔 보세요."

그녀가 말도 안 되는 의심을 했다는 것이 못마땅한지 여전히 굳은 얼굴이던 그는 겁도 없이 포크를 들고 떡을 쿡 집어 먹었다. 오물오물. 그는 고작 떡볶이를 씹고 있는 건데도 마치 무슨 고급스러운 음식을 먹는 듯 품위 있어 보였다.

뭘 해도 그가 하면 근사해 보였다. 일을 하는 모습. 운전을 하는 모습. 심지어는 밥을 먹는 모습까지도. 참으로 신기한 능력이 아닐 수 없다. 봄은 제 몫으로 떠 놓은 떡볶이를 건드리지도 않고 새삼스러운 눈으로 그가 먹는 모습을 물끄러미 바라보았다.

"……워."

"네?"

"맵다고! 젠장."

꼴깍, 음식을 삼키자마자 그가 소리쳤다. 얼굴뿐만 아니라 목까지 벌겋게 달아오른 채 물을 벌컥 삼켰다. 남자다운 목울대가 연신 울렁거렸다. 하지만 물로는 진정이 되지 않는 모양이었다. 여전히 씩씩거리는 남자의 모습에 당황한 봄은 얼른 음료수를 뜯어 컵에 따랐다.

음료수를 건네자, 입에 한 모금 머금은 사장은 그제야 진정이 된 듯 촉촉한 눈으로 봄을 바라보았다. 마치 복어처럼 빵빵해진 양 볼에 음료수를 머금고 있는 사장의 모습에 봄은 저도 모르게 픽, 바람 빠진 소리를 냈다.

"순한 맛 시킨 건데……."

봄의 중얼거림에 서서히 가라앉고 있던 그의 얼굴이 다시금 벌겋게 달아오르기 시작했다. 조금은 고소하다는 생각이 드는 건 왜일까. 제 시선을 피해 먼 산을 바라보는 정한의 모습에 살짝 웃으며 봄은 제 몫의 떡볶이를 집어 삼켰다.

떡볶이는 평소보다 훨씬 맛이 좋았다.

5
따뜻한 목소리

　어느덧 더블데이트를 약속했던 주말이 왔다. 그가 얘기한 시간보다 조금 일찍 집에서 나온 봄은 슈퍼 앞에서 그를 기다렸다. 굳이 데리러 올 필요 없이 약속 장소로 바로 가겠다고 말했지만, 그가 얌전히 집 앞에서 기다리라는 말을 끝으로 멋대로 전화를 끊어 버리는 바람에 꼼짝없이 기다릴 수밖에 없었다.

　자신의 동생이 오냐오냐 커서 제멋대로인 면이 있다고 하더니, 봄의 눈에는 그의 동생보다 그가 훨씬 더 제멋대로인 것 같았다. 대체 그는 윤 회장의 밑에서 얼마나 오냐오냐 자랐단 말인가.

　피식, 웃던 봄은 문득 며칠 전 보았던 소희의 모습을 떠올렸다. 명품에 대해서는 잘 모르는 그녀의 눈에도 여자는 머리끝부터 발끝까지는 온통 명품으로 휘감겨 있다는 것을 알 수 있었다. 특별히 액세서리로 엄청 치장했던 것은 아니었지만, 소희는 묘하게 빛이 났다.

"예뻤지. 나이도 나보다 어리고……."

봄은 작게 중얼거리며 슈퍼의 유리문에 비치는 자신의 모습을 바라보았다.

며칠 전 성북동에 가던 날, 사장이 유니폼이라며 사 준 옷을 입었다. 혹여나 흠집이라도 날까 비닐에 꽁꽁 싸 두었던 가방과 구두도 꺼내 신었다. 하지만 역시 본래 자신의 것이 아니라서일까. 유리에 비치는 자신의 모습은 그 여자처럼 빛이 나기는커녕 왠지 남의 옷을 빌려 입은 사람처럼 초라해 보이는 것만 같았다. 그녀는 마음에 들지 않는 듯 몇 번이고 유리에 비치는 자신의 모습을 이리저리 바라보며 옷매무새를 가다듬었다.

빵—

클랙슨이 작게 울릴 때서야 봄은 정한의 차를 발견했다. 유리에 비치는 자신의 모습을 신경 쓰느라 인기척을 느끼지 못했다. 언제부터 보고 있었던 걸까. 부끄러운 짓을 하다가 들킨 사람처럼 민망한 마음이 들어 봄은 얼른 조수석에 올라탔다.

"한 비서. 잠깐 휴대폰 좀 줘 봐."

안전벨트를 매고 있는 봄을 물끄러미 바라보던 정한이 별안간 손바닥을 척 내보였다.

"휴대폰이요?"

"응. 뭣 좀 확인할 게 있어서."

대체 뭘 확인하겠다는 건지. 봄은 의아해하면서도 휴대폰을 넙죽 내밀었다.

"이거 봐. 이럴 줄 알았어."

그녀의 휴대폰을 받아 들고 잠깐 조작하는가 싶더니, 이내 정한이 눈썹을 살짝 찌푸리며 그녀에게 휴대폰을 도로 내밀어 보였다. 휴대폰 액정에는 전화번호부의 사장 번호가 찍혀 있었다.

"당장 바꿔."

"네?"

"이거 말이야. '사장님'이라고 적혀 있는 거."

그가 액정에 떠 있는 단어를 콕 짚으며 말했다. 하지만 봄은 그의 말을 도저히 알아들을 수가 없었다.

도대체 이게 왜?

그가 들이미는 휴대폰 액정을 빤히 들여다보고만 있자니, 답답했던지 정한이 휴대폰을 도로 가져갔다. 그러고는 또 뭔가를 열심히 조작하기 시작했다.

"자. 됐다."

"……!"

사장이 뿌듯하게 내미는 폰을 도로 받아 든 봄은 순간 경악했다. 액정에 찍혀 있는 요상한 문구 때문이었다.

[정한 씨♥]

'사장님'이라고 저장되어 있던 이름이 낯설고도 낯선 '정한 씨♥'로 둔갑해 버렸다.

이름으로도 모자라 하트까지…….

'우리 봄이'에 이어서 2연타였다.

"사장님. 이게 대체……."

"누가 열렬히 사랑하는 애인의 이름을 '사장님'이라고 저장해 놔. 안 그래, 한 비서?"

……굳이 이렇게까진 안 해도 될 것 같은데요.

하지만 되묻는 사장의 목소리가 너무도 당당해서 봄은 차마 속마음을 얘기하지 못하고 조용히 휴대폰의 버튼을 눌러 액정을 끌 뿐이었다. 일을 할 때 완벽주의자라는 것은 알았지만, 일상생활에서도 이럴 줄이야. 쓸데없이 치밀해도 너무 치밀한 것 같다.

이 남자는 지금까지 대체 어떤 연애를 해 왔던 걸까? 문득 그의 휴대폰에는 자신의 이름이 뭐라고 저장되어 있을까, 하는 생각이 들자 괜히 무서워졌다. 그래서 그녀는 약속 장소에 도착할 때까지 창밖만 바라보고 있을 뿐이었다.

약속 시간에 딱 맞게 도착한 아트홀의 지하 주차장에는 이미 차가 제법 많이 있었다. 그들이 보기로 한 뮤지컬이 꽤 인기가 있는 모양이었다. 표에 적힌 공연의 제목을 보았지만, 뮤지컬에 대해서는 문외한이라 전혀 몰랐다. 불편한 사람들과 함께 보는 공연이라 전혀 기대 없이 나왔는데, 이럴 줄 알았으면 진작 검색 좀 해 보고 올 걸 그랬다.

차에서 내린 뒤, 그와 함께 엘리베이터를 향해 걸음을 옮겼을 때였다. 이제 고작 두 번째 신은 구두가 발에 아직 안 익었는지 고작 서너 걸음 만에 스텝이 꼬여 발목을 삐끗했다. 찌릿, 통증과 함께 몸이 휘청거리며 옆으로 기울어 하마터면 바닥에 냅다 자빠질 뻔한 순간, 단단한 팔이 그녀의 어깨를 감싸 안아 왔다.

익숙한 향기가 그녀의 코끝에 와 닿았다. 그와 너무도 잘 어울리는 시원한 향기에 섞인 옅은 담배 냄새까지.

"괜찮아?"

바로 귓가에서 들리는 낮은 목소리가 너무 가까워서 몸이 저도 모르게 움찔했다. 봄은 얼른 그의 품에서 벗어나 자세를 바로 했다.

"죄송해요."

"이 상황에서 한 비서가 나한테 죄송할 게 뭐가 있어?"

습관처럼 흘러나온 사과의 말에 그는 어이없다는 듯 봄을 내려다보았다.

"어디 봐. 발목 삔 거 아니야?"

"아니에요. 발목은 괜찮은 것 같아요."

빠른 대답에 그가 그녀의 발목을 확인하기라도 하려는 듯 살짝 앞으로 숙였던 상체를 일으켰다.

"그렇담 다행이고. 근데 신발이 불편한가?"

사장의 시선이 은색 반짝이가 예쁘게 박힌 검은 구두에 닿았다. 봄은 고개를 얼른 내저었다.

"새 신발이라 아직 익숙지가 않아서……."

왜일까. 어쩐지 그의 시선이 자신의 발에 닿는 게 부끄러워졌다. 제 주제에 맞지도 않게 어울리지 않는 신발을 신어서 그렇다고 생각하려나. 괜한 생각마저 들었다.

"자."

쓸데없는 생각을 털어 버리고 걸음을 떼려는 순간이었다. 그가 자신의 한쪽 팔을 허리에 올려 공간을 만들고는, 그녀 쪽으로 몸을 틀었다. 무슨 뜻인가 싶어 빤히 바라보고만 있자, 답답했던지 그는 직접 그녀의 팔을 자신의 팔짱에 끼웠다.

"잡아. 또 넘어지지 말고."

"괜찮아요. 사장님."

지난 3년간 늘 그의 곁에 있었지만 이렇게 가까웠던 적은 단 한 번도 없었다. 두터운 겉옷 너머였지만 어쨌든 서로의 살이 부딪치고 그 사이로 미미하게나마 그의 체온이 느껴졌다. 정말이지 불편한 자세가 아닐 수 없었다.

하지만 그는 아무렇지 않은 모양이었다. 갑작스러운 상황에 봄이 당황해서 팔을 빼려고 하자, 다시 한 번 단단하게 그녀의 팔을 잡아 붙들었다.

"연인들 사이에서 흔히 하잖아. 팔짱 끼는 거."

봄은 그제야 지금 자신의 처지를 다시금 인지했다. 지금 이 순간만큼은 그의 연인 행세를 확실히 해야 한다는 것을. 업무 시간은 아니었지만, 여전히 그와 그녀는 갑과 을의 위치에 있었다. 호의든, 타인의 시선을 의식한 행동이든, 그녀는 그의 팔을 뿌리칠 수가 없다는 것이다.

마치 평범한 연인처럼 그와 나란히 걸으며, 봄은 숨을 조금 참았다. 주책없이 뛰는 가슴이 그에게 들키지 않길 바라면서.

✻❃✻

왁자지껄한 소음과 매캐한 연기가 자욱한 가게 안을 둘러보던 정한은 다시금 자신이 앉은 테이블을 살펴보았다. 그의 맞은편에서는 도진이 집게를 든 채 한겨울에 땀까지 삐질 흘려 가며 열심히 돼지껍데기를 굽고 있었고, 두 여자는 마치 어미 새에게서 모이를 받아먹는 참새처럼 연신 고기를 입으로 나르고 있었다.

도대체 어디서부터 잘못된 걸까. 좀처럼 적응 안 되는 낯선 분위기에 정한은 나지막이 한숨을 내쉬었다.

분명 네 사람은 세 시간 전, 현재 브로드웨이에서 인기가 좋다는 뮤지컬팀의 내한공연을 즐겼다. 탄탄한 스토리와 완벽한 배우들의 연기력, 듣기 좋은 음악까지. 돈과 시간이 아깝지 않을 정도로 완벽한 공연이었기에 아주 만족스러웠다.

"이렇게 헤어지기는 좀 아쉽고, 다 같이 술 한잔하는 거 어때?"

아트홀을 빠져나오며 소희가 말했다. 함께 뮤지컬을 보는 것만으로는 저 호기심쟁이가 만족하지 못하리라는 것을 진작 알고 있었기에 그리 놀랄 것도 없는 제안이었다. 그래. 거기까지도 괜찮았다. 봄의 동의를 받아 알겠노라 대답했을 때, 일이 터졌다.

"메뉴는 돼지껍데기에 소주! 어때요?"

최도진과 연애를 한 이후부터 동생의 식습관이 괴기해졌다는 것은 알고 있었지만, 저 입에서 돼지껍데기까지 나올 줄은 몰랐다. 그가 인상을 찌푸렸다.

정한은 돼지의 수많은 부위 중 하필이면 왜 껍데기를 먹는지 이해를 못 하는 사람 중 하나였다. 살도 먹을 수 있고 내장도 먹을 수 있겠는데, 껍데기만큼은 이상하게 손이 가질 않았다. 돼지의 몸에 붙어 있을 땐 털이 숭숭 나 있었을 것이고, 똥밭에도 마구마구 굴렀을 걸 생각하면 도저히 사람이 먹을 수 있는 음식이라는 생각이 들지 않았다.

그가 말도 안 되는 메뉴 선택이라 동생을 타박하려고 할 때였다. 동생의 질문을 직접적으로 받은 그녀가 빙긋 웃으며 대구했다.

"저도 좋아해요. 돼지껍데기."

그녀의 목소리가 마치 자신의 뒤통수를 후려치는 기분이었다. 그러고 보니 이 자리에서 메뉴 선정이 마음에 들지 않는 사람은 자신뿐인 듯했다. 다른 메뉴를 말해 볼까 하다가 정한은 그냥 입을 다물었다. 동생네 부부의 식습관을 존중해서가 아니었다. 그저 돼지껍데기를 좋아한다며 웃음을 보이는 여자에게 나는 그걸 싫어한다 말하려니 영 내키지가 않아서였다.

괜히 까다로운 놈이라 오해받기는 싫었다. 설사 그게 사실이라고 하더라도 말이다.

"안 드세요?"

투명하게 구워진 돼지껍데기 한 조각을 양념장에 듬뿍 찍어 입으로 나르려던 봄과 눈이 마주치자, 그녀가 깨끗한 그의 젓가락을 바라보며 고개를 갸웃했다. 이 맛있는 걸 눈앞에 두고도 제사만 지내고 있는 것이 영 이해가 되질 않는다는 듯한 눈빛이었다.

"참, 울 오빠 돼지껍데기 못 먹었던가?"

뭐라고 말을 해야 할지 몰라서 대답을 망설이고 있는데, 동생이 잔뜩 얄밉게 말한다. 정한은 샐쭉 예쁘게 웃는 동생을 찌릿, 노려보았다. 제 오빠의 식성을 다 알면서도 일부러 이곳에 데리고 온 것이다. 하여튼, 저 여우 같은 계집애.

"돼지껍데기를 못 드세요? 왜요?"

그녀가 도저히 이해할 수 없다는 듯 눈을 둥그렇게 뜨고 물었다.

"못 먹는 게 아니라, 안 먹어 봤어."

남자 체면에 징그러워서 못 먹겠다는 말을 어찌 할 수 있겠는가. 그러자 그녀의 눈이 방금 전보다 더 커졌다.

"한 번도요?"

"그래. 단 한 번도."

다들 잘 먹는데 왠지 저 혼자 이상한 사람이 된 기분이라 정한은 떨떠름하게 대꾸했다.

"안 먹어 봐서 못 먹는 거면, 지금 한번 먹어 보세요."

하지만 정한은 여전히 썩 내키지 않았다. 그가 젓가락을 들 생각이 없어 보이자 봄이 약간은 실망한 얼굴을 하며 중얼거렸다.

"보기엔 이래 보여도 진짜 맛있는데……."

여자들은 공감해 주는 게 중요하다는 말을 언뜻 들은 적이 있었는데, 설마 지금 이 상황도 같은 맥락인 건가. 지금 나는 여자에게 공감 못해 주는 덜떨어진 남자가 된 거고? 답답한 마음에 그의 미간이 살짝 좁아졌다.

"언니가 먹여 주면 먹지 않을까요?"

"뭐?"

"네?"

장난스러운 소희의 말에 두 사람의 눈이 동시에 커졌다. 두 사람이 같은 반응을 하는 게 재밌는지 동생은 까르르 웃으며 말했다.

"그래도 여자 친구가 주는 건데, 설마 끝까지 안 먹는다고 버티겠어요?"

어릴 때부터 그랬지만 오늘따라 평소보다는 두 배로 얄미운 짓을 해 대는 동생을 못마땅하게 바라보던 정한이 얼른 시선을 돌려 옆자리의 봄을 바라보았다. 그녀는 딱 보기에도 심란해 보이는 눈으로 자신의 젓가락 끝에 매달린 양념장 묻은 돼지껍데기 조각을 마치 노려보듯 바라보고 있었다. 정말 먹여 줘야 하는 건지, 말아야 하는 건지, 고민을 하는 듯했다.

그딴 고민 할 필요 없다고 말하려고 했다. 하지만 입을 떼기도 전에 그녀는 결심을 끝마친 듯 언뜻 비장해 보이는 얼굴로 정한과 시선을 맞추었다. 아무래도 '진짜 연인보다 더 진짜 같은' 연인 흉내를 내기 위해 큰 결심을 한 모양이었다.

쓸데없이 성실한 여자 같으니라고. 정한은 저를 향해 점점 다가오는 젓가락을 멍하니 바라보며, 속으로 소리 없는 한숨을 내쉬었다.

"……아."

동생의 계략대로 여자 친구가 직접 먹여 주는 음식을 거부할 수는 없는 노릇이라, 정한은 마지못해 입을 살짝 벌렸다. 그 사이로 돼지껍데기 조각이 쏙 들어왔다. 입을 다물자, 세 사람의 시선이 그에게 쏠렸다. 씹지 않고 삼켜 버릴 수도 없게 말이다.

하는 수 없이 정한은 입을 놀렸다. 왠지 기분 나쁜 말캉거림이 입 안에 퍼져 나갔다. 껌이라고 생각하자. 껌. 하지만 자신은 세뇌가 잘 먹히는 타입이 아니었다. 이게 대체 뭐가 맛있다는 걸까. 아무 맛도 안 나고 질기기만 한데. 정한은 대충 씹다가 꿀꺽 삼켜 버렸다.

"맛이 어때요?"

맙소사. 내심 맛 평가를 기대하는 얼굴이다. 자기가 만든 음식도 아닌데, 어째서? 그녀의 행동이 도무지 이해되지 않았지만 분위기상 지금 저가 어떤 반응을 해야 하는지는 알고 있다. 정한은 고개를 끄덕였다.

"먹을 만하군."

"그렇죠? 맛있죠?"

마치 자기가 만든 음식이 칭찬받기라도 한 듯 신나 하는 그녀를
외면하며, 정한은 제 앞에 놓인 소주잔을 들고 입에 털어 넣었다.
독한 알코올이 그의 입 안에 맴돌던 비릿한 돼지껍데기의 맛을 씻
어 주는 듯했다. 그들의 말대로 돼지껍데기와 소주는, 그에게도 환
상의 궁합처럼 느껴졌다.

하지만 첫 단추를 잘못 끼우면 안 된다는 속담이 있었던가. 정한
은 오늘 그 속담을 뼈저리게 느낄 수 있었다. 한번 스타트를 끊어
버리자 세 사람은 그 뒤로도 번갈아 가면서 그에게 돼지껍데기를
권했다.

먹을 만하다고 이미 말을 해 놨기에 이제 와서 사양할 수도 없는
노릇이었다. 정한은 어쩔 수 없이 돼지껍데기를 씹고 삼킬 수밖에
없었고, 그 뒤에는 꼭 가득 찬 소주잔을 입 안에 털어 넣었다. 그렇
게 돼지껍데기 한 점을 먹을 때마다 소주 한 잔씩을 비웠더니, 금
세 알딸딸한 술기운이 올라오기 시작했다.

"언니. 약해 빠진 남자들 빼고 우리끼리 건배해요. 짠!"

"짠!"

이미 치사량을 넘기고 두 손 놓고 있는 남자들을 비웃기라도 하
는 듯, 어느덧 둘도 없는 친구처럼 친해진 두 여자는 술잔을 부딪
쳤다. 작은 술잔에 넘실거리던 투명한 액체는 아주 말끔하게 그녀
의 입 안으로 사라져 버렸고 잔을 꺾는 손길에 거침이 없었다.

정한은 마치 물처럼 술을 먹는 봄의 옆얼굴을 빤히 바라보았다.
꽤 많이 먹은 것 같은데, 그녀는 여전히 흐트러짐이 없다. 양 뺨에
발그레 홍조가 띠어졌고 평소보다 웃음이 헤퍼지기는 했지만, 암만

봐도 저보단 멀쩡해 보인다. 분명 술을 잘 못한다고 했었던 것 같은데, 주당인 동생과 견주어도 전혀 밀림이 없는 것을 보니 필시 잘못된 정보였으리라.

"근데 언니. 대체 우리 오빠 어디가 좋았어요?"

"네?"

갑작스러운 물음에 놀랐는지 봄이 술을 따르다 말고 고개를 번쩍 들었다. 소희가 호기심이 가득 담긴 두 눈을 반짝이며 그녀를 바라본다.

"아니. 사실 생긴 거 빼면 봐 줄 거 진짜 없는 남자잖아요. 울 오빠."

당사자를 앞에 두고도 동생은 아주 자연스럽게 험담을 시작했다.

"돼지껍데기도 못 먹고. 술도 잘 못하고. 까칠하고. 재미없고. 자기만 잘난 줄 알고. 옆 사람 피곤하게 할 정도로 완벽주의자고. 또 전생에 일 못 해서 죽은 귀신이 붙었는지 일중독 환자에다가……. 어우. 말하다 보니 끝이 없네. 내 남자로는 진짜 별로다, 울 오빠. 안 그래요?"

정한이 사납게 눈을 치켜떴지만 동생은 전혀 개의치 않는 듯 봄에게만 시선을 고정시키고 있을 뿐이었다. 완전히 무시였다. 아무래도 이번 신혼여행을 망친 것에 대한 복수를 하려나 보다.

아무리 그래도 그렇지. 여자 좀 만나 보라고 옆에서 지겹게 졸알댈 땐 언제고 이렇게 훼방을 놓는단 말인가. 지금이 가짜연애라서 망정이지, 진짜였으면 어쩔 뻔했어.

그는 괜히 동생의 옆에서 킥킥거리고 있는 도진을 있는 힘껏 노려보았다.

너 인마, 네 마누라 간수 제대로 안 할래?

내 마누라이기 이전에 네 동생이거든?

출가외인이잖아, 이제.

네놈이 이렇게 키워서 나한테 시집보낸 거거든?

…….

도진의 마지막 눈빛 공격에 그는 할 말이 없어져 버렸다. 맞아. 내가 이렇게 키웠지. 다 내 업보다, 그래. 속으로 길게 한숨을 내쉬며 정한은 슬그머니 도진을 노려보고 있던 시선을 거둬들였다.

"나 진짜 궁금해서 그래요. 저렇게 하자 많은 울 오빠, 대체 어디가 좋았어요? 말해 주면 안 돼요? 진짜 너무너무 궁금하거든요. 네? 네에?"

회장님도 못 이기는 윤소희표 징징거림이 시작됐다. 곤란해할 그녀를 대신해 이쯤에서 그가 나서려 할 때였다. 기대하지 않았던 대답이 그녀의 입에서 불쑥 튀어나왔다.

"목소리요."

정한의 고개가 절로 옆으로 돌아갔다. 술기운 때문인지 평소보다는 훨씬 부드러운 표정의 그녀는 제 앞에 놓인 술잔의 가장자리를 가느다란 손가락으로 톡톡 건드리고 있었다.

"목소리요?"

"네."

"설마 울 오빠가 자장가라도 불러 줬어요?"

집요한 소희의 물음에 그녀는 작게 고개를 내저었다.

"따뜻해서……. 그래서 좋았어요."

"엥? 울 오빠 목소리가 따뜻하다고요?"

황당하다는 듯 소희가 되물었다. 대체 무슨 소릴 하는 거예요? 전혀 그렇지 않은데요? 그런 눈빛으로 그녀를 보고 있었다. 하지만 그리 생각하는 게 비단 동생뿐만은 아니었다. 그의 목소리를 옆에서 지겹게 들었던 도진도 마찬가지고, 심지어 당사자인 자신마저 의아했다.

지금껏 목소리가 차갑다거나, 메말랐다는 말은 꽤 들어 왔다. 그리고 그 사실은 그도 어느 정도는 인정하는 바였다. 한데 그와는 정 반대되게 따뜻한 목소리라니. 생전 처음 듣는 말이었다.

"언니. 혹시…… 술 취했어요?"

"안 믿네. 사장님 목소리 진짜로 따뜻한데……."

설핏 미소를 머금은 봄이 작게 중얼거렸다.

"우와. 이 언니, 울 오빠한테 완전 제대로 콩깍지 씌었나 보네."

소희가 못 말린다는 듯 고개를 절레절레 흔들었다. 그럼에도 그녀는 여전히 의미 모를 미소를 짓고 있을 뿐이었다.

목소리라…….

정한은 속으로 자신의 목소리를 떠올려 보았다. 하지만 아무리 생각해 봐도 정말 따뜻하다는 느낌은 단 1퍼센트도 들지 않는다.

연기한 건가, 지금?

회장님 댁에 갔을 때에 비하면 그새 연기가 제법 늘었다. 조금 전 '사장님'이라는 말 대신 '정한 씨'라고만 했어도 완벽했을 텐데. 어쨌든 일취월장이로다. 하마터면 저도 깜빡 속을 뻔했다.

그는 지금 막 돼지껍데기 한 점을 입에 넣고 오물오물 씹고 있는 그녀의 불그스름한 뺨을 바라보며 픽, 웃었다.

역시 파트너를 잘 고른 것 같다.

✳✳✳

집으로 가는 길이 이렇게 멀었던가. 아니면 기분 탓일까. 매일 아침저녁으로 수십 번도 넘게 오르내렸던 계단은 오늘따라 유달리 더 가파른 것 같기도 하다.

"집 앞 골목길이 계단이라 차가 못 다닌다는 얘기였군."

이 남자, 어째서 집 앞에 차가 못 다니는 건지 못내 궁금했던 걸까. 그래서 이렇게 굳이 집 앞까지 데려다주겠노라 고집을 피운 걸까. 마치 오래된 의문이 풀렸다는 듯 중얼거리는 사장의 목소리에 봄은 속으로 깊은 한숨을 내쉬었다.

기어코 집 앞까지 데려다줘야 마음이 편하겠다며 대리기사까지 보내 버리는 그의 고집을 도무지 꺾을 수가 없어 그녀가 두 손을 들기는 했지만, 이 골목길을 사장과 단둘이 나란히 걷고 있다니. 불편해도 너무 불편했다. 그와 보조를 맞추었던 걸음이 조금 빨라졌다.

"……여기예요."

페인트가 다 벗겨진 초록 대문 앞에 선 봄이 쭈뼛거리며 말했다. 덩달아 걸음을 멈춘 사장의 시선이 자연스럽게 그녀의 등 뒤에 서 있는 오래된 건물로 향했다. 지어진 지 20년도 더 된 주택은, 무심한 집주인 할머니 덕분에 페인트칠 한번 새로 한 적 없어 더 낡아 보였다.

"저, 그럼……."

뭔가 조금 웃기지만 어쨌든 마무리 인사를 하기는 해야 했으니 안녕히 가세요. 라고 말하려고 했다. 하지만 그녀의 입에서 제대로 된 문장이 채 완성되기 전에 그가 입을 열었다.

"이런 상황에선 보통 차 한잔하고 갈 건지 묻지 않나? 빈말이라도 말이야."

이 무슨 생뚱맞은 말이란 말인가. 하지만 덤덤한 그의 얼굴엔 속마음이 전혀 드러나지 않는다. 엎드려 절 받기라고. 봄은 마지못해 입을 열었다.

"차 한잔……하고 가시겠어요?"

"그럴까, 그럼?"

사장은 마치 기다렸다는 듯 대꾸했다. 그러고는 성큼 다가와 굳어 버린 그녀보다 먼저 대문을 열고 안으로 들어가 버린다.

끼이익, 녹슨 대문이 뱉어 내는 울음을 들으며 봄은 마치 뒤통수라도 얻어맞은 사람처럼 멍하니 서서 두 눈을 느리게 껌뻑였다.

맙소사. 빈말이었는데…….

하지만 이미 늦어 버린 듯했다. 그는 이미 집 안으로 사라진 뒤였다. 술이 다 깨는 것 같다.

"한 비서. 안 들어와?"

안에서 들려오는 채근에 봄은 얼른 정신을 차리고 대문 안으로 들어갔다. 걱정했던 대로 그는 마당에서 제일 잘 보이는 주인집 현관문 쪽을 향하고 서 있었다. 왠지 가슴이 서걱거린다.

"거기가 아니라……."

봄은 어색한 얼굴로 마당 깊숙이 보이는 반지하 방으로 내려가는 계단을 가리켰다.

"저기예요."

딱 봐도 주인집 현관문과는 달리 없어 보이는 그녀네 반지하 방문에 그는 조금 놀란 기색을 보였다. 다 쓰러져 가는 낡은 주택도 모자라 반지하라니. 한강이 내려다보이는 전망 좋은 수십 억대의 아파트에 홀로 지내는 사장이 봤을 때는 경악할 만도 하겠지.

속이 조금 상했지만 봄은 애써 아무렇지 않은 척 덤덤하게 걸음을 옮겼다. 사장이 대문 안으로 성큼 들어선 순간, 이미 예상했던 전개였으니 말이다. 그는 별말 없이 천천히 그녀의 뒤를 따랐다.

집 안으로 들어가자마자 봄은 사장을 문 앞에 잠깐 세워 둔 채로 먼저 방에 들어왔다. 집을 나설 때 정리를 하고 나서기는 했지만 혹시나 못 보일 꼴을 보이기라도 할까 걱정이 됐던 것이다. 이미 이 집 자체가 못 보일 꼴이었지만 말이다. 하지만 하도 그에게 못난 꼴을 많이 보여서인지 이젠 제법 담담했다.

에라, 모르겠다. 될 대로 되라. 하는 심정이었다. 집까지 보였으니 이제 정말 밑바닥까지 탈탈 털어 보였다. 차라리 잘됐다 싶다. 앞으론 더 보여 주고 싶어도 더는 보일 것이 없을 테니까.

다행히 방 안은 그녀가 나갔을 때와 마찬가지로 상태가 양호했다. 낡은 가구들과 곰팡이가 낀 벽지들은 어쩔 수 없는 노릇이지만. 대충 방 안을 훑은 봄은 구석에 처박혀 있던 낡은 방석 하나를 꺼내 바닥에 내려놓고는 문을 활짝 열었다.

"……들어오셔도 돼요."

"실례 좀 할게."

영원이에게도 낮은 방문은 녀석과 키가 비슷한 사장에게도 마찬가지로 낮았다. 고개를 살짝 숙이며 방 안으로 들어서는 사장의 모습에 봄은 기분이 묘해졌다.

아버지와 동생이 아닌 누군가가 이 공간에 들어오는 것은 처음이었다. 집에 누군가를 초대하기에는 코딱지만 한 집이 너무 좁기도 했지만, 사실은 다른 누구에게도 보이고 싶지 않았다. 아마도 자존심 때문에. 그건 동생도 아마 마찬가지였을 것이다. 가장 친한 녀석들도 데려온 적이 없으니 말이다.

"보일러를 이제 틀어서 조금 추울 거예요. 불편하시더라도 외투는 입고 계세요."

외투를 선뜻 벗기 힘들 정도로 방 안에는 냉기가 가득했다. 그는 가볍게 고개를 끄덕이고는 좁은 방 안을 쓱 훑었다.

"그때 그 고딩 녀석은?"

"도서관에 갔을 거예요."

"흐음. 보기와 다르게 공부를 열심히 하는 모양이군."

남자는 영원의 책상 위에 빽빽하게 꽂혀 있는 책들을 훑으며 의외라는 듯 중얼거렸다. 그러고는 아주 자연스럽게 방석 위에 엉덩이를 붙인다. 하지만 그 모습은 분식집에서 만큼이나 위화감이 잔뜩 느껴졌다. 마치 그녀에게 명품 옷과 고급 레스토랑이 어울리지 않듯이.

사장과 자신은 역시 사는 세계가 전혀 다른 사람이었다.

"커피 괜찮으세요? 믹스커피뿐이지만……."

"좋아."

사장을 혼자 방에 두고 나오는 것이 왠지 신경 쓰였지만, 봄은 차를 준비하기 위해 주방으로 나왔다. 그가 타인의 사생활에 사사로운 관심을 보일 만큼 오지랖 넓은 캐릭터가 아니라 그나마 다행이었다. 그런 사람이 대체 왜 갑자기 자신의 공간에 침범한 것인지는 모르겠지만…….

주전자를 가스레인지에 올려놓은 다음 찬장을 열어 그나마 가장 예쁜 머그잔을 꺼내 들었다. 자신의 몫으로는 이가 나간 머그잔을 골랐다. 오래된 집기들이라 디자인은커녕 성한 것이 별로 없었다.

이가 나간 머그잔에 자신이 먹을 녹차 티백을 걸쳐 둔 다음 그녀는 믹스커피 봉지를 뜯어 사장의 몫으로 꺼내 둔 잔에 쏟아부었다. 커피 알갱이와 흰색의 가루가 잔 안으로 쏟아지는 것을 그저 멍하니 바라보고 있던 봄은, 문득 뇌리를 스치는 생각에 눈을 크게 떴다.

맞다, 손수건……!

어째서 그 생각을 못 했던 걸까. 봄은 들고 있던 믹스커피 봉지를 내려놓고 재빨리 방문을 열어젖혔다.

하지만 이미 늦은 듯했다. 사장의 시선은 화장대를 향하고 있었다. 정확히 말하자면 화장대 한편에 걸려 있는 짙은 감색의 손수건을.

어쩐지 긴장이 되어 봄은 저도 모르게 아랫입술을 질끈 깨물었다.

"한 비서."

한곳에 고정되어 있던 그의 시선이 느릿하게 그녀를 향했다.

"저게 왜 여기에 있는지 설명 좀 해 주겠어?"

삐삐—

때마침 주전자 우는 소리가 두 사람 사이의 공기를 날카롭게 갈랐다.

✲❀✲

일중독 환자라고도 불릴 정도로 일 외에는 관심이 없는 정한의 유일한 취미는 몇 년째 다니고 있는 피트니스클럽에서 운동을 하는 것이었다. 아무 생각 없이 운동에만 집중해 땀을 빼고 나면 기분이 상쾌해졌다. 그것은 곧 그에게 유일한 휴식이기도 했다.

리조트 사업을 벌이기 전까지만 해도 매일 새벽 회사에 출근하기 전, 피트니스클럽에 들러 단 30분만이라도 땀을 빼곤 했는데 요즘엔 영 체력이 따라 주지 않아 무리였다. 그래서 최근에는 일요일에 한꺼번에 몰아서 몇 시간이고 운동을 했다.

그가 즐기는 운동의 종류는 다양했다. 간단한 헬스부터 시작해서 스쿼시와 수영까지. 개인 사물함에 모든 운동이 가능하도록 유니폼이 구비되어 있었기에 그날그날 기분에 따라 다른 종류를 선택할 수 있었다. 그의 운동신경은 남달랐다. 어릴 때 조부의 강압에 의해 여동생과 함께 억지로 배워 놨던 수영은 이제 거의 선수급이었다.

하지만 오늘 종목은 그가 고를 것도 없이 스쿼시로 결정이 나 버렸다. 약속을 따로 잡은 것은 아니었지만 우연히 도진과 마주친 것이었다. 하여 두 사람은 함께 같은 스쿼시 룸으로 향했다.

타앙— 탕— 타앙—

공이 벽에 부딪치는 소리가 룸 안을 경쾌하게 울렸다. 둘 다 보통 운동신경을 가진 것이 아닌지라 공은 벽과 라켓 사이에서 쉼 없이 움직이기 바빴다. 땀방울이 바닥에 뚝뚝 떨어지기 시작하더니, 어느덧 바닥에 고인 땀 때문에 발이 미끄러지는 상황까지 왔다. 결국 길고 긴 레이스 끝에 먼저 백기를 든 건 도진 쪽이었다.

"지독한 놈."

라켓을 툭 놓으며, 바닥에 주저앉은 도진이 거친 숨을 몰아쉬며 정한을 흘겼다.

"새신랑 체력이 이것밖에 안 돼? 내 동생 불쌍해서 어떡하냐?"

"누가 독수공방하는 총각 아니랄까 봐 뭘 모르는 소리 하시네. 이쪽 체력이랑 그쪽 체력은 엄연히 다르거든요?"

남자의 자존심이 상했는지, 도진은 그가 건네는 물은 받으며 작게 발끈했다. 어련하시겠어. 정한은 픽, 웃으며 도진의 옆에 엉덩이를 붙였다. 땀에 완전히 젖은 유니폼 너머로 등에 닿는 벽의 아찔한 냉기가 고스란히 전해졌다. 달아올랐던 열기가 마치 찬물이라도 끼얹은 듯 확 가라앉는 느낌이다. 그는 한겨울에도 이 느낌이 좋았다.

"참, 축하한다."

뜬금없는 도진의 축하 인사에 정한이 물병을 입에 기울이다 말고 멈춘 채 돌아보았다.

"소희는 완전히 속은 것 같더라."

"그래?"

"너야 그렇다 치고, 한 비서도 대단하던데? 연기자 해도 되겠어."

도진이 감탄스럽다는 듯 검지를 치켜들었다. 정한은 가볍게 어깨를 으쓱해 보인 후 물을 마저 마셨다. 실컷 땀을 뺀 후에 먹는 물은 정말이지 꿀맛이다. 한 번에 절반가량 비워진 물통을 바닥에 내려놨을 때였다.

"근데……."

빤히 그를 바라보고 있던 도진이 천천히 입을 뗐다.

"두 사람, 정말 아니지?"

"왜. 너도 속았냐?"

"내가 네놈 속을 조금만 덜 알았더라면 진짜 깜빡 속았을지도 몰라. 사실 어제 보니까 둘이 은근 잘 어울리더라고. 제법 눈치 빠른 소희도 깜빡 속은 것 봐라."

정한은 하하, 웃었다. 저를 누구보다 잘 아는 오랜 친구의 눈빛에 진심으로 헷갈렸다는 사실이 그대로 드러나 있어서였다. 도진까지 헷갈렸다는 건, 아주 만족스러운 결과였다. 아무래도 어제 돼지껍데기집에서 그녀가 말했던 '목소리'라는 것이 크게 한몫을 한 듯했다.

하긴. 저도 그 얘기를 듣고 난 뒤로 말을 할 때마다 은근히 신경이 쓰일 정도였으니…….

한 비서에게 보너스라도 챙겨 줘야 하는 게 아닐지 모르겠다.

"역시 아닌가 보네."

도진은 어쩐지 아쉽다는 듯 입맛을 쩝 다셨다.

"이만 정리하자. 사우나 하고 갈 거냐?"

"아니. 간단히 샤워만. 일찍 들어가 봐야 해. 소희랑 외식하기로 했거든."

"그래. 역시 우정보단 사랑이지?"

말은 장난스럽게 비꼬듯 했지만 사실 도진에게는 고마운 마음이 컸다. 평생을 귀한 대접 받고 자라서 철이 없는 여동생을 저 대신 지켜 주고 있는 존재였으니 말이다. 동생의 성깔이 제법인데도 연애할 때 그리 큰 다툼 없이 지금껏 알콩달콩 잘 만나고 있는 걸 보면, 친구가 얼마나 많이 져 주고 있는지 안 봐도 뻔히 알 수 있었다.

"참."

자리에서 일어나 바닥에 아무렇게나 널브러진 공을 줍다 말고 정한이 문득 도진을 불렀다. 그를 따라 일어나 라켓을 정리하던 도진이 왜, 하고 돌아본다.

"그냥 궁금해서 묻는 건데 말이야. 보통 남매들은 한방에서 같이 자고 하는 건가?"

"어릴 때야 보통 그렇지."

"안 어리면?"

"얼마나 안 어린데?"

"고등학생."

정한의 대답에 도진이 인상을 팩 썼다.

"고등학생 남매라니……. 아무리 같은 핏줄이라도 그건 좀 아닌 것 같다. 부모가 생각이 있다면 그렇게 안 두겠지."

"그래. 그렇지?"

도진의 대답에 정한은 고개를 끄덕였다. 그도 역시 같은 생각이었다. 역시 시커먼 고딩과 스물여덟의 아가씨가 한방에서 지내는 건 말이 안 되는 것이다. 혹시나 저가 이상하게 생각하는 건 아닐까 했는데 지극히 평범한 집안에서 나고 자란 도진마저 이렇게 말하니 분명해졌다.

그녀의 사정이 어쩔 수 없다는 것은 알고 있었지만, 직접 눈으로 보고 나니 괜히 더 신경이 쓰이기 시작했다.

사실 어제 직접 그녀의 집을 보기 전까지는 사정이 그렇게까지 열악할 줄은 몰랐었다. 빚이 있다고는 했지만 사실 그의 입장에서 봤을 때 그 빚은 아무것도 아니었으니까. 사업하는 사람들 중에 수백 억의 은행 빚 없이 시작하는 사람이 어디 있던가. 게다가 여태껏 한 비서가 회사에서는 단 한 번도 어려운 사정에 대해 티를 낸 적이 없었으니, 더 알 수 없었다. 자신이 딱히 타인에게 관심 없어서 더 그랬는지도 모르겠지만 말이다.

"근데 그 남매가 누군데?"

"그냥."

"그냥?"

도진은 의아한 듯 되물었지만, 정한은 길게 대답해 줄 생각이 없었다.

"TV에서 봤어."

사우나를 끝내고 피트니스클럽에서 나온 정한은 저녁 식사를 간단하게 초밥으로 때울 생각에 그의 단골 가게로 향하고 있는 중이었다. 큰 사거리에서 신호를 받아 차를 멈춘 순간 그의 시선이 절로 조수석에 놓여 있는 손수건으로 향했다.

입사 첫날 아직 중학생이던 동생이 용돈을 한 푼 두 푼 모아 선물해 줬던 손수건이라 잊으려야 잊을 수가 없는 물건이었다. 게다가 녀석이 센스 있게 JH. 이니셜도 박아 두었고. 그런 게 아니었으면 이번에도 아마 까맣게 모르고 넘어갔을 것이다. 지금까지 매일 얼굴을 보면서도 몰랐던 것처럼.

그때 옥상에서 만났던 여자가 한 비서였을 줄이야…….

다시 생각해 봐도 무슨 이런 인연이 다 있나 싶을 정도로 신기했다. 생기가 전혀 없는 얼굴로 당장 세상과 등지기라도 할 듯 아슬아슬했던 여자를 정한은 확실하게 기억하고 있었다. 다만 그 당시엔 저도 워낙 정신이 없었던 터라 그 얼굴까지 세세히 기억하지 못했었을 뿐.

그도 그럴 것이 5년 전 그날은 그녀만큼이나 그에게도 끔찍한 날이었으니까.

— 오빠. 우리 이제 그만하자.

영원히 함께할 거라 믿어 의심치 않았던 여자에게서 무턱대고 이별을 통보받았다. 그것도 고작 전화 한 통으로 말이다. 전날까지만 해도 그의 귓가에 사랑을 속삭이던 여자는 하루아침에 완전히 다른 사람이 되어 그의 가슴에 비수를 꽂았다.

대학에서 처음 만난 그의 연인은 무척이나 예쁜 여자였다. 외모를 꾸미는 것에 관심이 많고 또래 여자아이들처럼 노는 것을 좋아하고. 지극히 평범한 집에서 태어나 평범하게 자란 밝고 명랑한 여자. 힘들 땐 애교로 그를 녹여 주었으며, 예쁜 말만 해서 그의 심기를 거슬리는 일도 전혀 없었다.

서로가 첫눈에 끌려 2년이라는 시간을 열렬하게 사랑했다. 아니. 사랑했다고 생각했다. 적어도 자신만큼은 진심이었으니까. 조부의 단호한 반대에 그가 가졌던 모든 것을 선뜻 포기하고 그녀 하나만을 선택했을 정도로.

하지만 그녀는 그게 아니었던 것이다.

— 나 때문에 모든 것을 포기한 오빠를 보는 게 너무 힘들어. 그러니까 이제 그만 집으로 돌아가. 오빠 진짜 자리로……

"내 진짜 자리가 어딘데?"

— 오빠는 윤강그룹의 윤정한일 때가 제일 어울려.

그녀는 예쁜 목소리로 그가 한평생 가장 듣기 싫어했던 소릴 잘도 했다.

— 그리고 나 회장님께 돈 받기로 했어. 그 돈으로 유학 갈 거야. 차라리 잘됐어. 그래, 잘된 거야. 우리 둘에겐 이게 최선인 것 같아.

거짓말이라 생각했다. 제대로 만나 보지도 않고 무턱대고 반대부터 하는 자신의 조부 때문에 섭섭해서 괜한 투정을 부리는 걸 거라고. 그 역시도 조부가 그녀를 반대하는 이유가 오직 그녀의 하잘것없는 배경 때문이라는 점이, 그런 속물 같은 할아버지를 뒀다는 것과 자신의 배경이, 그녀에게 많이 미안하던 참이었으니까.

하지만 그가 정신없이 두 사람이 함께했던 보금자리를 찾아갔을 땐, 그녀는 이미 흔적도 없이 떠나고 난 뒤였다. 마치 처음부터 존재하지 않았던 사람인 것처럼 그 어디에도 그녀의 흔적은 남아 있지 않았다. 집안 형편 때문에 포기할 수밖에 없었다던, 아주 오랜 꿈이었다던 유학길을, 그 돈으로 정말 떠난 것이었다.

그녀는 말했다. 널 사랑해서, 널 위해, 떠나는 거라고.

하지만 그는 도저히 그녀의 사랑을 인정할 수가 없었다. 조부의 뒷배경 없이 홀로서기를 시작하겠다는 자신이, 그녀의 눈에는 그저 망가진 인간처럼 보였던 것일까. 그렇게 내가 못 미더웠을까. 게다가 그런 자신을 두고 그녀는 조부와 거래까지 했다.

그게 어떻게 날 위한 거지? 그런 게 어떻게 사랑일 수 있어? 윤정한이라는 인간이 아니라, 윤강건설의 후계자 윤정한을 사랑했던 거겠지. 아니. 애초에 사랑이라는 것 따위가 존재하기나 하는 건가?

그녀를 믿었던 만큼 충격은 컸다.

윤강건설 후계자.

금수저 물고 태어난 놈.

윤 회장이라는 백이 없었으면 아무것도 아니었을 자식.

어디에 있어도, 누구와 있어도, 무엇을 해도, 꼬리표는 지겹게도 그를 따라다녔다. 윤강건설의 후계자라는 타이틀은 그에게 완벽만을 요구했다. 아무리 잘해 봐야 그래, 그 정도는 해야지. 라는 반응뿐. 다들 칭찬에는 인색했고 반대로 작은 실수에는 결코 용납이 없었다. 그를 바라보는 사람들의 시선은 늘 차갑고 날카롭기만 했다.

그래서 남들보다 몇 배는 더 노력해야만 했다. 그들의 시선에 더 이상 상처받지 않기 위해서. 윤강건설의 후계자가 아닌 인간 윤정한으로서 모두에게 인정받기 위해서. 하지만 그런 노력을 알아주는 이는 아무도 없었다. 그에게 접근하는 이들은 성별을 막론하고 대부분 늘 똑같은 목적을 가지고 있었다. 그들이 보는 건 오직 자신의 배경뿐이었다.

늘 답답하고 숨이 막혔다. 그리고…… 미치도록 외로웠다.

부모님 두 분이 갑작스럽게 돌아가시고 '죽음'이라는 개념에 대해 전혀 모르는 어린 동생과 함께 덜렁 남게 됐을 때 그 외로움은 더 짙어졌다. 밤마다 엄마를 찾으며 서럽게 우는 동생을 달래며, 그는 항상 속으로만 눈물을 삼켰다. 조부의 앞에서 약한 모습을 보일 순 없었다. 윤 회장은 그에게만큼은 한없이 냉정했으므로.

그렇게 지독한 외로움에 사무쳐 있을 때, 그녀를 만났던 거였다. 그는 처음으로 숨통이 트인다는 기분을 느낄 수 있었다. 그녀만큼은 나라는 사람을 제대로 봐 준다고 생각했다. 사랑이란 그런 거라 믿었으니까. 더 이상 외롭지 않았다.

그래. 다른 사람들은 다 필요 없어. 세상에 단 한 사람만 나를 제대로 봐 주면 돼.

하지만 그건 완전한 착각이었다. 조부의 말이 맞았다. 그녀도 역시 남들과 똑같았던 것이다. 믿고 싶지 않았지만, 그는 결국 인정할 수밖에 없었다. 사랑했던 여자의 눈에도 자신이 인간 윤정한이 아닌 윤강건설의 후계자로 비쳤었다는 것을. 아니. 어쩌면 처음부터 사랑 따위는 없었을지도 모르겠다.

"이 할아비 말을 무시하더니, 아주 꼴이 좋구나."

조부는 우스운 꼴이 되어 결국 돌아온 그를 실컷 비웃었다. 그 웃음은 조부라는 배경이 없이도 나 자체가 가치 있는 놈이라 자만했던 윤정한의 자존심을 완전히 뭉그러뜨렸다.

사랑이라는 얄팍한 감정에 속아 실컷 놀아났던 그에게 마지막으로 남은 것은……, 철저한 배신감과 비웃음뿐이었다.

"자, 이제 어쩔 생각이냐?"

"……앞으론 괜한 오기 부리지 않고 회장님 밑에서 일에만 최선을 다하겠습니다."

"그래. 어디 얼마나 최선을 다하는지 지켜보마."

옥상에서 한 비서를 만났던 그날은, 그가 처음으로 자존심을 다 접고 조부에게 고개를 숙이고 회사로 돌아왔던 날이었다.

세상이 참 뭣 같다고 생각했던 그날. 이딴 세상 따위엔 정말 그 어떤 미련도 남지 않을 것 같았던 그날. 그는 자신과 같은 생각을 하는 것 같은 여자를 만났다. 툭, 건들면 한 순간에 가루가 되어 바스라져 버릴 듯 가녀린 여자였다.

"울고 싶으면 울든가."

모르겠다. 왜 그런 말이 갑자기 나왔는지. 타인에게는 지극히 무관심하던 자신이 손수건까지 던져 주며 그리 말했다. 사실 어쩌면 그건 저한테 하고 싶었던 말이었는지도…….

누군가 그 말을 해 주길 기다렸던 것처럼. 그전까지는 제 두 눈에 눈물이 가득 차올랐던 것도 미처 몰랐던 사람처럼. 여자는 갑자기 꾸역꾸역 눌러 참고 있었을 울음을 터뜨렸다. 마치 어린아이처럼 목 놓아 서럽게도 우는 여자가 제 풀에 지쳐 눈물을 멈출 때까지, 정한은 등을 진 채 묵묵히 듣고만 있었다. 어쩐지 우는 여자를 두고 차마 발길이 떨어지지 않았던 것이다.

정말로 처음이었다. 여자의 눈물이 짜증스럽게 느껴지지 않은 것은. 그때 그는 아마 자신과 같은 처지의 동지가 있다는 사실에 어쩐지 위로 비슷한 것을 받았던 것도 같다.

그래서였을까. 그 뒤로도 간혹 얼굴도 기억나지 않는 그 여자 생각이 나곤 했다. 언젠가 회사에서 마주치면 손수건을 돌려주지 않을까. 그렇다면 그때 가서 대체 어떤 얼굴인지 확인을 해 줘야지. 생각했다. 그 후로도 한참을 깜깜무소식인 그 여자의 생사를 진지하게 궁금해하기까지 했었다. 이렇게 자신과 가까이에 있는 줄도 모르고서. 물론 너무 오래된 기억이라 최근에는 까맣게 잊고 있긴 했지만 말이다.

극단적인 생각을 해야 할 정도로 힘들었던 걸까…….

매사에 당당하고 씩씩한 한 비서의 모습과 그날 옥상에서 봤던 여자의 모습이 쉬이 매치가 되질 않는다. 그런 괴리감이 오히려 그의 마음을 더 무겁게 짓누른다.

어느덧 신호가 바뀌고 다시금 운전에 집중할 때였다. 그의 시야에 저만치 멀리에 있는 백화점이 들어왔다. 얼마 전 한 비서와 함께 들렀던, 윤강그룹 계열사 백화점이었다. 정한은 문득 어제 보았던 그녀의 차림새를 떠올렸다.

"같은 옷이었지, 아마……."

여자의 옷에 대해 예리한 눈썰미 같은 건 없었지만 자신이 직접 골랐던 옷이라 확실히 기억하고 있었다. 게다가 성북동 집에 들렀을 때와 머리끝부터 발끝까지 코디가 완전 똑같았으니 모르려야 모를 수가 없었다.

어제 그녀의 방에서 보았던 낡은 옷장도 떠올랐다. 낡은 것뿐만 아니라 크기도 작았다. 딱히 다른 장소도 없으니 그곳에 그녀의 옷과 동생 녀석의 옷이 모두 다 들어 있다는 얘긴데, 도무지 믿어지지가 않았다.

"여자는 원래 옷, 구두, 핸드백, 보석에 욕심이 많은 동물이야. 이건 본능이라구. 남자들이 차나 시계에 욕심이 많은 것처럼."

옷방을 아예 따로 두고도 매일매일 쇼핑을 해 대던 여동생이 입 버릇처럼 했던 말이었다. 그가 여태 봐 왔던 여자들도 보통 패션에 욕심이 많은 편이었다. 그래서 그는 정말 모든 여자가 그런 줄 알았다. 그리고 그건 공공연한 사실이었다.

그래. 한 비서도 여자인데 어찌 다르겠는가.

생각이 거기까지 다다른 정한은 곧장 백화점으로 차를 몰았다. 단골 초밥 가게와 백화점은 정반대 방향이었다.

6

헷갈리는 밤

모처럼 두 손 가득 든든하게 장을 보고 집으로 돌아온 봄은 저녁 준비를 시작했다. 오늘의 메뉴는 동생이 좋아하는 한봄표 닭볶음탕이었다. 닭볶음탕용으로 손질이 잘 되어 있는 닭을 사긴 했지만, 기름기가 많은 것을 싫어하는 동생 때문에 지방을 일일이 떼어 내는 작업을 필시 거쳐야만 했다.

닭 손질을 끝낸 다음 쌀을 씻어 밥을 안쳤다. 그러고는 커다란 냄비에 가득 물을 부어 끓이고, 깔끔하게 손질된 닭을 넣고, 고추장을 베이스로 한 양념장을 만든 다음 야채를 다듬고 있는데, 방 안에서 공부를 하고 있던 영원이 방문을 열고 빼꼼 고개를 내밀었다.

"아직 멀었어?"

"응. 아직 한참 남았어."

"한참이면 얼마나?"

"넉넉잡아 30분 정도."

30분이나 기다려야 한다는 사실에 영원의 얼굴이 금세 시무룩해졌다.

"도와줄까?"

"아냐, 다 했어. 그리고 네가 거든다고 해도 음식이 완성되는 시간이 줄어들지는 않아."

"흠. 그렇지?"

영원이 짤막하게 한숨을 내쉬었다. 아무래도 배가 많이 고픈 모양이었다.

야채를 다듬는 봄의 손길이 조금 더 급해졌다. 아쉽게도 그런다고 닭이 익는 시간이 줄어드는 것은 아니지만 말이다.

"집에 우유 남은 거 있나?"

"봤던 거 같아. 줄까?"

"내가 알아서 먹을게. 누난 요리에만 집중해."

아예 방에서 나온 영원은 주방 한편에 있는 냉장고의 문을 열었다. 그러고는 봄이 씻어 두었던 유리컵을 건네기도 전에 우유 팩 채로 벌컥벌컥 들이켜기 시작했다.

"한영원! 너, 그런 식으로 입 대고 마시지 말라고 했지."

"어차피 지금 다 마실 건데, 뭐 어때. 얼마 남지도 않았어."

영원은 정말로 한입에 남은 우유를 다 털어 넣고는 빈 우유 팩을 분리수거 상자에 농구공을 던지듯 툭 집어넣었다. 그 광경을 보며 봄은 짤막하게 한숨을 내쉬었다. 한 번 씻고 제대로 펼쳐서 분리수거를 해야 된다고 대체 몇 번을 말했는데 매번 이 모양이다.

더 말해 뭐 하겠는가. 내 입만 아프지.

더 이상의 잔소리를 포기한 그녀가 아무렇게나 버려진 우유 팩을 집어 들었을 때였다.

똑똑—

밖에서 누군가가 현관문을 두드렸다.

동시에 행동을 뚝 멈춘 남매의 귀가 쫑긋해졌다.

"누구 올 사람 있어?"

영원이 목소리를 한껏 낮춘 채 속삭였다.

"아니. 없는데."

봄도 덩달아 작은 목소리로 대꾸했다.

"……주인 할머니신가?"

하지만 주인 할머니는 월세를 받을 때만 빼고 세입자들에게 그다지 신경을 쓰는 성격이 아니었다. 봄은 머릿속으로 빠르게 오늘 날짜를 짚어 보았다. 아직 월세를 내는 날은 일주일이나 남아 있었다. 저번 달 월세도 확실하게 냈었고. 지금까지 빠듯한 형편에도 월세를 밀린 적은 단 한 번도 없었다.

주인 할머니가 용의 선상에서 제외되자 그녀의 머릿속에 문득 사채업자가 떠올랐다. 회사로도 찾아왔었는데 집으로는 못 찾아오겠는가. 얼마 전 회사에서 남자를 마주쳤던 일이 떠오르자, 순간 등골이 서늘해졌다.

"누구세요?"

갑자기 굳어 버린 봄 대신 결국 영원이 입을 뗐다.

"한봄 고객님 댁 아닌가요?"

현관문 너머에서 곧바로 깍듯한 여자의 목소리가 들려왔다. 다행히도 사채업자는 아닌 모양이었다. 하긴. 빚을 다 갚았으니 이제 그 얼굴을 다시 볼 일은 없을 것이다. 하지만 안도의 한숨을 내쉬는 것도 잠시, 이어지는 여자의 목소리에 봄의 눈이 둥그렇게 커졌다.

"로얄백화점에서 왔습니다."

"로얄백화점이요?"

"네. 배달 왔는데 문 좀 열어 주시겠어요?"

중국집도 아니고 치킨집도 아니고 로열백화점에서 배달이라니. 도대체 무슨 소린가 싶었다. 쉽게 이해되지 않은 상황에서 봄이 고개를 갸웃거리는 동안 호기심을 참지 못한 영원이 냅다 현관문을 열어 버렸다.

활짝 열린 현관문 너머에서는 정장 유니폼을 입은 여자가 방긋 웃고 있었다. 여자의 양손에는 척 보기에도 들고 있기 버거운 듯 보이는 여러 개의 커다란 쇼핑백이 주렁주렁 들려 있었다. 쇼핑백에는 명품에 대해 잘 모르는 그녀도 쉽게 알아볼 수 있을 정도로 유명한 브랜드의 로고가 커다랗게 박혀 있었다.

여자는 들고 있던 쇼핑백을 현관문 바로 앞에 멀뚱히 서 있는 영원에게 하나둘씩 건네기 시작했다.

"이게 다 뭐예요?"

얼떨결에 여자가 건네는 쇼핑백들을 하나둘 건네받으며 영원이 물었다.

"보시는 대로 옷과 구두, 핸드백입니다."

"네? 저는 이런 거 시킨 적이……."

"윤정한 사장님께서 보내셨습니다."

'윤정한 사장'이라는 말에 봄의 얼굴이 딱딱하게 굳었다. 이 생뚱맞은 물건들이 모두 자신에게 배달 온 것이 확실한 듯했다.

"확인해 보시고, 여기 사인 좀 해 주시겠어요?"

여자가 봄을 향해 펜과 영수증을 내밀었다.

"죄송하지만 아무래도 잘못 찾아오신 것 같아요. 다시 가져가 주세요."

"한봄 고객님 아니신가요?"

"……이름은 맞는데요."

"그렇다면 저는 물건을 다시 가져갈 수가 없습니다."

여자는 곤란하다는 듯 미간을 좁혔다.

"안 받겠다 하더라도 무조건 배달을 완료하고 오라는 것이 저희 회사 오너의 명령이라서요."

안 받겠다 하더라도 무조건 배달 완료라고? 하, 헛웃음이 나왔다. 사장은 이미 자신이 거절할 줄 알았던 거다. 도대체 무슨 생각으로 단 한마디의 언질도 없이 멋대로 이런 일을 벌였단 말인가.

봄은 짧게 한숨을 내쉬고 펜을 받아 들었다. 일단 지금은 사인을 하긴 해야 할 것 같아서였다. 제 앞에 서서 곤란한 얼굴로 영수증을 내밀고 있는 여자는 아무 죄가 없었으므로.

"윤정한 사장이라는 게 그때 봤던 남자야?"

백화점 직원이 나가고 현관문이 닫히자, 영원이 들고 있던 쇼핑백을 바닥에 아무렇게나 내팽개치며 봄을 향해 매섭게 쏘아붙였다. 하지만 봄은 대답 없이 바닥에 널브러진 쇼핑백들을 물끄러미 바라보기만 할 뿐이었다.

"……돈지랄 아주 제대로 하고 있네. 재수 없게."

영원은 짜증스럽게 제 발에 치이는 쇼핑백을 걷어차고는 방으로 들어가 버렸다.

쾅!

신경질적으로 문이 닫히는 소리가 그녀의 귓구멍을 파고들었다.

봄은 무덤덤한 얼굴로 쇼핑백들을 하나씩 일으켜 세워 한쪽에 모아 두었다. 그러고는 싱크대 앞으로 가서 팔팔 끓고 있는 닭에 양념장과 야채들을 모조리 쏟아붓고는 냄비 뚜껑을 닫았다. 양념이 배려면 아직 조금 더 끓여야 했다. 가스레인지 불을 중불로 맞춰 놓은 다음, 봄은 휴대폰을 들고 현관을 나섰다.

마당 가장 구석에서 걸음을 뚝 멈춘 봄은 휴대폰의 전화번호 목록을 뒤졌다. 다행히 찾으려던 전화번호부는 금방 눈에 띄었다. 제 휴대폰에 어울리지 않는 새까만 하트를 바라보며, 살짝 눈살을 찌푸린 봄은 버튼을 꾹 눌러 전화를 걸었다.

─ 잘 받았나 보군.

상대방은 금방 전화를 받았다. 그답게 여보세요, 라는 인사말도 없이 바로 용건이 튀어나왔다. 뻔뻔한 음성에 살짝 짜증이 치밀었지만 차라리 잘됐다 싶었다. 용건만 간단히 하고 통화를 끝낼 수 있을 것 같았으니 말이다.

"사장님. 아무 말도 없이, 이게 대체 뭐 하시는 거예요?"

─ 미리 말을 했어도 어차피 이렇게 됐을 거야.

쏘아붙이는 목소리에도 사장은 덤덤하게 대꾸했다. 마치 그녀의 이런 반응을 예상했었다는 듯이.

─ 한 비서는 안 받는다고 했을 거고. 그럼에도 나는 지금처럼 막무가내로 보냈을 테니까.

하아.

황당할 정도로 당당한 남자의 말에 봄은 짤막하게 한숨을 내쉬었다.

"네. 사장님께서 예상하신 대로 안 받을 거예요. 그러니 도로 가져가 주세요."

— 어째서?

동의도 없이 멋대로 물건을 보내 놓고 어째서라니? 봄은 정색했다.

"저한테는 필요 없는 물건들이니까요."

— 갑자기 살이라도 엄청 쪘나? 아니면 반대로 엄청 빠졌어? 그런 게 아니라면 당신한테 딱 맞을 테니 걱정 마. 그때 잰 사이즈에 맞춰 보냈으니까.

"……그런 게 중요한 게 아니잖아요."

— 그럼 뭐가 중요한데?

"저, 사장님한테 이런 거 받을 이유 없습니다."

— 못 받을 이유는 또 뭔데?

정말로 도대체 뭐가 문제인지 모르겠다는 듯 되묻는 사장의 물음에 순간 봄의 입이 딱 다물어졌다. 이번에는 선뜻 대답을 할 수가 없었다.

그러게. 내가 이것들을 못 받을 이유가 뭘까…….

이게 아닌 건 분명한데, 정확하게 어떤 부분이 아닌 건지 그녀도 알 수가 없었다.

— 어제와 같은 상황은 앞으로 자주 생길 거야.

봄이 대답을 망설이는 동안 사장이 말했다.

— 그런데 그때마다 매번 같은 차림으로 나타날 거야?

"……."

— 유니폼이라고 했잖아. 나는 당신이 맡은 임무에 최선을 다해 주길 바라는 마음에서 업무에 딱 맞는 유니폼을 지원한 것뿐이야. 그런데 거절할 이유가 있나?

얄밉게도 그의 말은 구구절절 다 맞았다. 더 이상 거절할 이유가 없었다.

— 그럼 앞으로도 잘 부탁해, 한 비서.

이번에도 역시나 사장은 제 할 말만 다 한 채로 전화를 끊었다. 하지만 그녀 역시 더는 할 말이 없었기에 아쉬울 것은 없었다.

"하……."

봄은 액정이 검게 변한 휴대폰을 물끄러미 내려다보다가 아랫입술을 질끈 깨물었다.

대체 어쩌자고 자꾸만 자존심이 상한단 말인가…….

그녀의 얼굴이 구겨졌다. 잊고 있다가도 한 번씩 이렇게 불쑥불쑥 튀어나오는 자존심 때문에 이제는 짜증스러울 지경이었다.

하마터면 물에 빠진 저를 구해 준 사장에게 아주 뻔뻔하게도 보따리를 내놓으라는 헛소리를 할 뻔했다. 그의 입장에서는 얼마나 황당했겠는가. 화장실 들어갈 때와 나올 때의 마음이 다르다더니. 인간이란 참 더럽게도 간사한 존재가 아닌가 싶다.

어마어마한 연봉에 값비싼 유니폼까지. 아무리 생각해 봐도 그녀가 손해 보는 건 전혀 없었다. 오히려 감사하다고 절이라도 해야 할 판이다.

"……로또 맞은 거네, 나."

아래로 처지는 입꼬리를 애써 끌어 올리며 억지로 웃어 보았다. 하지만 픽, 하고 바람 빠지는 소리만 날 뿐이다.

봄은 휴대폰을 꽉 쥔 채 집을 향해 걸음을 옮기기 시작했다. 슬리퍼를 신은 맨발에 닿는 밤공기가 오늘따라 유난히 더 서늘하게 느껴진다. 발끝이 시려 왔다.

✱❀✱

불타는 금요일이라는 건, 지금껏 그녀와는 전혀 상관없는 아주 머나먼 나라의 이야기였다. 그래서 봄은 까맣게 잊고 있었다. 오늘 아침 출근길, 라디오에서 흘러나오던 오늘 밤 강추위가 있을 거라 던 아나운서의 경고 아닌 경고를.

거리에는 금요일 밤답게 수많은 사람들로 북적였다. 모두들 오늘 아침 전해졌던 소식을 들었는지, 두꺼운 패딩으로도 모자라서 장갑, 목도리, 털모자까지 아주 무장을 하고 나온 모습들이었다. 살겠다고 돌돌 감고 나온 사람들 사이에서 봄은 마치 저 혼자 죽겠다고 헐벗고 있는 느낌이 들었다. 아니, 느낌만은 아니었다. 실제로도 헐벗고 있었으니까 말이다.

"한 비서. 퇴근 준비 하도록 해."

퇴근을 두 시간 남짓 남겨 둔 시각. 사장이 그녀를 집무실로 부르더니 대뜸 말했다.

"네? 지금요?"

"그래. 시간이 별로 없으니 급한 건 대충 정리해서 박 실장에게 넘기고."

무슨 말을 하는 건지 도통 알아들을 수가 없었다. 그런 봄의 마음을 읽었는지 그가 말을 덧붙였다.

"오늘이 '기업인의 밤'인 거 알지?"

"네."

봄은 간단하게 대꾸했다. 모를 리가 없었다. 그의 스케줄에 대해 그보다 더 잘 알고 있는 것이 그녀였으니까 말이다.

'기업인의 밤'이란, 불우이웃을 돕기 위해 열리는 자선경매 모임이었다. 경매에 참석하는 사람들은 대한민국의 기업인들이 대부분이었지만 종종 정치인들이나 연예계 쪽 사람들도 참석하곤 했다. 사실 말이 자선경매지, 파티와 별반 다를 게 없었다.

"거기에 갈 거야."

"그러셔야죠."

뭔가 동문서답을 하는 듯 찝찝한 느낌이 강하게 들 무렵이었다. 남자가 쐐기를 박았다.

"당신이랑 같이."

"네? 저랑요?"

"그래."

"제가 거길 왜……."

"이번엔 파트너와 꼭 동반 참석하라는 연락이 왔더군."

남자가 자신의 휴대폰을 내밀었다. 액정에는 '기업인의 밤'의 주최 측에서 온 문자가 떠 있었다. 그의 말대로였다. 파트너와 꼭 동반 참석하라는 내용이었다.

그러니까, 파트너로 자신을 택했다는 말이다. 이 남자가.

봄은 어처구니가 없었다. 업무적인 문제라면 기꺼이 함께하겠지만 '기업인의 밤'은 회사 일과는 전혀 상관이 없었다. 그렇다고 연인인 척 참석해 달라는 얘기도 아닐 것이다. 그가 속일 인물들은 그의 가족들이지, 절대 다수가 아니었으니까.

"당신이 아니면 딱히 같이 갈 인물이 없어. 그렇다고 거길 박 실장이랑 갈 수도 없는 노릇이고."

이보다 더 깔끔한 설명이 어디 있을까. 자신의 보스가 인간관계의 폭이 너무도 좁다는 사실을 모르는 바 아니었기에, 봄은 쉽게 거절을 할 수가 없었다. 하긴, 주변에 여자가 없어서 자신에게 가짜연애 상대가 되어 달라는 부탁까지 했었는데 파트너로 데리고 갈 여자가 있을 턱이 없었다.

"네. 알겠습니다."

봄이 대답을 하는 것과 동시에 일은 일사천리로 진행되었다. 그녀가 거절하지 못하리라는 것을 예상하고 있었던 듯, 그는 이미 그녀가 파티에 참석할 수 있도록 모든 준비를 끝마쳐 놓은 상태였다. 그녀의 대답은 역시나 그녀의 의사와는 전혀 상관없이 처음부터 정해져 있었던 것이다.

급한 업무는 박 실장에게 일임하고 회사를 나왔을 때, 김 기사가 그녀를 기다리고 있었다. 그녀를 태운 차가 제일 먼저 도착한 곳은 유명한 디자이너의 이름이 걸린 옷 가게였다.

이미 사장에게서 연락을 받았다며, 디자이너는 준비된 드레스 세 벌을 보여 주었다. 하나같이 화려한 옷들이었다. 다른 옷은 없나요? 차마 묻지 못하고 디자이너가 보여 주는 옷 중 가장 무난한 것을 골랐다. 개중에 무난했다는 것이지 결코 평범한 옷은 아니었다.

요즘 왜 이렇게 입고 드는 것에 복이 터진 건지. 오늘도 어김없

이 옷뿐만 아니라 옷에 맞는 구두와 핸드백까지 그녀의 손에 들렸
다. 옷 한 벌에 구두 한 짝, 핸드백 하나가 늘 옵션으로 따라붙으
니. 정말로 통 큰 남자가 아닐 수 없다.

한껏 차려입고 가게를 나오자 기다리고 있던 차가 이번에는 그
녀를 강남에서 가장 큰 헤어숍에 내려 주었다. 이번에도 역시나 사
장의 연락을 받았다며, 기다리고 있던 직원이 그녀를 에스코트했
다. 그곳에서는 옷에 어울리는 메이크업과 헤어를 받았다.

화장을 한 듯 안 한 듯 가벼웠던 그녀의 얼굴엔 짙은 색조화장이
덮여졌고 찰랑이던 긴 생머리에는 우아한 웨이브가 들어갔다. 거울
속에 있는 자신의 모습이 낯설 정도로 완벽한 이미지 변신이었다.

여기까진 괜찮았다. 기왕 파티에 참석을 하기로 했으니 그에 걸
맞게 꾸미고 가는 것도 나쁘지 않았다. 오히려 제 모습으로 가는
것보다야 이편이 훨씬 나았다.

하지만 문제는 그녀가 완벽하게 이미지 변신을 끝내고 헤어숍을
나왔을 때 일어났다. 회사를 나왔을 때도, 옷 가게를 나왔을 때도
계속 대기하고 있던 차가 보이지 않는 것이었다. 다급한 마음에 김
기사에게 연락을 해 봤지만 돌아오는 대답은 사장님이 곧 데리러
가실 거니까 숍에서 기다리고 계시라는 말뿐이었다.

부담스러울 만큼 으리으리한 숍으로는 왠지 다시 들어가고 싶지
않았다. 결국 그녀는 몸에 딱 밀착되어 몸매를 강조하는 짙은 와인
색의 시스루 원피스를 입은 채 길가에 놓인 벤치에 앉았다.

하지만 이 또한 잘못된 선택이었음을 그녀는 얼마 지나지 않아
깨달을 수 있었다. 지나가는 사람들의 시선이 흘끗흘끗 자신을 향
하는 게 느껴졌다. 이 추위에 미친 거 아니야? 사람들의 마음의 소

리가 들리는 듯했다.

그래. 뭐 저리 미친 여자가 다 있나 싶을 거다. 아마 자신이었어도 길바닥에서 이 추위에 이 꼴로 앉아 있는 여자를 봤다면, 같은 생각을 했을 테니까.

봄은 민망한 마음에 시선을 땅으로 떨구었다. 덕분에 사람들의 노골적인 시선은 피했지만, 추위만큼은 도저히 피할 수가 없었다. 잔뜩 움츠린 어깨가 덜덜 떨리고 이가 딱딱 부딪쳤다. 분명 긴팔을 입었지만 시스루라 아무 소용이 없었다. 디자이너가 원피스와 세트라며 숄을 하나 걸쳐 주었지만 이것마저도 멋내기용일 뿐, 실용성은 제로였다.

이렇게 옷감을 아껴 놓고 아마 돈은 비싸게 받겠지. 멋을 아는 사람들은 여름엔 덥게 입고 겨울엔 춥게 입는다더니, 그녀로서는 왜 그러는 건지 도통 이해를 할 수가 없다. 멋이고 나발이고 정말 이러다가는 꼼짝없이 얼어 죽겠구나, 하는 생각이 강하게 들 무렵이었다.

빵—

그녀를 향해 익숙한 자동차 클랙슨이 울렸다.

고개를 번쩍 들어 차를 확인했다. 역시나 남자의 차였다. 이렇게까지 저 남자가 반가운 적이 있었던가. 봄은 마치 사막에서 오아시스를 찾은 사람처럼 자리에서 벌떡 일어났다.

"왜 밖에 나와 있어?"

남자는 오들오들 떨며 조수석에 올라타는 그녀를 못마땅한 시선으로 바라보았다.

"숍이 불편해서요."

"길바닥은 편하고?"

남자가 황당하다는 듯 되물었다.

"조금…… 후회했어요."

봄은 멋쩍게 웃어 보였다.

"당신답지 않은 실수 같은데?"

"덕분에 두 시간 동안 워낙 정신이 없었거든요."

"확실히 그랬겠군."

봄을 한번 쓱 훑은 남자는 무심하게 대꾸하며, 히터를 최대한으로 높였다. 그러고는 별말 없이 액셀을 밟았다.

✳❄✳

퇴근 시간과 겹쳐서인지, 아니면 금요일이라서인지, 오늘은 평소보다 거리에 차량이 많았다. 평소 같았으면 20분이었으면 진작 도착할 거리를 두 배나 걸려 겨우 도착했다. 행사가 열리는 호텔 주차장에 차를 이제 막 세우고 내렸을 때였다.

"사장님."

그녀가 문득 그를 불렀다.

"왜."

담배를 집어 들었던 정한은 그것을 도로 주머니에 집어넣으며, 그녀를 바라보았다.

"혹시…… 지금 제 모습이 많이 이상한가요?"

조심스러운 물음. 의미를 알 수 없는 질문에 그의 눈썹이 절로 찌푸려졌다.

"그게 무슨 말이야?"

"아뇨. 왠지 아까부터 표정이 안 좋으신 것 같아서요……."

말끝을 흐리는 그녀의 두 눈에 걱정이 스며 있다. 여기까지 오는 내내 제 눈치를 보고 있었던 모양이다.

내 표정이 안 좋았던가? 정한의 시선이 흘끗 선팅이 진하게 된 차 창문으로 향했다. 전혀 몰랐는데 확실히 평소보다 얼굴이 조금 굳어 있기는 했다. 아까 그녀가 이 꼴을 하고 길바닥에서 덜덜 떨고 있는 모습을 봤을 때, 문득 짜증이 치밀긴 했었다. 대체 왜 짜증이 날 일이었는지는 저도 잘 모르겠지만.

창문에서 시선을 떼고 흘끗 바라본 그녀는 여전히 제 눈치를 보고 있는 듯했다. 오해를 풀기 위해서는 제 표정이 이따위였던 이유에 대해서 말을 해야 할 것 같은데, 이걸 뭐라고 설명해야 할지 저도 모르겠으니 난감할 따름이다.

잠깐 고민하던 그가 입을 열었다.

"아니."

"네?"

"안 이상하다고. 당신 모습."

덤덤한 그의 말에 그녀는 살짝 놀란 얼굴을 했다. 전혀 예상치 못했던 대답이라는 듯.

하지만 진심이었다. 지금 눈앞에 있는 그녀는 이상하기는커녕 솔직히 아름다웠다. 그녀를 보면 늘 이상하게도 흰색만 떠올랐었는데 붉은색이 이렇게 잘 어울릴 줄이야. 청순한 한 비서가 아니라 뇌쇄적인 한 비서는 생각해 본 적이 없었는데 말이다.

꼭 다른 사람을 보고 있는 듯했다. 아까 숍 앞에서도 벤치에 쪼

그리고 앉아 있는 것이 그녀인지 아닌지, 긴가민가해서 한참을 바라보다 클랙슨을 울렸을 정도로.

"정말 괜찮은 거예요?"

"그래. 조금 추워 보이는 것만 빼면."

정한은 자신이 입고 있던 재킷을 벗어 여전히 걱정스러운 얼굴로 되묻는 그녀의 어깨에 걸쳐 주었다.

"훨씬 낫군."

사실 제 사이즈에 딱 맞춘 재킷이 그녀의 작은 몸집에는 조금 버거워 보이기는 했지만, 정한은 모르는 척 걸음을 옮겼다. 그리고 생각했다. 아무리 패션이 중요하다지만 그래도 날씨에 맞게 옷을 입혀야지. 나중에 디자이너에게 전화해서 한 소리를 해야겠다고.

✻❋✻

넓은 홀엔 수많은 사람들로 북적였다. 연예인부터 시작해서 정치인은 물론이고 운동선수들의 모습까지도 보였다. 실제로 와 보니 정말로 자선경매가 아니라 파티장인 것 같았다. 게다가 기자들의 출입이 완전히 통제된 곳이라 그런지 다들 비교적 자유롭게 행동하는 듯했다.

그녀도 익히 알고 있을 정도로 유명한 인사들끼리 서로 전화번호를 주고받는 모습을 벌써 몇 번째 목격했는지 모르겠다. 기업인들끼리 친목을 다지는 것 외에도 젊은 남녀 사이에서는 만남의 장으로써도 활용되고 있는 모양이었다.

경매가 시작되기 전, 사람들은 서로 아는 얼굴들에게 인사를 하느라 정신이 없었다. 사장 역시도 마찬가지였다. 대부분 인사를 받는 쪽이긴 했지만 말이다. 사람들이 너도나도 그에게 얼굴을 비치겠다고 찾아오는 통에 봄은 그의 옆자리에서 밀려난 지 오래였다.

구석진 곳에서 봄은 홀로 웨이터가 건네주는 샴페인을 홀짝홀짝 마시고 있었다. 벌써 한 시간 째였다. 이제 슬슬 사람 구경도 지겨워지기 시작했다.

그녀의 시선이 슬쩍 사장을 향했다. 그는 여전히 사람들에게 둘러싸인 채 머리끝만 겨우 보이고 있었다. 자신을 신경 쓸 겨를이 전혀 없어 보였다. 잠깐 망설이던 봄은 지나가는 웨이터에게 빈 잔을 건네고는, 연회장을 빠져나왔다.

"하. 이제 좀 살 것 같네."

아까 화장실을 다녀오는 길에 눈여겨봤던 장소인 테라스에 도착하자마자, 봄은 숨을 크게 들이켰다. 조명이 없어서 많이 어둡기는 했지만, 그래도 화려하고 복작거리는 홀보다는 이쪽이 훨씬 자신에게 어울리는 듯했다.

그때였다. 그녀의 귀에 수상한 신음 소리가 들리기 시작한 것은.

"으음…… 음…… 읏."

그녀의 시선이 절로 소리가 나는 쪽을 향했다. 어둠 속에서 농도 짙은 입맞춤을 나누고 있던 남녀의 모습이 보였다. 여자의 매끈한 다리가 남자의 허리를 단단하게 감고 있었다.

미치겠네.

노골적인 장면에 봄은 눈살을 찌푸렸다. 굳이 보고 싶지 않은 장면을 목격한 것도 짜증이 났고, 다시 홀로 돌아가야 한다는 것도 짜증이 났다.

그래서였다. 그녀가 그녀답지 않은 행동을 한 것은.

평소 같았으면 눈치껏 자리를 피했겠지만 왠지 심술이 났다. 대체 어떤 얼굴들이기에 이런 곳에서 저런 포즈로 사랑을 나누는 걸까. 얼굴이나 보고 가려고 물끄러미 두 사람을 응시했다. 그와 동시에 남자의 시선이 이쪽을 향했다.

복도에서 흘러나오는 빛에 남자의 얼굴이 언뜻 보였다. 그녀도 잘 알고 있는 얼굴이었다. 청운건설의 이무재 상무였다.

순간 그녀의 얼굴에 난감한 기색이 확 끼쳤다.

하필이면 저 남자였을 줄이야.

남자와 시선이 마주치자마자 봄은 얼른 몸을 틀었다. 하지만 이미 늦은 듯했다. 여자와 격렬하게 부딪치던 입술을 언제 뗀 것인지, 뒤에서 자신을 향한 남자의 목소리가 들려왔다.

"거기 서지, 한 비서?"

누가 뭐래도 자신을 지칭하는 말에 봄은 걸음을 뚝 멈추었다.

"자기. 누구야?"

"들어가 있어."

"누군데 그래?"

"들어가 있으래도."

남자의 고집스러운 말에 여자는 짜증을 내며 봄을 스쳐 테라스를 빠져나갔다. 언뜻 본 얼굴은 현재 꽤나 인기 있는 유명한 여배우였다. 연예계에 대해 잘 모르는 그녀도 알고 있을 정도로 유명한.

"한 비서. 오랜만이야?"

"안녕하세요. 상무님."

봄의 깍듯한 인사에 남자가 픽, 입술을 비틀었다.

"몇 개월 새에 무슨 일 있었어? 왜 이렇게 이미지가 변했어. 하마터면 몰라볼 뻔했잖아."

몰라봤으면 좋았을 텐데요.

봄은 속으로 대꾸했다.

"예뻐졌네. 속상하게도 말이야."

"상무님은 여전하시네요."

"그치? 해가 바뀌었는데도 변한 게 없어. 이 잘난 얼굴도, 당신을 향한 마음도."

남자는 비릿한 미소를 지어 보였다.

"내 마음은 여전해. 그리고 그때 했던 제안들도 역시나 유효하지."

"……."

"어때. 당신 마음은 좀 바뀌었나?"

"아뇨. 저도 여전합니다."

단호한 그녀의 대답에 남자의 얼굴이 살짝 구겨졌다.

"왜 그렇게 고집을 피우는지 모르겠군. 훨씬 좋은 조건으로 모셔가 주겠다고 하잖아. 당신이 지금 받는 연봉의 두 배를 불렀어. 어차피 먹고살기 위해서, 돈 벌기 위해서 일하는 거 아니야? 그렇다면 아주 파격적인 조건이라는 걸 모르는 게 아닐 텐데, 왜 이렇게 고고하게 구는지 모르겠군."

작년 가을. 이무재 상무가 그녀에게 제안을 해 왔다. 윤강그룹 사장 비서직을 그만두고 자신의 비서로 들어오라는 스카우트 제안이었다.

방금 본인이 말한 대로 스카우트 조건은 지금 연봉의 두 배를 불렀다. 파격적인 조건임은 분명했다. 솔직히 잠깐 흔들리기도 했다. 돈이 급했을 때였으므로 두 배라는 건 확실히 매력적인 제안이었다.

하지만 그녀는 단호하게 거절했었다. 아무리 돈이 급하다고 해도 지금껏 제가 모시고 있던 보스를 배신하고 떠날 수는 없었다.

게다가 청운건설 이무재 상무는, 보스는커녕 부딪치기도 싫은 인물이었다.

그는 사생활이 더러운 것으로 유명했다. 그리고 그것은 이렇게 그녀에게 치근덕거리는 것만으로도 결코 헛소문이 아니라는 것을 쉽게 알 수 있었다. 비서로 들어와 달라고 하면서도 꼭 말이나 행동을 보면 정부를 구하는 것처럼 굴었으니까 말이다.

업무적인 능력이야 뛰어난 편이라는 걸 알지만, 인격이 저 모양인데 좋게 보일 리가 없었다.

"소문 안 좋게 퍼질까 봐 그래? 그런 거 내가 다 커버해 주겠다니까. 그것도 아님 윤강하고 부딪힐 때 껄끄러울까 봐 그래? 그것도 내가 알아서 부딪힐 일 없게 해 주겠다고. 응?"

남자의 손이 슬쩍 그녀의 어깨에 닿았다. 봄은 아랫입술을 질끈 깨물었다.

"이미 다 끝난 얘기입니다, 상무님."

"지금이야 윤강건설이 업계 1위라지만, 언제까지 그럴 수 있을 거 같아? 윤정한 그 녀석, 제 할아버지 등에 업고서 낙하산으로 사장 자리에 들어앉았잖아. 제까짓 게 윤 회장 아니었으면 언감생심 그 자리를 꿈꿀 수나 있었겠어. 그런 허수아비 밑에서 일하는 거,

한 비서도 쪽팔리지 않아?"

남자의 손이 이번에는 그녀의 **뺨**을 천천히 쓸었다.

피부 위로 벌레가 기어가는 느낌에 봄의 온몸에 소름이 쫙 돋았다. 언젠가 느껴 본 적 있는 기분이었다. 사채업자들과 부딪혔을 때 늘 느꼈던 그 기분과 똑같았다.

"죄송하지만 뭔가 대단히 착각을 하고 계시는 것 같습니다. 상무님."

봄이 단호하게 남자의 손등을 쳐 냈다. 그와 동시에 남자의 눈썹이 와락 구겨졌다.

"윤정한 사장님은 아무한테나 '제까짓 게'라는 말이나 듣고 있을 인물이 아닙니다."

"뭐?"

남자가 기가 막힌다는 듯 그녀를 노려보았다. 감히 네가 나를 가르치려 들어? 하는 얼굴이다.

하지만 봄은 눈 하나 깜빡하지 않고 말을 이어 갔다.

"같은 업계에 계시니, 상무님께서는 누구보다 잘 아실 텐데요. 윤강건설이 있어서 지금의 윤정한 사장님이 존재하는 게 아니라, 윤정한 사장님이 있어서 지금의 윤강건설이 존재하는 거라는 것이요. 그리고 저희 사장님이 사장직에 오르고 5년째 윤강건설이 얼마나 무서운 속도로 성장하고 있는가에 대해서도요."

순간 남자의 커다란 손이 거칠게 그녀의 어깨를 붙들었다. 꽈악, 가녀린 어깨를 부술 듯 강한 힘이 들어갔다.

"한 비서, 너 지금 제정신이야? 지금 누구 앞이라고 그딴 식으로 눈을 똑바로 뜨고 대들어?"

"······국민 모두가 다 아는 것을 상무님께서만 모르는 것 같아 말씀드렸을 뿐입니다."

결코 지지 않고 맞받아치는 말에 남자의 눈이 뒤집혔다. 역시 손버릇이 나쁘다는 소문이 틀린 게 아닌지, 남자의 손은 금방 올라왔다. 마치 그녀의 뺨을 당장이라도 내리칠 기세였다.

봄은 두 눈을 부릅떴다. 때릴 테면 때려 보라는 듯이. 제가 뱉은 말을 번복할 생각은 전혀 없었다. 틀린 말이 아니었으므로.

그녀가 모시는 보스는, 이딴 인간에게 저평가받을 인물이 아니었다. 그는 일에 있어서는 요령을 피우는 법이 단 한 번도 없었다. 귀찮을 법한데도 하나부터 열까지, 그게 얼마나 사소한 것이든 직접 꼼꼼하게 확인했다. 그리고 보통 재벌가 자제들과는 달리 청렴결백한 사생활까지도.

부하 직원들에게 존경받아 마땅한 사람.

그게 지금껏 윤강건설의 윤정한 사장 비서로 일하면서 생긴 그녀의 자부심이었다.

"하, 이년이 진짜."

더 이상 참지 못하겠는지 남자의 얼굴이 일그러졌다. 그와 동시에 그의 손바닥이 그녀를 향해 내려졌다.

봄이 저도 모르게 두 눈을 질끈 감는 순간이었다. 그녀의 뒤편으로 인기척이 느껴지는가 싶더니 탁, 하고 뭔가가 부딪치는 둔탁한 소리가 들렸다.

"제정신이 아닌 건 이쪽이 아니라 그쪽인 것 같은데."

낮게 으르렁거리는 목소리. 익숙한 목소리에 봄은 감았던 눈을 떴다. 그러자 그녀의 뒤편에서 뻗어 나온 팔이 이무재 상무의 손목을 강하게 잡고 있는 것이 보였다.

"한 비서."

"네, 사장님."

"나가 봐."

"……."

대체 어디서부터 어디까지 들은 걸까. 한 성깔 하는 두 사람이기에 무슨 일이 일어날지 벌써부터 덜컥 겁이 났다. 요즘 같은 상황에서 사고가 나면 청운건설보다 잘나가는 윤강그룹이 훨씬 타격이 클 텐데 말이다.

걱정스러운 맘에 봄은 입술만 잘근잘근 깨물며, 옴짝달싹하지 못했다. 그러자 사장의 목소리가 다시 한 번 들렸다.

"사고 안 칠 테니까, 걱정 말고."

그제야 봄은 안도의 한숨을 내쉬었다.

본인 입으로 사고 안 치겠다고 했으니, 안 칠 거다. 이 남자는.

그녀는 두 남자를 등지고 조심스럽게 테라스를 빠져나왔다.

✱❉✱

두 남자의 대화는 길어지지 않았다. 못 볼 꼴을 보인 것이 민망했던지 상대가 먼저 돌아섰기에 정한은 그저 돌아서는 이무재 상무의 뒷모습을 물끄러미 바라보았다. 사실 마음 같아서는 뻔뻔한 저 얼굴에 주먹이라도 내리꽂고 싶었지만, 이 나이 먹어 치고받고 싸울 수도 없는 노릇이었고 무엇보다도 그녀에게 한 약속이 있으니 참을 수밖에 없었다.

하지만 성질을 제대로 못 부려서 울화가 치미는 속과는 달리 테라스를 빠져나오는 그의 표정은 평온하기 그지없었다. 누가 보면 오히려 테라스에서 마치 무슨 좋은 일이라도 있었나 싶을 정도로.

청운건설의 이무재 상무는 평소에도 꽤나 신경 쓰이는 인물이었다. 아니, 그쪽에서 이쪽을 무시할 수 없을 정도로 신경 쓰는 티를 냈기에, 신경을 쓰지 않으려야 않을 수가 없었다고 하는 게 더 맞는 말일 것이다.

홀에서 어느 순간 그녀의 모습이 보이지 않아 기다리다 혹시나 하는 마음에 찾아 나섰다가 우연히 테라스에 있는 그녀의 모습을 발견했다. 그리고 두 사람의 대화를 들었다. 처음부터 아니꼬운 이무재 상무의 태도에 당장이라도 나서고 싶었지만 그럴 수가 없었다. 당돌한 한 비서가 흑기사가 등장할 틈을 전혀 주지 않았으므로.

윤 회장의 낙하산이라는 말을 들었을 때는, 더 이상 참을 수 없겠다고 생각했다. 하지만 욱하는 자신의 성질보다 그녀가 더 빨랐다.

'윤강건설이 있어서 지금의 윤정한 사장님이 존재하는 게 아니라, 윤정한 사장님이 있어서 지금의 윤강건설이 존재하는 겁니다.'

저보다 두 배는 더 큰 덩치의 남자 앞에서도 전혀 기죽은 기색 없이 또박또박 그리 말하던 그녀의 모습에 정한은 온몸이 얼어붙은 듯 굳을 수밖에 없었다. 그래서 그녀가 어깨를 붙들리고 있는 모습을 봤을 때도 빠르게 나서지 못했다.

도저히 믿어지지가 않아서…….

지금껏 세상에서 가장 듣고 싶었던 그 한마디를, 그녀의 입에서 듣게 됐다는 게 정말 믿어지지가 않아서…….

"사장님! 괜찮으세요?"

연회장 문 앞에서 기다리고 있던 그녀가 정한을 발견하고는 빠른 걸음으로 그를 향해 다가오기 시작했다.

두 눈에 저를 향한 걱정을 가득 담고 한 발, 한 발 가까워지는 그녀를 바라보며 정한은 또다시 얼어붙은 듯 그 자리에 멈춰 섰다.

……대체 뭘까, 이 여자는.

어째서 이렇게 쉽게 제 가슴을 건드리는 걸까.

7
수상한 친절

이른 아침부터 외근을 나가 겨우 한 시간 남짓 남기고 회사로 복귀한 정한의 얼굴에는 언짢은 기색이 역력하게 드러나 있었다. 그와 함께 동행했던 박 실장은 어느 순간부터 갑자기 기분이 급격하게 다운된 보스의 눈치를 보느라 바짝 긴장한 채였다.

"저…… 사장님."

엘리베이터에서 내려 그의 뒤를 따르던 박 실장이 사무실에 들어가기 직전, 조심스럽게 입을 뗐다.

"그럼 오늘 당장 한 비서에게 인수인계할까요?"

"그러세요."

"걱정하지 마세요. 한 비서는 분명 잘할 겁니다. 워낙 야무지니까요."

박 실장은 그의 심기가 불편해진 이유를 잘못 짚어도 한참 잘못 짚었다. 그런 걱정 따위를 하는 게 아니었다.

"압니다, 저도."

무심하게 대꾸한 정한은 사무실 문을 활짝 열었다. 그의 등장에 일을 하고 있던 비서실 직원들이 자리에서 발딱 일어나 인사를 건넸다. 그들의 인사는 듣는 둥 마는 둥 정한의 시선은 한 비서에게 짧게 머물렀다.

짙은 시선에 그녀가 무슨 일이냐는 듯 고개를 살짝 갸웃했다. 하지만 정한은 별다른 대꾸 없이 그녀에게서 시선을 떼고는 집무실로 향했다.

그는 외투를 벗는 것도 잊은 채 곧바로 푹신한 의자에 몸을 기대었다. 그러고는 의자 헤더에 머리를 기댄 채 천천히 두 눈을 감았다. 이제야 하루 종일 돌아다니느라 잔뜩 쌓였던 피로가 한꺼번에 몰려오는 듯했다.

오늘 새벽, 제주도에 한창 진행 중인 리조트 사업에 뭔가 문제가 생겼다는 연락을 받았다. 통화를 끝내고 곧장 박 실장과 함께 아침 비행기로 제주도로 향했다. 물론 사장인 그가 직접 움직일 필요는 없는 일이었지만, 정한은 사업이 자리를 잡을 때까지는 사사로운 것 하나하나까지도 모두 자신이 직접 챙길 생각이었다.

직접 도착해서 확인한 결과 역시나 그리 큰 문제는 아니었다. 문제를 간단하게 해결한 정한은 기왕 제주도에 온 김에 진행 상황을 점검해 봐야겠다는 생각을 했다. 이런 때가 아니면 제주도에 들를 시간이 도저히 나지 않을 정도로 바빴기에 지금이 기회라면 나름 기회일 터. 다행히 오늘 오후에는 중요한 일이 없었기에 박 실장과 상의해 제주도에서 하룻밤 묵기로 하고 오후 스케줄을 모두 조정했다.

그렇게 늦은 점심을 해결하고 현장에 이제 막 도착한 찰나였다. 도진에게서 연락이 왔다.

— 에단이 지금 한국이래.

정한은 귀를 의심했다.

"에단? 〈Green Terra〉의 그 에단 보이드?"

— 그래. 그 에단 보이드.

"무슨 용건으로?"

— 말로는 관광차 놀러 온 거라는데, 그게 말이나 돼? 굳이 연락 와서 한국 온 김에 동해에 있는 리조트도 구경하고 싶다고 하는 거 보니, 아무래도 우리 쪽으로 마음을 굳힌 모양이야.

〈Green Terra〉는 낙농업이 가장 잘 발달된 호주 내에서도 1, 2위를 다투는 규모가 꽤 큰 낙농업 기업이었다. 이번에 새로운 오너가 회사를 물려받으면서 처음으로 리조트 사업까지 관심을 보였고, 전 세계의 건설회사에 공개 입찰 의사를 알렸다. 마침 리조트 사업에 열을 올리고 있던 윤강에게는 너무도 좋은 기회가 아닐 수 없었다.

정한은 이번 사업에 사활을 걸었다고 해도 모자랄 정도로 적극적으로 임하고 있는 중이었다. 작년에 쌓인 항공사 마일리지의 절반 이상이 호주 때문에 쌓였을 정도로 말이다. 어디 그것뿐이겠는가. 절친과 여동생의 하나뿐인 신혼여행을 일말의 가책 없이 제 손으로 망쳐 버리기도 했다. 도진이 신혼여행을 포기하고 두 달간의 긴 출장을 떠난 것도 다 그 이유였다.

수주를 따내기엔 윤강그룹의 자본력이나 신용도, 실적, 기술력은 많은 세계적인 기업들 사이에서도 전혀 밀리지 않았다. 다만 문제가 있다면 리조트 사업에 있어서는 초짜라는 점이었는데, 다행히

〈Green Terra〉의 젊은 오너인 에단은 그것에는 그리 신경을 쓰지 않는 눈치였다. 오히려 초짜인 둘이 모여서 큰일을 벌이는 것도 멋지지. 라며 유쾌한 반응을 보일 정도. 거기에 그가 어떤 이유인지는 모르겠지만 한국이라는 나라에 특별히 호감을 갖고 있다는 점도 유리하게 작용했다.

두 달의 긴 출장 끝에 도진은 해 볼 만하다, 라는 평을 내렸다. 일에 있어서만큼은 정한 못지않게 꼼꼼하고 감이 좋은 도진이였기에 허튼소리는 결코 아니었다. 해서 안 그래도 조만간 좋은 소식이 올 거라는 기대를 하고 있던 차였다.

그런데 이렇게 말도 없이 찾아왔다니. 언젠가 에단을 만났을 때 꽤나 즉흥적인 사람인 것 같다는 건 이미 눈치챘었지만, 이건 상상 이상이었다. 하긴. 어쩌면 그래서 윤강이라는 모험을 선택하기로 한 걸지도. 어쨌든 그로서는 나쁜 소식은 절대 아니었다.

"저녁 약속 잡아 줘. 지금 당장 서울로 돌아갈 테니까."

기회가 왔는데 놓칠 수는 없는 법. 전화 한 통으로 기껏 정리해 놓은 스케줄은 엉망이 되어 버렸지만, 정한은 망설임 없이 현장을 등지고 공항으로 차를 돌렸다.

오후 4시 비행기에 올라탔을 때까지만 해도 정한의 기분은 괜찮은 편이었다. 비록 새벽부터 바쁘게 움직인 탓에 몸이 피곤하기는 했지만, 절체절명의 기회 앞에서 그는 피로도 잊을 정도로 들떠 있었다. 인천공항에 도착했을 때도, 하물며 차가 막히는 고속도로 위에서도 그의 기분은 계속 유지되고 있었다. 단, 에단이 머물고 있다는 서울 강남에 위치한 윤강호텔 레스토랑에서 그와 마주하기 전까지는 말이다.

「미안해요. 너무 서프라이즈였죠?」

「아닙니다. 이런 서프라이즈라면 언제든지 환영입니다.」

「반겨 주시니 고맙네요.」

「그래도 미리 연락을 주셨더라면 좀 더 신경 썼을 텐데. 혹시 호텔에 묵는 동안 불편한 점은 없으셨습니까?」

「전혀요. 아주 만족스러운 며칠이었어요. 사실 오늘 윤강건설이 맡았다는 서울의 백화점과 다른 호텔 한 곳을 더 둘러봤어요. 동영상으로 봤을 때보다 훨씬 멋지더군요. 기왕이면 리조트도 직접 봤으면 싶은데, 괜찮을까요?」

예상대로 긍정적인 반응이었다. 정한은 멋대로 움직이려는 안면 근육을 애써 진정시키며 차분하게 대꾸했다.

「물론입니다. 내일 날이 밝는 대로 당장 안내하겠습니다.」

「혹시나 해서 하는 말인데, 굳이 미스터 윤이 직접 움직이지 않으셔도 돼요. 내 멋대로 약속도 없이 들이닥친 거고. 그 이유로 당신에게 부담을 주긴 싫으니까.」

제주도까지도 직접 갔는데 이렇게 중요한 바이어를 다른 사람 손에 맡길 수 있을 리가 없었다. 정한은 하하, 웃으며 말했다.

「유능한 비서가 있어서요. 제 스케줄이라면 걱정하지 않으셔도 됩니다. 제가 직접 모시겠습니다.」

「참. 비서라는 말이 나와서 말인데……, 제가 당신에게 한 가지 부탁을 해도 될까요?」

무슨 부탁이든 못 들어주겠는가. 정한이 기꺼이 고개를 끄덕이자 에단이 활짝 웃으며 말했다.

「내일 우리의 스케줄에 미스 한도 동행했으면 좋겠습니다.」

「미스 한이라면……?」

「당신의 비서인 예쁜 레이디 말이에요.」

설마, 하는 마음으로 물었지만 돌아오는 대답은 역시나, 였다. 에단은 그녀의 이름을 정확하게 말했다.

「한봄.」

당황스러운 부탁이었지만 일단은 고개를 끄덕일 수밖에 없었다. 그렇게 이른 저녁 식사를 끝내고 회사로 복귀하는 차 안에서 정한은 에단이 어째서 그녀를 알고 있는지에 대해 의문을 갖고 생각해 보았다. 해외 출장 관련은 늘 박 실장 전담이었는데 말이다.

"에단이 한 비서 얘기를 했다고요?"

얘기를 전해 들은 박 실장이 호탕하게 웃었다.

"그 친구 한 비서에게 아무래도 푹 빠진 모양입니다. 전에 저한테도 그렇게 한 비서에 대해 물어보더니……."

"그가 한 비서를 어떻게 알고?"

"기억 안 나세요? 작년 가을에 제가 급체해서 응급실 실려 가는 바람에 저 대신 한 비서가 호주 출장을 따라나섰던 거요."

그제야 정한의 머릿속에 떠돌던 의문이 풀렸다. 그랬던 적이 있었지, 참. 하도 호주로 출장을 자주 다녀왔던 탓에 그런 것쯤은 사소한 일이었던지라 까맣게 잊고 있었다.

"그 뒤에 제가 나타났더니 에단이 한 비서의 행방을 묻더군요. 그 친구는 나 대신 잠깐 왔던 것이다. 대꾸했더니 잔뜩 실망하는 얼굴로 한숨을 쉬었어요. 그 뒤로도 가끔씩 한 비서에 대해 이것 저것 물었고요."

"흐음."

"하하. 아무래도 우리 한 비서가 그 잠깐 사이에 에단에게 미인계를 썼던 모양입니다."

박 실장은 이 상황이 재미있다는 듯 웃었지만, 정한은 도저히 웃음이 나오질 않았다. 그는 굳은 얼굴로 차창 밖을 바라보았다.

내일 스케줄에 박 실장 대신 한 비서와 동행하는 것은 그리 어려운 일이 아니었다. 바이어에게 호감이 있는 인물을 데리고 나갈 수 있는 건 그에게 더없이 좋은 기회이기도 했다. 오히려 그쪽에서 대놓고 말해 줬으니 고맙다고 해야 할 정도. 하지만 그럼에도 불구하고 왠지 이번만큼은 썩 내키지가 않는다.

……미인계라.

그의 반듯한 미간이 구겨졌다. 물론 에단 보이드가 청운건설 이무재 상무처럼 여자에 환장했다거나 하는 저질스러운 인간이 아니라는 것은 알고 있었지만, 그래도 미인계라니. 그건 왠지 불쾌한 어감이었다.

✳︎✳︎✳︎

봄은 백미러로 뒷좌석에 앉은 사장을 흘끗 살폈다. 도대체 뭐가 그리 불만인 건지 아침부터 표정이 영 좋지가 않다. 아니. 이상했던 건 어제부터였던가?

무슨 일이 있는 건지 물어봐도 아무것도 아니야. 라며 입을 꾹 다물 뿐. 말을 해 주지 않을 거라면 티를 내지나 말던가. 상사가 저리 검은 오라를 뿜어 대고 있으니, 봄의 입장에서는 여간 신경이 쓰이는 게 아니었다.

호텔 앞에서 차 두 대가 나란히 멈췄다. 한 대는 사장의 전용차였고 또 한 대는 바이어를 위해 준비한 차였다. 뒤차의 주인은 이미 호텔 로비에 나와 있었다. 금발에 푸른 눈. 멀리서 봐도 한눈에 띄는 남자는 많은 사람들의 시선을 받으면서도 여유로운 모습이었다.

「오, 미스 한!」

차에서 내리자마자 그녀를 발견한 에단이 크게 소리치며 이쪽으로 다가왔다. 그러고는 옆에 나란히 서 있는 사장에게는 눈길 한번 주지 않고 봄을 와락 끌어안았다.

「보고 싶었어!」

「오랜만이에요, 에단.」

당황한 봄이 그의 품에서 벗어나 어색하게 웃으며 인사를 건넸다. 그럼에도 불구하고 에단은 여전히 예쁜 미소를 지은 채 봄을 빤히 바라보았다.

「잘 지냈어?」

「네. 전 잘 지냈어요. 에단은요?」

「나는 잘 못 지냈어.」

에단이 귀염성 있는 목소리와 함께 입술을 비죽 내밀었다.

「왜 못 지냈는지 이유는 안 물어봐?」

「……왜 못 지내셨는데요?」

질문을 하면서도 왠지 딱히 대답을 듣고 싶지 않은 느낌이 들었다. 그리고 역시나.

「당신이 그리워서.」

닭살스러운 멘트를 날리며 에단이 윙크를 찡긋했다. 그와 동시에 봄의 얼굴에는 난감한 기색이 역력해졌다.

농담인 줄은 알지만 대체 이럴 땐 뭐라고 반응해야 할지 모르겠어서였다. 이런 캐릭터는 그녀의 주변에 전혀 없었으므로. 덩달아 여유롭게 농담을 받아칠 수 있다면 참 좋겠지만, 아쉽게도 자신은 그런 성격이 못 되었다. 괜히 오버를 했다가는 오히려 더 어색한 분위기를 만들 수도 있었다.

「아……. 그러셨구나.」

그렇다고 무시를 할 수도 없고. 하는 수 없이 마치 고장 난 로봇처럼 어색하게 대꾸를 했다. 그러자 에단이 푸하하, 크게 웃음을 터뜨렸다.

「역시 당신 표정은 재밌어.」

표정이 재미있다는 건 칭찬인 걸까? 이번에도 역시 뭐라고 반응해야 할지 난감해서 봄이 눈치를 살피고 있을 때였다.

「에단.」

나이스타이밍으로 사장이 두 사람 사이를 가르며 말했다.

「차를 따로 준비해 뒀습니다. 타시죠.」

에단이 그가 가리키는 차를 보며 고개를 갸웃했다.

「우리 따로 이동하는 건가요?」

「네. 기사가 편하게 모실 겁니다.」

「저런. 나는 미스 한과 함께 가고 싶었는데…….」

말끝을 흐리며 봄을 흘끗 살핀다. 마치 네 호의는 고맙지만 그럴 수 없겠냐, 묻는 것 같았다.

「죄송합니다만 한 비서와 중요한 업무 얘기를 해야 해서요. 갑작스럽게 스케줄이 꼬이는 바람에 가는 차 안에서 일을 볼 생각입니다.」

「그런 거라면, 할 수 없죠.」

약속 없이 한국을 찾은 건 본인이라는 사실을 너무 잘 알고 있는 에단은 금방 수긍했다.

「조금 이따 봐, 미스 한.」

준비된 차로 향하며 에단은 아쉽다는 듯 손을 흔들었다. 봄 역시 그에게 응답하기 위해 간단하게 손을 흔들어 주려던 순간이었다. 사장이 에단을 바라보고 있던 그녀의 시야를 가리더니 쌩하니 지나쳐 차에 올라탔다.

기분 탓일까. 그 짧은 새에 찬바람이 인 것 같은 건?

얼른 들고 있던 손을 내리고는 눈치껏 차에 올라타며 봄은 확신했다. 보스의 심기가 제대로 엉망이라는 것을. 그래서 동해로 향하는 동안, 그녀는 그의 심기를 거슬리지 않기 위해 숨을 죽인 채 그가 아까 말했던 '중요한 업무 얘기'라는 것을 기다렸다. 혹시나 그의 심기가 불편한 것이, 그 일에 관한 것인가 싶어서 한껏 긴장이 되었다.

얼마나 대단한 일이기에? 얼마나 큰 문제가 생겼기에?

하지만 한 시간이 지나고 두 시간이 지나도 사장의 입은 열릴 생각을 않았다. 적어도 일 때문은 아니라는 게 확실해졌다. 일 문제였다면 사장이 자신에게 숨길 리 없으니까 말이다.

봄은 어느덧 창밖으로 길게 펼쳐진 바다를 바라보며 한숨을 길게 내쉬었다.

혹시 남자에게도 '그날'이라는 게 있는 걸까.

리조트가 위치한 야트막한 언덕으로 차가 막 들어설 무렵이었다. 하늘에서 눈발이 하나둘 흩날리기 시작했다. 그러다 세 사람이 점심 식사를 하기 위해 곧장 리조트 2층에 위치한 레스토랑에 도착했을 땐, 아예 함박눈이 되어 펑펑 쏟아지기 시작했다.

통유리로 된 레스토랑의 창문 너머의 광경을 보며 봄은 입을 살짝 벌렸다. 말 그대로 정말 쏟아지는 수준이었다. 올겨울엔 서울에도 눈이 제법 와서 눈 구경을 꽤나 했었는데 역시 강원도는 남달랐다. 쏟아지는 속도며 쌓이는 형상이 무서울 지경이었다. 잠깐 사이에 이미 바닥은 시멘트나 흙이 보이지 않을 정도로 새하얀 눈으로 뒤덮여 버렸다.

"사장님. 어떡하죠? 장난이 아닌 것 같은데."

휴대폰으로 날씨를 확인한 봄이 한숨을 내쉬며 작게 속삭였다.

최근 들어 일기예보가 제대로 맞는 꼴을 못 봤다. 하긴. 겨울에 강원도에 오면서 이 정도 생각도 못한 게 오히려 너무 안일했던 걸지도.

"뭘 어쩌겠어. 일단은 기다려 봐야지."

너무 냉정한 듯한 대답이지만 그의 말이 맞았다. 자연 앞에서는 기다리는 것 외에 딱히 할 일이 없는 법이다.

「두 사람. 혹시 내 욕 하는 거예요?」

마지막으로 메뉴 주문을 끝낸 에단이 한국말로 속닥이는 두 사람을 바라보며 장난스럽게 물었다. 봄은 얼른 고개를 내저었다.

「설마요. 눈 때문에 얘기를 나누고 있었어요.」

「아, 눈이요.」

에단의 시선이 창문 쪽을 향했다.

「펑펑 쏟아지는 게 참 아름다워요. 꼭 영화 속 한 장면처럼.」

잔잔한 미소를 걸친 채 그는 참으로 느긋하게 감상평을 남겼다. 하염없이 쏟아지는 눈송이들이 마음에 드는 모양이었다. 그러다 문득 봄과 정한의 얼굴을 살피며 이상하다 싶었는지 고개를 갸웃했다.

「그런데 두 사람은 표정이 왜 그래요? 혹시 눈을 싫어해요?」

「아뇨. 그게 아니라…….」

「호주에서는 눈 구경하기가 하늘에 별 따기라, 나는 지금 이 광경이 너무나 환상적인 것 같고 좋은데. 며칠 전까지는 여름을 살다가 왔더니 더 신기하기도 하고.」

봄이 흘끗 사장을 바라보았다. 이 돌발 상황에 대해 바이어에게 솔직하게 말해도 돼요? 동의를 구하는 것이었다.

「에단. 솔직하게 말하겠습니다.」

그는 잠깐 생각하는 듯하더니 이내 봄을 대신해 입을 열었다. 눈 내리는 양을 보아하니, 지금 잠깐 눈 가리고 아웅 한다고 해서 해결될 일이 아니라 판단한 모양이었다.

「사실 예정에도 없던 눈이 너무 많이 와서, 이대로라면 원래의 계획대로 제때 서울에 도착하지 못할 수도 있을 것 같습니다.」

「그런가요?」

「네. 죄송합니다. 제 불찰입니다. 저희 쪽에서 확실히 대비를 했어야 하는데…….」

「인간이 무슨 수로 자연에 대비를 할 수 있겠어요. 자연 앞에서는 한없이 작은 존재인 것을.」

정중한 남자의 사과에 에단은 특유의 여유로움이 가득 배어 있는 미소를 지으며 말했다.

「그리고 꼭 오늘 서울로 돌아가지 않아도 난 괜찮아요. 안 그래도 이번엔 좀 느긋하게 휴가를 즐기려고 했던 참이니까. 이쯤하면 충분히 쉬었나 싶었는데, 이런 상황이 만들어진 것을 보니 신은 내가 조금 더 쉬어도 괜찮다고 생각하나 봐요.」

긍정적인 성격이라는 것은 대충 짐작했었다. 하지만 이렇게 긍정적일 수가. 예상치 못했던 대답에 봄과 정한의 눈이 살짝 커졌다.

만약 두 사람의 미안함을 덜어 주기 위해 거짓말을 한 거라면, 에단은 배려가 넘치는 사람이라는 것이고. 그게 아니라 저 말들이 모두 진심이라면, 에단은 정말 긍정적인 사람이라는 것인데. 둘 중 어느 쪽이 진실이래도 에단은 참으로 괜찮은 사람인 것 같다.

봄은 새삼스러운 눈으로 생글생글 웃고 있는 에단을 물끄러미 바라보았다.

「왜 그렇게 봐요?」

그녀의 눈빛을 느낀 에단이 고개를 갸웃했다.

「혹시 내 얼굴에 뭐 묻었어요?」

부러워서요. 삶을 즐길 줄 아는 여유가 허락된, 당신의 삶이.

「……아뇨, 아무것도.」

봄은 가볍게 웃으며 고개를 내저었다.

점심을 먹은 뒤 잠깐의 휴식을 취한 다음 세 사람은 리조트 구경을 시작했다. 여유롭고 장난스러운 평소 성격과는 달리 에단은 리조트의 이곳저곳을 꽤나 섬세하고 꼼꼼하게 살폈다. 커플룸, 가족룸, 개인룸 등 각각의 객실뿐만 아니라 실내 수영장, 레스토랑, 로

비, 건물 외벽, 그리고 지금은 사용하지 않는 실외 수영장까지 제 눈으로 하나하나 확인하고 나서야 그는 만족스럽다는 얼굴로 리조트 투어를 끝냈다.

「겨울이지만, 이곳은 따뜻한 느낌이네요.」

겨울방학 시즌이라 리조트에는 가족 단위의 고객이 많았다. 1층에 마련된 대형 키즈존에서 왁자지껄하게 뛰어노는 아이들을 보며 에단이 부드러운 미소를 지었다.

「여름, 겨울 할 것 없이 리조트는 아무래도 가족 단위 고객이 많이 찾는 공간이니까요. 날카롭고 세련된 느낌보다는 평온하고 따뜻한 느낌을 중요시했습니다.」

「가족이라……. 아주 마음에 드는군요.」

정한의 설명에 에단은 천천히 고개를 끄덕였다. 좋게 봐 준 것이 확실한 듯했다. 정한과 봄의 시선이 마주쳤다. 그와 동시에 같은 생각을 떠올린 건지 두 사람의 입가가 슬며시 올라갔다.

여기까지 온 것이 헛고생은 아닐 것 같은 느낌. 어쩐지 느낌이 좋았다.

하지만 기쁜 마음도 잠시. 봄의 시선이 통유리로 된 1층 벽에 닿자마자 기분 좋게 올라가 있던 그녀의 입가가 축 처졌다. 그녀는 눈에 비치는 풍경에 짧게 한숨을 내쉬었다.

날씨만 도와줬더라면 정말 완벽했을 텐데.

벌써 세 시간째. 여전히 하늘에서는 쉬지도 않고 함박눈이 쏟아지고 있었다. 발자국을 꾹 눌러 찍어도 금방 뽀얀 눈으로 뒤덮일 정도였다. 진입로를 확보하기 위해 리조트 직원들이 나서 봤지만 작정하고 내리는 눈을 깨끗하게 치우기에는 역부족이었다.

예정에 없던 폭설이 길어지자 한 시간 전 뉴스에서는 이 상황을 속보로 내보냈다. 동해에서 서울로 오가는 길목엔 거의 교통이 마비가 됐다는 소식이었다. 눈이 그치면 그제야 제설 작업에 들어갈 수 있을 거라 했다. 결국 오늘 오기로 했던 고객들에게서는 예약 취소 연락이 빗발쳤고, 반대로 떠나려 했던 고객들은 대부분 하루 더 객실 연장을 신청하는 등 한바탕 소동이 있었다.

그 말인즉, 아직 리조트에 머물고 있는 그들도 이곳에 고립됐다는 뜻이었다. 다행히도 속보가 나올 때쯤, 눈치 빠른 에단이 먼저 오늘은 이곳에서 하룻밤 묵을 수 있겠군요. 영광이에요. 라고 말을 해 주기는 했지만, 그래도 스케줄이 예상치 못하게 꼬여 버린 바람에 봄의 마음은 불편했다. 물론 박 실장의 임무를 급하게 전달받은 것이긴 했지만, 결국은 저가 맡게 됐으니 좀 더 확실하게 살폈어야 했던 건데 말이다.

「우리 내기할래요?」

유리창을 시무룩하니 내다보고 있는 봄의 뒤로 에단이 다가서며 물었다. 갑작스러운 인기척에 놀란 봄이 고개를 돌려 뒤돌아보았다. 하지만 에단의 시선은 그녀가 아닌 정한을 향해 있었다.

「내기 말입니까?」

내기라는 말에 사장의 눈빛이 반짝였다.

「미스터 윤과 나, 둘 중 지는 사람이 저녁 사기. 어때요?」

「종목은?」

「눈사람 만들기.」

「눈사람……?」

에단의 입에서 나온 다소 생소한 내기 종목에 그는 당황한 듯 되

206

물었다. 하지만 에단은 이미 신이 나서 그를 내버려 둔 채 먼저 로비를 가로지르고 있는 중이었다.

"……제가 말려 볼까요?"

굳어 있는 정한을 향해 봄이 조심스럽게 물었다. 그는 조금 고민이 되는 모양이었다. 대답을 망설였다. 그러나 그의 고민은 길어질 수 없었다. 앞서가던 에단이 돌아보며 아직 멈춰 있는 두 사람을 향해 소리를 쳤기 때문이다.

「거기 두 사람, 서둘러! 곧 해가 지겠어!」

계약을 코앞에 두고서 도장도 찍기 전인 지금, 중요한 바이어인 에단을 어찌 무시할 수 있겠는가. 정한은 짧게 하, 한숨을 내쉬고 걸음을 옮기기 시작했다.

"한 비서."

"네, 사장님."

"장갑 좀 준비해 줘. 아주 두꺼운 걸로."

누가 승부욕의 화신 아니랄까 봐 그는 이 황당한 내기에도 예외 없이 제대로 해 볼 생각인 모양이었다. 마지막까지 '두꺼운'이라는 것을 강조하고 에단을 향해 걸어가는 남자의 뒷모습을 바라보며 봄은 저도 모르게 풋, 작게 웃음을 터뜨렸다.

윤정한 사장이 눈사람을 만드는 모습이라니. 너무 안 어울려서 상상만 해도 웃음이 났다.

남자들은 아무리 나이를 먹어도 애라더니. 서른을 훌쩍 넘긴 두 남자는 깔끔한 정장을 입은 채 리조트에 있던 어떤 어린아이들보다 더 눈사람 만들기에 열심이었다. 두 남자를 시작으로 궂은 날씨 때문에 키즈존에만 갇혀 있던 아이들도 덩달아 따라 나와 눈사람을 만들어 대는 통에, 한 시간 만에 리조트 앞마당엔 크고 작은 눈사람들이 가득 만들어졌다.

승부를 제안했던 에단의 손재주는 상상을 초월했다. 호주에는 눈이 많이 오지 않아 눈사람을 만들어 본 적이 단 한 번도 없다며 약한 소리를 하더니, 순 거짓말인 것 같았다. 그는 아주 능숙한 손길로 눈을 굴리더니 금세 커다랗고 예쁜 눈사람 하나를 뚝딱 만들어 냈다. 그러고는 어딘가에서 작은 돌멩이들을 주워 와 눈사람의 눈, 코, 입을 만들어 주더니 마지막으로 자신이 두르고 있던 머플러까지 눈사람의 짧은 목에 두르는 것으로 화룡점정을 찍었다.

"우와아아. 짱이다!"

완성된 에단의 눈사람은 아이들에게 인기가 좋았다. 아이들과 함께 눈사람 만드는 것을 돕던 부모들 중 몇몇은 휴대폰을 들어 에단의 눈사람을 사진 찍기도 했다.

반면 정한의 눈사람은 형편없었다. 우리 사장님이 다 잘하는 건 아니구나, 싶을 정도였다. 매끈한 동그라미 형태를 갖춘 에단의 눈사람에 비해 정한의 눈사람은 동그라미라고 말하기도 민망할 만큼 울퉁불퉁하기만 했다. 그의 눈사람에는 눈, 코, 입도 없었다. 눈사람이라기보단 그저 동그라미를 가장한 눈덩이 두 개가 붙어 있을 뿐이었다. 눈덩이를 예쁘게 굴리는 게 생각보다 쉽지 않다는 사실을 깨달은 순간부터 그는 이미 내기를 포기한 듯했다.

「미스 한! 누가 이겼지?」

한껏 들뜬 얼굴로 에단이 소리쳤다. 뻔히 나와 있는 결과를 굳이 얘기해야 하나 싶었지만, 잔뜩 기대하고 있는 그를 실망시킬 순 없어 봄은 정한의 눈치를 은근슬쩍 보며 에단의 눈사람을 척 가리켰다.

「에단, 당신의 승리예요.」

「와아! 내가 이겼어! 야호!」

이깟 내기 한 번 이긴 게 그렇게 좋을까. 에단은 마치 대단한 경기에서 우승이라도 거머쥔 사람처럼 기뻐하더니, 이내 봄을 와락 끌어안은 채 방방 뛰며 기쁨의 포효를 하기 시작했다.

워낙 갑작스러운 행동이었고 남자의 힘을 이길 수는 없었던지라, 봄이 얼떨결에 에단의 품에 안겨 있을 때였다. 별안간 커다란 남자의 손이 나타나 에단과 봄의 사이를 가르고 들어왔다. 그의 손은 정확히 그녀의 얼굴과 에단의 가슴팍 사이에서 멈췄다. 그와 동시에 방방 뛰던 에단의 행동도 뚝 멈췄다.

「미스터 윤……?」

에단은 푸른 눈을 동그랗게 뜨고 도대체 이게 무슨 행동이냐는 듯 정한을 바라보았다. 갑작스러운 상황에 당황한 봄 역시도 얼떨떨한 눈으로 정한을 바라보았다.

그 순간, 서늘한 정한의 시선이 그녀의 얼굴에 닿았다. 눈빛만 봐도 느낄 수 있었다. 오늘 하루 종일 언짢았던 기분이 이 순간 그 정점을 찍었다는 것을.

도대체 왜? 이번에는 또 뭐가 문제인 건데?

하지만 머릿속에 떠오르는 의문에 대해 깊게 생각할 새도 없이, 그녀에게 닿아 있던 그의 시선은 곧 에단을 향했다.

「에단. 미안합니다만, 앞으로 이런 식의 행동은 삼가 줬으면 좋겠군요.」

에단을 향해 지나치게 정중한 어투로 사과의 말을 전한 남자는, 이내 봄의 어깨를 양손으로 감싸 쥐며 에단의 품에서 그녀를 떼어 냈다. 덕분에 봄의 몸은 에단의 갑갑한 품에서 벗어나 자유가 되었다.

하지만 자유를 느낄 새는 없었다. 벗어나기가 무섭게 강한 힘에 의해 다시금 누군가의 품에 와락 안겼기 때문이다.

"……!"

단추가 풀린 코트 사이로 그녀의 뺨이 단단한 남자의 가슴팍에 닿았다. 얇은 셔츠 너머로 잘 만들어진 근육의 굴곡이 그대로 전해진다. 생경한 느낌이었다. 봄의 두 눈이 둥그렇게 커졌다.

……이번에는 에단이 아니라 윤정한 사장의 품이었다.

「한 번은 몰라도 두 번은 그냥 넘어가기가 힘드네요.」

너무 놀라 뻣뻣하게 굳은 그녀를 품에 끌어안은 채 그는 에단을 똑바로 바라보며 말했다.

「한국 남자들은 질투심이 강한 편이라서 말입니다.」

마치, 정말 질투가 났다는 듯이.

저녁 식사를 끝내고 방으로 돌아온 봄은 곧장 냉장고 앞으로 가 생수를 꺼내 들었다. 그러고는 프런트에서 받아 온 소화제 한 알을 입에 넣고 물과 함께 꼴깍 삼켰다. 가장 골치였던 눈발은 이제 완전히 그쳤지만 여전히 그녀의 마음은 심란하기만 했다.

식탁 의자를 꺼내 앉으며 봄은 한숨을 길게 내쉬었다.

비싼 밥을 먹고 체해 버렸다. 이게 다 속을 알 수 없는 그 남자 때문이다. 미리 눈치를 주는 법 없이 늘 제멋대로 행동하는 남자 때문에, 조금 전의 저녁 식사는 윤 회장의 댁에서 함께했던 식사만 큼이나 그녀에게 불편하기만 했다.

「두 사람. 도대체 무슨 사이인 거죠?」

갑작스러운 사장의 돌발 행동에 에단이 두 눈을 크게 뜨고 물었 다. 그러자 곧바로 망설임 없는 대답이 그의 입에서 흘러나왔다.

「사귀는 사이입니다.」

「Oh, My God!」

에단은 무척이나 충격을 받은 듯 입을 쩍 벌렸다. 그러고는 봄을 바라보았다.

그녀를 가득 담은 푸른 눈동자가 마치 지금 이게 다 사실이냐고 또다시 묻는 듯했다.

「……네. 사실이에요.」

봄이 작게 고개를 끄덕이자 에단은 무척이나 상심한 얼굴을 했 다.

「미안합니다.」

잠깐의 정적 이후, 곧 정신을 차린 듯 에단이 그를 향해 사과의 뜻으로 손을 내밀었다.

「아무래도 내가 실례를 한 것 같아요. 하지만 난, 두 사람이 그런 사이일 거라고는……. 정말 몰랐어요.」

「괜찮습니다. 미리 말 못 했던 건 저희니까요.」

그는 에단의 손을 맞잡으며 정중하게 대꾸했다.

「그럴 수밖에 없었던 점, 양해 부탁드립니다.」

「충분히 이해해요. 두 사람은 직장 상사와 부하 관계니까…….」

하지만 말과 달리 에단은 여전히 믿지 못하겠다는 듯, 두 사람을 한 번 더 훑었다. 너희 둘이 그런 사이라고? 전혀 그렇게 보이지 않는데? 의심이 잔뜩 서린 시선이었다.

그리고 역시. 에단은 이어지는 저녁 식사 자리에서 두 사람에게 엄청난 질문 세례를 던졌다.

「언제부터 사귄 거죠?」

「그쪽 회사 사람들은 모두 아나요?」

「누가 먼저 고백했나요?」

「미스 한은 미스터 윤의 어디가 마음에 들었어요? 미스터 윤은 미스 한 어디가 마음에 들었고?」

쏟아지는 질문 세례에 대충 형식적으로 대답하던 남자의 눈빛이, 에단의 장난기 섞인 마지막 질문에 순간 확 달라졌다.

「두 사람 사이에 내가 들어갈 자리는 없는 건가요?」

장난기가 가득한 에단의 눈빛과는 달리 그는 아주 진지한 눈빛으로 말했다.

「없습니다.」

「전혀?」

「네. 전혀.」

단호한 남자의 대답에 에단은 재미있다는 듯 푸하하, 웃었다.

「정말 한국 남자들은 질투심이 강한 모양이네요. 오케이. 앞으로 조심하도록 하죠.」

그 말을 끝으로 세 사람의 저녁 식사 자리에는 어색한 정적만이 감돌았다. 에단은 그녀와 눈이 마주칠 때마다 일부러 정한에게 보란 듯이 시선을 휙휙 피했고, 그는 굳은 얼굴로 묵묵히 식사를 할 뿐이었다.

……대체 왜 그랬을까.

봄은 도저히 조금 전 사장의 행동이 이해가 가지 않았다. 직접적으로 말을 한 건 아니었지만 하루 종일 에단의 행동을 곁에서 지켜본 그가 에단이 그녀에게 호감이 있다는 사실을 눈치채지 못했을 리가 없었다. 심지어 당사자인 그녀도 눈치를 챌 정도였으니까 말이다.

그런 분위기 속에서 왜 그랬을까. 물론 에단의 마음이 진심이 아니더라도. 그저 가벼운 감정일 뿐이더라도. 굳이 그런 말을 해서 애써 만든 좋은 분위기를 망칠 필요가 있었을까. 윤 회장의 사람들 앞에서야 두 사람이 연애를 한다는 것이 효력을 발휘하겠지만, 에단의 앞에서는 아무런 도움이 되지 않을 텐데. 아니, 오히려 지금처럼 분위기를 어색하게 만들어 버리는 부정적인 결과를 낳을 뿐이었다.

아무리 생각해 봐도 명쾌한 답은 나오질 않는다. 다만 지금 그녀가 정확히 알 수 있는 단 하나는, 이런 건 정말 윤정한 사장답지 않다는 것이다.

똑똑.

문득 들리는 노크 소리에 봄은 상념을 떨쳐 내고 자리에서 일어났다.

"누구세요?"

"나야."

돌아오는 대답에 봄의 눈이 둥그렇게 커졌다. 그 남자였다.

저녁 식사를 끝내고 헤어진 지가 30분도 채 지나지 않은 시점이었다. 게다가 그녀가 묵기로 한 방은 일반실로 그가 묵을 스위트룸이 있는 곳과는 층 자체가 아예 달랐다. 우연히 지나가다 들린 건 아닐 테고. 여긴 어떻게 알고 왔을까. 왜 왔을까.

갑작스러운 남자의 등장에 봄은 문고리를 잡고서도 잠깐 동안 머뭇거리다가 문을 열었다. 살짝 열린 문 너머로 벽에 살짝 비스듬히 기댄 그의 모습이 보인다.

"사장님. 여기는 어떻게……."

"짐 다 들고 나와."

그녀의 말이 채 끝나기도 전에 그가 대뜸 말했다.

"제 짐을요?"

"그래."

"왜요?"

"방을 옮겨야 하니까."

그는 간단하게 대꾸했다. 좀 더 친절하게 설명해 주면 좋겠지만 워낙 그의 성격이 그랬다. 본인이 전하고자 하는 용건만 간단히. 더 물어봐야 그는 귀찮다는 듯이 한쪽 눈썹을 치켜뜰 것이다. 그래서 봄은 더 이상 캐묻는 대신 그저 방을 꼭 옮겨야 하는 무슨 일이 생겼나 보다, 라고 생각할 뿐이었다.

애초에 1박을 생각하고 온 게 아니라 짐이라고 할 것도 없었다. 식탁 위에 벗어 두었던 외투와 가방이 전부였다. 이미 뚜껑을 따서 마신 생수병을 정리한 다음 겉옷을 대충 걸치고 가방을 손에 든 채 밖으로 나오자, 벽에 기대고 있던 그가 몸을 쓱 일으켰다.

"다 챙겼어?"

"네."

"그럼 가지."

성큼, 먼저 걸음을 옮기는 그의 뒤를 봄은 군말 없이 따랐다. 대체 왜 이렇게 갑작스럽게 방을 옮겨야 하는지, 또 어떻게 내가 묵고 있는 방을 알았는지, 그 이유들이 궁금했지만 침묵한 채로 그녀는 그를 따라 엘리베이터를 탔고, 곧 그를 따라 엘리베이터에서 내렸다.

그러나 '2005호'라는 숫자가 적힌 문 앞에서 봄은 결국 다물고 있던 입을 떼고 말았다.

"……잠깐만요, 사장님."

바로 옆인 2006호는 사장의 방, 복도 끝의 2010호는 에단의 방이었다. 그녀가 예약했으니 정확한 정보였다. 그리고 또 그녀가 제대로 알고 있는 것이 맞는다면 에단과 사장의 방이 있는 20층엔 오직 스위트룸뿐이었다. 그것도 리조트 내에서 최고급인 로얄 스위트룸.

윤강리조트의 로얄 스위트룸은, 다른 리조트의 스위트룸과는 조금 다르게 호텔 형식으로 아주 우아하게 꾸며져 있는 것이 특징이었다. 그만큼 가격도 셌다. 고작 하루 묵는 데만 두 남매의 한 달 식비가 우습게 깨질 정도였다.

"왜. 또 부담스러워?"

그는 짧게 한숨을 내쉬었다. 마치 그녀의 이런 반응이 이젠 좀 식상하다는 듯.

"어차피 아무도 안 쓰면 그냥 놀 방이야. 기껏 잘 만들어 놨는데 누구든 쓰면 좋잖아. 그리고 당신이 하룻밤 묵는다고 해서 이 방이 닳지는 않을 거고."

"……."

"한 비서, 그 정도 융통성은 있는 사람이잖아?"

좀처럼 적응이 되지 않는 남자의 친절에 봄은 여전히 머뭇거렸다. 그의 말대로라면 딱히 문제 될 건 없어 보였다. 다 맞는 말이었으니까. 하지만 이건 융통성과는 별개의 문제였다.

예정에 없던 일이긴 했지만 어쨌든 지금 그녀는 엄연히 출장을 온 것이었다. 그리고 윤강건설의 비서실에는 당일치기의 일정이 아닌 출장을 떠났을 때 숙소를 잡는 룰이 이미 정해져 있었다. 봄은 오늘도 3년 동안 철저하게 지켰던 그 룰에 착실하게 따랐을 뿐이었다.

간혹은 아예 묵는 장소를 다르게 예약하기도 했다. 사장은 고급 호텔에. 그 외 직원들은 근처의 일반 숙박업소에. 그런데 자신이 모시는 보스와 같은 급의 방에서 묵으라니. 이건 정말 말도 안 되는 일이었다.

"정 부담스러우면 보너스라고 생각해도 좋아."

그는 망설이는 그녀 대신 2005호의 문을 활짝 열었다. 그러고는 봄의 양어깨를 붙들고 멋대로 방 안으로 밀어 넣었다.

"오늘 밤은 느긋하게 스파도 하면서 피로를 풀도록 해. 최근 업무가 많아서 분명 피로가 쌓였을 테니까."

얼떨결에 방 안으로 떠밀려 들어온 봄의 얼굴엔 당황한 기색이 역력했다.

대체 뭘까. 이 수상한 친절은.

3년이 넘는 시간을 그와 가장 가까운 곳에서 함께했지만, 이런 모습은 정말이지 처음이었다. 자신의 보스는 친절과는 거리가 아주 먼 사람이었다. 그것도 정말 지독하다 싶을 정도로 철저한 개인주의자가 아니었던가.

하지만 아무리 수상하다 하여도, 보스의 배려를 무시할 순 없는 노릇이었다. 딱히 거절할 만한 이유가 없기도 해서 봄은 천천히 닫히는 문을 망연히 바라보고 있을 수밖에 없었다.

그러고 보면 최근 늘 이런 식인 것 같다. 이건 뭔가 아닌 것 같은데, 도대체 뭐가 아닌 건지 콕 짚어서 설명할 수가 없는 일의 연속. 제멋대로 구는 것 같은데도 그의 행동엔 늘 타당한 이유가 있었다. 아니, 그녀에게 그의 제멋대로인 행동을 거절할 만한 타당한 이유가 없었다는 것이 더 맞는 말일까.

아무튼 계약서에 도장을 찍은 후로 왠지 계속 그에게 말리고 있는 느낌이다. 지금 이렇게 모든 것이 당황스럽고 혼란스러운 것은, 그가 사는 세계에 자신의 한 발이 빠졌기 때문이 아닐까. 내가 사는 세계와 그가 사는 세계는 너무도 다르니까. 그래서 느껴지는 괴리감 때문일지도 모르겠다.

쪼르르—

별안간 들려오는 물소리에, 미간을 좁힌 채 닫힌 문을 물끄러미 응시하던 그녀의 시선이 돌아갔다. 물소리라니. 누군가 실수로 물을 틀어 놓은 걸까. 의아한 생각에 소리가 나는 곳으로 걸음을 옮겼다.

소리가 나는 곳은 현관에서 조금 떨어진 곳에 위치한 욕실이었다. 소리가 크게 들리는 것을 보니 물이 틀어져 있는 게 확실한 것 같았다. 속절없이 흘러가는 물이 아깝다 생각하며 문을 벌컥 여는 순간, 뭉게뭉게 피어오른 뿌연 김이 그녀를 와락 덮쳤다.

마치 스팀팩이라도 하는 듯 뜨거운 열기가 그녀의 얼굴에 닿았다. 봄은 갑작스러운 수증기 공격에 질끈 감았던 두 눈을 천천히 떴다. 방금 그녀가 문을 여는 바람에 꽤나 오래 갇혀 있었던 것 같은 열기가 한 김 빠져나가기는 했지만 여전히 욕실 안에는 열기가 그득했다. 아마 수도꼭지를 타고 뜨거운 물이 계속해서 쏟아지고 있기 때문인 듯했다.

욕실 실내화를 신고 들어간 봄은 얼른 수도꼭지를 잠갔다. 그와 동시에 둥그런 욕조에 가득 차다 못해 흘러넘치던 물의 움직임이 뚝 멈췄다. 하지만 여전히 수면 위로는 뜨거운 김이 폴폴 올라오고 있었다.

문득 이 방에 자신을 밀어 넣으며 그가 했던 말이 떠올랐다.

'오늘 밤은 느긋하게 스파도 하면서 피로를 풀도록 해.'

설마…….

봄의 입이 살짝 벌어졌다. 이 뜨거운 열기가 그의 배려라니. 정말 말도 안 된다고 생각했지만 자신의 짐작이 영 틀린 것 같지는 않았다. 널따란 욕조 옆에는 누가 봐도 일부러 준비를 해 둔 것 같은 둥그란 입욕제가 놓여 있었다. 친절하게도 포장지까지 벗겨져 있는 모양에 의심할 여지가 없었다.

그러고 보니 이 방에는 누군가 왔다 간 흔적도 있었다. 그녀가 도착했을 때부터 이미 주방과 거실, 방 곳곳에 환하게 불이 밝혀져 있었으니까.

"……뭘 잘못 먹었나."

진심으로 혼자만 뭘 잘못 먹었나 싶을 정도로 오늘따라 사장의 행동은 의문투성이였다. 차라리 그가 진짜로 여자들의 '그날'을 겪는 거라면 오히려 더 이해가 될 것 같을 정도로.

그녀는 껍질이 벗겨져 있는 작은 공 모양의 오렌지색 입욕제를 물끄러미 바라보다 욕조 안에 풍덩 던져 넣었다. 그것은 곧 푸시시, 작은 소리를 내며 물에 빠르게 녹아들었다. 짧은 새에 투명했던 물은 오렌지빛이 감돌았고 수면 위로 뿜어져 나오는 뜨거운 열기에는 상큼한 과일향이 섞여 올라오기 시작했다.

봄은 손을 뻗어 욕조에 담긴 물을 한번 휘저었다. 그러자 물이 작은 회오리를 만들며 조금 더 짙은 향이 그녀의 코끝을 찌른다. 기분을 좋게 만들어 주는 상큼한 향에 경직되어 있던 그녀의 표정이 느슨하게 풀어졌다.

만약 이게 정말 그의 말대로 열심히 해 왔던 것에 대한 보너스라면, 지금 이 순간만큼은 아무 생각 않고 그저 즐겨도 괜찮지 않을까……. 그가 정말로 뭔가를 잘못 먹었든, 혹은 정말 그날이라 해도 말이다.

✱❋✱

방으로 돌아온 정한은 소파에 앉아 꺼져 있는 TV화면을 물끄러미 응시했다. 그렇게 1분여 시간이 흘렀을까. 그의 입술을 비집고 픽, 허탈한 실소가 흘러나왔다. 지금 대체 뭘 하고 있는 건지 모르겠다. 이런다고 옆방의 소리가 벽을 타고 흘러들어 올 리가 없다는 걸, 리조트를 지을 당시 방음 설계에 신경을 썼던 자신이 누구보다 잘 알고 있으면서 말이다.

사실 윤정한답지 않았던 건 비단 지금 이 순간뿐만이 아니었다. 최근 그는 스스로도 이해하지 못할 행동을 충동적으로 하곤 했다.

이를테면 본인이 한사코 괜찮다고 사양하는데도 괜히 찜찜한 마음에 집 앞까지 데려다주겠다고 우기거나. 혹은 커피에 환장한 사람처럼 남의 집에 천연덕스럽게 들어가 차 대접을 받는다거나. 내키지 않는 음식을 억지로 받아먹는다거나. 받는 이가 그다지 내켜하지 않을 걸 뻔히 알면서도 막무가내로 백화점에 가서 여자 옷을 쇼핑한다던가 하는⋯⋯.

이 모든 건, 그가 지금껏 살아오면서 생각조차 할 수 없었던 행동들이었다. 그리고 조금 전 그녀가 머물고 있던 멀쩡한 방을 굳이 옮긴 것 역시 그와 같은 맥락이었다.

폭설 때문에 오늘 밤 더 이상 리조트를 찾는 고객은 없을 테니, 아까운 방이 놀게 된 것은 사실이었다. 윤강의 사원이 법인카드로 스위트룸에서 하룻밤 묵는다 하여 손해를 볼 일이 아니라는 것도 사실이었고. 하지만 그렇다고 해서 융통성을 운운할 만한 일은 결코 아니었음을, 그도 잘 알고 있었다.

만약 오늘 함께 온 이가 박 실장이었다면 과연 같은 행동을 했을까. 대답은 고민해 볼 필요도 없이 NO다. 아니. 박 실장이 아니라 그 누가 됐든, 애초에 함께 출장을 온 부하 직원이 오늘 밤 어디에서 머물든 신경 자체를 쓰지 않았을 것이다. 지금까지 그러했듯이. 그리고 지금 이 순간에도 운전기사들이 어디에서 머무는지는 전혀 궁금하지 않은 것처럼.

— 오빠. 내가 오늘 모처럼 만에 솜씨를 부려 볼까 하는데, 저

녁 먹으러 올래?

저녁을 먹고 방으로 돌아오기가 무섭게 동생에게서 전화가 왔다. 오랜만에 요리에 꽂힌 모양이었다. 하지만 동생은 요리에 대한 의욕은 앞서는데 실력은 말짱 꽝이었다. 결혼 전 요리학원을 다녔음에도 이상하리만치 그 실력은 도통 늘지 않았다. 요리학원에서 배워 온 음식을 그날 저녁 식탁에 올려놓을 때면, 얼마나 허기가 졌던 간에 식욕이 뚝 떨어지기까지 했다.

동생에게는 강원도까지 출장을 오게 됐고 눈 때문에 발목이 잡혀서 초대에 응할 수 없게 된 것이 아주 안타까운 양 전했지만, 사실 속으로는 다행이다 싶었다. 그런 동생의 솜씨라는 걸 독박 쓰게 된 도진이 안됐다고 생각하면서.

— 동해 리조트? 와. 좋겠다. 눈까지 왔으니 경치도 죽이겠네.

"응. 경치는 대단해."

그는 거실 유리창 너머로 펼쳐진 널따란 바다를 바라보며 짐짓 흐뭇하게 대꾸했다. 새카만 밤바다 위로 반짝이는 별빛들이 쏟아지고 있었다. 바다는커녕 별빛조차 제대로 볼 수 없는 서울에서는 결코 접하지 못할 장관이었다.

리조트의 모든 객실은 거실 창과 욕실 창으로는 바다가 보이고, 침실 창으로는 푸른 산이 보이는 구조였다. 리조트를 지을 당시 이 부지를 매입하기 위해 얼마나 공을 들였던가. 꼬장꼬장한 땅 주인에게 웃돈을 주면서까지 이곳을 고집했던 이유는 오직 하나, 주변의 아름다운 경관 때문이었다.

— 기왕 이렇게 된 거, 두 사람 오붓하게 푹 쉬다 와. 괜히 일 때문에 왔답시고 거기까지 가서 언니 괴롭히지 말고.

언니라는 게 설마 한 비서를 얘기하는 건가. 하긴, 동생은 연인으로 알고 있으니.

— 참! 전에 갔을 때 프런트에 입욕제 맡겨 놨거든? 갈 때마다 챙겨 가기 귀찮을 거 같아서.

"입욕제?"

— 응. 거기 로얄 스위트룸 스파시설 잘돼 있잖아. 근데 입욕제는 따로 제공 안 되더라고.

동해 리조트의 로얄 스위트룸 객실은 동생의 의견이 많이 반영돼 있었다. 객실을 구상할 당시, 아무리 리조트의 콘셉트가 '가족'이라지만 그래도 연인들을 위해 분위기를 낼 수 있는 방도 있을 필요가 있다며 동생이 훈수를 뒀다. 요즘은 연인들뿐만 아니라 결혼해서도 아기 없이 둘만 지내는 부부들도 많다는 말과 함께.

꽤 괜찮은 아이디어인 것 같아 기꺼이 수용했다. 로얄 스위트룸에는 다른 객실과 달리 스파시설도 신경을 쓰는 게 좋겠다고 강력하게 어필한 것도 동생이었다. 이제 보니 순 저를 위한 의견이었던 것 같지만, 결과적으로도 나쁘지는 않았다.

— 암튼 그거 찾아서 써. 스파엔 무조건 입욕제지. 오빠의 오붓한 밤을 위해 이 동생이 기꺼이 제공하겠어. 취향 타지 않는 무난한 향이라 언니도 아마 좋아할 거야.

동생은 이번 출장을 커플 여행쯤으로 생각하는 모양이었다. 하지만 굳이 그 사실을 정정할 필요는 느끼지 못했다. 동생의 귀에 들어간다면 조부의 귀에도 곧 들어갈 테니까. 의도했던 건 아니었지만 그에게는 나쁠 게 없는 상황이었다.

— ……아! 두 사람 진짜 부럽다. 나도 바다 보면서 느긋하게

스파 하고 싶어.

그가 별다른 대꾸를 하지 않자 동생이 나른하게 중얼거렸다.

"넌 어째 매번 스파타령이야. 아직 나이도 어린 게."

샤워도 10분 만에 끝내는 그로서는 뜨거운 물속에 몸을 담근 채로 10분이고 20분이고 버틴다는 것은 도저히 이해할 수 없는 부분이었다. 숨은 안 막히는지 모르겠다. 살가죽이 두꺼워진 노인들이야 대부분 뜨거운 온천을 즐긴다고 하지만 동생은 아직 젊지 않은가.

— 뭐, 나만 그런 줄 알아?

핀잔과도 같은 그의 말에 동생이 흥, 콧방귀를 꼈다.

— 인내심 없는 남자들과 달리 인내심 넘치는 여자들은 다 좋아해. 언니도 아마 되게 좋아할걸. 특히 지금같이 추운 겨울엔 뜨끈한 물속에 들어가 있으면 얼마나 좋은데. 한 방에 그간 쌓인 피로가 쫙 풀리는 기분이라니까? 또 피부에도 좋고…….

가만히 듣고 있다가는 스파에 대한 찬양으로 밤을 새우겠다 싶어 그는 대충 둘러대며 전화를 끊은 다음, 동생에게서 지겹게 들은 '스파'라는 것에 대해 생각해 보았다.

그러고 보니 사치를 부리는 법이 절대 없는 윤 여사도 스파만은 아예 회원권을 끊어 꼬박꼬박 다니고 있다는 얘기를 들은 것도 같았다. 리조트의 객실을 예약할 때 스파시설 때문에 로얄 스위트룸을 찾는 커플이 많다는 보고를 받기도 했고.

그런 거라면 정말 여자들은 스파를 즐기는 걸까. 그렇다면 한 비서도? 하긴. 그는 고개를 끄덕였다. 잘은 모르겠지만 추운 겨울과 따뜻한 물은, 기본적으로 상성이 맞으니까.

잠깐 고민하던 그는 곧 프런트로 향했다. 몰랐으면 모를까. 동생에게 거의 세뇌에 가깝게 이야기를 듣고 나니 그녀에게 '스파를 위한 입욕제'라는 것을 전해 줘야 할 것 같다는 생각이 들었다. 그녀가 스파를 즐기든 말든, 그래서 그 입욕제라는 것을 사용하든 말든, 그런 건 나중 문제였다.

그렇게 도착한 프런트에서 그녀가 스파시설이 전혀 갖춰져 있지 않은 일반 방을 예약했다는 것을 알게 됐다. 일반 방 중에서도 가장 저렴한 그 방은, 회사에서 출장 시 허용한 숙박비에도 조금 못 미치는 가격이었다.

왜일까. 순간 그녀의 사소한 선택에 대해 왠지 모를 짜증이 일었다. 아마도 지금껏 그녀는 그래 왔을 테고. 사비가 아니라 회사 돈임에도 불구하고 낭비하지 않고 알뜰하게 사용했다는 것은, 오너로서 고맙게 생각해야 마땅한 일이건만.

그는 이번에도 당사자가 원하지 않으리라는 것을 알면서도 멋대로 그녀의 방을 바꾸기로 했다. 직원에게 스파를 바로 할 수 있도록 조취를 취해 달라는 부탁도 전했다. 동생이 맡겨 됐다던 입욕제와 함께.

'왜. 또 부담스러워?'

역시나 그녀는 전혀 달가워하지 않는 얼굴이었다. 그런 반응을 충분히 예상하고 있었음에도 왠지 기분이 상했다. 우습게도.

'정 부담스러우면 보너스라고 생각해도 좋아.'

도대체 왜? 라고 묻는 것 같은 여자를 향해 저도 모르게 보너스 타령을 해 버렸다. 그리고 금세 깨달았다. 급조해 낸 변명이 제법 구차했다는 것을. 그제야 그는 문득 정신을 차렸다.

내가……, 도대체 무슨 짓을 한 거지?

스스로의 행동에 대해 의문이 들었다. 나조차도 납득이 가지 않는 행동에 당혹감이 밀려왔다. 도대체 너는 누구냐. 거울을 보고 물어야 할 것만 같은 느낌. 마치 지금껏 뭔가에 홀렸다가 깨어난 기분이었다.

에단의 품에 안기는 여자를 보며 불현듯 치밀었던 짜증. 그리고 별것 아닌 것에도 매번 부담을 느끼는 것 같은 여자에 대한 알 수 없는 짜증까지.

지금 생각해 보면, 이 모든 것은 그가 전혀 신경 쓸 일이 아니었다. 그녀는 자신의 여자가 아닌 그저 계약연애 상대일 뿐. 부담을 느끼는 줄 알면서도 어울리지 않게 쓸데없이 호의를 베푼답시고 멋대로 행동한 건 자신이었으니.

그런데 왜? 도대체 왜?

밑도 끝도 없는 의문이 든다.

……정말 뭔가에 홀렸던 걸까.

정한의 미간이 찌푸려졌다. 그런 게 아니고서는 오늘 있었던 자신의 충동적인 행동에 대해 충분히 납득할 만한 이유를 찾을 수가 없을 것 같아서였다. 아니. 그랬던 게 비단 오늘 뿐만은 아니었던가.

바다를 물끄러미 바라보는 그의 새카만 눈동자에 심란한 듯 조명 불빛이 아른거렸다.

✳✳✳

다음 날. 이른 아침 동해를 떠난 세 사람이 오랜 드라이브 끝에 도착한 곳은 서울이 아니라 인천공항이었다. 체크인 카운터에서 짐을 부치고 있는 에단의 뒷모습을 바라보며 봄은 아랫입술을 잘근잘근 깨물었다.

오늘 아침, 리조트에서 함께 조식을 먹는 와중 에단이 오늘 당장 호주로 돌아갈 예정이라며 깜짝 고백을 했다. 꼭 며칠 더 있다 갈 것처럼 굴더니. 왜 이렇게 갑작스럽게 떠나려는 건지 묻는 봄에게 에단은 상큼하게 웃으며 말했다.

「더 이상 서울에 있을 이유가 없어졌어. 볼일을 다 봤거든.」

그의 말에 왠지 불안한 기분이 들었다. 분명히 리조트를 구경했을 때까지는 이번 계약 건에 대해 긍정적인 느낌이었는데 말이다. 당황한 봄은 사장을 얼른 쳐다보았다. 사장님, 이 상황을 대체 어떡하죠? 하지만 그는 그러거나 말거나 심드렁한 얼굴로 말했다.

「공항까지 배웅해 드리겠습니다.」

도대체가 안 하니만 못한 소리였다. 지금 대체 무슨 말씀을 하신 거예요? 눈에서 레이저가 나올 듯 노려봤지만 사장은 알은체도 않고 여유롭게 식사를 마저 할 뿐이었다.

이 계약이 보통 계약이란 말인가. 회사가 사활을 걸고 준비했던 야심 찬 사업이었다. 그리고 그건 〈Green Terra〉 쪽에서도 마찬가지였다. 아니. 오히려 윤강보다 이번 사업이 더 중요하면 중요했지 덜하진 않을 것이 분명했다.

하지만 당황스러워서 털이 쭈뼛 서는 그녀와 달리 두 남자는 너무도 천연덕스럽게 행동하고 있었다. 지금 이 자리에서 마음이 불편한 건 오직 자신뿐인 듯했다. 덕분에 두 남자를 향해, 지금 다들 밥이 목구멍으로 들어가요? 라고 따져 묻고 싶은 걸 꾹 참느라 그녀 혼자 조식을 반 이상 남겨 버렸다.

"사장님."

사뭇 진지한 어투에 사장이 봄을 향해 흘끗 시선을 주었다.

"정말 이렇게 그냥 보내실 거예요?"

"그럼? 뭐, 가시는 길에 꽃가루라도 뿌려 줘야 하나?"

그걸 지금 말이라고! 순간 봄은 화가 울컥 치밀어 올랐지만, 사장은 세상에서 더없이 심드렁한 얼굴을 하고 있을 뿐이다. 꼭 오늘 아침 조식을 먹을 때처럼 말이다.

"이번 계약, 중요하게 생각하시는 거 아니었어요?"

"왜 아니겠어. 여기에 공들인 시간과 돈이 얼만데."

"그런데 대체 왜 이러세요?"

"뭐가?"

정말 뭐가 문제인지 모르겠다는 듯, 도대체 뭐가 문제인 거냐는 듯, 저를 바라보는 사장의 눈빛에 봄은 그만 할 말을 잃고 말았다. 그의 표정을 보고 있노라니 정말 아무 문제가 없는데 저 혼자 쓸데없이 애가 단 것 같았다. 그러자 그 순간 거짓말처럼 김이 확 새 버렸다.

에단이 왜 갑자기 한국을 떠나는지. 혹시라도 어제의 일로 기분이 상한 건 아닌지. 그렇다면 계약은 도대체 어떻게 되는 건지……

동해에서 여기까지 오는 동안 마음 졸였던 것이 허탈해져 조금
은 억울하기까지 했다.

사실 이번 계약은 자신의 담당도 아니었다. 그저 작년에 한 번,
오늘 또 한 번, 박 실장 대신 이 자리에 있는 것뿐. 냉정하게 따지
고 들자면 이번 계약의 성사 여부에 대한 책임이 그녀에게는 없었
다.

그래도 그녀는 최선을 다하고자 했다. 이러니저러니 해도 잘되면
좋은 거니까. 하지만 사장이 저렇게 나오니 더 이상 그럴 필요성을
느끼지 못하겠다. 억울함을 넘어서 괘씸한 마음까지 들었다.

그래, 될 대로 되라지.

필요하다면 에단의 바짓가랑이라도 붙잡으려고 했던 그녀는 마
음을 고쳐먹고는, 비행기 표를 들고 탑승 수속을 위해 돌아오고 있
는 에단을 맞이하기 위해 성큼 걸음을 옮겼다.

「에단. 짐은 다 보냈어요?」

「응. 그런데 미스 한은 내가 떠나는 게 기쁜가 봐? 즐거워 보이
네.」

아차 싶었다. 그런 의도는 아니었는데. 봄은 얼른 과하게 추켜올
렸던 입꼬리를 적당히 내린 다음 싱긋 웃었다.

「그럴 리가요. 갑자기 떠난다고 해서 많이 아쉬워요.」

「완전 빈말인 거 다 티 나는데도 기분은 좋네.」

하하, 웃은 에단이 문득 허리를 숙여 그녀의 귓가에 대고 작게
속삭였다.

「혹시라도 미스터 윤이 못해 주면 바로 나한테 와. 미스 한이라
면, 언제든지 환영이니까.」

묘한 대사에 봄의 두 눈이 둥그렇게 커졌다. 하지만 곧 허리를 곧게 펴고 선 에단의 얼굴에는 평소와 다름없는 장난스러운 미소가 걸쳐져 있었다. 장난이었구나. 안도하는 마음에 봄은 그를 따라 작게 웃었다.

그때였다. 불쑥 그녀의 뒤로 누군가가 바짝 다가서는 인기척이 느껴졌다. 굳이 뒤를 돌아보지 않아도 코끝에 와 닿는 익숙한 향에 사장이라는 걸 단번에 알 수 있었다.

「음. 난 이만 가 봐야겠군요.」

사장의 등장과 동시에 에단이 딴청을 피우듯 전광판을 바라보며 어깨를 으쓱했다.

「조심해서 가요, 에단.」

사장이 에단을 향해 손을 척 내밀었다.

「다음번엔 호주에서 뵙죠.」

「그래요. 이번엔 눈싸움이 즐거웠으니, 그땐 아쉬운 대로 물놀이라도 함께 할 수 있으면 좋겠네요.」

에단이 사장의 손을 맞잡으며 싱긋 웃었다.

가벼운 악수가 끝난 다음 에단은 곧장 탑승 수속을 위해 탑승구로 향했다. 두 사람은 끝까지 그 자리에 멈춰 서서 에단이 떠나는 모습을 지켜보았다. 그리고 마침내 에단의 모습이 완전히 사라졌을 때서야 봄은 고개를 휙 틀어 사장을 바라보았다. 아니, 은근하게 쏘아보았다.

"사장님. 아까 두 사람이 했던 말. 무슨 뜻이에요?"

"무슨 말?"

"다음은 호주에서 보자는 말이요."

"아, 내가 말 안 했었나?"

그가 어깨를 으쓱했다.

"어제 계약서에 도장 찍었다고."

"……말씀 안 하셨어요."

"그래? 말한 줄 알았는데. 깜빡했군."

거짓말! 봄은 뻔뻔하게 그리 말하는 남자의 얼굴을 보며 냅다 소리치고 싶었다. 하지만 하극상을 저지를 만한 배짱은 없었는지라, 그저 이를 앙다물고 치밀어 오르는 분노를 꾹꾹 삼켜 낼 수밖에 없었다.

이제야 모든 것이 이해가 됐다. 에단이 갑자기 호주로 떠난다고 해도 왜 사장이 전혀 개의치 않아 했던 것인지. 볼일을 다 본 후였으니 에단이 떠나든 말든 무슨 상관이었으랴.

하지만 지금 이 순간 도통 이해가 안 되는 것이 딱 하나 있었다. 사장은 분명 그녀가 오해하고 있다는 걸 알고 있었을 것이다. 그런데 어째서 끝까지 시침을 뗀 걸까. 뭐 마려운 강아지처럼 안절부절 못하는 모습을 옆에서 두 눈 똑바로 뜨고 뻔히 지켜봤으면서. 대체 왜?

방금도 그랬다. 그녀가 먼저 묻지 않았으면, 그는 분명 끝까지 얘기하지 않을 생각이었을 것이다. 깜빡했다는, 말도 안 되는 변명을 하며.

"참, 그리고 말이야."

공항 출구를 향해 나란히 걸음을 옮기던 중, 그가 문득 생각났다는 듯 말했다.

"앞으로 남은 계약 기간 동안 다른 남자와의 스킨십은 절대 금지야, 한 비서."

　마땅히 해야 할 얘기를 했다는 듯 남자의 표정이며 목소리가 너무도 담담해서 봄은 그 어떤 반응도 보일 수 없었다. 다만 평소처럼 네, 사장님. 이라고 대답을 해야 할지 말아야 할지 잠깐 고민했다.

　"역시 그러는 편이 좋겠어."

　……하지만 역시 그건 아닌 것 같아서 말았다.

<u>8</u>
빨간 넥타이의 의미

주말의 백화점은 쇼핑을 즐기는 사람들로 북적였다. 모처럼 특근이 없는 토요일이라 이른 아침부터 빨래도 하고 그간 미뤘던 집안일을 하며 느긋하게 여유를 부리려던 그녀의 계획은 이른 시각 걸려 온 한 통의 전화로 완전히 틀어져 버렸다.

지금껏 자신의 팔자와는 거리가 멀다고 생각했던 백화점에 요즘은 왜 이렇게 자주 들르게 되는 건지. 엘리베이터 앞 의자에 앉은 봄은 분주하게 자신의 앞을 지나치는 사람들의 모습을 멍하니 바라보며 다리를 톡톡 두드렸다.

언젠가부터 팔자가 묘하게 꼬인 것 같은 느낌이 드는 건, 기분 탓일까.

그래도 윤강그룹 계열사의 로얄백화점이 아니라는 것이 그나마 다행이긴 했다. 만약 영지가 사원 할인을 받기 위해 로얄백화점을 고집했다면 그녀는 매우 오랜만인 친구의 부탁도 매정하게 거절했을 것이다. 최근 그쪽에는 얼굴이 꽤나 팔린 것 같으니까. 특히 여성복 쪽에.

지나가는 사람들 사이로 영지의 얼굴이 보였다. 작은 쇼핑백을 한 손에 달랑거리며 다가오는 친구의 얼굴은 더없이 밝았다.

"우리 한봄 양. 백화점 나들이가 많이 힘든가 봐. 꽤 지친 얼굴인데?"

그녀의 옆에 엉덩이를 붙이며 영지가 쾌활하게 물었다.

"너는 안 힘들어?"

사람이 많은 곳에서 한 시간이나 쉼 없이 돌아다녔다. 이게 마라톤과 대체 뭐가 다르다는 말인가. 보통의 여자들과는 달리 쇼핑이라는 것을 그다지 내켜하지 않는 봄은, 완주를 눈앞에 둔 마라토너처럼 잔뜩 지쳐 있었다.

"힘들긴. 쇼핑이라면 한 시간이 아니라 열 시간도 더 쌩쌩하게 돌아다닐 수 있어, 난."

"열 시간?"

"왜. 불가능해 보여?"

깔깔거리며 되묻는 목소리에 봄의 시선이 친구가 들고 있는 쇼핑백으로 향했다. 쇼핑백에 새겨진 메이커를 보니 그들이 제일 처음 들렀던 화장품 매장인 듯했다. 수많은 화장품 매장을 둘러보며 수십 개의 립스틱을 발랐다가 지웠다가 하더니, 결국 제일 처음에 눈이 갔던 립스틱을 고른 모양이었다.

그래. 이런 패턴이라면 열 시간은 거뜬할지도 모르겠다. 절로 고개가 끄덕여졌다.

영지의 쇼핑 스타일은 늘 이런 식이었다. 결국 처음에 봤던 것을 고르는 것. 매번 같은 오류를 범하면서도 왜 시정할 생각이 없는지. 봄은 친구의 쇼핑 스타일이 당최 이해가 되질 않았다.

그녀는 사람들이 도대체 왜 돈을 버는 일도 아니고 돈을 쓰는 일에 이렇게 열과 성을 다하는지 알 수가 없었다. 시간 낭비, 체력 낭비, 돈 낭비. 그야말로 쇼핑이라는 건 엄청난 낭비일 뿐인 것 같은데 말이다.

"강철 체력이네. 어디 가서 십 대라고 해도 되겠다. 영지, 넌."

"아무리 그래도 십 대는 못 이기지. 후후."

"너 정도라면 이길 수 있을 거 같아. 아니, 이겨. 분명해."

진심이었다. 힘없는 중얼거림에 봄의 상태를 그제야 눈치챈 듯 영지가 사뭇 진지하게 봄의 안색을 살폈다.

"많이 힘들어?"

"조금. 다리도 조금 아프고……."

대답을 하면서도 살짝 눈치가 보인다. 10센티가 넘는 킬힐을 신은 친구 앞에서 운동화를 신고 있는 자신이 할 소린 아닌 것 같기도 해서. 하지만 다리가 아프다는 건 진심이었다. 저리 높은 구두를 신고서 빨빨거리며 돌아다니던 친구의 다리가 여태 안 부러지고 버티고 있다는 게 신기할 정도로.

"그래? 그럼 위층에 커피숍 있는데, 거기 가서 좀 쉴까?"

듣던 중 반가운 소리라 봄은 반색하며 고개를 끄덕였다. 물론 잠깐의 휴식이 끝나면 다시 지옥 같은 쇼핑에 가담해야 한다는 사실이 못내 끔찍했지만 말이다.

마음 같아서는 이제 그만 집으로 돌아가는 게 어떻겠냐고 묻고 싶었다. 하지만 모처럼 신이 난 친구의 얼굴에 차마 그 말이 목구멍에 걸려 밖으로 나오질 않는다. 저리 즐거워하는데 어찌 찬물을 끼얹을 수가 있겠는가.

사실 최근 바쁘다는 핑계로 친구의 데이트 신청을 거부했던 게 열 손가락을 접고도 넘칠 정도였다. 그래서 오늘 쇼핑에 함께 해 달라는 영지의 연락을 받고 아주 작정을 하고 나왔던 차였다. 생각보다 쇼핑이 많이 길어질 것 같아 불안하기는 하지만.

영지가 말한 커피숍은 백화점 4층의 한가운데에 있었다. 사방이 다 뚫려 있고 작고 둥그런 테이블이 다섯 개 정도 놓여 있는 것을 보니, 정말 쇼핑을 하다 지칠 때 잠깐 쉬었다 가는 곳인 듯했다.

영지는 쇼핑을 따라와 줬으니 차 정도는 자신이 대접하겠다며 말릴 새도 없이 계산대로 향했다. 그리고 잠시 후, 따끈한 김이 폴폴 나는 자몽에이드 한 잔을 내밀었다. 누가 친구 아니랄까 봐 완벽한 취향 적중이었다.

"어째 쇼핑을 하는데 표정이 이렇게 어두울 수가 있니. 넌."

"쇼핑은…… 딱히 취미에 없으니까."

"넌 대체 취미가 뭐야? 8년째 옆에서 보고 있는데도 전혀 모르겠다. 설마 야근이니?"

친구는 믿을 수 없다는 듯 혀를 끌끌 찼다.

"월급날 쇼핑하는 재미를 모르다니. 너는 참 신기한 캐릭터야."

월급날 쇼핑이라. 그게 그녀의 인생에 얼마나 사치스러운 단어였는지 전혀 모르는 영지니까 할 수 있는 말이었다. 달리 할 말이 없는 봄은 그저 옅게 웃었다.

처음 영지를 만났던 건 대학교 1학년 신입생 오티 때였다. 우연히 옆자리에 앉게 된 계기로 대화를 나누게 됐고 아주 자연스럽게 친해지게 됐다. 그렇게 대학 4년을 줄기차게 붙어 다녔다. 그때도 집안 형편이 그리 좋은 편은 아니라 수시로 아르바이트를 하기는 했지만, 지금처럼 이렇게까지 나쁘지는 않았다. 입사 때까지만 해도 그랬다.

입사 직후 어머니가 돌아가시면서 많은 것이 변했다. 대기업에 입사했다는 기쁨을 채 누리기도 전이었다. 하지만 영지와는 부서가 달랐고 신입 사원인 그들은 바빴기에 그런 자세한 이야기를 할 여유가 없었다. 아니. 사실 말을 하려면 충분히 할 수 있었겠지만 굳이 얘기하지 않았다. 남들에게 떠벌릴 만큼 좋은 얘기는 아니라고 생각했으니까. 하지만 꼭 자존심 때문만은 아니었다.

그리고 지금 그녀는 그 당시 자신의 선택이 옳았다고 생각한다. 모든 사실을 알았다면 지금처럼 친구와 편하게 마주 앉아 웃을 수는 없었을 테니까. 마음이 여린 영지라면, 매 순간 그녀의 눈치를 보며 말 한마디도 조심했을 것이다. 그 얼마나 불편한 관계가 될 뻔했는가. 동정 어린 시선을 받는 것보다 눈치 없는 친구의 미소를 보는 것이 차라리 나았다.

"너, 정말 살 거 없어?"

짧은 휴식을 끝내고 커피숍을 나서며 영지가 다시 한 번 물었다. 내키지 않는 쇼핑을 저 때문에 하는 것 같아 못내 미안한 눈치였다.

살 건 없지만, 너의 쇼핑을 조금 더 따라다녀도 나는 괜찮다고. 가볍게 웃으며 말하려던 찰나, 그녀의 시야에 문득 커피숍 맞은편에 위치한 매장이 들어왔다. 남성복 정장 매장인 듯했다. 정장을 멋지게 차려입은 마네킹들 옆으로 정장 재킷과 셔츠가 쭉 걸려 있었다.

가게를 한번 쓱 훑은 그녀의 시선은 유리 케이스 안에 예쁘게 접혀 있는 형형색색의 넥타이들에서 멈췄다. 이것들을 가만 보고 있자니, 넥타이 취향마저 누구보다 확고한 한 남자가 떠올랐다. 그중에서도 그의 취향에 딱 맞는 예쁜 색의 넥타이가 눈에 밟혔다.

사실 어젯밤 월급이 선명하게 찍혀 있는 통장을 보면서도 그를 떠올렸었다. 입사 후 첫 월급부터 시작해서 지금까지 단 한 번도 월급이 온전하게 그녀의 손에 들어온 적이 없었다. 중간에서 반이 넘는 월급을 빚쟁이들이 채 가 버렸으니까. 하지만 이제는 더 이상 엄한 곳으로 돈이 빠져나가지 않게 되었다. 그 사실에 감회가 남달랐다. 마치 첫 월급을 받은 것처럼. 아니, 솔직히 첫 월급을 받았을 때보다 훨씬 더 기뻤다.

그 과정이야 어쨌든 다 그 남자 덕분이었다. 그러니 감사의 인사 정도는 전해야 할 것 같았다. 첫 월급을 받으면 고마운 사람들에게 빨간 내복을 선물해 주는 풍습도 있지 않은가. 하지만 그렇다고 해서 그에게 빨간 내복 따위를 선물할 수는 없는 노릇이니, 뭔가 다른 마땅한 게 없을까 고민하던 참이었다.

"응? 여긴 왜?"

봄이 걸음을 뚝 멈추자 덩달아 멈춰 선 영지가 고개를 갸웃했다.

"뭐 사게?"

"응. 넥타이."

봄은 팔을 뻗어 손끝으로 짙은 빨간색 바탕에 작은 흰색 별 모양이 촘촘히 박힌 넥타이를 가리켰다.

"……선물로 괜찮을까?"

✱❆✱

가장 급한 불이었던 〈Green Terra〉의 수주를 따내는 것에 성공하자 약간의 여유가 생겼다. 시간이 생겨서인지 마음이 여유로워서인지, 아니면 둘 다인지. 정한은 정말이지 오랜만에 늘어지게 잠을 잤다. 눈을 뜨니 벌써 해가 중천이었다.

눈을 뜨자마자 피트니스클럽에 갈까 하다, 오늘은 생략하기로 했다. 이제 곧 다시 바빠질 테니 모처럼 만에 갖게 된 여유를 한껏 만끽하고 싶었다.

느긋하게 거실로 나온 정한은 쳐져 있던 커튼을 확 걷었다. 그러자 투명한 유리창 너머로 따사로운 햇빛이 쏟아져 들어왔다. 주말답게 날씨가 화창하다. 평소와 달리 추위 역시 많이 누그러진 듯했다. 아직 봄은 멀었을 텐데……. 유리창 너머로 펼쳐진 풍경을 바라보며 속으로 중얼거리던 그는, 문득 계절 봄과 이름이 같은 한 비서를 떠올렸다.

그녀는 과연 뭘 하고 있을까. 문득 궁금해졌다. 반지하 방에도 지금 자신이 만끽하고 있는 햇빛이 쏟아지고 있을까. 쓸데없는 호기심까지도…….

"이번에 천동원 주연의 영화 개봉한 거 보셨어요?"

어제 점심시간이 끝나 갈 무렵. 탕비실에서 아메리카노 한 잔을 내려 먹으려던 그의 귀에, 식사를 끝내고 이제 막 사무실로 복귀하는 직원들의 수다가 들려왔다.

"당연히 봤지. 개봉한 지가 언젠데 뒷북이야."

"어? 난 못 봤는데?"

여직원들 사이에 낀 박 실장의 목소리가 들렸다.

"박 실장님. 제발 쉬는 날 술만 드시지 말고 사모님이랑 데이트도 좀 하고 그러세요."

"맞아요. 그 영화 벌써 천만 넘었어요. 안 본 사람이 없을걸요?"

"정말이야? 나랑 우리 와이프 빼고 다 봤어?"

"저도 안 봤어요."

불쑥 그녀의 목소리가 들려왔다.

"헐! 대리님, 아직 안 보셨어요?"

"응. 그 영화 재밌어?"

"완전 재밌어요. 완전!"

"천동원도 진짜 멋있게 나오구요! 영화 내용도 진짜 괜찮아요! 강추!"

천동원이 대체 뭔지. 여직원들이 목소리를 한데 모아 소리쳤다.

"그렇대요, 실장님. 이번 주말엔 사모님이랑 꼭 데이트하셔야겠네요."

그녀가 작게 웃으며 말한다.

"그래, 그래! 내가 꼭 이번 주말에 와이프랑 그 영화 보고 만다. 한 대리도 꼭 봐. 안 그럼 다음 주에 회사에서 왕따당할지도 몰라."

"어머. 누가 우리 한 대리님을 왕따시켜요?"

"자네들, 방금 내가 안 봤다고 했을 땐 왕따시킬 기세였잖아?"

"그거야……."

"와. 이 차별 좀 봐! 다들 너무하는 거 아니야? 청일점이라고 예뻐해 주지는 못할망정 이렇게 차별이나 하고! 내가 사내 신문고에 올려 버릴 거야! 직장 내 왕따!"

박 실장의 포효에 그녀가 조곤조곤한 목소리로 뭐라 뭐라 대충 달래는 소리가 들려왔다. 그리고 이어지는 다른 여직원들의 목소리까지. 아무래도 부하 직원들끼리의 분위기는 좋은 것 같다. 입가에 만족스러운 미소를 걸친 채 정한은 느긋하게 커피를 내렸다.

"……영화라."

어제의 대화를 떠올리며 정한은 작게 중얼거렸다. 그러고 보니 영화관에 갔던 게 언제인지 까마득했다. 여자를 만날 일이 없다 보니 영화관에 갈 일도 없었다. 재밌는 영화가 나올 때면 도진과 소희가 자기들의 데이트에 끼워 주겠다며 초대 아닌 초대를 했었지만, 괜한 불청객이 되고 싶지는 않아 거절했었다. 원래 딱히 영화를 즐기는 타입도 아니었고.

하지만 모처럼 느긋한 휴일을 영화를 보며 보내는 것도 나쁘지는 않을 것 같다는 생각이 든다. 어디선가 보고 듣고 있을 여러 개의 눈과 귀에게 우리 데이트합니다, 라고 티를 내는 것이 이맘때쯤 필요할 것도 같고. 게다가 천만 영화라니 더더욱.

거기까지 생각이 미친 정한이 휴대폰을 들었을 때였다. 기가 막힌 타이밍으로 벨이 울렸다. 동생에게서 온 전화였다. 양반은 못 되지. 정한은 혀를 쭛 차며 전화를 받았다.

— 오빠. 내가 엄청 중요한 정보 하나 알려 줄까?

"뭔데?"

— 나 조금 전에 언니 봤다?

동생이 말하는 언니는 아마 한 비서일 터. 심드렁하니 대꾸하던 그의 눈빛이 바뀌었다.

"어디서?"

— 백화점에서.

"백화점?"

— 응. 조금 전에. 보자마자 알은척하고 싶었는데 친구랑 같이 있길래 참았어.

친구 누구? 남자? 여자?

하마터면 저도 모르게 물을 뻔했다. 저가 알아야 할 게 아닌데도 불구하고. 정한은 입 밖으로 튀어나오려는 호기심을 삼키며, 휴대폰을 고쳐 들었다.

"근데?"

— 언니가 남성복 매장에 있더라?

"남성복 매장?"

— 응. 가만 보니까 넥타이를 고르고 있더라구. 내가 봤을 때 마침 고른 넥타이를 포장하는 모습을 포착했는데 말이야. 그 넥타이가…….

뭔가 굉장히 중요한 말을 하는 듯 침을 꼴깍 삼킨 동생이 말했다.

— 빨간색이더라?

실없는 대답에 정한의 잘생긴 눈썹이 와락 구겨졌다.

"그래서 엄청 중요한 정보는 뭔데?"

— 언니가 고른 게 넥타이라는 거! 넥타이를 선물하는 의미는 잘 알지?

알고 있었다. 딱히 자랑은 아니지만 동생네 커플은 동생이 먼저 결혼에 목을 매고 프러포즈를 하는 바람에 결혼에 골인했다. 그때 동생이 써먹었던 프러포즈가 바로 넥타이 프러포즈였다.

당신을 가지고 싶어요.

고작 넥타이 하나를 선물하는데 그렇게 낯간지러운 뜻이 담겨 있다는 것을 그때 처음 알았다.

"그러니까. 그게 대체 뭐가 어쨌다는 건데? 한 비서가 나한테 너처럼 프러포즈라도 할 거라는 뜻이야?"

— 아니. 그것보다 더 중요한 건, 언니가 고른 그 넥타이가 하필이면 빨간색이라는 거야. 빨간색!

그의 빈정거림에 동생이 답답하다는 듯 소리쳤다.

— 그러니까 내 말은, 언니가 빨간 넥타이를 주더라도 놀라지 말고. 눈살 찌푸리지 말고. 안 기뻐도 기쁜 척, 고맙게 받으라는 거야. 오빠는 넥타이 취향까지도 엄청 까다롭잖아. 괜히 좋은 의미 담아서 선물하는 사람 기분 상하게 만들지 말라구.

제 딴에는 충고랍시고 해 주는 모양이었다. 하지만 자신에게는 하등 쓸모없는 충고가 아닐 수 없었다. 대충 알아들은 척 대답하며 동생과의 통화를 끝마친 정한은 소파에 앉아 긴 다리를 꼬았다.

……빨간 넥타이라.

그의 동생은 완전히 잘못 짚고 있었다. 그녀가 골랐다는 빨간 넥타이는 자신을 위한 게 아닐 것이다. 그녀에게 그런 것을 받을 이유가 없었다. 동생이 아는 것과 달리 자신은 그녀의 진짜 연인이 아니었으니까.

그렇다면 그 넥타이의 주인은 누구일까. 이번엔 남자일까, 여자일까, 하는 의문을 가질 필요도 없이 무조건 남자였다. 그렇다고 교복을 입는 고등학생 동생에게 넥타이를 줄 리는 없고.

그의 눈이 가늘어졌다. 괜히 기분이 상한다. 취향에 맞지도 않는 촌스러운 빨간 넥타이 따위가 탐이 나는 건 절대 아닌데……

당신을 가지고 싶어요, 라니. 하, 동생 때도 그랬지만 유치하기 짝이 없어서 헛웃음이 난다.

팔짱을 낀 채 표정을 한껏 굳히고 있던 그는 이내 자리에서 벌떡 일어났다. 그러고는 거실 테이블 위에 놓아두었던 차 키를 집어 들었다. 갑자기 수영이 하고 싶어졌다.

✲❀✲

월요일은 늘 정신이 없었지만 오늘따라 더욱 정신이 없는 하루였다. 외근 스케줄이 빡빡하게 잡혀 있는 탓에, 아침에 출근을 하자마자 사장을 따라 밖으로 나왔지만 점심시간이 훌쩍 지난 지금까지도 회사로 복귀를 하지 못하고 있는 중이었다.

"지금 몇 시지?"

오늘 잡힌 외근 스케줄 중 마지막이었던 호텔을 나서며 사장이 물었다.

"오후 3시 30분입니다."

"벌써 시간이 그렇게 됐나?"

그가 미간을 좁혔다.

"다음 스케줄은?"

"5시에 임원 회의가 있습니다. 회사로 복귀하시면 됩니다."

"한 시간 30분이라. 시간은 충분하겠군. 점심 먹고 회사로 복귀하도록 하지."

그의 말에 봄은 얼른 네. 하고 고개를 끄덕였다. 듣던 중 반가운 소리였다. 사실 아침을 건너뛰었던 탓에 배가 많이 고프던 참이었다.

"뭐가 좋겠어?"

"네?"

"점심 메뉴 말이야."

생뚱맞은 말에 봄의 눈이 둥그렇게 커졌다. 그가 메뉴 결정권을 그녀에게 넘기는 건 처음 있는 일이었다. 늘 그가 자주 가는 단골 한정식집이나 프렌치레스토랑을 가곤 했는데 말이다.

"낙지볶음 어때?"

"낙지볶음……이요?"

"왜. 별로야?"

"아뇨. 좋아요."

"그래?"

"네. 가장 좋아하는 음식이에요."

"역시 그럴 줄 알았어."

봄의 대답에 남자의 얼굴이 티 나게 밝아졌다.

"매운 음식에 해산물. 딱 한 비서 취향일 거라고 생각했지."

매운 음식과 해산물. 그는 그녀가 좋아하는 키워드를 정확하게 맞췄다. 아마 계약연애를 시작하고 종종 함께 저녁을 먹는 동안 그녀의 음식 취향에 대해 완전히 파악을 한 모양이었다.

그러고 보니 업무 중에 하는 식사 외에 개인적으로 둘이 함께했던 식사에서는, 첫날을 제외하고는 대부분 그녀의 취향에 맞는 음식을 먹었었다. 뭐가 좋겠어? 그는 늘 그렇게 물었다.

그녀가 새삼스러운 사실을 상기하는 동안, 남자는 몇 걸음 더 빠르게 호텔을 빠져나가고 있었다. 봄이 그를 따라잡기 위해 조금 더 빠르게 걸음을 옮겼을 때였다.

별안간 회전문 앞에서 남자의 걸음이 뚝 멈췄다. 그와 동시에 뒤를 따르던 그녀의 걸음도 멈출 수밖에 없었다.

"사장님. 왜 갑자기……."

"……정한 오빠?"

봄이 의아한 얼굴로 질문을 던지기가 무섭게, 그녀의 음성 위로 떨리는 여자의 목소리가 겹쳐졌다.

정한 오빠?

사장의 옆얼굴을 향하던 봄의 시선이 얼른 맞은편에 선 여자에게로 향했다.

이제 막 회전문을 통과한 여자가 사장을 똑바로 바라보며 어색하게 웃고 있었다. 사장을 '오빠'라고 친근하게 부르는 이 여자는, 그녀가 기억하는 한 3년이 넘는 시간 동안 그의 주변에서 단 한 번도 본 적 없는 얼굴이었다. 그리고 그런 여자를 바라보는 사장의 표정도, 지금까지 본 적 없던 낯선 얼굴이었다.

✽❀✽

한참 전 종업원이 놓고 간 커피 잔에서는 더 이상 뜨거운 김이 나오지 않고 있었다. 커피 잔을 만지작거리고 있었지만 정한은 선뜻 그것을 입에 가져가지 않았다.

손끝에 닿는 커피의 미적지근한 온도. 왠지 지금의 상황과 참 많이 닮았다는 생각이 든다.

살다 보면 언젠가는 한 번쯤 마주치게 되지 않을까 생각했었다. 나이를 한 살 두 살 먹다 보니 세상이 참 좁다는 걸 느꼈고 그중에서도 한국이라는 나라는 정말이지 좁아도 너무 좁다 생각됐으니까. 길을 가다 우연히 마주친다 해도 전혀 이상할 것 없을 것 같았다.

그때 나는 어떤 얼굴일까. 그리고 너는 어떤 얼굴일까.

쓸데없는 시간 낭비라는 것을 알면서도 바쁜 삶의 중간중간 여유가 날 때면 아주 자연스럽게 그때를 상상해 보곤 했었다. 상상은 여러 가지 버전이었다. 그녀를 보자마자 자신이 도망치거나, 혹은 그녀가 도망치거나. 어쨌든 얼굴을 제대로 마주할 수는 없으리라고 생각했다.

하지만 상상이 현실이 된 지금, 그가 예상했던 것과는 많이 달랐다.

이렇게 무심한 얼굴로 너와 마주 앉을 수 있게 될 줄이야. 이렇게 식은 커피처럼 미적지근한 시선으로 너를 보게 될 수 있을 줄이야.

"잘…… 지냈지?"

침묵을 먼저 깬 건 여자였다. 내리깔고 있던 정한의 시선이 맞은편에 앉은 여자를 향했다. 5년이 지나 다시 마주하게 된 여자의 얼굴은 그가 알던 얼굴이 아니었다. 분명 눈, 코, 입 어느 하나 변한 건 없어 보이는데도 왠지 낯설게 느껴진다.

"네 눈엔 어때 보이는데?"

"으응?"

"네 눈엔 내가 어때 보이냐고. 잘 지낸 것처럼 보여?"

딱딱한 그의 말에 여자의 표정이 묘하게 변했다. 당황한 것처럼 보이기도 하고 곤란한 것처럼 보이기도 하고, 또 미안한 것처럼 보이기도 했다.

5년 전 헤어지자고 말을 했을 때도, 수화기 너머의 너는 이런 얼굴이었을까.

언제나 제 옆에서는 생글생글 잘 웃기만 하던 여자의 얼굴이었기에 이런 표정은 생각해 보지 못했다. 그래서 더 그 당시에 이별이 실감 나지 않았던 거고.

역시나 여자와 어울리지 않는 표정이라고 생각하며 정한은 한쪽 입꼬리를 말아 올렸다.

"당황하기는."

여자의 표정은 여전히 묘했다. 정한은 무심히 말을 이어 갔다.

"나는 잘 지냈어. 생각했던 것보다 아주 잘."

"……그랬구나."

"너도 잘 지낸 것처럼 보인다? 생각했던 것만큼이나."

뼈가 담긴 말에 여자는 멋쩍게 웃었다.

"한국에는 언제 들어온 거야? 소식 못 들었는데."

"아, 한 3일 됐어. 잠깐 들어온 거야. 다음 주에 다시 돌아가 봐야 해."

"미국에 완전히 자리 잡은 건가?"

"응. 그러려고."

정한은 고개를 끄덕였다. 그리고 대화는 쉽게 끊어졌다. 예전 같앉으면 두 사람 사이에서는 상상도 못 할 어색한 침묵이 또다시 찾아왔다.

"사실…… 꼭 한 번 다시 보고 싶었어."

다시금 침묵을 깬 건 여자였다. 여자는 테이블 아래로 제 손을 만지작거리며 조심스럽게 말을 이어 갔다.

"오빠네 호텔에 묵으면 혹시라도 우연히 마주치게 되지는 않을까 싶었는데, 진짜 이렇게 마주치게 돼서 얼마나 신기한지 몰라."

"왜."

"응?"

"왜 나를 꼭 한 번 다시 보고 싶었는데?"

단도직입적인 질문에 살짝 올라갔던 여자의 입가가 도로 제자리에 내려앉았다.

"사과……하고 싶어서."

"사과?"

"……그때 그렇게 떠나서 미안했어. 내내 마음에 걸렸어. 그렇게 떠난 거…….."

고장 난 테이프처럼 한없이 늘어지는 여자의 사과에 정한은 픽, 입술을 비틀었다.

"참 이상하지? 너를 다시 만나면 나한테 대체 왜 그랬냐고 꼭 묻고 싶었거든. 사과도 받고 싶었고."

"……."

"그런데 막상 이렇게 너를 보고 있자니, 그런 게 다 무슨 소용인가 싶다. 이미 다 지나간 일인데, 굳이 그 얘기를 다시 꺼낼 필요가 있을까도 싶고. 두고두고 회상할 만큼 유쾌한 마지막은 아니었잖아, 우리."

　여자는 조금 당황한 얼굴이었다. 그가 이렇게 나올 줄 전혀 예상하지 못했다는 듯.

　하지만 당황스러운 건 이쪽도 마찬가지였다. 스스로가 당황스러울 정도로 너무 아무렇지도 않았다. 반가운 감정은커녕 티끌만 한 원망조차 느껴지지 않는다. 마치 오래전 연락이 끊겼던 동창을 우연히 다시 만나게 된 것처럼. 그저 아, 그래. 지나간 내 시간에는 너라는 사람도 있었지. 라는 생각이 끝인.

　"더 할 말 없으면 이만 일어나야겠다. 기다리는 사람이 있거든."

　"기다리는 사람? 혹시…… 방금 그 여자야?"

　"그래."

　"그렇구나. ……만나는 여자가 있구나."

　여자의 얼굴에 씁쓸한 미소가 언뜻 스쳤다.

　"어떤 여자인지…… 물어봐도 돼?"

　어떤 여자?

　여자의 질문에 그의 미간이 잠깐 좁아졌다. 질문을 받기가 무섭게 그의 머릿속에 그녀에 대한 키워드들이 주르륵 떠올랐다.

　똑 부러지는…… 웃는 얼굴이 예쁜…… 당돌한…… 책임감이 강한…… 예의가 바른…… 강한 척 잘하는…… 그러나 마음은 여린…….

　끝도 없이 나열되는 키워드들을 떠올리던 정한의 입가가 저도 모르게 느슨해졌다. 잠깐 생각하던 그는, 이내 마주 앉은 여자의 얼굴을 똑바로 바라보며 말했다.

　"너와는 다른 여자야."

"……그게 무슨 뜻이야?"

"말 그대로."

정한은 가볍게 어깨를 으쓱했다.

"그 여자는 나를 있는 그대로 봐 주거든. 윤강의 윤정한이 아니라, 윤정한 그 자체로."

그의 말에 여자의 입이 꽉 다물어졌다. 더는 할 말이 없는 듯 보였다.

그렇게 다시금 찾아온 잠깐의 침묵. 이번에 그 침묵을 깬 건 정한이었다. 그는 군더더기 없이 깔끔한 자세로 자리에서 일어섰다.

"나한테 미안한 마음 가질 필요 없어."

돌아서기 전, 그는 여자를 내려다보며 마지막으로 말했다.

"없었던 일이라고 생각할 테니, 너도 이제 다 잊고 잘 지내."

"……."

"행복했으면 좋겠다. 정말 진심이야."

여자는 끝까지 아무런 말을 하지 못했다. 그리고 앞으로도 아무런 말을 할 수 없으리라는 것을, 두 사람은 알고 있었다.

한참 늦은 이별을 했다. 하지만 이번에야말로 제대로 된 이별이었다. 그리고 후련했다. 마치 5년 묵은 체증이 다 내려간 것처럼.

정한은 들어올 때와는 달리 가벼운 걸음으로 호텔 커피숍을 나섰다. 가슴을 꽉 누르고 있던 돌덩이를 던져 낸 기분이었다. 너무 무거울 것 같아서 차마 건드릴 엄두조차 나지 않았던 그 돌덩이는, 생각보다 너무 가벼웠다. 허무하리만치.

커피숍을 나오자 호텔 입구에 서 있는 한 비서의 얼굴이 보였다. 배가 많이 고팠던지 빨대 꽂은 두유를 쪽쪽 빨고 있다. 그 순간 유리 너머로 두 사람의 시선이 마주쳤다. 한 비서가 화들짝 놀란 얼굴로 들고 있던 두유 팩을 내렸다. 하지만 입에 물고 있던 빨대는 제자리다.

빨.대.
네?

우스꽝스러운 모습에 웃음을 참으며 그가 입 모양으로 전달해 주었지만, 그녀는 전혀 모르는 눈치다.

그녀는 종종 그랬다. 늘 예상치 못한 순간에 생각지 못한 모습으로 그를 놀래키곤 했다. 가끔은 가슴 벅차게. 또 가끔은 지금처럼 우스꽝스럽게.

결국 빠른 걸음으로 그녀에게 다가간 정한이 그녀의 입에 꽂혀 있는 흰 빨대를 쓱 뽑아냈다.

"배가 많이 고팠나 보군. 빨대까지 먹으려고 하는 걸 보니 말이야."

장난스러운 그의 말에 그녀의 얼굴이 화르륵, 달아올랐다.

"사장님. 이건요……."

"알았어. 내가 늦게 나와서 미안해."

"아뇨, 그게 아니라……."

"얼른 밥 먹으러 가지. 아무리 그래도 빨대보다야 낙지볶음이 더 맛있지 않겠어."

붉어진 얼굴의 한 비서를 등진 채 차로 향하는 그의 얼굴은, 언제 그랬냐는 듯 환하게 밝아져 있었다.

✳※✳

수요일 밤. 야근을 끝내고 그와 함께 집으로 향하는 차 안에서 봄은 괜스레 무릎에 올려 둔 가방의 지퍼를 만지작거렸다. 지금 열까, 말까. 조금 전 회사에서 그가 집까지 태워 주겠다고 했을 때 선뜻 알겠다고 대답한 것도 다 타이밍을 찾기 위해서였는데, 집이 다 와 가는 지금까지도 도대체 언제가 그 타이밍인지 찾을 수가 없었다.

사실 그에게 주려고 넥타이를 산 이후로 봄은 며칠째 같은 고민 중이었다. 누군가에게, 그것도 남자에게, 선물을 하는 것이 너무도 오랜만이라 어색해서 그런 걸까. 아니면 그에게 여태껏 받은 것에 비해서 제가 주려는 것이 너무 약소하게 느껴져서 그런 걸까. 어쩌면 둘 다일지도 모르겠다. 어쨌든 이미 계산도 끝났고. 포장도 예쁘게 되어 있고. 그저 전해 주기만 하면 되는데 왠지 모르게 그게 참 어렵다.

전해 주지도 못할 거 괜히 샀나 봐. 이러다 전해 주지도 못하고 제 가방 속에서 넥타이가 썩을까 봐 걱정이다. 물론 천 조각이 그리 쉽게 썩을 리는 없겠지만······.

지퍼를 건드리던 손을 얌전히 내려놓으며 봄은 속으로 짧게 한숨을 내쉬었다.

"한 비서."

차가 동네에 접어들 때쯤, 그가 문득 그녀를 불렀다.

"배고프지 않아?"

"네?"

"나는 지금 배가 무척이나 고픈데."

진심이라는 듯 그가 미간을 좁히며 말했다.

그러고 보니 이른 저녁을 먹은 뒤로 일 때문에 10시가 다 되도록 물 한 잔도 제대로 먹지 못했다. 지금까지는 몰랐는데 그 사실을 상기하고 나니 봄은 괜히 저도 배가 고파지는 것 같았다.

"이 근처에 식당은 없어?"

주변을 살피며 그가 물었다.

"이 시간에 문 연 식당은 없을 텐데……."

"간단한 거라도 괜찮아."

그 순간 두 사람 사이를 가르며 꼬르륵, 배꼽시계 우는 소리가 들렸다. 제 것이 아니니 그의 것일 텐데. 봄의 시선이 저도 모르게 휙 옆으로 돌아갔다. 아무렇지 않은 얼굴로 운전하고 있는 그의 귀가 붉게 달아오른 것이 보인다.

"……정말로 배가 많이 고프신가 봐요."

"그렇다고 했잖아."

그가 기다란 검지로 핸들을 톡톡 건드리며 볼멘소리를 툭 내뱉었다.

웃으면 안 돼. 봄은 아랫입술을 지그시 깨물며 다시금 차창 밖으로 시선을 돌렸다. 때마침 그녀의 시야에 동네 어귀에 있는 붉은 천막의 포장마차가 들어왔다.

"우동 괜찮으세요?"

"우동?"

"요 앞에 포장마차에 우동 맛있게 하거든요."

그가 그녀가 가리키는 곳으로 시선을 던졌다. 그러고는 한눈에 보기에도 허름한 외부에 눈살을 살짝 찌푸렸다.

"저런 데서 음식을 판다고?"

음식점의 형태가 아닌 트럭에 이어진 천막의 모습에 그는 믿기지 않는다는 듯 물었다. 분식점 떡볶이와 돼지껍데기가 처음이었던 것처럼 포장마차 역시 처음인 듯했다.

"보기엔 저래도……."

"맛은 있다는 거지?"

봄이 하려던 말을 채간 그가 픽, 웃었다.

"그래. 돼지껍데기도 먹었는데 뭔들 못 먹겠어."

마치 대단히 큰 결심이라도 한 듯 비장한 눈빛을 한 그는 포장마차 근처에 차를 세웠다. 고작 포장마차 우동 하나에 저리 비장한 얼굴을 하는 것이 못내 우스웠지만 봄은 내색하지 않고 그를 따라 내렸다.

"여기 우동 두 그릇 주세요."

천막과 깔맞춤을 한 듯 새빨간 플라스틱 테이블에 자리를 잡으며, 아무것도 모를 그를 위해 봄이 주문을 대신했다. 그러고는 능숙하게 종이컵에 어묵 국물을 한가득 떠 와 그에게 내밀었다.

"뜨거우니까 식혀 드세요."

"여기. 자주 오나 보지?"

허름하지만 갖출 것을 다 갖춘 실내가 신기한 듯, 그가 내부를 한껏 둘러보며 물었다.

"가끔요. 한잔하고 싶을 때."

"혼자?"

"미성년자인 동생 앞에서 술을 먹을 순 없으니까요."

"하긴. 한 비서 술고래였지."

"술고래요?"

"그거 알아? 내가 지금껏 수많은 사람들을 만나 봤지만, 소희보다 술 잘 먹는 사람은 남녀노소 불문하고 한 비서가 처음이었다는 거."

며칠 전을 떠올리는 듯 그가 감탄 어린 목소리를 내뱉었다. 아니. 감탄보다는 놀리는 쪽에 더 가까웠던 것 같다.

"근데 술 별로 못 한다고 하지 않았었나? 분명 그렇게 말했던 것 같은데."

"……잘못 들으셨겠죠."

의도했던 건 아니었지만 왠지 내숭을 부린 꼴이 된 것 같아 민망해진 그녀는, 집요한 남자의 시선을 피해 괜스레 어묵 국물을 홀짝였다.

"한 비서."

그녀를 따라 어묵 국물을 홀짝이던 그가 말했다.

"내가 정말 몰라서 묻는 건데. 혼자 술을 먹으면 무슨 맛이지?"

뜬금없는 질문에 봄은 그의 눈을 바라보았다. 자세히 듣지 않아도 알 수 있었다. 왜 혼자 술을 마셔? 함께 마실 친구는 없어? 혼자 술을 마시고 싶을 정도로 삶이 고단해? 정작 그가 묻고 싶은 건 따로 있다는 것을.

"꼼장어 맛이요."

봄은 어쩐지 저를 안쓰럽게 바라보는 것 같은 그의 시선을 피하며 간단하게 대꾸했다.

"꼼장어 맛?"

"네. 여기 오면 매번 안주로 꼼장어를 시키거든요."

역시나 기대했던 대답이 아니었는지 그가 어이없다는 표정을 지었다. 그때 마침 그들의 테이블 위로 먹음직스럽게 김이 모락모락 솟아나는 우동 두 그릇과 노란 단무지가 놓였다. 봄은 테이블 위에 꽂혀 있던 나무젓가락을 반으로 똑 나눈 다음 그의 앞에 내려놓았다.

"드세요."

"……그래."

그는 뭔가 더 하고 싶은 말이 있는 듯했지만 이내 나무젓가락을 들었다.

정말 배가 많이 고팠던 건지, 걱정과는 달리 그는 우동을 꽤나 맛있게 잘 먹었다. 매운 떡볶이와 돼지껍데기를 먹을 때와는 사뭇 다르게. 하지만 그때나 지금이나 우동을 먹는 그의 모습이 어색한 건 마찬가지였다.

"얼마죠?"

국물까지 깨끗하게 비워 낸 그가 주인에게 반짝이는 카드를 건넸다.

"8천 원. 근데 카드는 안 받아요, 여긴."

"카드를 안 받는다고요?"

"네. 안 받아요."

"요즘 같은 세상에 장사를 하면서 카드를 안 받는다는 건, 탈세를 하겠다는 얘기 아닙니까?"

그의 말에 주인의 얼굴이 노골적으로 구겨졌다. 그와 동시에 봄의 얼굴도 시뻘겋게 달아올랐다.

이 남자가 갖은 재벌 짓은 다 하고 있네, 진짜!

민망해진 봄은 얼른 지갑을 열고 오천 원짜리 한 장과 천 원짜리 세 장을 꺼내 주인에게 내밀었다.

"잘 먹었습니다!"

그러고는 여전히 카드를 내밀고 있는 그의 팔을 억지로 내리며, 그대로 질질 끌어 포장마차를 나왔다.

"사장님. 포장마차는 원래 카드 안 받아요."

"어째서?"

"어째서냐고 묻지 마세요. 그냥 그래요."

"그냥?"

"네. 그냥."

그냥, 이라는 말 외엔 뭐라고 표현을 하겠는가. 그냥 이곳의 룰이 그런 것을. 봄은 여전히 납득이 안 된다는 듯 뚱한 표정을 짓고 있는 남자를 보며 한숨을 짧게 쉬고는, 지갑을 넣기 위해 가방을 살짝 들어 올렸다.

그때였다. 가방의 무게중심이 한쪽으로 쏠리더니 활짝 열린 입구로 검은 포장지에 쌓인 납작한 상자 하나가 빠져나와 바닥으로 툭 떨어졌다. 하필이면 그의 발치에.

"이거 흘렸어."

평소엔 느긋하기만 하면서 이럴 땐 또 왜 이렇게 행동이 빠르단 말인가. 그녀가 움직이기도 전에 그가 허리를 숙여 자신의 발치에 떨어진 상자를 집어 들더니, 그녀를 향해 척 건넸다.

"아……."

"왜 안 받아?"

그녀가 선뜻 받지 않고 머뭇거리자, 그가 상자를 들고서 고개를 갸웃했다.

"사장님. 사실은……."

"사실은?"

"그거……."

"이거?"

이제나 주려나. 저제나 주려나. 몇 날 며칠을 망설였던 것에 비해서 너무 쉽게 그의 손에 물건이 들어가 버렸다. 왠지 허무한 기분도 들어서 그의 손에 들린 상자와 그의 얼굴을 번갈아 보던 봄은 짤막하게 한숨을 내쉬며 말했다.

"……사장님 거예요."

이 기회가 아니면 정말로 영영 주지 못할 것 같아서, 에라 모르겠다, 하는 심정으로 냅다 지른 그녀의 말에 그의 눈이 커졌다.

"며칠 전이 월급날이었잖아요. 사실 입사하고 월급 제대로 받아 본 거 처음이거든요. 들어오자마자 빚 갚는데 다 쓰여서……. 그래서 이번이 첫 월급 같은 느낌이었어요. 계약에 대한 대가로 받은 돈이기는 하지만, 어쨌든 사장님께 도움을 받은 거니까 감사 인사는 하고 싶어서 준비했어요. 사장님께 받은 거에 비해서는 많이 약소하지만……."

"그래서."

주절주절 마치 변명거리를 늘어놓듯 길어지는 그녀의 말을 그가 싹둑 끊으며 말했다.

"나한테 주는 거라고?"

"네."

"감사의 선물이라고?"

"이렇게 막 드리려던 건 아니었는데……."

선물이라는 단어에 대꾸를 하는 목소리가 작아졌다. 그러고 보니 상황이 조금 이상하긴 했다. 바닥에 떨어뜨린 물건을 선물이랍시고 건네고 있었으니……

"혹시 넥타이야?"

반짝이는 눈으로 제 손에 들린 상자를 내려다보던 남자가 포장 지를 북 찢었다.

"네? 어떻게 아셨어요?"

놀란 봄이 눈을 크게 뜨고 물었다.

"그냥."

그가 의미 모를 미소를 지으며 가볍게 대꾸했다.

"그냥이요?"

"응. 그냥. 왠지 느낌이 그래서."

포장지에 둘러싸인 상자만 보고 내용물을 맞히다니. 작두라도 타 는 건가? 봄이 신기하다는 듯 바라보는 동안, 그는 벌써 포장지를 완전히 벗겨 낸 다음 상자를 열어 내용물을 확인하고 있었다.

"빨간 넥타이네."

"네. 왜 그런 관습이 있는지는 모르겠지만, 보통은 첫 월급을 타 면 고마운 사람에게 빨간 내복을 선물하는 거라고 하더라구요. 그 렇다고 사장님께 내복을 사 드리기는 좀 그래서……."

변명을 할 일은 딱히 아닌 것 같은데 저도 모르게 자꾸만 말이 길어진다. 하지만 그는 그녀의 말을 듣는 둥 마는 둥 포장지가 완전히 벗겨진 넥타이를 손에 든 채, 그것을 빤히 바라보고만 있을 뿐이었다. 그 눈빛이 좋다는 건지, 싫다는 건지 애매하다.

역시 **빨간색**은 오버였을까. 그래도 촌스러운 빨간색이 아니라 내 눈에는 예뻐 보였는데. 그의 눈치를 살피던 봄이 얼른 말을 덧붙였다.

"색이 조금 튀죠?"

"……."

"혹시 별로 마음에 안 드시면 말씀해 주세요. 교환도 가능하다고 하더라구요."

"한 비서."

물끄러미 넥타이를 바라보고 있던 그가 대꾸 대신 시선을 옮겨 그녀를 바라보았다.

"넥타이 선물의 뜻이 뭔지 알아?"

"뜻이…… 있나요?"

뜬금없이 웬 선물의 뜻타령이란 말인가. 전혀 모르겠다는 얼굴로 봄이 되묻자, 그가 그녀의 두 눈을 똑바로 쳐다보며 붉은 입술을 느릿하게 달싹였다.

"당신을……."

"……."

"……가지고 싶어요."

저를 집어삼킬 듯 빤히 바라보는 남자의 시선을, 봄은 피하지 못했다. 그녀의 기다란 속눈썹이 파르르 떨린다. 낮은 목소리가 뱉어 내는 뜬금없는 대사에 시공간이 멈춘 듯 왠지 숨이 턱 막혔다.

별 뜻 없는 말인 줄 알면서도. 날 향한 말이 결코 아니라는 걸 알면서도.

"당신."

검지와 중지 사이에 끼운 넥타이를 가볍게 까딱거리며 말했다.

"혹시, 날 가지고 싶어?"

그녀를 바라보는 그의 입가가 매력적으로 한껏 늘어졌다.

✽❊✽

실내에는 클래식 음악이 잔잔하게 흘러나오고 있었다. 하지만 북적거리는 소리에 작은 음악 소리는 서서히 묻히기 시작했다. 들려오는 음악에 귀를 기울이고 있던 정한은, 소음에 음악 소리가 완전히 묻혀 버리자 살짝 미간을 찌푸리며 고기를 썰던 나이프를 탁, 내려놓았다. 물을 한 모금 마셔 입 안에 도는 고기의 맛을 지운 다음, 그는 메마른 시선으로 룸 안을 쓱 훑었다.

룸에는 그와 비슷한 또래인 열몇 명의 사내들이 현재의 경제에 대해 논하고 있었다. 다들 국내에서는 알아주는 집안의 자제들이었다. 그중 몇몇은 자신처럼 기업을 이끌고 있기도 했고, 몇몇은 아직 부모님의 밑에서 일을 한창 배우고 있는 중이기도 했다.

대한민국에서 사업을 하는 데에 있어서는 결코 빠질 수 없는 모임이라 별일이 없으면 꼬박꼬박 출석을 하고 있기는 했지만, 썩 유쾌한 자리는 아니었다. 말이야 거창하게 경제를 논한다 하지만 사실은 제 잘난 맛에 사는 녀석들이 모인 탓에 대화의 절반 이상이 자기 자랑과 허세였다. 그나마 이번 모임엔 청운그룹 이무재 상무가 보이지 않는다는 것이 만족스러운 부분이랄까.

"윤정한. 못 본 새에 패션 취향이 독특해졌다?"

맞은편에 앉아 있던 장성그룹 후계자 민태훈이 나이프를 내려놓으며 그를 흘끗 바라보았다.

동갑인 데다가 같은 과는 아니지만 같은 대학을 나온 동기인 태훈은 이 모임에서 그나마 정한과 가깝게 지내는 인물이었다. 살가울 정도로 친하지는 않지만 농담 정도는 가볍게 주고받을 수 있는 사이랄까. 재벌가 자제답지 않게 수더분한 성격이 단점이자 장점인 녀석이다.

"네가 패션에 대해 뭘 알겠어."

"그래. 내가 패션에 대해 쥐뿔도 모르는 건 맞는데……."

태훈의 시선이 그의 턱밑, 그러니까 정확히는 그가 매고 있는 넥타이를 향했다.

"빨간 넥타이가 좀 유난스럽다는 건, 지나가는 초딩도 알지 않을까?"

"이 정도는 해 줘야 내 미모를 받쳐 주지."

"촌스러운 듯 유난스러운 듯, 미묘하네. 딱 중간인가?"

"균형이 완벽하다는 칭찬이지?"

"대체 그런 건 어디서 났냐?"

능글맞은 그의 대답에 태훈이 못 말린다는 듯 가볍게 웃으며 묻는다.

"선물 받았어."

"선물? 누구한테?"

"글쎄."

"설마 윤 회장님께 받은 건 아닐 테고……. 여자냐?"

262

정한은 대답 대신 제 앞에 놓인 와인 잔을 들었다. 그 손길에 검붉은 색의 액체가 작게 찰랑였다. 달짝지근한 향이 코끝을 흠뻑 적셨을 때, 그는 잔을 천천히 기울여 와인을 한 모금 머금었다. 단단했던 그의 입매가 느슨하게 풀어진다.

그는 그저 독하기만 한 위스키 종류보다는 풍미가 있는 와인을 즐기는 타입이었다. 사소한 것에도 호불호가 확실한 사람인 만큼 그중에서도 화이트와인보다는 레드와인을 좀 더 선호했다. 그 이유는, 텁텁하고 알싸한 맛 끝에 느껴지는 달콤함이 좋아서.

알싸한 맛 끝에 달콤함.

그래서 저도 모르게 자꾸만 끌리는 걸까. 그 여자가…….

그날 밤. 그녀는 지금 자신이 들고 있는 잔에 든 붉은 와인처럼 두 뺨을 발갛게 물들이고서 말했다.

"……오해하지 마세요."

물론 아니겠지. 왜 모르겠어. 하지만 그는 능글맞게 되물었다.

"정말 오해야?"

평소에는 가면을 쓴 듯 딱딱한 표정만 짓고 있던 그녀가 가끔씩 이런 의외의 얼굴을 보일 때면, 그는 묘하게 즐거웠다. 그래서 조금 더 느긋하게 만끽하고 싶은 생각이 드는 것이다. 알싸한 맛 끝에 남는 달콤함처럼, 딱딱한 표정 끝에 간혹 드러나는 그녀의 날것 그대로의 표정을.

"당연하죠!"

좀처럼 목소리에 높낮이가 별로 없는 그녀가 발끈했다.

"그냥 선물로는 넥타이가 적당할 것 같아서 고른 거지. 그런 뜻이 있는 줄은 정말 몰랐으니까요."

"똑똑한 한 비서가 이런 것도 몰랐다고?"

"저는 사장님께서 이런 걸 알고 계시는 게 더 신기합니다만."

평소처럼 깍듯한 목소리를 뱉어 내고 있었지만 그녀의 양 볼에 한번 붉게 핀 열꽃은 좀처럼 사그라지지를 않았다.

"아무튼 정말이에요."

그녀는 집요한 정한의 시선을 피하면서도 끝까지 자신의 무고함을 명백히 밝혔다.

"알았다면……, 다른 걸 골랐을 거예요."

오해를 산 게 꽤나 억울하다는 듯 작은 입술을 오물거리는 그녀의 모습에, 조금 더 놀려 먹고 싶다는 짓궂은 마음이 들었다. 초등학교를 다닐 때도 이렇게 유치하고 못된 심보는 가져 본 적이 없었는데 말이다.

하지만 아쉽게도 장난은 거기서 멈출 수밖에 없었다.

"받기 싫으시면 다시 저 주세요."

골이 났는지 그녀가 척 손을 내밀었기 때문이다.

"교환뿐만 아니라 환불도 가능하다고 했거든요."

뾰로통한 얼굴로 자신의 손에 들린 넥타이를 똑바로 쳐다보고 하는 그 말은 농담이 아닌 것 같았다.

"한 비서. 치사하게 이럴 거야?"

"뭐가요?"

"내 선물이라며. 그런데 줬다 뺏는 게 어디 있어?"

"괜한 선물로 쓸데없는 오해를 사고 싶지는 않으니까요."

고집스러운 눈빛은 일을 할 때 보이는 한 비서, 그 자체였다. 깔끔하고 냉정한. 그녀는 늘 그랬다. 제아무리 사장 직함을 단 자신이 내리는 명령이라도 아닌 건 아니라고 확실히 말할 줄 아는 깜냥이 있는 여자였다.

회사에서도 그런 한 비서를 이길 수는 없는데 사회에서는 오죽하랴. 아무리 오래 말씨름을 한대도 절대 이길 수 없을 것이다. 정한은 결국 두 손을 들었다.

"알았어, 알았어. 오해 안 해. 됐지?"

그러면서도 혹시나 그녀에게 처음 받은 선물을 뺏길까 봐, 그는 얼른 넥타이를 주머니에 쑤셔 넣었다. 마지막 모습에서 모양이 조금 빠지기는 했지만 결국 선물을 사수하는 데 성공했으니 아무래도 괜찮았다.

동생에게 전화로 들었을 때와는 달리 제 손에 들어온 빨간 넥타이는 생각보다 촌스럽지 않았다. 까다로운 그의 취향을 무사히 통과한 것이다. 물론 아무리 먼 거리에서도 눈에 확 띌 만큼 조금 튀기는 하겠지만, 남들의 주목을 받는 건 어차피 그에게 일상과도 같은 일이었으니 크게 문제 될 건 없었다. 그러니 이 선물은 주인을 딱 잘 만난 셈이다. 저가 아닌 다른 놈의 손에 들어갔다면 무용지물이었을 테니까.

입 안을 맴돌던 와인의 달콤함이 사그라질 때쯤, 그는 들고 있던 와인 잔을 테이블 위에 내려놓았다. 그와 동시에 헐! 하고 태훈의 입에서 정체 모를 감탄사가 흘렀다. 아니, 감탄사라기보단 경악에 조금 더 가까웠던가.

"헐이다, 진짜. 헐!"

마치 귀신이라도 본 듯, 그를 바라보고 있던 태훈의 입이 쩍 벌어졌다.

"이 자식 표정 좀 보게. 너 방금 그 여자 생각했지?"

"내 표정이 왜."

"너 인마, 거울도 안 보냐? 거울!"

정한이 모르겠다는 듯 어깨를 으쓱이자, 오 맙소사. 하느님. 작게 중얼거리던 태훈이 사뭇 진지하게 눈을 치켜떴다.

"너……, 진짜 여자 생겼냐?"

최근 들어 자주 듣는 질문이었다. 거래처 사장들은 물론 어제는 심지어 그의 오피스텔 경비원에게까지 같은 질문을 들었다. 요즘 연애하시나 봐요? 최근 마주치는 거의 모든 사람들에게서 같은 질문을 받은 그는 조금 의아했다.

가짜기는 하지만 어쨌든 연애를 한다는 것을 알고 있는 사람은 분명 그의 가족들뿐이었다. 그 외의 사람들은 속일 필요가 없었으니 굳이 밝힌 적이 없었다. 물론 그녀의 남동생과 에단의 앞에서 충동적으로 커밍아웃을 하긴 했지만, 맹세코 그게 전부였다.

그런데 어째서, 또는 어떻게 이렇게 많은 사람들이 눈치를 챘다는 걸까? 그것도 가짜연애를.

"어? 솔직하게 딱 말해."

그리고 그는 이런 질문을 받을 때마다 고민이 됐다. 안에서나 밖에서나 보는 눈이 많았기에 쉽게 그렇다고 할 수도, 또 아니라고 할 수도 없었다. 그래서 그때마다 매번 그저 하하, 그래 보입니까? 라며 은근슬쩍 웃어넘겼는데 이번에는 아무래도 통하지 않을 수법인 것 같았다.

"여자 생긴 거 맞지?"

집요한 태훈의 물음에 대체 이걸 생겼다고 해야 하나. 아니라 해야 하나. 그가 잠깐 대답을 망설일 때였다.

"늦어서 죄송함돠!"

룸의 문이 벌컥 열리더니, 힘이 가득 실린 큰 목소리와 함께 밤톨머리가 불쑥 나타났다.

"어쭈. 요즘 살맛 나지, 너?"

"아닙니다. 요새는 하루하루가 죽을 맛입니다."

"아니긴 뭐가 아니야. 지금 시간이 몇 시냐?"

"그래. 감히 군인이 약속 시간에 늦어?"

몇몇이 놀린답시고 짓궂은 농담을 던졌다. 하지만 녀석은 단번에 응수했다.

"제가 왜 군인입니까. 공익은 군사법 적용 안 됩니다."

까까머리에 어울리지 않는 세련된 정장을 차려입고 나타난 녀석은 KW그룹의 후계자 최강석이었다. 이 모임에서 가장 막내인 녀석은 버티고 버티다가, 반년 전 결국 서른의 나이에 뒤늦게 입대를 했다. 하지만 군 복무를 속된 말로 꿀을 빤다, 라고 하는 서울 시내의 구청에서 하고 있어서 어려움은 전혀 없다고 들었다. 오히려 녀석은 이곳에 있는 누구보다도 자유롭고 여유로운 삶을 만끽하는 중이었다.

"자랑이다, 이 자식아."

"딱히 자랑은 아니구요."

"근데 왜 이렇게 늦었어? 이 중에 누구보다 한가한 자식이."

"안 한가합니다, 저."

"네가 안 한가하면 여기서 누가 한가해?"

"저 요즘 진짜 빡셉니다. 괜히 구청으로 왔다, 싶을 정도로요.

그렇다고 다들 정신없는데 혼자 멀뚱히 있기도 눈치 보이고……."

강석이 한숨을 푹 내쉬었다. 그러고 보니 고작 두어 달 새에 오동통하던 녀석의 얼굴이 많이 상한 것 같기도 하다.

"거기 공무원들 눈치 볼 게 뭐 있어? 그래 봐야 대부분 9급이나 좀 높다 하면 7급일 건데."

"요새는 5급 위의 공무원들도 자주 들락날락해요. 조만간 대통령도 얼굴을 비칠지 모르겠습니다."

"왜? 거기에 뭔 일 있냐?"

"넵. 일이 있지요. 그것도 아주 큰일이."

녀석은 짐짓 심각한 척 눈을 치켜떴다.

"대체 뭔데? 그 큰일이라는 게?"

"다들 뉴스도 안 보십니까?"

"세계시장 경제 살피기도 벅찬데 구청에서 일어나는 일에 대한 뉴스를 우리가 일일이 챙겨 봐야겠냐?"

"그건 그렇네요."

핀잔에 녀석은 크흠, 하고는 고개를 끄덕였다.

"그래도 이번 건 좀 심하게 큰일인데. 뉴스도 특보로 보도하고……."

빨리 알맹이나 얘기할 것이지 한참 뜸을 들이는 녀석이 다들 영 마음에 안 드는 눈치였지만, 그래도 뭔가 재미있는 사건을 들을 수 있을 거란 호기심 때문인지 모두들 강석의 말에 집중하고 있었다.

"이번에 성폭행 사건이 네 번 연속으로 벌어졌거든요."

"성폭행?"

자극적인 단어에 모두들 눈살을 찌푸렸다.

"네. 그것도 최근 한 달간 한 동네에서만요."

"범인이 안 잡힌 거야?"

모두들 놀란 눈으로 되물었다. 최근 상식적으로는 도저히 납득이 안 되는 여러 범죄들이 곳곳에서 기승을 부린다는 것은 알고 있었지만, 한 달 새에 한 동네에서만 같은 사건이 네 번이라니. 확실히 큰일인 것 같기는 했다.

"처음과 두 번째 범인은 잡혔는데……."

"네 번이라며?"

"네. 그게 진짜 문제예요. 사실 아직 세 번째 범인이 잡히지 않고 있는 상황이었거든요? 그런데 방금 전에 또 사건이 하나 더 터진 겁니다! 무려 네 번째!"

녀석이 흥분한 듯 소리쳤다.

"아니, 근데 이게 말이나 됩니까? 한 동네에서 같은 사건이 계속 벌어지고 있는데 범인이 매번 다 다르다는 게. 그것도 꼭 얼굴 반반한 이십 대 여성들만 집중 타깃으로 범행을 저지르고 있어요. 이러다간 그 동네에 젊은 여자 씨가 아주 마르겠습니다."

"범인이 아직 안 잡혔으니, 그쪽 분위기 살벌하겠네. 확실히."

"그것 때문에 요새 높은 공무원, 기자, 경찰 할 것 없이 하루가 멀다 하고 구청에 자꾸 찾아오니까, 아주 시끄럽고 골치 아파 죽겠습니다."

놀고먹기만 하던 생활이 틀어져서 힘든 모양이었다. 강석은 주먹까지 꾹 쥔 채 몸을 부르르 떨었다.

"근데 그 동네가 어디야?"

"○○동이요."

순간, 그런가 보다. 하며 심드렁하니 얘기를 듣고 있던 정한이 고개를 갸웃했다. 녀석의 입에서 흘러나온 동네 이름이 낯설지 않았다.

"집값 장난 아니게 떨어졌겠는데? 혹시 우리 중에 거기 땅 사 놓은 놈 있냐?"

"아마 없을 겁니다. 그 동네가 원래부터 집값이 똥값이긴 했거든요. 뭐, 값 떨어진 지금 슬슬 산다면 또 모를까."

○○동이라……. 언뜻 뉴스에서 들었었나? 최근에는 너무 바빠서 비서실에서 걸러서 올라오는 기사 아니고는 뉴스를 확인한 기억은 딱히 없는데.

쉽게 기억이 떠오르지 않아 잠깐 고민하던 그의 눈이 별안간 번쩍 커졌다. 그와 동시에 정한은 몸을 벌떡 일으켰다.

……!

하필이면, 그녀가 살고 있는 동네였다.

✲✲✲

저녁 준비를 하는데 마침 식용유가 똑 떨어져서 슈퍼에 다녀오는 길이었다. 봄이 봉지도 없이 식용유 하나를 달랑 들고 현관을 들어서자마자, 기다렸다는 듯이 방에 두고 갔던 휴대폰이 울기 시작했다.

식용유를 싱크대 위에 올려 둔 다음 방으로 들어가 휴대폰을 든 그녀는 조금 놀랐다. 아무리 봐도 적응되지 않는 하트 모양이 액정에 깜빡거리고 있기 때문이었다.

"여보세⋯⋯."

― 한 비서!

전화를 받기가 무섭게 남자의 거친 목소리가 휴대폰을 뚫을 듯 들려왔다. 당황한 봄은 얼른 휴대폰을 귀에서 살짝 떨어뜨렸다.

― 대체 왜 이렇게 전화를 안 받아?

"전화하셨어요?"

짜증이 한껏 섞인 그의 목소리에 의아해하며 되묻자, 상대방에게서는 금방 대답이 날아들었다.

― 그래, 했어.

"휴대폰을 집에 두고 잠깐 슈퍼에 다녀왔어요."

― 한 비서. 이 시간에 집밖에 나가면서 휴대폰을 안 들고 가면 어떡해? 요즘 세상이 얼마나 흉흉한지 몰라?

"슈퍼만 잠깐 다녀온 건데⋯⋯."

틈을 주지 않고 쏘아붙이는 남자의 목소리에 저도 모르게 꼬박 꼬박 대답을 하던 봄은 문득, 내가 지금 왜 이런 변명을 하고 있어야 하지? 하는 의문이 들었다. 왠지 담임선생님께 혼나는 학생이 된 기분이다. 교복을 벗은 지도 내년이면 10년을 꽉 채우는데 말이다.

"무슨 일이세요?"

이 정도로 급한 일이라면 용건부터 얼른 얘기했으면 좋겠는데 사장은 그녀의 질문에 대답 대신 또다시 질문으로 응수했다.

― 지금은?

"네?"

― 집이야?

"네. 집이에요."

집에 왔으니 전화를 받았겠죠. 살짝 짜증이 치민 그녀는 어금니를 꽉 깨물고 다시금 차분하게 입을 열었다.

"대체 무슨 일이신지……."

— 그럼 됐어.

그가 말을 뚝 끊었다. 그와 동시에 봄의 얼굴이 굳어졌다.

전화한 용건을 물었는데 됐단다. 그럼 됐다니? 대체 뭐가 됐다는 말인데? 황당해하는 그녀의 귀에 초반보다 한껏 차분해진 남자의 목소리가 흘러들었다.

— 밤늦게 돌아다니지 말고. 문단속 잘 하고 자도록 해.

뚝. 이번에도 역시 자기 할 말이 끝나자 전화는 멋대로 끊겼다.

통화예절 따위 개나 줘 버린 남자와의 통화는 늘 이런 식이었다. 한두 번이 아니었다. 지난 3년간 줄기차게 겪어 왔던 일이었고 앞으로도 그녀가 그의 얼굴에 대고 사표를 내던지지 않는 이상은 끝도 없이 겪을 일이었다.

하지만 이번은 왠지 평소와는 조금 달랐다. 그래도 지금까진 그가 하고 싶은 말이라도 분명히 전달이 되었지만, 지금 통화는 아무리 곱씹어 봐도 전혀 의미가 불명했다.

대체 왜 전화를 한 걸까? 고작 밤늦게 돌아다니지 말고, 문단속 잘 하라는 충고를 해 주기 위해? 누가? 자기밖에 모르는 윤정한 사장이?

머릿속으로 물음표 몇 개를 그리던 봄은 피식, 웃었다. 아무리 상상이라지만 정말 말도 안 되는 상상이었다, 그건.

아무튼 그녀가 이런 말도 안 되는 상상까지 할 정도로 요즘 들어 사장의 행동이 정말 이상하긴 했다. 원래도 평범한 사람은 아니라고 생각했지만, 그래도 좀 까칠해서 그렇지 상식 밖의 행동이나 납득이 안 되는 엉뚱한 행동은 일절 하지 않았는데 말이다. 이쯤 되니 건강 검진이라도 신청해야 하는 건 아닐까. 진지하게 고민이 된다.

착실한 비서답게 자신이 모시는 보스의 건강을 염려하며 이미 검게 변해 버린 휴대폰 액정을 물끄러미 바라보던 봄이 반찬을 마저 만들러 가기 위해 방문을 나섰을 때였다. 마침 현관문이 벌컥 열리더니 영원이 집으로 들어왔다.

"누나!"

밖이 추워서일까. 동생은 어쩐지 상기된 얼굴로 그녀를 불렀다.

"누나 왜 전화를 안 받아?"

"전화했었어?"

"응. 엄청 길게 했는데."

"아, 좀 전에 잠깐 슈퍼 다녀왔어. 휴대폰은 집에 두고."

오늘따라 왜 이렇게 다들 전화타령인건지. 의아하게 생각하며 대꾸를 한 봄은 제 손에 들린 휴대폰을 확인했다. 휴대폰 액정에는 부재중 전화 네 통이 찍혀 있었다. 그중 영원이 걸었다던 한 통을 제외한 세 통은 모두 그 남자의 것이다.

뭐 대단한 용건이라고 전화를 세 통씩이나 했대. 봄은 황당하다는 듯 액정을 물끄러미 내려다보았다. 어쩐지 전화를 받자마자 화부터 내더라니.

"이제 슈퍼 갈 때도 휴대폰 꼭 들고 다녀. 아니다, 어두울 땐 슈퍼도 가지 마. 차라리 날 시켜."

그녀의 손에 들린 휴대폰을 가리키던 손으로 다시금 저를 척, 가리키며 영원이 말했다.

"왜 그래, 갑자기?"

"뉴스 아직 못 봤지?"

"응. 못 봤는데……. 왜. 무슨 뉴스였는데?"

"우리 동네에 또 사건 터졌대."

"지난번하고 같은 사건?"

설마 하는 물음에 영원이 무거운 얼굴로 고개를 끄덕였다.

"어디 쪽에서?"

"……공원 근처."

봄의 어깨가 흠칫 떨렸다.

"솔직히 지금까지는 남 일이라 생각했는데, 이젠 안심하면 안 되겠어."

동생의 말 대로였다. 공원은 그들이 살고 있는 곳에서 길을 하나 건너면 바로 나오는 곳이었다. 앞선 세 번의 사건은 그래도 이곳과는 제법 멀리 떨어져 있어서, 솔직히 봄 역시 그런 일이 있나 보다 했었다. 그런데 이번엔 바로 근처의 공원이라니. 왠지 범죄의 울타리에 성큼 가까워진 느낌이다.

"앞으로 야근하는 날은, 버스타기 전에 연락해. 내가 데리러 갈게."

사실 요즘 들어 야근을 하는 날엔 사장이 데려다주고 있었기 때문에 그럴 일은 없겠지만, 누나를 위해 귀찮은 일도 마다하지 않겠다는 동생의 마음이 고마워서 알겠어. 고개를 끄덕였다.

"아오! 정신 나간 새끼들 몇 때문에 이게 무슨 난리야. 무서워서 어디 이 동네에서 계속 살겠나!"

"얼른 씻어. 저녁 먹자."

무서운 마음이 왈칵 드는 건 매한가지였지만 애써 담담한 척, 분개하는 동생의 어깨를 살짝 토닥여 준 뒤 봄은 싱크대 앞에 섰다. 저마저 불안한 티를 내 봐야 동생 마음만 불편할 테니까.

그녀는 슈퍼에서 사 온 식용유를 뜯어 프라이팬에 휘 두르고 계란 두 개를 탁탁, 깨서 올렸다. 치르르, 계란이 먹음직스러운 소리를 내며 불판 위에서 익어 가는 것을 내려다보고 있던 봄은 문득 조금 전 사장이 했던 말을 떠올렸다.

'밤늦게 돌아다니지 말고. 문단속 잘 하고 자도록 해.'

설마 그도 뉴스를 보고 소식을 들었던 걸까? 봄은 얼른 고개를 내저었다. 말도 안 돼. 그거야말로 지금 당장 병원에 연락을 해야할 일이었다. 그런 뉴스를 봤다고 해서 부하 직원을 걱정해 이렇게 친절한 연락 따위를 할 사람이 아니었다. 그 남자는 절대.

✻✻✻

통화를 끝낸 정한은 휴대폰을 주머니에 집어넣고는 담배를 꺼내물었다. 한껏 내려앉은 어둠 속에서도 반짝 빛나는 은색의 지포라이터를 이용해 담뱃불을 붙인 그는 한 모금 깊게 빨아들인 다음 후우, 길게 연기를 뿜어냈다. 뿌연 담배 연기가 캄캄한 골목을 향해 천천히 흩어졌다.

"어쩐지 찝찝하더라니……."

낮게 중얼거리는 그의 시선은 어두운 골목길을 향해 있었다. 이제 와 생각해 보니 그녀를 데려다주러 이곳에 처음 왔을 때부터 저 골목이 묘하게 신경이 쓰였었다. 이제는 사업에 관련된 일뿐만 아니라 이런 사소한 것까지 감이 좋아진 모양이었다.

아니, 이건 사소하다고 할 순 없는 문제이려나.

조금 전, 자리에서 화두로 떠오른 동네가 하필이면 그녀가 살고 있는 동네라는 사실을 깨달은 순간 이상하게 등골이 오싹해지는 기분을 느꼈다. 그와 동시에 그는 휴대폰을 꺼내 들었다. 그러고는 아주 자연스럽게 그녀의 번호로 전화를 걸었다.

큰 동네였다. 그러니 거주하는 동네가 같더라도, 그녀가 그런 말도 안 되는 사건에 연루되어 있을 확률이 아주 희박하다는 것은 알고 있었다. 그럼에도 전화를 걸었던 건 단지, 그녀에게 그 동네에 이런 사건이 있다더라, 알고 있나? 하고 정보를 전달하려 했던 것이다.

치안이 굉장히 부실해 보이는 동네에 살고 있으면서도 그녀는 늘 태연한 얼굴로 밤길에 혼자 가도 괜찮아요. 했었으니까. 만약 저가 살고 있는 동네에서 그런 불미스러운 사건이 계속 발생한다는 것을 알고 있다면 과연 괜찮다고 말할 수 있었을까. 어쩌면 그녀는 아무것도 모르고 있을 수도 있다고 생각했다. 그러니 안전 불감증에 걸린 것 같은 그녀에게 거봐라. 내가 뭐랬나. 경고의 말을 해 줄 생각이었다.

하지만 그녀는 전화를 받지 않았다. 평소 같았으면 전화를 건 지 몇 초 안 되어 기다렸다는 듯이 받으며 네, 사장님. 깍듯한 목소리를 뱉어 냈을 텐데. 의아하게 생각하며 건 두 번째의 전화마저 연결이 되지 않았다. 그때부터는 슬슬 초조해지기 시작했다. 그러나 마지막이라고 생각하고 걸었던 세 번째 전화마저 그녀가 받지 않았을 때, 그는 결국 달리기 시작했다.

다른 생각은 할 수 없었다. 분명 머리로는 말도 안 되는 일이라는 걸 알았지만, 혹시나 하는 1퍼센트의 걱정으로 숨이 막혔다.

'전화하셨어요?'

그녀의 목소리를 듣기 전까지는 몰랐다. 자신이 정신없이 이 동네까지 오는 동안 저답지 않게 얼마나 그녀를 걱정했었는지를. 그러나 제 전화를 내리 세 통이나 씹은 주제에 천연덕스럽게 그리 묻는 여자의 목소리에, 화보다는 안심이 먼저 되는 순간 깨달았다.

지금껏 그녀와 관련된 부분에선 단 한 번도 이성적이었던 적이 없었다는 것을. 저도 모르게 깊게 생각할 것도 없이 매번 본능에 따라 먼저 움직였다는 것을. 그 누구의 앞에서도 철저하게 계산적이었던 내가, 지독하게 앓았던 첫사랑 앞에서도 끝까지 계산적이었던 내가, 그녀 앞에서만큼은 계산을 해야 한다는 생각조차 한 번도 가져 본 적 없었다는 것을.

5년 만에 다시 만나게 된 첫사랑 앞에서도 덤덤할 수 있었던 건, 미련 한 톨 없이 제대로 된 이별을 맞을 수 있었던 건, 바로 그녀 덕분이었다는 것을.

아……, 나 이 여자에게 진심이구나.

사실은 그녀와 관련된 부분에서만큼은 저답지 않게 굴고 있다는 것을 깨달은 그때, 이미 제 마음에 대해서는 어렴풋이 느끼고 있었다. 하지만 또다시 여자를 마음에 품었다는 걸 인정하고 싶지 않아서 모른 체했었다. 그리고 할 수만 있다면, 끝까지 모르는 척하고 싶었다.

처음엔 조부에게 반항하기 위해, 귀찮은 일에 휘말리지 않기 위해 선택한 그녀에게. 저도 모르게 자꾸만 눈길이 가고, 손길이 가고, 그러다 어느덧 마음까지 홀라당 가 버렸다는 것을. 손쓸 수도 없이 그 조그만 여자가 제 가슴에 커다랗게 박혔다는 것을…….

하지만 이제 더는 그럴 수 없을 것 같다. 제 무덤을 제가 팠음을 이제 그만 인정해야 했다. 대체 언제부터였는지도 모를 만큼 제 마음속 깊숙이 자리한 그녀를, 이제 더는 외면할 수가 없을 것 같으니까. 5년 전, 진작 죽어 버렸다고 생각했던 가슴이 지금 이렇게 뛰는데 어찌 모르는 척할 수 있겠는가.

정한은 반쯤 타들어 가던 담배를 바닥에 떨어뜨리고 구둣발로 밟아 껐다. 그러고는 다시금 휴대폰을 들어 어디론가 전화를 걸었다.

"접니다, 박 실장님."

짙게 내려앉은 그의 시선은 여전히 골목길을 향하고 있었다.

"사적인 부탁 하나 드리고 싶은데요."

9
동정과 사랑 사이에서

　다시금 쏟아지기 시작한 지옥 같은 업무량에 토요일임에도 윤강건설의 사장실은 바빴다. 주말 특근에 죽겠다는 얼굴을 하고 있는 비서실에서도 홀로 유독 멀쩡한 얼굴이 있었으니, 그 사람은 늘 그랬던 것처럼 봄이었다.

　빚은 이제 없지만 모아 둔 돈 역시 전혀 없다. 이제 새로운 시작이었다. 그렇게 그녀가 여느 때와 다름없이 특근수당을 생각하며 열심히 타이핑을 하고 있을 때였다. 책상 위에 올려 두었던 휴대폰이 진동을 했다.

　[누나. 다음 주 토요일. 안 잊었지? 몇 시에 출발할 거야? 버스표 지금 미리 예매해 놓게.]

　영원에게서 온 문자였다. 봄은 그제야 스케줄용 탁상달력 바로 뒤에 위치한 개인용 탁상달력을 꺼내 보았다. 딱 일주일 뒤의 날짜에 빨간 사인펜으로 작은 별 모양이 그려져 있다.

날짜가 벌써 이렇게나 됐나…….

봄은 새삼스러운 눈으로 빨간 별 모양을 바라보았다. 최근에 너무 정신이 없었던 탓에 시간이 이렇게나 흘렀는지 몰랐다. 하마터면 깜빡 잊을 뻔했다. 잊을 일이 결코 아닌데도 불구하고.

[10시쯤 출발하는 게 좋겠어.]

멍하니 달력을 응시하던 봄은 한참 만에야 영원에게 답장을 보냈다.

[오케이.]

영원에게서는 금방 답장이 왔다. 작년에 미리 예매를 하지 않았던 탓에 몇 시간이나 버스 정류장에서 기다렸던 기억 때문인지 올해는 웬일로 부지런을 떠는 모양이다. 문자를 확인한 봄은 작게 웃은 다음 휴대폰을 내려놓았다. 그녀가 다시금 일을 시작하려 할 때였다.

"근데요…….”

서류 더미 속에 파묻혀 있던 비서실 막내가 조용히 일만 하는 게 지루했는지 빼꼼 고개를 들며 말했다.

"우리 사장님 요즘 좀 이상한 것 같지 않아요?"

"사장님이 왜?"

"아뇨. 뭐가 이상한지는 딱히 꼬집을 수 없는데 미묘하게 느낌이 변한 것 같아서요."

"어떤 면에서?"

"미묘하게 친절해졌다고나 할까요? 미묘하게 두루뭉술해진 것 같기도 하고…….”

"정말 미묘한 차이인가 보다. 나는 전혀 못 느꼈으니까 말이야."

누구보다 사장과 함께 일한 세월이 긴 박 실장이 하하, 웃으며 대꾸했다. 그러자 다른 여직원인 영은도 저도 못 느꼈어요. 하며 고개를 끄덕였다.

"그래요? 제 느낌엔 분명 뭔가가 변한 것 같은데……."

별 호응이 없자 막내가 민망한 듯 입맛을 쩝 다셨다.

"아! 변한 게 있긴 하네."

"그게 뭔데요?"

"넥타이!"

박 실장의 목소리에 타이핑을 하던 봄의 손가락이 순간 멈칫했다.

"우리 사장님이 여태까지 같은 넥타이를 연속으로 매고 나오는 거 봤어? 패션에 은근히 민감해서 넥타이뿐만 아니라 양말 하나까지도 다 신경 쓰는 양반이잖아. 그 양반이. 근데 요새 봐. 같은 넥타이만 며칠째야. 그것도 여태 한 번도 맨 적 없던 새빨간 넥타이를."

"맞아요! 사실 저도 신경 쓰였어요. 그 넥타이."

"전 요즘 사장님이랑 마주칠 때마다 그 시뻘건 넥타이 땜에 정신 사나워 죽겠다니까요? 어디서 그런 요란한 것을 구했는지……."

박 실장이 물꼬를 트자 여기저기서 빨간 넥타이에 대한 이야기가 터져 나왔다. 다들 말을 안 해서 그렇지 그간 은근히 신경이 쓰였던 모양이다.

봄 혼자만이 그들의 이야기에 끼지 않고 입을 꾹 다문 채 일에 집중을 했다. 하지만 사실 그녀도 사장의 넥타이에 당황하고 있는 중이었다. 박 실장의 말대로 요 며칠 내내 사장이 빨간 넥타이를 매고 나타났던 것이다. 며칠이나 연속으로 같은 패션이라니. 지금껏 단 한 번도 보지 못한 광경이었다.

저가 선물하기는 했지만 사장이 이렇게 애용할 줄은 몰랐다. 이럴 줄 알았으면 의미고 뭐고 조금 무난한 색상을 고르는 건데 그랬다. 아니면, 그가 빨간색을 유독 좋아하는 건가?

새빨간 넥타이부터 시작해서 사장에 대한 이야기가 하나둘씩 튀어나오기 시작하며 이야기가 무르익어 갈 때였다. 별안간 집무실 문이 열리더니 사장이 나왔다. 호랑이도 제 말 하면 온다더니. 비서실 직원들의 놀란 눈이 갑작스레 등장한 그에게로 동시에 향했다.

"필요한 거 있으세요?"

그중 가장 빠릿하게 자리에서 일어난 것은 봄이었다.

"아니. 잠깐 갈 데가 있어서."

"외출하시게요?"

"그래."

그의 대답에 봄은 살짝 고개를 갸웃했다. 그녀가 기억하는 한 오늘 스케줄에는 특별한 외근이 없었다. 개인적인 업무이려나.

"차 대기시킬까요?"

"그건 됐고. 한 비서는 지금 퇴근 준비해서 따라 나오도록 해."

개인적인 업무인 줄 알았는데 외근인 모양이었다. 그런데 비서가 모르는 외근이 대체 어디 있다는 말인가. 게다가 차는 또 왜 됐다는 거고?

하지만 봄이 더 묻기도 전에 그는 이미 사장실을 빠져나가고 있었다. 참으로 때와 장소를 불문하고 한결같이 불친절한 남자가 아닐 수 없다.

멍하게 서 있는 것도 잠시. 봄은 얼른 하고 있던 작업을 저장한 다음 컴퓨터를 종료하고 가방을 챙겨 들었다. 그러고는 의아한 눈으로 그녀를 바라보고 있는 비서실 직원들에게 나도 모르겠다는 얼굴로 어깨를 으쓱해 보인 뒤, 사무실을 나섰다.

그는 이미 엘리베이터에 올라타서 그녀를 기다리고 있는 중이었다. 성격도 급하시지. 엘리베이터 안에서 삐딱하게 기대서서 저를 바라보고 있는 그의 모습에 봄은 속으로 중얼거리며 빠르게 걸음을 옮겼다.

"어디 가시는 거예요?"

"가 보면 알아."

오늘 이 남자의 콘셉트는 '세상에서 가장 불친절한 남자'인 모양이었다. 하지만 이러는 게 어디 하루 이틀이어야 말이지.

봄은 심드렁하니 또 시작이네, 생각하며 숫자가 바뀌는 LED판을 바라보았다.

잠시 후, 그의 차는 회사 근처의 빌라 앞에서 멈춰 섰다. 지은 지 얼마 안 된 신축 건물인지 제법 큰 덩치의 외관이 번쩍번쩍했다. 실내에 들어서자 더 확실해졌다. 새 건물 냄새가 훅 끼쳐 온 것이다.

하지만 오히려 의문은 더 커졌다. 이 남자는 도대체 왜 자신을 여기까지 끌고 왔단 말인가. 제아무리 고급 빌라라고 하더라도 덩치가 큰 사업만 다루는 윤강건설이 고작 빌라 하나에 볼일이 있을 리가 없는데 말이다.

의아하게 생각하면서도 봄은 얌전히 그의 뒤를 따랐다.

그들은 빌라의 가장 꼭대기 층인 9층에 도착했다. 사장은 901이라는 숫자가 박힌 현관문 앞에서 걸음을 뚝 멈췄다. 그녀가 옆에 나란히 섰을 때, 그는 아주 자연스럽게 도어록 비밀번호를 꾹꾹 누르기 시작했다.

띠리릭.

마치 기다렸다는 듯 경쾌한 소리와 함께 문이 열렸다.

"먼저 들어가."

문 옆으로 살짝 비켜나며 그가 말했다.

"여기가 어딘데요?"

"들어가 보면 알아."

아까는 가 보면 안다더니. 울컥 답답함이 치밀어 올랐지만 어쩌겠는가. 보스의 명인 것을.

봄은 별 대꾸 없이 집 안으로 들어설 수밖에 없었다. 하지만 그녀는 알고 있었다. 지금 이곳에 와 봤지만 알 수 없었던 것처럼, 집으로 들어간들 저가 알 수 있는 건 없으리라는 것을.

현관을 들어서자마자 널따란 거실이 가장 먼저 눈에 들어왔다. 건물이 남향이라 커다란 창문으로는 오후의 햇살이 쏟아져 들어오고 있었다. 언뜻 보기에도 방이 두 개는 더 넘어 보이는 넓은 공간이었다.

"참. 신발은 벗고 들어가도록 해."

이제 막 현관에서 발을 떼려는 그녀를 저지하며, 그가 신발장에서 슬리퍼 두 개를 꺼내 바닥에 툭 내려놓았다.

"여기, 사람이 살고 있는 공간이에요?"

장판 위를 디디려던 발을 얼른 거둔 봄이 놀라며 되물었다.

"아직은 아니야. 하지만 곧 들어올 예정이야."

"누가요?"

질문에도 그는 대답 없이 빤히 그녀를 바라볼 뿐이다. 제대로 못 들었나 싶어서 봄은 다시 질문했다.

"여기 누구 집인데요?"

"어제 청소랑 다 해 놨으니까 조심해."

또다시 동문서답.

봄은 오늘 하루 종일 묻는 말에 대답은 않고 제 할 말만 줄기차게 해 대는 남자를 어이없다는 듯 바라보았다. 원래도 제멋대로인 성격이었지만 오늘은 평소보다 배는 더 심각한 듯싶다.

하지만 그런 모습을 빤히 봤으면서도 그는 전혀 신경 쓰지 않으며 슬리퍼로 갈아 신고는 먼저 집 안으로 향했다.

후. 참자, 참아. 안 참는다고 뭘 어쩔 수 있는 것도 아니니까.

사실 지금 마음 같아서는 청소를 해 놨다는 장판 위에 구두 자국을 꾹꾹 눌러 찍고 싶을 정도로 짜증이 치밀었다. 하지만 차마 그런 짓을 할 수는 없는 처지. 속으로 심호흡을 한번 크게 한 봄은 이번에도 하는 수 없이 슬리퍼로 갈아 신고 그의 뒤를 따랐다.

그의 말대로 집 안엔 큼직한 가구들부터 시작해서 청소까지 깔끔히 되어 있는 게 누군가가 살 준비가 완벽하게 되어 있는 모습이었다. 그는 입구부터 시작해서 방문을 하나하나 열기 시작했다.

뭔지도 모르고 그의 뒤를 따라다니며 습관처럼 집 안 구석구석을 꼼꼼하게 살피던 봄은 그가 마지막으로 화장실 문을 열었을 때서야 문득, 업무 시간에 대체 내가 여기서 뭘 하고 있는 걸까, 하는 의문을 떠올렸다. 만약 이게 업무의 일종이라면, 도대체 무슨 업무인 걸까.

"어때?"

뒤늦게야 사뭇 진지하게 머릿속으로 물음표를 그리고 있을 때, 그가 아직 비닐 포장도 채 벗겨지지 않은 소파에 걸터앉으며 물었다.

"뭘 말씀이세요?"

"이 집말이야."

"이 집이요?"

"그래."

의미를 알 수 없는 질문을 던져 놓고 그는 대답을 기다리는 듯 그녀의 얼굴을 빤히 쳐다보았다.

지금껏 아무 말도 하지 않아 놓고 그저 어때? 라니. 도대체 무슨 대답을 원하는 건지 알 수가 없다. 질문의 의도를 파악하기 위해 덩달아 그의 얼굴을 빤히 바라보던 봄은, 결국 그의 표정을 읽어 내지 못하고 이내 붉은 입술을 뗐다.

"……제법 넓은 방이 3개가 있네요. 화장실은 2개가 있구요. 주방엔 기역 자 싱크대에 아일랜드 식탁까지 완벽하게 갖춰져 있고. 벽지와 싱크대, 붙박이장. 그리고 전반적인 가구들이 화이트 톤으로 통일되어 있어서 안 그래도 넓은 집이 더욱 넓어 보이는 효과를 낸 듯합니다. 건물 자체가 남향이라 채광도 좋구요."

"그 짧은 새에 이 집에 대해 완벽하게도 파악을 했군."

그런 의도로 질문을 했던 게 아니었는지, 줄줄 흘러나온 그녀의 대답에 그는 피식 웃었다.

"그래서. 살기는 어떨 거 같아?"

"건물도 괜찮고. 위치도 괜찮고. 집 안도 구조도 완벽하고. 지나치게 대가족만 아니라면 누가 살든 쾌적한 환경이지 않을까 싶습니다."

"그래?"

이번에는 그녀의 대답이 만족스러웠는지 그는 한쪽 입꼬리를 슬쩍 말아 올렸다. 그러고는 그녀를 바라보며 고개를 옆으로 살짝 까딱한다.

"그럼 한 비서가 여기서 살아 보겠어?"

"네?"

봄이 무슨 소리냐는 듯 되묻자, 그가 자리에서 쓱 일어나며 대꾸했다.

"지금 살고 있는 그 집. 다 큰 동생이랑 둘이 살기에 많이 좁잖아. 반지하라 햇빛도 잘 안 들 테고 또 습해서 곰팡이도 많이 폈고. 그리고 전에 보니까 화장실도 따로 없는 것 같던데……."

잠깐 들른 것뿐이면서 그야말로 그 짧은 새에 자신의 집에 대해 완벽하게 파악을 했던 모양이다. 저렇게 단점만 콕콕 짚어서 줄줄 뱉어 내는 것을 보면. 하긴, 코딱지만 한 반지하 방엔 딱히 장점이랄 게 없다는 걸 인정하긴 하지만 말이다.

그는 딱 이 정도에서 말을 끝냈지만. 봄은 듣지 않아도 그가 하고 싶었던 말이 무엇이었는지 알 수 있었다. 너는 그런 집에서 대체 어떻게 살고 있는 거야? 입 대신 그의 두 눈이 똑똑히 말해 주고 있었다.

"하세요."

봄은 그의 시선을 피하지 않으며 일부러 또박또박 말했다.

"사장님께서 진짜로 하고 싶은 말."

"그 집, 살기 불편하지 않아?"

살기 불편하지 않느냐고? 어떤 대답이 나올지 뻔히 알면서 굳이 묻는 저의가 뭘까. 그래도 '불편' 정도로 표현해 줬다는 걸 고맙게 생각해야 하는 걸까.

헛웃음이 나올 것 같아서 봄은 아랫입술을 질끈 깨물었다.

"왜요. 불편하다고 하면 이 집 저 주시게요?"

"이미 둘러봤다시피 당장 필요한 가구들은 다 준비해 뒀어."

봄의 삐딱한 물음에도 그는 전혀 개의치 않는다는 듯 덤덤한 얼굴로 대꾸했다.

"생필품 같은 건 구입해야겠지만, 그거야 어려운 일이 아니고. 도시가스도 신청이 돼 있으니, 한 비서만 괜찮다면 오늘 당장 들어온다고 해도 불편하진 않을 거야. 마침 주말이니까 이사하기도 좋을 거고."

설마 했는데, 이 남자 정말로 자신을 위해 이 집을 마련한 모양이었다. 유니폼이랍시고 옷과 구두들을 멋대로 안겨 주는 걸로도 모자라서 이번엔 집까지 주려나 보다.

집이라니……. 이러다가는 곧 아예 나라 하나를 통째로 사 주겠다고 말할 기세다.

무슨 행동을 해도 상상 그 이상을 보여 주는 남자를, 봄은 짙게 내려앉은 두 눈으로 물끄러미 바라보았다.

"옷은 유니폼이었으니, 이 집은 사택쯤 되는 건가요?"

"그렇게 생각하는 게 편하다면 그렇게 생각해."

주머니에서 마스터키와 카드를 꺼낸 남자가 그것들을 그녀의 손에 살며시 쥐어 주었다.

"빌라 출입증이랑 이 집 마스터키야."

이 집으로 들어오겠다는 말은 아직 단 한마디도 한 적이 없었다. 하지만 그는 백화점에서 물건들을 멋대로 그녀의 집에 보냈던 것처럼 이번에도 멋대로 그녀에게 집을 안겨 주고 있었다.

이 남자는 항상 제 입장은 생각도 않고 오직 자신의 입장에서만 생각하고 행동한다. 이럴 때마다 내 마음이 얼마나 무너지는지는 꿈에도 모르고서. 제 주제도 모르고 빌어먹을 자존심이 꿈틀거린다는 게 얼마나 비참한 건지, 그는 절대 상상도 못 할 테니까⋯⋯.

그날은 발끝이 시렸는데 이번엔 손끝이 시려 온다.

봄은 제 손에 들린 것을 빤히 바라보다가 주먹을 천천히 그러쥐었다. 손바닥에 닿는 금속의 냉기가 그녀의 손바닥을 타고 서서히 온몸에 퍼져 나가기 시작했다.

"⋯⋯사장님."

한참 만에야 앙다물고 있던 그녀의 붉은 입술이 달싹였다. 이를 꽉 깨문 그녀의 잇새로 떨리는 음성이 흘러나왔다.

"이제라도 차라리 다른 사람을 구하시는 게 어떠세요."

"그게 무슨 소리야?"

"이미 받은 돈은 지금 당장 돌려 드릴 수는 없지만, 제가 죽을 때까지 무슨 수를 써서라도 갚을게요. 지금까지 사채 빚 이자도 매달 꼬박꼬박 갚았어요. 절대 돈은 안 떼어먹을 테니까 걱정 마시고⋯⋯."

"그게 무슨 소리냐니까!"

봄의 말을 끊으며 그가 눈을 치떴다.

"한 비서. 지금, 계약을 파기하고 싶다는 얘기야?"

"네. 할 수만 있다면요."

무슨 헛소리냐는 듯 반듯한 미간을 확 구기는 남자의 모습에, 봄은 울컥하는 마음을 애써 억누르며 나오지 않으려는 목소리를 쥐어짰다.

"가짜 상대로라도 제 조건이 사장님의 성에 영 차지 않으면 차라리 다른 사람을 구하시지. 매번 왜 이렇게까지 제 자존심을 짓밟으세요? ……사장님께 못 볼 꼴을 보였다고. 제 밑바닥까지 다 보였다고. 제가 정말 자존심까지 다 버렸을 거라고 생각하시는 거예요?"

……자존심.

그래. 주제에 맞지 않게 자존심이라는 게 여전히 존재했다.

누군가의 강요도 없이 오직 내 의지만으로 돈에 자존심을 팔아넘겼다는 것을 알았지만, 그래서 매번 참으려고 했지만 그건 쉽지 않았다.

사실 그날 옥상에서 마주친 게 하필이면 또다시 그라는 게 미치도록 싫었다. 그럼에도 그가 내미는 계약서에 도장을 찍을 수밖에 없는 현실이 미치도록 비참했다.

유니폼이랍시고 분수에 맞지 않는 옷을 받을 때도. 그 옷들을 넣어 둘 공간이 부족하다는 것을 깨달았을 때도. 닦아 내도 몇 년째 지워지지 않는 곰팡이 슨 벽지를 보여 줬을 때도. 번듯하게 내놓을 찻잔은 둘째 치고 이가 나가지 않은 잔 하나 찾는 게 어려웠을 때도.

　매 순간……, 그의 앞에서 그녀는 비참하고 또 비참해야만 했다.

　"내가 지금껏 당신의 자존심을 짓밟았다고?"

　"네. 아주 잘근잘근 짓밟으셨어요. 형태도 남지 않을 정도로 아주 심하게."

　한껏 비꼬는 말을 내뱉는 그녀를, 그는 차갑게 바라보았다.

　"그런 거 아니야."

　"그런 게 아니면요? 그럼 혹시 제가 그렇게나 불쌍해 보이시는 거예요? 그래서 돈도 주고, 옷도 주고, 집도 준다고 하시는 거구요?"

　"그런 거, 아니라니까."

　듣기 싫다는 듯, 그만하라는 듯, 그가 낮게 으르렁거렸다.

　"다 아니면요!"

　하지만 봄은 여기서 멈출 수가 없었다. 이미 복받친 감정을 이젠 더 이상 삼킬 수가 없었다. 지금까지 매번 삼키기만 해서 가득 찬 감정이 흘러넘치기 시작했다.

　"다 아니면 뭔데! 그럼 대체 나한테 왜 그러는 건데!"

　악에 받쳐 소리치는 봄의 뺨을 타고 투명한 눈물이 주룩, 흘러내렸다.

　"나, 당신이 굳이 내 처지에 대해 알려 주지 않아도 잘 알아. 아무리 가짜라도 당신 같은 남자 옆에 있기엔 너무도 모자란 여자라는 거. 당신 같은 사람들이 보기에는 그저 불쌍한 인생이라는 거. 당신들 눈에는 내가 입는 것, 먹는 것, 사는 곳까지도 전부 구질구질해 보일 거라는 것도……."

발끝부터 시작해서 몸이 바들바들 떨려 왔다. 저도 모르게 내지른 악에 온몸에 힘이 다 빠져나가 버린 모양이었다. 머리가 어지럽고 속이 메스꺼워졌다.

툭.

그녀의 손에서 쥐고 있던 마스터키와 출입카드가 바닥으로 떨어졌다.

"다……, 안다고…….."

마지막까지 목소리를 희미하게나마 쥐어짜 냈다. 순간 그녀의 몸이 마치 종잇장처럼 힘없이 비틀거렸다. 그러자 남자의 손이 턱, 그녀의 양어깨를 받쳐 들었다.

"동정이냐고 물었어?"

냉기가 뚝뚝 떨어질 정도로 차가운 눈빛이 그녀의 두 눈을 똑바로 쳐다본다.

"정말 몰라서 묻는 것 같으니까 대답해 주도록 하지."

"……."

"결론부터 얘기하자면 동정, 그딴 거 절대 아니야."

그가 손을 들어 무심한 손길로 그녀의 뺨을 어루만졌다. 봄의 어깨가 흠칫 떨렸다. 하지만 그는 아랑곳 않고 엄지로 그녀의 얼굴을 적신 눈물 자국을 천천히 훔쳤다.

"한 비서도 잘 알다시피 나란 놈은, 기업 차원에서 기부 재단에 매년 일정한 성금을 보내는 것만으로도 기업인의 윤리, 도리, 충분히 다했다고 생각하는 사람이야. 그런 내가 당신을 왜 동정하겠어. 지금 당장 굶어 죽을 일 없는 당신을?"

이런데도 정말 못 믿겠어? 하는 눈빛에도 봄은 고집스러운 시선을 쉬이 거둬들이지 않았다. 그러자 남자는 하, 돌겠네. 작게 중얼 거리며 눈썹을 살짝 찌푸렸다.

"그냥 솔직하게 말할게."

건조한 목소리.

"나는 그냥, 당신이 걱정이 돼."

하지만 그와는 반대되는 따뜻한 시선이 그녀에게 와 닿는다.

"혹시나 뉴스에서 나오는 일에 당신이 휘말리지나 않을까. 그 거지 같은 골목길을 다니다가 사고가 생기지는 않을까."

"……."

"또 궁금해. 쉬는 날엔 잠은 잘 잤는지. 밥은 잘 먹었는지. 그 좁은 집에서 답답하지나 않을지. 다른 여자들처럼 예쁜 옷이 갖고 싶지는 않을지. 가끔은 느긋하게 스파나 하면서 피로를 풀고 싶지는 않은지."

언젠가 들었던 따뜻한 목소리가 천천히 이어졌다.

"그리고 신경이 쓰여. 매번 괜찮다는 말만 하는 당신이 정말 괜찮은 건지. 사실은 전혀 괜찮지 않으면서 괜한 오기를 부리는 건 아닐지. 언젠가처럼 또 울고 싶은 건 아닐지. 혹시라도 누군가에게 기대고 싶은 건 아닐지."

……지금, 이 남자가 도대체 무슨 말을 하고 있는 걸까.

그리 어려운 말은 아닌 것 같은데도 봄은 도저히 남자가 하는 말들을 이해할 수가 없었다. 분명 바로 옆에서 들려오는 소리임에도 아득하게 먼 곳에서 들려오는 소리인 것만 같다. 그와 자신의 시선이 마주하고 있는 이 순간이, 마치 꿈인 것처럼.

"만약 그렇다면……."

……아니, 꿈인 걸까.

"그게 나일 순 없을지."

봄은 멍한 시선으로 남자를 바라보았다. 뿌옇게 흐린 시야로 남자의 얼굴이 수채화 그림처럼 흐릿하게 보인다. 하지만 그 와중에도 자신을 향한 그 시선만큼은 또렷이 보였다.

남자는 숨이 멎을 듯 짙은 시선으로 그녀를 똑바로 바라보고 있었다.

"이번엔 당신이 대답해 봐."

화악—

별안간 그가 붙들고 있던 그녀의 어깨를 세게 끌어당겨 자신의 품에 안았다. 그러고는 그녀의 한쪽 어깨에 턱을 괴고는 귓가에 대고 작게 속삭였다.

"이런 게……."

낮은 목소리가, 뜨거운 숨결이, 들끓는 감정이, 아주 느릿하게 귓가로 흘러든다.

"……동정이야, 사랑이야?"

✽✽✽

집무실을 들어서자마자 갓 내린 진한 커피 향이 그녀의 코끝을 흠뻑 적셨다. 약 10분 전 자신이 내린 아메리카노였다. 평소와 달리 배달은 비서실의 막내를 시켰지만.

남자의 앞에 놓여 있는 커피 잔에는 입을 댄 흔적이 아직 없었다. 출근과 동시에 업무 때문에 정신이 없었던 모양이었다.

봄은 자신이 들어왔음에도 여전히 모니터에만 시선을 집중하고 있는 남자의 옆얼굴을 잠깐 바라보다가, 속으로 짧은 숨을 삼키고는 이내 평소처럼 똑똑, 책상을 두 번 두드렸다. 그제야 그가 고개를 살짝 들고 그녀를 바라보았다.

"오늘 일정 브리핑 시작하겠습니다."

그는 늘 그렇듯이 대답 대신 쓰고 있던 안경을 벗어 책상 위에 올려 두었다.

"30분 후, 10시에 임원 회의가 있습니다. 장소는 10층 회의실이구요. 주제는 〈Green Terra〉 수주 건입니다. 사장님께서 미리 체크해 두셔야 하는 부분은, 최 이사가 오늘 회의에 참석하겠다고 연락이 왔다는 것 정도입니다."

"흐음."

최 이사라는 말에 남자는 뭔가를 생각하는 눈치였다. 봄은 잠깐 말을 멈추고 그의 반응을 기다렸다.

최 이사는 윤강건설에서 가장 임원직을 오래 맡고 있는 인물로서 윤 회장의 라인이었다. 그는 새파랗게 젊은 그가 혈연을 이유로 사장직에 앉는 것을 못마땅해했었다고 했다. 그렇다고 대놓고 사장에게 태클을 거는 것은 아니었지만, 은근 여전히 견제하는 눈치라 이쪽 입장에서는 다른 사람들보다 조금 더 신경을 써야 하는 요주의 인물이다.

"그래. 알겠어. 다음."

정한이 턱짓을 했다. 그제야 봄은 들고 있던 노란 수첩을 한 장 넘겼다.

"1시에는 대경 김 상무와 점심 약속 있으십니다. 며칠 전 지독한 열감기에 시달리다 오늘에서야 출근을 했다는데, 아직 컨디션이 완전히 회복된 건 아니라고 합니다. 그러니 아마 오늘 식사에는 술이 빠지지 않을까 예상됩니다."

"하긴. 건강은 또 엄청 챙기는 사람이니, 그렇겠군."

그는 느긋하게 고개를 끄덕였다.

"다음."

"오후 5시에는 잡지 인터뷰 약속 있으십니다."

"잡지? 그게 오늘이었나?"

"네. 이건 강당에서 진행하기로 했구요. 간단한 메이크업 후 촬영, 그리고 간단한 인터뷰까지. 총 두 시간가량 소요될 예정이라고 합니다."

"그게 두 시간씩이나 걸릴 일인가?"

"여기 잡지사 쪽에서 보내온 인터뷰 예상 질문입니다."

종이를 받아 대충 훑어보던 그가 뭔가 마음에 들지 않는다는 듯 한쪽 눈썹을 살짝 찡그렸다.

"뭐가 이렇게 많아?"

"실제로 진행될 질문은 절반가량이라고 합니다. 그중에서도 사적인 질문은 모두 제해 달라고 전했구요."

봄은 이런 반응쯤은 충분히 예상했다는 듯, 마치 어린아이를 달래듯 차분하게 대꾸했다.

원래가 인터뷰뿐만 아니라 매스컴에 얼굴을 내비치는 것 자체를 꺼려 하는 남자였다. 해서 여태 공식적인 이벤트나 그룹 차원에서 거절할 수 없는 중요한 인터뷰 등을 제외하고 그 외의 자잘한 인터뷰는 비서실 선에서 최대한 거절해 왔었다.

하지만 이번 인터뷰는 국내 기업인들의 딱딱한 이미지 쇄신을 위해 만들어진 자리였으므로, 도무지 거절할 수가 없었다. 이마저 거절한다면 분명 윤정한 사장이 언론에 노출을 극히 꺼리는 이유에 대해 쓸데없는 루머가 생산될 것이 분명했다. 현재 누구보다 국민들의 관심이 쏠린 인물이 바로 일선에서 물러난 윤 회장을 대신해 새로운 윤강그룹의 얼굴이 된 윤정한이었으니까 말이다.

"메이크업은 꼭 해야 하는 건가?"

그런 사실을 누구보다 잘 알기에 어쩔 수 없이 인터뷰에 응하기는 했지만 여전히 마음에 들지 않는다는 듯, 남자는 여전히 뾰로통한 얼굴이다. 이런 자리가 한두 번도 아니면서 별 자잘한 것까지 트집을 잡는 남자를 향해 봄은 속으로 짧게 한숨을 내쉬고는 대꾸했다.

"지면에 사진을 싣는 것뿐만 아니라 간단한 메이킹 필름도 동영상으로 촬영한다고 들었습니다. 요즘은 카메라 화소가 워낙 좋아서……. 제 생각엔 조금 귀찮으시더라도 그쪽에서 제시한 대로 메이크업을 받으시는 게 좋을 것 같습니다."

"그쪽에서 내 얼굴을 실제로 못 봐서 그래. 메이크업 따위 안 해도 잘난 얼굴인데 말이야."

하긴. 매일 쓰는 스킨로션만 해도 얼마짜린데. 물론 타고난 것도 있겠지만 전문적인 관리도 잘 받은 덕에 그의 피부는 웬만한 여자 피부보다 더 매끄러웠다. 그래도 본인 입으로 저런 말은 좀 안 했으면 좋겠는데 말이다. 부디 오늘 있을 인터뷰 때는 저 오만한 성격을 조금만 숨겨 주기를, 그의 정수리를 빤히 응시하며 봄은 간절히 바랐다.

"일단 알겠어. 다음은?"

"오늘 공식적인 일정은 여기까지입니다."

"그게 끝이야?"

그가 종이에서 시선을 떼며 물었다.

"더 할 말 없어?"

"네."

봄이 펼쳤던 수첩을 탁, 접으며 깔끔하게 대답했다.

"아닐 텐데?"

"네?"

무슨 말인지 모르겠다는 듯 바라보자, 남자의 한쪽 눈썹이 슬쩍 올라간다.

"한 비서, 아직 대답 안 했잖아. 내 질문에 대해서."

"아……."

수첩을 쥔 봄의 손에 힘이 살짝 들어갔다. 그 모습을 놓치지 않은 남자는 여유 만만한 미소를 지어 보였다.

"내 질문이 어려웠나? 난 초등학생들도 쉽게 풀 수 있는 문제라고 생각했는데 말이야."

"……."

"쉽잖아. 보기가 많았던 것도 아니고 딱 두 개였는데."

그는 지금 당장 대답을 내놓으라는 듯, 검지로 테이블 위를 톡톡, 가볍게 두드렸다.

그래. 그냥 지나칠 남자가 아니지.

집요한 남자의 시선에 봄은 아랫입술을 살짝 깨물었다. 주말 동안 재촉하는 연락 따위가 없기에 이번엔 이렇게 그냥 넘어가려나

보다 했었는데 역시였다. 그래도 반말을 하며 악을 내질렀던 제 행동에 대해서는 문책하려는 것 같지 않으니 고마워해야 하는 걸까.

"생각할 시간이 더 필요해?"

꽉 닫혀 벌어질 생각 없는 그녀의 붉은 입술을 빤히 바라보던 그가 물었다.

"뭐, 좋아. 조금 더 시간을 주도록 하지. 당신 입장에서는 너무 갑작스러웠을 수도 있으니까."

남자는 마치 대단한 인심이라도 쓰는 양 웃으며 말했다.

"천천히 생각해 보도록 해."

대체 무슨 생각을 하라는 거예요?

황당한 마음에 봄이 속으로 외친 그 순간이었다.

"내 고백에 대해서. 그리고 직장 상사가 아닌……."

마치 그녀의 속마음을 읽기라도 한 것처럼 남자의 입이 다시금 열렸다.

"남자 윤정한에 대해서."

그리 말하는 남자의 시선은 그녀의 얼굴을 빤히 응시하고 있었다. 한 점 흐트러짐 없이.

"……이만 나가 보겠습니다."

감당하기 어려울 만큼 짙은 시선에 봄은 저도 모르게 시선을 피했다. 그러고는 대답을 듣지도 않고 그에게서 등을 돌렸다. 상사의 명령이 떨어지기도 전에 제멋대로 행동하는 것은 평소 같았으면 절대 있을 수 없는 일이었지만, 지금은 그런 예의까지 차릴 마음의 여유가 전혀 없었던 것이다.

"참."

돌아서는 그녀의 뒤통수에 남자의 목소리가 꽂혔다.

"혹시나 해서 하는 말인데, 계약은 절대로 못 물러 줘. 그렇게 알아."

그녀가 내뱉었던 계약을 파기하고 싶다는 말이 신경 쓰였던 모양이다. 사실 욱해서 뱉은 말이지 정말로 계약을 파기하고 싶었던 건 아니었다. 이미 받아 버린 어마어마한 액수의 돈을 갚을 자신도 없었고. 네. 봄은 들릴 듯 말 듯한 목소리로 대꾸했다.

집무실을 나온 봄은 곧장 탕비실로 들어가 정수기에서 찬물을 한 컵 가득 담아 원샷을 했다. 속에다 찬 것을 때려 부었으면 응당 속이 조금은 차분해져야 정상이거늘. 속에서 한번 인 열은 쉬이 사그라지지를 않았다.

며칠 전 빌라에 갔던 날. 단단한 품에서 벗어난 봄은 집까지 태워 주겠다는 그의 제안을 단칼에 거절한 채 걸음을 옮겼다. 얼마나 정신이 없었는지 하마터면 내릴 타이밍을 놓쳐 다음 정거장까지 갈 뻔했다. 다행히도 친절한 기사 아저씨 덕분에 제대로 내릴 수 있었지만.

정신없이 집으로 돌아와서 다시금 생각해 보았다. 방금 저가 겪은 충격적인 일들 중 도대체 뭐가 좀 더 충격이었는지에 대하여.

그가 제멋대로 옷을 안겨 주는 걸로도 모자라서 이번에는 집까지 덥석 안겨 주려 했다는 것인지. 아니면, 괜히 자격지심이 폭발해 그가 자신의 상사라는 사실도 잊고 반말을 지껄여 댔던 것인지. 그것도 아니면, 그의 입에서 '사랑'이라는 단어가 나왔다는 것이 충격인 건지.

하지만 길게 고민할 것도 없이 곧 후자라는 결론이 났다. '사랑'
이라는 낯간지러운 단어 외에는 아무런 생각이 나질 않았으니 말이
다. 한 시간도 채 안 됐는데 집이 어떻게 생겼었는지, 저가 뭐라고
소리를 쳐 댔었는지는 전혀 기억이 나질 않았다.

사랑.

왠지 강렬한 새빨간 느낌이 드는 그 단어 외에는 머릿속이 텅 빈
듯했다.

그러니까.

"⋯⋯동정이 아니라 사랑이라고?"

대체 누가?

"⋯⋯사장님이?"

대체 누구를?

"⋯⋯나를?"

몇 번의 자문자답 끝에 봄은 결국 하하, 너털웃음을 터뜨렸다.

꿈꾸니, 한봄?

그래. 정말로 꿈 같은 일이었다. 한 번 생각해 봐도, 열 번 생각
해 봐도, 백 번을 생각해 봐도. 꿈이 아니라면 이건 말이 안 됐다.

최근 그의 행동이 눈에 띄게 이상하기는 했지만, 그렇다고 이렇
게나 갑자기 사랑이라니. 이건 마치 일개 사원이었던 자신이 어느
날 갑자기 임원으로 발령이 났다는 얘기를 듣는 것만큼이나 황당한
일이 아닐 수 없었다. 아니, 차라리 그러는 편이 지금보다는 덜 황
당하지 않을까.

그 남자는 분명 사랑 따위 귀찮다고 했었다. 그래서 자신이여야

만 한다고, 분명 그리 말했었다.

그런데 사랑이라니.

다른 누구도 아닌 그 남자의 입에서.

다른 누구도 아닌 저에게.

봄은 이번에도 그냥 그가 뭘 잘못 먹었나 보다, 생각하고 싶었다. 평소처럼 그리 생각하면 간단한 일이었다. 하지만 그러지 못하고 이토록 찜찜한 마음이 드는 건 그의 눈빛 때문이었다. 저를 바라보던 남자의 눈빛은, 평소 무심하기만 하던 그 눈빛과는 달리 진심이라는 듯 세상없이 진지했다.

'한 비서. 나랑 연애 안 할래?'

'당신이 대답해 봐. 이런 게 동정이야, 사랑이야?'

그래서였을 거다. 언젠가 들었던 질문에 칼같이 대답했던 것과 달리 이번 질문에는 말문이 턱 막혀 버린 이유가.

……어쩌면 정말, 그가 진심인 걸지도 모르겠어서.

남자의 말을 천천히 곱씹던 봄의 얼굴이 와락 구겨졌다. 지금 그녀의 마음은 차라리 그가 언젠가처럼 필요에 의해서 헛소리를 하는 거라면 차라리 다행이다 싶을 정도였다. 그가 진심이라면, 앞으로 그걸 대체 어떻게 감당해야 할지 전혀 모르겠으니까 말이다.

이런 건, 정말이지 단 한 번도 상상조차 해 본 적 없던 일이었다. 그 남자가 윤강그룹의 유일한 후계자라는 걸 알게 된 그 순간부터는 정말이지 단 한 번도.

"남자 윤정한이라니……."

저도 모르게 입 밖으로 목소리를 튕겨 낸 봄은, 길게 한숨을 내쉬며 다시금 컵에 찬물을 가득 따랐다. 주말 내내토록 애써 가라앉혔던 가슴이 다시금 벌렁거린다.

잡지사 직원들의 손길이 닿은 지 채 30분도 지나지 않아 강당의 단상 위는 금방 스튜디오처럼 변했다. 빠르게 세팅되는 화려한 조명 기구들과 전혀 용도를 모르겠는 복잡한 기계들까지. 익숙했던 장소가 짧은 시간 안에 전혀 낯선 장소로 변하는 놀라운 광경을, 봄은 구석에서 물끄러미 지켜보는 중이었다.

"오늘은 사람이 좀 더 늘었네."

봄의 옆에 나란히 서서 그 광경을 지켜보던 박 실장이 강당 안의 광경을 쓱 훑으며 알은체를 했다.

"한 비서는 이런 광경 처음이지?"

"네."

"직접 보니까 어때. 기대보다 별거 없지?"

그리 묻는 뉘앙스가 조금 이상하다 싶다. 질문의 의도가 헷갈려서 봄이 고개를 살짝 틀어 박 실장을 바라보았다. 그의 어깨가 한껏 솟아 있는 것을 보니, 아무래도 뭔가 오해를 하고 있는 모양이었다. 마치, 그녀가 이런 광경에 대한 기대 때문에 굳이 이 자리에 참석했다는 것쯤으로.

사실 사장의 해외 출장이나 행사 참석, 언론 인터뷰 등 세간의 눈에 띄는 공식적인 스케줄은 박 실장의 담당이었다. 작년에 급체를 한 박 실장 대신 그녀가 호주 출장을 대신 갔던 것처럼, 가끔

부득이한 상황이 생길 때면 봄이 박 실장의 대타로 참석하는 경우는 있었지만 오늘은 그런 것도 아니었다. 박 실장이 이렇게 멀쩡하게 이 장소에 서 있으니까 말이다.

게다가 이번 일정이 사람이 많이 필요할 정도로 중요한 것도 아니었고. 그러니 박 실장이 그런 오해를 하는 것도 딱히 무리는 아니었다.

"오늘 잡지사 인터뷰 자리. 한 비서도 동행하도록 해."

대경 김 상무와의 식사 자리를 끝내고 회사로 복귀하는 차 안에서 그가 대뜸 말했다.

"박 실장님께 무슨 문제라도……."

"카메라 앞에서 유독 좀 멋지거든, 내가."

"네?"

황당하다는 듯 되물었지만 더 이상 돌아오는 대답은 없었다. 고개를 휙 틀어 바라본 그는, 그저 별 대수롭지 않은 말을 했다는 듯 뻔뻔한 얼굴로 휴대폰을 바라보고 있었을 뿐이다.

설마, '멋진 모습'이라는 걸 저한테 보여 주고 싶기라도 하다는 얘긴가. 아리송했는데 박 실장이 멀쩡하게 강당에 나타나는 순간 그녀는 깨달았다. 정말 그 얘기였구나, 하고.

분명 자의가 아니라 철저히 갑의 타의에 의해 이 자리에 있는 것이었다. 하지만 이런 사정을 얘기할 수는 없는 법. 그래, 차라리 호기심 넘쳐서 바쁜 와중에도 이 스케줄까지 꼭 따라온 애로 남자. 결심한 봄이 박 실장을 향해 어색하게 웃으며, 그러게요. 별거 없네요. 대꾸할 때였다. 강당 문이 열리고 강당 바로 옆의 빈방에서 메이크업을 끝낸 사장이 나타났다.

한 시간 전 그녀가 직접 골라 준비해 뒀던 네이비색의 세미 정장을 깔끔하게 소화한 그는, 옅은 메이크업을 했다는 것 외에는 평소와 전혀 다르지 않은 모습이었다. 하지만 잡지사 직원의 안내를 받은 그가 환한 조명 앞에 선 순간, 오늘 낮에 그가 했던 말이 거짓이 아니었음을 깨달았다.

오직 자신을 향해 있는 많은 카메라 앞에서도 아주 여유롭게 다리를 꼬고 앉은 그는 정말로 반짝이면서 빛이 나는 듯했다. 마치 여느 연예인들처럼.

"안녕하세요. 윤정한 사장님. KS잡지 조미영 기자입니다."

사장과 마주 보고 앉은 늘씬한 여자가 빙긋 웃으며 인사말을 건넸다.

"본격적인 인터뷰에 들어가기 전에요. 개인적으로 하나 여쭙고 싶은 게 있는데요. 대답 괜찮으실까요?"

사전에 얘기가 되지 않은 여기자의 돌발 질문에 순간 박 실장의 어깨가 흠칫 떨렸다. 그렇지 않아도 내키지 않는 자리에 참고 앉아 있는 것인데 사적인 질문까지 더해져 사장의 심기가 지금보다 더 엉망진창이 될까 봐 걱정이 됐던 것이다. 하지만 박 실장의 예상과는 달리 사장은 웬일로 느긋하게 웃으며 대꾸했다.

"무슨 질문인지 들어 보죠."

왜 저래, 갑자기. 평소와 다른 반응에 박 실장이 한층 더 불안한 듯 경직된 채 중얼거렸다. 봄 역시 살짝 놀라긴 했다. 원래 사람이 안 하던 짓을 하면 더 무서운 법이니까.

"사장님께서 하고 있는 그 넥타이요."

여기자의 손끝이 사장의 목에 대롱대롱 매달려 있는 넥타이를 정확하게 가리켰다.

"왠지 독특한 느낌인 것 같은데, 혹시 사장님께 의미가 있는 물건인가 싶어서요. 아니면 그냥 사장님 옷장에 있는 것 중 하나인가요?"

"제 옷장에 있는 것 중 가장 의미가 있는 물건이라고나 할까요."

"대답이 의미심장하게 들리는데요! 혹시 여성분께 받으신 건가요?"

특종이라도 건질 타이밍이라고 생각했는지 여기자의 눈이 반짝였다.

"흐음."

순간 그의 시선이 흘끗 강당 뒤편에 서 있는 봄에게 닿았다. 그와 동시에 그녀의 손에 땀이 찼다. 혹시나 그의 시선을 따라 많은 사람들의 시선이 자신에게 닿을까 싶어서. 혹은 그의 입에서 또다시 엉뚱한 말이 나오지는 않을까 싶어서.

미치겠네, 진짜!

봄은 속으로 마른 비명을 내질렀다. 정말 순수하게 감사하는 마음에서 준비했던 선물이었는데, 잘못 골라도 너무 잘못 고른 듯했다. 빨간 넥타이는 너무도 눈에 띄었다. 차라리 빨간 내복을 선물할 것을. 이렇게까지 사장이 빨간 넥타이에 꽂힐 거라는 것까지는 미처 계산하지 못했던 게 가장 큰 실수였던 것이다.

안절부절못하는 모습이 티가 났는지. 남자의 입꼬리가 보일 듯 말 듯 살짝 올라갔다. 미묘한 변화였기에 강당 안에 있는 그 누구도 아마 눈치채지 못했겠지만, 봄만은 확실하게 알아챌 수 있었다.

하지만 다행히도 사장은 금방 그녀에게서 시선을 거둬들이고는 여유롭게 대구했다.

"그건 노코멘트하도록 하죠."

"제가 지금 요즘 사장님께서 만나고 계시는 여성분이 있으신지 여쭤 봐도, 역시 노코멘트로 일관하시겠죠?"

"저에 대해 벌써 파악했나 보군요."

"이런……. 제가 좀 더 유도 신문을 제대로 했어야 하는 건데, 정말 아쉽네요. 많은 사람들이 아직 미혼인 윤정한 사장님의 사생활, 특히나 연애 쪽에 대해서 관심이 지대하다는 사실에 대해서는 혹시 알고 계신가요?"

"그렇습니까?"

"어머, 정말 모르셨어요? 윤 사장님 인기 엄청 좋으세요. 웬만한 연예인들은 명함도 못 내밀 정도로요."

적당한 선은 지킬 줄 아는 베테랑 기자 덕분에 인터뷰 분위기는 꽤나 괜찮게 흘러가기 시작했다. 기자는 사전에 전해 주었던 예상 질문에서 벗어나지 않는 질문을 이어 갔고, 별 관심 없어 보여 그녀를 걱정하게 했던 사장은 그래도 준비를 했던 모양인지 프로다운 모습으로 그에 대해 차분하고 명쾌하게 대답을 해 나갔다. 그렇게 인터뷰 분위기가 무르익을 즈음이었다.

"한 비서. 요즘 사장님 확실히 좀 이상한 것 같지?"

저만치 떨어진 단상 위를 바라보고 있던 박 실장이 봄의 귓가에 대고 작게 속삭였다.

"네?"

봄이 고개를 돌려 박 실장을 바라보았다. 먼젓번에 막내가 사장님이 이상하다는 얘기를 꺼냈을 때는 시큰둥한 반응이더니, 갑자기 무슨 소릴 하려고 이러는 걸까. 의아하다는 시선을 보내자, 박 실장이 조금 전보다 한층 더 낮은 목소리로 속삭였다.

"한 비서니까 내가 하는 말인데……, 아무래도 우리 사장님 여자 생긴 것 같아."

"……여자요?"

"안 믿기지? 나도 첨엔 안 믿겼는데, 요 며칠 내가 아주 자세하게 관찰을 했거든. 여자가 생긴 게 분명해."

'여자'라는 단어에 봄의 몸이 순간 흠칫거렸다. 굳이 뒷말을 더 듣고 싶지는 않았지만, 그런 봄의 속마음을 알 길이 없는 박 실장은 마치 국가적인 보안 이야기라도 하는 듯 들릴 듯 말 듯 가느다란 목소리로 말을 이어 갔다.

"사실 얼마 전에는 대뜸 연락이 와서는 아무것도 묻지 말고 당장 들어갈 수 있는 집을 하나 알아봐 달라는 거야. 아무것도 묻지 말라는 것부터 수상하긴 했는데, 영 엉뚱한 소릴 더 하더라? 너무 부담스럽지 않은 선에서 최대한 좋은 집을 구하라나, 뭐라나. 2인분 같은 1인분 달라는 것도 아니고. 돈이 없는 것도 아니고. 사장님 성격이나 재력에는 너무 안 어울리는 대사 아니야?"

"……그러네요."

"근데 더 이상한 게 있어. 대충 조건 맞는 집 몇 군데를 골라서 자료 보내 드렸더니, 그 집은 남향이 아니라 안 돼. 저 집은 주방이 좁아서 안 돼. 이 집은 방이 너무 작아. 아주 깐깐하게도 까더라니까. 평소에도 완벽주의자 기질이 있긴 하지만, 내가 지금까지 거의 10년 가까이 모시면서 이렇게까지 까다롭게 구는 걸 보는 건 처음이었어. 본인이 살 집을 구할 때도 이렇게까지 까다롭겐 안 굴었거든. 지금 사장님이 살고 있는 집도 내가 구해 드린 거잖아. 그새 완벽주의자 기질이 더 강해진 건지 뭔지."

사장의 완벽주의자 기질에 질렸다는 듯 박 실장이 몸을 작게 부르르 떨었다. 집을 구하면서 까다롭게 구는 사장 때문에 꽤나 고생을 했던 모양이었다.

"결국은 안 되겠다 싶었는지 직접 알아보겠다고 하시더라? 그러더니 정말로 그날 퇴근하고 당장 집 보러 다니더니 몇 군데를 더 돌아보고 난 다음에야 한 곳 결정했는데. 그것마저 어찌나 까다롭게 고르던지. 심지어는 빌라 가까이에 파출소가 있는지 없는지도 확인하시더라니까."

"……파출소요?"

"그래. 파출소. 근데 이상한 점이 어디 그것뿐인 줄 알아? 가구까지 직접 고르셨어. 그 집에 들어갈 가구 하나하나, 전부 다."

직장 상사의 말에 적당히 맞장구를 쳐 주던 봄의 눈이 별안간 둥그렇게 커졌다. 몰랐던 사실이었다. 그 집을 직접 알아보러 발품을 들였다는 것도 놀라울 따름이었는데, 그 집에 있던 가구들까지 그가 직접 나서서 고른 것이었다니.

말도 안 돼. 증인이 직접 떠들어 대고 있는데도 쉽게 믿기지가 않는다. 저가 아는 한 사장은 타인을 위해 귀찮은 일을 나서서 할 사람이 절대 아니었으니까. 게다가 파출소라니. 정말 뉴스 때문에 걱정을 했다는 걸까.

"정말 이상하지 않아?"

확실히 이상하긴 했다. 하지만 봄은 마치 동조를 바라는 듯 저를 빤히 바라보는 박 실장 앞에서 쉽사리 입을 뗄 수가 없었다.

사장의 이상 행동의 원인이 아무래도 자신인 것 같았으니까 말이다.

"몸이 두 개라도 모자랄 정도로 바쁜 양반이 직접 움직였다는 건 분명 중요한 인물이 살 거라는 건데⋯⋯."

봄에게서 딱히 반응이 없었지만 박 실장은 말을 계속해서 이어 갔다. 아무래도 지난 5년간 회사 일밖에 모르던 사장에게 은밀한 사생활이라는 게 생겼다는 것이 꽤나 즐거운 모양이었다.

"가족이라고는 회장님과 여동생뿐이잖아. 본인 명의로 된 집에 시집간 여동생이 들어와 살겠어, 회장님이 들어와 살겠어. 그렇다고 두 집 살림하는 것도 아닌데, 지금 살고 있는 그 좋은 집 놔두고 자기가 살려고 그러는 것도 아닐 테고. 또 주변 사람 챙기는 살뜰한 타입도 아니니까 애먼 사람 주려는 건 아닐 거고. 그렇다면 답은 하나지. 여자야, 여자."

"⋯⋯."

"그리고 구두도 아니고, 백도 아니고, 보석도 아니고, 차도 아니고, 무려 집인 걸 보니. 아무래도 가벼운 사이는 절대 아닌 것 같아."

박 실장은 아예 확신하는 듯했다. 그는 확신에 찬 눈빛으로 사장이 있는 쪽을 슬쩍 바라보며 말했다.

"내가 장담할 수 있어. 저 요상한 넥타이도 분명 그 여자가 줬을 거야."

네, 그 요상한 넥타이. 제가 선물했습니다만⋯⋯.

하지만 그렇다고 솔직하게 말을 할 수도 없는 노릇 아닌가. 더 이상 맘에 없는 맞장구를 쳐 주기에도 지친 봄은 대답 대신 어색하게 웃으며 박 실장을 따라 시선을 옮겼다. 그녀의 시선이 조명을 받아 오늘따라 유난히 더 눈에 띄는 빨간 넥타이를 스쳐 역시나 조명을 받아 반짝 빛나는 남자의 얼굴에 닿았다.

'나는 그냥, 당신이 걱정이 돼.'

순간, 짙은 눈동자로 저를 똑바로 바라보던 남자의 얼굴이 지금의 얼굴 위로 겹쳐 보였다. 동정이든 아니든. 저 남자 딴에는 분명 전에 없던 호의를 보인 것인데, 너무 예민하게 굴었나 하는 생각이 이제 와 문득 든다.

기분…… 나빴겠지.

봄은 속으로 짧게 한숨을 내쉬었다. 전혀 몰랐던 사실을 전해 듣고 나자 마음이 한층 더 무거워졌다.

남향에 주방이 넓고 방이 큰 집을 고르며, 또 그 집에 어울리는 가구들을 하나하나 직접 고르며 저 남자는 대체 무슨 생각을 했을까. 직접 나서서 집을 고르고, 가구를 고르는, 정말이지 어울리지 않는 남자의 모습을 억지로 상상하자 이상하게 가슴 한편이 따갑다.

✽❀✽

도진은 퇴근을 10분 정도 남겨 두고 아내에게서 연락 한 통을 받았다. 친구를 만나겠다며, 오늘 저녁밥은 당신이 알아서 챙겨 먹으라는 얘기였다. 그 소리가 어째서 당신 오늘 저녁은 자유야, 라고 들린 건지. 예전엔 유부남 선배들이 하는 이야기에 공감을 전혀 못했었는데 결혼한 지 얼마나 지났다고 벌써부터 뼈저리게 공감이 된다.

하지만 모처럼 만에 자유가 생겼음에도 딱히 할 일이 없었다. 한잔할까 싶어 유일한 친구에게 전화를 걸어 봤지만 씹히고야 말았다. 결국 회사 근처에서 간단하게 국밥 한 그릇을 한 다음 도진이 향한 곳은 피트니스클럽이었다.

불금에 혼자 국밥에 결국은 운동이라니. 아이고, 내 팔자야.

괜스레 우울한 마음이 들어 무거운 걸음을 러닝머신을 향해 옮기는데, 문득 반가운 얼굴이 보였다. 자신의 전화를 무참히 씹었던 친구였다. 저만큼이나 우울한 불금을 보내는 동지가 있다는 사실이 꽤나 위안이 되었는지 도진은 싱글벙글 웃으며 친구의 바로 옆 러닝머신 위에 올라섰다.

"요즘 여기서 자주 보인다?"

속도를 맞추고 걷던 도진이 결국 목소리를 낸 다음에서야, 바로 옆에서 들리는 인기척에도 무심하게 앞만 보고 달리던 정한의 시선이 흘끗 이쪽을 향했다. 대체 언제 와서 얼마나 달린 건지 땀이 그의 머리칼을 따라 뚝뚝 바닥으로 떨어지고 있었다.

"대체 언제 왔어?"

"한 시간 전쯤."

한 시간 전이라면, 퇴근 후 저녁도 먹지 않고 바로 달렸단 얘기였다. 흘끗, 옆의 기계 위에 뜬 숫자를 바라보니 정말로 50분이 훌쩍 넘어가고 있었다.

도진의 얼굴에 경악이 서렸다. 다이어트 목적도 아니고 누가 무식하게 러닝머신만 한 시간을 뛴단 말인가. 말 그대로 러닝을 하는 이유는 운동을 제대로 하기 전 몸을 데우는 준비 운동인데 말이다.

"너 요즘 무슨 일 있냐?"

도진이 짐짓 걱정스럽다는 듯 물었다. 최근에 이상하게 이곳에 얼굴을 자주 비칠 때부터 눈치챘어야 했는데. 평일엔 회사 업무만으로도 충분히 피곤할 녀석이 굳이 몸을 혹사시키려는 것은 확실히 이상했다.

"별일은 없는데."

"쓸데없는 소리 말고. 묻는 말에 대답이나 해. 무슨 일이야? 대체 뭐 때문에 너 요새 이렇게 몸을 혹사시키는 건데?"

"글쎄. 굳이 무슨 일이라고 한다면……."

"무슨 일이라고 한다면?"

"내가 한 비서한테 고백했다는 것 정도?"

쿠당탕—!

순간 요란한 소리와 함께 도진이 러닝머신에서 나자빠졌다. 그에 놀란 정한이 얼른 자신의 러닝머신을 종료하며 물었다.

"괜찮냐?"

다행히 속도를 크게 올리지 않았던 덕에 크게 다치지는 않았지만 바닥에 아무렇게나 나자빠진 엉덩이에서 극심한 통증이 밀려왔다. 하지만 그런 육체적인 충격 따위가 지금 받은 정신적인 충격에 감히 비교가 될까. 도진은 마치 스프링이 튕겨져 올라오듯 자리에서 발딱 일어나며 외쳤다.

"누구한테, 뭘, 했다고?"

"지금 그게 중요하냐?"

"그게 중요하지, 그럼!"

"다행히도 엉덩이는 멀쩡한가 보군."

"말 돌리지 말고! 너, 한 비서한테 고백했다고 했어?"

도진이 눈을 빠르게 깜빡이며 되물었다. 윤정한이 여자한테 고백을 했다니. 제 입으로 뱉은 말인데도 참으로 생경하고도 낯선 말이 아닐 수가 없었다.

"그게 이렇게까지 놀랄 일이야?"

저가 지금껏 여자를 멀리해 오는 것으로 주변인들을 얼마나 걱정시켰는지 녀석은 전혀 모르는 게 분명했다. 그렇지 않고서야 저렇게 덤덤한 얼굴을 할 수 있을 리가 없다.

지금 모습을 보면 아무도 믿을 수 없겠지만, 사실 정한은 냉기를 폴폴 풍기는 외모와는 어울리지 않게 순정파였다.

부모님을 일찍 여의고 늘 외롭게 자랐던 녀석은 스물넷이라는 늦은 나이에 시작한 첫사랑에 모든 것을 걸었다. 늦게 배운 도둑질이 무섭다더니, 그것을 마치 증명하기라도 하려는 듯 윤강그룹이라는 대단한 배경마저 가차 없이 버리려 했을 정도였으니까.

다른 사람은 몰라도 도진은 알고 있었다. 그녀의 존재가 자신의 친구에게 어떤 의미였는지.

단순히 첫사랑만은 아니었다. 그녀는 피도 눈물도 없는 약육강식의 세계에서, 철저하게 윤강그룹의 후계자 윤정한으로 살아가던 녀석을 처음으로 인간 윤정한으로 만들어 줬던 유일한 존재였다.

그랬던 그녀였기에. 그녀의 배신은 정한에게 더욱더 충격일 수밖에 없었다. 녀석이 인간 불신에 걸리기 충분한 사건이었다.

그 뒤로 녀석은 정말로 감정이 없는 사람처럼 굴었다. 그녀를 만나기 전보다 더욱더 자신을 고립시켰다. 그 누구에게도 마음을 열려하지 않고 늘 선을 그었다. 마치 스스로 외롭기를 작정한 사람처럼.

그 모습이 너무 아슬아슬해 보였다. 이러다가 정말 한평생을 외롭게 살다 떠나 버리지는 않을까. 옆에서 지켜보기에도 안쓰러워서 마음이 다 아플 지경이었다.

누가 봐도 돈 때문에 간단하게 녀석을 버릴 수 있는 그딴 여자와는 과정이야 어떻게 됐든 결과적으로는 잘 헤어진 게 맞는데도, 이렇게 상황을 만든 회장님이 친구인 자신조차도 원망스럽기까지 했다. 내 친구를 이렇게 망가뜨린 그 여자는 정작 잘 먹고 잘 산다는 소식을 동기들에게서 들을 때면, 아직도 이가 갈리다 못해 속에서 불이 일었다.

그렇게 지금까지 장작 5년이라는 길다면 길고 짧다면 짧다고 할 수 있는 시간 동안, 겉으로 티는 내지 않지만 여전히 그날의 악몽 속에서 사는 것 같은 녀석을 볼 때마다 얼마나 억장이 무너졌는지 모른다. 아내도 밤마다 제 오빠 걱정이었다. 회장님 역시도 억지로 싫다는 선 자리까지 강요하며 녀석을 여간 걱정하고 있는 게 아니었다.

그런데 이렇게 갑자기 고백이라니?

사실 운정한답지 않게 계약연애라는 것을 시작했다고 했을 때, 이렇게 되지는 않을까 은근히 기대를 하긴 했었다. 녀석은 아무리 연기라 해도 싫은 사람과 그런 짓을 할 수 있는 성격이 아니었기에. 게다가 비서실에 여직원이 하나만 있는 게 아닌데 굳이 공략이 어려운 한 비서를 골랐지 않은가. 그게 인간적으로인지, 이성적으로인지는 모르겠지만, 어쨌든 그녀에게 호감을 느끼는 건 분명하다고 생각했다.

하지만 너무 큰 기대인 것 같아서, 그냥 철저하게 자신 외의 타인에게는 무관심한 녀석이 누군가에게 호감을 보였다는 것 자체만으로도 엄청난 변화였으니 만족하고 있었는데…….

"가짜연애. 계약연애라며."

"그랬지."

"그런데 이렇게 갑자기?"

"이게 갑자기인 건지 아닌지는 솔직히 잘 모르겠는데. 아니. 이 감정이 당황스럽지 않고 자연스러운 걸 보니 확실히 갑자기는 아닌 것 같긴 한데. 어쨌든 좋아졌어, 그 여자가."

이런 대담한 고백을 봤나!

"너, 진심이야?"

"그래."

"회장님 속였던 것처럼 이번에는 나까지 속이려는 거 아니고?"

"내가 진심이라는데, 왜 이렇게 내 마음을 의심하는 사람들이 많아?"

끈질긴 도진의 추궁에 정한이 불쾌하다는 듯 눈썹을 꿈틀거렸다.

"네가 지금까지 한 짓이 있는데, 쉽게 믿을 수가 있어야지. 난 네가 이러다가 게이가 되거나, 고자가 되거나. 둘 중 하나라고 생각했는데."

"그딴 소름 끼치는 소리는 하지 말지?"

"그런 생각 하는 나는 얼마나 소름이 끼쳤겠냐?"

"너 진짜 죽고 싶냐?"

정한이 내뱉는 협박이 정말 진심인 것 같아서 도진은 얼른 말을 돌렸다.

"근데 왜. 나 말고 또 누가 의심했는데?"

"한 비서."

"한 비서?"

"그래. 동정하지 말라더라."

정한이 한숨을 길게 내쉬더니 물었다.

"너무 내 입장에서만 생각하고 몰아붙인 거 같아서 일단 한발 물러나기는 했는데, 이게 맞는 건지 모르겠다. 이럴 땐 어떻게 해야 하는 거야? 연애 기간도 길었고 결혼까지 했으니 여자 맘은 아무래도 나보다는 네가 더 잘 알 거 아냐."

"지금…… 너 여자 때문에 고민하는 거냐? 그것도 여자 맘이 얻고 싶어서?"

"유치하게 놀릴 생각 말고 정성을 다해서 대답이나 해. 나 지금 진지하니까."

맙소사! 이게 진정 내 친구의 입에서 나온 말이란 말인가.

도진은 입을 쩍 벌린 채 정한을 바라보았다. 너무나도 감격스러운 상황이 아닐 수가 없었다. 여자 얘기를 잠깐이라도 꺼내려 하면 정색하고서 가차 없이 말을 끊어 버리던 녀석이, 스스로 여자 얘기를 입에 올리다니. 다행히도 정말 놈은 게이도, 고자도 아니었던 모양이었다.

암만 생각해 봐도 분명 하하하, 하고 호탕한 웃음이 나와야 할

타이밍인 것 같은데 이상하게도 도진의 눈에는 왈칵 눈물이 차올랐다. 그렇다고 쪽팔리게 녀석의 앞에서 눈물을 보일 수도 없고.

쿵—

눈물을 삼키기 위해 괜스레 코를 한 번 크게 삼키며, 그는 진지하게 생각했다. 다음에 한 비서를 만나면 무릎이 닳도록 절이라도 해야겠다고.

10
참아 볼게

    주차장과 연결된 엘리베이터에 올라탄 봄은 애써 위축되는 어깨에 힘을 줬다. 고작 엘리베이터 주제에 참 고급스럽기도 하다. 게다가 저가 살고 있는 반지하 방보다 훨씬 더 깨끗하기까지 한 것 같았다. 마치 신발이라도 벗고 타야 하는 건 아닐까 싶을 정도로.

    "정말 괜찮을까요?"

    자연스럽게 버튼을 누르는 정한의 뒷모습을 바라보며 봄이 작게 말했다.

    "뭐가?"

    "이 휴지요. 그래도 명색에 집들이에 초대받은 건데 달랑 휴지만 들고 오는 건 아무래도……."

    "됐어. 내 동생 엄청난 쇼퍼홀릭이야. 모르긴 몰라도 그 녀석이 사는 신혼집에 아마 없는 건, 절대 없을걸."

    정한의 단호한 대답에 봄은 고개를 숙여 제 손에 들린 두루마리 휴지를 바라보았다. 집들이 선물로 1위라는 두루마리 휴지가 오늘 따라 왜 이렇게 초라해 보이는 걸까. 선물 따위는 준비하지 않아도 된다던 그의 말대로 차라리 빈손으로 올 걸 그랬나 보다. 괜히 예의를 차린답시고 억지로 우겨서 회사 앞 마트에 들러 휴지를 산 것이 이제 와 후회가 됐다.

"그래도 뭐, 휴지는 소모품이니까."

그런 봄의 속마음을 읽기라도 한 듯, 그가 그녀의 손에 들린 커다란 휴지 더미를 낚아채며 말했다.

"그 녀석에게는 다른 것보다 어쩌면 이게 제일 유용한 선물일지도 모르겠군."

마트에 내려 줄 때까지만 해도 쓸데없는 짓을 한다며 혀를 찼으면서 이제 와서 꽤 괜찮은 선물이란다. 병 주고 약 주는 건가. 남자의 불친절하기가 짝이 없는 친절에 봄의 입이 뾰로통 튀어나왔다.

하지만 그의 말이 약효가 영 없는 건 아니었다. 그래, 소모품이니까. 그리고 갑작스럽게 초대했으니 대단한 선물을 바라지도 않을 거야. 라는 생각과 함께 수그러들었던 어깨가 슬쩍 펴졌으니까 말이다.

소희에게서 연락을 받은 건 오늘 아침 출근길에서였다. 그동안 잘 지내셨죠? 아주 형식적인 인사말을 하나 던진 그녀는 곧바로 본론을 내뱉었다.

— 언니, 오늘 저희 집들이할 거예요.

"……집들이요?"

왜 그런 걸 아침부터 저한테 보고하는 걸까. 왠지 불안한 예감을 느낀 봄이 되묻자, 소희가 특유의 명랑한 목소리로 대답했다.

— 네, 그러니까 오늘 퇴근하고 오빠랑 같이 오세요.

"저도요?"

— 당연하죠. 오늘은 가족끼리만 간단하게 초대하는 거니까, 맘 편하게 오시면 돼요.

가족끼리 모이는 자리에 어째서 제가 껴야 하는 건지에 대해서 되물을 순 없었다. 그때 더블데이트 이후로 두 사람의 계약연애가 진지한 만남이라고 철석같이 믿고 있는 소희였으니까 말이다. 왜 하필이면 이 시기에, 라고 곤란한 마음이 들 뿐이었다.

— 참, 할아버지는 오늘 못 오신다고 했어요. 모이는 건 그때처럼 우리 넷뿐이니까, 부담 갖지 마요.

이런 걸 보고 불행 중 다행이라고 하는 걸까. 그날 이후 사장과 단둘만 있게 되는 상황을 일부러 피하고 있는 중이었지만, 하는 수 없이 봄은 알겠노라고 대답할 수밖에 없었다. 공과 사는 확실히 구분해야 했으니까. 하지만 솔직히 이젠 조금 헷갈리기 시작했다. 정말 이게 공적인 일인 건지 말이다.

봄은 아주 가까운 거리에 서 있는 남자의 얼굴을 흘끗 바라보았다. 요 며칠 마음이 아주 불편했다. 다행히도 천천히 생각해 보라는 말을 한 이후부터 지금까지 정말로 그에 대한 별말은 없었지만, 그의 성격에 절대 그냥 넘어가지는 않을 거라는 걸 잘 알고 있다. 마치 언제 터질지 모르는 시한폭탄을 안고 있는 느낌이랄까.

"왜?"

"네?"

"한 비서, 조금 전에 내 얼굴 빤히 보고 있었잖아."

저도 모르게 너무 빤히 바라봤던 모양이다. 깜짝 놀란 봄의 시선이 그에게서 벗어나 정면을 향했다.

"내 얼굴에 뭐라도 묻었어?"

"아뇨."

"그럼 새삼스럽게 이 잘생긴 얼굴에 감탄해서 그렇게 뜨겁게 바라본 건가?"

"……그런 거 아니거든요."

장난기 가득한 목소리에 봄의 얼굴이 화륵— 달아올랐다. 그러자 그 모습이 재밌었는지 남자는 작게 킥, 웃었다.

최근 들어서 늘 무표정하던 사장의 웃음이 헤퍼진 것 같은 건 기분 탓일까. 요즘 그를 보면 지금껏 저가 알던 사장과 동일 인물이 맞나? 하는 혼란까지 들 정도였다. 어쩌면 지금까지 그에 대해 자신이 오해를 하고 있었던 걸지도 모르겠지만 그래도 3년이라는 시간이 결코 짧은 건 아닌데 말이다. 그간 3년 동안 지켜봤던 남자와는 느낌이 달라도 너무 다른 것 같다.

진짜 아니라니까요. 작게 중얼거리는 봄을 향해 남자는 여전히 웃으며 그래, 알겠어. 아닌 걸로 쳐. 했다.

뭘까. 이 억울한 느낌은.

영 찜찜한 기분이 드는 찰나, 엘리베이터의 문이 열렸고 남자는 마치 아무 일 없었다는 듯 자연스럽게 앞장을 섰다. 어우, 얄미워. 봄은 그런 남자의 뒷모습을 살짝 노려보다가 손부채질로 달아오른 얼굴을 식히며 뒤를 따랐다.

"잘 왔어요!"

도진의 안내로 거실로 들어가자, 주방에서 튀어나온 소희가 밝게 웃으며 두 사람을 맞았다.

"미안해요. 급하게 오느라 선물을 준비 못 해서 휴지가 전부예요."

"에이! 선물은 무슨 선물이에요. 그냥 밥이나 같이 먹자고 부른 거예요. 부담 갖지 말라니까."

"예의가 워낙 바른 여자라 그래."

정한이 들고 있던 휴지를 소희에게 건네며 말했다.

"그래, 우리 오라버니는 참 좋으시겠어요. 여자 친구분이 예의가 바르셔서요."

"좋고말고."

"와. 방금 그거 우리 오빠 입에서 나온 말 맞아, 진짜?"

느끼한 말을 잘도 내뱉고는 덤덤하게 소파에 착석하는 정한을 바라보며, 소희는 믿을 수 없다는 듯 두 눈을 깜빡였다.

"언니, 진심으로 존경스럽네요. 무뚝뚝하던 우리 오빠를 저런 팔불출로 만들어 놓다니."

민망해진 봄은 어색하게 웃으며 말을 돌렸다.

"집 안에 맛있는 냄새가 진동을 하네요."

"요리하는 거 좋아하거든요. 솜씨 좀 부려 봤죠."

나 새댁이에요, 티를 내는 듯 레이스가 잔뜩 달린 흰색 앞치마가 소희에게 제법 잘 어울렸다.

"배고프시죠? 앉아 계세요. 금방 상 차릴게요."

"저도 도울게요."

"아니에요. 우리 집에 온 첫 손님인데 부려 먹을 순 없죠!"

"그래요. 한 비서님도 저놈처럼 내 집이다, 생각하고 편히 계세요. 제가 도울 테니까."

도진까지 나서는 바람에 봄은 그들이 권하는 것처럼 정한의 옆에 앉을 수밖에 없었다. 신혼부부가 주방으로 들어가자 거실에는 두 사람만 남게 됐다. 느긋하게 소파에 등을 기대고서 TV를 보는 남자와는 달리 이 분위기가 어색해 죽겠는 봄은 허리를 꼿꼿하게 세운 채 괜스레 주위를 둘러보았다.

신혼부부의 집은 업무 때문에 몇 번 들른 적이 있었던 사장의 아파트와 동은 다르지만 같은 아파트였다. 그래서인지 구조가 그녀의 눈에는 익숙했다. 구조가 지나치게 같은 걸 보니 사장의 아파트와 평수도 같은 모양이었다. 다만 다른 게 있다면, 필요한 가구를 제외하고는 휑한 사장의 집과는 달리 신혼집답게 넓은 공간이 아기자기한 가구와 소품들로 잘 꾸며져 있다는 것이었다.

문득, 필요한 가구를 제외하고는 아무것도 없는 사장의 휑한 집이 떠올랐다. 처음 그의 집에 갔을 때, 배드민턴을 칠 수 있을 정도로 운동장만큼 넓은 거실을 보고 어찌나 놀랐던지. 실제로 넓기도 하지만 이 집 거실과 비교를 해 보니 아마 가구가 없어서 더 그렇게 느껴졌던 것 같다. 그의 거실에는 정말로 기다란 소파 하나와 에어컨, TV선반을 제외하면 아무것도 없었다.

그렇게 넓은 집에 혼자 있으면 쓸쓸하다는 생각이 들지는 않을까. 코딱지만 한 반지하 방에 동생과 살고 있는 처지에 할 걱정이 아닌 줄은 알지만, 그래도 문득 그런 생각이 들었다.

그렇게 봄이 쓸데없는 오지랖을 떠는 사이, 신혼부부는 부지런히 주방과 거실을 오가며 네 명이 앉기엔 지나치게 넓어 보이는 상 위에 푸짐한 음식들을 날랐다. 널따란 상 위에는 금방 음식이 담긴 접시가 가득 채워졌다.

상다리가 휘어질 것 같다는 표현은 이럴 때 쓰는 게 아닐까. 넷이 아니라 마흔 명 정도도 충분히 먹을 수 있을 것 같다는 생각이 들 정도로 어마어마한 음식의 양에 봄은 입을 쩍 벌렸다.

"이 음식들을 정말 혼자 다 했어요?"

"조금 많죠? 제가 원래 양 조절을 잘 못해서요. 손이 큰 편이에요. 쓸데없이."

헤헤, 웃는 소희가 새삼 다르게 보인다. 외모만 보면 집안일에는 손 하나 까딱 안 할 것처럼 생겼는데 말이다.

"미리 말하지만 맛은 기대 안 하는 게 좋아."

"오빠! 그런 말은 요리를 한 내가 해야 하는 거거든?"

"네가 말하기 귀찮을까 봐 이 오빠가 미리 말해 준 거잖아."

"퍽이나."

"원래 기대가 크면 실망도 큰 법이야. 밑밥 깔아 준 거 고맙게 생각해."

마치 아이들처럼 아옹다옹하는 두 사람의 모습에 봄은 살짝 웃었다.

"잘 먹을게요, 소희 씨."

"언니가 매운 거 좋아한다고 해서 맵게 하기는 했는데, 입에 맞을지는 모르겠어요."

"네?"

"오빠가 어찌나 언니 입맛에 맞는 요리를 하라고 강조를 하던지. 자기는 매운 거 전혀 못 먹으면서. 웃기지도 않아. 그래서 오빠 고생 좀 하라고 많이 맵게 했어요."

전혀 예상하지 못한 얘기였다. 소희의 말에 봄은 의외라는 듯 제 옆에 앉아 있는 정한을 바라보았다.

"아, 그리고 돼지껍데기 요리는 집에서 하기 까다로워서 패스 했어요. 아쉽지만 이해해 줘요. 그건 다음에 또 전에 갔던 그 가게 가서 같이 사 먹어요, 우리."

맙소사. 이 남자, 집들이를 준비하는 새댁에게 돼지껍데기 요리까지 부탁했던 모양이다. 누가 보면 정말로 엄청난 팔불출인 줄 오해하겠네. 봄은 당황하며 얼른 손사래를 쳤다.

"아쉽기는요! 돼지껍데기보다 더 맛있는 음식이 이렇게 많은데요."

"그렇죠? 차린 거 많으니까 많이 드세요. 오빠 말대로 맛은 장담못 하겠지만."

"잘 먹을게요."

이렇게 많은 음식을 차릴 정도로 성의를 다했으니 맛있게 먹어주는 게 예의일 터. 방긋 웃는 소희를 따라 봄 역시 방긋 웃으며, 밥을 크게 한 숟가락 퍼 담았다. 그러고는 수많은 반찬 중에서 무슨 반찬부터 먼저 먹어야 할지 젓가락을 들고 망설이던 순간이었다. 멈춰 있는 그녀의 젓가락 대신 정한의 젓가락이 낙지볶음을 집어 들어 그녀의 밥 위에 내려놓았다.

낯설지 않은 상황. 설마, 하는 마음에 그녀의 시선이 빠르게 정한에게 닿았다. 그리고 아니나 다를까 그의 붉은 입술이 달싹였다.

"우리 봄이, 낙지볶음 좋아하잖아."

아니. 반찬을 건넨 뒤에 '우리 봄이' 라는 건, 무슨 매뉴얼이라도 된다는 말인가. 설마 했는데 이 자리에서마저 정말로 저 애칭을 뱉어 낼 줄이야. 봄은 온몸에 털이 쭈뼛 서는 것 같은 기분을 느꼈다.

하지만 그런 기분을 느낀 건 그녀만이 아닌 모양이었다.

툭.

상 위로 숟가락이 떨어지는 소리가 들려서 시선을 옮기자, 신혼
부부가 닮은 표정으로 입을 쩍 벌리고서는 뻣뻣하게 굳어 있는 것
이 보인다. 정말 못 볼 꼴을 봤다는 듯.

"안 먹고 뭐 해?"

"네?"

"그새 입맛이 바뀌었어?"

세 사람을 얼어붙게 만들어 놓은 주제에 저 혼자 저리 태평한 모
습이라니. 이쯤 되니 눈치가 없는 건지, 아니면 미치도록 뻔뻔한
건지, 헷갈릴 지경이다.

"아뇨, 낙지볶음 여전히 좋아해요. 고마워요. 잘 먹을게요."

봄은 얼떨떨하게 대꾸한 다음 낙지볶음이 올라간 밥숟가락을 입
으로 날랐다.

오물오물. 남자는 그녀가 입을 놀리는 것을 물끄러미 바라보았
다. 마치 자식이 밥을 먹는 모습을 바라보는 부모처럼 뿌듯하다는
시선이었다.

그 시선이 부담스러워서 봄은 입 안에 가득 맴도는 낙지볶음이
맛있는지 없는지 느낄 새도 없이 꿀꺽 삼켜 버렸다. 그녀는 본능적
으로 느꼈다. 이번에도 꼼짝없이 체하겠구나, 하고. 하지만 봄은 젓
가락을 빠르게 놀렸다. 저가 머뭇거리면 다시금 그의 젓가락이 몹
쓸 짓을 하기라도 할까 봐서.

데자뷔 같은 상황이지만 전과 다른 것이 있다면, 더덕구이와 달
리 낙지볶음은 그녀가 정말로 좋아하는 음식이라는 것 정도랄까.

그리고 그때와는 달리 이번엔 이 남자의 '우리 봄이'라는 애칭이 왠지 연기만은 아닌 것 같다는 느낌까지도…….

식사가 끝나기가 무섭게 소희는 간단한 안주를 준비하겠다며 주방으로 향했다. 배가 곧 터져 버릴 것처럼 부른 것은 둘째 치고, 한가득 남은 음식으로 안주를 대신해도 충분할 것 같았지만 요리하는 게 취미라는 그녀의 고집을 말릴 순 없었다.

저 아까운 음식들을 어째. 설마 버리는 건 아니겠지. 걱정스러운 눈으로 음식들을 바라보는 봄의 마음을 읽었는지, 남은 건 내일 제가 다 먹을 겁니다. 와이프가 한번 할 땐 잘하는데 매일 하지는 않거든요. 하고 도진이 말했다.

"도진 씨! 창고에 술이 없네? 술 안 사다 놨어?"

소희가 주방에서 고개를 빼꼼 내밀었다.

"아 맞다. 깜빡했네."

"뭐야. 퇴근하고 오는 길에 사 오겠다더니. 그걸 고새 잊었어? 자기 벌써부터 치매는 아니지?"

"미안. 얼른 가서 사 올게."

소희의 눈빛 공격에 도진은 얼른 지갑과 외투를 집어 들었다.

"한 비서님. 저랑 같이 나가실래요?"

"네?"

"혼자 다 들고 오긴 좀 무거울 것 같아서요."

그런 거라면 저보다는 정한이 더 도움이 되지 않을까. 조금은 황당한 부탁이기는 했지만 봄은 군말 없이 선뜻 자리에서 일어섰다. 두 남자가 눈빛 교환을 하는 것을 눈치챘기 때문이다.

역시나 갑작스러운 집들이부터가 수상하긴 했다. 모르긴 몰라도 사장에게 뭔가 꿍꿍이가 있는 모양이었다.

"최 팀장님. 저한테 할 말 있으시죠?"

아파트를 나서자마자 봄이 대뜸 도진을 향해 돌직구를 날렸다.

"티가 났어요?"

"네. 많이요."

"이런…….. 제가 이렇게 투명한 남자라니까요. 제 와이프한테도 꼭 전해 주세요."

끼리끼리 논다더니. 누가 친구 아니랄까 봐 뻔뻔하고 능글맞은 게 꼭 닮은 두 사람이었다.

"하실 말씀이 뭐예요?"

"이거 안 통하네요."

"네. 최 팀장님보다 월등히 능글맞은 사람이 바로 제 옆에 있어서요."

"그렇죠. 이런 건 정한이 녀석이 저보다 한 수 위긴 하죠."

칼 같은 봄의 대답에 머쓱한지 도진이 어색하게 웃었다. 그러고는 고개를 살짝 젖혀 별이 전혀 보이지 않는 캄캄한 하늘을 올려다보며 말했다.

"녀석이 한 비서님한테 고백했다면서요?"

순간 도진의 입에서 그녀가 날린 돌직구보다 더한 돌직구가 튀어나왔다. 전혀 예상하지 못했던 말이라 당황한 듯 봄이 걸음을 뚝 멈췄다.

"놀랐어요?"

도진이 젖혔던 고개를 바로 하고 그녀를 바라보며 물었다.

"어떤 부분이요? 두 사람의 연애가 가짜였다는 걸 알고 있었다는 게? 아니면 녀석이 한 고백에 대해서 내가 얘기를 꺼낸 게?"

"……둘 다요."

"두 사람이 가짜라는 건, 처음부터 알고 있었어요. 놀라셨겠지만 제가 보기와는 다르게 눈치가 좀 빠르거든요."

"소희 씨는요?"

"와이프는 전혀 몰라요. 초반에 의심은 조금 했지만 이제는 철석같이 믿고 있어요. 보시는 것처럼 그쪽 남매 사이는 쏘쏘하거든요."

일부러 장난스럽게 얘기를 하는 것 같았지만 경직된 봄의 입가는 풀어질 생각을 하지 않았다.

"한 비서님. 저 지금 어쭙잖게 이 나이 먹고 누군가의 큐피드가 되어 보려는 건 아니니까 너무 경계 말아요. 그냥 오랜 친구 된 도리로 안타까워서 한 가지만 얘기하고 싶어서요."

"하실 얘기라는 게……."

"녀석이 답답해하더라고요. 한 비서님께서 자신의 진심을 몰라준다고."

"!"

"안 믿기시죠? 녀석이 시시콜콜 그런 얘기까지 했다는 게."

"네. 솔직히 조금요."

"저도 놀랐다니까요. 그리고 안타깝기까지 하더라고요. 녀석이 사적인 얘기 남한테 하는 스타일이 절대 아닌데 그런 얘기를 먼저 꺼내는 거 보고. 대체 얼마나 답답했으면 그랬겠어요."

그의 말에는 은근슬쩍 자신을 향한 원망이 담겨 있다는 것을 느낄 수 있었다. 이것 역시 아마도 오래된 친구의 도리로서 그런 모양이었다.

"단도직입적으로 물을게요. 정말 녀석의 마음을 못 믿는 거예요?"

그렇다고 대답할 수가 없었다. 더는 부정할 수 없을 정도로 그의 진심이라는 게 이젠 제 눈에도 드러나 보이니까. 봄은 나직이 한숨을 내쉬었다.

"……잘 모르겠어요. 너무 갑작스럽기도 하고."

"그래요. 한 비서님 입장에선 갑작스럽긴 했을 거예요. 그건 이해합니다. 여자 만나기 싫어서 가짜연애까지 부탁한 주제에 갑작스럽게 진심이라고 고백을 했으니, 당연히 안 믿기겠죠."

마치 그녀의 속에라도 들어갔다 나온 사람처럼 도진은 그녀의 속마음을 정확하게 짚어 냈다.

"근데요. 그 녀석이 여태껏 왜 여자를 멀리했는지에 관해서는 혹시 아세요?"

본능적으로 이 이상 그에 대해 알게 되면 안 될 것 같다는 생각이 들었다. 하지만 또 다른 본능은 그에 대해 더 알고 싶다고 외쳤다. 짧은 시간, 두 가지의 본능 사이에서 망설이던 그녀는 결국 후자를 선택했다. 조금 더 솔직하게 말하자면, 그의 말대로 사장이 아니라 남자 윤정한에 대해 조금 더 알고 싶단 마음이 훨씬 컸던 탓이다.

"무슨…… 사연이라도 있나요?"

"여자에게 배신당했어요."

"배신이요?"

생각지 못한 단어에 너무 놀라 순간적으로 저도 모르게 되물었다. 질러 놓고도 너무 오버했나 싶어서 슬쩍 눈치를 보자, 도진은 그녀의 반응을 충분히 이해한다는 듯 고개를 끄덕였다.

"네. 오래전에 녀석이 진지하게 만나던 여자가 있었어요."

남자 나이 서른넷. 지금껏 진지하게 만났던 여자가 한둘쯤 있는 건 절대 이상한 일이 아닐 텐데도 왠지 조금은 생경하게 들린다. 워낙 여자를 싫어하는 모습만 봐 왔던 탓인지, 그러면 태어나면서부터 여자를 멀리했을 것 같다는 말도 안 되는 생각을 저도 모르게 하고 있었나 보다.

"여자 쪽이 별 볼 일 없는 집안이라 못마땅하셨는지 회장님께서는 결사반대를 하셨어요. 당장 헤어지든지, 그게 싫으면 당신 덕에 누리고 있는 모든 것을 버리고 떠나라. 하셨죠. 그리고 녀석은…… 한 비서님이 못 믿을지도 모르지만, 지금과 달리 순수한 놈이었어요. 고민할 것도 없이 맨몸으로 윤강그룹을 나왔어요. 그 여자만 있으면 된다고. ……아, 이런 얘기하면 오히려 더 마이너스가 되려나?"

"아니에요. 계속하세요."

과거 없는 사람이 세상에 어디 있겠는가. 자신에게도 한때는 열렬히 사랑했던 첫사랑이 있었다. 이제는 그저 지나간 추억, 그 이상도 이하도 아닌 의미가 되어 버렸지만.

봄이 순순하게 대답하자 도진은 안심된다는 얼굴로 말을 이어 갔다.

"그런데 그 여자는 녀석과 마음이 달랐던 모양이에요. 녀석이 윤강그룹을 나오자마자 회장님께 헤어지는 대가로 돈을 받고 유학길에 올랐어요. 빈털터리가 된 녀석을 뻥 차 버린 거죠. 윤강그룹 후계자 윤정한이 아니면 싫어, 라고. 대놓고 말은 안 했지만 한마디로 돈 때문에 만났다는 거였죠. 돈 없는 남자는 별 볼 일 없다는 거고."

그럴 수가…….

봄의 입이 살짝 벌어졌다. 그런 배신을 당했었다니. 평생 여자에게 버림받기는커녕 칼같이 거절만 했을 줄 알았는데. 지금 듣는 그의 과거는 충격적이기만 했다. 그리고 한편으론 헛웃음이 나려 하기까지 했다.

윤강그룹의 후계자라서 좋아했다니. 그게 아니면 싫다고 떠났다니. 얼굴도 모르는 여자가 밉기도 하고 조금은 부럽기도 했다. 자신은 그가 윤강그룹의 후계자가 아니길, 간절하게 바랐던 적도 있었는데 말이다.

"녀석 부모님이 일찍 돌아가신 건 알죠?"

"네."

"열네 살 때였나. 갑작스러운 교통사고로 두 분을 동시에 잃었어요."

……열네 살. 그렇게나 일찍이었을 거라고는 생각지 못했다. 그것도 동시에 두 사람을.

"손자에게까지 냉정하기만 한 회장님과 함께 살면서 외롭게 컸죠. 제 한 몸 가누기도 힘든 나이에 한참 어린 동생까지 챙겨야 했고. 한 비서도 그들의 세계는 특히나 더 냉정한 거 알죠? 서로를 사람이 아니라 돈으로 보고. 필요에 의해서 이용하고 이용당하고. 물론, 위치에 따라 사람에 따라 사는 방식이 다른 게 당연한 거니 그게 꼭 나쁘다고 할 순 없지만. 그래도 한창 부모님께 보살핌 받아야 할 나이에 그런 세상은 무서웠을 거예요. 그래서 마음의 문을 꽁꽁 닫고 살아가던 녀석이 처음으로 마음의 문을 열었던 거였는데……, 그 대가가 그랬어요. 사랑했던 여자의 배신."

듣는 저도 이렇게 충격적인데 그 상황을 겪은 그는 얼마나 충격이 컸을까. 마음의 문을 쉽게 열지 못하는 사람의 마음을 그녀도 알고 있다. 자신 역시도 그랬으니까. 돈 때문에 마음의 문을 닫았고, 돈 때문에 꽁꽁 숨었고, 돈 때문에 사람들과 거리를 뒀다. 처한 상황은 너무도 다르지만 그래도 그의 마음은 너무도 잘 알 것 같아서 더 마음이 아파 왔다.

그 문을 열기까지 얼마나 외로웠을지. 또 그 문을 열면서 얼마나 기대를 했을지. 그래서 배신을 당했을 때 얼마나 더 상처가 됐을지……. 다시는 마음의 문을 열기 싫었겠지. 그 전보다 더 꽁꽁 숨어 버리고 싶었겠지.

봄의 두 눈에 눈물이 차올랐다.

지독하게 외로웠을 어린 시절의 그가 가여워서. 알을 깨고 나가려다가 상처 입고 자신을 보호하기 위해 결국 가시를 세울 수밖에 없었던 지난날의 그가 안쓰러워서.

"그 이후로 녀석은 인간 불신이라도 걸린 사람처럼 주위를 잔뜩 경계하고 살았어요. 타인을 믿는 법이 없었죠. 여자라면 더욱더. 그런 모습이 걱정이 되어 여자 얘기라도 꺼내려하면 녀석은 정색을 하고 끊어 내기 바빴어요. 당연한 결과죠. 나라도 그런 경험을 했으면 평생 여자 얘기는 듣기도 싫을 것 같아요. 회장님은 포기 못 하셨는지 집요하게 구시기는 했지만, 사실 우리는 거의 포기하고 있었어요. 그 나쁜 년 때문에 울 오빠가 아주 불쌍한 인생을 살겠구나. 밤마다 와이프가 얼마나 저주를 퍼부었는지. 저도 그때마다 속으로 그랬어요. 내 친구 저렇게 외롭게 살다가 죽겠구나. 하고."

"……."

"그런데 이번에 녀석이 처음으로 여자 얘기를 먼저 꺼낸 거예요. 제 입으로."

"……."

"한 비서님도 잘 아시겠지만, 녀석은 감정이 그다지 풍부한 놈이 아니에요. 오히려 보통 사람들보다 많이 결핍되어 있는 편이죠. 그러니 아마 한 비서님에 대한 마음이 동정이냐, 사랑이냐, 헷갈릴 틈조차 없었을 겁니다. 내가 보증할게요. 녀석 마음은 진심이라는 거."

도진의 목소리가 그녀의 마음을 쿵, 묵직하게 때렸다.

"그리고 이건 노파심에 하는 소린데……, 혹시라도 남자 윤정한이 아니라 윤강건설의 사장이라는 직함, 그리고 회장님 등 그 외의 것들 때문에 망설이는 거라면 그러지 않아도 돼요. 녀석이라면 한 비서가 걱정하는 일, 결코 만들지 않을 테니까."

진짜 내 속에 들어갔다 나오기라도 한 걸까. 어떻게 가슴 깊숙한 곳에 꽁꽁 숨겨 뒀던 마음까지 읽어 내는 건지…….

봄은 마치 제 마음을 들여다보고 있는 것 같은 도진의 두 눈을 피했다.

"무작정 녀석의 마음을 받아 달라고는 말 안 해요. 그래도 무작정 녀석의 마음을 밀어내지만 말아 줘요. ……그렇게 안 보여도 제 딴에는 지금 한 비서를 향해 엄청난 용기를 내고 있는 걸 테니까."

처음부터 충분히 예상했던 전개였지만, 넷 다 이미 배가 너무 불러서 술은 별로 먹지 못했다. 아니, 별로 못 먹은 게 아니라 그나마도 남자들은 아예 술을 한 모금도 입에 대지 않았다. 그런 와중에도 주당이라는 별명답게 소희만큼은 소맥을 연거푸 들이켰다.

모처럼 집에 찾아온 손님이 반가웠던지, 저 혼자 알딸딸해진 소희는 두 사람을 쉽게 집에 보내 주지 않았다. 그렇게 어영부영 시간을 보내고 보니 이미 밤이 깊었다.

자리를 파하고 집으로 돌아가려는 길. 함께 차에 올랐을 때 그가 말했다.

"한 비서. 우리 집 바로 요 앞인 거 알지?"

"네. 그런데요?"

"라면 먹고 갈래?"

생뚱맞게 갑자기 웬 라면타령? 봄의 눈매가 가늘어졌다. 이게 말로만 듣던 라면 스킬이라는 건가. 영화를 직접 보지는 못했지만, 하도 얘기를 많이 들어 어느 영화 속 여주인공이 남자를 유혹하기 위해 던졌던 대사라는 것쯤은 그녀도 알고 있었다.

"저 지금 배불러 죽겠거든요."

"그래. 오늘은 좀 그렇지?"

단호한 그녀의 대답에 정한은 아쉽다는 듯 입맛을 쩝 다셨다. 오늘뿐만 아니라 내일이라도 그건 좀 그럴 것 같은데요? 쏘아붙이려던 봄은 그냥 입을 다물고 조수석 등받이에 등을 기댔다.

그의 차는 빠르게 달려 어느덧 그녀의 동네까지 왔다. 마치 지정석이라도 되는 듯 슈퍼 앞에 주차를 하자마자 아주 자연스럽게 조수석 문을 열고 내리면서 봄은 아차 싶었다. 저도 모르게 어느새 그가 차로 자신을 데려다주는 상황에 익숙해졌던 것이다. 이럼 안 되는데, 라고 생각했지만 이미 남자는 그녀보다 먼저 골목을 향해 걸음을 옮기고 있었다.

며칠 전 동네에서 일어난 성폭행 사건이 뉴스에 보도됐다던 그 날부터 야근과 같은 늦은 귀가가 있는 날은 늘 이런 식이었다. 고백까지 받은 마당에 그와의 동행이 불편해서 아무리 사양을 해도 그는 뻔뻔한 얼굴로 집에 들어가는 모습을 확인해야겠다고 우겼다. 단 한 번의 실랑이 끝에 그의 고집을 결코 꺾을 수 없을 거라는 걸 깨달은 뒤로 봄은 이젠 거의 포기 상태였다.

그녀의 코치 없이도 그는 좁을 골목을 요리조리 잘 걸었다. 분명 자신의 동네였지만 자신보다도 더 익숙한 듯 자연스럽게 걸음을 옮기는 남자의 뒤를 봄은 조용히 따랐다.

"한 비서."

"네."

"정말 이사는 생각 없는 거야?"

등을 보이고 두어 걸음 앞서 걷던 그가 그녀의 집에 가까워져서 별안간 걸음을 뚝 멈추며 말했다. 그의 시선이 어디쯤에 멈춰 있을지는 뻔했다. 아마도 그의 머리 위에서 깜빡거리며 점멸하고 있는 가로등에 닿아 있겠지. 전구 수명이 긴 건지, 짧은 건지 저 가로등만 며칠째 계속 그 상태였다.

"또 그 소리세요?"

"언제 내가 또 이 얘기 한 적 있어?"

"어제도 그 말씀하셨어요."

"그래? 그렇담 어제도 저 전구가 깜빡거리고 있었다는 거겠지."

그가 시침을 뚝 떼며 말했다.

"대체 저게 며칠째야? 저건 공무원들도 이 동네에 대해 신경을 제대로 안 쓴다는 거잖아. 살고 있는 주민들도 딱히 불만 제기를 안 한다는 얘기도 되고. 그러니까 이 모든 걸 조합해 볼 때, 이 동네는 치안뿐만 아니라 모든 것이 별로라는 얘기지. 한마디로 살기 별로인 동네란 말이야. 알겠어?"

주절주절 길어지는 남자의 말에 봄은 살짝 미간을 구겼다. 엄마의 잔소리도 이렇게까지 지겨웠던 적은 없었던 것 같은데 말이다. 지겹지도 않은 모양이었다. 대체 며칠째 같은 잔소리를 반복하고 있는지 모르겠다.

이 남자, 설마하니 제 입에서 이사를 하겠다는 말이 나올 때까지 무한 반복을 할 생각인 걸까.

봄은 속으로 한숨을 길게 내쉬었다. 직접 부딪치는 게 두려워서 지금껏 피하기만 했는데, 이대로는 정말 안 되겠다는 생각이 들었다. 그녀는 지금, 더 이상 물러날 수 없는 절벽 끄트머리에 서 있는 기분이었다.

"사장님."

낮은 목소리로 저를 부르는 소리에 정한이 고개를 돌려 그녀에게 시선을 맞추었다.

"언제까지 이러실 거예요?"

"이사 얘기 말이야?"

"그것도 그렇고. 날마다 이렇게 집 앞까지 매번 데려다주시는 것두요."

그녀를 빤히 바라보던 그의 한쪽 눈썹이 구겨졌다.

"왜?"

"솔직히 말할게요. 사장님이 이러시는 거, 정말 부담스럽습니다."

"부담스러워?"

"네."

"대체 어디가? 집을 사 주겠다는 것도 아니고 그냥 내 명의로 된 집에 들어가서 살기만 하라는 건데. 데려다주는 것도. 집 안까지 들어가겠다는 게 아니라 여기까지 온 김에 집 앞까지만 데려다주겠다는 건데."

어느 회사 사장이 제 비서에게 집을 빌려주고 집 앞까지 모셔다준다는 말인가. 하지만 정작 당사자는 자신의 행동에 대해 이상한 점을 전혀 느끼지 못하는 듯했다. 하긴. 그녀 역시도 사실 그의 행동보다는 그의 마음이 더 부담스럽기는 했다.

앞으로도 사장이 지금처럼 자신의 감정을 막무가내로 몰아붙인다면 그녀에게는 퇴사만이 답일 것이다. 하지만 그와 자신 사이에는 회사뿐만이 아니라 개인적인 계약까지 엮여 있지 않은가. 적어도 앞으로 열 달은 더 그를 벗어날 수가 없는 몸이라는 얘기였다.

그러니까 결론을 말하자면, 그가 마음을 정리하는 것이 가장 깔끔한 방법이라는 것이다. 절대로…… 자신이 그의 마음을 받아 줄 수는 없는 노릇이니까.

그는 정말이지 이해할 수 없다는 듯 봄을 빤히 바라보았다. 그러더니 이번에는 아예 몸을 틀어 제법 진지해진 얼굴로 그녀를 똑바로 바라본다.

"한 비서."

"네, 사장님."

일부러 사장님이라는 단어에 강세를 주고 대답했다. 그래요. 나는 비서 나부랭이고 당신은 사장이에요. 현실을 제발 직시하세요. 라는 듯. 하지만 그런 그녀의 속마음 따위는 관심 없다는 듯 남자는 여전히 제 페이스대로 말했다.

"내 어디가 마음에 안 드는 건데?"

"네?"

"연예인 뺨치게 잘생겼지. 모델 뺨치게 몸매도 좋지. 머리가 나쁘길 해. 직업이 나쁘길 해. 이 여자, 저 여자 다 좋다고 찝쩍거리는 바람둥이도 아니고. 내 입으로 이런 말 하긴 좀 그렇지만 어디로 보나 완벽한 남자인 것 같은데, 대체 내 어디가 마음에 안 드는 거냐고."

어쩜 저렇게 뻔뻔할 수가 있을까. 봄은 그의 말을 당장이라도 정정해 주고 싶었다. '내 입으로 이런 말 하긴 좀 그렇지만' 이라는 것은 말실수 아닐까. 하지만 더 얄미운 것은 그가 뱉은 말 중, 그 말실수 하나를 제외하고는 어느 것 하나 틀린 말이 없다는 것이었다.

그의 말대로 정말 남자 윤정한은 완벽한 남자였다. 그래도 굳이 흠을 짚어 보자면 너무 제멋대로인 성격이랄까. 그마저도 다이아몬드에 고작 먼지 한 톨 붙어 있는 정도밖에 되지 않겠지만.

그래서 더 안 되는 거였다. 다이아몬드는 자신의 처지에 어울리지 않는 보석이었으니까 말이다.

하지만 당신과 나는 어울리지 않아요. 라는 얘기로 거절을 할 수는 없었다. 몰랐다면 모를까. 그 이유 때문에 상처가 있었다는 남자에게 어떻게 같은 말로 거절을 할 수가 있겠는가. 물론 상황은 완전히 다르지만 어쨌든 결과적으로만 본다면 그를 한 남자로 보지 않고 조건을 따지고 있는 것은, 그 여자나 저나 매한가지였다.

어쩌면 힘겹게 아물어 가고 있을지도 모르는 그의 상처를, 제 손으로 다시금 헤집고 싶지는 않았다.

"저는요. 사장님도 이미 알고 계시다시피 사랑 같은 건 관심 없습니다."

그래서 그녀는 지겹도록 반복했던 말을 꺼냈다. 그 말은 지금껏 다가오는 남자들을 거절할 때 매번 했던 말이었다.

"한 비서, 너무 앞서가는 거 아니야?"

진지한 봄의 목소리에도 정한은 여유롭게 입꼬리를 말아 올리며 그녀의 말을 받아쳤다.

"뭔가 오해했나 본데. 나, 당신한테 지금 당장 날 사랑해 달라고 하는 거 아니야. 내가 당신을 사랑하게 됐다고 말한 거야. 물론 당신도 나와 같은 마음이라면 더할 나위 없이 좋겠지만, 지금 당장 많이는 안 바라. 그러니까 일단 연애부터 하자고. 연애만."

"……연애도 관심 없습니다."

"그 이유는 빚 때문 아니었어?"

"네. 맞아요."

다른 남자들에게보다 그에게 이 방법이 훨씬 잘 통할 거라 생각하며 고개를 끄덕였다. 자신의 사정에 대해서 그가 이미 잘 알고 있으니까 말이다. 하지만 그녀의 예상과 달리 사장은 한 치의 물러섬도 없었다.

"그렇다면 이제 그 부분은 전혀 문제가 안 되는 거 아니야? 빚은 다 청산했잖아."

순간 봄은 아차, 싶었다. 너무 오래도록 빚을 지고 있는 것이 일상이라 더 이상 그것이 문제가 되지 않는 삶을 살게 됐다는 사실을 까맣게 잊고 있었다. 심지어는 그게 지금 제 앞에 서 있는 바로 이 남자 덕분이었는데도 말이다.

"그거 말고 연애를 하지 못할 다른 이유가 또 있어?"

"……."

"거봐. 없지?"

봄이 선뜻 대답하지 못하자, 정한이 의기양양하게 말했다.

"한 비서도 내가 싫은 게 아니라면, 일단 그냥 한번 만나 보면 안 돼? 그게 그렇게 힘든 일인가? 나는 이제 인내심의 한계가 슬슬 오고 있는데 말이야. 당신도 알잖아. 나 참을성 무지 없는 거."

"제 대답이 거절이면요?"

"글쎄. 그 경우는 생각 안 해 봤는데……."

진심으로 그런 경우의 수 따위는 생각하지 못했다는 듯 심각한 얼굴을 하는 그에게, 봄은 문득 묻고 싶어졌다.

"그 경우에 대해서도 정말 생각해야 해?"

당신……. 정말로 그런 상처를 받았어요?

"흠. 아무리 생각해 봐도 거절은 안 되겠어, 한 비서. 이게 말도 안 되게 이기적이라는 거 나도 아는데, 그래도 그건 정말 안 돼."

그런데도 나에게 용기를 내고 있는 거예요?

"난 당신 포기하기가 힘들어. 지금 이렇게 놓쳐 버리면 나는 앞으로 평생 혼자 살게 될지도 몰라. 지금까진 아무래도 상관없었는데, 이제는 그러기 싫어. 당신 때문에 그러기 싫어졌어."

당신의 마음……, 정말 진심인 거예요?

"그러니까 당신이 포기하도록 해. 그게 좋아. 당신과 나, 우리 모두를 위해서."

왜 나예요?

사실은 고백을 받은 그날부터 정말로 묻고 싶었다.

도대체 아무것도 가진 것 없는 내가 왜 좋아요. 당신이 뭐가 아쉬워서. 당신 옆에 멋진 여자 얼마나 많은데. 왜 아무것도 없는 나예요. 왜 하필…… 날 마음에 담았어요. 이미 사랑 때문에 한 번 힘들었다면서.

아닌 건 아닌 건데. 그 마음을 접느라 내가 얼마나 마음이 아팠었는데. 아닌 척하느라 지금껏 얼마나 마음이 곪았는데. 왜 또다시 희망고문을 해요. 왜.

당장이라도 눈물과 함께 왈칵 쏟아져 버릴 것 같은 수많은 말들을 속으로만 꾹 삼킨 채, 봄은 작게 한숨을 내쉬었다.

"……사장님은 처음부터 끝까지 정말 제멋대로시네요."

"다른 사람들은 그게 내 매력이라던데?"

남자는 뻔뻔스럽게 말했다. 하지만 그녀를 바라보고 있는 그 눈빛만큼은 더없이 진지했다.

"한 비서."

"네."

매번 장난스럽다가도 이렇게 가끔 진지한 눈빛으로 저를 바라볼 때면 봄은 숨이 막혔다. 이럴 때마다 애써 외면하려 노력했던 그의 진심과 또렷하게 마주할 수밖에 없었다. 더불어 철저하게 외면하던 제 마음까지도.

"내가 더 참아 볼게."

그의 입에서 나왔으리라고는 믿어지지 않는 말. 지금껏 봐 왔던 그와는 너무도 어울리지 않는 말에 봄의 두 눈이 살짝 커졌다.

"대답 달라는 재촉. 이제 안 할게. 태생부터 인내심 따위라고는 눈곱만큼도 없는 놈이지만 그래도 참아 볼게."

"……사장님."

"당신이 생각할 시간이 1년이 필요하다고 한다면 1년도 더 기다릴게."

잦아든 남자의 목소리에 봄은 아랫입술을 질끈 깨물었다.

……내가 정말 당신을 밀어낼 수 있을까.

상처받은 당신의 눈을 바라보는 것조차 이렇게 마음이 아픈데. 겁먹은 아이 같은 당신을 당장이라도 안아 주고 싶은데. 그동안 많이 외로웠죠. 주제넘게 위로도 해 주고 싶은데.

왜 하필 당신은 윤정한인 걸까.

"그러니까."

그리고 왜 하필 나는.

"……거절만은 하지 마."

……한봄인 걸까.

✹✸✹

제 인생을 통틀어서 이렇게까지 휴대폰에 집착한 적이 있었던가. 고민할 것도 없이 정한의 대답은 No였다.

처음으로 휴대폰을 갖게 됐던 날도 카메라 기능이 추가된 휴대폰을 갖게 됐던 날도. 심지어는 전화, 문자, 카메라 기능뿐만 아니라 컴퓨터 기능까지 생겨난 스마트폰을 갖게 된 날까지도. 그는 아주 잠깐만 관심을 뒀을 뿐, 하루도 채 지나지 않아 금세 심드렁해졌었다.

그는 보통의 남자들과는 달리 휴대폰뿐만 아니라 다른 기기들에도 별 관심이 없는 편이었다. 그저 뭘 사던 늘 최고급으로 샀으니 당연한 걸까.

어쨌든 지금껏 업무상 필요할 때를 제외하고는 휴대폰이라는 것에 딱히 관심을 둔 적 없었던 그는, 오늘 태어나서 처음으로 하루 종일 휴대폰을 손에 들고 있었다. 어디 들고만 있었겠는가? 혹시나 연락이 오지는 않았을까, 수시로 들여다보기도 했다.

그러다 카톡으로 게임 초대장이라도 날아오는 순간에는, 남자 새끼가 왜 하트를 나한테서 찾아! 라며 버럭 화까지 냈다. 카톡 알람은 항상 꺼 뒀던 탓에 아침이든 새벽이든, 수시로 날아드는 게임 초대장이라는 것에 생전 신경을 쓴 적도 없었는데 말이다.

"박 실장님. 오늘 하루 종일 한 비서에게서는 연락 없었습니까?"

퇴근 시간. 토요일 특근 때문에 오늘 하루 종일 마치 상이라도 당한 사람처럼 어둡다가 처음으로 방긋 웃으며 퇴근 준비를 하고 있는 박 실장을 따로 불러낸 정한이 물었다.

"네. 아무 연락도 없었습니다."

"……그렇습니까."

"혹시 무슨 급한 사항이라도?"

"아닙니다. 오늘도 수고하셨습니다. 이만 퇴근하세요."

"네. 사장님. 즐거운 주말 보내십시오!"

즐거운 주말은 개뿔. 쾌활한 인사와 함께 집무실을 나서는 박 실장의 뒷모습을 보며 정한은 한숨을 짧게 내쉬었다.

토요일 출근은 특근이었으니 사실 직원에게 급한 사정이 생기게 된다면 굳이 출근을 해야 할 의무는 없었다. 물론 사회생활을 하면서 특근이라고 해도 제멋대로 빠질 수 있는 건 아니었지만, 지금까지는 잘하던 직원이 오늘 하루 정도 빠진다고 해서 괘씸하다거나 문제가 될 일은 아니었다.

악덕 사장도 아니고 그 정도 사정이야 충분히 편의를 봐줘야 마땅한 거지. 특히나 평소에 모든 특근을 빠지지 않고 참석했던 성실한 한 비서라면 더욱더.

하지만 그는 오늘 그녀의 부재에 뿔이 나 있는 중이었다. 주말이고 크리스마스고 연말이고, 매번 꼬박꼬박 얼굴을 비쳤던 그녀가 고작 오늘 하루 빠진 건데도 말이다. 아니, 차라리 매번 이것저것 핑계를 대며 특근을 요리조리 빠져나가던 박 실장의 부재라면 덜 신경이 쓰였을 것 같다.

오늘 아침 회사에 출근을 하자마자 그는 평소와 다른 허전함을 느꼈다. 그게 매번 저보다 먼저 출근해 사무실에 앉아 있던 한 비서의 모습이 보이지 않았기 때문이라는 것을 그는 금방 알아챌 수 있었다. 웬일로 지각이지? 결근은커녕 조퇴, 지각조차 한 적 없었던 그녀였기에 설마 결근이리라고는 생각지도 못했다. 아무리 기다려도 나타나지 않기에 은근슬쩍 박 실장에게 그녀의 소식을 물어봤을 때서야 그녀가 오늘 결근한다는 사실을 알게 됐다.

"결근이라고?"

"네. 일주일 전부터 미리 말하더라구요. 개인적인 사정상 이번 주 특근은 빠지겠다고."

누가 치밀한 한 비서 아니랄까 봐 고작 특근 하나 빠지는 걸로 무슨 일주일 전씩에나 보고를 했단다. 그런데 왜 그 보고가 자신의 귀에는 들어오지 않았단 말인가. 비서실장보다 사장이 더 높은데!

물론 박 실장이 그녀의 직속상관이고, 또 그런 사사로운 것은 당연히 사장보다 직속상관인 박 실장에게 전해야 하는 것이 맞지만 그래도 괜히 괘씸한 마음이 들었다. 어젯밤 늦게까지 하루 종일 함께 있었으면서, 집에 들어가기 직전에라도 귀띔해 줄 수 있었던 거 아닌가.

생각을 이어 가던 정한은 순간 저가 별것도 아닌 거에 지나치게 신경을 쓰고 있다는 사실을 깨달았다. 마치 사랑에 빠진 여자라도 된 것처럼 말이다. 이런 건 괘씸함이라기보단 서운함이라고 표현해야 하는 걸까.

"그래서 무슨 일 때문이라고 합니까?"

"그건 저도 잘……."

"박 실장님. 지금 부하 직원이 결근을 하겠다는데 사유도 묻지 않고 오케이 했다는 겁니까? 물론 특근이기는 하지만 요즘 같은 때에는 평소와 특근의 경계가 없다는 거 몰라요?"

"한 비서가 농땡이 부릴 타입도 아니고, 중대한 개인사가 있겠거니 싶어서 더는 캐묻지 않았습니다."

듣고 보니 박 실장의 입장에서는 충분히 가능한 일이었다. 한 비서가 지나치게 성실했던 탓인데 누구에게 뭐라 하겠는가.

"물론, 한 비서니까 누구처럼 농땡이는 아니겠죠."

"죄송합니다. 시정하겠습니다."

한껏 까칠해진 목소리 때문인지, 아니면 그 '누구'라는 말에 찔린 것인지 박 실장이 냉큼 고개를 숙였다.

저를 향한 박 실장의 정수리를 빤히 바라보다가 그는 짧게 한숨을 내쉬었다.

사실 토요일 아침부터 자신에게 욕먹을 만큼 박 실장이 큰 잘못을 한 건 아니었다. 그저 극히 개인적인 감정 때문에 자신의 심사가 비틀린 것이었다. 더 이상 죄 없는 사람에게까지 불똥을 튀게 할 순 없어 그만 나가 보라 하자 박 실장은 바람처럼 집무실을 빠져나갔다.

탁, 닫히는 집무실 문을 노려보던 정한은 휴대폰을 들었다. 혹시나 했지만 역시나 그녀에게서 온 연락은 전혀 없었다. 예상했던 결과였음에도 불구하고 김이 샜다.

개인적인 사정? 도대체 얼마나 대단한 사정이기에 평생 없던 결근까지 냈다는 말인가. 일주일 전부터 알렸다는 걸 보니 갑자기 아픈 건 아닌 것 같은데…….

아무리 생각해 봐도 짚이는 게 없다. 연인이 있던 크리스마스에도 업무를 빠지지 않았던 그녀가 오늘 갑자기 빠져야만 했던 이유를 도저히 찾을 수가 없었다.

머리를 굴리던 정한의 미간이 짜증스럽게 구겨졌다. 이제 보니 자신은 그녀에 대해서 알고 있는 것이 정말 없었다. 그저 성실하고 일 잘하는 한 비서라는 것 외에는.

휴대폰을 물끄러미 내려다보던 그는 고민 끝에 결국 그녀에게 전화를 걸었다. 고작 어제 1년이고 나발이고 얼마든지 기다리겠다고 얘기해 놓고 이렇게 하루 만에 연락을 하는 게 조금 민망하기는 했지만 어쩌겠는가. 지금 당장 신경이 쓰이고 걱정이 돼 죽겠는데.

하지만 그녀는 전화를 받지 않았다. 전화기가 꺼져 있다는 낯선 여자의 음성만 들릴 뿐.

"폰까지 끄고 잠수를 타다니. 아예 작정을 했나 보군."

휴대폰을 내려놓으며 정한은 낮은 목소리로 투덜거렸다. 하지만 말과는 달리 그의 눈빛엔 걱정이 가득이었다. 걱정을 덜기 위해 민망함을 무릅쓰고 전화를 건 거였는데, 걸기 전보다 걸고 난 후 오히려 걱정이 배가 됐다.

직업의 특성상 비서들이 휴대폰을 꺼 놓는 경우는 잘 없었다. 특히나 그 인물이 사명감 투철한 한 비서라면 더 가능성 없는 얘기가 아닌가.

이번에도 휴대폰을 두고 집 앞 슈퍼라도 간 걸까. 아니면 그때와는 또 다른 이유로 받을 수 없는 상황이 생긴 걸까.

그의 머릿속에 잡다한 걱정이 마구 피어올랐다. 벌건 대낮에 무슨 일을 당할 거라는 생각을 하는 건 아니지만, 그래도 요즘 세상이 워낙 흉흉해야 말이지. 역시 그 동네는 아닌 것 같다. 기다리겠다고 한 것과는 별개로 이사는 무슨 수를 써서라도 시켜야겠다는 생각이 들었다. 끝까지 거절한다면 자신에게 유리한 사회적 위치를 이용해 '갑질'이란 것을 해서라도 말이다.

바쁘게 일을 처리하는 짬짬이 정한은 휴대폰을 들여다봤다. 아니. 조금 더 솔직하게 말하자면, 휴대폰을 보면서 짬짬이 일을 처리했다는 것이 더 맞는 말이리라. 완전한 주객전도. 평소의 윤정한이었다면 있을 수 없는 일이었다.

그녀에게서는 오늘 하루 종일 연락이 없었다. 퇴근을 하는 지금까지도. 분명 부재중이 찍혔던 걸 확인했다면 연락이 왔을 텐데 말이다. 덕분에 그녀를 향한 걱정이 태산을 넘어섰다. 제 촉은 그녀에겐 아마 별일 없을 거라고 얘기하지만, 이번엔 늘 철석같이 믿던 그 촉마저 믿을 수가 없었다.

퇴근 전, 마지막으로 그녀에게 전화를 걸었다. 하지만 이번에도 맑은 그녀의 목소리가 아닌 전화기가 꺼져 있다는 기계적인 음성뿐.

결국 회사를 나온 그는 망설임 없이 그녀의 동네로 향했다.

오늘 하루 종일 얼마나 그녀의 집에 찾아가고 싶었는지 모른다. 당장이라도 찾아가서 제 두 눈으로 직접 얼굴을 확인을 해야 안심이 될 것 같았다. 하지만 굴뚝같은 그 마음을 행동으로 차마 옮기지 못했던 건, 마지막 자존심 때문이었다.

언젠가 담담한 목소리로 전화하셨어요? 했던 것처럼, 이번에도 아무렇지 않은 얼굴로 저를 맞을까 봐. 부담 안 주겠다고 해 놓고 하루아침에 손바닥 뒤집듯 뒤집는 저를 보고 혹시라도 그녀가 더 부담스러워하고 질려 하게 될까 봐.

"……대체 어쩌다 이렇게 됐냐, 윤정한."

핸들을 유려하게 꺾으며 그는 픽, 실소를 내뱉었다.

이럴까 봐 사랑 따위 다시는 하고 싶지 않았던 거다. 이렇게 또다시 사랑 앞에서 우스운 꼴이 될까 봐서.

하지만 어쩌겠는가. 그런 머리와는 달리 가슴은 제멋대로 이미 시작해 버린 것을. 이제 자신이 할 수 있는 건 직진뿐이었다. 가끔은 저를 부담스러워하는 그녀의 눈치를 보느라 저답지 않게 조금은 더딜지도 모르겠지만, 그래도 윤정한 사전에 후퇴란 없다.

11
가로등 아래에서

　어머니의 고향은 강원도에서도 한참 더 들어가야 나오는 작은 마을이었다. 지금은 사는 사람이 거의 없는 곳이라 사람들의 발길마저 끊긴 조용하고 고요한 곳.

　봄은 그곳이 참 마음에 들었다. 서울에서는 한참 떨어진 덕분에 한번 가려면 마음을 먹고 가야 하지만, 그래도 어머니를 그곳에 모시길 잘했다고.

　3월 초. 강원도의 무시 못 할 추위 속에서도 어머니를 모신 자리만큼은 강렬하게 내리쬐는 햇볕 덕분에 따뜻한 느낌이 드니 참 다행이었다. 조금 더 따뜻해졌을 때 떠나셨으면 어땠을까. 왜 하필 이리 추운 날 떠나셨을까. 마지막까지 왜 그리 쓸쓸하게 떠나야만 했던 걸까. 안타까웠던 그 마음에 조금은 위안이 되니 말이다.

　아침 일찍 출발해서 묘에 길게 자라난 풀을 몇 가닥 뽑고, 살아생전 좋아하셨던 과일 몇 가지를 내보이고, 그간 잘 지내셨는지 안

부 인사를 몇 마디 나눴을 뿐인데. 왔다 갔다 하는 데만 엄청난 시간을 썼던 탓에 봄과 영원이 서울에 도착했을 땐 이미 해가 완전히 넘어가 버린 늦은 저녁이었다.

오늘 하루 종일 시외버스, 시내버스 할 것 없이 온갖 버스들을 갈아타느라 피곤해진 두 사람의 몰골은 아침에 서울을 떠날 때 뽀송뽀송했던 모습과는 사뭇 달랐다.

"누나. 나 애들 좀 만나고 들어가도 돼?"

복잡한 주말의 터미널을 빠져나오던 중, 친구들에게 온 연락을 받은 것인지 휴대폰을 들여다보고 있던 영원이 물었다.

"그 고생을 했는데 안 피곤해?"

"아직 젊잖아."

훗, 웃는 영원을 보며 봄은 작게 웃었다.

"그래. 그렇게 해."

"진짜?"

"응, 진짜."

평소 같았으면 시간이 너무 늦었다고 말렸겠지만, 봄은 선뜻 허락했다. 저 역시도 집으로 곧장 들어가고 싶지 않을 정도로 기분이 다운된 마당에 동생이라고 뭐가 다를까 싶어서.

"아니다. 안 되겠다."

그녀의 허락에 즐거워하던 영원이 별안간 심각한 얼굴로 고개를 내저었다.

"그냥 집으로 바로 갈래."

"왜?"

"이 시간에 누나 혼자 어떻게 집으로 보내. 안 될 말이지."

동네에서 일어난 사건이 뉴스에 나온 그날 이후로 그녀의 안전에 대해 각별히 신경을 쓰는 것은 사장뿐만이 아니었다. 영원도 요즘은 제법 그녀의 귀갓길에 대해 촉각을 곤두세우고 있었다.

조금이라도 퇴근이 늦어진다 싶으면 동생에게선 꼭 연락이 왔다. 마칠 때 연락하라고. 그리고 세 정거장 전에 연락을 하라고. 하지만 최근 퇴근길은 항상 사장과 함께 했으므로 제대로 연락을 해 줄 수가 없었고, 그런 사정을 알 길 없는 동생은 그것에 대해 꽤나 길게 잔소리를 늘어놓았다.

"괜찮아. 요즘 경찰들도 많이 다니고. 그날 이후로 우리 동네 방범 좋아졌잖아."

"그래도……."

"정말 괜찮다니까. 내 걱정은 말고 놀다 오세요, 동생님."

"……그럼 그 남자한테 연락해서 데려다 달라 그래."

잠깐 고민하는 듯하던 녀석이 말했다. 마치 제 딴에는 크나큰 선심이라도 쓴다는 듯이.

"그 남자?"

"그래. 그때 봤던 그 남자. 남자 친구 됐다가 어디에 써. 이럴 때 써야지."

사장을 말하는 건가 보다. 지금까지 꽤나 못마땅한 것처럼 입 밖에 꺼내지도 않더니, 그래도 누나 걱정이 먼저인 모양이었다. 동생의 입에서 남자 친구라는 단어가 나오자 순간 당황했지만 그녀는 그런 기색을 전혀 내보이지 않으며, 그러겠노라 고개를 끄덕였다. 달리 할 말이 없었기 때문이다.

그제야 영원은 그녀를 집으로 가는 버스에 태워 보냈다. 하지만 여전히 안심이 되지 않았는지 마지막까지 버스 창문 너머로 꼭이야, 라며 입을 벙긋거렸다. 봄은 그런 동생을 향해 부드럽게 웃으며 손을 흔들어 주었다.

버스가 출발하고 동생의 모습이 더는 보이지 않을 때서야 봄은 작게 한숨을 쉬었다. 오늘 하루 종일 쌓아 두었던 피로가 한꺼번에 몰려드는 느낌이었다. 봄은 동그란 이마를 버스 창문에 살짝 기댔다. 차갑다기보다는 시원한 느낌이 온몸에 전해졌다.

잠깐 머리를 식힌 그녀는 습관처럼 휴대폰을 집어 들었다. 쉬는 날도 상관없이 상사의 연락을 기다려야 하는 비서가 된 후부터는 30분 간격으로 휴대폰을 보는 게 습관 아닌 습관이 되었던 것이다. 하지만 급한 연락은커녕 검은 액정만이 그녀를 반길 뿐이다.

비서가 된 지 3년이 넘어가는 지금까지 휴대폰을 꺼둔 건 이번이 처음이었다. 그것도 1분 2분이 아니라, 반나절이 넘는 시간 동안 말이다.

간밤에 실수로 배터리를 충전하지 못한 탓에 아침부터 그녀의 휴대폰은 꺼져 있는 상태였다. 회사에서 급한 연락이 올 수도 있는 때라 걱정이 되기는 했지만, 하루 종일 시간적인 여유가 없어서 어쩔 수 없이 충전을 하지 못했었다. 그저 오늘 하루만큼은 내가 없어도 비서실 직원들이 알아서 잘 해결해 주겠거니, 생각할 뿐이었다.

걱정스러운 얼굴로 휴대폰을 잠깐 들여다보던 봄은 눈꺼풀을 내리깔았다. 오늘만큼은 더는 다른 복잡한 것들에 대해 생각하고 싶지 않았다. 다른 것들을 더 보태지 않아도 이미 충분히 마음이 복잡했으니까 말이다.

"이번엔 꽃이 없네."

산 중턱에 자리한 어머니의 묘 앞에 섰을 때, 영원이 말했다.

"이럴 줄 알았으면 꽃 사 올 걸 그랬다. 엄청 휑하네. 꽃 없으니까."

"······그러게."

오늘따라 유독 더 쓸쓸해 보이는 어머니의 묘를 보고 있자니 가슴에 찬바람이 부는 듯했다. 단지 알록달록 예쁜 색감의 꽃이 없어서가 아니었다. 매번 기일 때마다 그들보다 한발 먼저 어머니를 찾아온 누군가가 가지런히 놓아두고 간 그 꽃다발은, 지난 5년간 연락도 닿을 수 없었던 아버지의 유일한 흔적이었기 때문이다.

물론 그 누군가가 아버지라는 것을 눈으로 본 것은 아니었지만, 봄은 확신했다. 결혼 기념일마다 아버지는 어머니가 가장 좋아하는 물망초를 한 다발씩 사오곤 했었으니까.

늘 꽃다발이 놓여 있던 자리를 바라보며 남매는 무겁게 침묵했다. 아마 그녀가 직접적으로 말은 하지 않았지만 동생도 알고 있었으리라. 그것이 아버지의 흔적이었다는 것을. 지난 5년간 그들을 맞아 주던 꽃다발의 부재가 이번엔 아버지가 오지 못했다는 뜻이라는 것을.

잠시 후 영원은 무심하게 손을 놀려 길게 자라난 풀들을 뜯기 시작했고, 봄은 작은 돗자리를 펼쳐 놓고 과일을 깎기 시작했다. 그렇게 마치 약속이라도 한 듯 남매는 아버지에 관한 이야기를 입 밖으로 꺼내지 않았다. 산에서 내려와 서울까지 오는 동안 단 한마디도.

동생과 있을 땐 애써 잊고 있으려 했던 아버지를 떠올리자 문득

속에서 불쑥 치미는 답답함에 봄은 버스 창문을 활짝 열었다. 아직
은 채 가시지 않은 겨울의 찬바람이 그녀에게로 훅 끼쳐 왔다.

"하……."

그녀의 입술을 비집고 긴 한숨이 흘렀다.

아버지.

떠올리기만 해도 가슴 아픈 그 이름.

사실 그녀가 사장과 계약까지 해서라도 당장 빚을 갚고 싶었던
이유는, 빚쟁이들 때문만이 아니었다. 월급의 반 이상이 말도 안
되게 이자로 빠져나가서도, 돈에 쩔쩔 매는 삶을 살아야 해서도 아
니었다. 그저 아버지 때문이었다.

어머니를 위해 했던, 더 나아가서는 우리 가족을 위해 했던 어쩔
수 없는 그 선택 때문에 마치 죄인이 된 것처럼 망망대해 위를 하
염없이 떠돌아다니고 있을 아버지 때문에.

어머니가 돌아가신 후, 그녀의 소원은 지금까지 단 하나였다. 아
버지, 동생과 함께 세 식구가 함께 사는 것. 반지하 방이 좁아 터져
도 괜찮으니까, 밤마다 아버지 코 고는 소리에 잠 못 들어도 괜찮
으니까, 제발 우리 가족이 함께 있을 수만 있기를.

숨통을 조여 오던 그 많던 빚을 한 번에 갚을 수 있는 기적이 일
어났음에도. 이제 그녀의 오랜 소원을 이룰 수 있게 되었는데도.
잔인한 현실은 제자리걸음일 뿐이었다. 아버지에게 연락이 닿을 수
없으니까. 1년 전 그랬던 것처럼 아버지가 갑자기 나타나시지 않는
이상은, 빚을 다 갚았다는 소식조차 전해 드릴 수가 없는 것이다.

그깟 돈이 대체 뭐라고. 세상에 더는 없는 핏줄인데. 가족이라고
해 봐야 이제 이 하늘 아래에 세 사람밖에 남지 않았는데. 혹시 어

디 아프신 건 아닐지. 아님 무슨 일이라도 생긴 건지. 하다못해 생사조차 알 수가 없는 현실이 너무도 잔인하기만 하다.

버스에서 내린 봄은, 집으로 향하려던 무거운 걸음을 옮겨 동네 어귀에 있는 포장마차로 걸어 들어갔다. 언젠가 사장한테 얘기했던 것처럼 오늘이 그런 날이었다. 간절하게 꼼장어에 소주 한잔이 그리운 날.

✻❀✻

그녀의 집 앞까지 찾아갔다가 허탕을 치고 돌아온 정한은, 그 뒤로도 골목 어귀에 차를 대 놓고 한 시간이나 더 그녀를 기다리고 있는 중이었다. 혹시나 어긋나기라도 할까 봐 섣불리 움직이지도 못하고 같은 자리에서 피운 담배만 벌써 열 개비가 넘어가고 있었다. 흡연자이기는 했지만 이렇게 줄담배를 피울 정도로 골초는 아니었는데 말이다.

무소식이 희소식이라고. 이만 포기하고 집으로 돌아가야 하나 싶은 순간, 문득 그의 눈에 언젠가 보았던 빨간 포장마차가 띄었다. 그래, 저기가 마지막이야. 스스로에게 다짐을 한 다음 포장마차로 걸음을 옮긴 정한은, 포장마차에 들어가자마자 다리에 힘이 풀리는 바람에 하마터면 넘어질 뻔했다.

"어? 사장님이 여긴 어쩐 일이세요?"

한 비서가 역시나 멀쩡한 모습으로 저를 보며 고개를 갸웃하고 있었기 때문이다.

"한 비서. 괜찮아?"

"네?"

"아니. 딱 봐도 괜찮은 것 같군."

무슨 소리냐는 듯 눈을 크게 뜨고 묻는 그녀를 빤히 바라보던 정한은 한숨과 함께 고개를 내저었다. 별일이 없었다는 게 다행이긴 하다만, 이렇게 허무할 수가 없다. 오늘 하루 종일 했던 걱정이 쓸데없는 짓이었다니. 일분일초가 금값인 자신의 시간을 오늘 하루에만 대체 얼마나 낭비한 건지 모르겠다.

"휴대폰은 하루 종일 왜 꺼 놓은 거야?"

"아, 배터리가 나가서요. 혹시 회사에 무슨 일이라도 생긴 건가요?"

"회사 일이 걱정이 되기는 해?"

"그걸 말이라고 하세요? 왜요. 무슨 일인데요?"

그녀가 놀란 얼굴로 자리에서 발딱 일어나며 되물었다.

"다행히 오늘은 아무 일 없었어."

그녀의 맞은편에 앉으며 정한은 무심하게 대꾸했다. 오늘 하루 종일 걱정을 시킨 게 괘씸해서 조금 더 놀려 주려다가 마음을 고쳐먹었다. 괘씸한 마음보다도 아무 일 없다는 게 다행이라는 마음이 조금 더 컸으니까.

그래. 별일 없는 거면 됐다.

"그래도 앞으로는 어떻게 될지 모르니까 휴대폰은 늘 켜 놓도록 해. 알겠어?"

"네. 시정하겠습니다."

얼떨떨한 얼굴로 정한을 바라보던 그녀는 여전히 선 채로 고개를 꾸벅 숙였다.

"그런데 여기는 어떻게······."

"꼼장어가 먹고 싶어서 왔어. 아, 소주도."

"꼼장어요?"

"그래. 그런데 마침 한 비서도 꼼장어를 먹고 있었네. 또 마침 소주도 있고."

"마침······이란 말이죠."

"그래. 마침."

그는 세상에서 가장 뻔뻔한 얼굴로 대답했다.

"모르는 사이도 아니고, 합석해도 되지?"

갑자기 나타나서 합석이라니. 그녀의 얼굴에 황당해하는 기색이 역력하게 드러났지만 정한은 모르는 척 꽂혀 있는 나무젓가락을 집어 들었다. 그러고는 자연스럽게 접시에 담긴 꼼장어 하나를 입으로 가져갔다.

"맛있군."

능청스러운 정한을 어이없다는 듯 바라보던 그녀는 포기했다는 듯 자리에 도로 앉으며, 소주 한 병과 잔 하나를 더 주문했다.

"소주도 뺏어 드실 거죠?"

"뺏어 먹는다는 표현은 좀 그러니까, 그냥 내가 사는 걸로 해."

"저번처럼 세금 어쩌고 하면서 또 카드 들이미시게요?"

지난번에 저가 했던 행동이 상식에서 꽤나 벗어난 행동이었던 모양이다. 한 비서가 비아냥거리는 말을 다 하는 걸 보니 말이다.

조금 멋쩍어진 정한은 두툼한 제 지갑을 꺼내 테이블 위에 올려두며 말했다.

"이번엔 현금으로 할 테니 걱정 마."

"이모, 여기 닭발도 한 접시 주세요!"

정한의 말이 떨어지기가 무섭게 그녀가 손을 번쩍 들며 주문을 추가했다.

"한 비서. 설마 닭발도 먹어?"

"사장님은 설마 닭발도 못 드세요?"

소주가 가득 담겨 있는 잔을 입 안에 털어 넣으며, 그녀는 지지 않고 받아쳤다.

평소의 그녀답지 않게 말대답을 저리 꼬박꼬박 하는 것을 보니, 술기운이 제법 오른 모양이었다. 아니나 다를까. 테이블을 훑다 보니 그녀의 의자 밑에 빈 소주병 하나가 보인다. 테이블 위에도 거의 바닥을 보이는 소주병이 하나 더 있으니, 합이 두 병째란 말인가.

"설마 저 두 병을 혼자서 다 먹은 거야?"

"네."

뭐가 문제냐는 듯 대꾸하는 봄의 대답에 정한은 속으로 입을 쩍 벌렸다. 소희와 어깨를 나란히 하고 먹을 때부터 진작 알고는 있었지만, 이렇게까지 술이 강할 줄이야. 혼자서 두 병을 먹었다는데도 평소와 달리 딱딱하던 표정이 살짝 풀린 것 빼고는 멀쩡했다.

외모만 봤을 땐 소주 냄새만 맡아도 얼굴이 발그레해질 것처럼 생겨서는 참으로 반전 있는 여자가 아닐 수 없다. 하긴. 저도 반전 있는 남자였던가. 잘 먹게 생긴 것과 달리 제 주량은 고작 소주 한 병도 채 안 되니까 말이다.

두 눈으로 보고도 쉽게 믿을 수 없는 광경에 속으로 놀라고 있는 사이, 테이블 위에는 김이 모락모락 나는 새빨간 닭발이 가득 담긴 접시와 소주 한 병이 올려졌다.

그녀는 자연스럽게 소주병을 들어 정한의 잔에 술을 따라 주었다. 그러고는 정한이 잔을 받아 들기가 무섭게 제멋대로 짠. 이라며 잔을 부딪치고는, 좀 전에 잔을 비웠으면서도 다시금 한입에 술을 털어 넣는다.

"너무 많이 마시는 거 아니야?"

"괜찮아요. 내일은 일요일이잖아요."

업무엔 지장 줄 일 없으니 잔소리할 생각은 말란 얘기였다. 그녀의 대답에 정한은 졌다는 듯 두 손 두 발 다 들 수밖에 없었다.

그 뒤로도 그녀는 아주 빠른 속도로 술을 들이켜더니, 30분도 채 지나지 않아 소주 한 병을 새로 시켰다. 그사이에 그는 고작 두 잔을 거들었을 뿐이었다.

"한 비서. 혹시 무슨 일 있는 거야?"

새로운 소주를 거침없이 따르는 손길을 보며, 결국 정한은 참았던 질문을 던졌다.

"아뇨. 아무 일 없는데."

"정말 아무 일 없는 거 맞아?"

"무슨 일은 아니고…… 그냥, 엄마를 보고 왔어요."

그녀의 가족 관계에 대해 알고 있는 그가 의아하게 바라보자, 속뜻을 알아들었는지 그녀가 말을 덧붙였다.

"오늘이 기일이었거든요."

덤덤한 얼굴만큼이나 덤덤한 목소리. 별거 아니라는 듯 대답한 그녀는 소주잔을 다시금 말끔히 비워 냈다.

정한은 그런 여자의 얼굴을 빤히 바라보다가 말없이 비워진 잔에 술을 따라 주었다. 언제나처럼 괜찮은 척하는 맑은 얼굴 너머에 숨어 있는 감정이 이젠 흐릿하게나마 조금은 보이는 것 같았다.

"사장님."

쪼르르—

턱을 괸 채로 잔을 채우는 술을 물끄러미 바라보던 그녀가, 여전히 잔에만 시선을 둔 채로 문득 그를 불렀다.

"저 궁금한 거 있는데요. 물어봐도 돼요?"

"살살 물도록 해."

"뭐예요, 그게. 썰렁해. 완전 재미없어."

대놓고 뱉어 낸 썰렁한 농담에 그녀는 눈을 살짝 찌푸리며 푸, 입을 내밀었다.

"재미없다면서 왜 웃는데?"

"어이가 없어서요."

"그래? 그래도 당신이 웃었으니까 난 만족해."

"와. 방금 사장님 되게 선수 같았어요."

작게 웃음을 터뜨리는 그녀의 모습에 그의 입꼬리 역시 절로 올라갔다.

"아닌 거 알잖아."

"네. 그렇죠. 사장님은 선수가 아니죠. 오히려 그 반대지……."

"그 반대가 뭔데?"

"그런 게 있어요. 비밀이에요."

그녀는 마치 혼잣말을 하듯 고개를 작게 내저었다.

멀쩡해 보이는 겉모습과는 달리 제정신이 아닌 건 확실한 것 같았다. 하긴. 그렇게나 많이 마셨는데 정신까지 멀쩡하면 그게 어떻게 사람이야. 당장 바다에 방생해야 할 술고래지, 진짜.

"그래서 궁금한 게 뭔데."

"아, 그건요……"

"그건?"

"사장님은 내가 왜 좋아요?"

대뜸 돌직구가 날아들었다. 그 주제에 대해 지금까지 계속해서 피하기만 하던 그녀의 입에서 나오리라고는 예상하지 못했던 물음이었기에 정한의 눈이 살짝 커졌다. 하지만 이 자리에서 그 이야기가 나왔다는 게 마냥 기쁘지만은 않았다. 바로 어제 그녀에게서 부정의 말을 들었으니까 말이다.

이번에도 또 거절을 하려는 건가. 그렇다면 저로서는 말을 돌리는 게 최선인 것 같은데. 순간적으로 머리가 복잡해졌다. 하지만 역시 피하는 건 제 체질에 맞지 않았다.

"그냥."

"그냥이라구요?"

"그래. 그냥. 당신이 당신이라서 좋아."

사실 그녀가 좋은 이유라면 밤을 새워 읊을 수 있을 지경이었다. 한봄은, 왜 이제야 그녀에게 반하게 된 건지 스스로 의문이 들 정도로 예쁜 구석이 많은 여자였으니까. 어떻게 사람이 미운 구석이 한 곳도 없을 수가 있는지. 진지한 눈으로 그녀를 바라보게 된 요즘, 그는 하루하루 새삼 그녀에게 다시금 반하곤 했다.

언제든 똑 부러지는 모습. 제 앞에서도 기죽지 않는 모습. 무슨 일이 있어도 늘 씩씩한 척하는 모습. 습관처럼 다른 사람부터 배려하는 모습. 그리고 가끔 웃는, 가슴 떨리게 예쁜 모습까지도.

하지만 그 어떤 것도 정답은 없으리라. 단지 그녀라서 그 모든 것이 좋은 것 같으니까 말이다.

"사람이 사람을 좋아하는 데 꼭 이유가 필요해?"

"맞아요. ……좋아하는 데는 이유가 필요 없죠."

쓴웃음을 지은 그녀는, 잔에 담긴 술을 입 안으로 털어 넣었다.

갑자기 왜 그런 질문을 한 건지. 그래 놓고 지금은 왜 또 그렇게 쓸쓸한 얼굴을 하는 건지. 묻고 싶은 게 많았지만 입을 뗄 수가 없었다. 왠지 물으면 안 될 것 같았다. 이유는 모르겠지만 그냥, 느낌이 그랬다.

정한은 질문 대신 조용히 그녀의 빈 잔에 술을 따랐다. 감사합니다. 작게 중얼거리고는 채워지기가 무섭게 잔을 다시 입으로 가져가는 그녀를 굳이 말리지도 않았다.

잔은 금세 비었다.

얼마나 시간이 흘렀을까. 술이 제법 들어가자 그녀는 수다쟁이로 변했다. 오늘 강원도에 다녀온 이야기를 시작하더니, 그것으로만 끝내지 않고 어린 시절 얘기와 가족 얘기, 그리고 학창 시절 얘기까지. 눈물을 글썽이며 술주정인 듯 제 얘기를 줄줄 늘어놓기 시작했다.

타인의 삶 따위에 관심이 전혀 없어서 자서전류는 거들떠도 보지 않는 그였지만, 본인의 입에서 나오는 그녀의 이야기는 꽤나 흥미로웠다. 그녀가 행복했던 시절 얘기를 하면 같이 미소를 지었고, 그녀가 아팠던 시절 얘기를 하면 같이 마음 아파했다. 그녀가 이야기를 잘하는 건지, 아니면 자신이 고작 소주 몇 잔에 감성적인 인간이 되어 버린 건지 헷갈릴 정도였다.

그녀가 고등학교 다닐 때의 이야기를 이제 막 끝냈을 무렵, 정한은 그녀에게 양해를 구하고 담배를 피우러 밖으로 나갔다. 고작 볼품없는 얇은 천 하나를 둘렀을 뿐인데 바깥과 안의 공기는 완전히 달랐다. 엄습하는 찬 공기에 정한은 담배를 반쯤만 피우고 포장마차로 들어왔다.

이번엔 대학 얘기를 들을 수 있겠거니, 생각하며 가벼운 걸음을 옮기던 정한은 테이블 앞에서 문득 걸음을 뚝 멈추었다. 조금 전까지만 해도 말간 얼굴로 제 얘기를 주절주절 늘어놓던 여자의 모습은 온데간데없고 풀썩 테이블 위에 엎어진 시체 하나만 덩그러니 놓여 있었다.

"이봐, 한 비서."

그가 그녀의 어깨를 살짝 흔들었지만, 가녀린 어깨는 힘없이 이리저리 흔들릴 뿐. 그녀에게서는 반응이 없었다. 하긴. 벌써 다섯 병이나 먹었으니 이쯤에서 쓰러지는 게 무리도 아니었다. 게다가 그 다섯 병을 거의 저 혼자 먹지 않았는가.

"그 아가씨, 그쪽이 나가자마자 쓰러졌어요. K.O야, 완전히."

난감한 얼굴로 그녀를 바라보고 있는 정한을 향해 가게 주인이 말했다.

"얼마입니까?"

"카드는 안 되는 거 알죠?"

주인이 그를 기억하고 있는 모양이었다. 정한은 머쓱한 얼굴로 현금을 내밀었다.

"저 아가씨는 어떻게 할 거예요? 아무래도 정신 못 차릴 것 같은데."

"그렇겠죠?"

시체처럼 두 팔을 테이블 아래로 툭 떨어뜨리고 뻗어 있는 여자의 모습을 바라보던 정한은 짧게 한숨을 내쉬었다.

"어떻게. 내가 업는 거 도와줘요?"

"부탁드립니다."

정한은 주인의 도움을 받아 그녀를 업고 포장마차를 나왔다. 깃털처럼 가벼운 정도는 아니었지만, 깡마른 그녀의 몸은 역시나 생각했던 대로 가벼웠다. 이 정도면 그녀의 집까지 가는 동안에 마주할 좁은 골목길도 가파른 계단도 별문제가 없을 것 같았다.

하지만 그보다 더 큰 문제가 있었으니, 바로 그녀의 동생이었다. 안 그래도 동생은 저를 못마땅하게 여기는 것 같았는데, 꽐라가 된 그녀를 업고 가면 거기에서 얼마나 더 마이너스가 될지 눈에 선했다.

"이번에는 주먹이 날아올지도 모르지."

짧게 중얼거리며, 그는 걸음을 옮기기 시작했다.

좁은 골목길을 지나 가파른 계단 앞에 섰을 때였다. 으음, 하는 신음이 들리더니 곧이어 작은 웅얼거림이 들려왔다.

"……줘요."

"뭐라고?"

"내려 달라구요."

업혀 있는 게 불편했는지 그녀가 바둥거리기 시작했다.

"괜찮아?"

"네. 괜찮아요. 멀쩡해요."

바닥에 발을 디딘 그녀는 감기려는 눈을 필사적으로 치켜뜨며 대꾸했다.

"정말 걸을 수 있겠어?"

"네엡."

하지만 그녀는 대답과 달리 바닥에 풀썩 엉덩이를 붙이고 앉아버렸다. 바닥에 쪼그리고 앉은 그 모습이 황당하면서도 귀여워서 정한은 저도 모르게 피식, 옅게 웃었다.

"다시 업히지 그래? 그게 좋을 거 같은데."

"싫어요."

"왜. 어릴 땐 업히는 거 좋아했다며."

"사장님이 우리 아빠예요?"

그녀가 고개를 절레절레 내저으며 입을 불퉁 내밀었다.

"아빠보단 오빠가 좋은데."

"오빠는 무슨."

"한 비서보다 여섯 살이나 많은데. 내가?"

"좋으시겠어요. 나이 많아서."

칫. 하고 그녀는 콧방귀를 뀌었다.

"그만 일어나자. 감기 걸려."

"……나이만 많으면 뭐 해. 아무것도 모르면서."

일으키기 위해 양어깨를 붙드는 손길을 피하며 그녀가 작게 중얼거렸다. 왠지 의미심장한 한마디에 정한은 뻗었던 손길을 거두고는 그녀의 앞에 천천히 쪼그려 앉았다.

"내가 뭘 모르는데?"

"사장님은 좋아하는 이유가 없다는 것만 알지……. 좋아하면 안 되는 이유가 있다는 건 모르잖아요."

"좋아하면 안 되는 이유라니. 그런 게 어디 있어."

"다 가진 사장님은 모르나 본데요. 가진 게 없는 사람들한테는 분명히 있거든요. 그런 게……."

"그런 게 대체 뭔데?"

"……이를테면요."

그녀는 꼬물거리며 자신의 다섯 손가락을 펼쳐 보였다.

"반지하 방에 사는 여자는 한강이 내려다보이는 고급 아파트에 사는 남자를 좋아하면 안 된다거나……. 또 빚 갚느라 이 나이가 되도록 한 푼도 못 모은 여자는 재벌가 남자를 좋아하면 안 된다거나……. 또 비서 나부랭이는 자신이 모시는 보스를 좋아하면 안 된다거나……. 또……."

"그만. 거기까지만 해."

펼친 다섯 손가락을 하나하나 접어 가며 주절주절 늘어놓는 그녀의 말을 뚝 끊으며, 정한은 미간을 구겼다. 아무리 술주정이라지만 대체 무슨 헛소리를 저리도 장황하게도 하는지. 술에 취해 웅얼거리는 그녀의 목소리는 하염없이 귀여웠지만, 저런 내용을 잠자코 들어 줄 순 없는 노릇이었다.

"아직 몇 개 더 있는데……."

남은 손가락을 내려다보며, 아쉽다는 듯 그녀가 중얼거린다.

"정말 그런 게 문제가 된다고 생각해?"

정한의 물음에 제 손바닥을 내려다보고 있던 그녀가 슬그머니 고개를 들어 그를 바라보았다.

"네. 저는……, 그렇게 생각해요."

"당사자인 내가 그딴 건 다 상관없다는데도?"

"상관있어요. 저도 당사자잖아요."

고집스러운 그녀의 두 눈이 정한을 향했다.

"그러니까 그만 다가와요. 여기까지만 해요. 사장님."

술에 취했지만 변함없이 맑은 두 눈동자를 물끄러미 들여다보던 정한은, 순간 자신이 뭔가 놓치고 있다는 것을 깨달았다. 그리고 그것이 가장 중요한 그녀의 진심이라는 것까지도.

생각해 보면 그녀는 마냥 피하거나 여유가 없다는 등, 여러 이유를 대며 거절의 의사를 표현했지만 단 한 번도 자신 그 자체를 거절한 적은 없었다. 그냥 당신이 싫어요. 한마디면 간단할 것을 말이다.

하. 이렇게 중요한 걸 여태 놓치고 있었다니. 눈치가 빠른 편인데도 불구하고 말이다. 아무래도 친구 녀석의 말대로 자신의 연애 세포가 몽땅 죽어 버리긴 한 모양이다.

"그러니까, 그딴 이유들 때문에 날 좋아할 수 없다는 거야?"

여전히 똑바로 저와 시선을 마주하고 있을 뿐, 그녀에게선 대답이 없다.

"그러니까."

정한은 조금 더 몰아붙였다.

"그딴 이유들만 아니면 날 좋아할 수 있다는 거야?"

"……."

"맞아, 아니야. 솔직하게 대답해. 한 비서."

낮은 목소리에, 입을 꾹 다물고서 정한을 빤히 바라보던 그녀의 눈망울이 일렁였다. 하고 싶은 말이 많은 듯. 그러나 쉽사리 입이 떨어지지 않는 듯. 그녀는 한참이나 그의 두 눈을 빤히 바라만 보았다.

그러다 한참 만에야 그녀가 입을 열었다.

"……그래도 돼요?"

순진한 아이처럼 맑은 눈으로, 그녀는 떨리는 목소리를 뱉어 냈다.

"나……, 정말로 사장님을 좋아해도 돼요?"

"그걸 지금 질문이라고 해?"

단호한 대답에 그녀가 기다란 속눈썹을 두어 번 깜빡인다.

"좋아하면 안 될 이유가 저렇게나 많은데?"

"상관없댔지."

"모아 둔 돈도 한 푼 없는데?"

"내가 돈이 넘쳐나는데 뭐가 문제야."

"곰팡이 피는 반지하 방에 사는데?"

"그러니까 이사하자고 얼른."

"……회장님이 사장님하고 헤어지라고 주는 돈 받고 도망가 버릴지도 모르는데?"

최도진, 이 자식을 진짜.

순간적으로 정한은 어금니를 바득 갈았다. 지금 그녀가 하고 있는 말이 무슨 말인지 한 번에 알아들을 수 있었다. 도와 달랬더니 아예 저에 대해 모두 탈탈 털어 버린 모양이다.

"안 그럴 거잖아. 당신."

"어떻게 장담해요."

"그냥."

"또 그냥이에요?"

"그래. 그냥이야."

덤덤하게 대꾸하는 그의 얼굴을 빤히 바라보던 그녀는 세운 무릎 위로 천천히 턱을 기댔다. 그러고는 짧게 한숨을 내쉰다.

"맞아요. 나는 아마 안 그럴 거야……."

순간 정한은 제 귀를 의심했다. 그녀의 혼잣말이 사랑 고백처럼 들리는 건, 제 귀가 잘못된 걸까. 아니면 너무 간절히 바라서 헛소리를 듣고 있는 걸까.

"회장님이 십억을 줘도, 백억을 줘도…… 도망 안 가요. 안 갈 거야."

이렇게 듣기 좋은 술주정이 또 있을까. 고장 난 카세트테이프처럼 늘어지는 목소리가 세상에서 가장 감미로운 음악 소리처럼 들렸다.

이미 정한의 입꼬리는 귀에 걸릴 정도로 추켜올라 갔지만, 그녀는 전혀 눈치채지 못한 듯 혼잣말을 계속해서 중얼거렸다.

"나는…… 사장님이 사장님이라서 좋은 게 아니라…… 나한테 손수건을 던져 줬던 사장님이…… 좋은 거니까……."

느릿한 음성에 그의 눈이 순간 번쩍였다.

좋아한다고…… 했다. 그녀가 날, 좋아한다고.

"사장님이 사장님이라서…… 오히려 더 싫었으니까…… 그러니까 나는……."

하지만 그녀의 술주정은 더 이상 길어질 수가 없었다. 말이 채 끝나기도 전에 정한이 그녀의 어깨를 확 감싸 안고는, 조잘거리는 작은 입술을 집어삼켰기 때문이다.

"읍······!"

술에 취한 사람을 상대로 이러면 안 된다는 걸 알지만. 반칙이라는 걸 알지만. 적어도 지금만큼은 그런 예의에 대해 일분일초도 생각할 수가 없었다. 생각하기 전에 몸이 제멋대로 움직였으니까.

늘 그랬다. 그녀와 관련된 일에 먼저 반응하는 건 차가운 이성보다는 뜨거운 본능이었다.

"으읍······ 음······."

미처 밖으로 튀어나오지 못한 말들이 뜨거운 열기가 되어 그의 입 속으로 흘러든다. 생각지도 못했던, 그래서 더 기쁜, 가슴이 벅차도록 사랑스러운 고백을 담은 그 열기를, 정한은 조금도 남기지 않고 듬뿍 들이켰다.

그녀의 숨은 달콤했다. 마치 분홍빛 도는 솜사탕처럼.

✽※✽

아침에 눈을 뜨는 것과 동시에 봄은 경악했다. 아니, 해가 이미 중천에 떠 있을 때 눈을 떴으니 아침은 아니었던가.

대체 간밤에 얼마나 먹은 건지 부대끼는 속 때문에 변기통을 붙들고 속에 있는 것들을 모조리 게워 내면서도 봄은 속이 아픈 것보다도 머릿속에 선명하게 떠오르는 어제의 일 때문에 더욱 고통스러웠다.

역시 기분이 꿀꿀할 땐 술을 마시는 게 아니었다. 그런 만고의 진리를 사람들은 왜 항상 뒤늦게 깨닫게 되는 걸까.

어제는 저 혼자 취해서 많이도 떠들어 댄 것 같다. 어린 시절 처음 제주도로 가족 여행을 갔던 얘기도 했던 것 같은데. 도대체 쓸데없이 그런 얘긴 왜 했단 말인가. 누가 궁금해한다고.

설마, 말을 타고 싶었는데 탈 수 없어서 서러웠단 얘기도 했었던가? 그것까진 기억이 잘 나지 않는다.

그것만으로도 술주정은 충분했을 것 같은데, 거기서 그치지 않고 그녀는 심지어 눈물 바람까지 보였었다. 이건 확실히 기억이 났다. 엄마가 보고 싶다고 울었고, 아빠가 보고 싶다고 울었다.

도대체 그 남자더러 뭘 어쩌라고. 아무래도 어제의 자신은 미친 게 분명했다.

게다가 가로등 아래에서는⋯⋯.

머리 위에서 흔들리던 노오란 불빛과 함께 선명하게 떠오르는 남자의 얼굴에, 봄은 얼른 고개를 절레절레 내저었다. 떠올리고 싶지 않았다. 더 이상은.

그나마 다행이라면, 어제 동생이 아예 외박을 해 버렸다는 것이다.

꿈이었길. 말도 안 되지만, 그래도 제발 저 혼자 꾼 악몽이었길. 간절하게 바랐지만 아침부터 동네로 들이닥친 이 남자, 푸석푸석한 봄의 얼굴과는 달리 반짝이는 얼굴로 그녀의 허튼 기대를 무참히 박살 내 버렸다.

"잘 잤어, 한 비서?"

동네에 있는 작은 커피숍. 마시지도 않는 아메리카노를 두고서 멍하게 앉아 있는 그녀의 앞에서 그는 세상에서 가장 상큼한 미소를 지어 보였다.

"속 안 좋을 텐데, 커피가 아니라 해장을 하러 갈 걸 그랬나?"

어울리지 않게 자꾸 생글생글 웃는 남자의 얼굴을 보고 있자니, 안 그래도 무거웠던 마음이 한층 더 무거워진다. 봄은 죽을죄를 진 것 같은 얼굴로 고개를 푹 숙였다.

"어제 일은……, 정말 죄송합니다."

"의외네?"

그가 한쪽 입꼬리를 말아 올리며 웃었다. 이 상황이 꽤나 재미있다는 듯.

"나는 한 비서가 당연히 기억 안 난다고 잡아뗄 거라 생각했는데."

물론, 급하게 베터리를 충전시킨 다음 폰을 켜자마자 마치 기다렸다는 듯이 뜨는 그의 번호를 보는 순간엔 그럴까도 생각했었다. 하지만 이 남자가 그딴 방법이 통할 사람이 아니라는 걸 누구보다 잘 알고 있었기에 금방 포기했다. 게다가 그렇게 뻔뻔스럽게 나가기에는 어제의 기억이 지나치게 선명하기도 하고.

"하긴. 나랑 한 키스가 쉽게 잊을 만한 일은 아니지?"

장난스러운 남자의 말에 봄의 얼굴이 화륵, 타올랐다.

사실 어제의 기억 중 가장 강렬하게 기억이 남는 것은, 우습게도 정말 그와 입을 맞췄던 순간이었다. 그렇게 술을 많이 먹었으면 필름이라도 뚝 끊겨 버릴 것이지, 어쩌자고 이렇게 선명하게 기억이 나서 그의 장난에 일일이 반응을 한단 말인가.

내가 미쳐, 진짜. 쓸데없이 뭐한다고 술만 세 가지고. 아니지. 결국 술의 힘을 못 이기고 사고를 쳤으니 술이 센 것도 아닌 건가.

"이렇게 쉽게 인정할 줄 알았으면 녹음까진 안 하는 건데 말이야."

"녹음이요?"

"들어 볼래?"

그가 재킷 주머니에서 휴대폰을 꺼내 들었다.

"어떤 것부터 들을래. 어린 시절 소풍 가서 도시락을 열었는데 김밥에 싫어하는 당근이 들어 있어서 서러웠다며 울먹이던 부분? 아니면 역시 어제의 하이라이트였던 고백 장면?"

민망함에 붉게 타올랐던 봄의 얼굴이 순식간에 잿빛으로 변했다.

"정말 녹음을 하셨어요?"

"농담이야."

그가 픽, 웃으며 휴대폰을 내려놓았다.

"농담이라구요?"

"그래. 분위기가 너무 무겁길래 한번 던져 봤어."

남자는 별거 아니라는 듯 어깨를 으쓱해 보였지만, 한번 굳은 봄의 얼굴은 좀처럼 펴질 생각을 하지 않았다.

아니. 이런 상황에서 누가 그딴 농담을 한단 말인가. 게다가 방금 전 그 말도 안 되는 농담으로 분위기가 쇄신되기는커녕 한층 더 무거워졌다는 걸 진정 모르는 걸까.

뭐, 이런 인간이 다 있어.

봄의 커다란 눈이 남자를 은근히 노려볼 때였다.

"날짜는 언제부터 세는 게 좋겠어?"

그녀의 못마땅한 시선 따위는 전혀 상관없다는 듯 그가 대뜸 말했다.

"어제부터? 아님 오늘부터?"

"갑자기 무슨 날짜를 말씀하시는 거예요?"

"우리 사귀는 날짜 말이야. 여자들 기념일 챙기는 거 좋아하니까 이런 건 확실하게 해 둬야 한다고 하더라고."

이 시점에서 누가 그딴 되지도 않는 충고를 했는지는 굳이 묻지 않아도 알 것 같았다. 그렇다면 어제의 추태가 이미 최 팀장의 귀에까지 들어갔다는 건가. 맙소사. 앞에 앉은 이 남자는 둘째 치더라도 앞으로 최 팀장은 또 어떻게 본단 말인가.

발을 딛고 있는 땅이 아래로 꺼지는 것만 같았다. 아찔한 느낌에 봄이 인상을 찌푸렸을 때였다. 그가 여전히 신이 난 얼굴로 말했다.

"아무래도 오늘부터 제대로 세는 게 좋겠지?"

"사장님, 어제는……."

"한 비서. 설마, 어제 그렇게 열렬하고 뜨겁게 눈물의 고백을 해 놓고 이제 와서 없던 일로 하려는 거야?"

순간, 남자의 눈이 날카롭게 그녀를 향했다.

"눈물까진 안 흘렸던 것 같은데……."

"어쨌든 고백했잖아. 취중진담이라고."

그는 냉큼 대꾸했다.

취중진담.

그래. 아마 그랬던 것 같다. 하고 싶었던 말을, 그러나 하지 못했던 말을, 그래서 몇 번이고 꾹꾹 눌러 참을 수밖에 없었던 그 말을. 어제의 자신은, 아마 술의 힘을 빌렸다는 핑계를 대고 토해 내고 싶었던 것 같다.

좋아한다고. 나도 당신이 좋다고…….

하지만 술에서 깨고 나니, 지독한 현실이 너무도 또렷하게 보이는 것이다. 마치 12시가 지나자마자 마법이 풀려 거적때기를 걸친 모습으로 돌아간 신데렐라처럼.

"근데요, 사장님."

어떻게든 수습을 해야 할 것 같아서 봄은 다시금 입을 뗐다.

그러자 그가 눈썹을 치떴다. 마치 무슨 할 말이 그렇게도 많은 거냐는 듯.

"제가 어제 술에 취해서 고백을……, 한 건 맞는데요."

"맞는데?"

"그렇다고 해서 이렇게 사귀는 건 좀……."

"나더러 지금 당신 앞에서 무릎 꿇고 꽃다발이라도 건네라는 말이야?"

"아뇨. 그런 말이 아니라……."

"한 비서는 대체 뭐가 그렇게 복잡해?"

그는 이해할 수 없다는 듯 짧게 한숨을 내쉬었다.

"내가 당신을 좋아하고. 당신이 나를 좋아해. 그런데 대체 이 이상 뭐가 더 문제라는 건데?"

좋겠다. 그렇게 간단하게 생각할 수 있어서.

봄은 언제 어디서나 결코 아쉬운 모습을 보이지 않는 당당한 모습의 남자를 부러운 눈으로 바라보았다. 그러고는 대답 대신 제 앞에 놓인 잔을 그러쥐었다. 얼음이 가득 든 커피의 냉기가 고스란히 그녀에게로 전해진다. 그와 동시에 들끓던 머리도 차가워졌다.

그의 말은 맞았다. 남녀 사이에 있어서 두 사람의 마음이 통했다는 것 말고 더 중요한 일이 뭐가 있으랴. 하지만 그건 보통의 남녀가 만났을 때의 이야기. 자신은 그렇다 치더라도, 적어도 제 앞에 앉아 있는 이 남자만큼은 보통의 남자가 아니지 않은가.

이 남자는, 고작 좋아하는 마음 하나 가지고는 가질 수 없는 남자였다. 분명히.

"지금 또 쓸데없는 생각하고 있는 거지, 당신."

이게 과연 그의 말대로 정말 쓸데없는 생각인 걸까. 봄이 머릿속으로 의문을 가질 때였다. 그가 팔을 뻗어 잔을 그러쥐고 있는 그녀의 두 손을 부드럽게 감싸 쥐었다.

"아무것도 걱정하지 마."

"……."

"당신은 어제 나한테 약속했던 것처럼 도망만 안 가면 돼. 그 외의 것은 내가 다 알아서 할 테니까."

……정말 그래도 되는 걸까.

날 때부터 남들과는 달리 부족한 삶이었다. 살림에 보탬이 되어야 했기에 고등학교 시절 때부터 시작했던 아르바이트. 덕분에 학창 시절의 추억도 없고 그 추억을 같이 공유할 친구도 당연히 없다. 그건 대학을 다닐 때도 마찬가지.

예쁜 옷, 맛있는 음식, 좋은 집, 여유로운 휴식까지. 내 주제에 맞지 않다고, 그러니 내 것이 아니라고 생각했던 것들은 늘 쉽게 포기했다. 그러는 게 차라리 마음 편한 일이라는 것을 알았기 때문에 아주 어렸을 때부터 시작해서 지금까지 단 한 번도 욕심이라는 것을 부려 본 적이 없었다.

그런데 언젠가부터 그녀의 마음이 흔들렸다. 처음으로 쉽게 포기가 되지 않고 욕심나는 것이 생겼다. 안 된다는 걸 알면서, 이렇게 제 마음을 숨기지 못하는 아이처럼 진심을 다해 저를 바라봐 주는 이 남자를 보고 있으면, 어쩌자고 자꾸만 욕심이 난다.

그냥 내가 좋다는 이 남자가…….

내가 나라서. 그래서 그 모든 게 좋다는 이 남자가…….

이렇게 이성보다 본능이 앞선 건 이번이 처음이었다. 봄은 이런 자신이 너무도 낯설게 느껴졌다. 그래서 더 혼란스러웠다.

한 번쯤은 욕심이라는 걸 부려도 되지 않을까. 지금까진 착한 아이처럼 살아왔으니까. 앞으로도 그렇게 살아갈 테니까. 딱 이번 한 번만…….

자신감 넘치는 목소리만큼이나 든든해 보이는 남자의 커다란 손을 물끄러미 내려다보던 봄은 짧게 한숨을 내쉬었다. 그러고는 천천히 입술을 뗐다.

"나, 사장님 수준에 맞는 여자는 되기 힘들 거예요."

그래. 두 눈 딱 감고 이번 한 번만.

"명품도 모르고, 고급스러운 음식들도 별로 좋아하지 않으니까……."

그녀를 바라보고 있던 그의 눈이 살짝 커졌다. 그 시선을 느끼며 봄은 말을 이어 갔다.

"사장님에게는 내가 너무 부족한 여자일 텐데, 그래도 정말 괜찮겠어요?"

"그런 게 뭐가 중요하겠어. 당신이 내게 와 준다는데."

그가 진지한 얼굴로 대답했다. 지금까지 제가 걱정했던 문제들이 그의 앞에서는 정말로 아무런 문제가 되지 않는 듯했다. 가슴앓이를 했던 지난 시간들이 허무하게도.

이제 그만 인정해야 할 것 같았다. 저가 쓸데없는 고집을 피우고 있었다는 걸.

"……회사에서는 지금까지처럼 비밀로 하는 게 좋겠어요."

"그러도록 하지."

말이 끝나기가 무섭게 어찌나 흔쾌히 대답을 하시는지, 정말 알아들은 건지 오히려 불안할 지경이다.

"그 외에는? 내가 조심해야 할 문제가 더 있어?"

심각한 듯 굳어 있던 그의 입가는 어느새 티 나도록 느슨하게 풀어져 있었다. 지금까지 본 적 없던 부드러운 얼굴이었다. 어떻게 보면 신이 난 것 같기도 하고.

이 남자가 이렇게 부드러운 표정을 지을 줄도 알았던가. 봄은 새삼스러운 눈으로 남자를 바라보았다.

"있으면 말해. 이제 일방통행이 아니라 쌍방통행이어야 하니까."

무엇이든 말만 하면 들어줄 것처럼 구는 말에 넋 놓고서 남자의 얼굴을 바라보던 봄은 정신을 번뜩 차렸다. 순간 그녀의 머릿속을 스쳐 지나가는 것이 있었다. 아주 강렬한.

"아, 넥타이요."

"넥타이?"

그는 이 와중에 웬 생뚱맞은 소리냐는 듯 되물었다.

"네. 요즘 줄기차게 매고 다니시는 빨간 넥타이요. ……출근할 때 제발 그것 좀 안 하고 오시면 안 돼요?"

"왜. 선물해 준 당사자가 한 비서, 본인이면서."

"이렇게까지 자주 애용하실 줄은 몰랐죠."

"기뻐할 줄 알았는데?"

"정말 모르셔서 하는 말씀이세요? 요즘 사장님 지나가면 직원들의 시선이 어디에 머무는지. 빨간 넥타이에 대해서 말이 얼마나 많은데요."

흐음, 그가 잠깐 고민을 하는 듯하더니 말했다.

"당신이 선물한 넥타이를 하고 다니는 게 문제인 거야. 아니면 그 넥타이가 눈에 띄는 빨간색이라는 게 문제인 거야?"

"둘 다 문제기는 하지만, 굳이 더 큰 문제인 쪽을 뽑자면 후자예요."

"그럼 빨간 넥타이 말고 다른 넥타이 선물해 줄 거야?"

이 남자, 빨간 넥타이에 엄청 꽂힌 모양이다. 쓸데없이 집요하게 구는 것을 보니. 봄의 미간이 살짝 찌푸려졌다.

"지금 물물 교환을 하자는 거예요?"

"내가 손해 보는 장사는 절대 안 하는 사람이라는 거 잊었어?"

"알겠어요. 다른 걸로 사 드릴게요. 아주 눈에 안 띄는 걸로."

"언제?"

"……다음 월급 받으면요."

"그럼 나도 그때 빨간 넥타이를 포기하도록 하지. 당신에게서 다른 넥타이를 선물 받고 나면 말이야."

역시 그의 똥고집을 이길 재간은 없는 모양이었다. 봄이 졌다는 듯 고개를 끄덕이자, 남자는 활짝 웃었다.

단언하건대, 지금까지 본 미소 중에 가장 멋진 미소였다.

대체 언제부터였을까. 그와 단둘이서 이렇게 사소한 대화를 나누는 게 어색해지지 않은 것이. 봄은 제 앞에 앉아 있는 모습이 어느덧 익숙해진 남자를 새삼스럽게 바라보았다.

"오늘 한 이 선택, 절대 후회하지 않게 해 줄게."

어떻게 들으면 그녀에게 하는 말 같기도. 또 어떻게 들으면 스스로에게 다짐하는 말 같기도 한 약속에 봄은 대답 대신 옅은 미소를 지어 보였다. 그러고는 잔에서 손을 떼고, 제 손을 감싸고 있던 남자의 손을 따뜻하게 그러쥐었다.

"날짜는 오늘부터 세는 걸로 해요. 딱히 기념일 같은 걸 챙기는 타입은 아니지만……."

그녀는 오늘의 이 선택을 후회하는 날이 오더라도 상관없다고 생각했다. 저가 지금 얼마나 욕심을 부리고 있는 건지, 누구보다도 자신이 가장 잘 알고 있으니까 말이다. 이 욕심에 언젠가 배가 터질 수도 있다는 것 역시 모르지 않는다.

하지만 그럼에도 남자의 손을 잡은 것이다. 언제나 그랬던 것처럼 강요에 의해서가 아니라, 이번에는 온전히 내 마음이 가는 대로. 그러니 뒷일은 아무래도 괜찮았다.

그저, 평생 바라보기만 해야 한다고 생각했던 이 손을 이렇게 잡을 수 있게 됐다는 것만으로도 충분하니까. 그래. 그거면 됐다.

12
사장님 말고 정한 씨

점심시간. 비서실 직원들과 함께 설렁탕을 먹기로 하고 사무실을 나설 때였다. 외투 주머니에 넣어 둔 그녀의 휴대폰이 울렸다. 짧은 진동인 걸 보니 문자인 듯했다. 발신인을 보지 않아도 누군지 대충 짐작이 갔다. 봄은 얼른 휴대폰을 확인했다.

[점심은 나랑 먹는 게 어때. 어제 못 한 데이트도 할 겸.]

역시나 발신인은 남자였다.

데이트라니. 노골적인 단어에 혹시 누가 볼까 싶어 봄은 얼른 휴대폰을 주머니에 도로 집어넣었다.

"정식으로 사귀기로 한 기념으로 데이트라도 하고 싶은데, 오늘은 중요한 일이 있어서 이만 가 봐야 할 것 같아."

어제 커피숍을 나오면서 남자가 말했다.

"회사 일이에요?"

"아냐. 개인적인 일."

그녀 역시 숙취로 인해 컨디션이 엉망이었고 몰골도 말이 아니라 이대로 집에 가는 것이 결코 아쉽지는 않았지만, 중요한 개인적인 일이라는 게 궁금하기는 했다. 하지만 그는 더 이상 알려 줄 생각이 없다는 듯 입을 다물었다. 그런 남자에게 집요하게 캐물을 수도 없어서 봄 역시 그저 입을 다물 수밖에 없었다.

제멋대로 데이트는 못 하겠다더니, 이번엔 또 제멋대로 데이트를 하자니. 하여튼 정말 제멋대로인 남자가 아닐 수 없다. 하지만 그에 대한 불평불만이 떠오르는 머리와는 달리 그녀의 입가는 느슨하게 풀어져 있었다.

"저기. 저는 급하게 처리할 일이 생겨서 같이 못 갈 것 같아요."

엘리베이터에 타기 직전, 봄이 직원들을 향해 말했다.

"갑자기? 방금 그 연락 사장님한테 온 거였어?"

"네."

"어휴. 우리 사장님은 누가 일중독 아니랄까 봐 점심시간에까지 직원들을 괴롭혀."

괜히 그가 욕을 들어먹는 게 내심 찔리기는 했지만, 봄은 얌전히 입을 다물고 있었다.

"내가 대신 사장님께 말씀드릴 테니까 한 비서도 같이 가. 아무리 일이 급해도 밥은 먹어야지. 다 먹고살자고 하는 건데."

"아니에요. 그러실 거 없어요. 사실 별로 배도 안 고프고……."

거짓말이 거짓말을 부른다고. 웬일로 제 편을 들어 주는 박 실장 때문에 당황한 봄은 저도 모르게 거짓말을 술술 내뱉고 말았다. 정말로 양심의 가책이 느껴지기는 했지만, 그래도 사실대로 말을 할 수는 없는 노릇이니까.

"제 걱정은 말고 다녀들 와요."

속여서 죄송해요. 하지만 악의가 있는 건 아니에요.

봄은 엘리베이터에 올라탄 직원들을 향해 손을 흔들어 주며, 속으로 말을 덧붙였다.

엘리베이터 문이 닫히고, LED판에 아래 충수의 숫자가 뜨는 것까지 세심하게 확인한 봄이 사무실로 돌아가기 위해 몸을 돌렸을 때였다.

"다들 갔어?"

대체 언제 여기까지 온 건지, 그녀의 뒤에 다가와 있던 사장이 느긋하게 물었다. 예상치 못했던 기습에 안 그래도 큰 봄의 두 눈이 더욱 커졌다.

"깜짝이야! 놀랐잖아요."

"반가운 게 아니고?"

능글맞게 물으며 남자는 성큼, 그녀에게 다가섰다. 그와 동시에 봄은 고개를 좌우로 움직이며 얼른 주변을 살폈다.

"사장님. 잊으셨나 본데 여기 회사예요."

"아무도 없는데 뭐 어때."

"CCTV는 왜 빼요."

"그건 어제 말한 조건에 안 들어가 있었잖아. 나는 당신이 당부했던 것 다 지키려 하고 있는데, 칭찬은 못 해 줄망정 잔소리만 할 거야?"

남자는 자신의 목에 매어져 있는 넥타이를 가리키며 투덜거렸다. 빨간 넥타이를 자제했으면 하는 부탁에, 드디어 오랜만에 정상적인 넥타이를 하고 나타난 것이다.

"그리고 CCTV에 목소리는 안 들어가. 우리가 이 앞에서 엄청난 퍼포먼스를 보여 주는 게 아니고서는, 당신과 내가 붙어 다니는 걸 이상하게 생각할 사람들은 없을 테니까 걱정 마."

엄청난 퍼포먼스라니……. 하여튼 얄미워 죽겠다, 정말. 봄은 절대 져 주는 법 없이 꼬박꼬박 말대답을 하는 남자를 향해 밉지 않게 슬쩍 눈을 흘겼다.

"점심시간이 별로 길지 않은데, 밖에 나가는 것보다는 사무실 안에서 먹는 게 어때요? 사실 다른 사람들한테는 사무실에 남아서 일할 거라고, 거짓말을 했거든요."

임직원 전용 엘리베이터의 버튼을 누르는 남자의 모습에 봄이 얼른 자백했다. 다른 사람들이 돌아왔을 때까지 사무실에 복귀하지 못한다면 꽤나 곤란할 것 같았기 때문이다.

"밥도 밥인데. 그보다 들를 데가 있어."

"거기가 어딘데요?"

"가 보면 알아."

가만 보면 쓸데없는 말을 시키지 않아도 잘만 하면서 묻는 말엔 좀처럼 제대로 된 대답을 하는 법이 없는 것 같다. 다른 것도 아니고 데이트라면서. 하긴. 하루아침에 사람 본성이 바뀔 수는 없는 법이니까. 봄은 금세 수긍하고 그와 함께 엘리베이터에 올랐다.

"참, 앞으로 둘만 있을 땐 '정한 씨'라고 불러."

"네?"

"'사장님'이라니. 그래도 정식으로 사귀는 사이인데, 너무 딱딱하잖아."

그의 말에 봄의 얼굴에 난감한 기색이 역력해졌다.

"그건 좀……"

"왜. 회장님 앞에서나 소희네 부부 앞에서는 잘만 하더니."

"그거야 계약에 포함된 일이었으니까요."

"한 비서. 우리가 정식으로 연애를 시작했다고 해서 그 계약서가 종이 쪼가리가 되는 건 아니라는 거, 알지?"

"네. 알아요. 돈은 이미 선불로 받았으니까요. 계약 기간 꽉꽉 채워서 계약서대로 확실히 행동할 테니까 걱정 마세요."

"그럼 이것도 계약 조항에 추가하도록 하지."

"설마 호칭 말씀하시는 거예요?"

믿을 수 없다는 듯 묻는 봄에게 남자는 대답 대신 질문을 도로 던져 주었다.

"계약서에 있던 1번 기억나지?"

기억? 물론 한다. 봄은 그가 말한 1번 조항을 바로 떠올렸다. 마르고 닳도록 봤던 계약서이니 기억이 나지 않으려야 않을 수가 없었다.

1번. 갑은 필요에 의해 계약 조건을 추가하거나 삭제할 수 있다.

처음부터 그 문항이 마음에 걸리기는 했다. 저 한 줄 때문에 이 계약서가 온전히 갑의 것이라는, 백지 수표나 다름없었으니까. 그럼에도 급한 마음에 덥석 계약서에 도장을 찍은 거였는데 이런 식으로 제 발목을 잡을 줄이야. 역시 도장은 함부로 찍으면 안 되는 것이라는 걸 새삼 실감하는 바였다.

"이건 너무 권력 남용 아니에요?"

봄이 얼굴을 살짝 찌푸린 채 그를 바라보았다.

"당신이 잊었나 본데 이래 봬도 나 기업가야. 모든 사업가는 기회주의자고. 또 권력은 필요할 때 쓰라고 있는 거고."

"지금이 정말로 권력이 필요한 타이밍이라고 생각하시는 거예요?"

"물론이야."

봄의 질문에 남자는 가볍게 어깨를 으쓱해 보였다.

"앞으로 당신에게 '사장님'으로 불릴지, '정한 씨'로 불릴지. 이건 나한텐 굉장히 중요한 문제거든."

갑이 그렇다는데 어쩌겠는가. 아무리 부당한 대우일지라도 힘없는 을은 얌전히 네, 라고 대답할 수밖에.

엘리베이터가 지하 1층을 향해 내려가는 동안, 봄은 문득 생각했다.

역시 이 남자와 평범한 연애는…… 무리겠지.

평일 대낮. 평소보다는 조금 한적한 도로 위를 열심히 달리던 그의 차가 멈춘 곳은 생뚱맞게도 윤강그룹 계열사인 대학 병원의 주차장에서였다.

"여긴 왜요?"

"가 보면 알아."

끝까지 남자는 제대로 된 대답을 해 주지 않았다. 남자를 따라 병원 안으로 들어가며, 봄은 속으로 적잖이 당황하고 있는 중이었다. 병원 이사장이 아마 그의 고모부라고 알고 있었는데, 설마 회장님과 여동생으로도 모자라 고모부까지 소개를 할 작정인가 하는 생각이 들었던 것이다.

하지만 그건 너무 앞서가는 생각이었던 모양이다. 그의 걸음이 멈춘 곳은 이사장실도, 그렇다고 원장실도 아닌 어느 병실 앞이었다. 봄의 시선이 자연스럽게 병실 앞에 붙어 있는 메모지를 향했다. 특별 병동이라는 글귀와 이름 석 자가 눈에 들어왔다.

한태석.

익숙한 이름. 봄의 눈이 둥그렇게 커졌다.

"설마……."

너무 놀라서 더 이상 말을 이어 갈 수가 없었다. 입을 크게 벌린 그녀가 말을 채 끝마치지 못하자 남자가 대신 말을 했다.

"당신. 아버지 보고 싶다며."

그날, 술에 취해 아버지가 보고 싶다며 엉엉 울었던 것을 말하는 모양이었다.

"……정말 저희 아버지예요?"

"알아보니까 거제도 병원에 계시더라. 일주일 전에 사고로 다리를 다치셨대. 당신을 거제도로 데려갈까 하다가, 아무래도 이편이 더 좋을 것 같아서."

"……."

"미리 얘기하면 당신 성격에 부담스럽다고 거절할 게 뻔해서 그냥 내 멋대로 했어."

어제 중요한 일이 있다고 했던 게 그럼 이 문제였던 걸까.

봄은 여전히 믿을 수 없다는 듯 눈을 느리게 껌뻑이며 그를 바라보았다.

이게 어떻게 된 일인지 실감이 나질 않았다. 그가 아버지가 있는 장소를 하루 만에 알아냈다는 것도. 당장 이렇게 서울로 모시고 왔다는 것도. 꿈에서만 그리던 아버지를 지금 당장 볼 수 있게 됐다는 것도. 모든 게 도대체가 쉽게 믿어지지가 않는다.

"왜 멋대로 했냐고 화를 내든지, 아님 고맙다고 인사를 하든지. 난 둘 중 아무래도 좋으니까, 그런 건 나중에 고민하고 일단 들어가 봐."

"……."

"지금쯤 아버님도 기다리고 계실 거야."

그가 한 손으로는 병실 문을 열며, 다른 한 손으로는 그 자리에서 망부석이라도 된 듯 뻣뻣하게 굳어 있는 그녀의 어깨를 병실 안으로 밀며 말했다.

"잠깐만요. 아직 마음의 준비가……."

하지만 채 말을 끝맺기도 전에 그녀의 몸은 병실 안으로 들어와 있었다. 그런 그녀의 뒤로 병실 문이 탁, 닫혔다.

"봄아……."

꼭 잠긴 목소리. 아주 오랜만에 듣는 목소리였지만, 짧은 한마디에도 누구의 목소리인지 단번에 알 수 있었다.

봄은 문을 바라보고 있던 몸을 천천히 틀어 병실 안을 바라보았다.

대체 어쩌다가 다친 건지, 한쪽 다리에 커다란 깁스를 한 아버지는 병실 침대에 누워 그녀를 보고 있었다.

뽀얗던 예전의 피부는 떠오르지 않을 정도로 검게 그을린 얼굴, 그와는 반대되게 하얗게 센 머리, 생기를 잃고 푹 파인 두 눈, 비쩍 말라 튼 입술까지. 아버지는, 고작 1년 전보다 훨씬 더 수척해진 모습이었다.

이래서 엄마 묘 앞에 물망초꽃이 없었구나. 이래서…….

봄은 두 눈에 가득 아버지의 모습을 담았다. 흰 병원복을 입은 아버지의 모습이 너무 눈부셔서일까. 눈이 시려 왔다.

"……아빠."

목구멍으로 울컥, 뜨거운 것이 치밀어 올라 목소리가 쉽게 나가지 않았다. 하지만 그 작은 목소리를 용케도 알아들었는지 아버지는 옅게 웃어 보이셨다.

"그래, 내 딸…….."

"아빠……!"

눈물이 후드득 떨어졌다. 얼마나 불러 보고 싶었던 이름이었던가. 이제 평생 엄마라는 말을 하지 못하게 된 것처럼, 아빠라는 말도 이대로 영영 할 수 없게 될까 봐 얼마나 무서웠는지 모른다.

도저히 떨어질 것 같지 않던 발걸음은 언제 그랬냐는 듯 가볍게 아버지를 향해 움직였다. 그녀는 곧장 아버지의 품에 폭 안겼다. 언젠가 맡았던 바다 냄새가 아니라 병원 알코올 냄새가 그녀의 코를 찔렀다.

"보고…… 싶었어요. 아빠. 나 정말로 아빠가…… 너무 보고 싶었어."

마치 어린 시절로 돌아간 것처럼 봄은 아버지의 몸을 붙들고서 목 놓아 울기 시작했다. 그동안 참았던 아버지를 향한 그리움이, 씁쓸했던 외로움이, 어깨를 짓누르던 책임감이 왈칵 쏟아졌다. 마치 수도꼭지를 튼 듯 쏟아지기 시작한 뜨거운 눈물이 당신의 병원복을 그대로 적셨지만, 아버지는 그 어떤 내색도 없이 그저 조용히 괜찮아. 괜찮아. 하며 그녀의 어깨를 천천히 토닥여 줄 뿐이었다.

아주 어렸을 때, 새벽녘 무서운 꿈을 꾸고 잠에서 깰 때면 그녀는 제 베개를 들고서 매번 부모님의 방으로 달려갔다. 그러고는 꼭 두 사람의 가운데를 파고들어 자리를 잡고 누웠다. 그때마다 잠귀가 어두운 어머니를 대신해 아버지가 늘 괜찮아. 괜찮아. 하며 그녀의 등을 토닥여 주곤 했었는데, 꼭 그때로 돌아간 기분이었다.

……아버지의 손은 여전히 크고 따뜻했다.

그렇게 얼마나 울었을까. 더 이상은 눈물이 나오지 않을 정도로 눈물을 쏟아 낸 봄은 그제야 정신을 차리고 아버지가 건네주는 수건으로 제 얼굴에 묻은 눈물을 닦아 냈다. 얼마나 울었던지 눈이 따갑고 코끝이 찡하고, 머리가 어지러울 지경이다.

"대체 이게 어떻게 된 거예요, 아빠?"

"별거 아니야. 어쩌다 보니 조금 다쳤는데…… 나이를 먹어서인지 회복이 더디구나."

대체 어쩌다가요. 이게 어딜 봐서 조금 다친 거야.

하지만 속상한 마음에 쏘아붙이려던 그녀보다 아버지가 조금 더 빨랐다.

"나도 이게 대체 어떻게 된 건지 물어봐도 되겠니, 딸아?"

아버지는 부러 장난스러운 미소를 지어 보이는 듯했다.

"윤강건설 사장 윤정한……. 그 남자가 정말로 네 남자 친구니?"

아무래도 남자는 자신을 아버지에게 남자 친구로 소개했던 모양이었다. 하긴. 이제는 정식으로 사귀기로 했으니 틀린 말은 아니었다. 그래도 그게 고작 어제의 일인데. 참 빠르기도 하지.

뭐라고 대답을 해야 할지 몰라 잠깐 망설이던 그녀는 응. 맞아요. 작게 고개를 끄덕였다. 이 상황에서 남자 친구라는 말 외에 그를 또 뭐라고 설명할 수가 있겠는가.

그녀가 선뜻 수긍하자, 아버지는 의외라는 듯 살짝 눈을 크게 뜨고 그녀를 바라보았다.

"하긴. 네가 다른 사람에게 우리 집안 이야기까지 다 한 걸 보면 보통 사이는 아닐 거라 생각하기는 했지만……. 그래도 명함을 보고 나서 나는 혹시나 했단다. 윤강건설 사장이라니……."

"놀라셨죠."

"대뜸 찾아와서 무릎을 꿇는데 어떻게 안 놀랄 수가 있겠니."

"네? 그 사람이 무릎을 꿇었다구요?"

아버지의 앞에서 무릎을 꿇은 남자의 모습이라니. 봄은 그 장면이 도저히 상상이 가질 않았다. 하긴. 그가 누구 앞에서 무릎을 꿇었다고 한들 상상이 가겠는가. 그 상대가 회장님이라고 해도 말이 안 되지.

"그래. 너 때문에 이렇게 실례인 걸 알면서도 기관을 통해 나를 찾았다고. 용서해 달라고. 그리고 교제를 허락해 달라고 하더구나."

"……그래서요?"

"그래서는 무슨. 내가 무슨 자격으로 네 연애를 허락하니 마니할 수 있겠니."

아버지는 쓸쓸하게 하하, 웃으셨다.

"그냥 내 딸, 잘 부탁한다 했지."

낯선 남자에게 딸을 부탁했던 아버지의 속이 오죽 쓸쓸했을까 싶어 봄은 달리 대구를 할 수가 없었다.

"이 병원이 윤강그룹 거라며?"

"네. 맞아요."

"초면에 참 염치가 없지만, 그래도 너희와 하루라도 더 빨리 보고 싶어서 도움을 좀 받기로 했단다. 그렇다고 해서 이렇게 호화로운 병실을 잡아 줄 줄은 몰랐지만……."

아버지는 특별 병동답게 호텔 방을 방불케 하는 병실을 둘러보며 말끝을 흐렸다. 그런 아버지의 부담을 덜어 드리고자 봄은 작게 웃었다.

"아빠 딸 굉장하죠? 이렇게 능력 좋은 남자 친구도 있고."

"근데 봄아. 그쪽 집에서는……."

어제부터 내내 그 부분이 마음에 걸리셨던 듯 아버지는 조심스럽게 물었다. 봄은 다시금 입꼬리를 씩 올리며 산뜻하게 대꾸했다.

"일단 교제는 허락하셨어요. 그러니 걱정 마세요."

"그래도 역시 결혼은……."

"아빠! 왜 이렇게 앞서가고 그러세요. 아빠 딸 아직 파릇파릇한 이십 대예요. 요즘 누가 이 나이에 결혼을 생각한다구."

"남자 친구와 마음이 다른가 보구나."

"네?"

"그 친구는 결혼을 전제로 진지하게 만나고 있다고 하던데……."

맙소사. 결혼이라니. 이 남자가 대체 무슨 말을 어떻게 한 거야. 이제는 가짜연애도 아닌데 이렇게 입이 안 맞아서야 무슨 연애를 한다는 말인가.

순간 등골이 오싹해질 정도로 난감해졌지만, 봄은 애써 아무렇지 않은 척 말을 돌렸다.

"참 아빠. 드릴 말씀이 있는데요."

"그래. 무슨?"

"빚 말이에요……."

봄은 조심스럽게 운을 뗐다.

아직 그 빚을 갚았다는 사실을 어떻게 말을 해야 할지에 대해서 깊게 생각해 보지 않았었다. 하지만 지금 빚을 갚았다는 사실을 말하긴 해야 했다. 그렇지 않으면 아버지는 다시 어디론가 떠날 생각부터 하실 테니까. 하지만 그렇다고 그 큰돈이 어디에서 났는지에 대해 사실대로 말을 할 수도 없고.

복잡한 마음에 열심히 머리를 굴릴 때였다. 아버지가 고개를 끄덕였다.

"대충 들었단다."

대충 들어요? 뭘요? 누구한테요?

봄이 의아해하는 찰나, 아버지가 말을 이어 갔다.

"사내 대출을 받아서 일단 사채 빚은 해결을 했다며?"

"아……, 네. 맞아요. 사내 대출."

"역시 대기업이라 다르긴 다르구나. 그 큰돈을 은행보다 더 싼 이자로 빌려주고."

아마 그 남자의 짓일 것이다. 이런 허무맹랑한 이야기로 아버지를 설득시킨 사람은.

회사에서 무담보로 은행보다 싼 이자로 그 큰돈을 자신에게 대출해 줬다는 것이 정말 말도 안 되지만, 그래도 언뜻 들으면 그럴듯해 보이기도 한다.

사내 대출이라니. 대체 어떻게 이런 생각을 했을까.

남자의 완벽주의자 기질에 새삼 감탄하며, 봄은 속으로 안도의
한숨을 내쉬었다.

그나저나. 오늘 하루 종일 거짓말만 하게 되는구나, 한봄.

"이것도 빚이긴 하지만 그래도 사채업자 놈들하고는 부딪히지
않아도 되니까 얼마나 다행인지 모르겠다. 너한텐 정말 염치없지
만……, 내가 앞으로 열심히 벌어서 차곡차곡 갚아 나가마."

아버지는 거칠해진 손으로 그녀의 보드라운 손을 감싸며 말했다.

"그동안…… 너 혼자 고생이 많았다. 봄아."

"아니에요. 내가 무슨 고생을 했다고……."

봄은 재빨리 고개를 내저었다. 그러고는 지금껏 아버지에게 붙들
린 손을 빼내어, 사채업자들에게 쫓기느라 단 하루라도 맘 편히 잘
수도, 먹을 수도 없었을 아버지의 부르튼 손등을 천천히 쓸었다.

"도망 다니느라 아빠가 더 고생했지. 이봐. 비쩍 마른 거……."

또다시 코끝이 시큰거린다. 아까 울면서 몸에 있는 수분을 다 짜
냈다고 생각했는데 아직 남아 있었나 보다.

이제 정말로 세 식구가 한집에 살 수 있게 됐다. 어머니가 살아
계셨을 시절로 돌아갈 순 없겠지만, 그래도 지금보다 훨씬 집이 따
뜻해지겠지. 그런데 왜일까. 그토록 갈망하던 소원을 하루아침에
이루게 되었는데, 웃음은커녕 자꾸 이렇게 눈물이 차오르는 이유
는.

봄은 울지 않기 위해 아랫입술을 지그시 깨물었다.

"다 잘됐으니까……."

비록 아버지 앞에서 떳떳할 수는 없는 돈이지만, 그래도 어쨌든

다 잘됐으니까.

"그러니까…… 아빠는 아무 걱정 말고 몸이나 얼른 회복해요. 퇴원하면 아빠가 좋아하는 고등어조림 해 드릴게요."

"생각만 해도 군침이 도는구나."

"응. 맛있게 해 드릴게요. 나 그동안 요리 많이 늘었어요. 아무리 그래도 엄마 손맛은 못 따라가겠지만……."

참으려고 애썼지만 결국 눈물이 또르르 흘러내렸다.

"영원이가 매일 감탄해요. 장사해도 되겠다고……."

봄은 또다시 아버지의 품에 안겨 엉엉 울어 버리고 말았다.

남자의 차는 자연스럽게 그녀의 동네 슈퍼 앞에서 멈췄다.

어찌나 그 행동이 위화감이 없이 익숙한지, 동네와는 전혀 어울리지 않는 비싼 고급 세단이 신기했는지 그의 차가 나타날 때마다 슬쩍 가게 밖으로 나와 흘끗흘끗 구경을 하곤 하던 슈퍼 주인도 이제 더는 관심을 갖지 않을 정도였다.

"괜찮아?"

운전석의 그가 상체를 살짝 비틀어 그녀를 바라보았다.

"몇 번을 말해요. 정말 괜찮다니까요."

"글쎄. 괜찮다는 그 말, 몇 번을 들어도 안 믿기네. 내가 보기엔 한 비서, 지금 전혀 안 괜찮아 보여서 말이야."

그가 진지하게 물었다.

"정말로 앞이 보이기는 하는 거야?"

"보여요. 보인다구요!"

참다못해 짜증이 왈칵 치민 봄이 꽥 소리를 내질렀다.

너무 울어 퉁퉁 부은 두 눈으로 병원을 나설 때부터 그는 계속 이런 식이었다. 한껏 다운된 제 기분을 풀어 주기 위해 부러 장난스럽게 말을 하는 거란 걸 알고는 있었지만, 장난이 길어지자 이제는 슬슬 고마운 마음보다 그만했으면 하는 마음이 더 커지는 중이다.

　"근데, 사장님."

　"정한 씨."

　"아, 네. 정한 씨."

　그제야 남자는 만족스러운 얼굴을 해 보였다. 하지만 그와 달리 봄은 세상에서 가장 어색한 얼굴이었다.

　누군가에게 보여 주기 위해서가 아니라 단둘이 있는 자리에서 '정한 씨'라니. 정말이지 어색해 죽을 맛이다.

　그는 왜 저렇게 부드러운 이름을 가지고 있을까. 그냥 본명도 아예 사장이었으면 얼마나 좋아. 날 때부터 사장이었던 것처럼, 그에게는 사장이라는 단어가 정말 잘 어울리는데 말이다.

　"어떻게 그런 생각을 했어요?"

　"뭐가?"

　"아버지요. 우리 아버지 모셔 오는 거요……."

　그제야 무슨 말을 하는 건지 알겠다는 듯 남자는 한쪽 입꼬리를 매력적으로 말아 올렸다.

　"당신이 원했잖아."

　간단한 대답.

　하지만 결코 그 속에 담긴 뜻만큼은 간단하지 않은. 아니, 간단할 수 없는.

짧은 한마디에 이렇게 가슴이 뭉클할 수가 있다니. 봄은 새삼스러운 감정을 느끼며, 저를 똑바로 쳐다보고 있는 남자를 물끄러미 바라보았다.

"아무튼……, 아버지 일은 고마워요."

봄은 뒤늦은 감사의 인사를 전했다. 사실 진작 했어야 했던 말이었지만, 아까는 너무 울었던 통에 정신이 없어서 그런 생각을 할 겨를이 없었다.

아버지를 등지고 병원을 나서는 중에도 봄은 좀처럼 고조된 감정을 쉽게 삭이지 못했다. 그런 그녀를 보며, 그는 다른 사람에겐 외근이라고 말해 둘 테니 오늘은 이만 집에 가서 쉬는 게 어떻겠느냐 제안했다.

그러고 싶은 마음은 굴뚝같았다. 하지만 회사가 바쁜 와중에 혼자 농땡이를 칠 수는 없었다. 봄은 끝까지 회사로 복귀하겠다고 우겼고 남자는 그녀의 고집에 두 손 두 발 다 들었다는 듯 회사로 차를 몰았다.

하지만 봄은 곧 후회해야만 했다. 급한 업무가 있어서 점심까지 거르겠다고 했던 거짓말을 완전 잊고 있었던 것이다.

그러나 불행 중 다행인 건, 제 몰골이 꽤나 처참했던 덕에 아무도 그녀에게 대체 어떻게 된 일인지에 대해 묻지 않았다는 점이었다. 그저 뭔가 심각한 일이 있겠거니, 하며 배려를 해 줬을 뿐.

"아버지를 찾아 준 것도. 좋은 병원에 모셔 와 준 것도. 전부 다요."

사람 하나를 찾는 것과 좋은 병원으로 옮기는 일 따위가 이 남자에게는 분명 별 대수롭지 않은 일이었겠지만, 그래도 번거로운 일이기는 했을 것이다.

술주정이었지만 그래도 제 말을 흘려듣지 않았다는 점도. 저를 위해 이렇게 황금 같은 시간을 선뜻 사용해 주었다는 점도. 부담스러워할까 봐 말하지 않았다는 점도. 그가 했던 모든 일에 봄은 진심으로 고마웠다.

"정말이야?"

그가 의외라는 듯 눈을 떴다.

"왜 그렇게 놀라요?"

"사실 욕먹을 각오하고 있었거든."

"그동안 제 이미지가 정말 별로였나 봐요. 제가 은혜를 모르는 타입은 아닌데."

"당신이 호의와 동정을 구분 못 했던 게 엊그제잖아."

그날 일을 얘기하는 모양이었다. 괜한 자격지심에 그에게 바락바락 대들었던 제 모습이 떠올라서, 봄은 민망한 듯 그의 시선을 피했다.

"그거랑 이게, 어떻게 같아요."

"나는 그거랑 이게 뭐가 다른지 모르겠군."

그런가. 다르지 않으려나. 그의 말대로 이번 일이나, 저번 일이나, 호의였을 뿐이니까?

봄은 잠깐 생각하다가 이내 작게 고개를 끄덕였다.

"그래요. 같은 걸로 해요."

"그게 다야?"

집요한 남자 같으니라고.

봄은 짧게 한숨을 내쉬며 남자를 향해 고개를 까딱해 보였다.

"그때 일은……, 제가 무례했어요. 죄송해요."

"그럼 용서해 주도록 하지. 마음이 넓은 사람이니까."

"네. 감사해요."

"그런 의미에서 이번 주 내로 이사하도록 해. 아직 집 비어 있어."

입버릇처럼 붙어 버린 이사타령보다도 아직 그 집을 비워 놓고 있다는 사실이, 봄은 더 놀라웠다.

"그 얘긴 끝난 거 아니었어요?"

"그러게 왜 죄송할 짓을 하고 그래."

죄송할 짓을 했으니 얌전히 벌이나 받으란 말인 듯했다.

그 좋은 집이 벌이 되었다니. 제 고집이 만든 상황이었지만 그럼에도 불구하고 하도 어이가 없어서 봄은 허, 웃었다.

"아냐. 쇠뿔도 단김에 빼랬다고. 내일 당장 하는 게 어때?"

그 웃음이 긍정의 뜻으로 들렸는지, 남자는 신이 나서 혼자 앞서 가기 시작했다.

"포장이사 하면 금방이니까 평일에 해도 상관없지 않겠어? 세세한 정리는 퇴근하고 하면 되고. 내일은 야근 빼 줄게."

이대로 두면 붙잡을 수 없을 정도로 멀리 달려 나갈 기세다. 봄은 얼른 그의 말을 끊었다.

"저 아직 알겠다고 대답한 적 없는데요."

"내가 걱정돼서 그래."

그는 지금까지 본 모습 중 가장 진지한 얼굴이었다.

"매번 말했지만 이 동네 여자가 살기엔 너무 위험해. 1퍼센트의 확률이라도 당신이 혹시나 나쁜 일을 당할지도 모른다고 생각하면 손끝이 떨려. 나중에 손이 너무 떨려서 서류에 사인도 제대로 못 하게 되면 어떻게 책임질래? 그러니 날 위해서 이사는 꼭 하도록 해."

장난처럼 말하고 있었지만 그 속에 담긴 저를 향한 걱정이 진심이라는 걸 알고 있었다. 그래서 봄은 선뜻 대답하지 못했다.

남자가 말을 덧붙였다.

"내가 진짜 이 얘기까지는 안 하려고 했는데 말이야. 사실 당신이 다 큰 남동생이랑 한방에서 자는 것도 신경 쓰여."

"가족인데요?"

"아무리 가족이라도."

장난인가 싶었지만 그는 여전히 더없이 진지했다.

"그리고 아버님도 이제 당신이 모셔야 하잖아. 근데 그 좁은 집에서 어떻게 세 식구가 살려고 그래. 참, 그렇다고 오해는 하지 마. 당신이 살고 있는 공간을 무시하는 게 아니라, 사실 그대로를 말하는 거니까."

"걱정 마세요. 오해 안 해요."

사실 그 때문에 봄도 신경이 쓰였던 참이었다. 세 식구가 함께할 수 있게 됐음은 너무도 기쁜 일이었지만, 둘이 살기에도 좁은 집에서 셋이 살 생각을 하니 암담하기만 했다. 게다가 아버지의 다리가 쉽게 나을 가벼운 부상도 아닌 듯했고.

"그래도 역시 부담스러워?"

잠시 머뭇거리다가 봄이 대답했다.

"제가 너무…… 받기만 하는 것 같아서요."

"한 비서. 믿을지 모르겠지만 난 말이야. 요즘처럼 내가 윤강그룹의 윤정한이라는 게 만족스러웠던 적이 없어. 아니. 아마도 살면

서 처음인 것 같아. 이런 생각을 하는 거. 지금까지는 윤강그룹 후
계자로 태어난 내 삶이, 평범하고 싶어도 평범할 수 없는 내 삶이
저주처럼 느껴졌거든."

"······."

"그런데 지금은 말이야. 당신에게 주고 싶은 게 아주 많은데, 내
가 그것들을 선뜻 줄 수 있는 능력이 되는 놈이라 아주 다행이라고
생각해."

그가 활짝 미소를 지어 보였다. 하지만 봄은 차마 그를 따라 웃
을 수가 없었다.

내가 정말 이렇게까지 받을 자격이 있을까······.

저를 향한 그의 마음은 알면 알수록 너무 커서 매번 그녀를 당황
시켰다. 그리고 불안했다. 12시가 지나면 정말로 모든 것이 제자리
로 돌아가 버릴까 봐. 이 모든 게 요정할머니의 마법이었을까 봐.

"이거 안 먹히네."

어설프게 굳어 있는 봄의 얼굴을 보며 그가 장난스럽게 말했다.

"이 정도까지 했는데도 부담스러운 거라면······. 그래, 좋아. 내
가 집세를 받으면 어때?"

"집세요?"

"그래. 달마다 꼬박꼬박 받으면 되잖아."

나쁘지 않은 제안인 것 같았다. 여러 상황을 봤을 때 이사는 가
야 할 것 같은데, 공짜로 받는 것보단 정당한 대가를 지불하는 게
그녀도 마음이 편할 일이었다. 다만, 제 능력이 닿는 한도 내에서.

"얼마나····· 받으실 건데요?"

"글쎄. 요즘 시세가 얼마나 되려나. 확실하게 받아야 당신이 덜

부담스럽겠지?"

그의 물음에 봄은 살짝 당황했다. 요즘 시세라니. 코딱지만 한 반지하 방 월세를 내기에도 빠듯했는데 서울 노른자 땅 위에 있는, 그것도 무려 방이 3개나 되는 고급 빌라의 월세가 감히 얼마나 될지는 상상조차 가질 않았다.

"돈으로 안 받을 테니까 걱정 마."

서서히 하얗게 질려 가는 봄의 얼굴이 재미있다는 듯 그가 킥킥, 웃으며 말했다.

"차고 넘치는 게 돈인데, 당신한테서까지 돈을 받을 생각은 없어. 그래 봐야 푼돈일 거고."

지금껏 정당한 대가를 치를 것처럼 말해 놓고 속으로 이런 치졸한 생각을 했다는 것을 들켰다는 게 조금 민망하기는 했지만, 그래도 봄은 다행라고 생각했다. 안 그래도 식구가 늘었으니 생활비도 평소보다 더 들어갈 텐데, 그 집의 어마어마한 집세까지는 절대로 감당할 수 없는 상황이었으니까 말이다.

"근데…… 집세를 돈으로 안 받으면요?"

"방법은 많지."

어떤 방법?

눈을 동그랗게 뜨고서 그의 다음 대답을 기다리고 있을 때였다. 별안간 남자가 봄을 향해 상체를 숙였다.

"예를 들면……."

"……!"

아주 짧은 순간이었다. 갑작스러운 돌발 행동에 당황할 새도 없이 촉, 하고 그의 입술이 그녀의 입술에 닿았다가 떨어졌다.

"이런 거?"

그가 혓바닥으로 제 입술을 살짝 핥으며, 가느다란 눈웃음을 지었다.

색기가 넘친다는 말은, 이런 걸 두고 하는 말인 걸까. 갑작스러운 스킨십보다도 더 민망한, 왠지 모르게 야한 느낌이 물씬 나는 남자의 행동에 봄의 얼굴이 화르륵 타올랐다.

분명 그가 핥은 건 그의 입술이었는데, 어째서 제 입술이 간질거리는지 모르겠다.

"방금처럼 가벼운 뽀뽀로는 아침, 점심, 저녁 하루 세 번으로 계산해서 한 달에 90번. 그것보다 조금 더 진한 키스로는 모닝키스, 굿나잇키스 하루 두 번으로 계산해서 한 달에 60번. 그보다 더 진한 건……. 그건 뭐 그때 봐서 생각해 보도록 하지."

그보다 더 진한 거라니?

이미 상기된 봄의 얼굴은 곧 터질 듯했다.

"어쨌든 이게 집세 결제 방법이야. 당신이 편한 걸로 고르도록 해. 주는 건 당신 마음이니까."

"……다른 결제 방법은 없어요?"

"응. 없어."

남자는 생긋 웃으며 단호하게 대답했다.

"우리 사이에 어려운 거 아니잖아."

'우리 사이'라는 말이 이토록 간지러운 단어였던가. 봄은 가슴 깊은 곳이 간질거리는 느낌을 느끼며, 저를 똑바로 바라보고 있는 남자의 시선을 슬쩍 피했다. 그러고는 속으로 심호흡을 하며, 말을 돌렸다.

"그런데 아버지가 사용하는 병실은 하루에 얼마예요? 꽤 비쌀 것 같던데……."

"그 소리가 왜 안 나오나 했지."

그녀의 반응을 이미 예상했다는 듯 남자는 픽, 웃었다.

"어차피 누군가 사용하지 않으면 그냥 놀 병실이었어. 그러니 돈은 신경 쓰지 않아도 돼."

정말 이상한 일이었다. 이렇게 그가 아무것도 아니라고 하면 정말 아무것도 아닌 일이 되는 것만 같았다. 분명 아무 일이 아닌 건 아닌데도 불구하고. 강원도 리조트에서도 그랬고 지금도 마찬가지다. 부담을 주지 않으려는, 그만의 배려인 걸까.

이 남자가 타인을 배려한다니. 상상도 할 수 없었던 일이라 예전에는 전혀 몰랐는데, 이제 보니 그는 계속해서 저를 배려해 주고 있었던 것 같다.

"그럼…… 감사하게 받을게요."

"그래. 집도 이렇게 감사한 마음으로 진작 받았으면 얼마나 좋아."

그의 투덜거림이 어쩐지 기분 나쁘지 않다. 봄이 저도 모르게 살짝 미소를 지을 때였다.

똑똑.

별안간 누군가가 조수석 창문을 두드렸다. 그와 동시에 두 사람의 시선이 동시에 창문으로 향했다.

"영원이……?"

봄의 눈이 커졌다. 가로등 불빛을 등지고 있어서 얼굴이 정확하게 보이지는 않지만, 분명히 자신의 동생이었다.

네가 여기엔 어떻게? 라고 묻기도 전에 영원이 무언가를 척 창문에 갖다 붙였다. 흰 종이였다.

대체 이게 뭐지. 싶어서 자세히 들여다보던 그녀의 입가가 딱딱하게 굳어졌다. 그녀도 잘 알고 있는 종이. 바로…… 계약서였다.

"내려."

분명 꽁꽁 숨겨 두었는데 대체 어떻게 저것이 동생의 손에 들어가게 된 걸까. 의문을 떠올릴 새도 없이 얇은 유리창 너머 낮은 동생의 목소리가 그녀의 귓가를 파고들었다.

"내리라고, 당장!"

봄은 좁은 방을 몇 번이나 왔다 갔다 서성였다. 마음이 불편해서 좀처럼 가만히 앉아 있을 수가 없었다.

벽시계를 바라보며 봄은 긴 한숨을 쉬었다. 벌써 자정이 다 되어 간다. 그리고 두 남자가 사라진 지 세 시간째였다.

"내가 해결하도록 하지."

계약서를 든 동생 앞에서 굳어 버린 그녀 대신 남자가 나섰다. 그는 그녀를 집에 데려다준 다음, 씩씩거리고 있는 동생을 데리고 어디론가 떠났다.

"너무 걱정 말고 얌전히 기다리고 있어."

언제나, 어디서나, 어느 상황에서나, 그는 늘 듬직한 남자였다. 그를 봐 왔던 지난 3년간 단 한 번도 그가 나서는 일에 대해 의심을 해 본 적은 없었다. 그는 늘 자신만만했고, 그만큼 결과는 항상 좋았으니까.

하지만 이번엔 상황이 달랐다.

평소 화를 내지 않는 사람이 한번 화를 내면 무섭다는 말이 있듯이 그녀의 동생이 딱 그랬다. 평소엔 화는커녕 짜증조차 잘 내지 않는 순둥이였지만, 한번 화가 나면 무섭게 돌변했다. 그리고 녀석이 화를 내는 데는 늘 그만한 이유가 있었다.

이번에도 마찬가지였다. 돈 때문에 말도 안 되는 계약을 한 걸로도 모자라서 그동안 감쪽같이 속여 왔으니. 녀석의 입장에서는 충분히 화를 낼 만한 상황이었다. 입장을 바꿔 자신이라도 더하면 더했지 결코 덜하진 않았을 것이다. 그리고 역시나. 지금껏 19년을 봐 오면서 동생이 저토록 화가 난 모습을 보는 건 처음이었다.

들키지 않으려 꽁꽁 숨겨 두었던 계약서를 동생이 대체 어떻게 찾았는지는, 집에 도착하자마자 금방 알 수 있었다. 그에게서 받은 옷가지들을 쇼핑백에 든 그대로 방 한구석에 놓아두었었는데, 그 자리에 쇼핑백 대신 동생의 옷가지가 나와 있었다. 아니나 다를까. 낡은 옷장을 열어 보니 어울리지 않는 값비싼 옷들이 동생의 옷가지가 있던 자리에 차곡차곡 걸려 있었다.

"비싼 옷인데 저렇게 막 놔둬도 돼?"

언젠가 넌지시 던져 오던 동생의 물음. 괜찮다고, 신경 쓰지 말라고 대답을 했건만 그래도 신경이 쓰였나 보다. 누나를 위한답시고 옷장을 채우고 있던 제 옷들을 빼내고 그녀의 옷을 정리하다 발견한 모양이었다.

"왜 하필 이 타이밍에……."

한숨이 절로 나왔다. 역시 세상에 영원한 비밀이란 없는 걸까.

하지만 말 그대로 타이밍이 너무 좋지 않았다. 여태 속인 건 맞지만, 그래도 이제 막 진짜연애가 시작되었는데 말이다. 게다가 아버지 얘기도 해야 하고, 이사 얘기도 해야 하는데⋯⋯. 이 상황을 대체 어디서부터 어떻게 설명을 해야 할지 혼란스럽기만 하다.

혈육인 자신도 이렇게 난감해 죽겠는데, 그는 대체 뭘 어떻게 해결하겠다고 동생을 데리고 갔단 말인가. 한 성깔 하는 두 사람이 만나 무슨 일이라도 나지는 않았을지. 시간이 늦어질수록 걱정만 쌓여 갔다.

시계의 작은 바늘이 정확하게 12에 닿았을 때였다. 더 이상 이렇게 앉아서 기다릴 수만은 없겠다 싶은 봄이 그에게 전화를 하기 위해 휴대폰을 들었을 때였다. 별안간 철컹, 하고 대문 열리는 소리가 들렸다.

"누나!"

동생의 목소리였다.

"좀 나와 봐! 도와줘!"

도와 달라니? 애타는 동생의 부름에 의아함을 느낀 봄은 얼른 현관문을 열어젖히고 마당으로 나갔다.

가장 먼저 그녀의 눈에 들어온 것은, 이제 막 대문을 들어서고 있는 동생의 모습이었다. 그리고 그런 동생의 한쪽 어깨에 축 처져 매달려 있는 시체가 보였다. 아니, 저건 분명 시체가 아니라⋯⋯.

"사장님⋯⋯?"

"보고만 있지 말고 얼른 도와줘. 무거워 죽겠어."

동생이 낑낑거리며 말했다. 말도 안 되는 광경에 넋을 놓고 있던 봄은 그제야 정신을 퍼뜩 차리고 그들을 향해 빠르게 걸음을 옮겼다.

두 사람의 앞에 섰을 때 봄은 코를 찌르는 지독한 술 냄새에 눈살을 찌푸렸다. 술도 약한 양반이 도대체 얼마나 마셨는지 굳이 코를 갖다 대고서 킁킁거리며 맡지 않아도 술 냄새가 진동했다.

자신이 해결하겠다며 당당하게 말하던 그 남자와 지금 이 시체가 동일 인물이 맞단 말인가. 봄은 인사불성이 되어 동생의 어깨에 매달려 있는 남자를 황당하다는 듯 바라보았다.

"이게 어떻게 된 거야?"

"일단 들어가서 얘기해."

"한영원! 설마 너도 술 먹은 거야?"

"제발 들어가서 얘기하자고. 나 지금 죽을 것 같으니까……."

엄살은 아닌 것 같았다. 한겨울에 식은땀까지 삐질 흘리는 동생은 정말로 곧 죽을 것처럼 보였다. 어쩔 수 없이 봄은 너, 좀 이따봐. 낮게 으르렁거리며 얼른 그를 부축했다.

방에 들어선 봄은 일단 불편해 보이는 남자의 두꺼운 코트부터 벗겼다. 몸에 딱 맞게 피팅된 얇은 셔츠 너머로 그의 탄탄한 몸매가 여실히 드러났다. 회사에서 매일 보던 광경이었지만 왠지 민망하게 느껴져 봄은 동생에게 남자를 맡긴 채, 코트를 옷걸이에 걸어 두었다.

"뭐 해. 이불 안 깔고."

"……방에서 재우게?"

"그럼 이 추위에 밖에서 재워? 귀하신 몸을?"

무거워. 빨리. 무심한 말투로 재촉하는 동생의 말에 봄은 얼른 바닥에 이부자리를 깔았다.

아까 동생의 기세로 봐서는 남자를 집어 던질 것 같았는데, 다행히도 동생은 이불 위에 남자를 조심스럽게 뉘였다.

봄은 그런 동생을 보며 속으로 안도의 한숨을 내쉬었다. 고등학생 주제에 술을 먹었다는 것은 마음에 걸렸지만, 그래도 남자를 집으로 데리고 온 것도 그렇고 지금 동생의 반응을 보니 확실히 그사이에 무슨 일이 있긴 있었던 모양이다. 물론 긍정적인 방향으로.

185센티쯤 되는 커다란 남자가 바닥에 대자로 뻗어 버리자, 안 그래도 좁았던 방이 마치 장난감 인형의 집처럼 좁게 느껴졌다. 힘이 다 빠졌는지 동생은 그의 옆에 털썩 주저앉았다.

"물 먹을래?"

"고마워."

목이 말랐던지 한 컵 가득 따랐던 물을 동생은 한번에 들이켰다. 그러고는 금세 비어 버린 빈 컵을 그녀를 향해 내밀며 말했다.

"누나가 돈 때문에 그렇게까지 궁지에 몰린 줄은 정말 몰랐어."

"……."

"도움은커녕 짐만 돼서 미안해. 내가 어른이었으면 좋았을 텐데."

"……네가 미안할 일 아니야, 영원아."

그리 말하는데 입이 쓰다. 누나에게 짐이 되어 미안하다는 동생을 보고 있자니 마음이 너무도 아파 왔다. 계약서를 보고서 녀석이 무슨 생각을 했을지. 얼마나 상처를 받았을지. 알 것 같아서.

이럴 줄 알았다면 조금 더 조심하는 건데, 후회가 됐다. 물론 다시 시간을 되돌린다고 해도 자신은 계약서에 도장을 찍었을 테지만 말이다.

"아깐 너무 화가 나서 눈이 뒤집혔던 건데. 형님 말을 듣고 생각해 보니, 누나 입장이 이해가 가더라. 아빠가 엄마 병원비를 충당하기 위해서 사채 빚을 끌어다 썼던 것처럼. 이번에도 최선의 선택이었다는 거, 이해해."

그녀의 귀에는 동생이 저를 이해해 준다고 하는 말보다 사장을 지칭하는 호칭이 '형님'이 되었다는 게 더 크게 들렸다.

"두 사람. 대체 그사이에 무슨 일이 있었던 거야?"

"형님이 자주 간다는 Bar에 갔어."

"맞다! 너 누가 술 먹으래? 고등학생이!"

"요샌 초등학생들도 술 먹어, 누나."

"그걸 말이라고 해?"

"화를 낼 거면 청소년에게 술을 사 먹인 누나 남자 친구한테 화를 내. 난 그저 얻어먹은 것뿐이니까."

남매의 시선이 동시에 방을 가득 차지하고 있는 남자에게로 향했다.

"참았다가 내일 날 밝거든."

"……대체 얼마나 마신 거야?"

"얼마 안 먹었어. 제일 비싼 양주 시켰는데, 형님이 갑자기 뻗어 버리는 바람에 다 남기고 와서 안 그래도 아까워 죽겠어. 보기랑 다르게 술 엄청 약하더라?"

보기에는 고량주 한 병도 혼자 다 비울 것처럼 독하게 생기긴 했지. 봄은 속으로 고개를 끄덕였다. 그녀도 사장의 주량을 처음 알았을 땐 꽤나 놀랐었다. 그도 그럴 게 고작 양주 몇 잔에 이렇게 뻗는 건, 그의 평소 이미지와 전혀 안 어울리긴 했으니까.

"다른 건 다 좋은데 그게 좀 걸려. 누난 술 엄청 세잖아."

"다른 건 다 좋아……?"

"계약서는 계약서고. 두 사람 이제 진짜라며?"

봄이 고개를 끄덕이자, 동생이 시원하게 대꾸했다.

"합격이야. 누나 애인으로. 내 매형으로."

도대체 뭘 어떻게 구슬렸기에 한없이 못마땅하던 녀석이 이런 소릴 하는 걸까. 매형이라니. 멀리도 가는 동생을 보며, 봄은 두 눈을 크게 떴다.

"너 이 사람 싫어했잖아."

"그땐 순진한 울 누나 데리고 노는 건가 해서 그랬지."

"지금은?"

"누나 향한 마음 진심인 것 같더라. 대화를 하다 보니 느낌이 딱 왔어. 남자는 남자가 봐야 안다고. 누나는 이해 못 할지도 모르겠지만 남자끼리 통하는 그런 거 있거든."

동생이 한껏 거드름을 피우며 어깨를 으쓱했다.

"그리고 돈 많아서 빚도 갚아 줬지. 누나한테 비싼 선물도 마음껏 하지. 나한테 비싼 술도 사 주지. 아빠도 찾아 주지. 게다가 집까지 알아봐 줬다며? 이보다 더 좋은 매형감이 어디 있겠어."

"다…… 들었어?"

"어. 누나가 집 문제로 엄청 튕겼다고 하길래 내가 냉큼 이사 가겠다고 했어. 내일 당장."

동생이 씩 웃으며 말했다.

여기가 어딘지도 모르고 꿀잠을 자고 있는 남자를 보며, 봄은 작게 웃었다. 비록 지금은 저런 몰골로 쓰러져 있지만, 그래도 자신이 해결하겠다던 말은 지킨 모양이었다. 그녀의 입장에선 다행스러운 일이 아닐 수 없었다. 아빠 얘기도, 집 얘기도. 어떻게 꺼내야 할지 막막했는데 말이다.

"안 그래도 이사는 하기로 했어. 그리고 내일은 학교 마치고 병원으로 가 봐."

"응. 그러려고."

"영원아. 아빠한텐……."

"당연히 비밀이지. 내가 무슨 눈치코치 없는 반푼인 줄 알아, 누난."

동생은 선뜻 대답하며 자리에서 일어났다.

"참. 형님한테도 아까 말했는데 계약서는 내가 가지고 있을 거야."

"계약서를?"

"응. 만약에 누나 울리는 날이 오면, 인터넷에 다 공개해 버린다고 했어. 부도덕한 기업가로 이미지 추락시켜 버릴 거라고."

"뭐?"

황당무계한 소리에 봄은 저도 모르게 헛웃음을 뱉었다. 하지만 동생은 더없이 진지한 얼굴이었다.

"암튼 그렇게 알아. 형님도 그 부분은 오케이 했으니까."

"이 사람이 알겠다고 했다고?"

"그렇다니까."

윤강건설 윤정한 사장을 상대로 협박을 했다니. 역시 무식하면 용감하다는 옛 선조들의 말은 진리였던 것이다.

"씻고 올게."

동생이 방을 나가고 봄의 시선이 제 옆에 누워 있는 남자에게 다시금 향했다. 원래는 분홍색이었지만 빛이 바래서 이제는 살구색을 띠는 낡은 이불을 덮고 누워 있는 남자의 모습은 낯설어도 너무 낯설었다.

이 남자가 이렇게 제집에 와서 잠을 자게 될 줄 누가 알았겠는가. 그뿐이랴. 빚을 갚고, 5년이나 생이별을 했던 아버지를 만나게 되고. 최근 몇 달 그녀의 인생에는 정말 상상도 할 수 없었던, 꿈만 같은 일들이 계속해서 벌어지고 있었다.

봄은 잠든 남자의 얼굴을 찬찬히 뜯어보았다. 늘 그의 곁에 있었지만 이렇게 가까이에서 얼굴만 뚫어져라 바라보는 건 처음이었다.

건강해 보이는 구릿빛 피부와 오똑 솟아 있는 콧날, 깍듯한 턱 선까지. 이리 봐도 저리 봐도 남자다운 느낌이 물씬 풍기는 잘생긴 얼굴이었다. 그런데 속눈썹은 또 왜 저렇게 긴 건지. 여자인 저보다도 길어 보인다.

정말 다 갖고 있네, 이 남자.

봄은 괜한 호기심이 생겨 천천히 팔을 뻗어 남자의 속눈썹에 손끝을 가져다 댔다.

"으음……."

자신이 잠자는 사자의 코털, 아니 속눈썹을 건드린 걸까. 간지러웠는지 남자가 뒤척이며 그녀를 향해 모로 누웠다. 그의 커다란 손이 척, 얌전히 오므리고 있던 그녀의 무릎 위에 놓였다.

마치 무슨 죄라도 지은 사람처럼 놀라서 뻣뻣하게 굳어 있던 봄은, 몇 초가 흘러도 조용한 남자의 모습에 안도의 한숨을 크게 내쉬었다. 곧이어 새근새근. 고른 숨소리가 마치 백색 소음처럼 나지막이 귓가로 흘러들었다. 다행히도 완전히 뻗은 모양이었다.

동생이 들어오기 전에 자리를 옮길까 하던 봄은, 문득 제 무릎에 올라와 있는 남자의 손을 제 손으로 천천히 감쌌다. 술기운 때문인지 열이 올라 따뜻하다 못해 뜨거운 그의 체온이 그녀에게 고스란히 전해졌다.

"사장님. 내 목소리 들려요?"

마치 그녀의 말에 반응이라도 하는 듯 그의 속눈썹이 파르르 떨려 왔다. 하지만 그 이상의 반응은 없었다. 그래도 상관없었다. 들으라고 하는 말은 아니었으니까.

"있잖아요."

봄은 그런 남자의 귀에 대고 비밀 얘기라도 하듯 작게 속삭였다.

"나 좋아해 줘서 고마워요. 고맙단 말로 표현이 안 될 정도로 정말 많이."

그의 손을 잡은 손에 힘을 조금 더 주며, 그녀는 부드럽게 미소 지었다.

"고마워요. ……정한 씨."

✲⁂✲

오늘 그의 컨디션은 근래 들어서 중 단연 최고였다. 지난밤 술에 절어 한참이나 어린 녀석에게 업혀 들어오는 모습을 보였다는 건 창피했지만, 그래도 덕분에 아침에 눈을 뜨자마자 그녀의 얼굴을 볼 수 있었고 그녀가 손수 차려 주는 아침까지 먹었으니 그의 입장에서는 이 정도면 손해보단 득이 훨씬 크다고 할 수 있었다.

마치 구름 위를 둥둥 떠다니는 것 같은 기분은 아침을 지나 오후에 들어설 무렵까지도 꽤 오래도록 유지가 되고 있었다. 아니, 어쩌면 오늘 밤까지도 유지됐을지 모르겠다. 외근을 다녀오다 하필이면 엘리베이터 앞에서 그 남자와 마주치지 않았더라면 말이다.

기획팀의 곽성오 대리. 바로 그녀의 전 연인이었다.

곽 대리의 모습은 멀리에서도 한눈에 알아볼 수 있었다. 일개 팀의 대리와 사장인 그가 회사에서 마주칠 일은 거의 없었지만, 워낙에 유명한 인물이었고 또 결코 잊을 수 없는 얼굴이라 확실히 기억했다.

정한은 임원 전용 엘리베이터를 지나쳐 일반 엘리베이터 앞에 서 있는 곽 대리의 옆에 슬그머니 멈춰 섰다. 그의 돌발 행동에 뒤따르던 박 실장 역시도 어리둥절한 얼굴로 그의 뒤에 바짝 다가섰다.

"엇! 안녕하십니까. 사장님."

얼마 되지 않아 정한의 존재를 눈치챈 곽 대리가 깜짝 놀라며 허리를 90도로 굽혀 인사했다. 정한은 고개를 까닥하는 것으로 인사를 대신했다.

예의를 갖춘 인사 이후 곽 대리는 다시금 정면으로 시선을 옮겼다. 하지만 그의 시선은 여전히 곽 대리에게 꽂힌 채였다.

곱상한 이목구비에 뽀얀 피부까지. 기생오라비 같은 이미지였지만 확실히 여자들이 좋아할 만한 얼굴이긴 했다. 하지만 아무리 봐도 그 외에 눈에 띄는 장점은 보이지 않았다. 키도 자신보다 한 뼘이나 더 작았고 어깨도 저에 비하면 보잘것없었다. 나이에 비해서는 딸리지 않는 직급이긴 했지만 그래도 대리라니. 자신보다 한참 아래가 아니었던가.

정한은 저도 모르게 곽 대리와 자신을 비교하기 시작했다. 그리고 은근슬쩍 곽 대리의 부족한 부분을 캐치하며 상대적 우월감을 느꼈다. 정작 상대는 저를 손톱만큼도 신경 쓰지 않았지만 그는 혼자 심각했다. 지나치게 유치한 행동이었지만 어쩔 수 없는 남자의 본능이기도 했다.

내 여자의 전 남자라니……. 몰랐던 것도 아니었고, 이미 한참 지난 과거였고, 딱히 그에게 해를 끼친 것도 아니었지만 그래도 존재 자체만으로도 불쾌하기 짝이 없는 존재가 아닐 수 없다.

게다가 운명의 장난인 건지 뭔지 모르겠지만, 그는 제 두 눈으로 직접 두 사람의 이별 장면을 똑똑히 보지 않았던가. 곽 대리를 보자마자 의지와는 상관없이 두 사람이 함께 있는 모습이 절로 떠올라서 더 불쾌했다. 그나마 사랑을 속삭이는 장면이 아니라 끝을 말하던 순간이라 다행이라고 해야 할까.

곽 대리를 바라보는 그의 시선이 점점 노골적으로 변해 갔다. 결국 무시를 하려야 결코 무시할 수 없는 그의 따가운 시선을 느낀 곽 대리가 불편한 얼굴로 고개를 돌려 그를 바라보았다.

"사장님. 혹시 저한테 무슨 하실 얘기라도……."

"아. 내가 잠깐 딴생각을 하느라."

정한은 뻔뻔한 얼굴로 간단하게 대구하며 시선을 돌렸다. 곽 대리 역시 미심쩍어하는 눈치였지만 감히 더는 캐묻지는 못하겠는지 고개를 원상 복귀시켰다.

그렇게 엘리베이터가 도착할 때까지, 두 사람의 사이에는 묘한 기류가 흘렀다. 오직 아무것도 모르는 곽 대리만 홀로 불편했을 그런 기류가.

✻✽✻

약 두 시간 전까지만 해도 남자의 기분은 분명 여느 때보다 좋아 보였다. 하루 온종일 싱글벙글. 평소엔 늘 무표정에 잘 웃지도 않던 남자가 어찌나 실실 웃고 다니는지, 비서실 직원들은 또다시 그의 변화에 대해 토론을 한바탕할 정도였다.

하지만 그랬던 남자의 기분이 단 두 시간 새에 확 바뀐 듯했다. 외근을 다녀온 남자는 기분이 좋아 보이기는커녕 여느 때보다 더 기분이 다운된 듯 보였다. 혹시 외근에서 무슨 일이라도 있었던 걸까. 의아한 생각이 들려던 찰나, 호출기가 울렸다.

— 한 비서. 내 방으로.

간결한 말을 끝으로 그의 목소리는 뚝 끊겼다.

오늘만 벌써 다섯 번째 호출이었다. 원래도 비서실 내에서 유독 자신을 찾는 호출이 많기는 했지만 오늘은 정말이지 심해도 너무 심했다. 게다가 평소 업무적인 일로 부르던 때와는 달리 별 내용도 없었다. 왜 부르셨어요? 물으면 보고 싶어서. 라는 황당한 대답만 되돌아왔을 뿐.

그래서 그녀는, 그가 외근을 나가기 직전 네 번째 호출을 했을 때 속으로 생각했다. 또 한 번 쓸데없는 일로 호출을 하면 확고하게 거절을 하겠노라고. 회사에서는 티 절대 내지 않기로 약속해 놓고 이게 무슨 짓이냐고 따질 생각이었다.

하지만 정작 다섯 번째 호출을 받은 지금, 그녀는 아까의 다짐은 어디로 날려 버리고 벌떡 자리에서 일어났다. 그의 심기가 틀어진 이유가 궁금하고 또 걱정이 됐던 탓이다.

집무실로 들어가자마자 그녀는 무슨 일 있으셨어요? 물을 예정
이었다. 하지만 그의 입에서 나온 말이 조금 더 빨랐다.

"우리 공개연애 할까?"

집무실 문이 닫히기가 무섭게 그의 생뚱맞은 질문이 날아들었다.
깜짝 놀란 봄이 대체 무슨 소리냐는 듯 네? 하고 쳐다보았다. 하지
만 남자는 별말 안 했다는 듯 담담한 얼굴로 저를 보고 있을 뿐이
었다.

"요즘 연예인들도 공개연애 잘만 하던데."

"그래서요?"

"우리도 젊은 사람답게 요새 트렌드를 따라가는 게 어떻겠느냐
는 거지."

"혹시 점심 잘못 드셨어요?"

"왜? 뭐 어때. 우리 회사가 사내연애를 못 하게 하는 회사도 아
닌데."

또 나왔다. 너만 괜찮으면 아무 문제 없다는 듯한 이 남자 특유
의 말발. 봄은 말도 안 되는 얘기를 아주 뻔뻔하게 뱉어 내고 있는
남자를 보며 짧게 한숨을 내쉬었다. 남자에 대한 걱정은 이미 싹
사라진 후였다.

"그 얘긴 이미 끝난 거 아니었어요?"

"꺼진 불도 다시 보고. 끝난 얘기도 다시 하고 하는 거지."

"지금 이러시는 거 되게 억지라는 거, 사장님도 알고 계시죠?"

"정한 씨."

"네?"

"또 까먹었어? 둘이 있을 땐 사장님이 아니라 '정한 씨'라고 부르기로 했잖아."

남자의 고집스러운 두 눈이 그녀를 똑바로 바라보았다. 절대 장난이 아니라는 듯.

이 와중에 저런 걸 따지다니. 진짜 내가 졌다, 졌어.

봄은 남자의 철저한 성격에 다시 한 번 혀를 내둘렀다.

"알겠어요. 정한 씨. 그런데요. 저는 공개연애는 절대 싫습니다. 정한 씨. 무슨 일이 있어도 절대요. 정한 씨. 아시겠어요. 정한 씨?"

"지금 나 엿 먹어 보라는 거야?"

"설마 그럴 리가요. 그냥 그 말 듣고 싶어 하시는 것 같아서 원 없이 해 드리려고요. 왜요. 제 입에서 나온 '정한 씨'라는 말, 듣기 싫으셨어요?"

뻔뻔하게 나오는 그를 따라 뻔뻔한 얼굴로 되묻는 봄을 보며 남자는 못마땅하다는 듯 인상을 찌푸렸다. 그래도 회사인데, 사장 직급을 달고 있는 남자에게 이렇게 막 굴어도 되나 싶었지만, 먼저 공과 사를 구분 못 하고 들이댄 건 저쪽이었으니 그도 딱히 할 말은 없을 것이었다.

"그렇게까지 싫어? 공개연애하는 게?"

"네. 싫어요."

한 치의 망설임도 없이 뱉어진 봄의 대답에 남자는 짧게 한숨을 내쉬었다.

"알겠어. 이렇게나 싫다는데 어떻게 더 강요를 할 수 있겠어. 당신이 편한 대로 해."

답지 않게 급격히 풀이 죽은 듯 중얼거리는 남자의 모습에 봄은 순간 마음이 살짝 약해졌다.

정말 여우 같은 남자가 아닐 수 없었다. 어떨 땐 세상에서 가장 다정한 남자였다가 또 어떨 땐 거절할 수 없는 명령을 내리는 갑도 되었다가 지금은 또 이렇게 모성애를 자극하기까지 하다니. 게다가 더 중요한 건 그 모든 게 그녀에게 다 먹히고 있다는 사실이었다. 얄밉게도 말이다.

하지만 그렇다고 말도 안 되는 그의 요구를 들어줄 수는 없는 노릇이었다. 다른 것도 아니고 사장과 공개연애라니. 뒷감당을 할 수 없을 만큼 일이 커지리라는 건 불 보듯 뻔한 일이었다.

상상만 해도 이렇게 뒷골이 땅기는데 절대 안 될 일이지. 봄은 잠시나마 흔들렸던 제 마음을 다잡으며 일부러 딱딱한 얼굴을 해 보였다.

"할 얘기 더 없으시면 이만 나가 봐도 될까요?"

"잠깐만."

한껏 침울해진 얼굴로 봄을 붙든 남자가 서류 더미를 뒤적거리더니 A4용지 크기의 팸플릿 하나를 건넸다.

"이게 뭐예요?"

"윤강그룹 장학 재단 팸플릿이랑 신청서야."

팸플릿 표지에 떡하니 쓰여 있는 글씨를 읽지 못해서 물은 게 아니었다. 봄은 얼떨떨한 얼굴로 다시금 되물었다.

"이걸 왜……."

"동생한테 줘."

"영원이한테요?"

"빚도 갚고 아버님도 모시게 되고. 다 잘됐지만, 그래도 당신이 동생 의대 뒷바라지까지 하는 건 무리일 거 아니야. 장학생으로 선정되면 대학 장학금 전액이 지원되니까 도전해 보라고 해. 물론 조건은 윤강그룹 계열사 병원에 취직하는 거고."

어젯밤 두 남자가 정말 많은 얘기를 나눴던 모양이다. 그리고 동생은 이 남자에게 마음을 완전히 연 듯했다. 제 장래 희망까지 얘기를 한 걸 보니 말이다.

술을 먹고 남매가 쌍으로 이 남자에게 너무 온갖 얘기를 한 게 아닐까. 문득 며칠 전 제가 술주정을 부렸던 일이 떠올라 봄의 얼굴이 붉어졌다.

"쉽지는 않을 거야. 조건이 꽤 까다롭거든."

남자는 말을 이어 갔다.

"읽어 보면 알겠지만 장학생으로 선정되려면 고3 때 내신과 모의고사 성적이 중요해. 수능은 물론이고. 그러니까 동생한테 정신 바짝 차리고 공부하라고 해. 보니까 공부머리는 꽤 있는 것 같았지만."

"……고마워요. 바쁠 텐데 동생까지 신경 써 줘서."

봄은 진심으로 감사한 마음을 다해 인사했다.

아버지의 일만 해도 충분히 넘칠 만큼 고마웠는데, 이렇게 제 동생까지 신경 써 줄 줄은 정말 몰랐다. 장학 재단이라는 건, 그녀조차 미처 생각하지 못했던 부분이었다. 게다가 말하는 걸 들어 보니 모집 요강을 꼼꼼하게도 살펴본 모양이었다. 아버지를 찾으러 거제도까지 직접 내려가고, 또 이런 사사로운 것까지 챙길 정도로 그리 한가한 남자가 절대 아닌데 말이다.

"당신 동생을 신경 쓴 게 아니라 당신이 고생할까 봐 그걸 신경 쓴 것뿐이지만, 어쨌든 결과적으로는 같으니 그건 넘어가고."

그가 덤덤한 시선으로 그녀를 바라보았다.

"정말 고마워?"

"네. 고마워요. 쓸데없는 고집 피우다가 갑자기 이러는 건 정말 반칙 아닌가 싶을 정도로요."

하여튼 들었다 놨다 하는 데는 선수였다. 봄은 남자를 믿지 않은 시선으로 슬쩍 노려보았다.

"무슨 남자가 이렇게 섬세해요? 이런 것까지 하나하나 다 기억하고."

"무슨 여자가 이렇게 날강도 심보야? 고마운 마음을 말로만 때우려고 하고."

그가 그녀의 말을 그대로 맞받아쳤다.

날강도라니. 다소 거친 표현이 마음에 안 들었지만, 그래도 속뜻만큼은 그녀 역시 어느 정도 인정하는 부분이었다.

그래. 지금까지 너무 말로만 때웠지. 스스로 반성하며 선심 쓰듯 물었다.

"말로만 안 때우면요?"

"내 소원 하나만 들어줘."

"공개연애는 안 돼요."

대답이 아주 LTE급이었다. 감동받은 얼굴로 고맙다는 말을 할 때는 언제고 곧바로 거절을 말하는 봄을 보며 남자는 픽, 옅게 웃었다.

"그거 말고."

"그럼요?"

"안아 줘. 난 지금 에너지 충전이 필요해."

남자가 앉은 자리에서 팔을 쭉 뻗었다.

"여기서요?"

"뭐 어때. 우리 둘밖에 없는데."

"그래도 회사에서 이러는 건 좀……."

봄이 선뜻 다가서지 못하고 망설이자, 남자가 또다시 불쌍한 척을 하기 시작했다.

"공개연애도 안 된다고 하고. 안아 주는 것도 안 된다고 하고. 내가 뭐 부탁만 하면 다 안 된대. 어떻게 이렇게 매몰찰 수가 있지? 연애를 하는데도 외로운 기분이 드는 건 왜일까? 혹시 나 혼자 연애하는 거야? 응?"

입술까지 비죽 내밀고서 신세 한탄을 하듯 중얼거리는 남자의 모습에 봄은 저도 모르게 풋, 웃어 버리고 말았다. 아무래도 두 눈에 콩깍지가 제대로 쓰였나 보다. 저 덩치의 남자가 이러는 모습이 귀여운 척으로 보이는 게 아니라 정말 귀엽게 보이는 걸 보니 말이다.

남자는 아무리 나이를 먹어도 애라더니. 정말로 아버지도 그랬고 영원이도 그랬고. 그녀의 주변 남자들 모두가 그랬지만 그래도 이 남자에게만큼은 해당되지 않을 거라 생각했는데. 역시 세상에 예외는 없는 법이었다.

망설이던 봄은 결국 그를 향해 성큼 걸음을 옮겼다. 테이블을 돌아 그가 앉아 있는 의자 앞에 마주 보고 섰다.

"계속 그렇게 앉아 있을 거예요? 안기 불편한데."

그녀의 말이 떨어지기가 무섭게 남자는 벌떡 자리에서 일어났다. 이럴 때만 말 잘 듣지. 봄이 밉지 않게 남자를 흘겨보는 순간이었다. 남자의 팔이 허리를 감싸더니 그대로 와락, 자신의 품으로 끌어당겼다.

갑작스러운 행동에 남자의 탄탄한 가슴에 그녀의 얼굴이 완전히 파묻혔다. 움찔. 몸을 움직였지만 그녀를 끌어안은 남자의 단단한 팔은 꿈쩍도 않았다. 결국 포기하고 봄은 몸에 힘을 뺀 채 그에게 안겨 있기로 했다.

안아 달라더니 완전히 안겨 버렸다. 게다가 허리를 감싸다니. 장소가 장소인 만큼 그냥 가벼운 포옹을 생각했지 이렇게까지 진한 포옹을 할 생각은 아니었는데 말이다.

"당신. 누구 여자야?"

"네?"

생뚱맞은 물음에 안겨 있던 봄의 눈이 둥그렇게 커졌다.

"당신 누구 여자냐고."

"갑자기 무슨…… 그런 유치한 질문을 하고 그러세요."

"당신 입으로 듣고 싶어서 그래."

"……"

"당신 입으로 듣게 되면, 이젠 아무래도 다 괜찮을 것 같아서."

봄은 본능적으로 느껴졌다. 그의 목소리에 미묘한 감정이 섞여 있다는 것을. 그의 곁에서 오직 그만을 지켜보고 그의 손발이 된 지 벌써 3년 하고도 몇 개월이 훌쩍 지나가고 있는 중이었다. 그의 감정 변화에 유독 예민한 그녀가 모를 수 없었다.

하지만 봄은 침묵했다. 그에게 무슨 일이 있는 건 분명하지만,

저에게는 굳이 말하고 싶지 않아 하는 것 같아서. 이럴 땐 알고도 모르는 척, 그냥 넘어가 주는 게 최선이라는 걸 그녀는 잘 알고 있었다.

"……당신 여자예요."

손발이 오글거리려는 걸 꾹 눌러 참고 봄은 얘기했다. 이런 얘기를 제 입으로 하려니 조금 민망하기는 하지만 사실이었으니까. 그리고 이 남자를 위해서라면 이런 부끄러움쯤은 감수해도 괜찮을 것 같았다.

"다시."

보이지 않아도 느낄 수 있었다. 그의 입꼬리가 귀에 걸릴 듯 승천하고 있다는 것을.

"당신 여자라구요."

"다시."

고장 난 라디오도 아니고. 몇 번이나 같은 말을 반복하는 남자의 말에 봄은 엷게 웃으며 또박또박 힘주어 말했다.

"한봄은 윤정한의 여자예요. 당신의 여자."

당신이 원한다면 이까짓 말 열 번을 더 못 해 주겠어요. 돈이 없는 거지 당신을 향한 마음이 없는 건 아니니까. 백 번을 원한다 해도 기꺼이 해 줄게요.

그런 봄의 진심이 드디어 전해진 모양이었다. 다시. 하는 남자의 목소리가 뚝 멎었다. 대신 그녀의 정수리에 남자의 턱이 닿았다.

"아, 진짜 좋다……."

남자의 나른한 음성이 그녀의 귓속으로 흘러들었다.

따뜻한 남자의 체온. 듣기 좋은 목소리. 안락한 품까지. 이 남자의 모든 것이 순간 그녀에게 이곳이 회사라는 것을 잊게 해 주었다. 더 이상 지금이 업무 중인지 아닌지는 상관없었다. 그녀도 속으로 동감했다.

정말…… 좋은 것 같다고.

13
어느 봄날

활짝 열려 있는 작은 창으로 바람이 살랑 들어왔다. 넓은 주방에서 혼자 분주히 오가던 봄은, 문득 제 머리카락을 흩트려 놓는 포근한 바람을 느끼고는 하던 행동을 멈추고 그 자리에 뚝 섰다.

벌써 4월이었다. 이것저것 바쁘게 사는 사이 몸과 마음을 얼리던 추운 겨울은 가고 어느덧 봄이 왔다는 게, 이제야 실감이 났다.

지난 한 달간, 시간이 흐르고 계절이 바뀌는 것도 모를 만큼 누구보다도 바쁜 삶을 보냈다. 정한이 구해 준 집으로 이사를 했고, 언제나처럼 바쁜 회사 일 때문에 꼬박꼬박 야근을 했으며, 그러는 와중에도 짬짬이 병원에 들러 아버지를 찾아뵙는 등. 정말이지 몸이 두 개라도 모자랄 지경이었다.

아무리 환기를 시켜도 쾌쾌한 곰팡이 냄새가 가시질 않던 반지하 방을 떠나 서울 야경이 훤히 내려다보이는 고급 빌라에 살게 된 것뿐만 아니라, 그녀의 삶에는 그간 꽤 많은 변화가 있었다.

그중 단연 으뜸은 물론 정한과의 관계였다. 연인이라는 말이 어색하던 한 달 전과는 달리 이제는 두 사람을 보면 제법 연인 티가 났다. 회사에서 남들 눈치를 보며 두 사람만의 시선을 주고받는 것은 물론이거니와 주말이면 다른 연인들처럼 영화를 보고 맛집을 찾아다니며 데이트를 즐겼다. 그리고 이제는 '정한 씨'라는 호칭도 제법 익숙해졌다. 아직은 여전히 '정한 씨'보다는 '사장님'이 더 편하기는 하지만 말이다.

그사이 동생과도 어찌나 친해졌는지 가끔은 화창한 일요일 오전부터 PC방을 가겠다며 그녀를 집에 혼자 두기도 했다. 남자가 저렇게 사교적인 사람이었는지 예전엔 미처 알지 못했다. 하지만 이런 식으로 남들은 상상도 못 할 그의 새로운 모습에 대해 하나씩 알아가는 것은 꽤나 즐거운 일이었다.

띵동—

갑작스레 들려오는 맑은 초인종 소리에 화들짝 놀라 시계를 보았다. 벌써 시간이 이렇게나 됐다니. 봄은 얼른 가스 불을 줄이고는 현관으로 쪼르르 달려 나갔다.

"우와! 맛있는 냄새!"

현관문이 열리고 가장 먼저 집으로 들어선 것은 동생이었다. 호들갑을 떨며 신발을 벗는 녀석의 뒤로 두 남자가 들어오고 있었다. 아직 한쪽 다리에 깁스를 하고 있는 아버지와 그런 아버지를 부축하는 남자였다.

"여기까지 오시느라 고생했어요. 아빠."

몸을 숙여 아버지의 한쪽 신발을 벗겨 드리며 봄이 해사하게 웃었다.

"고생은 무슨. 윤 서방이 복잡한 퇴원 수속도 다 해 주고, 부축해 주고, 운전해 주고. 나는 아주 편하게 왔다."

"아빠! 이 사람, 그렇게 좀 부르지 말라고 몇 번을 말해요."

허허, 웃는 아버지를 향해 봄이 눈을 모로 뜨고 발끈했다.

"윤 서방을 윤 서방이라고 못 부르게 하면, 대체 뭐라고 불러야 하나. 윤 씨? 아니면 윤 사장?"

"아닙니다. 아버님. 저는 윤 씨나, 윤 사장보다 윤 서방이 훨씬 좋습니다."

"그렇지? 나도 윤 씨나, 윤 사장은 영 별로야. 꼭 과일 가게 주인 부르는 것 같잖아."

쿵짝이 맞아서 신난 듯 즐거워하는 두 남자를 보고 있으니 속에서 열불이 확 치밀어 오르는 것만 같다. 봄은 미간을 좁힌 채 말했다.

"호칭을 그렇게 멋대로 부르면 어떡해요. 누가 듣고 오해하면 어떡하려고."

"여기 우리밖에 없는데 누가 들어?"

아버지 대신 남자가 말을 거들었다.

"우리 아빠가 여기서만 그래요?"

"사람들이 오해 좀 하면 어때. 어차피 결혼할 건데."

남자가 얼굴색 하나 변하지 않고서 말했다.

"결혼은 뭐 혼자 해요?"

봄이 어이가 없다는 듯 묻자, 그가 고개를 돌려 그녀의 아버지를 바라본다. 그리고 최대한 불쌍한 얼굴로.

"아버님. 따님이 이렇게나 튕깁니다."

"제 엄말 닮아서 솔직하지 못한 성격이야. 우리 와이프도 그랬지. 날 닮았으면 참하고 그랬을 텐데⋯⋯."

아빠! 하고 눈짓을 주었지만, 아버지는 그녀의 시선을 일부러 피하는 듯 남자만을 바라보고 있을 뿐이었다.

"그랬군요. 고생이 많으셨겠습니다."

"이제 와 하는 말이지만 연애 시절에 마음고생이 아주 심했지. 어쨌든 나는 자네 편일세."

"매형! 저도 매형 편이에요!"

제 방에 들어갔던 동생 녀석도 대화를 들었는지 말을 보탰다.

"들었지? 다들 내 편이래."

"네. 아주 자알 들었어요. 삼부자가 사이좋으셔서 좋겠어요. 불청객은 이만 빠져 드릴게요."

괜한 소외감에 봄은 불퉁 튀어나온 입으로 무뚝뚝하게 대꾸하고는, 남자들을 등진 채 주방을 향해 걸음을 옮겼다.

영원이 녀석은 싫다고 할 땐 언제고 이젠 형님이 아니라 아예 매형이라고 부르며 잘 따른다. 저가 연애를 안 했으면 어쩔 뻔했나, 싶을 정도로 말이다. 박쥐 같으니라고. 아버지도 처음엔 남자의 직급 때문인지 불편해하는가 싶더니, 어느 순간부터는 진짜 아들처럼 대하기 시작했다. 진짜 아들보다 그를 더 챙기는 것 같으니 말 다 했다.

하지만 한 달 새에 가족들이 이렇게까지 변하는 데에는 남자의 부단한 노력이 있었음을 그녀는 잘 알고 있다. 동생의 고민을 들어 주고, 가끔 저 몰래 용돈을 쥐여 주고. 또 바쁜 와중에도 자신과 함께 아버지의 병실을 꼬박꼬박 찾아가 주고. 그걸로도 부족해 어쩔 땐 저 몰래 혼자 불쑥 맛있는 걸 들고 찾아가기도 했다고. 그간 그의 행동은 정말로 영원이의 형이었으며, 아버지의 아들이나 진배없었다.

그래서일까. 이제 가족들이 저보다 그의 편을 더 많이 들기 시작했지만. 그래서 가끔은 정말 방금처럼 진지하게 소외감이 들기도 했지만. 그래도 이 상황이 나쁘지만은 않게 느껴진다. 아니. 조금 더 솔직히 말하자면, 제 가족들에게까지 이렇게나 살갑게 구는 남자가 너무도 고마웠다. 그게 쉽지 않은 일이라는 걸 잘 알기에.

이사를 하고 처음 집을 보게 된 아버지가 남자의 도움을 받아 집 구경을 하는 동안, 봄은 넓은 식탁 위에 음식들을 세팅했다. 동생이 좋아하는 닭볶음탕과 아버지가 좋아하는 고등어조림, 그리고 밑반찬 몇 가지를 놓았더니 제법 풍성한 밥상이 차려졌다.

"오늘 무슨 잔치라도 하려고?"

식탁 앞에 제일 먼저 자리를 잡고 앉은 동생이 입을 쩍 벌렸다.

"아빠 퇴원 기념이자 우리 세 식구 모이는 기념으로, 오버 좀 해 봤어."

"진짜 오버다. 이걸 넷이서 어떻게 다 먹어."

말은 그렇게 하면서도 녀석은 신이 난 얼굴로 누구보다 가장 먼저 닭볶음탕으로 젓가락을 가져갔다.

"한영원. 아빠 먼저 드셔야지."

"아, 맞다. 깜빡했네."

둘만 식사를 하던 버릇이 들었던 터라 까맣게 잊고 있었던 듯, 녀석은 머쓱한 듯 웃으며 젓가락질을 뚝 멈췄다.

"아빠. 나 배고파요. 얼른 드세요."

"……그래. 맛있겠구나. 정말로."

동생의 애교에 아버지는 젓가락을 집어 들었다. 하지만 젓가락은 허공에서 그대로 멈춰 있을 뿐, 어디로도 선뜻 움직이지 않았다.

"우리 딸이…… 정말 다 컸네. 다 컸어."

정성스럽게 차려진 음식들을 바라보며 혼잣말을 하듯 중얼거리는 아버지의 눈에 실핏줄이 섰다. 순식간에 분위기가 다운됐다. 동생의 두 눈도 어느덧 빨개져 있었다.

"새삼스럽게 왜 이래요. 아빠. 나 어렸을 때부터 요리 잘했는데. 누가 보면 나 라면 하나 안 끓여 보고 곱게 자란 줄 알겠어요."

봄은 저도 모르게 차오르는 눈물을 애써 눌러 삼키며 부러 장난스럽게 말했다.

"맞아. 나는 엄마가 해 준 밥보다 누나가 해 준 밥을 더 많이 먹고 자랐어."

영원이 덧붙였다.

"그랬니? 내가 너무 오버를 했나 보구나."

그제야 아버지는 애써 입가를 늘어뜨리며 살짝 웃어 보였다. 그러고는 고등어 살을 발라 양념까지 야무지게 묻혀 입으로 가져간다.

"맛이 어때요? 입에 맞아요?"

그녀는 마치 자신의 음식을 요리 프로 심사 위원에게 평가받는 참가자처럼 떨리는 얼굴로 물었다.

"맛있구나. 그래도 네 엄마보단 못하지만."

"그럴 줄 알았어요. 원래 기억은 미화되는 거거든."

활짝 웃는 아버지를 따라 봄도 활짝 웃어 보였다.

"이제 먹어도 되는 거지? 잘 먹겠습니다!"

아버지가 젓가락을 놓자마자, 영원은 본격적으로 제 앞에 놓인 닭볶음탕을 열심히 먹기 시작했다. 쉽게 낄 수 없었을 세 식구의 무거운 분위기 때문에 불편했을 법도 한데, 그런 티를 전혀 내지 않고 묵묵히 기다리고만 있던 남자 역시 봄을 향해 잘 먹을게. 인사한 다음 젓가락을 바쁘게 놀렸다.

"그런데……. 정말 이런 집을 회사에서 빌려줬다는 말이니?"

식사가 끝나 갈 무렵, 젓가락을 가장 먼저 놓은 아버지가 봄을 향해 물었다. 그와 동시에 세 사람의 어깨가 흠칫거렸다.

이사를 하기 전 날, 회사에서 사택을 빌려줘서 운 좋게 이사를 하게 됐다는 말에 아버지는 아무 의심 없이 그런 고마운 일이 다 있냐며 반가워하셨다. 하지만 막상 호화로운 집을 보고 나니, 뭔가 이상하다 싶으신 모양이었다.

"저희 회사가 우수한 인재들에게는 복지를 아낌없이 지원하는 편입니다."

꿀 먹은 벙어리가 된 두 남매 대신 남자가 산뜻하게 대꾸했다.

"우리 봄이가 회사에서 밥값은 제대로 하는가 모르겠네."

"아주 잘하고 있습니다."

"두 사람 그런 관계라고 좋게 봐 주는 게 아니라?"

"네. 아닙니다. 아주 객관적으로 봐도 따님은 아주 잘하고 있습니다. 특근을 한 번이라도 빠지게 되면 회사 일이 제대로 안 돌아갈 정도로요."

그의 말이 굉장히 과장되었다는 것을 알면서도 아버지는 내심 기분이 좋은지 하하하, 호탕하게 웃으셨다. 아버지가 웃는 모습에 덩달아 기분이 좋아진 봄은 아무도 모르게 남자를 향해 눈짓을 했다. 고마워요. 라고.

✽✽✽

정한이 그녀의 집을 나설 땐 이미 해가 완전히 떨어진 밤이었다. 나란히 서서 엘리베이터를 기다리며 그녀가 말했다.

"미안해요. 피곤할 텐데 우리가 너무 오래 붙잡아 두고 있었죠."

"아니야. 괜찮아."

"다음부턴 울 아빠가 바둑 두자고 하면 바로 싫다고 거절해요. 괜히 붙들리면 오늘처럼 끝이 없을 테니까."

"정말 괜찮다니까? 바둑도 아주 재미있었어. 비록 세 판 다 졌지만, 내 나름대로는 흥미진진했다고."

"그럼 다행이구요."

괜찮다는 말을 그녀는 전혀 믿지 않는 듯 했지만, 그는 진심이었다.

부모님이 돌아가신 이후로 온 가족이 모여 북적거리는 식사를 한 적은 단 한 번도 없었다. 할아버지는 밥을 먹는 자리에서는 조용히 밥만 먹어야 한다는 주의였지만, 굳이 식사 자리가 아니라도 사사로운 얘기를 가족들 앞에서 하는 법이 없었다. 자신 역시도 딱히 수다스러운 편은 아니니, 윤가네 식구들이 모인 자리엔 소희의 재잘거림만 있을 뿐이었다.

그래서인지 오랜만에 북적거리는 저녁 식사 자리가, 그리고 이어지는 티타임이 꽤나 즐거웠다. 평소와는 다르게 시시껄렁한 농담을 뱉으며 그들의 대화에 끼어들 정도로. 그리고 그는 그때서야 깨달았다. 자신이 평범한 가족들이 모인 삶을 많이 동경하고 있었다는 것을.

"참. 나는 갈비찜 좋아해. 달달한 거."

"네?"

"영원이 녀석이 좋아하는 닭볶음탕이랑 아버님이 좋아하신다는 고등어조림은 올라왔는데, 내가 좋아하는 반찬은 없길래."

"아……. 미안해요. 미처 거기까진 생각을 못 했어요."

농담 반, 진담 반이었는데 그녀는 진심으로 너무도 미안한 표정을 지어 보였다. 괜히 반찬 투정을 한 그가 멋쩍어질 정도로.

"다음엔 갈비찜 꼭 해 드릴게요."

그녀가 새끼손가락을 걸며 말했다.

이게 아닌데? 싶었지만 그 역시 얼떨결에 그녀와 새끼손가락을 맞댔다.

새끼손가락을 걸고 약속이라니. 대체 이런 제스처가 얼마 만인지 모르겠다. 20년 만이던가. 아님 그보다 더 오래던가.

"잘 가요."

엘리베이터 문이 열리자, 그녀가 걸고 있던 새끼손가락을 빼내며 손을 흔들었다.

"당신은 내가 빨리 갔으면 좋겠어?"

"네? 그런 게 아니라……."

"그런 게 아닌데 배웅을 뭐 그렇게 기다렸다는 듯이 하고 그래? 사람 기분 나쁘게."

"설마 화났어요?"

갑작스러운 그의 정색에 당황한 듯 손을 내젓는 그녀의 얼굴은 귀여웠다. 정한의 입꼬리가 슬그머니 올라갔다.

"뭐야. 장난한 거죠?"

그녀가 그의 가슴팍을 콩 때렸다. 그 타이밍을 놓치지 않고 제게 다가온 그녀의 팔목을 낚아챈 정한은 그녀의 허리를 바짝 끌어당겨 안았다. 군살이라고는 전혀 없는 납작한 배가 그의 허벅지에 완전 히 밀착되었다.

"여기 집 앞이에요!"

놀란 토끼 눈이 되어 저를 올려다보는 그녀의 얼굴은 신기했다. 분명 방금 전까지는 귀여웠는데 지금은 또 마냥 예쁘기만 하다. 도 대체 저 조그만 얼굴에는 몇 가지의 얼굴이 숨어 있는 걸까. 보면 볼수록 놀라울 따름이다.

"알아."

"알면 이거 놓으시죠?"

"싫은데? 내 여자 내가 안고 있겠다는데, 누가 뭐라 그래. 그리 고 잊었나 본데, 이 집 사람들 다 내 편이야. 내 편."

"네네. 편이 많아서 참 좋으시겠어요."

기세등등한 정한의 기세에 그녀는 졌다는 듯 살짝 한숨을 내쉬 었다.

"갈 땐 가더라도 받을 건 받고 가야겠어."

"받을 거요?"

"집세 말이야."

그가 뽀뽀를 원한다는 듯 노골적으로 입술을 죽 내밀어 보였다.

"집세라면 이미 다음 달 것까지 선불로 계산한 것 같은데요?"

"그래?"

"그럼요. 진작 지불하고도 남았죠. 누구누구가 워낙 시도 때도 없이 들이대시니까."

그녀가 밉지 않게 눈을 흘겼다.

"아무래도 집세가 너무 쌌던 것 같아."

"늦었어요. 그리고 적어도 1년은 월세 동결해야 하는 거 알죠?"

"어떻게 한 번을 져 주는 법이 없어?"

"어떻게 한 번을 그냥 넘어가는 법이 없어요?"

따박따박 돌아오는 말대답. 이런 그녀의 모습도 좋기는 하지만, 조금만 말랑말랑해 준다면 더 좋을 텐데.

사람 욕심이라는 게 그랬다. 처음엔 그녀가 제 마음만 알아준다면 좋을 것 같았는데, 알아주고 나니 제 마음을 받아 줬으면 좋겠고, 받아 주고 나니 더 많은 걸 원하게 된다.

조금 더 사랑해 줘. 조금 더 표현해 줘. 조금만 더…….

말대답하는 모습도 너무 예쁜 여자의 얼굴을 빤히 내려다보던 정한은 결국 속에서 들끓는 욕심을 이기지 못하고 그대로 고개를 살짝 숙여 새빨간 그녀의 입술 위로 제 입술을 겹쳤다. 놀란 듯 흠칫하던 그녀의 몸을 조금 더 끌어안으며, 입술을 지분거렸다. 집요하리만치 달콤한 입술을 희롱하던 그의 혀는 곧 아주 작은 틈을 놓치지 않고 입술을 파고들었다.

허공에 있던 그녀의 손이 그의 어깨를 천천히 감쌌다. 마치 그게 신호탄이라도 된 듯 부드럽던 키스는 깊고 거칠어졌다. 그녀의 고른 치열을 훑고, 그녀의 말캉거리는 혀를 옭아맸다. 서로의 타액이 섞이고 있음에도 불쾌한 느낌이라고는 전혀 들지 않고 오히려 온몸이 전율했다.

하지만 그럼에도 끓어오르다 못해 넘치는 제 욕심을 채우기엔 턱없이 부족했다.

조금만 더……

더 이상 밀착할 공간이 없음에도 열기에 취한 그는 점점 그녀를 밀어붙였다. 결국 더 이상 밀려날 수 없을 만큼 벽에 몰아붙여졌을 때, 그녀가 고개를 틀어 그의 입술을 피했다.

하아, 하아.

달뜬 호흡이 두 사람 사이에서 흩어졌다.

"등이 아파요."

그녀는 그의 가슴팍을 부드럽게 밀어냈다.

"미안해."

"아니에요."

그는 그녀를 허리를 감고 있던 손에 힘을 풀었다. 한 발 뒤로 크게 물러나자 그제야 한 몸인 듯 붙어 있던 두 사람 사이에는 숨을 쉴 공간이 생겼다.

"들어가 봐."

버튼을 누르자, 같은 층에서 계속 기다리고 있던 엘리베이터의 문은 금방 열렸다.

"주차장까지만 같이 가요."

"번거롭게 그럴 필요 없어. 작별 인사도 충분히 진했고."

그는 가볍게 거절하며 엘리베이터에 올라탔다.

"알겠어요. 조심히 가요."

"응. 이따 전화할게."

작은 손을 쉬지 않고 흔들어 보이는 그녀를 향해 정한은 미소를 지어 보였다. 하지만 엘리베이터의 문이 닫히는 순간, 그의 입가는 언제 그랬냐는 듯 단단하게 굳었다.

지금까지는 자신이 누구보다 이성적인 사람이라고 생각했다. 5년 동안 여자는 거들떠도 보지 않았음에도 아무 문제가 없었을 정도로 성욕을 참는 인내심 또한 뛰어나다고 자신했다. 하지만 그게 아니었던 거다. 완전히 착각했던 거다. 요즘 같아선 시도 때도 없이 그녀를 볼 때마다 매번 들끓는 욕망 때문에 미칠 노릇이었다.

요즘은 계속 이런 식이었다. 그녀와 있을 때면 문득문득 저도 모르는 저 자신과 만나게 되는 일이 허다했다.

정식으로 연애를 시작한 지 얼마 됐다고. 마음만 받아 줬으면 좋겠다고 생각한 지는 또 얼마나 됐다고. 그녀를 이렇게나 원한단 말인가. 욕심도 많지.

"……참자. 참아."

그는 주차장에 도착할 때까지 심호흡을 길게 했다. 하지만 한번 들끓은 감정은 쉽게 사그라지지 않는다. 그는 정말로 이 상황이 마음에 들지 않았다.

"제기랄! 진짜 미치겠네."

절로 욕지거리가 나올 정도로.

✱❈✱

주말 저녁. 복작거리는 사람들 틈에 끼여 두 사람은 영화관을 나서고 있었다. 질서를 지키지 않고 빠르게 지나치려는 누군가에게 봄의 어깨가 밀쳐졌다. 그와 동시에 남자의 커다란 손이 그녀의 가녀린 어깨를 단단하게 붙들어 자신 쪽으로 바짝 끌어당겼다.

"거봐. 내가 그냥 골드클래스로 가자고 했잖아."

"영화는 많은 사람들이랑 같이 보는 게 더 재밌잖아요."

남자를 올려다보며 봄은 예쁘게 웃었다. 하지만 더 이상 이런 가식적인 미소는 그에게 통하지 않는 듯했다. 그가 눈을 가늘게 뜨며 말했다.

"솔직하게 말하지 그래? 돈이 아까워서 그렇다고."

"티 났어요?"

"어. 완전."

단호한 대답에 봄은 멋쩍게 웃었다.

"돈도 돈이지만……, 많은 사람들이랑 영화를 보는 게 더 재미있다는 것도 정말이에요."

첫 영화관 데이트를 할 때는 그의 말을 온전히 따랐었다. 골드클래스. 이름값을 할 만큼 일반 영화관보다는 고급스러운 느낌이었고 편하기도 했지만, 그렇다고 세 배나 더 비싸게 주고 볼 정도로 매력 있다는 생각이 들지는 않았다.

"나 만나면서까지 그런 생각하지 말라고 했어, 안 했어."

"했죠. 했는데……."

"누가 당신더러 돈 걱정하래?"

봄이 습관처럼 짠순이 모습을 보일 때마다, 그는 못마땅해했다. 다른 남자도 아니고, 윤강그룹 윤정한을 만나면서 왜 쓸데없는, 그리고 구질구질한 걱정을 하는지 이해를 하지 못하는 듯했다. 가끔은 그런 자신을 안쓰럽게 여기는 것 같기도 했다. 하지만 봄은, 그런 자신이 잘못된 거라고 생각하지 않는다.

"나도 알아요. 당신 돈 많은 거. 하지만 돈이 많다고 해서 쓸데없는 낭비를 해도 좋은 건 아니잖아요."

"우리 데이트의 질을 위해서 고작 몇 푼을 더 쓰겠다는 게, 쓸데없는 낭비야?"

"돈을 꼭 많이 써야만 우리 데이트의 질이 올라가요?"

두 눈을 똑바로 뜨고 묻는 봄의 질문에 그의 입이 꾹 다물어졌다. 그 틈을 놓치지 않고 그녀는 장난스러운 얼굴로 몰아붙였다.

"언제는 나랑 같이 있는 것만으로 충분하다더니. 역시 남자들은 쉽게 변하는군요?"

"내가 무슨……."

"방금 그 말이 그 말 아니에요?"

"……알겠어. 그래. 내가 졌다, 졌어. 앞으로 잔소리 안 할게. 그럼 됐어?"

결국 남자가 백기를 들었다.

"나중에 딴말하기 없기예요."

결국 이럴 거면서. 봄은 기세등등하게 승리의 미소를 지었다. 일부러 져 주는 건지는 모르겠지만 어쨌든 봄은 최근 남자와의 말싸움에서 백전백승을 기록 중이었다.

그런 봄을 보며 남자는 도저히 못 말리겠다는 듯 작게 웃었다.

"당신이 비서실이 아니라 재무팀으로 갔다면, 윤강건설은 지금쯤 세계 1위 정도는 했을 텐데 말이야."

"아쉬워요? 지금이라도 재무팀으로 갈까요?"

"가긴 어딜. 당신 자리는 내 옆이야. 밖에서도 회사에서도."

낮은 중저음의 목소리는 진지했다. 장난인 거 뻔히 알면서도 그는 봄과 관련된 일에는 가볍게 넘어가는 법이 없었다.

장난이잖아요. 근데 왜 무섭게 정색을 하고 그래요. 언젠가 그녀가 물었을 때 그는 간단하게 대꾸했다. 당신을 두고는 장난하고 싶지 않아.

"있잖아요."

한참을 기다려야 하는 엘리베이터 대신 선택한 가파른 비상계단을 나란히 손 붙들고 내려가며, 봄은 문득 운을 뗐다.

"우린 회사에서도 매일 얼굴 보잖아요."

"다행이지. 당신이 다른 사람도 아니고 내 비서라서."

"그런데 퇴근해서도 데이트한다고 매일 얼굴 보고……. 지겹지 않아요?"

"전혀. 데이트 끝나고 헤어지는 것도 아쉬운데, 난? 지겹기는커녕 빨리 아침이 와서 출근했으면 좋겠다고 생각해. 당신이 내 옆에 없는, 매일 밤마다."

어쩜 저런 말을 얼굴 하나 변하지 않고 술술 내뱉는 걸까. 매번 겪으면서도 겪을 때마다 놀라울 따름이었다.

그에게는 재주가 하나 있었다. 느끼한 말은 전혀 느끼하지 않게, 아주 담백하게 뱉어 내는. 그래서 듣는 사람 입장에서도 전혀 위화감이 느껴지지 않는. 그런 놀랍고도 신비한 재주. 만약 그녀가 그에 대해서 조금만 더 몰랐다면 분명 과거 전적이 아주 화려한 선수일 거라고 의심해 봤을 거다.

"근데 갑자기 그런 질문을 왜 하지? 혹시 당신이 지겨워서야?"

"아니에요, 그런 거. 그냥 궁금해서요."

하지만 남자의 눈빛에는 의심이 한가득이었다.

"진짜예요. 그냥 연인들 사이에 너무 자주 붙어 있는 거, 안 좋다고들 하니까. 그냥 당신은 어떤지 궁금해서……."

"누가 그래?"

"왜요. 알면 혼내 주기라도 하게요?"

"놀지 마. 그런 사람들이랑."

그런 사람들이라는 게 세상 사람들 중 다수라는 걸 알게 되면 뭐라고 할까. 그래도 놀지 말라고 하려나.

마치 나쁜 친구는 사귀지 마. 하는 엄마처럼 구는 남자를 보며 봄은 살풋 웃었다. 직장 상사에다가 남자 친구에 이제는 엄마까지. 그렇잖아도 바쁜 사람이 일인삼역까지 하느라 고생이 참 많아 보였다.

"왜 갑자기 그렇게 예쁘게 웃는데?"

"좋아서요."

"뭐가?"

"당신이 질투하는 게."

"어디 제대로 된 질투를 보여 줘 봐?"

분명 이런 대사는 장난이어야 하는데 이 남자의 입에서 나오니 도무지 장난스럽게 들리지가 않는다. 뭐든 한다면 제대로 하는 남자였기에, 봄은 얼른 말을 돌렸다.

"아, 배고프다! 배 안 고파요?"

"어쭈. 말 돌리는 것도 이젠 제법이야."

"정말 배고파서 그래요. 당신은 괜찮아요? 아까 점심도 제대로 못 먹었잖아요."

토요일이었지만 언제나와 마찬가지로 특근이 있어서 점심은 회사에서 간단하게 도시락으로 해결을 했다. 그나마도 오늘따라 유독 외근이 많았던 탓에 두 사람은 제대로 먹지도 못했었다.

"그러고 보니 배가 고픈 것도 같고."

"둔하시네요."

장난스러운 핀잔에 그가 픽, 옅게 웃으며 조수석의 문을 열어 주었다. 봄은 차에 올라탔고, 그녀의 다리가 가지런히 놓이는 것을 확인한 다음 남자는 문을 닫아 주었다. 이 모든 것이 마치 물 흐르듯 자연스러웠다.

불과 세 달 전만 해도 처음으로 그가 조수석의 문을 열어 주는 모습에 얼마나 당황을 했던지. 정말 그가 열어 준 문으로 차에 타도 될지 말아야 할지, 짧은 새에 엄청난 고민을 했었는데 말이다.

"뭐 먹을까?"

"음……."

"한정식집 어때? 저번 주에 가려다가 못 갔던 곳."

"거기 말구요."

"왜? 그 집이 그때 하필 휴무라 아쉬워했었잖아."

박 실장이 부인과 다녀왔는데 정말 괜찮았다며 직접 찍은 사진까지 보여 주고서 자랑을 해 대는 통에 꼭 한번 그 가게에 가서 먹어 보고 싶었다. 그런데 가는 날이 장날이라고. 하필이면 두 사람이 찾은 날 떡하니 휴무라는 푯말이 달려 있어 꽤나 아쉽긴 했었다.

다음에 먹으러 오자. 실망한 봄을 달래듯 남자는 그렇게 말했었다. 그날 일을, 그리고 그 말을 정확하게 기억하고 있었던 모양이다. 작은 것도 잊지 않고 배려해 주는 남자가 고마웠지만 봄은 살짝 웃으며 거절했다.

"매번 제가 먹고 싶은 것만 먹었잖아요. 그러니까 오늘은 정한 씨가 먹고 싶은 거 먹어요."

"내가 먹고 싶은 거?"

"갈비찜 어때요?"

"갈비찜?"

"네. 달달한 거."

봄의 대답에 그는 의아해하면서도 고개를 끄덕였다. 그래, 내가 갈비찜을 좋아하기는 하지. 라며.

"어디 잘하는 곳 있어?"

"잘하는 곳은 아닌데, 주방장이 열과 성을 다해 음식을 만드는 곳은 알아요."

"어디로 가면 돼?"

그가 내비게이션을 켰다.

"집으로 가요."

"집으로?"

주소를 찍어 넣으려던 그가 놀란 토끼 눈이 되어 그녀를 돌아보았다.

봄은 그런 남자를 향해 방긋 웃으며 말했다.

"방금 말한 주방장이 바로 저거든요."

✴✳✴

파리가 앉으면 당장에 미끄러질 것 같을 정도로 반짝이는 식탁 앞에 자리를 잡은 정한은 턱을 괸 채, 자신의 주방에서 이리저리 움직이는 여자의 뒷모습을 물끄러미 바라보았다. 너무도 낯선 광경이라 저가 지금 눈을 뜨고 꿈을 꾸나 싶을 정도였다.

그녀가 가자던 집이 자신의 집이었을 줄이야. 안 믿겨서 몇 번이나 더 되물었는지 모르겠다. 정말로 우리 집? 당신 집도 아니고 정말 우리 집?

"오늘 동생 친구들이 집에 놀러 오기로 해서 우리 집은 좀 곤란해요. 그러니까 당신 집으로 가요."

한영원. 이 기특한 녀석 같으니라고. 누나 몰래 용돈을 꼬박꼬박 쥐여 줬던 효과를 이제야 보는 모양이다.

그렇게 그녀를 태우고 목적지를 자신의 집으로 향해 달리면서도 그는 좀처럼 실감이 나질 않았다. 정말 이 길이 맞는 건지 몇 번이나 확인했다.

지금까지 그녀의 집에서 데이트를 한 적은 종종 있었지만, 그녀가 자신의 집에 온 것은 이번이 처음이었다. 라면 먹고 갈래? 했던 장난을 깔끔하게 거절당한 이후로 너무 속보이는 것 같아 권하지도 못했었다. 그런데 그녀의 입에서 먼저 우리 집으로 가잔 말을 듣게 되다니.

물론 그녀는 순수하게 저가 좋아하는 갈비찜을 해 주기 위해 왔겠지만. 그런 그녀의 뒷모습을 보며 자꾸만 하면 안 될 시커먼 생각들을 저도 모르게 하게 되는 건 어쩔 도리가 없었다.

"그렇게 계속 보고 있을 거예요?"

그녀가 휙 몸을 틀어 그를 돌아보았다. 꿈은 아닌 모양이었다.

"가서 TV라도 보고 있으라니까."

"재밌는 거 안 해."

"틀어 보지도 않고 어떻게 알아요?"

제 얼굴만 한 국자를 든 채 구시렁거리는 그녀의 모습에 정한의 입가가 느슨하게 풀렸다.

"맛있는 냄새가 나는군."

"거짓말 말아요. 아직 고기 삶고 있어서 비린내밖에 안 나는데 무슨 맛있는 냄새가 난다고."

"원래 내가 고기 냄새를 유별나게 좋아해."

전혀 우습지 않은 농담에도 그녀는 피식, 예쁘게 웃었다. 비록 황당하다는 웃음이었겠지만.

"배고프죠? 과일이라도 먼저 먹고 있을래요?"

"괜찮아."

"고기 먼저 익히고 양념 넣어서 또 한 번 더 익혀야 해요. 음식 완성되려면 시간이 제법 걸릴 거예요."

괜찮다는 말에도 여자는 그럼 주스라도 먹어요. 하며 유리잔에 가득 오렌지주스를 따르고는 그를 향해 건넸다. 오렌지주스는 딱히 제 취향이 아니었지만 그는 선뜻 받아 들어 한 모금을 마셨다.

"갈비찜이 시간 많이 걸린다는 걸 깜빡했어요. 미안해요."

"주방장이 열과 성을 다해 음식을 해 준다는데. 그 정도야 얼마든지 기다릴 수 있어."

진심이었다. 이제는 배가 고픈지조차 모를 지경이었다. 이렇게 그녀가 제 주방에 있는 모습을 볼 수만 있다면, 앞으로 한 시간이 아니라 열 시간을 더 기다려야 한대도 괜찮을 것 같았다.

"너무 기대는 하지 마요. 맛은 장담 못 하니까."

하지만 그는 그녀가 지나친 겸손을 떨고 있다고 생각했다.

비록 그녀가 해 준 갈비찜은 아직 먹어 보지 못했지만, 그녀의 집에 갔을 때 저녁을 몇 번 대접받은 적이 있었다. 물론 영원이 녀석과 함께. 그리고 며칠 전 아버님의 퇴원 날에도 그랬고.

매번 먹을 때마다 느낀 거지만 그녀의 음식 솜씨는 좋은 편이었다. 제법 까다로운 그의 입맛에도 딱 맞을 정도로.

"아버님 앞에서는 어머님보다 당신이 요리를 더 잘한다고 우기더니."

"그거야 그냥 해 본 소리였죠."

쑥스럽다는 듯 작게 웃어 보인 그녀는 다시금 몸을 틀어 싱크대 위에 올려 두었던 커다란 봉지를 뒤적거리기 시작했다. 그 안에서는 여러 가지 식재료들이 나왔다. 갈비찜에 사용할 야채들을 비롯해 간장이나 소금 같은 기본적인 조미료들까지도. 주방에 정말 아무것도 없다는 말에 집에 오기 전 들른 마트에서 장을 봐 온 것들이었다.

그녀는 가장 먼저 간장 통을 감싸고 있던 비닐을 벗겨 냈다. 그리고 다음으로는 설탕 봉지의 귀퉁이를 잘라 작은 통에 옮겨 담기 시작했다.

"도와줄까?"

"아니에요. 왠지 도와주는 게 아니라 일을 더 만들 것 같아서 싫어요."

"설마."

"설마가 아니라 정말로."

그녀는 단호하게 대답했다.

"아무리 그래도 사람 사는 집인데 주방이 이 정도로 텅텅 비어 있을 줄이야. 사실 장 보면서도 설마 했는데……. 정말 궁금해서 묻는 건데 평소엔 뭐 먹고 살아요?"

"집에선 안 먹어. 나가서 사 먹지."

"집안일 도와주는 아주머니 계시잖아요. 일주일에 한 번은 오시는 걸로 아는데."

"청소만."

"청소만요?"

그녀는 혀를 쯧 찼다.

"다음에 올 땐 밑반찬이라도 몇 개 만들어 와야겠어요. 밖에서 먹는 음식 안 좋으니까 귀찮더라도 집에서 밥 먹는 습관을 들여요. 매일은 못 그러더라도 일주일에 두 번 정도라도."

왜일까. 워낙 독립적인 성격이라 누군가 제 일에 참견하는 건 누구보다 싫어했는데, 이상하게도 조잘거리는 저 잔소리는 싫지 않다. 입가를 한껏 끌어 올린 채 그녀를 바라보던 정한은 그녀가 참기름 병뚜껑을 따지 못하고 끙끙거리는 모습에 자리에서 벌떡 일어났다.

"도와줄까?"

"괜찮아요."

그녀가 고개를 내젓던 그 순간이었다.

툭—

일어나면서 잘못 건드린 건지 식탁 위에 놓여 있던 컵이 그를 향해 쓰러졌다. 그와 동시에 그의 셔츠가 노랗게 물들었다.

"거봐요. 일 더 만들 것 같다고 했잖아요."

씨름하던 참기름 병을 내려놓고 행주를 가져오며 그녀가 한숨을 내쉬었다.

"실수였어."

"그러시겠죠."

"미안해."

쪼그려 앉아 바닥에 쏟아진 주스를 닦는 여자의 모습에 그가 얼른 허리를 숙이며 행주를 뺏어 들려고 하자, 그녀가 저지했다.

"됐어요. 씻고나 와요. 찜찜할 텐데."

마치 말썽 피우는 아들을 달래는 것 같은 그녀의 말에, 정한은 한숨과 함께 다시금 작게 중얼거렸다. 미안해. 라고.

샤워를 간단히 끝낸 다음 홈웨어로 옷을 갈아입고 방을 나섰다. 문을 여는 순간 아까와는 확연히 다른 음식 냄새가 그의 후각을 자극했다. 고기 비린내가 아니라 갈비찜의 달달한 양념 냄새였다.

"다 됐어?"

이제 막 가스 불을 줄이던 그녀가 대답했다.

"이제 졸이기만 하면 돼요."

"얼마나?"

"한 15분쯤 더?"

"이번엔 진짜 맛있는 냄새가 나는군."

기분 좋게 아까 앉아 있던 자리로 향하던 그는 원래 있던 컵 대신 식탁 위에 놓여 있는 상자를 보고 고개를 갸웃했다. 예쁘게 포장되어 있는 납작한 상자는 분명 아까는 보지 못했던 물건이었다.

"이게 뭐야?"

"당신 선물이요."

"내 선물?"

"며칠 전이 월급날이었잖아요."

그제야 정한은 언젠가 했던 대화를 떠올렸다. 빨간 넥타이를 안 하는 대신 다른 넥타이를 선물해 달라고 했었다. 다음 월급 받으면요. 그때 그녀가 그렇게 대답했었던가.

그냥 장난으로 했던 말이었는데 기억하고 있었던 모양이었다. 아님 그 말이 정말 장난이 아니라 협박으로 들렸거나.

"넥타이야?"

"차분한 색으로 골랐어요. 이번에는."

빨간색도 잘 하고 다녔는데 색이 무슨 상관이겠는가. 그녀가 저를 위해 직접 골랐다는 게 중요하지.

정한은 망설임 없이 포장지를 북 찢었다. 짙은 네이비색에 옅게 은색 줄이 사선으로 그어져 있는 세련된 느낌의 넥타이였다. 평소 그의 취향에 딱 맞는.

"어때요. 디자인은 괜찮아요?"

"아주 마음에 들어."

"다행이네요."

안심하는 것 보니 고민을 꽤나 했던 모양이다. 수십 개의 넥타이 앞에서 저를 떠올리며 어울리는 것을 고르고 골랐을 그녀의 모습을 떠올리니, 광대가 절로 승천을 했다.

이래서 사람들이 선물을 받는 걸 좋아하는 모양이었다. 지금까지 수많은 사람들에게서 수많은 선물들을 받아 오면서도 전혀 이해를 하지 못했는데, 고작 그녀가 건넨 두 번의 선물로 그 이유를 알게 됐다.

"당신이 직접 해 주겠어?"

"지금요?"

깊게 파인 브이넥 티셔츠를 입고서 넥타이를 내밀고 있는 그를 바라보며 그녀가 무슨 소릴 하느냐는 듯 눈을 둥그렇게 떴다.

"괜찮아. 어떤 패션도 소화할 자신 있으니까."

"그 자신감은 참 좋은데요. 목이 졸려도 난 몰라요."

"설마. 남자 친구를 죽이기야 하겠어."

정한의 너스레에 그녀는 가볍게 웃었다. 그러고는 손에 묻은 물기를 옷자락에 대충 닦은 다음 그의 앞에 섰다.

비서인 그녀가 사장인 그의 넥타이를 매 주는 것은 자주 있던 일이었다. 특히나 중요한 자리를 가야 하는 날이면, 아무리 바쁘더라도 그녀는 꼭 그의 앞에 나타나 매무새를 고쳐 주곤 했다. 지금껏 그것은 그에게나 그녀에게나 아주 자연스러운 일이었다.

하지만 이상하게 지금은 그 느낌이 달랐다. 그녀는 어떨지 모르지만 자신만큼은 확실하게.

저가 입고 있는 옷이 평소처럼 셔츠가 아니라 브이넥 티셔츠라서 그런 걸까. 아니면 장소가 회사가 아니라 집이라서 그런 걸까. 그것도 아니면 저가 지금 막 샤워를 하고 나왔기 때문에?

그의 몸은 요즘 참으로 정직했다. 아니 정직하다 못해 아주 투명했다. 꿀꺽. 야릇한 상상을 함과 동시에 다부진 목울대가 크게 움직였다.

풋—

맨살에 넥타이를 두르던 그녀가 별안간 웃음을 터뜨렸다.

"왜?"

"그냥. 이 상황이 웃겨서요."

"당신은 이 상황이 웃겨? 난 완전 긴장했는데?"

"긴장은 왜……."

역시나 그녀는 넥타이 매 주는 것을 평소처럼 생각했던 모양이었다. 의미를 모르겠다는 듯 그녀가 고개를 갸웃하던 순간이었다. 그의 뜨거운 입김이 그녀의 머리카락에 닿았다.

"아……."

"이해가 됐어?"

"가깝네요. 많이."

그녀가 대답했다. 하지만 걸음을 뒤로 빼거나 하지는 않았다.

"이런 거 노리고 부탁한 거예요?"

"아니라곤 못 하지."

"나도요."

"뭐라고?"

"나도 이런 상황을 아예 생각 안 하고 넥타이를 선물한 건 아니라구요."

순간 그의 눈이 커졌다. 하지만 그녀는 그저 여전히 차분한 손놀림으로 그의 목에 넥타이를 예쁘게 걸어 주고 있을 뿐이었다.

"내가 지금 제대로 들은 게 맞아?"

"아마도요."

간단하게 대꾸한 그녀는 볼일을 다 봤다는 듯 그에게서 한 걸음 물러났다. 자, 다 됐어요. 라며.

"그게 무슨 뜻이야?"

"말 그대로 다 됐다는 말인데요?"

"아니. 그 전에."

"아, 그거요?"

가슴에 불을 지펴 놓고 능청을 떨고 있다니. 이 여자가 이렇게 여우 과였던가.

"그래. 그거. 내가 생각하는 그거, 맞아?"

참을성이 바닥 난 그가 한 걸음 그녀의 앞으로 다가가며 대답을 재촉했다.

"당신이 생각하는 그거……. 아마 맞을걸요."

그녀가 한 걸음 뒤로 물러나며 대답했다.

"내가 뭘 생각하는 줄 알고?"

다시 그가 한 걸음.

"넥타이 선물의 뜻이요."

이번엔 그녀가 한 걸음.

"넥타이 선물의 뜻이 뭔데?"

또다시 그가 한 걸음 성큼 다가섰다.

이제 그녀에겐 더는 뒤로 물러날 길이 없었다. 그녀의 등은 어느새 냉장고에 딱 붙어 버렸다.

"내 입으로…… 얘기해야 해요?"

냉장고에 등을 똑바로 기댄 그녀가 고개를 비스듬히 들어 올려 그를 바라보았다. 고작 그 모습이 어찌나 섹시해 보이는지. 이번에도 그의 몸은 아주 빠르게 반응을 했다.

"당신 입으로 듣고 싶어."

"부끄러운데……."

"거짓말."

"티 안 나요? 나 지금 엄청 떨고 있는 거……."

먼저 도발을 한 주제에 이제 와서 무슨 소린가 했다. 하지만 그녀의 숨결이 닿는 순간, 그는 알 수 있었다. 그녀는 정말 떨고 있었다. 천연덕스러운 얼굴로 바들바들.

하. 환장하겠네, 진짜.

그는 제 목울대를 거슬러 올라 흘러나오려는 신음을 애써 삼키며 눈썹을 찌푸렸다.

이 여자가 욕망을 건드는 모습은 참 가지가지였다. 갑작스러운 도발로 저를 건들더니, 이번에는 청순가련한 모습으로 또 한 번 저를 건들고 있었다. 정말 더 이상은 참을 수 없을 정도로.

결국 이번에도 백기를 들 사람은, 자신이었다.

"한봄. 나, 당신을 갖고 싶어."

그가 고개를 살짝 숙여 그녀의 귓가에 대고 속삭였다. 빙 에둘러 말할 여유도 없었다. 그는 솔직한 제 심정을 날것 그대로 뱉어 냈다.

"아주 미칠 듯이."

대답은 금방 날아왔다.

"나도요."

이미 참을성은 바닥에 닿다 못해 땅을 파고 있었으니, 그의 행동에 더 이상의 망설임은 없었다. 그는 그녀의 가녀린 목을 꽈악 끌어안고 그녀의 입술에 제 입술을 거칠게 부딪쳤다.

입술끼리 인사를 할 틈도 없었다. 누가 먼저랄 것도 없이 동시에 마중 나온 혀가 서로의 혀를 옭아매기 시작했다. 여느 때보다 뜨겁고 짙은 타액이 빠르게 섞여 들었다. 단번에 아랫도리로 온몸의 열기가 확 쏠렸다. 제 속에서 들끓는 열기 때문에 머리가 다 어지러울 지경이었다.

그녀의 이마에 제 이마를 지그시 누르며 입술을 살짝 뗐다.

"어떡하지. 나 이제 못 멈출 것 같은데……."

뜨거운 숨이 토해져 나오기가 무섭게 그녀가 양팔로 그의 허리를 감으며 다시금 입을 맞춰 왔다. 그것은 분명, 입으로 내뱉었던 대답보다 더 노골적인 대답이었다.

그리고 그와 동시에 실 한 가닥만큼이나 얇게 유지되던 그의 이성은 뚝 끊어졌다.

✻※✻

최근 남자의 행동이 눈에 띄게 이상하다는 걸 봄은 이미 눈치채고 있었다. 그리고 그 이유가 대체 무엇인지까지도.

그와 자신은 건강한 성인 남녀였고, 그도 그렇겠지만 자신 역시도 이 나이를 먹도록 경험 한 번 없지는 않았다. 연애라는 건 정신적인 교감도 중요하지만 육체적인 교감도 중요하다는 걸 모르는 순진무구한 여성상도 아니었다.

그와 감정이 깊어질수록, 그가 점점 더 좋아질수록 그녀 역시 그가 갖고 싶었다.

지금보다 조금 더. 조금만 더…….

감히 장담하지만 그와 같은 마음이었으리라. 하지만 남자는 그런 저에 대해서 아무것도 모르는 모양이었다.

솔직히 얼마 못 가서 터지겠거니 생각했다. 자신이 알고 있는 그는 그리 참을성이 있는 남자가 아니었으므로. 하지만 그는 참는 게 힘들어 죽겠다는 모습이 뻔히 보이는데도 꾹꾹 참았다. 이제는 그런 모습을 보고도 못 본 척하는 것이 안쓰럽다 못해 죄책감이 들 지경이었다.

그래서 남자가 말라 죽어 버리기 전에, 사람 살리는 셈 치고 저가 먼저 도발을 하기로 작정을 했다. 말은 쉽지만 분명 꽤 많은 고민 끝에 겨우 내린 결정이었다.

오늘 그녀의 계획 아닌 계획은 성공적이었다. 생각보다 도발이라는 게 어렵진 않았다. 그가 넘어오는 것도 성공했다. 거기까지는 아주 완벽한 듯 보였다.

하지만 막상 이렇게 실오라기 하나 걸치지 않은 태초의 모습으로 그와 침대 위에서 마주하고 있자니, 가상했던 용기는 어디로 다 숨어 버리고 부끄러움만 남은 듯했다.

"너무…… 빤히 쳐다보는 거 아니에요?"

제 몸속 장기 하나하나까지 들여다볼 듯 강렬한 그의 시선을 견디다 못해 봄은 결국 이불자락을 가슴께로 끌어당겼다.

"보이는 게 부끄러워?"

"그걸 말이라고…….”

하지만 남자는 지금까지 망설였던 모습들과는 달리 전혀 틈을 주지 않았다. 그의 손이 거칠게 이불을 확 걷어 내 버렸다.

"그럼 당신도 봐. 나도 부끄럽고 당신도 부끄럽고. 자, 이제 쌤쌤이지?"

대체 이게 뭐가 쌤쌤이라는 건지. 그는 자신의 적당한 근육이 탄탄하게 자리한 몸을 그녀에게 보이는 것을 전혀 부끄러워하는 것처럼 보이지 않았다. 빤한 시선에 그녀의 손가락과 발가락만 오그라들 뿐이었다.

"보고 싶었거든."

한쪽 입꼬리를 말아 올리며 그리 말한 남자가 천천히 몸을 숙여 그녀의 하얀 목덜미에 입술을 지그시 찍어 눌렀다. 단지 목에 남자의 입술이 닿았을 뿐인데 온몸이 전율했다.

"만지고 싶었고."

그의 입술이 부드럽게 그녀의 살결을 쓸어내렸다. 그는 조심스럽게 그녀의 몸 구석구석을 애무하기 시작했다. 마치 깨지기 쉬운 것을 다루기라도 하는 듯 조심스러운 손길이었다. 그가 자신을 배려하고 있다는 것이, 사랑받고 있다는 것이, 고스란히 그녀에게로 전해졌다.

끈질긴 그의 애무에 그녀의 몸도 달아오르기 시작했다. 그의 부드러운 손길에 그녀는 저도 모르게 간간이 가는 신음을 뱉어 내기도 했다.

그렇게 얼마나 시간이 지났을까. 정신이 몽롱해지면서 온몸이 간질거리다 못해 발끝에 힘이 절로 들어갈 무렵이었다. 그가 행동을 뚝 멈추고 그녀를 내려다보았다.

"미안해. 더는 못 참을 것 같아."

그의 입술을 비집고 꽉 잠긴 목소리가 흘러나왔다. 짙게 일렁이는 눈빛은 그녀에게 허락을 구하고 있었다. 들끓는 그의 열기가 여기까지 전해지는데도 이 상황에서 예의 바르게 제 허락을 구하는 남자의 모습은, 왠지 모르게 섹시해 보였다. 참기 힘들다는 듯 살짝 일그러진 표정까지도.

이 순간, 그녀의 몸과 마음이 동시에 그에게 동했다. 더 이상 머뭇거릴 필요는 없었다. 봄은 손을 뻗어 그의 목을 조심스럽게 끌어당겼다. 허락의 뜻이었다.

그녀의 대답을 끝으로 그는 자신의 것을 천천히 밀어 넣기 시작했다. 웃, 그의 입에서도 낮은 신음이 흘러나왔다. 삽시간에 그녀의 안은 뜨거운 그의 열기로 가득 찼다.

그가 조심스럽게 허리를 움직였다. 그와 동시에 그녀의 입에서 마른 비명과도 같은 신음이 터져 나왔다.

"하앗!"

시작도 전에 내뱉은 그의 사과는 빈말이 아니었던 모양이었다. 제 것을 완전히 밀어 넣은 남자는 조금 전 그녀의 몸이 완전히 준비가 될 때까지 참을성 있게 애무를 계속했던 것과는 달리 거칠게 움직이기 시작했다.

그가 허리를 움직일 때마다 통증과 쾌락을 번갈아 가며 그녀에게 안겨 주었다. 그의 것이 뜨거운지 제 안이 뜨거운지 분간이 안 될 정도로 지독한 열기가 온몸에 피어오르기 시작했다.

하윽. 하앗. 학.

살과 살이 부딪치는 마찰음과 거친 숨소리만이 뜨거운 열기가 가득한 방 안에 낮게 깔렸다.

남자의 움직임이 절정을 향해 달리던 때였다. 별안간 그녀를 내려다보던 남자의 움직임이 뚝 멈췄다. 갑작스러운 행동에 의아한 마음이 든 그녀가 무슨 문제가 있냐고 물으려던 찰나, 그녀의 허벅지를 붙들고 있던 그의 한쪽 손이 그녀의 뺨에 닿더니 슥, 뭔가를 훔쳐 냈다. 눈물이었다.

"아팠어?"

걱정스럽다는 듯 남자의 얼굴이 일그러졌다.

"응? 아파서 우는 거야?"

"아뇨."

"그럼 왜."

"……"

"……그만할까?"

봄은 고개를 내저었다. 걱정스러운 얼굴로 저를 내려다보고 있는 남자에게 그런 거 아니라고. 오해하지 말라고. 얘기를 해야 하는데 목구멍이 뜨거워서 말이 쉬이 나오질 않는다.

"그럼 왜 그래? 응? 갑자기 왜 우는 건데?"

겁먹은 어린아이처럼 눈이 동그래진 남자가 다그쳤다.

봄은 천천히 손을 뻗어 땀에 절은 그의 머리카락을 손끝으로 가볍게 쓸어 넘겼다. 그러고는 여전히 눈꼬리를 타고 흘러내려 베개를 적시는 눈물을 멈추지 못한 채 옅은 미소를 지어 보였다.

"……불안해서요."

"불안해? 뭐가."

"너무…… 행복해서요."

그는 도저히 이해가 안 된다는 얼굴로 하염없이 흐르는 그녀의 눈물을 닦아 주었다.

"이상한 거 아는데…… 말이 안 되는 거 아는데…… 너무 행복해서 불안해요…… 그냥…… 문득 그랬어요……."

알고 있었다. 자신도 지금 이런 제 감정이 너무도 모순된 것이라는 것을. 그리고 남자는 절대로 이런 제 감정을 이해할 수 없으리라는 것도.

하지만 진심이었다. 뜨거운 눈물이 저도 모르게 왈칵 솟을 만큼. 목구멍으로 뜨거운 감정이 왈칵 치밀 만큼. 그녀는 지금 너무 행복했고, 또 너무 불안했다.

내가 누리는 이 행복이 내 것이 아닌 것 같아서…….

결국 이 행복을 내놓아야 하는 날이 올까 봐…….

그런 날이 온다면, 분명 지금 행복한 만큼 몇 배로 더 아플 테니까………

사실 그와 연애를 시작한 뒤로 불안감은 마치 사랑과 행복이라는 감정의 단짝이라도 되는 것처럼 그녀의 가슴 귀퉁이에 허락도 없이 똬리를 틀었다. 그것은 그에 대한 마음이 깊어질수록, 그래서 하루하루 더 행복해질수록 불안감 역시 점점 자라나기 시작했다. 그리고 어느덧 그녀의 마음 전체를 잠식해 버렸다.

봄은 두 눈을 지그시 감고서 차분하게 감정을 추슬렀다. 입을 꾹 다물고서 침을 삼키며, 그와 함께 울음을 삼켰다.

눈물이 서서히 멎어 가는 게 스스로도 느껴지는 순간이었다. 별안간 감은 눈꺼풀 위로 남자의 보드라운 입술이 살포시 닿았다가 떨어졌다.

"사랑해."

그가 말했다.

"한봄. 널 정말 많이 사랑해."

세상에서 가장 따뜻한 목소리로. 마치 아무 걱정 말라는 듯. 그녀의 아린 마음을 위로해 주듯이.

왈칵. 애써 진정시키던 감정이 다시금 용솟음쳤다. 잦아들던 눈물이 또다시 하염없이 흘러내린다.

"불안해할 거 없어."

눈꼬리를 타고 흐르는 눈물을 닦아 주는 그의 손길은 소중한 것을 대하는 것처럼 조심스럽고 또 부드럽기만 했다. 그녀의 마음을 쓰다듬어 주는 그의 목소리까지도.

"아마 당신 행복은 영원할 거야. 내가 그렇게 만들 테니까."

그의 말은 꼭 주문 같았다. 밑도 끝도 없이 그녀의 가슴 한편을 잠식하고 있던 불안한 마음이 그의 한마디에 말끔히 사라진 듯했다. 이제야 비로소 진정 제 눈앞에 있는 행복이 제 것이라는 것이 실감이 났다. 그리고 어쩌면 정말 이대로 그의 옆에서 영원토록 행복할 수 있을지도 모르겠다는 생각이 들었다.

봄은 감은 눈을 힘겹게 떴다. 사랑한다 말하는 남자의 얼굴을 보고 싶었다. 어떤 얼굴로 나를 보고 있을지, 저를 향한 감정이 고스란히 드러나 있는 그의 민얼굴을 두 눈으로 확인하고 싶었다. 하지만 눈앞을 가리는 눈물 때문에 그의 얼굴을 제대로 볼 수가 없었다.

조심스럽게 두 팔을 뻗어 그의 어깨를 끌어당겼다. 그의 탄탄한 가슴과 그녀의 부드러운 가슴이 부드럽게 맞닿았다.

"사랑……해요."

꽉 막힌 목구멍을 비집고 가녀린 목소리가 새어 나왔다.

입 밖으로 꺼내면 흩어져 버릴까 싶어 속으로만 삼켰던 고백이었다. 뱉어 놓고 나면 돌이킬 수 없을까 봐 끝내 제 속에서만 삼키려 했던 고백이었다. 네 주제도 모르고 감히 누굴 넘보는 거냐고 비웃음을 살까 싶어 남자가 듣고 싶어 하는 걸 알면서도 선뜻 용기 내지 못했던 고백이었다.

그런데 이제 와서 그게 다 무슨 소용인가 싶었다. 더 이상 무슨 말이 필요할까.

내가 지금 당신에게 이렇게 사랑받고 있는데.

내가 지금 당신을 이렇게 사랑하고 있는데.

"나도……."

울음 섞인 목소리로 그녀가 다시 한 번 말했다.

"……당신을 사랑해요."

✲❀✲

역시 욕구 불만을 운동으로 해결하는 방법은 차선책일 뿐, 완벽한 방법은 아니었던 모양이었다. 그간 피트니스클럽에 쏟아부은 시간이 얼만데 아무런 도움이 되지 못한 듯했다. 여태까지 어떻게 참았나 싶을 정도로 오늘 침대 위에서 그는 가녀린 여자를 몇 번이나 제 욕심껏 탐닉했다.

결국 지친 그녀가 더 이상은 안 되겠어요, 하고 백기를 들었다. 힘주어 제 어깨를 붙들던 가녀린 팔목이 힘없이 침대 아래로 툭 떨어졌을 때서야 그는 너무 제 생각만 했었음을 깨달았다. 결국 그는 몇 번이나 그녀를 탐했음에도 불구하고 밀려드는 아쉬운 마음을 달 랠 수밖에 없었다.

"밥을 먹어야 하는데……."

말은 그렇게 하면서도 그녀는 손가락 하나 까딱하지 못했다.

"난 배 별로 안 고픈데."

"거짓말. 그렇게 운동을 했으면서요?"

"이 정도는 거뜬해."

"완전 돌쇠네. 돌쇠."

"그거 나쁘지 않네. 마님이라고 불러 줄까?"

"됐거든요."

그녀는 빠르게 고개를 내저었다.

"누가 봐도 방금은 정말 농담이잖아요."

"그랬어?"

"당연하죠. 돌쇠라니. 당신이랑 하나도 안 어울려."

정한은 피식, 웃는 그녀의 둥근 어깨를 단단한 팔로 부드럽게 감 싸 안았다. 작은 몸집이 그의 품 안으로 쏙 들어왔다. 마치 그의 품 에 맞춘 것처럼 딱 알맞은 크기였다.

"조금만."

정한은 달콤한 그녀의 향기를 맡으며 눈꺼풀을 천천히 내리깔았 다.

"우리 조금만 더 이렇게 누워 있자."

"이렇게 있으면 잠들 것 같은데……."

나른한 그녀의 목소리가 듣기 좋다. 그의 입가가 슬며시 올라갔 다.

"자면 되지."

"외박은 절대 안 돼요."

"이 여자 또 앞서가네. 한두 시간만 자란 얘기였어. 아예 푹 자란 얘기가 아니라."

"아, 그런 거였어요?"

"아니."

앞뒤 문맥과 전혀 맞지 않게 툭 뱉어진 대답에 어이가 없다는 듯 그녀가 투덜거렸다.

"그게 뭐예요. 대체."

"이상과 현실 사이의 괴리라고 치자."

이대로 당신을 잡아 두고 싶은 내 이상과 그럴 수 없는 현실 사이의 괴리.

가슴속에서 끝도 없이 피어오르는 욕심을 애써 억누르며, 그는 나른하게 중얼거렸다.

"아, 이렇게 시간이 멈췄으면 좋겠다."

제 맨살에 닿는 그녀의 보드라운 피부의 느낌이 좋았다. 자연스럽게 전해지는 그녀의 따뜻한 체온도, 스칠 때마다 풍겨 오는 그녀의 살냄새도, 모든 것이 좋았다.

말 그대로 이대로 시간이 멈췄으면 좋겠다 싶을 정도로 아주 만족스러운 순간이었다.

이래서 다들 결혼을 하는 구나. 그는 진지하게 생각했다.

그녀와 이렇게 매일 함께 있을 수 있다면 당장이라도 하고 싶다고, 그 결혼.

"……나는요."

문득 그녀가 나른한 목소리로 운을 뗐다.

"사실은 내 이름이 정말 싫었어요."

"당신 이름이 왜?"

감았던 눈이 절로 떠졌다.

"한봄. 예쁜 이름이잖아."

"그래서요. 예쁜 이름이라서…… 그래서 싫었어요. 나랑은 너무 안 어울리는 이름 같아서."

그녀의 목소리가 살포시 젖어 들었다.

"내 삶은 계속 찬바람 부는 겨울이었는데 사람들에게 봄아. 하고 불릴 때마다 괜히 민망하고 낯 뜨거웠어요. 차라리 내 이름이 겨울이면 어땠을까. 한겨울이었다면 정말 잘 어울리는 이름이었을 텐데. 하고……."

그는 잠자코 그녀의 얘기를 경청했다.

"근데요…… 정말 신기한 게 당신이 한 비서. 말고 우리 봄이. 하고 내 이름을 처음 불러 줬을 때요."

"회장님 댁에서?"

"네. 그때요. 비록 당신의 부름은 연기였지만, 그래도 그 순간은 정말 내 이름이 마음에 들었어요. 우리 겨울이. 보다는 우리 봄이. 인 편이 훨씬 더 다정하게 들릴 테니까……. 웃기죠?"

"아니. 전혀."

단호한 그의 대답에 후훗. 그녀가 작게 웃었다.

"고마워요."

"뭐가?"

"당신 덕분에 정말 오랜만에 봄을 느꼈어요. 생각해 보면 지금까지 내 계절에 봄은 없었던 것 같아요. 긴 겨울 끝엔 늘 봄이란 계절은 건너뛰고 여름이 서 있었거든요. 그도 그럴 게 워낙 짧으니까. 봄은……."

"그건 나도 마찬가지야."

그가 진심으로 말했다.

언젠가부터 미묘한 계절의 변화를 느낄 새도 없이 늘 바쁜 삶을 살았다. 그렇게 잊고 살았다. 끝이 없을 것 같던 메마른 겨울이 가고 나면 언젠가는 따뜻한 봄이 온다는 사실을.

"이번 봄은…… 아마 내 평생 두고두고 특별한 계절로 기억될 거예요. 가장 따뜻하고 가장 찬란했던 봄날로."

가장 따뜻하고 또 가장 찬란했던 봄날.

이번에도 그 역시 그녀와 같은 마음이었다. 어쩜 이렇게 토씨 하나 다르지 않고 저의 속마음과 똑같은 말을 내뱉는 걸까.

정한은 몸을 모로 틀어 곧게 누워 있는 그녀의 얼굴을 내려다보았다. 그의 기다란 검지가 그녀의 동그란 이마와 오뚝한 콧날 그리고 입술을 부드럽게 쓸어내려 갔다. 간지러운지 그녀의 몸이 움찔거렸다.

"이번 봄보다는 내년 봄이 더. 그리고 내년 봄보다는 또 그 다음 해의 봄이 더. 항상 더 따뜻하고 찬란할 수 있도록. 그래서 앞으로 당신이 마주하게 될 모든 봄날이 특별하게 기억될 수 있도록 해 줄게."

"정말 약속할 수 있어요?"

"못 믿겠어? 새끼손가락이라도 걸까?"

그의 장난스러운 물음에 그녀가 또다시 작게 웃었다. 정말 듣기 좋은 웃음소리였다. 평생 계속해서 듣고 싶을 정도로.

그녀의 웃음을 따라 그의 입가에도 웃음이 걸렸다.

"당신이 이렇게 잘 웃고 잘 우는 여자인지 몰랐네."

"나야말로. 당신이 이렇게까지 다정다감한 남자인지 몰랐어요."

"나는 당신을 만나고 변한 거야. 그러니까 책임져."

"좋게 변하게 했으니까 나한테 고맙다고 해야 하는 거 아닌가……."

"그래도 책임져. 무조건 책임져."

"이렇게 초딩스러운 성격인지도 몰랐는데……."

픽, 웃으며 가볍게 대꾸하는 그녀의 목소리에 졸음이 가득 실려 있는 것 같다.

"졸려?"

"네. 조금요……."

"눈 좀 붙여."

"당신은요?"

"나는 쌩쌩하다니까."

허세 가득한 목소리에 그녀의 눈꺼풀이 스륵 감겼다.

"음…… 그럼 한 시간 뒤에 깨워 줄 수 있어요?"

"무슨 일이 있어도 외박은 절대 안 된다 이거지?"

"울 아빠 눈 밖에 나고 싶은 건 아니죠?"

"그럴 리가. 알겠어. 한 시간 뒤에 깨워 줄게."

"꼭이요…… 꼭……."

알겠다는 말에도 마음이 놓이질 않는지 꼭이라는 말을 연거푸 강조하듯 읊조리던 그녀는, 금세 잠이 들었다. 정말 많이 피곤했던 모양이다. 조금만 자제를 할 걸 그랬나. 까무룩 잠든 그녀를 보며 전혀 마음에도 없는 생각을 하는 사이 새근새근. 고른 숨소리가 그의 귓가를 부드럽게 파고든다.

정한은 그녀가 잠들고도 한참 동안이나 처음과 같은 자세로 곱게 눈을 감고 잠든 그녀의 말간 얼굴을 빤히 내려다보았다.

어쩜 자는 얼굴도 이렇게 예쁜지. 어떻게 이럴 수가 있지. 그는 또다시 진심으로 감탄했다. 이 여자는 정말이지 단 한순간도 안 예쁜 순간이 없는 것 같다.

"……한봄."

앞으로 흘러내린 머리카락을 부드럽게 귀 뒤로 넘겨 주며, 그가 작게 속삭였다.

"당신이랑 잘 어울리는 이름이야. 아주 잘 어울려."

사실은 아까부터 그녀에게 이 얘기를 해 주고 싶었다. 당신은 세상에서 누구보다 봄이라는 계절과 잘 어울리는 여자라고. 지금까지 그랬고 앞으로도 그럴 거라고. 그러니 더는 당신의 이름 때문에 쓸쓸해지지 말라고.

그의 목소리에 반응한 것일까. 으음, 작은 신음과 함께 그녀가 뒤척이는가 싶더니 조금 더 그의 품으로 파고들었다. 마치 어미 품을 찾는 갓난아기처럼.

심장을 간질거리는, 미치도록 생경한 그 느낌에 그의 입꼬리가 더 이상 오를 수 없을 정도로 한껏 상승했다.

행복.

아주 오랫동안 잊고 있었던 감정이 그의 가슴으로 벅차게 차올랐다.

어느 순간 정신을 차려 보니 꽁꽁 얼어붙었던 그의 계절에도 어느덧 얼음 귀퉁이가 녹아 물이 뚝뚝 떨어지는, 따뜻한 봄이 성큼 다가와 있었다. 이제 와 생각해 보니 그녀가 손을 잡아 준 그날부터, 자신의 계절은 이미 누구보다 빠르게 이른 봄이었던 것 같다.

14
뜨거운 여름

　기나긴 겨울이 가고 왔던 봄날은 찰나처럼 스쳐 지나가고, 어느덧 무더위가 기승을 부리는 여름이 시작됐다.

　이미 저녁 7시를 훌쩍 넘긴 시간이었지만 여전히 하늘은 밝았다. 더위 역시 낮보다야 그 기세가 한층 누그러지긴 했지만 여전히 공기가 후덥지근하긴 마찬가지였다. 차 안에 에어컨을 빵빵하게 틀어 놨지만 상쾌한 기분이라고는 전혀 느낄 수 없는 찜통더위. 게다가 퇴근 시간이라 차가 꽉꽉 막히는 도로에 갇힌 느낌에 승호는 한숨을 흘렸다.

　문득 그런 생각이 들었다. 불도저로 앞 차들을 다 밀어 버릴 수만 있다면 얼마나 좋을까, 하는 상상.

　누군가에게는 여성스러운 성격이라는 오해를 살 정도로 얌전한 성향의 승호였지만 요즘은 종종 울컥해서 스스로도 헉. 내가 이런 생각을 하다니! 하고 놀랄 정도로 무서운 생각을 하곤 했다.

때마침 틀어 놓은 라디오에서는 예년보다 한층 더 강력한 더위가 기승을 부려 국민들의 짜증 지수가 높아지고 있다는 소식이 흘러나오고 있었다.

타이밍 한번 멋지네. 승호는 속으로 깊게 동감하며 고개를 끄덕였다.

"김 기사."

이동하는 차 안에서도 시간을 절약하기 위해 서류를 확인하고 있던 사장이 문득 서류에서 시선을 떼고 앞을 바라보았다.

"네, 사장님."

저에게 말을 거는 일이 거의 없는 사람인데, 갑작스러운 부름에 승호가 깜짝 놀라 대꾸했다.

"자네도 그래?"

"네?"

앞뒤 다 잘라먹고 뱉어진 생뚱맞은 질문에 운전대를 잡고 있던 승호가 흘끗 백미러로 사장을 바라보았다. 그는 무뚝뚝한 얼굴로 승호를 바라보고 있었다.

"방금 뉴스 기사 말이야."

"아, 네. 더위 때문에 짜증 지수가 높아지고 있다는 뉴스 말씀이세요?"

"그래. 그거. 자네는 어떻게 생각해?"

갑자기 웬 시사토크란 말인가. 당황스러웠지만 사장이 원체 종종 생뚱맞은 행동을 잘하는 편이라는 걸 잘 알았기에 승호는 성실하게 대답했다.

"작년보다는 확실히 더운 것 같습니다. 에어컨을 틀어도 잠깐이고. 문을 열자마자 더운 열기가 훅 들어오니까. 그래도 작년엔 기사들끼리 차 세워 놓고 나와서 담배도 피고 했었는데 이번 연도엔 엄두도 못 냅니다. 너무 더워서."

"그래서. 짜증 지수는?"

"확실히 뭘 해도 짜증이 많이 나긴 하죠. 쉽게 피곤해지는 것 같기도 하고요."

승호의 대답에 흐음, 심각한 얼굴을 하던 사장이 말했다.

"확실히 내가 요즘 이상한 것 같긴 하군."

"네?"

"나는 짜증이 전혀 안 나거든. 요새."

이런 말 같지도 않은 보스의 말에는 대체 뭐라고 대답을 해야 하는 걸까. 마땅한 말을 찾지 못한 승호가 입을 다물고만 있자, 그가 한층 더 심각해진 얼굴로 마치 혼잣말을 하듯 중얼거렸다.

"……건강 검진이라도 받아 봐야 하는 건가."

지금 장난하세요? 그냥 사랑에 풍당 빠지신 것뿐이지 않습니까.

심각한 얼굴을 하고 있는 사장을 보고 있자니 너무 황당해서 하마터면 속마음이 불쑥 튀어 나갈 뻔했다. 승호는 백미러에서 시선을 떼고 정면을 바라보며, 속으로 혀를 쯧 찼다.

한 비서와 사장의 연애 사실은 회사에서 비밀인 듯했지만, 두 사람이 함께 있는 모습을 자주 볼 수밖에 없는 승호는 금방 눈치챌 수 있었다. 게다가 한 비서에게 사장이 뜬금포로 고백하는 것을 바로 눈앞에서 목격한 당사자이기도 했고.

그때는 한 비서가 단칼에 거절을 했고 사장도 별 대수롭지 않게 넘어갔기에 그냥 장난인가 보다 싶었지만, 시간이 흐르면 흐를수록 두 사람이 진짜연애를 하고 있다는 사실을 의심하지 않을 수가 없었다. 웬만하면 보스의 사생활에 관련된 부분에 대해선 정말이지 모르고 싶었지만, 좀 티를 내야 말이지.

한 비서를 대할 때는 말투부터 달라졌다. 무뚝뚝하다 못해 까칠하기까지 한 제 보스가 맞는지 의심이 될 정도로. 그리고 한 비서를 쳐다보는 눈빛은 또 어찌나 다정하고 꿀이 떨어지는지. 보고 있으면서도 믿어지지 않을 정도였다.

이런 상황인데 회사 안에서 용케 들키지 않고 있다는 사실이 놀라울 따름이었다. 아니면 제 입이 무겁다는 걸 아는 두 사람이 제 앞에서만 봉인 해제를 하는 걸지도.

승호는 다시금 백미러로 뒷좌석의 사장을 바라보았다. 쓸데없는 고민을 진지하게 하고 있는 그의 얼굴은, 외로운 솔로 승호의 눈에는 더없이 행복해 보였다.

✱✲✱

성북동 집 앞에 도착했을 때 시간은 벌써 약속 시간인 저녁 7시를 훌쩍 넘어 있었다. 김 기사에게 곧장 퇴근을 해도 좋다는 얘기를 전한 다음 정한은 제 옆에 놓여 있던 쇼핑백을 들고서 차에서 내렸다.

6월 30일. 더위가 한창 기승을 부리는 오늘은, 날씨와 똑 닮은 불같은 성미의 제 할아버지의 생신날이었다. 그리고 개인주의 성향이 강한 윤가네 식구들이 1년에 두 번 있는 명절과 할머님의 제사와 부모님의 제사를 제외하고는 자진해서 모이는 유일한 날이기도 했다.

"늦어서 죄송합니다."

그가 집 안으로 들어섰을 때는 이미 저를 제외한 모든 가족들이 모여 있었고, 저녁 식사 준비 역시 아직 끓고 있는 해물탕을 제외하고는 완벽하게 세팅이 되어 있는 상태였다.

"시집간 소희보다 정한이 네 얼굴 보기가 더 어렵구나."

해원이 전기밥솥을 열어 그의 몫인 밥을 한 그릇 소복하게 담아내며, 부드럽게 웃었다.

"여기서 울 오빠가 젤 바쁠걸요. 사업을 두 개나 하시느라."

"사업을 두 개나 한다고? 윤강건설만으로도 바쁜 것 같던데 나 모르는 새에 다른 일도 하고 있는 거니?"

"아뇨. 연애 사업이요."

순진무구한 해원의 질문에 소희가 까르르, 웃으며 대답했다. 그러자 해원도 그랬지, 참. 하며 작게 웃었다.

정한은 두 여자의 웃음을 등진 채 빈 자리로 와 앉았다.

"그래. 한 비서는 잘 지내고?"

윤 회장이 물었다.

"덕분에요."

뼈가 담긴 말이었다. 그걸 못 알아들었을 리가 없지만, 윤 회장은 모르는 척 말을 돌렸다.

"오늘 같이 오지 않고."

"왜요. 또 진짜인지, 가짜인지. 관찰하듯 그 사람 보시려고 하셨어요?"

"어머. 정한이 넌 언제 적 얘기를 하고 있니."

윤 회장 대신 해원이 말을 거들었다.

"발뺌하시려고요? 심어 둔 스파이를 여기 둘이나 두고서."

정한의 시선이 맞은편에 나란히 앉아 있는 소희와 도진을 향했다. 그러자 윤 회장이 멋쩍었는지 크흠, 헛기침을 크게 했다.

"안 그래도 오늘 같은 날은 찾아봬야 하는 게 예의인 것 같다고 하는 그 사람을 제가 됐다고 말렸습니다. 와 봤자 좋은 대접은 못 받을 것 같아서요."

"우와. 말하는 거 봐. 누가 보면 우리가 언니를 잡아먹는 줄 알겠네."

"지난 설에 시댁 가기 무서워 죽겠다고 징징거리던 게 누구였더라."

"아……. 그렇구나. 언니 입장에선 여기가 시댁 식구들이겠네."

불퉁 튀어나왔던 소희의 입은 금세 쏙 들어갔다. 충분히 그녀의 입장을 이해한다는 듯 동생은 고개를 끄덕였다.

"게다가 결혼도 아직 안 했는데 이런 자린 불편하지. 암, 그렇고말고."

"그래. 불편하긴 하겠지. 그건 정한이 네가 잘한 거야. 그래도 오랜만에 그 아가씨 얼굴 또 한 번 보나 싶었는데, 아쉽긴 하네."

동생의 말에 해원 역시 동의한다는 듯 고개를 끄덕였다. 해원은 처음 인사시켰을 때부터 그녀를 꽤나 마음에 들어 했었다. 그녀 역시도 해원의 이미지가 좋았다고 말했고.

소희도 그렇지만 해원 역시 그녀의 부재를 아쉬워하는 눈치인 것 같아서 다행이라고, 정한은 생각했다. 이제 할아버지만 그녀를 허락한다면 문제 될 건 아무것도 없어 보였다.

하지만 도대체 무슨 생각인 건지 윤 회장은 딱히 허락을 하지도, 그렇다고 또 반대를 하지도 않았다. 차라리 반대를 한다면 맞서 보기라도 하겠는데, 그의 입장에서는 이럴 수도 저럴 수도 없는 애매한 상황이었다.

"참. 이거요."

정한이 가지고 왔던 쇼핑백을 윤 회장에게 건넸다.

"이게 뭐냐?"

"생신 선물입니다."

"선물이라고?"

좀처럼 얼굴에 표정을 드러내지 않는 윤 회장이 놀란 기색을 역력히 드러내며 되물었다. 그러고는 정한과 쇼핑백을 번갈아 보았다.

"시한폭탄 같은 거 안 들었으니까 걱정 말고 받으시죠."

그의 너스레에 그제야 윤 회장은 쇼핑백을 건네받았다.

"안 풀어 보세요?"

해원이 쇼핑백을 바라보며 눈을 반짝였다. 소희와 도진 역시 궁금해하는 눈치였다. 결국 윤 회장은 그들의 시선에 못 이겨 쇼핑백을 열어 볼 수밖에 없었다.

"홍삼이구나."

"마음에 드십니까."

"선물이라는데 나쁠 이유는 또 뭐가 있겠어."

말은 그렇게 하면서도 선물의 정체가 썩 마음에 드는 눈치였다. 윤 회장의 입가가 아주 미세하게 슬쩍 올라갔다.

"네가 웬일이냐? 너답지 않게 이런 걸 다 사 오고……."

절로 실룩여지는 입가를 애써 진정시키며 윤 회장이 물었다. 손자의 갑작스러운 선물이 기쁘면서도 한편으로는 도대체 갑자기 왜? 싶은 모양이었다. 그리고 그건 그를 제외한 여기에 있는 모두가 같은 생각일 것이다.

그도 그럴 것이 지금까지 윤 회장의 생일에 정한이 선물을 건넨 적은 단 한 번도 없었다. 윤 회장이 딱히 생일 선물을 챙기는 타입이 아니기도 했지만, 그 역시 낯간지럽게 선물 같은 걸 챙기는 타입이 아니었기에, 무뚝뚝한 할아버지와 손자 사이에서는 자연스러운 일이었던 것이다.

"제가 준비한 게 아니라 그 사람이 준비한 겁니다."

"그럼 그렇지. 웬일로 오빠가 할아버지 건강을 다 챙기나 했어."

소희가 코웃음을 쳤다. 나머지 사람들 역시 그럼 그렇지. 하는 얼굴이었다. 하지만 단 한 사람. 윤 회장만큼은 이 선물을 정한이 준비했다는 것 못지않게 놀란 얼굴이었다.

"……그 아이가?"

"네. 그리고 이 말도 꼭 전해 달라고 하더군요. 찾아뵙지 못해서 죄송하다고. 생신 축하드린다고. 오래오래 건강하시라고요."

정한의 입을 통해서 윤 회장을 생각한 봄의 진심이 전해졌다. 말투나 목소리는 무뚝뚝했지만 그래도 그 의미만큼은 정확하게 전달되었으리라. 비록, 정한 씨를 잘 키워 주셔서 감사합니다. 하던 그녀의 마지막 인사는, 차마 전할 수 없었지만 말이다.

✳✳✳

저녁 식사가 끝나고 윤 회장은 손자와 단둘이서 모처럼 만에 술

한잔을 기울이기로 했다.

2층 거실에 나란히 앉아 있는 두 사람의 앞으로 해원이 봐 온 술상이 놓아졌다. 입주 도우미가 아니라 해원의 손길이 가득 담긴 술상 위엔 예쁘게 깎인 갖가지 종류의 과일과 윤 회장이 술 중에서도 가장 아끼는 산삼주가 든 기다란 유리병과 술잔 두 개가 놓여 있었다.

"다른 술을 내오지 않고."

"어머. 잊으셨어요? 저번에 손님 왔을 때, 이 술을 고르니까 손자 녀석과 먹을 거라고 하셨잖아요."

해원이 며칠 전 얘기를 하며 호호 웃었다. 별 대수롭지 않은 인물 주제에 가장 고급인 술을 고르기에 대충 둘러댄 말인데 그걸 듣고 있었던 모양이다. 혹시나 괜한 오해를 했을까 싶어 흘끗 맞은편을 바라보니, 녀석은 그러든가 말든가 전혀 신경 쓰지 않는 눈치였다.

무심한 놈 같으니라고. 쯧. 이런 놈이 무슨 연애를 한다고.

오해를 하길 바란 건 아니었지만 정작 전혀 관심이 없는 손자 녀석을 보니 윤 회장은 괜히 심사가 뒤틀렸다.

"이놈이 뭐가 중요한 손님이라고. 정말 중요한 손님과 먹고 싶은 귀한 술이니 도로 집어넣고 새로 가지고 오도록 해."

"회장님도 참. 그냥 드시면 되지 뭘 또 바꿔 오라고 하세요."

"얼른."

윤 회장의 불호령에 해원은 휴, 한숨을 쉬며 산삼주가 든 병을 들고 1층으로 향했다.

"정말로 진지하게 만나고 있는 게냐?"

해원이 1층으로 내려가자마자, 윤 회장은 단도직입적으로 물었다.

두 남자의 대화는 항상 그랬다.

용건만 간단히. 네 시간이나 내 시간이나 금쪽같으니까.

"네."

손자의 대답은 짧기 그지없었다.

"내가 한 비서, 그 아이를 허락할 거라고 생각하느냐? 예전 그 아이보다 가진 것이 훨씬 형편없는데도?"

"이미 허락하신 거 아니었습니까."

"분명 허락했었다."

"그런데 이제 와서 왜……."

"다만, 그건 둘이 계약연애 따위를 한다고 했을 때의 이야기지. 가짜인 거 아니까. 그래, 어디 연기로라도 여자와 붙어 지내보라고. 그러다 보면 어느 순간 네놈 병도 자연히 낫지 않을까 싶어서."

윤 회장은 손자의 말을 가차 없이 끊어 내며 말했다. 냉정하기 그지없는 목소리를 듣고 있던 녀석의 눈빛이 크게 흔들렸다.

"왜 그렇게 놀라는 게냐? 분명 너도 내가 정말로 네놈의 말을 온전히 믿고 있을 거라 생각하지는 않았을 텐데."

"계약……이라는 것까지 알고 계시는지는 몰랐습니다."

"우습구나. 감히 네가 내 머리 위에서 논다고 생각을 했다니."

윤강그룹 안에서 일어나는 일은 개미 새끼 한 마리가 기어간다는 정보까지 윤 회장에게 즉각 보고가 들어오는 정도였다. 윤강그룹은 그가 맨손으로 바닥부터 차근차근 꾸린 회사였다. 비록 일선에서 물러났다고는 할지라도 아직 회사 안에는 그의 눈과 귀가 되어 줄 사람들이 가득 있었다. 손자에게 붙여 준 변호사 역시 윤 회장 쪽의 인물이었다.

손자가 상 아래로 주먹을 꽈악 그러쥐는 것이 눈에 보였다. 소희네 부부는 그저 눈속임이었을 뿐, 누가 진정한 그의 스파이였는지 이제야 감이 오는 모양이었다.

"사업하는 놈이 그렇게 감이 늦어서야."

"김 변에게 이상한 점이 아예 없었던 건 아니지만, 그저 내 사람이라고 생각하고 믿었던 것뿐입니다. 내 사람을 고작 5년 만에 가려내려 했다는 게, 이제 보니 오만했던 것 같지만요."

부글부글 속이 끓어오를 텐데도 여유 있는 척 가볍게 웃어 보이는 녀석을 보며, 윤 회장은 속으로 만족스러운 미소를 지었다. 물론 그 미소가 겉으로는 티가 전혀 나지 않았지만.

그러는 사이 해원이 양주를 가지고 올라왔다. 찬장에 든 것 중 가장 고급인 양주였다. 뭐가 예쁘다고 자꾸 좋은 것만 이렇게 골라서 가져오는 것인지. 못마땅해하는 윤 회장의 시선을 느꼈는지 해원은 술만 냉큼 놓고 한 소리 듣기 전에 바람과 같이 사라졌다.

손자는 술을 땄다. 먼저 윤 회장의 앞에 놓인 글라스를 들고 각얼음을 두 개 담아 술을 반쯤 채운 다음, 자신의 앞에 놓인 글라스에 술을 따랐다.

"한 잔 먼저 하겠습니다."

예의를 잔뜩 차린 말과 함께 녀석은 입 안에 술을 털어 넣었다. 지금까지 둘이 술을 마신 적은 몇 번 있었지만, 늘 술을 뺄 생각만 했지 녀석이 먼저 술을 먹는 모습은 처음이었다.

술이 세진 건지. 그만큼 속이 탄다는 건지.

윤 회장은 흥미로운 시선으로 다시금 제 글라스에 술을 따르고 있는 손자의 모습을 바라보았다.

"그때는 분명 거짓이었습니다만, 지금은 진심입니다."

"감추는 법을 모르고 팔푼이처럼 뻔히 드러내 놓고 다니는 네놈 마음쯤이야 알고 있다."

내 손자가 이런 팔푼이였을 줄은 5년 전에는 몰랐지만. 윤 회장은 못마땅하다는 듯 눈썹을 구긴 채 말했다.

"헌데 한 비서도 같은 마음인 게냐?"

"네. 결혼까지도 생각하고 있습니다."

"이것도 역시 한 비서와 같은 마음인 게야?"

"결혼은…… 저 혼자만의 생각입니다. 아직은."

손자의 대답에 윤 회장은 코웃음을 쳤다.

"그럼 그렇지."

"……."

"한 비서, 그 아이는 내가 봤을 때 아주 똑똑한 아이야. 두뇌 회전도 빠르고 눈치도 빠르고 또 주제 파악도 확실하지. 안 그러냐?"

"죄송합니다만, 주제 파악이라는 단어는 듣기가 거북하네요. 회장님."

"그 아이와의 결혼이 정말로 가능하다고 생각하느냐?"

노골적으로 적의를 드러내는 손자의 눈빛을 윤 회장은 깔끔하게 무시하며 물었다.

"불가능할 이유는 또 뭡니까."

"이번에도 윤강을 버리고 나갈 생각이냐?"

"이번에도 반대하실 생각이십니까?"

좀처럼 지는 법이 없다. 꼬박꼬박 말대꾸를 하는 손자를 윤 회장은 지긋한 시선으로 바라보았다.

"너는 진정으로 그 아이가 너와 어울린다고 생각하는 게야?"

"다들 선남선녀라고. 잘 어울린다고들 하더군요."

이 와중에도 뻔뻔스러운 얼굴로 잘도 농담을 하는 손자의 모습에 윤 회장은 허, 한숨과 비슷한 웃음을 뱉어 냈다.

"신분 제도가 조선 시대까지만 존재했다고 생각하느냐? 아니다. 현대에도 신분 제도는 분명 존재한다. 눈에 보이지만 않을 뿐. 하지만 우리가 살고 있는 세계에서는 그것이 아주 쉽게 눈에 띄지. 기업인들, 정치인들, 언론인들까지도. 우리의 세계는 일반인들의 세계와 엄연히 다르다. 같은 공간을 살고 있지만 분명 다른 방식으로 아주 다르게 살아가고 있어."

"알고 있습니다. 그래서 죽기보다 싫지만 지금까지 별말 없이 그들의 방식대로 살아왔고요. 하지만 제 배우자까지 그들의 입맛에 맞게 고르고 싶지는 않습니다."

"어리석은 소리 말아라. 그리 쉽게 구분 지을 수 있는 문제가 아니다. 그 아이가 너와 결혼을 하게 된다면, 그 아이는 일반인들의 세계가 아니라 이 세계에서 살아가야 해. 그걸 진정 모른단 말이야?"

녀석의 입이 꽉 다물어졌다. 윤 회장은 덤덤한 얼굴로 말을 이어 갔다.

"네 친할머니가 그랬다."

일순 손자의 눈빛이 일렁였다.

"할머니…… 말씀이세요?"

손자는 윤 회장의 입에서 할머니의 얘기가 나왔다는 사실에 적잖이 놀란 듯했다.

그도 그럴 것이 지금까지 윤 회장은 단 한 번도 손자에게 먼저 떠난 아내에 대한 얘기를 한 적이 없었다. 아니. 손자가 아니라 다른 누구에게도 일절 아내에 대한 얘기를 꺼낸 적이 없었다. 아내가 세상을 떠난 뒤로, 아주 오랫동안 아내에 대한 얘기는 윤 회장에게 금기어와 마찬가지였다.

"이 세계에 우리가 처음 들어왔을 때, 그들은 다른 세계에서 온 우리를 무시했지. 하지만 그들이 그러든가 말든가 난 이를 악물고 버텼다. 자신이 있었어. 윤강을 지금의 자리까지 끌어올릴 자신이. 그리고 더 솔직히 말하자면 그들의 무시를 겪을 시간도, 여유도 없었고. 눈코 뜰 새 없이 바빴으니까. 하지만 네 할머니는 아니었다. 이 세계의 여자들은 보이는 것보다 훨씬 더 독한 존재들이야. 남자들의 세계와 여자들의 세계는 완전히 다르지. 룰부터 살아가는 방식까지도."

까마득한 과거를 떠올리는 윤 회장의 두 눈이 아프게 일그러졌다.

"네 할머니는 힘들다고 했다. 낯선 세상에서 이방인 취급을 받는 게. 눈, 코, 입 다 똑같이 달렸는데 사람만도 못한 무시를 받는 게 못 견디게 힘들다고……."

알고 있었다. 처음부터 이 세상에 살던 이들의 눈에 아무것도 모르는 순진한 얼굴로 이 세계에 맨발을 들이민 내 아내가 얼마나 우습게 보였을지. 자신 또한 사회에서 그런 취급을 충분히 받고 있었으니 더욱 모를 수 없었다.

하지만 다 알면서도 모르는 척했다. 집사람까지 챙길 여유가 없었다는 것도 이유였지만 또 한편으로는 앞으로 이 세계에 계속 살아가려면 그 정도는 버텨 내야 한다고 생각했었으니까.

그래서 외면했다. 힘들다며 저를 향해 내미는 아내의 손을, 나 좀 봐 달라고 가슴으로 울던 아내의 눈물을, 완전히 무시했었다. 주변을 신경 쓰는 것보단 앞으로 달려가는 게 급선무였으니까.

다행히 이를 악물고 버틴 만큼 결과는 나왔다. 윤강건설은 점점 덩치를 키워 갔고 어느덧 누구도 쉽게 무시 못 할 자리에 올랐다. 당당하게 그들과 어깨를 나란히 하게 됐음에 기세등등해졌다.

여보. 이제 다 됐다오. 그동안 참말로 고생 많았수.

정상에 올라 함께 만끽하고 싶었던 벅찬 감정. 하지만 윤 회장은 그 감정들을 아내와 함께 나눌 수 없었다. 우울증. 세상을 떠나기 전 아내가 앓았다는 병명이었다. 그것을 윤 회장은 아내가 떠나고 난 뒤에야 의사에게서 들을 수 있었다.

바보 같은 여편네 같으니라고.

이제 꽃길만 남았는데…… 이제 당신 무시하며 힘들게 할 사람은 아무도 없는데…… 받은 만큼 우쭐해져서 갚아 주면 될 텐데…….

윤 회장의 흰자위에 시뻘건 핏줄이 섰다. 마치 불 위에서 끓는 듯한 뜨거운 눈물이 고였지만 그는 끝내 이를 악물고 참아 냈다. 손자의 앞이었기에 차마 눈물을 보일 순 없었다.

"네 진심을 부정하는 게 아니다."

축축해진 목소리가 손자 앞에서 처음으로 회장님이 아니라 할아버지의 진심을 전달했다.

"우리도 견디기 힘든 세상이다. 처음부터 이 세계에서 나고 자란 네놈도 진절머리 난다고 하는 세상이야. 그러니 괜한 사람 고생길로 끌어다 놓지 마. 원래 사는 세계에서 잘 먹고 잘 살 수 있도록. 그렇게 내버려 둬. 그게 윤강을 버리지 않는 이상, 네놈이 그 아이에게 보여 줄 수 있는 유일한 사랑일 게다."

"아뇨. 제 사랑은 회장님의 사랑과는 다릅니다."

"내가 이렇게까지 말했는데 네놈이 기어코……!"

고집스러운 손자 때문에 결국 윤 회장은 목소리를 키울 수밖에 없었다.

저와 같은 길을 가겠노라고. 후회할 게 뻔한 길을 가겠노라고. 아무것도 모르고 우겨 대는 애송이 같은 손자가 너무도 답답하고 또 안타까웠다.

어째서 밥을 떠서 먹여 주는데도 삼키지를 못하는 것인지. 네가 힘들어하는 모습을 나더러 어찌 보라고 하는 것인지. 제 아내와 같은 길을 걸을 여자아이를 어떻게 그냥 두고만 보라는 것인지.

머리가 나쁜 놈도 아니면서 어째서 이토록 못 알아듣는단 말인가.

하지만 윤 회장을 바라보는 손자의 눈빛은 더없이 진지했다. 그리고 또 진중했다.

"회장님께서 뭘 걱정하시는지 잘 알겠습니다. 하지만 회장님보다 더 그 여자를 걱정하는 사람은 바로 접니다. 그리고 무엇보다도 전 회장님이 아닙니다."

순간 지금까지 키워 왔던 손자의 눈빛이 새삼스레 다시 보였다.

윤 회장은 여태 손자가 자신을 꼭 닮았다고 생각했다. 외모부터 성격, 행동, 목소리, 그리고 눈빛까지도. 그래서 더 엄하게 굴었던 것이었다. 더 애착이 가서. 젊었을 때의 자신과 같은 실수는 않길 바라는 마음에 제대로 키워 보려고.

그런데 지금 저를 똑바로 바라보고 있는 녀석의 눈빛은, 윤 회장이 알던 눈빛이 아니었다. 녀석의 말대로 자신과는 전혀 달랐다. 그 시절의 자신보다 더 호기로웠고 더 강단 있었으며 더 자신만만했다. 그리고…… 자신의 여자에 대한 깊은 애정이 보였다.

"그 여자가 힘들다고 하면, 제가 방패가 되어 주고 창이 되어 줄 자신이 있습니다. 내가 사는 세상에 데려와 누구보다 행복하게 만들어 줄 자신이 있다는 말입니다. 할머니처럼 잃어버리지 않도록. 회장님처럼 두고두고 후회하지 않도록. 그리고 무엇보다……."

"……."

"그 여자는 회장님이 생각하시는 것보다 훨씬 강합니다. 장담하죠, 제가."

호기롭게 말한 녀석은 제 앞에 놓인 글라스를 입으로 가져가 술을 한 번에 털어 넣었다. 저 많은 양을 두 번이나 원샷했으니 평소 같았으면 힘겨운 티를 냈을 법 한데도, 웬일로 오늘 녀석은 전혀 흐트러짐이 없다.

"이번엔 윤강을 버리지 않을 겁니다. 그리고 제 여자도 버리지 않을 거구요. 그러니 이번만큼은 회장님께서 양보해 주시길, 간절히 부탁드립니다."

제 할 말을 깔끔하게 끝낸 손자는 자리에서 벌떡 일어났다. 이만 가 보겠습니다. 꾸벅, 고개를 숙인 다음 단정한 걸음으로 윤 회장의 시야에서 멀어졌다.

'전 회장님이 아닙니다.'

'회장님처럼 두고두고 후회하지 않도록.'

손자의 목소리가 이명이 되어 윤 회장의 귓가를 때렸다. 윤 회장은 표면에 물방울이 송골송골 맺힌 글라스를 한 손으로 꽉 쥐며, 주름이 가득 진 눈꺼풀을 질끈 내리깔았다.

글라스에 다 녹아 가는 각 얼음과 함께 반쯤 담긴 호박색의 액체가 출렁였다.

✻❅✻

잘 준비를 끝마치고 이불 속에 들어가려던 그때였다. 남자에게서 지금 집 앞이라는 연락이 왔다.

"집 앞이라구요? 누구 집? 우리 집?"

— 그래, 당신 집.

결코 몰라서 물은 건 아니었지만 막상 그의 대답을 듣고 나서도 여전히 당황스러운 건 마찬가지였다. 시계를 보니 이미 11시가 넘어가고 있었다. 게다가 거울 속으로 보이는 여자는 생기라고는 전혀 없어 보이는 초췌한 민얼굴이었다.

도대체 왜 남자들은 모르는 걸까. 이런 서프라이즈는 대부분의 여자들이 그다지 좋아하지 않는다는 사실을. 밤늦은 시간 집 앞까지 찾아온 수고가 무색하게도 반가운 마음보다는 당혹감이 훨씬 크다는 사실을.

"잠깐만요. 지금 민얼굴이라……."

— 민얼굴도 예쁜 거 다 아니까 그냥 내려와. 지금 당장 보고 싶어서 죽겠어.

"그럼 옷이라도 갈아입고……."

— 패션의 완성은 얼굴인 거 몰라? 당신의 패션은 이미 완성됐으니까 그냥 내려와.

남자는 가차 없이 봄의 말을 끊어 냈다. 밥을 먹었어요? 물어봐도 대답은 아마 같을 것이다. 그냥 내려와. 무슨 말을 해도 기승전 '그냥 내려와.'인 것이다.

— 다시 한 번 말하지만 지금 당장 당신이 보고 싶어 죽겠어. 농담 아니야. 그러니까 빨리 내려와.

원래도 똥고집으로 세상 둘째가라면 서러울 사람이었지만 오늘따라 정도가 더 심한 걸 보니, 성북동 집에서 가족들과 술을 조금 한 모양이다. 술도 약하면서 어쩌자고 자꾸만 술에게 덤비는지 모르겠다. 하긴. 그 자리에 그의 여동생도 있었을 테니 그냥 넘어갔을 리가 없지.

"알겠어요. 바로 내려갈게요."

전화를 끊은 봄은 바로 내려가겠다는 말과는 달리 화장대 앞에 앉았다. 그리고 아주 빠른 손놀림으로 얼굴을 정리하기 시작했다.

애석하게도 그는 여자들이 가장 불편해한다는, 비비크림을 바른 얼굴과 완전 민얼굴의 차이를 잘 아는 은근히 섬세한 남자 친구였다. 해서 비비크림은 과감하게 생략하고 곧바로 눈썹을 그렸다. 마지막으로 핑크색 립밤까지 바르고 나니 그래도 아까보다는 조금 나은 몰골이 되었다.

사실 평소에도 화장을 진하게 하는 편이 아니라 지금 모습이나 풀 메이크업을 했을 때의 모습은 별반 차이가 없었지만, 그래도 왠지 민얼굴을 보여 주는 건 민망해서 부득이한 경우가 아니면 피하게 된다. 반년 정도를 만나면서 그에게 민얼굴을 보여 준 날은 아직 손에 꼽을 수 있는 정도였다.

지금까지 스스로가 여시 같은 성격은 아니라고 생각했는데, 이 남자를 만나고 보니 저도 모르게 내숭이라는 것을 떨기 시작했다. 그렇게 사소한 것부터 시작해서 어느덧 그가 좋아했던 음식들을 좋아하게 되고 그가 좋아하는 영화 장르, 그가 좋아하는 옷들을 자주 입게 된 것까지. 스스로가 당황스러울 만큼 빠르게 또 자연스럽게 변해 가는 자신의 모습에, 사랑이 사람을 변하게 한다는 말이 실감나는 요즘이었다.

엘리베이터에서 내리자마자 남자의 모습이 보였다. 그는 빌라 앞 계단에 쪼그리고 앉아 담배를 피우고 있었다. 잘못하면 양아치처럼 보이거나 정말 불쌍해 보이는 포즈일 텐데, 그가 하면 저런 모습마저도 화보 같으니 참으로 놀라울 따름이다.

아직 벗겨지지 않은 마법의 콩깍지 때문일까. 아님 정말 단지 그가 잘난 인간이기 때문일까. 그렇다고 누구에게 대놓고 물어볼 수도 없고. 요즘 들어 가장 궁금한 사안이었다.

"저 왔어요."

인기척을 느끼지 못했던 모양이었다. 그녀가 다가서자 그제야 남자는 들고 있던 담배를 바닥에 떨어뜨리고 구둣발로 지져 껐다.

"이 시간에 여긴 왜 와요. 피곤할 텐데 그냥 집으로 가지. 내일 아침 일찍부터 출장 가야 하잖아요."

"그러니까 왔지. 일주일이나 못 보는데 오늘 좀 더 봐 둬야지.

안 그래?"

"오늘 회사에서도 지겹도록 봤잖아요."

봄은 저를 빤히 바라보는 남자의 시선을 슬쩍 피했다. 주변은 어두웠고 급한 대로 눈썹을 그리고 입술에 색까지 발랐지만, 그래도 부끄럽기는 했다. 할 수만 있다면 그에게는 예쁜 모습만 보여 주고 싶었다. 못 볼 꼴은 진작 이미 다 보여 준 주제에 이런 생각을 한다는 게 스스로 생각해도 조금은 우습지만 말이다.

"회사에서 보는 거랑 여기서 보는 거랑은 또 다르거든?"

"화장한 거랑 안 한 거랑 다르겠죠. 당연히."

"아, 그래서 느낌이 이렇게 다른 건가?"

이 남자, 멋쩍어서 툴툴거린 말인 걸 알면서 그걸 또 그대로 받아치고 있다. 봄의 얼굴이 살짝 구겨졌다.

"뭐라구요?"

"농담이야. 농담."

남자는 그녀의 반응이 재미있다는 듯 킥킥, 웃었다.

"근데. 내가 분명 말했을 텐데?"

"뭘요."

"당신은 아무리 봐도 전혀 안 지겹다고."

느끼한 말을 담백하게 내뱉으며 남자는 자리에서 일어났다. 그리고 언제나 그랬듯 그녀를 향해 선 채로 양팔을 쫙 벌렸다.

"안겨. 한봄."

마무리로 고개를 옆으로 까딱, 해 보이기까지.

허세 가득한 포즈였지만 전혀 밉지 않다. 오히려 귀여워 보일 뿐.

봄은 웃음을 머금은 채 자연스럽게 그의 품에 안겼다. 안기는 그녀의 작은 어깨를 꽈악 끌어안는 그의 손길 역시 군더더기 없이 자연스럽기만 했다.

"식사는 잘했어요?"

"응. 맛있어서 오랜만에 과식도 했어."

"잘했어요. 회장님은 안녕하시죠?"

"너무 건강하셔서 탈이지."

남자의 가슴에 얼굴을 파묻고 있던 봄이 별안간 고개를 쳐들고 남자를 밉지 않게 흘겨봤다.

"그런 말 하는 거 아니라고 했잖아요."

"알았어. 알았어. 내가 실언했어. 미안."

남자는 금방 꼬리를 내렸다.

"다시 대답할게. 회장님은 아주 정정하셔. 앞으로도 백 년은 더 정정하실 것 같아."

"좋아요."

봄은 만족스럽다는 듯 씩, 웃어 보이고는 다시금 남자의 가슴팍에 얼굴을 파묻었다.

"선물은요? 전해 드렸어요?"

"물론이지."

"반응이 어떠셨어요?"

"좋아하시더라."

"……다행이다."

사실 남자의 손에 선물을 대신 들려 보낸 후에도 괜한 짓을 하는 게 아닐까 하는 생각을 계속했었다. 회장님의 생신 선물로 고작 홍삼 세트라니. 그녀의 입장에서는 꽤나 큰맘을 먹고 준비한 선물이었지만 받는 입장에서는 보잘것없어 보일 수도 있는 물건이었다. 혹시나 홍삼을 보고 콧방귀를 끼며, 산삼도 아니고 뭐 이딴 걸 보냈어. 하실까 봐 은근히 마음을 졸였었다.

그래도 생신이라는 걸 알았으면서 빈손으로 넘어가기는 예의가 아닌 것 같아서 굳이 준비를 했던 거였는데, 좋아하셨다니 다행이었다. 물론 남자가 중간에서 저 기분 나쁘지 말라고 빈말을 하는 걸지도 모르겠지만 말이다.

"참. 멘트도 잊지 않고 잘 전해 드렸죠?"

"그래. 그 말 하는데 어찌나 민망하던지. 당신 부탁만 아니었어도 절대 평생 입에 담지 않았을 말들이었어."

그걸 아니까 시킨 거예요.

봄은 어린아이처럼 투덜거리는 남자의 말에 속으로 작게 웃었다.

"당신이 전에 했던 말 혹시 기억해?"

"어떤 말이요?"

"행복해서 불안하다는 말."

어떻게 잊을 수 있겠는가. 남자와의 첫날밤을 보내던 날 침대 위에서, 그것도 울면서 했던 말인데. 그날의 기억을 떠올린 봄의 얼굴이 민망함에 살짝 붉어졌다.

"응. 근데 그건 갑자기 왜요?"

"그땐 이해 못 했는데 말이야. 요즘은 그 말이 이해가 가."

"이해가…… 돼요?"

봄의 물음에 남자는 짙은 한숨을 내쉬며, 그녀를 안은 두 팔에 조금 더 힘을 주었다.

"요즘 말이야. 아주 문득문득 어쩌면 당신이 날 떠나갈지도 모른다는 불안감이 들 때가 있어. 나는 지금 너무 행복한데, 그래서 언젠가 이 행복감이 깨져 버릴지도 모른다는 생각을 하면 솔직히 조금. 아니, 많이 두려워."

담담하게 솔직한 자신의 마음을 털어놓는 남자의 말에 봄은 저도 모르게 아랫입술을 질끈 깨물었다.

남자의 입에서 이런 말이 나올 줄은 정말 생각지도 못했었다. 행복해서 불안하다는 것. 이 남자는 아마 평생 이해하지 못할 저만의 감정일 거라 생각했다. 그런데 저와 똑같은 감정을 남자 역시 느끼고 있었다니.

왠지 묘한 기분이었다. 기쁘면서도 가슴 한편이 아려 온다.

"그래서 말인데……."

남자가 천천히 자신의 품에서 그녀를 떼어 내며 시선을 지그시 맞추더니, 이내 조심스럽게 말했다.

"우리 결혼할까?"

✲❀✲

"대리님."

"……."

"한 대리님!"

"응?"

아주 큰 소리로 저를 부르는 목소리에 멍하니 휴대폰을 내려다보고 있던 봄이 깜짝 놀라며 고개를 들었다. 언제부터 있었던 건지 그녀의 책상 앞에 바짝 다가와 있는 막내의 얼굴이 보였다.

"무슨 생각을 그렇게 하세요? 몇 번이나 불러도 못 들으시고."

"아, 미안. 잠깐 딴생각을 좀 하느라……."

"기다리는 연락 있으세요? 오늘 하루 종일 휴대폰만 들여다보시는 것 같아서요."

"아니야. 그런 거."

봄은 얼른 휴대폰 액정을 뒤로 탁, 뒤집어 두었다.

"무슨 일이야?"

"아, 간식 사 오려구요. 대리님은 샌드위치랑 도넛 중에 어떤 게 더 당기세요?"

솔직한 심정으로는 둘 다 내키지 않았다. 하지만 박 실장의 출장으로 인해 비서실에 직원이 저 포함 셋밖에 남아 있지 않았으므로 다수결의 원칙에 의해 자신의 의견이 중요할 터.

봄은 고민하는 척하다 막내가 좋아하는 샌드위치의 손을 들어 주었다.

"음. 샌드위치?"

"정말 샌드위치예요. 대리님?"

얌전히 듣고 있던 영은이 믿을 수 없다는 듯 소리쳤다.

"투표 끝! 한 대리님이 샌드위치에 손을 들어 주신 관계로 2 대 1. 이번 간식은 샌드위치로 결정되었음을 만천하에 알립니다. 땅땅!"

신이 난 막내의 목소리가 온 사무실을 울렸다. 목청이 어찌나 큰지 가까이에 있는 봄은 귀가 다 아플 지경이었다. 알겠으니까 그만 시끄럽게 굴고 얼른 다녀오기나 해. 원하던 것을 먹지 못하게 된

영은의 뾰족하면서도 장난스러운 목소리가 이어졌다.

"그럼 다녀오겠습니다!"

간식거리를 사기 위해 쌩하니 사라지는 막내의 뒷모습을 바라보던 봄의 시선이 자연스럽게 책상 위에 엎어 놓은 휴대폰에 닿았다. 막내의 귀여움에 슬쩍 올라가 있던 입가는 어느새 딱딱하게 굳어 있었다.

봄은 저도 모르게 뒤집어 놓았던 휴대폰을 다시금 확인해 보았다. 하지만 역시나 여전히 그에게서 온 연락은 없었다. 혹시나 해서 메시지함과 통화 목록을 다시 뒤져 보았지만 바뀌는 건 없었다.

후우.

입술을 비집고 긴 한숨이 흘렀다.

그가 출장을 떠난 지 이제 5일째였다. 그리고 그에게서 연락이 완전히 끊겨 버린 지도 5일째다.

"우리 결혼할까?"

그날 밤. 그의 질문에 봄은 마치 얼어붙은 것처럼 딱딱하게 굳어 버렸다.

남자의 말을 끝으로 두 사람 사이에는 잠깐의 침묵이 흘렀다. 텁텁한 여름밤 공기보다 조금 더 답답한, 그런 침묵이.

"싫어?"

"싫은 게 아니라……."

"싫은 게 아니면?"

피하고 싶었지만 남자는 집요하게 물어 왔다. 한번 꽂히면 끝을 보고야 마는 그의 성격을 잘 알기에 봄은 떨어지지 않으려는 입술을 억지로 달싹여야만 했다.

"결혼은…… 쉽게 결정할 문제가 아니니까요……."

뱉어 낸 스스로가 생각해 봐도 어이없을 정도로 미적지근한 대답이었다.

남자는 제 품에서 그녀를 떼어 내고 시선을 마주했다. 마주한 그의 눈빛엔 상심한 기색이 역력하게 드러나 있었다.

"정말로 내가 쉽게 얘기한 거 같아?"

낮게 가라앉은 목소리. 그리 묻는 남자는 조금 화가 난 것 같기도 했다.

"나는 지금까지 충분히 결혼에 대한 내 진심을 어필해 왔다고 생각했는데. 당신은 전혀 느끼지 못했어?"

그의 질문에 봄은 대답 대신 마른침을 삼켰다. 할 수 있는 말이 없었다. 쉽게 얘기한 게 아니라는 것쯤은 그녀도 잘 알고 있었으니까.

지금까지 그는 수도 없이 결혼에 대한 이야기를 해 왔다. 때론 장난스럽게 때론 진지하게. 하지만 그때마다 봄은 그 얘기를 티 나게 피해 왔었다. 그게 그의 진심을 무시하는 행동이라는 걸 알면서도. 그때마다 그가 상처받는다는 걸, 누구보다 잘 알면서도.

"당신이 뭘 걱정하는지 알아. 하지만 그건 충분히 해결할 수 있는 문제야. 내가 수십 번 말했잖아. 당신과 나의 진심. 그 외에 다른 것들은 전혀 신경 쓰지 않아도 된다고."

"……."

"아니면 내가 그렇게 못 미더운 건가?"

봄은 고개를 작게 내저었다. 그런 거 아니에요. 하지만 차마 목소리는 입 밖으로 뱉어지지 못하고 입 안에서만 웅얼거릴 뿐이었다.

그는 정말이지 듬직한 남자였다. 언제나 절 최우선으로 생각해 줬고 부담 가지지 않을 수 있도록 작은 부분까지도 배려해 주었으며 한결같이 넘치는 사랑을 주었다. 너무도 완벽한 남자였다. 역시 저에게는 과분하다 느껴질 정도로.

"급하게 구는 거란 생각, 나는 전혀 안 해. 우리 연애 기간은 짧지만 함께한 시간은 길었어. 그리고 당신이 이 세상 그 누구보다 나에 대해 잘 아는 사람이라는 건 부정할 수 없는 사실이기도 하고."

봄은 여전히 꿀 먹은 벙어리처럼 듣고만 있을 수밖에 없었다. 남자의 입에서 나오는 말은 구구절절 다 맞는 말뿐이었으니까.

"당신에게 숨기는 거 없어. 윤정한이라는 남자는 당신이 아는 그대로야. 그런데 더 시간을 끌 필요 있어?"

"정한 씨."

"당신이 마음의 준비가 될 때까지. 나를 받아들일 수 있을 때까지 기다려 보려고 했는데 이제 더는 못 참겠어."

이대로 가다간 남자의 페이스에 꼼짝없이 휘말릴 것 같아 힘겹게 운을 뗐지만, 남자는 그녀에게 잠시의 틈도 줄 생각이 없는 듯 밀어붙였다.

"당신이랑 이렇게 밤마다 헤어져야 하는 것도 싫고. 언젠가 당신이 나를 떠나갈지도 모른다는 불안감을 느끼는 것도 싫어. 사람들 눈치 보면서 하는 비밀연애도 지긋지긋하고. 나는 말이야. 온 세상에 당신이 내 여자라는 사실을 알리고 싶어. 아무도 건들 수 없게. 어디도 도망갈 수 없게."

"……."

"나랑 결혼하기 싫은 게 아니라면, 이렇게 애들 장난처럼 연애만 하다 끝낼 생각이 아니라면, 무조건 피하지만 말고 이번만큼은 진지하게 생각해 보도록 해."

그리 말하는 남자의 얼굴은 너무도 진지해 보였다. 그리고 또 너무도 간절해 보였다.

그래서 봄은 여느 때처럼 피할 수가 없었다. 이렇게까지 나오는 남자를 눈앞에 두고서 또다시 아무것도 모르는 척 뻔뻔하게 상처를 줄 수는 없었다.

남자는 생각해 보라는 그 말을 마지막으로 그녀에게서 등을 보이고 떠났다. 그리고 이번에는 그녀에게서 제대로 된 대답을 듣고야 말겠다는 작정이라도 한 듯 지금까지 연락 한 통 없다.

지금까지 하루 온종일 지겹게 붙어 있고, 그나마도 떨어져 있는 시간엔 휴대폰으로 문자와 통화를 쉬지 않고 해 왔었다. 그런데 이렇게 갑자기, 게다가 이렇게나 긴 시간 동안 뚝 연락이 끊기다니. 지금 이 상황에서 자신이 섭섭해할 입장이 아니라는 것은 알지만 섭섭한 마음이 드는 건 어쩔 수 없었다.

밥은 잘 먹었는지. 잠은 잘 잤는지. 혹시 아픈 덴 없는지. 그 남자는 정말 하나도 궁금하지 않은 걸까. 나는 당신의 사소한 일상이 이렇게나 궁금한데…….

업무적인 연락은 그와 함께 출장을 떠난 박 실장을 통해서 전달되고 있었기에 업무 핑계를 대고 이쪽에서 먼저 연락을 해 볼 수도 없는 상황이었다.

또다시 왈칵 치미는 섭섭함에 휴대폰을 물끄러미 바라보던 봄의 입술이 불퉁 튀어나왔다. 사장과 박 실장의 몫까지 그녀에게 떠넘겨진 일들은 산더미 같은데 도통 일이 손에 잡히질 않으니 큰일이었다.

고작 남자 하나 때문에 일에 집중하지 못하는 한심한 모습이라니. 예전의 그녀 같았으면 상상도 하지 못할 일이었다.

어차피 내일이면 볼 수 있잖아. 이제 그만 정신 차리자, 한봄!

고개를 좌우로 휘휘 내젓고, 양팔을 쭈욱 뻗어 가볍게 스트레칭을 한 다음 봄은 다시금 일에 집중하기 위해 컴퓨터 모니터로 시선을 옮겼다. 워드 프로그램을 더블클릭하는 순간이었다. 별안간 사무실 문이 벌컥 열리더니 하얗게 질린 얼굴의 막내가 나타났다.

"큰일 났어요!"

사무실에 남아 있던 두 사람의 시선이 막내에게 쏠렸다.

"샌드위치는 어디 가고 왜 빈손이야?"

영은이 고개를 갸웃했다.

"지금 샌드위치가 중요한 게 아니에요!"

"왜 그래? 대체 무슨 일인데?"

"지금 당장 뉴스 보세요! 뉴스!"

막내의 호들갑에 두 사람은 일제히 각자의 컴퓨터로 뉴스를 확인했다. 뉴스에서는 때마침 속보가 전해지고 있었다.

— 현재 납치된 여객기는 시드니에서 멜버른으로 향하는 여객기로…… 무장 단체 IS의 범행인지 혹은 다른 누군가의 소행인지 아직 자세한 것은 아직 밝혀지지 않아…… 탑승객 중에는 한국인도 있는 것

으로……

또박또박 정확한 발음으로 기사의 내용을 신속하게 전달하는 아나운서의 말이 지금 이 순간만큼은 제대로 들리지가 않았다.

납치. 시드니에서 멜버른으로 향하는 여객기. 한국인 탑승객.

몇 개의 단어들만이 띄엄띄엄 그녀의 귀에 박힐 뿐이었다.

"저거 사장님이랑 박 실장님이 타기로 한 여객기 아니에요?"

겁에 질린 막내가 소리쳤다.

"잠깐만 기다려. 스케줄 확인해 볼게."

영은은 제법 침착한 목소리로 스케줄을 확인했다. 하지만 침착함도 잠시. 스케줄 확인을 끝낸 그녀의 목소리가 덜덜 떨렸다.

"어떡해…… 맞아요. 저거…… 사장님이랑 박 실장님이 타기로 한 여객기예요……."

쿵!

순간 봄의 심장이 바닥으로 나가떨어졌다.

호주의 국내선 여객기 납치 사건에 대한 첫 속보가 나온 지 30분째. 윤강건설의 사장 비서실의 상황은 그 어느 때보다 긴급했다.

무슨 이유에선지 여객기 탑승객의 명단이 아직도 제대로 공개되지 않은 상황이었다. 호주의 항공사 측은 유선 폭주로 인해 현지 내에서도 연결이 어려운 상황이었으므로 한국에서는 더욱더 연결이 쉽지 않았다.

아쉬운 대로 호주의 〈Green Terra〉에도 연락을 취해 봤지만 개인 일정이라 모르겠다는 대답만 돌아왔을 뿐. 게다가 하필이면 극비 출장이었던 관계로 두 사람만 떠난 것이라, 그 두 사람의 휴대폰이 둘 다 먹통인 지금 어떻게 연락을 취할 방법이 없었다.

그렇다고 국가에 도움을 청할 수도 없는 상황이었다. 아직 확정된 사안도 아닐뿐더러 자칫 소문이 잘못 나기라도 하면 윤강건설을 떠나 윤강그룹 전체의 주가에 영향을 미칠 것이 뻔했으니 말이다.

만약을 대비해 윤강그룹 경호팀과 법률팀 직원 몇 명을 호주로 보냈다. 하지만 그건 지금 이 상황에서는 손톱만큼도 도움되는 일이 아니었다. 혹시나 무슨 일이 생겼을 때라는, 최악의 상황을 대비한 것뿐이니까 말이다.

사실 이제는 정확한 정보가 들어올 때까지는 발만 동동거리는 것 외에 다른 방법은 없었다.

"대리님! 괜찮으세요?"

30분 동안 이곳저곳을 이리 뛰고 저리 뛰며 해결 방법을 찾으러 다니던 봄이 비틀거리며 사무실로 복귀하자 두 사람이 걱정스러운 얼굴로 벌떡 일어났다. 그도 그럴 것이 그녀는 마치 혼이 빠진 사람처럼 허옇게 질린 모습이었다.

"괜찮아."

전혀 괜찮지 않아 보이는 얼굴로 그녀는 말했다.

"아직 명단 공개 안 됐지?"

"네. 대체 무슨 일일까요. 그 여객기에 호주 중요 인사라도 타고 있었던 건지……."

"두 사람은 계속해서 항공사에 연락을 취해 봐. 명단만이라도 일단 넘겨받을 수 있게."

지시를 내린 봄은 자리로 돌아와 휴대폰을 들었다. 그리고는 벌써 30통이 넘게 연락을 취했던 남자의 번호로 또다시 전화를 걸었다. 하지만 여전히 고객님의 사정으로 전화를 받을 수 없다는 멘트만 흘러나올 뿐이다.

지금 상태로는 열 번을, 아니 천 번을 더 해 봐도 받지 않을 거라는 걸 알지만 도저히 포기할 수가 없다. 다시 한 번 집요하게 남자의 전화번호로 전화를 걸며, 봄은 아랫입술을 악 깨물었다.

이럴 줄 알았으면 일 핑계고 뭐고 그냥 연락을 해 보는 건데 그랬다. 자존심 다 접고 그래 보는 건데……. 피하지만 말고 부딪쳐 보는 건데…….

얼마나 세게 깨물었는지 입술이 터진 모양이었다. 비릿한 맛이 그녀의 입 안에 화악 퍼졌다. 그러자 안 그래도 어지러웠던 머리가 더욱더 핑 돌았다. 눈앞이 어질어질하고 속이 울렁거리기 시작했다.

본능적으로 이러다가는 곧 쓰러질지도 모르겠다는 생각이 문득 들었을 때였다.

"떴어요!"

막내가 비명과도 가까운 소리를 내질렀다.

"드디어 명단이 떴어요! 떴다구요!"

"정말이야? 그럼 그렇게 소리 지를 시간에 빨리 확인이나 해 봐!"

영은의 날카로운 목소리에 막내가 얼른 대꾸했다.

"벌써 했죠!"

"결과는!"

"없어요!"

"없어?"

"네! 사장님도 박 실장님도. 둘 다 명단에 없어요!"

"정말이야?"

"확인해 보세요!"

막내의 말에 영은은 허겁지겁 컴퓨터를 확인했다.

하지만 봄은 온몸이 굳어 버린 것처럼 꼼짝도 할 수 없었다. 머리로는 얼른 명단을 확인해야 하는데, 싶었지만 현실은 손가락 하나도 까딱하지 못했다.

"맙소사! 하나님 아버지 정말 감사합니다!"

봄이 몸에 힘을 주려 애를 쓰는 동안 명단을 확인한 영은이 두 손을 가지런히 모으며 소리쳤다.

그와 동시에 그녀의 온몸에서는 힘이 쫙 빠져나갔다. 그나마 남아 있던 기력도 모두 소진되고 가죽 껍질만 남은 기분이었다.

"정말 다행이긴 한데요. 그럼 대체 왜 사장님과 박 실장님은 연락이 안 되는 걸까요?"

"그러게. 무슨 다른 일이 생긴 건 아니겠지?"

"명단에 없다고 마음을 놓을 수가 없네요."

"그래도 저 사건에 안 휘말린 게 어디야."

"그건 그래요."

"어휴! 아무튼 이런 일이 있으면 재깍재깍 연락을 해 줘야지. 박 실장님은 대체 머나먼 타국 땅까지 가서는 어디서 뭘 하고 있는 거야."

영은이 짜증스럽게 비꼬았을 때였다. 조용했던 사무실 문이 벌컥 열렸다. 그리고 반가운 얼굴이 나타났다.

이런 사태 따위는 전혀 모르는 듯 순진무구한 얼굴을 하고 있는 박 실장이었다.

"헉! 박 실장님!"

막내가 귀신이라도 본 듯 소리를 질렀다.

"서프라이즈!"

상황 파악을 아직 못한 박 실장이 두 팔을 활짝 벌리며 씩 웃었다.

"어떻게 된 일이에요? 호주에 있어야 할 사람이 대체 지금 여기엔 왜 있어요?"

"일정이 생각보다 빨리 끝나서 오늘 새벽 비행기로 왔어."

"휴대폰은요? 왜 연락이 안 돼요?"

"아, 그거? 사장님하고 내 폰, 어제 멜버른에서 소매치기당했어."

"……소매치기요?"

"그래. 허연 놈들이 어찌나 손이 빠르던지. 나쁜 것들."

이를 바득 가는 박 실장의 말에 나머지 사람들은 모두 얼이 빠진 얼굴을 해 보였다.

"그런데 다들 왜 그런 얼굴이야? 반가워할 줄 알았더니, 이건 뭐 귀신이라도 보는 듯한데?"

박 실장은 정말 아무것도 모르는 모양이었다. 예상했던 것과는 전혀 다른 반응에 박 실장이 의아해했지만, 그 누구도 대답해 주지 않았다. 아니. 대답을 할 수가 없었다. 걱정이 사라지면서 온몸에 힘이 다 빠졌기 때문이었다. 입술조차 달싹할 수가 없을 지경이었다.

"단체로 다들 왜 이래. 한 비서. 무슨 일 있었어?"

박 실장의 시선이 그나마 멀쩡해 보이는 봄에게 닿았을 때였다. 마침 그녀의 휴대폰이 울렸다. 봄의 시선이 얼른 휴대폰을 향했다. 발신인은 동생이었다.

하지만 액정을 보는 순간 봄은 확신했다. 동생의 연락이 아니라 그 남자의 연락일 것이라고. 동생은 업무 시간에는 혹시 모를 방해를 하지 않기 위해 전화가 아니라 문자를 이용하기 때문이다.

손가락 하나 까딱할 힘이 없었는데 어디서 갑자기 힘이 생겨난 건지, 봄은 얼른 휴대폰을 집어 들어 귀에 가져갔다. 그녀가 여보세요. 라고 말을 하기도 전에 상대방에게서 목소리가 날아들었다.

― 퇴근하면 집으로 곧장 와.

무심하기 짝이 없는 목소리.

……그 남자였다.

✳❋✳

"회장님! 회장님!"

저 멀리서부터 해원의 다급한 목소리가 울려 퍼지더니, 이내 서재의 문이 벌컥 열렸다.

"체통머리 없게 왜 이렇게 호들갑을 떨고 그러나."

"체통이고 나발이고요. 무사하다네요! 우리 정한이가…… 무사하대요."

해원은 울먹거렸다.

"제대로 된 정보야?"

"네. 방금 비서실에서 연락받았어요. 두 사람 다 무사히 한국으로 귀국했다고요."

"그렇군."

"회장님은 안 기쁘세요? 전 지금 꼭 죽은 줄 알았던 사람이 살아 돌아온 것처럼 놀랍고 기뻐 죽겠는데."

"무사하다면 됐지. 알겠네."

"정말 너무하셔요. 누가 보면 친손자 아닌 줄 알겠어요."

윤 회장의 심드렁한 반응에 해원은 밉지 않게 살짝 눈을 흘겼다.

"아직 정한이한텐 연락이 안 되던데. 나중에라도 꼭 해 보세요. 꼭이요. 아시겠죠?"

몇 번이나 '꼭'이라는 말을 강조하던 해원이 서재를 나가자마자 윤 회장은 들고 있던 책을 내려놓으며 한숨을 허, 크게 내쉬었다. 사실 지금까지 책을 붙들고 있기는 했지만 그는 자신이 무슨 책을 들고 있는지조차 모를 정도로 정신이 딴 데 팔려 있었다.

소식을 들었을 때 얼마나 놀랐던지. 정말 그대로 뒷목 잡고 쓰러질 뻔한 걸, 정신력 하나로 버텨 냈다. 쓰러질 땐 쓰러지더라도 하나밖에 없는 손자의 정확한 생사는 알고 쓰러져야 할 것 같아서였다.

무사하다니 다행이다. 정말 다행이야.

속으로 몇 번을 읊조리던 윤 회장의 눈에 책상 밑에 두었던 쇼핑백이 들어왔다. 얼마 전 녀석이 생일 선물이랍시고 들고 왔던 홍삼 엑기스였다.

상자를 물끄러미 바라보던 윤 회장은 달달 떨리는 손을 천천히 뽑어 그것을 끄집어냈다. 그러고는 한 첩을 꺼내 귀퉁이를 뜯어내어 입에 물었다. 썩 내키지는 않았지만 기력이 떨어져서 지금 당장 뭐라도 먹어야겠는데 눈에 보이는 게 이것뿐이라 어쩔 수 없었다. 그는 한 첩을 얼른 입 안에 털어 넣고는 빈 껍질을 휴지통에 가볍게 던져 넣었다.

예민한 체질이라 다른 약재는 잘 듣지 않는 그에게 유일하게 잘 받는 것이 홍삼이다. 그 아이가 이 사실을 알고 이걸 고른 건지. 아니면 소 뒷걸음질 치다가 쥐 새끼를 잡은 건지. 내막은 모르겠지만 어쨌든 나쁘지 않은 선물이었다.

꺼낸 상자의 뚜껑을 닫고, 마치 단 한 번도 건드린 적 없었던 것처럼 원래 있던 쇼핑백 안에 도로 집어넣으려던 윤 회장의 손에 뭔가가 걸렸다. 손에 집히는 대로 그것을 꺼내 확인해 보니, 빨간 편지 봉투였다.

"흐음."

조금 전 홍삼을 바라봤을 때와 마찬가지로 물끄러미 그것을 들여다보던 윤 회장은 무심한 손길로 봉투를 벗겨 내고 겉과는 다른 흰 속지를 열어 보았다. 편지지에는 예상했던 대로 그 아이를 닮은 둥글둥글하고 정갈한 글씨가 빼곡히 적혀 있었다.

윤 회장은 돋보기안경을 찾아 낀 다음 편지 첫 줄을 읽기 시작했다.

〈안녕하세요. 회장님.

한봄입니다.

정한 씨에게 인사를 대신 부탁하긴 했는데 워낙 쑥스러움이 많은 사람이라 제대로 전달이 됐을지 몰라서 이렇게 메시지를 따로 남깁니다.

먼저 생신 축하드립니다. 찾아뵙고 직접 인사를 드리는 게 예의인 줄 알면서도 이렇게 글로 인사드리는 점 양해 부탁드려요.

홍삼이 체질에 잘 받으신다고 들었습니다. 오래된 기억이라 솔직히 정확한 정보인지가 조금 헷갈리긴 하지만, 그래도 준비했습니다. 더 좋은 것 많이 드시겠지만, 그래도 입 심심할 때 하나씩 드세요. 다른 군것질보다야 홍삼이 낫지 않을까요. 많이 드시고 앞으로도 오래오래 건강하세요.

참. 그리고 정한 씨를 멋진 남자로 키워 주셔서 감사합니다. 진심으로요.

회장님이 저희 두 사람의 만남에 대해 허락도, 그렇다고 딱히 반대도 하지 않으신다고 들었어요. 그리고 그 뜻이 뭔지도 잘 알겠구요. 그런 회장님 마음도 충분히 이해합니다. 마음 아프지만 인정할 건 인정해야죠. 정한 씨에 비하면 제가 많이 부족하다는 걸요.

그런데 죄송한 얘기를 하나 드려야 할 것 같아요. 정말 죄송하지만 회장님께서 직접 반대를 하실 때까지는 모르는 척하고 지내겠습니다. 제 욕심인 거 알지만, 그래도 누릴 수 있을 때까진 이 행복감 누리고 싶습니다. 부디 너그러운 마음으로 용서해 주세요.

글이 생각보다 길어졌네요. 바쁘실 텐데 너무 많은 시간을 뺏은 건 아닌지 걱정됩니다. 그리고 생신 축하 인사를 드려야 하는데 죄송하고도 건방진 얘기만 너무 줄줄 써 놓은 점도 정말 죄송합니다.

그래도요. 정말 그래도. 만약에. 혹시나…….

여자 못 만날 뻔했던 손자를 구제해 준 제가 기특하다는 생각이 손톱만큼이라도 드시지는 않을까. 그렇다면 다음번 생일 땐 직접 뵙고 인사드릴 수 있지 않을까.

감히 소망하며. 이만 줄이겠습니다.

한봄 드림.〉

마지막 한 글자까지 꼼꼼하게 읽은 윤 회장의 눈길이 마지막 문단에서 한참을 머물렀다. 그러다 그의 입술을 비집고 허, 하는 한숨과도 같은 웃음이 흘러나왔다.

"……이런 당돌한 것을 봤나."

하지만 말과는 달리 슬쩍 올라간 입꼬리는 여전히 그대로였다.

✳❋✳

친구 녀석에게서 조언을 얻고 호기롭게 그녀에게 생각할 시간을 주겠노라, 작정하고 연락을 끊은 지 오늘로써 고작 5일째. 하지만 정한은 사실 3일째부터 지독한 금단 증세에 가슴앓이를 해야만 했다.

"진짜 이거 효과 있는 거 맞아?"

— 믿어 보라니까? 효과 엄청날 테니까. 보채지 말고 좀 느긋하게 기다려.

"괜히 거절할 구실만 주는 거 아니야? 화가 나서 결혼이고 나발이고. 연애도 못 하겠다고 하면 어떡해?"

— 후. 그렇게 걱정되면 내 조언이고 뭐고 무시하고 그냥 연락

하든가.

"야! 최도진! 너 설마 이제 와서 발 빼려는 거 아니겠지? 어? 네 말 듣고 3일이나 내가 버티고 있는데?"

— ……끊어라. 국제 전화 돈 많이 나온다.

뚝.

친구 녀석의 전화는 매정하게 끊겼다.

"망할. 진짜 이렇게까지 했는데 안 통하기만 해 봐. 진짜 너 죽고 나 죽는 줄 알아."

검게 변해 버린 휴대폰 액정에 대고 무시무시한 경고장을 날린 정한은, 저도 모르게 정신줄을 놓고서 그녀에게 전화를 걸게 될까 봐 얼른 휴대폰을 침대 위로 집어 던졌다. 그래 놓고도 자꾸만 시선이 휴대폰으로 향해서 차라리 휴대폰이 없어졌으면 좋겠다, 생각하던 바로 다음 날이었다.

정말로 휴대폰을 잃어버렸다. 황당하지만 소매치기를 통해서.

그 순간부터였다. 밑도 끝도 없이 불안해지기 시작한 것은. 아무래도 예감이 영 좋지 않았다.

뭔가 이건 아닌 것 같은 느낌이랄까. 그래. 사실 자신은 이를 악물며 연락을 참았던 거지만, 그러는 동안 그녀에게서도 연락 한 통 없지 않았는가. 혹시나 연락 따위 하지 않아도 전혀 아쉬울 게 없다는 뜻은 아닐까.

별 잡다한 생각이 다 들었다. 한번 안 좋은 쪽으로 생각을 시작하니 꼬리에 꼬리를 물고 최악의 생각들이 겹치기 시작했다. 쓸데 없는 생각들로 점점 정신이 피폐해지던 그때, 그는 결국 중대한 결심을 했다.

빨리 한국에 돌아가야겠다고. 얼굴을 마주 보고 사과하면 마음 약한 그녀가 그래도 매정하게 뿌리치지는 않지 않을까, 진지하게 생각했다.

그렇게 일정을 무리하게 조정해서 6일 일정으로 잡혀 있던 스케줄을 단 4일 만에 끝내고 한국행 비행기에 올랐다. 비행기를 타고 한국으로 향하는 길이. 공항에서 곧장 그녀의 집으로 향하는 길이. 얼마나 길고 더디게 느껴졌는지 모르겠다.

하루 온종일 조마조마했다. 혹시라도 그녀가 제 얼굴을 보고도 전혀 반가워하지 않고 쌩하니 찬바람을 일으키며 그냥 지나쳐 버릴까 봐. 지금까지 연락 없었잖아요. 그건 저와의 사이를 완전히 끝내겠다는 뜻 아니었어요? 하고 저를 몰아붙이기라도 할까 봐.

사나이 체면에 쪽팔리긴 하지만, 호주의 추운 날씨에도 끄떡없이 반팔을 입고 돌아다녔던 그가 한국에 돌아와 이 여름 날씨에 살짝 몸을 떨 정도였다.

그래. 그렇게 미친 듯이 떨었는데 말이다. 온갖 걱정거리로 그 긴 비행 시간 동안 잠 한숨도 못 잤는데 말이다. 그런데…… 지금 대체 이게 무슨 상황일까.

정한은 믿기지 않는 상황에 두 눈을 느리게 끔뻑였다. 하지만 눈앞에 있는 광경은 변하지 않았다. 현관 앞에서 신발도 채 벗지 못한 채 그녀가 주르륵 눈물을 흘리고 있다. 제 두 눈을 똑바로 바라보며.

"뭐야. 왜 울어? 응? 무슨 일 있어?"

넋을 놓고서 그녀의 우는 모습을 보고 있던 정한은 한참 만에야 정신을 차리고 그녀의 어깨를 붙들었다.

"⋯⋯괜찮아요?"

여전히 눈물을 뽑아내며 그녀가 한껏 젖은 목소리로 물었다.

"당신⋯⋯ 정말 괜찮은 거예요?"

"무슨 질문이 그래? 지금 상황을 봐. 난 괜찮은데 당신이 안 괜찮잖아. 지금."

그의 대답에 그녀가 별안간 우와앙 울음을 크게 터뜨렸다.

아니, 이게 대체 무슨 일이란 말인가. 대체 내가 뭘 어쨌다고.

정한은 황당한 얼굴로 그녀를 얼른 끌어안았다. 무슨 상황인지 도저히 모르겠지만 일단은 달래는 게 먼저인 듯했다. 괜찮아. 괜찮아. 들썩이는 작은 등을 부드럽게 토닥여 주었다.

"난 진짜 당신이⋯⋯ 흐흡. 어떻게 되는 줄 알고⋯⋯ 얼마나 무서웠는데⋯⋯ 흑. 여객기 납치한 놈을 얼마나 원망했는데⋯⋯ 30분이 30년 같았는데⋯⋯ 흐윽. 근데 당신은 이렇게 멀쩡하고⋯⋯ 흡."

내가 어떻게 됐다고? 여객기가 뭘 어쨌다고?

답답한 마음에 그의 잘생긴 눈썹이 와락 일그러졌다. 단어보다 울음이 더 많이 섞인 그녀의 말은 좀처럼 알아들을 수가 없었다. 분명 중요한 말인 것 같은데 말이다.

그렇게 정한이 외계어보다 더 어려운 그녀의 말을 해석하기 위해서 용을 쓰는 동안, 그녀의 울음이 점차 잦아들기 시작하더니 이내 그녀가 한껏 젖은 얼굴로 그의 품에서 벗어났다.

"다 울었어?"

"네."

그녀가 킁, 코를 삼키며 퉁명스레 대답했다.

"대체 왜 갑자기 운 거야? 무슨 일 있었어? 아까 그건 대체 무슨 소린데? 여객기가 뭘 어쨌다고?"

그의 물음이 길어질수록 그녀의 말간 얼굴이 찌푸려지는가 싶더니, 이내 꽥 소리를 내질렀다.

"몰라요. 몰라! 암튼 당신 무슨 일 생겼으면 내가 진짜 가만 안 두려고 했어요! 진짜야. 다시는 나 두고 어디 가지 마요! 잠수 타지도 말고! 알겠어요?"

"내가 연락 없어서 혹시…… 삐쳤어?"

"그래요! 삐쳤어요!"

조심스러운 물음에 그녀가 눈을 곱게 흘기며 대답했다.

"뭐, 어디 삐치기만 한 줄 알아요? 화도 났어요. 오기만 해라! 내가 어떻게 복수하나! 투명인간 취급해 버려야지! 내가 며칠 동안 얼마나 벼르고 있었는데?"

"그런데 왜 투명인간 취급 안 하고 이렇게 울었는데?"

"그거야, 화난 것보다…… 안심된 마음이 컸으니까 그렇죠."

도대체 저가 없는 동안 무슨 일이 있었는지는 모르겠지만, 이 상황이 확실히 저에게 유리하다는 것만은 확실했다. 그러자 그의 입가로 비실비실 웃음이 새기 시작했다.

"왜 그렇게 웃어요?"

"좋아서."

"좋긴 뭐가 좋아요? 사람 마음은 새까맣게 다 태워 놓고."

"화났을 거라고 생각했거든."

"화났다니까요?"

"아닌 것 같은데? 지금 당신 모습은, 화가 나기는커녕 내가 오늘 프러포즈하면 꼭 승낙할 것처럼 보이는데 말이야."

분위기를 풀어 보려고 일부러 장난스럽게 말했다. 하지만 예상치 못하게 그녀의 대답은 금방 날아들었다.

"……그건 맞아요."

맞아요?

순간 정한의 눈이 둥그렇게 커졌다.

"뭐?"

"하자고요. 결혼."

저가 잘못 들은 게 아닌 모양이다. 정한은 뒤통수라도 얻어맞은 듯 멍한 얼굴로 그녀를 바라보았다.

"결혼을…… 하자고?"

"네."

그녀는 다시금 똑바로 대답했다. 의심할 여지가 없는 프러포즈 승낙이었다.

하지만 정한은 여전히 얼떨떨할 뿐이다. 승낙을 받으면 날아갈 듯 기쁠 줄 알았는데 아니었다. 막상 쉽게 대답하는 그녀를 보고 있자니 오히려 더 불안한 기분이 들었다.

"……갑자기 왜 그래?"

"왜요. 이제 와서 나랑 결혼하기 싫어졌어요?"

"그럴 리가!"

그는 펄쩍 뛰었다. 사실 그녀와 연애를 시작했던 그 순간부터, 그는 늘 그녀와의 결혼을 꿈꿨다. 늘 농담인 척, 흘러가는 말인 척 내뱉었지만 진심이 가득 담겨 있었던 것이다. 그러니까 지금 이건 꿈에서나 그리던 상황이었다. 말 그대로 꿈만 같은 상황. 하지만 그럼에도 그는 지금 이 순간 혼란스럽기만 했다.

"⋯⋯그건 절대 아닌데."

"아닌데요?"

"이건 너무 갑작스럽잖아."

"갑작스러워요?"

"그래. 며칠 전까지만 해도 분명히 결혼은 생각 없다고 피했잖아, 당신. 그런데 갑자기 결혼을 하겠다고 하니까⋯⋯."

"언제는 생각해 보라면서요?"

"그랬지."

"그래서 계속 생각해 봤어요. 그리고 결정했어요. 물론, 길게 생각한 것에 비해 결정이 조금 충동적이긴 했지만요."

그녀는 그와 시선을 똑바로 맞춘 채로 또박또박 대꾸했다. 그런 그녀의 두 눈엔 한 치의 흔들림도 없었다.

"⋯⋯진심이야?"

"네. 진심이에요. 당신이 내 곁을 정말로 떠날 수도 있겠다는 생각을 하니까 없던 용기가 생겼어요. 당신을 잃는 것보다는 회장님하고 맞서 싸우는 게 덜 힘들 것 같아. 그리고 지금 마음 같아서는 다 이길 수 있을 것 같아요. 회장님이든 IS 놈들이든."

"⋯⋯다 좋은데 여기서 IS는 갑자기 생뚱맞게 왜 나와?"

"그런 게 있어요."

눈썹을 찌푸리며 진지하게 묻는 그를 향해 그녀는 훗, 옅게 웃었다. 그러더니 제 왼손을 척, 내밀며 말했다.

"나 반지 사 줘요."

"반지?"

"알 되게 큰 걸로."

"알…… 되게 큰 거?"

"네. 아주 많이 큰 거요. 한 내 주먹만 한 거?"

자신의 주먹을 쥐어 보이며 고개를 갸웃하는 여자를 바라보곤 정한 역시 따라 고개를 갸웃했다. 그녀의 주먹만 한 것이든, 제 주먹만 한 것이든, 아니면 더 큰 것이든. 그녀를 위해서라면 못 사 줄 것도 없었지만 웬일로 이런 것에 욕심을 부리나 싶었다. 평소엔 영화 하나 보는 것도 돈 따져 가면서 알뜰하게 굴면서 말이다.

그런 그의 속마음을 눈치챘는지, 그녀가 자신의 왼손을 빤히 바라보며 말을 덧붙였다.

"그거 보여 주면서 회장님께 말씀드릴 거예요."

"뭐라고?"

"보세요, 회장님. 저는 회장님 돈 필요 없어요. 그러니까 저한테는 돈 먹고 떨어져. 하셔도 안 통할 거예요. 이 남자가 있으면 더 큰 돈이 절로 따라오는데요. 저 돈 없는 사람인 거 아시죠? 돈 때문에라도 절대로 이 남자한테서 안 떨어질 거예요. 그러니까 회장님이 포기하시는 게 빠를 거예요. 라고요."

주절주절 말을 늘어놓던 그녀가 그와 시선을 맞추며 입꼬리를 씨익, 매력적으로 말아 올렸다.

"어때요. 이 정도면 회장님도 포기하시겠죠?"

하. 미치겠네, 진짜.

정한은 참을 수 없을 만큼 사랑스러운 얼굴을 하고서 저를 올려다보는 여자의 얼굴을 양손으로 그러쥐었다.

"당신한텐 힘든 결정이었을 거라는 거 알아. 정말 고마워."

"앞으로가…… 더 힘들겠죠?"

"앞으로의 일은 걱정하지 마. 내가 다 알아서 할게."

"응. 믿어요."

그녀가 예쁘게 웃었다. 그와 동시에 혼란스럽던 마음이 깔끔하게 정리가 됐다.

그래. 갑작스럽던, 그 이유가 뭐든, 결과가 중요한 게 아니겠는가. 그녀가 저를 믿고 내밀었던 손을 잡아 줬으니, 그걸로 다 된 거였다.

정한은 입가에 부드럽게 미소를 띤 채 말했다.

"사랑해."

"나도 사랑해요."

그녀의 대답을 듣기가 무섭게 정한은 미칠 듯이 사랑스러운 말만 내뱉고 있는 조그만 입술을 와락 집어삼켰다. 두 사람의 열기는 금방 얽혀 들어갔다. 두 사람은 그 어느 때보다 뜨겁게 서로를 맛보았다.

5일 만에 탐하는 그녀는 여전히 달콤했다. 온몸이 녹아 버릴 것 같을 정도로…….

그렇게 두 사람은 이곳이 그녀의 집이라는 사실도, 아까부터 현관 앞에서 요란 법석을 떨고 있던 두 사람의 모습을 영원이가 팔짱을 낀 채 지켜보고 있다는 사실마저도 완전히 잊은 채 서로를 열정적으로 탐닉했다. 아주 오래도록.

같은 시각.

띠리링—

호주의 어딘가를 떠돌고 있을 그의 휴대폰에 문자 한 통이 도착했다.

[이번 주말에 한 비서와 함께 집으로 저녁 먹으러 오거라.]

때는, 바야흐로 봄바람이 살랑대는 어느 봄날.

정한이 소유한 제주도 별장은 고즈넉한 주변 경치와 달리 많은 사람들로 붐볐다. 평소에는 인적이 드문 곳이었지만, 오늘 있을 두 사람의 결혼식 때문이었다.

"봄아! 너 정말 너무 예쁘다."

신부대기실로 변한 2층의 작은 방으로 들어온 영지가 웨딩드레스를 입고 다소곳이 앉아 있는 봄을 보자마자 감탄사를 크게 뱉어 냈다. 몸에 딱 맞게 피팅된 순백의 웨딩드레스는 깨끗한 이미지의 그녀와 정말로 잘 어울렸다. 화려한 장신구가 없이 깔끔한 디자인이었음에도 반짝반짝 빛이 나는 듯했다.

"괜찮아?"

"괜찮은 정도가 아니야. 진짜 내가 여태 본 신부 중에 최고야, 최고!"

엄지를 척 들어 보이며 흥분하는 친구의 모습에 봄은 수줍은 미소를 살짝 지어 보였다.

"사실 나 지금 어색해 죽겠어."

"야, 웃기지 마. 솔직히 널 보는 내가 더 어색한 게 맞거든?"

영지가 장난스럽게 웃으며 말했다.

"네가 나보다 먼저 시집을 갈 줄이야. 그것도 우리 회사 사장님이랑! 연애에 관심 없는 척하더니, 완전 내숭이었잖아?"

청첩장이 나오는 그날까지도 두 사람은 비밀연애를 했었다. 사내연애였고 만나는 남자의 위치가 남달랐으니 조심스러웠을 거라는 건 이해가 됐지만, 그래도 친구인 자신에게까지 단 한마디의 언질도 주지 않았다는 게 영지는 은근히 섭섭했다. 물론 미리 말해 주었어도 쉽게 믿지는 못했겠지만 말이다.

"미안해. 저번에도 말했고 일주일 전에도 말했고 어제도 말했지만, 오늘 또 미안해."

"흥. 이건 앞으로도 1년은 더 우려먹어도 될 정도의 큰 사건이거든?"

"알아. 그러니까 군말 않고 사과하잖아."

영지의 섭섭한 마음을 충분히 이해하기에 봄은 진심으로 미안했다. 본의 아니게 처음부터 속였던 탓에, 중간에 사실대로 얘기하기가 쉽지 않았다. 그래서 어영부영하다 보니 시간이 흘렀고 결국 이렇게 됐다.

사실 그녀 역시 자신의 연애가 결혼까지 골인하게 될 줄은 몰랐었다. 결혼은 현실이었고, 자신이 처한 현실을 누구보다 잘 직시하고 있었으니까. 그래서 가장 친한 친구인 영지에게조차 숨겼다. 그냥 대부분의 연애가 그러하듯 적당히 만나다가 마음이 식으면 흐지부지 끝날 줄 알았던 것이다.

"너 진짜 나한테 미안해 죽겠지?"

"말이라고 해. 그걸."

"그러니까 앞으론 비밀 만들지 마? 나 섭섭하니까."

"응. 약속할게."

고개를 끄덕이는 봄을 향해 영지가 시원스럽게 웃었다.

"좋아, 기분이다! 유통 기한은 아직 1년 남았지만, 오늘로 깔끔하게 폐기해 줄게."

"정말?"

"그래. 사실 네가 잡아 준 숙소가 무척 마음에 들었거든. 아무리 직원 할인을 받을 수 있다고 해도 5성급 호텔 스위트룸에 내가 언제 또 묵어 보겠어. 그것도 3일씩이나. 같이 올 남자가 없다는 게 조금 아쉽긴 하지만, 덕분에 잘 쉬다 갈 수 있을 거 같아."

결혼식을 제주도 별장에서 하기로 한 탓에 모든 하객들에게 항공편을 제공했다. 필요한 사람들에게는 숙소 역시 제공했다. 그중에서도 마침 3일 정도 일정을 조정할 수 있다는 영지에게는 특별히 신경을 썼다. 다행히도 영지는 숙소와 3일을 제주도에서 보내게 된 것이 마음에 쏙 든 모양이었다.

결혼식을 제주도 별장에서 하기로 한 것은, 순전히 봄을 위해서였다.

소희의 결혼식은 윤강그룹답게 초호화판으로 진행되었었다. 수많은 정재계 인사들이 참석했고 마치 파티라도 되는 듯 시끌벅적했었다. 사실 정한의 결혼식 역시 소희의 결혼식보다 훨씬 더 화려하게 진행되어야 하는 게 맞았다. 우리나라의 결혼식은 두 사람을 위한 축제가 아니라 보여 주기 식의 축제였으니까.

하지만 일가친척이 전혀 없는 봄의 사정을 생각해서 조용하게 치르기로 한 것이다. 윤 회장은 소희의 결혼식과는 달리 이번 결혼식에는 일절 자신의 지인을 초대하지 않았다. 덕분에 두 사람이 꼭 초대하고 싶은 지인들 몇몇만을 초대해 말 그대로 조용하게 치를 수 있게 됐다. 물론 꼭 초대해야 하는 지인의 수가 그녀보단 정한이 압도적으로 많기는 했지만 말이다. 그래도 윤강건설 사장 윤정한의 결혼식치고는 이 정도면 아주 소소하다 말할 수 있었다.

제주도의 고즈넉한 별장은, 정한이 가진 수많은 별장들 중 봄이 가장 좋아하는 장소였다. 어차피 결혼식에 초대할 사람들도 그리 많지 않았기 때문에 결혼식 장소를 이곳으로 정하는 것을 망설일 필요가 없었다.

별장은 전체가 통나무로 지어진 조그마한 2층 건물이다. 위치도 남들의 눈에 잘 띄지 않는 산 중턱에 자리를 잡고 있어서 주위가 아주 조용했다. 마트에 가려면 차를 타고도 한참을 내려가야 한다는 게 불편했지만 한 번에 한가득 장을 봐 오면 전혀 문제가 될 게 없었다. 앞으로는 맑은 계곡물이 흐르고 주변은 크고 우람한 나무들로 온통 푸르른 게 그야말로 장관이었다.

연애를 하는 동안 두 사람은 이곳을 자주 찾았다. 두 사람 다 해외여행은 엄두도 내지 못할 정도로 바빴기 때문도 있었지만, 가장 큰 이유는 여름엔 시원하고 겨울엔 따뜻한 분위기가 좋았기 때문이다.

"언니!"

영지가 방을 나가자 마치 바통을 넘겨받기라도 한 듯 소희가 빼꼼 고개를 내밀었다.

"우와. 진짜 예쁘네요. 오빠 입이 오늘따라 유독 더 찢어진 이유가 여기 있었네."

"오는데 고생 많았죠?"

"결혼식 당사자보다 더 고생했으려고요."

결혼 선배답게 소희는 여유롭게 말했다. 하지만 봄은 걱정스럽다는 듯 소희의 배를 바라보았다.

"너무 무리한 건 아닌지 모르겠어요."

가녀린 팔다리 때문인지 살짝 솟은 배가 유독 도드라져 보인다. 소희는 이제 막 임신 5개월에 접어든 임산부였다.

"괜찮아요. 제주도쯤이야. 요즘 임산부들은 해외여행도 다니고 하는데요, 뭘. 덕분에 도진 씨랑 오랜만에 여행 아닌 여행도 하게 되고. 아주 좋아요."

"그렇담 다행이구요."

"언니. 많이 떨려요?"

살짝 굳어 있는 예쁜 얼굴을 보며 소희가 물었다. 지금까지 봄을 봐 왔지만 이렇게 긴장한 모습을 보는 건 처음이었다. 그녀는 신기하다 싶을 정도로 어느 순간이든 표정 관리를 잘했었으니까. 난다 긴다 하는 대단한 인물들도 저도 모르게 기가 죽는다는 포스의 제왕인 제 할아버지 앞에서도 말이다.

"티 많이 나요?"

봄이 제 뺨을 양손으로 감싸며 조심스럽게 물었다.

"많이는 아니고 아주 조금?"

"아침까지만 해도 정말 아무 생각 없었는데 막상 준비 다 하고 여기 앉아 있으니까 너무 떨리는 거 있죠."

"하긴. 결혼 준비하는 동안은 계속 정신없어서 긴장을 느낄 새도 없었죠?"

"맞아요. 아마도 그랬던 것 같아요. 아가씨도 많이 떨렸어요?"

"당연하죠. 나도 초혼이었는데."

소희가 킥킥 웃으며 농담 삼아 던진 말에 봄도 픗 웃었다. 잔뜩 경직되었던 얼굴 근육이 풀린 느낌이다.

"날씨가 좋아서 다행이네요. 날씨가 오락가락하는 제주도에서 야외웨딩 한다고 해서 걱정했었는데."

"아가씨 오빠가 좀 고집을 피워야 말이죠. 야외웨딩이 로망이었대요."

"울 오빠가 그렇게 말해요? 로망이라고?"

봄의 옷매무새를 정리해 주고 있던 소희가 황당하다는 듯 허, 웃었다. 진짜 웃기는 일이 아닐 수 없었다. 봄을 만나기 전까지만 해도 결혼은 아예 생각도 하지 않았던 인물의 입에서 결혼에 대한 로망이라는 말이 나오다니. 정말 사람 일은 한 치 앞도 모른다는 말이 맞는 듯하다.

"언니."

"네."

"내가 정말 고마워하는 거 알죠?"

"……고마워요?"

문득 뱉어진 물음에 봄의 고개가 갸웃해졌다.

"네. 정말 말로 어떻게 표현할 수 없을 정도로 미친 듯이 고마워요. 일하는 기계 같던 울 오빠 사람 만들어 줘서."

"아……."

"농담 같죠? 근데 진담이에요. 진짜 저러다 외롭게 혼자서 늙어 죽으면 어떡하나 걱정 많이 했었는데. 어쩌면 평생 하게 됐을지도 모르는 걱정을 언니가 훅 덜어가 줘서 얼마나 고마운지 몰라요."

소희가 봄의 두 손을 지그시 붙들며, 말갛게 웃어 보였다.

"울 오빠랑 행복하게 잘 살아요. 꼭."

✲❀✲

정한은 별장의 널따란 정원에서 한창 손님을 맞고 있었다. 그래도 신부 측과 하객의 수를 적당히 맞춰야 한다는 생각 때문에 고르고 골라서 청첩장을 보냈지만, 그의 방대한 인맥 때문에 신랑 측 자리에는 수많은 하객들로 붐비고 있었다.

"매형!"

그가 잠깐 숨을 돌리기 위해 별장 뒷마당에서 담배를 입에 물었을 때였다. 불쑥 그의 앞으로 영원이 나타났다.

"무슨 일 있어?"

"아뇨. 무슨 일보다는…… 할 말이 있어서요."

"할 말?"

여자만 시가를 무서워하는 건 아니었다. 남자 역시 처가가 무섭긴 마찬가지였다. 영원은 나이도 한참 어렸고 친동생처럼 자신을 잘 따르기도 했지만, 그래도 이렇게 진지한 얼굴로 저를 바라볼 때면 마른침이 꼴깍 넘어가는 건 어쩔 수 없었다.

"네. 할 말이요."

"해 봐."

정한은 이제 막 입에 물었던 담배를 바닥에 떨어뜨린 뒤 구둣발로 지져 껐다.

"우리 누나 잘 부탁해요."

"그리고?"

"그게 전부예요."

짐짓 비장해 보였던 얼굴과 달리 나오는 얘기는 간단하기 그지 없다. 괜히 긴장했나 보다. 그가 약간 김이 빠진 얼굴을 해 보이자, 영원이 말을 덧붙였다.

"사실 누나는 나한테 누나 이상인 존재예요. 엄마 대신이었고, 아빠 대신이었고, 선생님 대신이기도 했어요. 누나는 지금까지 나 때문에 단 한 번도 또래가 누려야 할 것들을 누리고 살지 못했어요. 자기 옷 대신 내 옷을 샀고, 자기 맛있는 거 먹는 대신 날 먹이느라 바빴거든요. 말 그대로…… 꽃다운 청춘을 나한테 바쳤어요."

영원의 목소리에는 물기가 촉촉하게 어려 있었다.

"지금까지 매형이 우리 누나를 위해서 누구보다 많이 신경 쓰고 잘해 주신 거 알아요. 그 맘, 절대 안 변했으면 좋겠어요. 죽는 날까지요."

"걱정 마. 절대 안 변할 테니까. 죽는 날까지."

"약속해 줄 수 있어요?"

"혹시 너도 새끼손가락 거는 거 좋아해?"

새끼손가락을 척 들어 보이며 묻는 정한의 모습에 영원이 피식, 웃었다. 그러고는 바지 주머니를 뒤적거려 뭔가를 척 들어 보인다.

"이게 뭔 줄 알아요?"

"뭔데?"

"내가 발견했던 두 사람 가짜연애 계약서요."

"아, 그거?"

정한은 새삼스러운 눈으로 그것을 바라보았다. 저런 물건이 있었지. 싶은 마음이 들 정도로 까맣게 잊고 있었다.

"매형. 제가 예전에 했던 말 기억하세요?"

"물론이지. 그 무시무시한 협박을 내가 어떻게 잊을 수 있겠어. 만약에 누나를 울리는 날이 오면, 인터넷에 다 공개해 버리겠다고 했었던가? 아, 그리고 부도덕한 기업가로 이미지 완전히 추락시켜 버릴 거라고도 했었지."

"저보다 더 자세하게 기억하고 계시네요."

"다시 한 번 말하지만 네 협박이 참으로 무시무시했다니까."

그리 말하는 정한의 얼굴은 정말이지 진지했다.

"근데 그걸 갑자기 왜 들고 왔어?"

"글쎄요. 왜 들고 왔을까요?"

"설마 이 자리에서 커밍아웃 시키겠단 얘긴 아니지? 오늘이 결혼식인데?"

불안감이 잔뜩 서린 정한의 물음에 영원은 홋, 웃더니 들고 있던 종이를 반으로 쭉 찢었다. 그리고 다시 한 번 반으로. 또다시 반으로. 계약서는 영원의 손에서 갈기갈기 찢겨졌다. 형체를 알아볼 수 없을 정도로.

"지금 제 행동이 무슨 뜻인지는 잘 아시죠?"

얼떨떨한 얼굴로 서 있는 정한을 향해 영원이 허리를 90도로 꽉

듯하게 꾸벅 숙였다.

"우리 누나 잘 부탁드립니다."

✲✲✲

결혼식은 예정대로 진행되었다.

신랑 신부는 누구보다 아름답고 멋있었으며, 정한이 학창 시절 가장 믿고 따랐다는 스승은 주례사에 진심을 듬뿍 담아 주셨고, 두 사람은 평생 서로 믿고 살아갈 것을 신 앞에서 당당하게 맹세했고, 마흔 명 남짓 되는 하객들은 그런 두 사람을 위해 진심으로 축복의 박수를 보냈다.

축가는 도진이 맡았다. 생긴 것과 달리 그의 목소리는 미성이었다. 의외의 노래 실력을 한껏 뽐내는 덕에 분위기가 무르익어 갈 즈음이었다. 그가 갑자기 노래의 마무리를 소희 앞에서 짓는 게 아닌가. 잘 듣고 있던 신랑 신부뿐만 아니라 모두들 축가인지 사랑의 세레나데인지 헷갈린다며 도진을 향해 한바탕 야유가 쏟아졌다.

덕분에 결혼식은 유쾌한 분위기로 마무리가 되었다.

"새아가. 잠깐 나 좀 보자꾸나."

식이 끝나고 편한 옷으로 갈아입고 방을 나서는 봄의 앞으로 불쑥 윤 회장이 나타났다. 예상치 못한 등장에 깜짝 놀란 봄은 얼른 옷가지로 어지러웠던 방을 대충 치우고는 윤 회장을 방으로 모셨다.

"수고가 많았다."

"아니에요. 수고는요."

창가에 있는 작은 테이블 앞에 놓인 의자에 자연스럽게 앉는 윤 회장을 따라 맞은편에 앉으며 봄이 어색하게 웃었다.

"그래. 신혼여행은 따로 안 간다고?"

"네. 정한 씨가 워낙 바빠서요."

"네가 많이 섭섭하겠구나."

"아니에요. 정말로 괜찮아요, 저는."

봄은 황급히 손을 내저었다. 하지만 윤 회장은 네 맘 다 안다. 하는 얼굴로 그녀를 바라보고 있을 뿐이다.

사실 처음에 윤 회장에게서 결혼 승낙을 받았을 때, 봄은 도무지 믿어지지가 않았다. 전혀 예상하지 못한 전개였다. 윤 회장의 성격이 어떤지 잘 알고 있었기에 며느리감으로 자신을 받아들이는 건 절대 있을 수 없는 일이라고 생각했었다.

그래서 정한에게 다이아몬드 반지로 윤 회장과 맞서겠노라 말을 했을 정도로, 험난한 여정을 생각했다. 하지만 윤 회장은 의외로 아주 쉽게 두 사람의 결혼을 허락해 주었다.

'편지 잘 읽었다.'

결혼을 승낙하는 이유로 윤 회장은 그녀의 편지를 말했다. 편지라니. 편지지에 당돌하게 입에서 나오는 대로 지껄였던 것이 떠올라 봄의 얼굴이 시뻘게졌다. 사실 설마 내 편지를 끝까지 읽으시겠어, 하는 안일한 생각으로 썼던 편지였다.

그런 사정을 전혀 모르는 정한이 그게 무슨 말이냐는 듯 되물었지만, 두 사람 중 누구도 친절하게 설명을 해 주는 이는 없었다. 끝까지 정한이 집요하게 물었지만, 윤 회장과 봄은 둘만의 비밀로 굳히기로 했다. 지금까지도.

어쨌든 결혼 승낙을 받은 이후부터, 봄이 바라보는 윤 회장의 이미지는 확 바뀌었다. 무섭고 딱딱하다고만 생각했던 윤 회장은 의외로 따뜻하고 속정이 깊은 인물이었다. 정한의 섬세한 성격이 누구에게서 물려받은 것인지 확실히 알 수 있을 정도로.

"이거 받거라."

윤 회장이 들고 있던 쇼핑백을 봄을 향해 내밀었다.

"이게 뭐예요?"

"한약이란다."

"한약이요?"

"여자한테 좋은 약재를 썼다고 하더구나. 둘 다 이른 나이도 아니고 아이도 얼른 가져야 할 텐데, 네 몸이 워낙 약해 보여서 내가 걱정이 돼서 말이다. 가장 용하다는 한의사한테 받아 왔으니 약효는 있을 게다."

'아이'라는 말에 봄의 얼굴이 살짝 붉게 달아올랐다. 하지만 윤 회장은 시어른으로서 할 수 있는 말을 했다는 듯 덤덤하게 쇼핑백을 내밀고 있을 뿐이었다.

"네. 감사합니다. 잘 챙겨 먹을게요."

쇼핑백을 받아 품에 안은 봄이 윤 회장을 향해 고개를 꾸벅 숙였다.

그러자 문득 윤 회장이 물었다.

"세상사 가는 게 있으면 오는 게 있다는 말에 대해서 아느냐?"

"네?"

"전에 네가 줬던 홍삼. 좋더구나."

"……아! 네. 서울 가면 챙겨서 바로 찾아뵐게요."

"그래. 기다리고 있으마."

용건이 끝났다는 듯 윤 회장은 자리에서 일어났다. 그러고는 따라 일어나려는 봄을 제지하며 홀연히 방을 빠져나갔다.

방에 홀로 남은 봄은 멍한 시선으로 제 품에 안겨 있는 쇼핑백을 내려다보았다. 그러다 풋, 웃음을 터뜨렸다. Give&Take라니. 조금 전 홍삼 얘기를 하던 윤 회장의 모습은 정말이지 평생 잊을 수가 없을 것 같다.

그깟 홍삼쯤 윤 회장이 구하려면 얼마든지 구할 수 있었을 것이다. 하지만 손자며느리에게 굳이 받고 싶다는 건, 그만큼 그녀에게 애정이 있다는 얘기였다.

봄은 아주 기분 좋게 자리에서 일어났다.

아무래도 제주도에서 이틀을 보내고 서울로 가자마자 홍삼부터 사야 할 것 같다.

✷❄✷

"잠깐!"

모든 일정을 끝마치고 예약해 두었던 호텔 방 앞에 섰을 때, 문득 정한이 소리쳤다. 당장이라도 푹신한 침대에 피곤한 몸을 누이고 싶던 봄은 대체 왜 그러냐는 듯 의아하게 그를 바라보았다.

"신혼여행이라고 하긴 좀 그렇지만, 그래도 첫날밤인데 내가 안고 들어가야지."

"됐어요. 정한 씨도 피곤할 텐데 무슨……."

"깃털처럼 가벼운 내 여자 안을 힘은 있거든?"

그리 말하는 것과 동시에 정한의 팔이 그녀의 허리와 엉덩이 밑으로 훅 들어오더니, 정말로 그녀를 번쩍 안아 들었다. 꺄아. 일명 공주님 안기에 놀란 봄의 입에서 작은 탄성이 터져 나왔다.

"거봐. 거뜬하지?"

"얼른 내려 줘요. 불편해요."

"침대까지 안전하게 모시겠습니다. 그러니 편안하게 몸을 기대시는 게 어떨까요, 고객님."

이 남자의 고집을 그 누가 꺾을 수 있으랴. 여기서 더 내려 달라고 해 봐야 시간만 끌 뿐. 봄은 한숨을 폭 내쉬곤 몸에 힘을 빼며, 그의 목을 끌어안았다.

정한은 씩씩하게 걸어 들어가 널따란 호텔 방을 가로질러 침대 앞에서 그녀를 살포시 내려놓았다. 그와 동시에 봄의 몸이 시체처럼 축 늘어졌다.

"많이 힘들어?"

"죽겠어요. 진짜 두 번은 못 할 짓인 거 같아."

"뭐? 안 힘들면 결혼을 두 번 하려고 했어?"

정한이 눈을 치켜뜨자 봄이 얼른 말을 덧붙였다.

"설마요. 말이 그렇다는 거죠."

"말이라도 그런 얘긴 하지 마. 듣는 것만으로도 아주 불쾌하니까."

그가 넥타이를 느슨하게 풀어 젖히며 낮게 으르렁거렸다.

하여튼 저 질투쟁이.

봄은 속으로 짧게 한숨을 내쉬었다. 하지만 그가 이렇게 진득한 질투를 보여 줄 때마다 기분이 나쁘지는 않았다. 아니 오히려 꽤 좋았다. 은근슬쩍 그가 질투하는 모습을 종종 즐길 정도로 말이다.

"계속 그렇게 누워 있을 거야?"

"네?"

"아직 갈 길이 먼데 말이야."

무슨 소린가 했다. 한쪽 입꼬리를 말아 올리며, 야한 미소를 짓는 정한을 보며 봄은 살짝 미간을 좁혔다.

"우리에게 앞으로 남은 밤이 얼마나 많은데 이렇게 서둘러요?"

"첫날밤이잖아. 오늘은."

여자치고는 그런 것에 무감한 봄과는 다르게도 정한은 은근히 무드를 중요시 생각하는 남자였다. 첫날밤. 평생에 단 한 번 있는 이벤트라는 것을 봄 역시 잘 알기에 오늘만큼은 인정하지 않을 수가 없었다. 하지만 너무 피곤했다. 일단은.

"조금만 더 쉬어요."

"얼마나?"

"한 시간?"

"너무 길어."

"그럼 30분."

"15분으로 하지."

협상의 달인이다, 아주.

정한은 제멋대로 휴식 시간을 15분으로 정하고는 그녀의 옆에 나란히 눕는다.

"하늘이 예쁘네요."

투명한 유리로 된 천장을 바라보며, 봄이 중얼거렸다. 서울의 밤하늘과 달리 제주도의 밤하늘엔 반짝이는 별들이 촘촘히 박혀 있었다. 마치 쏟아질 것처럼 많이.

"그러네. 예쁘네, 많이."

정한이 대꾸했다.

"그거 알아요? 결혼은 마주 보는 게 아니라 같은 곳을 보는 거래요."

봄이 입가를 느슨하게 풀며 나른하게 중얼거렸다.

"우리 진짜 결혼했나 봐요."

왠지 결혼이라는 게 이제야 실감이 났다. 간질거리는 느낌. 혹시 자신과 같은 기분을 느끼고 있을까 궁금해진 봄이 그를 바라보기 위해 고개를 돌렸다. 그와 동시에 이미 그녀를 향해 모로 누워 있던 정한과 시선이 딱 마주쳤다.

근사한 옆얼굴을 예상했던 봄의 눈이 살짝 커졌다. 이 남자, 자신과 마찬가지로 하늘을 보고 있다고 생각했는데 지금까지 저를 보고 있었던 모양이다.

"계속 나 보고 있었어요?"

"응. 밤하늘보다 당신이 더 예뻐서."

부드럽게 휘어지는 정한의 눈꼬리를 따라 봄 역시 부드럽게 미소를 지어 보였다.

"영광이네요. 저렇게 아름다운 밤하늘보다 내가 더 예쁘다니."

그런 봄의 얼굴을 빤히 바라보던 정한이 문득 운을 뗐다.

"있잖아."

"네."

"당신은 아들이 좋아, 딸이 좋아?"

생뚱맞은 질문에 봄의 눈이 살짝 커졌다.

"갑자기 그 질문은 왜?"

"결혼했으니까 자녀 계획도 이제 슬슬 세워야지."

"자녀 계획이요?"

봄이 황당하다는 듯 물었지만, 정한은 들은 척도 하지 않고 제할 말만 했다.

"나는 딸이 좋아."

"딸이요?"

살짝 의외라는 듯 봄이 되물었다. 둘 다 좋아. 그의 성격상 분명 그렇게 말을 할 줄 알았는데 말이다.

"응. 내가 상상을 해 봤거든?"

"무슨 상상?"

"당신을 똑 닮은 조그만 딸이 '아빠' 하고 달려와서 안기거나, 내 앞에서 애교 부리는 모습 말이야. 근데 막 몸이 녹을 것 같은 거야. 기분이 너무 좋아서."

그는 마치 어린아이처럼 눈을 반짝이며 말했다.

"너무 앞서간 거 아니에요? 우리 오늘 결혼했는데?"

"내 맘대로 상상도 못 하나, 뭐."

정한은 입술을 불퉁 내밀었다. 결혼을 오늘 한 게 뭐가 중요한가. 이런 상상을 한 건 이미 아주 오래되었는데 말이다.

"좋아요. 상상이니까. 인정해 줄게요."

정한의 투덜거림에 봄이 살짝 웃으며 대답했다.

"인정해 줘야지, 당연히."

"그러니까 당신은 딸이 갖고 싶다는 얘기예요?"

"음. 그렇긴 한데……."

"그렇긴 한데?"

"아들도 좋을 것 같아."

그럼 그렇지.

심각한 고민을 하는 듯 내뱉어진 정한의 말에 봄은 속으로 크게 웃었다.

"혹시 아들도 상상해 봤어요?"

"물론이야."

봄은 손을 뻗어 옆으로 흘러내린 그의 앞머리를 정리해 주며 부드럽게 물었다.

"이번엔 무슨 상상인데요?"

"날 똑 닮은 아들 녀석과 대중목욕탕에 가는 거. 이것 역시 상상해 봤는데 엄청 기분이 좋아."

봄은 문득 부드럽게 웃는 그의 얼굴 위로 제 아버지의 얼굴을 겹쳐서 보았다.

그녀의 아버지도 그랬었다. 일요일 오전만 되면 늦잠 자는 어린 동생을 굳이 깨워서 비몽사몽한 채로 목욕탕에 데려가곤 하셨다. 반질반질 윤이 날 정도로 깨끗하게 씻은 다음, 뚱땡이 바나나 우유를 쪽쪽 빨며 나란히 돌아오는 부자의 모습은 무척이나 행복해 보였었다.

"그래서 딸을 원한다는 거예요, 아들을 원한다는 거예요?"

그녀의 질문에 정한은 심각한 얼굴이 되었다. 아빠가 좋아, 엄마가 좋아? 다음으로 어려운 질문이었다. 그는 잠깐 동안 아주 진지하게 고민을 해 보았다. 그리고 이내 신중하게 대답했다.

"둘 다."

"둘 다?"

"딸도 좋고 아들도 좋아. 둘 다 있으면 더 좋을 것 같고. 많으면 많을수록 더욱더 좋을 것도 같아."

싱글벙글 웃는 모습을 보니, 딸을 낳으면 딸바보, 아들을 낳으면 아들바보가 될 남편의 미래가 벌써부터 훤히 보이는 듯했다. 물론 나쁠 건 없었지만, 봄은 괜히 한 소리를 했다.

"그건 욕심이 너무 과한 거 아니에요?"

"흐음. 그렇게 되면…… 아무래도 당신이 많이 힘들겠지?"

"그렇겠죠?"

"그럼 하나만 낳아야 할까?"

정한은 진심으로 그녀가 걱정이 된다는 듯. 그러나 참 많이 아쉽다는 듯 물어 왔다. 자식은 여럿 보고 싶은데 아내가 아픈 건 또 싫다는, 그의 고뇌가 고스란히 전해져서 봄은 저도 모르게 풋 웃어 버렸다.

정말 귀여운 남자가 아닐 수 없다. 세상 어느 누가 상상이나 할 수 있을까. 윤강건설 윤정한 사장에게 이렇게나 귀여운 구석이 있으리라고. 아주 가까운 곳에서 그를 오랫동안 지켜보았던 그녀 역시도 전혀 몰랐던 모습이었으니, 아마 그 누구도 상상하지 못할 것이다.

"음. 둘 정도는 괜찮을 것 같아요."

"정말?"

아이처럼 기뻐하는 정한을 향해 봄은 부드럽게 미소 지으며 대꾸했다.

"당신이 육아를 적극적으로 도와준다면 말이에요."

"물론이야. 약속할게."

정한은 마치 기다렸다는 듯 그녀의 몸을 끌어안으며 대답했다.

그의 널따란 품에 푹 파묻힌 채로 봄은 그가 했던 상상을 해 보았다. 그의 품만큼이나 따뜻한 집에서 아이들과 함께 웃고 떠드는 상상을 하자 절로 웃음이 흘렀다. 정한과 마찬가지로 그녀 역시 자신을 닮은 딸과 남편을 닮은 아들, 둘 다 욕심이 났다.

아이들과 함께 소란스럽지만 행복한 가정을 이루며 살고 싶다는 생각이 문득 들었다. 어린 시절, 아직 건강하셨던 어머니와 큰 나무 같았던 아버지, 그리고 사랑스러웠던 동생과 함께 넷이서 행복했던 그때 시절처럼.

그녀가 그렇게 간질거리는 상상을 하고 있을 무렵이었다. 상상 때문에 심장이 간질거리는 거라고 생각했는데 아니었던 모양이다. 정한의 한 손이 꼼지락꼼지락 그녀의 가슴께에서 움직이고 있었다.

"아직 15분 안 지난 거 같은데요?"

봄이 그의 손을 가볍게 탁, 쳐 내며 말했다. 그러자 정한이 왈칵 얼굴을 구겼다.

"너무한 거 아니야? 내가 얼마나 참았는데."

"뭐가 너무해요? 15분도 안 참아 놓고."

"무슨 소리야. 15분이라니. 새벽에 당신 보는 순간부터 지금까지 쭉 참았는데!"

그가 억울하다는 듯 바락 소리를 내지름과 동시에 그녀의 아랫배에 단단한 뭔가가 닿았다. 마치 증거를 보여 주기라도 하려는 듯 말이다.

못살아, 진짜.

그녀가 속으로 낮게 한숨을 쉴 때였다. 그의 입술이 그녀의 입술에 닿았다.

"읍! 잠깐만요."

"나 더는 못 참아."

정한의 새까만 눈이 짙은 욕망으로 크게 일렁였다. 무슨 스위치가 저리도 잘 들어오는지. 봄은 난감한 얼굴로 대꾸했다.

"그게 아니라…… 씻어야 할 거 아니에요."

"꼭 씻어야 해?"

"당연하죠. 오늘 하루 종일 밖에 있었잖아요."

이러다간 꼼짝 없이 이대로 잡아먹힐 것 같아서 봄은 제 몸을 두르고 있던 그의 팔을 떼어 내며 자리에서 벌떡 일어났다.

"씻고 올게요."

"같이 가."

그가 덩달아 몸을 일으켰다.

엑?

그와 동시에 봄의 얼굴이 경악으로 물들었다.

"싫어요. 혼자 씻을 거예요."

"부부인데 뭐 어때."

"그래도 그건 싫어요, 정말."

봄은 욕실을 향해 빠르게 걸음을 옮겼고, 정한 역시 그런 그녀를 쫓아 빠르게 다가갔다. 난데없이 시작된 술래잡기에 호텔 방의 열기가 뜨거워질 무렵, 때마침 두 사람의 머리 위로 별똥별이 떨어졌다.

한 사람은 욕실 안에서. 다른 한 사람은 욕실 밖에서. 투명한 욕실 문을 붙들고 실랑이하느라 두 사람은 아쉽게도 전혀 눈치채지 못했지만, 그래도 좋은 징조가 아닐까.

— The end

그대에게, 봄을

초판 2쇄 찍음 2016년 7월 25일
초판 2쇄 펴냄 2016년 7월 29일

지은이 | 황한영
펴낸이 | 정 필
펴낸곳 | (주)뿔미디어

기획 · 편집 | 박경희

출판등록 | 2002년 9월 11일 (제1081-1-132호)
주소 | 경기도 부천시 원미구 소향로 17, 303(두성프라자)
전화 | 032)651-6513 / 팩스 032)651-6094
E-mail | scarlets2012@hanmail.net
블로그 | http://blog.naver.com/dahyangs
홈페이지 | http://bbulmedia.com

값 9,800원

ISBN 979-11-315-7110-1 03810